BEXY CAMERON

Zwischen Himmel und Hölle

Titel auch als Hörbuch erhältlich

Über die Autorin:

Bexy Cameron ist Schriftstellerin, Regisseurin, Lehrende an der Universität, Aktivistin und Filmschaffende in den Bereichen Kunst, Mode und Musik. Neben dem Schreiben und Regieführen setzt sie ihre Talente für sozialen Wandel und lautstarkes Engagement ein: Filme, die LGBTQI-Rechte im Commonwealth, Fankultur, Gender, weibliche Ermächtigung und globale Erwärmung zum Thema haben. Ihr neuestes Werk entstand mit Rankin x Storm Empowerment – eine Filmreihe, in der hochkarätige Männer die Geschichten von Überlebenden häuslicher Gewalt nacherzählen. Bexy Cameron lebt in Großbritannien.

Bexy Cameron

Zwischen Himmel und Hölle

Meine Kindheit bei den *Children Of God* und wie ich mich daraus befreite

Aus dem Englischen von Simone Schroth

lübbe

Dieser Titel ist auch als Hörbuch und E-Book erschienen.

MIX
Papier aus verantwortungsvollen Quellen
FSC® C014496

Deutsche Erstausgabe

Titel der englischen Originalausgabe: »Cult Following«
Originalverlag: Manilla Press

Textredaktion: Beate DeSalve, Pulheim
Umschlaggestaltung: Thomas Krämer
unter Verwendung von Motiven von © Boiko Olha/shutterstock,
© D. Pimborough/shutterstock und © William Perugini/shutterstock
Satz: hanseatenSatz-bremen, Bremen
Gesetzt aus der Arno Pro
Druck und Verarbeitung: GGP Media GmbH, Pößneck
Printed in Germany
ISBN 978-3-404-61725-8

2 4 5 3 1

Sie finden uns im Internet unter:
luebbe.de
Bitte beachten Sie auch: lesejury.de

Dieses Buch ist den Kindern gewidmet, mit denen ich aufgewachsen bin.

Denen, die seitdem aufgeblüht sind. Denen, die sich noch immer mit ihren Traumata auseinandersetzen müssen. Denen, die es schwer hatten. Denen, die es »geschafft haben«. Und jenen Seelen, die sich in ihrer Schönheit dafür entschieden haben, diese Welt und diesen Schmerz hinter sich zu lassen.

Wir sehen uns auf der anderen Seite.

Prolog

Erzähl mir alles: Fünfzehn Jahre danach

»Ach bitte, erzähl mir alles.«

Diese Aufforderung habe ich im Pub gehört, um vier Uhr morgens auf privaten Partys, am Schreibtisch im Büro. Von Freunden, manchmal auch von völlig Fremden. Sie kann von jemandem kommen, dessen Blick voller Mitgefühl ist, oder von jemandem, der vor Aufregung geradezu sabbert, mit einem ernsthaften Gesichtsausdruck gestellt werden oder sogar mit einem wohlmeinenden.

Die Worte »Erzähl mir alles« fallen, wenn die Leute erfahren, dass ich ein »Sex Cult Girl« bin, ein Mädchen aus der Sex-Sekte.

Und aus diesem Grund sitze ich jetzt hier, in diesem Truck, zwanzig Jahre nachdem ich die *Children of God, Die Familie,* verlassen habe. Mein Truck parkt unter dem nächtlichen Sternenhimmel Arizonas. Deswegen bin ich in dieses riesige Wüstengebiet gefahren, deswegen höre ich gerade das Knackgeräusch eines abkühlenden Motors und die flachen Atemzüge der hinter mir schlafenden Sofi, meiner Freundin und Filmemacherkollegin. Deswegen habe ich mein Zuhause in London verlassen, meine Geschwister und meinen Job: Ich werde mich wieder in die Welt der religiösen Kommunen und Sekten begeben.

Bei den Worten »Erzähl mir alles« lädt mein Gehirn sofort Tausende von Bildern, sie lassen die Erinnerungen explodieren. Nach außen hin wirke ich dann jedoch abwesend und stumm. Nicht, weil ich Angst davor habe, das Dunkel oder meine Geschichte mit jemandem zu teilen, nicht einmal, weil jetzt vielleicht der Moment gekommen ist, in dem ich in den Augen des fragenden Menschen zu einer ganz anderen Person werde. Es ist einfach nur so, dass einem so eine Unterhaltung im Pub, in den frühen Morgenstunden nach der Party oder bei einer Tasse Kaffee oder Tee auf der Arbeit weder den Raum noch die Zeit noch die Tiefe bietet, jemandem »alles« zu erzählen.

Ich wurde in eine Umgebung hineingeboren, die ebenso banal wie unglaublich war, ebenso dramatisch, wie sie zu meinem Alltag wurde, ebenso komplex wie kontrolliert. Und *vielleicht* habe ich mit diesen Worten ja auch gerade einfach nur das Phänomen des »Erwachsenwerdens« beschrieben, *vielleicht* gibt es zwischen unseren unterschiedlichen Kindheiten mehr Ähnlichkeiten, als uns bewusst ist.

Und obwohl ich mehr erreicht habe, als sich mein fünfzehnjähriges Ich jemals hätte erträumen können, als ich die Tore einer Sekte hinter mir ließ, fühle ich mich noch immer wie eine Hochstaplerin. Vielleicht sogar jetzt mehr als jemals zuvor. Jetzt, wo ich hier sitze, über fünftausend Meilen weg von zu Hause, nachdem ich Yogakommunen, sich auf das Armageddon vorbereitende Stämme und Kosmologen in Sedona besucht, nachdem ich mit meinen Dämonen und mir selbst gekämpft habe. Seit vier Monaten befinde ich mich auf einer Reise, die alles andere als vorbei zu sein scheint.

Wenn ich Ihnen, meiner Leserschaft, jetzt also »alles« erzähle, was *könnte* ich Ihnen in fünf Minuten darüber vermitteln, wie es war, in einer »Sex-Sekte« aufzuwachsen?

Möchten Sie etwas über eine Generation von Kindern hören, die vom Vietnamkrieg angetrieben wurde und aufrichtig glaubte, das Ende der Welt stehe unmittelbar bevor? Oder über den charismatischen Führer, der ihnen einen Sinn schenkte, sie aus Familien rettete, in die sie nicht passten, aus der Drogenabhängigkeit oder vielleicht einfach nur aus dem Horror, der Mittelklasse anzugehören und *normal* zu sein?

Oder möchten Sie etwas über meinen Exorzismus erfahren? Darüber, wie die Mütter zu glorifizierten Prostituierten für Jesus wurden? Darüber, wie meine Eltern bei jedem Fernsehsender des Vereinigten Königreichs – und auch denen anderer Länder – auftraten, um eine Gruppe zu verteidigen, die Tausende von Kindern missbrauchte?

Oder würden Sie lieber etwas über die Sommer hören, in denen ich wie ein kleines wildes Tier jenseits der Zivilisation mit meinem Bruder in Afrika herumgerannt bin? Über die heißen, furchtbar heißen Tage, an denen ich in Indien auf kalten Fußböden geschlafen habe und dabei glaubte, mich in einer normalen Familie zu befinden? Würde es Ihnen helfen zu wissen, dass man dort, wo ich herkomme, meine Kindheit mit den Worten »Glück gehabt« einstuft, dass meine Schwestern und ich darüber reden, wie glücklich wir uns schätzen können, weil »unser Dad nicht pädophil ist«?

Könnten Sie sich durch irgendeine dieser Informationen tatsächlich vorstellen, wer ich bin oder in welcher Welt ich aufwuchs? Sie würden Splitter davon zu Gesicht bekommen, das sicher. Aber solche Splitter ohne Zusammenhang könnten Ihren Blick dafür trüben, wer ich wirklich bin und was eine Geschichte wie diese über unser menschliches Grundbedürfnis nach Verbindung mit anderen und nach Sinnhaftigkeit enthüllen könnte. Darüber, wie man eine Kindheit überlebt, darüber, was ein Traum einem schenken kann, und vielleicht, irgendwann, was wir, möglicherweise ... hoffentlich ... was ich selbst über Vergebung lernen könnte.

Doch während meine Finger diese sehr reale Tastatur berühren, die mir den Rahmen für dieses sehr reale Abenteuer quer durch Amerika verleiht, verstehe ich immer noch nicht ganz, wie all das mich hierhergebracht hat. Natürlich weiß ich, dass es darum geht, meine Eltern zu verstehen, herauszufinden, wie meine wirre Geschichte mit einer Sekte verlaufen ist, die so viel Schaden angerichtet hat, und mich meiner eigenen Wahrheit ein wenig mehr anzunähern. Trotzdem, so scheint es mir, während ich hier sitze, ist das eine ziemlich bekloppte Idee.

Ich fände es ganz großartig, wenn Sie mich für eine Kriegerin halten würden, die sich aus der Asche einer Sekte erhebt, oder für eine Heldin, die die Ungerechtigkeiten der Vergangenheit geraderückt, oder für eine Filmemacherin mit einem fantastischen Plan. Ich wäre sogar schon damit zufrieden, wenn Sie glauben würden, ich wäre objektiv, in der Lage, unverzerrte Versionen dessen zu liefern, was ich sehe, von den Geheimnissen, die ich enthülle, oder von den Dingen, die ich erlebe. In Wirklichkeit habe ich jedoch nicht die leiseste Ahnung, was ich hier tue.

Das Knacken des Motors ebbt ab, der Benzingeruch wird schwächer, und mein Geist entschwebt dem Vordersitz des Trucks. Ich erhebe mich über mich selbst, über den in der Wüste geparkten Wagen, fliege höher und höher, bis mein Ford Pick-up nur noch ein winziger Punkt in einer sich unendlich erstreckenden Leere ist. Im Unbekannten. Hoch oben über einem Truck, bei dem es sich so anfühlt, als trüge er mich durch Zeit, Raum, Glauben, Trauma und Heilung. Über einem Gefährt, das mich auf einem Roadtrip der Zusammenbrüche und Nervenkrisen, der Meth-Köche, Mönche und seifensiedenden Armageddon-Jünger trägt.

Und das alles geschieht aus der Hoffnung heraus, dass ich Ihnen am Ende dieser Reise *alles* erzählen kann.

1. Kapitel

Propheten auf der Jagd nach Beute: 1968

Er war ein Prophet.
Er war pädophil.
Er war ein Diktator.
Er war Grandpa.

David Berg, Dad. Father David, Moses David. Der König ... Das sind einige der Namen des Führers der *Children of God*, der Sekte, in die ich hineingeboren wurde und in der ich aufwuchs, bis ich fünfzehn war. Ich wusste nicht einmal, wie er aussah, bis ich ins Teenageralter kam. Die Kinder nannten ihn *Grandpa*, Großvater. Seine Identität war so geheim, dass wir nicht mit Fotos, sondern mit Zeichnungen von ihm aufwuchsen. Sie waren wie Comiczeichnungen. Wie in einer Diktatur waren wir umgeben und geführt von einem übermächtigen Herrscher, den man weder berühren noch sehen konnte. Wir lasen jeden Tag seine neuen Schriften. Alles, was er tat, wurde festgehalten: seine Träume, seine Erklärungen, sein Stuhlgang. Wirklich, man schrieb auf, wie und wann er scheißen ging, und dann lasen wir darüber.

Jetzt, wenn ich als Erwachsene zurückblicke, sehe ich ihn als dogmatischen, sexuell motivierten, Blödsinn redenden, narzisstischen, korrupten, gefährlichen Perversen. In meiner Kindheit jedoch war er für mich übermächtig, verwirrend, gleichzeitig jedoch auch langweilig. Es war wie bei einem Fisch, der nicht weiß, dass er im Wasser schwimmt: Er war unsere Normalität, er war überall, doch sein unsteter Geist konnte in einem einzigen Augenblick unser Leben verändern.

Es ist schwierig zu verstehen, wer er war. Er war kein gut aussehender Charles Manson, nicht einmal ein David Koresh. Er war ein in den 1920er-Jahren geborener Mann mit beginnender Glatze, mit grauen Haaren und tief liegenden Augen, dem es irgendwie gelungen war, Tausende davon zu überzeugen, ihr altes Leben aufzugeben und ihm nachzufolgen. Zu ihnen gehörten auch eine Frau aus einem winzigen Dorf im britischen Derbyshire und ein Mann aus einer Küstenstadt in Kent: meine Eltern. Ohne ihn hätten sie nicht geheiratet. Ohne ihn wäre ich möglicherweise gar nicht auf der Welt.

Was mir über David Berg bekannt war, hatte er erfunden; es gehörte zu den Geschichten, die er in pompös klingender Sprache über sich selbst verfasste. Es widerstrebt mir, diesem Stück Scheiße wertvolle Sendezeit zu schenken, nachdem es mir einen so großen Teil meiner Kindheit geraubt und vergiftet hat. Aber wenn ich jetzt in meiner Vergangenheit grabe und in die Geschichte meiner Eltern eintauche, muss ich mich zurück an die Quelle begeben, und die Quelle ist *er*. Um sie verstehen zu können – und in der Folge mich selbst –, muss ich versuchen herauszufinden, wie es ein gescheiterter, ganz offensichtlich gestörter Prediger schaffen konnte, eine internationale Bewegung ins Leben zu rufen, die zeitweise fünfundzwanzigtausend Mitglieder zählte.

Letzten Endes geht es wohl darum, dass ich wissen will, wie David Berg meine Eltern »reingelegt« hat.

***

Und hier beginnt diese Reise – und diese Geschichte –, lange vor meiner Geburt, in den 1960er-Jahren. Und obwohl das hier nicht die Geschichte meiner Eltern ist, und schon gar nicht die von David Berg, ist es der Anfang, ob mir das nun gefällt oder nicht. Als Kind brachte man mir bei, dass es sich dabei um den Augenblick handelte, in dem wir erschaffen wurden, um den Augenblick, in dem unsere Welt entstand. Die späten 1960er-Jahre waren ganz ohne Zweifel eine Zeit großer Veränderungen, und in diesem Jahrzehnt entstanden viele Sekten.

Vor einigen Jahren besuchte ich in London eine Ausstellung mit dem Titel »Revolution«. Ich wollte das Jahrzehnt aus einem neuen Blickwinkel wahrnehmen. Sofort nahm mich diese Welt der Liedzeilen und Bewegungen, der großen Veränderungen in Kunst und Kultur gefangen. Die Dichtkunst von Bob Dylan, Fotoaufnahmen der Rassenunruhen und der Song »Eve of Destruction«, der während meines Rundgangs durch die Kopfhörer dröhnte, reichten aus, um etwas tief in meinem Inneren zu bewegen. Dieser Scheißkerl! Raus aus dem Alltagstrott! Ein Rebell aus der Vergangenheit!

Obwohl meine Geschichte so stark davon geprägt war, konnte ich es spüren. Ein Film über Woodstock wurde auf sämtliche Wände projiziert. Leute aus der Medienszene und Touristen lagen auf Sitzsäcken herum und ließen die revolutionäre Atmosphäre auf sich wirken – Jimi Hendrix auf der Bühne, nackte Hippies in Ekstase, Janis Joplins schmerzerfüllte Auftritte. Jetzt, Jahrzehnte später, mitten in dieser Ausstellung, konnte ich die alles in Bewegung versetzenden Strömungen der Verwandlung spüren.

Und jetzt stellen Sie sich vor, Sie wären wirklich dort gewesen, wären irgendwo auf dem Land in England aufgewachsen, in einer typischen Familie mit zweieinhalb Kindern, als Mitglied einer Kirchengemeinde, an einer reinen Jungen- oder Mädchenschule, und das im Kontrast zur Revolution. Stellen Sie sich vor, Sie wären in Mittelamerika, aufgewachsen in den Fünfzigerjahren, als es in der Werbung nur darum ging, das perfekte Heim für die Familie zu schaffen – das war *am allerwichtigsten*, und nach dem Krieg ging es *überall* darum, sich an die bestehenden Regeln zu halten.

Und dann, plötzlich: Vietnam, Bürgerrechte, Frauenrechte, die sexuelle Revolution. Eine Gegenkultur entwickelte sich rasend schnell und brachte rasch eine Generation hervor, deren Geist durch die Ungerechtigkeit geradezu gewaltsam geöffnet und von psychedelischen Einflüssen angetrieben wurde. In Kalifornien schossen LSD-Fabriken wie Pilze aus dem Boden – damit versorgte man Kinder, die die Nächstenliebe dem Bombardieren anderer Nationen vorzogen. Liebe und Frieden wurden zu Waffen; der Dichter Allen Ginsberg inspirierte die Menschen zu einer neuen Form des Aufstands, *War for Peace*, Krieg für Frieden. Junge Leute bewaffneten sich mit Guerilla-Theater und Blumen-Bomben. Der junge Aktivist Abbie Hoffman verkündete: »Der Schrei der Flower-Power hallt durch das Land. Wir werden nicht verwelken.« Die Revolution trug zunächst Knospen und dann Blüten.

Diese Generation forderte Veränderungen. Und für meine Eltern würden diese Veränderungen auf politischer, globaler oder lokaler Ebene nicht schnell genug eintreten. Als die Veränderungen, nach denen sie sich so sehr gesehnt hatten, sie erreichten, empfingen sie sie deshalb nicht nur mit offenen Armen, sondern waren sogar bereit, ihr Leben, ihre Identität und ihre emotionalen Bindungen aufzugeben, um daran teilzuhaben. Ein Teil von mir empfindet im Rückblick und mit dem Wissen um die späteren Ereignisse sogar Respekt für meine Eltern in dieser Zeit: für die Rebellion, die Ideologie und den Mut, der dazu gehört, alles hinter sich zu lassen.

Und bei diesem spirituellen Erwachen kommt der Führer der *Children of God* ins Spiel, geboren in der Rebellion, am Strand von Huntington Beach.

Huntington Beach war für Südkalifornien wie Haight-Ashbury für San Francisco: das Epizentrum der Gegenkultur – Drogen, lange Haare, Sonnenschein und freie Liebe. Hier begann David Berg seine Predigten vor den Hippies, und die Geburt der *Children of God* nahm ihren Anfang. *Unsere Schöpfungsgeschichte. Unser Urknall.*

In meiner Kindheit erzählte man uns von diesem Augenblick so, wie ich mir vorstelle, dass andere Kinder von der Existenz des Weihnachtsmannes erfahren. Alles wurde uns vermittelt wie reine Magie, und so erschien es uns auch. Stellen Sie sich einen Mann über fünfzig vor, mit weißem Haar und einem weißen Bart, der an einem Strand Brote mit Erdnussbutter und Marmelade verteilt. Die Luft voller Sonnenschein und Meersalz, und dann die Botschaft des Christentums. Tag für Tag kamen die Hippies zurück, und die Gemeinschaft der langhaarigen Außenseiter, die nirgendwo dazugehörten, wuchs rasch. Die *Children of God* wurden aus der eingenommenen Perspektive, aus einer an Vergangenem orientierten Haltung und PR-Arbeit geboren.

Zumindest ist das die Geschichte, die man mir während meiner Kindheit und Jugend erzählt hat: Die Geschichte einer großartigen Vision eines großartigen Mannes, vom organischen Entstehen einer Bewegung in einer Welt, die reif für Veränderung war. Und gewiss ist das eine mögliche Version. Aber es ist nicht die einzige.

Es ist, als hätte man während des ganzen Lebens ein Gemälde vor sich gehabt; jeder Pinselstrich ist einem vertraut, jede Linie, jeder Farbton. Und dann kommt man in ein Alter, in eine Situation oder in einen emotionalen Zustand, in dem man daran zu kratzen beginnt ... vielleicht, weil sich da immer irgendetwas nicht richtig angefühlt hat. Man kratzt an einer Ecke, und dann kommt etwas darunter zum Vorschein. Manche Farben sind dieselben, vielleicht überschneiden sich auch ein paar Linien, doch jetzt ist das Bild beschädigt. Man kratzt immer weiter, bis das Gemälde enthüllt wird. Düster, verzerrt. Man macht weiter, bis man einen Fingernagel dabei verliert, aber endlich erschließt sich der Sinn deutlicher.

Wenn man verstehen will, wie eine Bewegung ins Leben gerufen wird, besonders eine so rebellische oder potenziell extreme wie diese, reicht es nicht, sich nur mit dem Kontext der Situation auseinanderzusetzen. Es geht auch um den Kontext des Mannes dahinter, um die Mischung der Faktoren, die das Ganze so stark und mächtig gemacht haben.

Welches Bedürfnis konnte diese Gruppe für Leute wie meine Eltern erfüllen? Und, besonders im Falle der *Children of God*: Welches Bedürfnis, welche Sehnsucht oder welchen Zweck erfüllte die Gruppe umgekehrt für David Berg?

***

David Brandt Berg kam 1919 als Kind der Wanderevangelisten Hjalmer Emmanuel Berg und Virginia Lee Brandt zur Welt. Es war jedoch seine Mutter, die ihn am stärksten beeinflusste. Wenn ich meinen Gedanken einfach freien Lauf lasse, male ich mir eine Beziehung aus, die der von Mutter und Sohn in einem Hitchcock-Film ähnelt: eine gluckenhafte (kontrollversessene) Mutter, einen Ödipuskomplex, eine unheimliche

Co-Abhängigkeit – das klassische Umfeld für einen Psychopathen. Aber solche Ausschmückungen braucht diese Geschichte wirklich nicht. (Obwohl das Bild dieser Beziehung aus einer der zahlreichen Geschichten stammt, die man uns als »Kindern« vorlas. In diesen Geschichten hatte Großvater geträumt, er habe eine »zärtliche und zugleich äußerst erregende« sexuelle Beziehung zu seiner Mama.)

Virginia gehörte zu den ersten erfolgreichen weiblichen Wanderevangelisten in den Vereinigten Staaten. Ich halte das für wichtig, weil David Berg dadurch ein Vorbild in dieser Welt fand. Virginia wusste immer, dass es David sein würde, der einmal in ihre Fußstapfen treten sollte. Unter ihren drei Kindern war er für sie das außergewöhnliche, das *besondere*, das *auserwählte*. Virginia gründete ihr eigenes Gebetszelt und veranstaltete dort riesige »Revivals« für eine Zuhörerschaft von bis zu siebentausend Menschen.

Stellen Sie sich vor, Sie wären Virginias Sohn gewesen, hätten von einer der improvisierten Holzbänke mit Tausenden von Anhängern aus zugeschaut, hätten gesehen, mit welcher Ehrfurcht die Menschen in das Gesicht dieser Frau blickten, aus einem Meer schwitzender frommer Männer heraus, hätten den Geruch nach Sägemehl und Körperausdünstungen wahrgenommen, der schwer in der Luft hing. Stellen Sie sich vor, Sie hätten aus Virginias Gesicht den Geist Gottes leuchten sehen, der in die Menge strömte. Wäre es Ihnen dann möglich gewesen, nicht zu ihr aufzuschauen und sie nachahmen zu wollen; nicht den Wunsch zu verspüren, die Macht des Allmächtigen zu imitieren und in sich aufzunehmen?

Und so stellte der heranwachsende David Berg seine Mutter auf ein Podest, und im wörtlichen Sinne stand sie auf einer Kanzel. Wenn man seinen Berichten Glauben schenken kann, tat sie das umgekehrt auch. Er war ihr ganz besonderer Junge, zu einem Leben »für den Herrn« und in der Öffentlichkeit ausersehen. Und sie sollte recht behalten.

In den späten 1930er-Jahren stellte sich David Berg, inzwischen über zwanzig, seiner Mutter an die Seite, wurde ihr Chauffeur, ihr Vorsänger und persönlicher Assistent. In den 1950er-Jahren übernahm er seine eigene Gemeinde, in einer Kirche namens Valley Farms. Und wieder gibt es von diesen Ereignissen zwei Versionen.

In beiden ist David Bergs Pastorat nur von kurzer Dauer und von unseligen Ereignissen bestimmt.

Erste Version: In Valley Farms lud David Berg amerikanische Ureinwohner ein, mit der ansonsten nur aus Weißen bestehenden Gemeinde Gottesdienste zu feiern. Die Schäfchen von Valley Farms gerieten außer sich, denn man wollte die »Indianer« nicht in der Kirche haben. David erklärte den Leuten, sie seien eine »Bande von Rassisten«, und dann verließ er sie, ohne sich weiter Illusionen darüber hinzugeben, in welchem Zustand sich die Christenheit befand und wie unmoralisch das System Kirche war. Er gibt an, damit hätten seine rebellische Einstellung und sein tiefes Misstrauen gegenüber dem Establishment begonnen. Diese Gefühle der Rebellion und der Desillusionierung seien im Zusammenhang mit der Welle der Revolution, die sich am Horizont aufbaute, entstanden – vielleicht auch als Vorbereitung darauf. Er habe den Finger genau am Puls der Zeit gehabt.

Diese Version passt ganz wunderbar zu dem Bild von David Berg als Mann aus dem Volk, einem Mann außerhalb der Gesellschaft, voller Überzeugungen – genug Überzeugungen, um die Kirche und alles andere hinter sich zu lassen, wofür er gearbeitet hatte und was er im Leben hatte erreichen wollen. So wird er zum Helden und Vorbild für unsere Hippies: Wenn er das schafft, können sie es auch.

Zweite Version (die von seiner Familie, die dabei war, eher als Wahrheit angesehen wird): David Berg verließ seine Gemeinde nicht aus einem tiefen Empfinden für Recht und Unrecht heraus. Das Ganze hatte nichts mit Rassismus oder Rebellion zu tun. Man verstieß ihn aus der Kirche, weil er sich ein sexuelles Vergehen mit einer Angestellten der Kirche hatte zuschulden kommen lassen. Und so, wie es einen aufhorchen lässt, wenn man das Skelett eines Katzenbabys in einem Garten findet, in dem ein Psychopath seine Kindheit verbracht hat, stellt dies für mich eines der frühen Warnzeichen für das Kommende dar. Es ist ein Hinweis auf die Veranlagung eines Mannes, der die Geschichte so neu schreiben konnte, dass sie seinen Bedürfnissen entsprach, und der seine eigene sexuelle Befriedigung über das Werk Gottes stellte. Für mich zeigt das seine Korruptheit und dass er schon vor der Gründung der Gruppe verdorben gewesen ist. Es deutet darauf hin, dass er nicht nur zuließ, dass die Macht ihn gefühllos machte, als er einmal ein messianischer Führer geworden war. Vielmehr zeigt es ihn als Mann, der diesen Plan schon immer hatte.

Und ich kratze weiter an dem Gemälde.

***

Zu Beginn der 1960er-Jahre hatten David Berg und seine Frau Jane mehrere Kinder, und sie hatten ihre eigene umherreisende christliche Band gegründet, die *Teens for Christ*. David war kein einsamer alter Mann, der an einem Strand herumschrie, Weltuntergangsszenarien entwarf und dazu Erdnussbutterbrote verteilte. Er hatte Hippies an seiner Seite. Gut aussehende Hippies. *Seine Kinder.*

Sie gründeten am Pier von Huntington Beach eine Mission namens *The Light House*, Leuchtturm. Dort sprachen sie in süßen Worten über Liebe, Zugehörigkeit, Aufnahme in den Himmel und das Erkennen des eigenen Lebenszwecks.

In dieser Zeit verwandelte sich David Berg langsam in Father David. Er trug keine Anzüge mehr, sondern kleidete sich wie ein Hippie, ließ Bart und Haare wachsen, und er aktualisierte seine Predigten, sprach über das Establishment oder »das System«, damals der Kernbegriff für die Machtstrukturen, die für die Unterdrückung des Volkes, die Kontrolle der globalen Wirtschaftsbeziehungen und die Entstehung von Kriegen verantwortlich waren.

Ich versuche mir vorzustellen, ich wäre damals an diesem Strand gewesen … Vielleicht habe ich mich seit diesem letzten Streit über Präsident Nixon nicht mehr in meinem Elternhaus in der Vorstadt blicken lassen, vielleicht bin ich einfach nur erschöpft von dem ganzen Scheiß, den ich täglich auf der ganzen Welt sehe. Ich beiße von dem süßen und zugleich salzigen Brot ab, von dem billigen Weißbrot tun mir die Zähne weh, und währenddessen spricht jemand mit mir über mein Leben, meinen Daseinszweck, und zwar mit mütterlicher Zuneigung. Ich stelle mir vor, diese

Güte nach einem LSD-Trip zu erleben (oder einfach nur nach einer langen Nacht, nach der ich mich verletzlich fühle). Vielleicht habe ich mich gerade am Vortag gefragt, was der Sinn des Lebens, der Arbeit – eigentlich der Sinn von allem – überhaupt ist. Und jetzt zeigt mir da jemand einen neuen Weg.

Vielleicht einen besseren Weg.

David Berg erklärte den Hippies, die die Mission besuchten, sie seien genau wie die ursprünglichen zwölf Apostel Christi – wie die allerersten Außenseiter und von der Gesellschaft Verstoßenen. Er verlieh ihrem Status eine Bedeutung. In einem Zeitalter des Trotzes machte er sich die Atmosphäre zunutze, indem er das jugendliche Bedürfnis nach Rebellion und Protest umleitete. Er benutzte und manipulierte die Heilige Schrift, um seine Vorstellungen davon zu untermauern, wie man dem Herrn und damit *ihm* zu folgen habe: »Und sie brachten die Boote ans Land und verließen alles und folgten ihm nach.« (Lk 5, 26)

Um eine so wichtige Bewegung gründen zu können, ist es wichtig, die Anhänger dazu zu bekommen, dass sie beweisen, dass sie alles andere dem großen Ziel »unterordnen« werden. Die Vorstellung, Vater, Mutter, Arbeit, Heimat, das eigene Land und jeden anderen gesellschaftlichen Einfluss hinter sich zu lassen war für Vollzeitmitglieder ganz entscheidend – und für David Bergs Plan unabdingbar. Die Bibel sagte das schließlich auch ganz eindeutig: »Darum kann keiner von euch mein Jünger sein, wenn er nicht auf seinen ganzen Besitz verzichtet.« (Lk 14, 33) Am Huntington Beach lag darin die Herausforderung, vor die David Berg und die *Teens for Christ* die Hippies stellten: »Kommt! Lasst alles zurück und folgt Jesus.« In gewissem Sinne hatten viele der Zuhörer das bereits getan, viele den ersten Schritt bereits vollzogen. Sie hatten ihre Familien, ihr Zuhause und ihre Arbeit schon verlassen. Jetzt brauchten sie nur noch die Richtung ihres Lebens ganz leicht zu verändern, und schon würden sie es um Jesu willen tun.

Und wenn man beweisen will, dass man glaubt, dass man würdig ist und dass man zum Club gehört – gibt es dann irgendetwas Effektvolleres, als *alles* aufzugeben? Wenn man eine Gemeinschaft gründen will, gibt es dann irgendetwas Verführerischeres als das Bewusstsein, dass jeder einzelne Jünger zu Anfang denselben Preis bezahlt hat?

Und damit sind wir bei unserem Urknall angelangt.

Im Falle David Bergs wurde dieser Augenblick von seiner damals zweiundzwanzigjährigen Tochter Deborah als »großer Durchbruch« beschrieben. In seinen Worten: »Die Hand des Herrn bewegte sich nun!«

Sein ganzes Leben hatte er darauf gewartet, und jetzt, im Alter von neunundvierzig Jahren, hatte er endlich seinen Lebenszweck gefunden. Jetzt ergab sich seine Chance zu beweisen, dass er etwas wert war, und sein natürlicher Hass auf die Kirche, die Regierung und die Welt, die ihn im Stich gelassen und in der er versagt hatte, verlieh seinen Predigten eine unmittelbare Authentizität. Seine Worte entsprangen einem sehr, sehr realen Gefühl. Sie waren mächtig und voller Leidenschaft. Seine Verbitterung der Kirche gegenüber, seine Ablehnung des sozialen Establishments, des kapitalistischen Systems, seine Verachtung gegenüber elterlicher Autorität – all das formte sich zu einem Evangelium der Rebellion.

Und es reichte aus, um seine eigene Revolution beginnen zu können.

Wenn David über Religion sprach, verband er seine eigene Ideologie geschickt mit den Überzeugungen der Jugend: »Die Eltern wollen, dass man ihnen in einer von Egoismus geprägten Wirtschaft nachfolgt, in der ein Mensch des anderen Menschen Wolf ist, wo man einander nicht nur umbringt, sondern ganze Nationen förmlich abschlachtet ... Diese jungen Leute haben ein für alle Mal genug von dem, was, wenn man es genau betrachtet, eine heidnische, grausame, zuhälterische und falsche Auffassung des Christentums ist. Sie möchten zu den friedliebenden Religionen alter Zeiten zurückkehren, und das schließt das frühe Christentum ein, und davon wollen ihre Eltern nichts hören. Wer rebelliert hier also? Wenn man es so interpretiert, dass es sich um eine Rebellion gegen die Ansichten der alten Zeiten und gegen die Wirtschaft der alten Zeiten handelt, dann sind hier die Eltern die Rebellen.«

***

Als die *Teens for Christ* zu einer Gruppe von Hunderten von Leuten anwuchsen, zog man vom *Light House* in eine Ranch auf dem Land. Weil sie glaubten, das Weltende sei nahe, ergingen sich die Mitglieder in täglichen Prophezeiungen und redeten in Zungen. Sie trugen Gewänder aus Sackleinen, rieben sich die Gesichter mit Asche ein und riefen »Wehe!« in den Straßen, um die Welt vor dem herannahenden Ende zu warnen. Stellen Sie sich den Ruß in den Gesichtern vor, das kratzende, staubige Sackleinen, die zornigen »Wehe!«-Rufe aus Hunderten rauer Kehlen. Das war RADIKAL. Es herrschten Zeiten verstörender Gewalt und Unterdrückung, und die Lehren von Allen Ginsberg und Abbie Hoffman wurden vor einem sehr realistischen Hintergrund verkündet.

Das Ende der Welt stand unmittelbar bevor!

David Berg sagte voller Feuer und Stolz über seine Gefolgschaft: »Das hier ist die echte, die wahre und die einzige Revolution, die jemals überleben wird, denn das hier ist das revolutionäre Königreich Gottes und Jesu Christi!« Damit festigte er ihren Status als Endzeitpropheten. Die Gruppe nutzte Vans, um dieses Evangelium überall in den Vereinigten Staaten zu verbreiten. David gab dem Ganzen eine Gruppenstruktur, suchte sich die Leute mit Führungsqualitäten heraus und unterrichtete sie (er nannte sie seine Erzbischöfe) persönlich. Bereits zwei Jahre später hatte die Gruppe genügend Anhänger gesammelt und Schwung geholt, um ins Vereinigte Königreich zu reisen und dort die *Revolution für Jesus* als Bewegung ins Leben zu rufen.

Und damit beginnt die Geschichte meiner Eltern.

***

Meine Eltern traten der Gruppe 1972 bei. Als frischgebackene Rekruten wurden sie in einer Fabrik in Bromley angeleitet, hinaus in die Welt zu gehen und in Amsterdam, Paris sowie an weiteren Orten Missionarsarbeit zu verrichten. David Berg lebte zu dieser Zeit bereits in einem Versteck. Seit der Gründung der Gruppe in Huntington Beach waren erst vier Jahre vergangen. Wieder gibt es zwei Versionen der Ereignisse.

Version eins: In den Vereinigten Staaten erhielten das *Jesus Movement* und die *Children of God* allmählich negative Aufmerksamkeit in der Presse. Eltern erklärten, ihre Kinder seien einer Gehirnwäsche unterzogen, gekidnappt und hypnotisiert worden. David Berg fürchtete rechtliche Konsequenzen, deswegen zeigte er sich kaum noch in der Öffentlichkeit, für den Fall, dass sich die Situation zu seinen Ungunsten entwickeln sollte.

Version zwei zufolge standen die Dinge noch gar nicht *so* schlecht, doch David Berg, der sich in Moses David verwandelte und sich als dieser neu erfand, musste sich von seinen Anhängern distanzieren. Nach und nach schüttelte er die Leute ab, die ihn aus der Zeit kannten, bevor er sich selbst zum Propheten erklärt hatte. Offenbar hatte er realisiert, dass er sich mit einer Aura des schwer zu Fassenden und des Mysteriösen umgeben musste, wenn die Leute daran glauben sollten. Indem er seine Anhänger auf Abstand hielt, sodass sie »den Mann an sich« nicht sehen konnten, war es für ihn einfacher, sie an »den Propheten« glauben zu lassen. Wenn meine Eltern ihm begegnet wären, hätten sie vielleicht erkannt, dass er ein unheimlicher Mann mit einem Alkoholproblem war (so hat ihn seine Tochter beschrieben), kein Messias.

Zu dieser Zeit hatte er bereits seine erste Frau Jane (die man als »Mutter Eva« präsentiert hatte) abgeschüttelt und ein junges Mädchen an seine Seite geholt, das halb so alt war wie er. Sie hieß Karen Zerby (später sollte sie als »Mama-Maria« bekannt werden) und war seine Konkubine, auch wenn es eine schmerzerfüllte fünfjährige Übergangszeit gab, in der beide Frauen bei ihm lebten. Bis zu seinem Tod sollte sie sich in den Dienst von ihm und der Gruppe stellen. Tatsächlich führt sie die *Children of God*, die inzwischen *The Family International* heißen, bis heute an.

Worin auch immer der Grund bestand – während meine Eltern in der Fabrik in Bromley neue Namen erhielten und eine Wiedergeburt erlebten, trafen sie Moses David nie, obwohl sich dieser nur zwei Meilen entfernt aufhielt. Er inszenierte die Revolution von einem kleinen Einfamilienhaus in einer ruhigen Sackgasse aus. Ich weiß nicht, wie lange er im Vereinigten Königreich lebte, doch Moses David verbrachte sein gesamtes restliches Leben in einem Versteck.

Im Jahr 1972 zählten die *Children of God* über zehntausend Mitglieder in hundertdreißig Kommunen, und ich möchte gern glauben, dass es sich beim Großteil von ihnen um gute Menschen handelte, was meine Eltern einschließt. Um Menschen, die positive Veränderungen erreichen wollten oder nach einem wirklichen Sinn in ihrem Leben suchten. Dass sie sich keiner Sekte mit dem Motto »Anschaffen Gehen für Jesus« oder »Kindesmissbrauch ist in Ordnung« anschlossen, sondern einer Revolution.

Doch das Abrutschen in einige völlig gestörte Lehren geschah rascher, als es mir überhaupt bewusst wurde, während ich aufwuchs. 1973 wurde das »Flirty Fishing« als Methode in Bergs innerem Kreis eingeführt, und die Gruppe musste es 1974 praktizieren, nur zwei Jahre nach dem Beitritt meiner Eltern. »Flirty Fishing« bedeutete, dass Frauen loszogen und neue Jünger anwarben, ihnen die Liebe des Herrn nahebrachten (durch Sex) und dann die Früchte ernteten (nämlich Geld). Sie waren »Menschenfischer«, genau wie es Jesus seinen Jüngern befohlen hatte.

Noch verstörender: 1977 wurde das Konzept der »Kindsbraut« öffentlich gemacht.

Wenn man das Ganze als Gehirnwäsche bezeichnet, liegt das also möglicherweise an der Perspektive: Sind zwei Jahre eine lange Zeit, wenn es darum geht, Frauen so zu konditionieren, dass sie bereit sind, »für Gott anschaffen zu gehen«? Sind vier Jahre eine lange Zeit, wenn es darum geht, die eigenen Anhänger zu desensibilisieren und für die Einstellung zu öffnen, man dürfe Kinder sexuell missbrauchen und sie zu »Kindsbräuten« machen? Wenn man sich vor Augen führt, dass die Bekehrung meiner Mutter nur fünf Stunden in Anspruch nahm, wird vielleicht verständlich, dass einige Jahre in einer solchen Umgebung denselben Effekt haben können wie Jahrzehnte.

Eins wird mir jedoch klar, wenn ich mir David Berg ansehe: Er war von Anfang an durch und durch verdorben, vielleicht aber nur im Geheimen. Selbst wenn es Zeit kostete, seine Anhänger so abstumpfen zu lassen – schon damals war er ein Missbrauch ausübender, alles kontrollierender Mann mit pädophilen Neigungen.

Und dann kratzen wir weiter am Gemälde und gelangen zu einer anderen Entdeckung, die meine Knochen wie eine Rasierklinge durchfährt. Im Jahr 1968, als alles begann, verstarb David Bergs Mutter Virginia. Dieses Ereignis stellte einen Wendepunkt dar, denn nach Ansicht vieler Menschen, unter anderem seiner Tochter, war seine Mutter die letzte verbleibende Kraft, die seinem Leben eine moralische Orientierung verlieh.

War es also ihr Tod, der ihn zum Handeln veranlasste? War das der Katalysator? War dies der Tag, auf den er gewartet hatte?

Jedenfalls legte er nach ihrem Tod sämtliche Hemmungen ab. Nachdem sie gestorben war, machte er sich an die Zusammenstellung der Gruppe, die in seinem und in Jesu Namen unaussprechliche Taten vollbringen sollte.

Und damit beginnt unsere Geschichte: die meiner Familie und meiner Kommune. Meine Geschichte.

2. Kapitel

Eine einzige einfache Frage: Zwölf Jahre danach

Sie weckt mich mit einem Schlag.

Ein Schock. Ein Stromstoß durchzuckt meinen Körper. Es ist kein sanftes Erwachen. Ich fühle mich nicht benommen, sondern bin sofort hellwach.

Die beschissene Schlaflosigkeit. Den Kampf gegen sie kann ich nicht gewinnen. Schlaflosigkeit sorgt für ständigen Juckreiz, jede Position wird unbequem. Sie macht jedes Geräusch in der Nacht unglaublich laut: die Heizung, die elektrisch geladene Luft, die gluckernden Rohre.

Leuchtend rote Zahlen scheinen mich vom Nachttisch aus zu verspotten: 3:45 Uhr nachts.

»*Scheiße*, na wunderbar!«

Schlafen kann ich jetzt vergessen. Ich würde mich nur mit dem Gedanken an noch nicht erledigte Arbeit herumwälzen, und irgendeine dumme Bemerkung aus der letzten Woche wird sich durch meine Gedanken graben, meine geistige Gesundheit annagen. Die Angst, als die Hochstaplerin entlarvt zu werden, die ich bin, flüstert in meinem Kopf, dann murmelt sie, schließlich schreit sie mich an. All das, was ich tagsüber zum Schweigen bringen kann, wenn ich *so schrecklich viel zu tun habe*. Denn viel zu tun zu haben bringt *das hier* zum Schweigen. Die Schlaflosigkeit tritt sozusagen die Tür ein, sie öffnet die Tore und lässt auf grausame Weise alles eindringen.

»Scheiße!«

Beim Aufstehen erhasche ich einen Blick auf mein Spiegelbild. Die verspiegelte Wand ist das Einzige, was ich beim Hauskauf nicht verändert habe; jetzt gehört mir diese ehemalige Sozialwohnung mit zwei Schlafzimmern im Osten Londons. Sie ist mein Zuhause, die Sicherheit, nach der ich mich so verzweifelt sehnte, während ich bis zu dem Alter, in dem ich offiziell eine Packung Zigaretten hätte kaufen dürfen, in dreißig Kommunen auf vier Kontinenten lebte. Die junge Frau da im Spiegel ist eine dürre Siebenundzwanzigjährige mit wilden Haaren. Sie braucht definitiv Schlaf und vielleicht auch etwas Gesundes zu essen. Gebt dem Mädchen doch mal ein bisschen Kokoswasser, ein paar Vitamine, etwas Gemüse vielleicht. Jemand sollte ihr sagen, dass es nicht gut ist, so hart zu arbeiten und so wild zu feiern, dass es auch mit weniger als achtzig Arbeitsstunden pro Woche geht, dass sie vielleicht vier (okay, lieber sechs) Abende in der Woche keinen Alkohol und keine Drogen konsumieren soll.

Was dachtest du denn, wie du aussiehst? Frisch und munter?

Es ist 3:46 Uhr morgens, und ich habe bereits eine Sinnkrise.

»Scheiße, na WUNDERBAR!«

Diese Spiegelwand *muss* einfach weg.

***

Ich krieche die Treppe hinunter und versuche meine Mitbewohnerin Roxy nicht zu wecken. Das Haus liegt in einer ruhigen Sackgasse in Bethnal Green; nachts ist es hier ziemlich ruhig. Außergewöhnlich für London. Die lauten Nachbarn in der Straße sind wir selbst.

An den meisten Wochenenden (und manchmal auch unter der Woche) kommen die Leute von der Gemeinde zu uns, weil es Beschwerden wegen des Lärms gibt. Wir heben ihre offiziellen Schreiben mit Magneten am Kühlschrank auf, als wären sie ein gutes Schulzeugnis, ein Ehrenzeichen. Vielleicht hoffen wir ja, dass uns Besucher danach fragen. Im aktuellen Schreiben steht, dass wir eine Strafe von zweitausendfünfhundert Pfund bezahlen müssen und »die Anlage konfisziert wird«. Ich habe mir diese Anlage auf der Arbeit »ausgeliehen«. Sie ist teuer, hat ganz schön viel Power und soll eigentlich auf Musikfestivals zum Einsatz kommen, deswegen lassen wir die Sache fürs Erste ein wenig ruhiger angehen.

Sind wir eine Generation der furchtlosen Rebellen: ungehemmt, laut und ohne Gewissensbisse? Oder nur ein Klischee der Jugend: verletzt, unstet und lächerlich?

Ich bin stolz auf meine Arbeit und gut in dem, was ich mache. *Glaube ich.* Na ja, zumindest widme ich dem Ganzen meinen vollen Einsatz. Ich habe einen kreativen Job in der Musik- und Filmabteilung einer großen Musikwebseite. Roxy macht etwas ganz Ähnliches. Es gibt also keine Erwachsenen im Haus, die uns ermahnen würden, wir sollten uns doch ein bisschen »zurückhalten«. *Alle* wissen, dass ich so lebe, das ist normal. Wir kümmern uns später darum, wenn wir Langweiler werden und in die Vorstadt ziehen, wenn wir über Anbauten und Wohngegenden mit guten Schulen für die Kinder sprechen.

Den größten Teil meines Sommers verbringe ich unterwegs: bei Gigs, auf Musikfestivals, schlammbedeckt, bei Interviews mit Musikern, und dabei besaufe ich mich ganz himmlisch (schrecklich). Danach sitze ich endlos mit einem Kater im Büro. Auf die Uhr schaue ich gar nicht, so ein Job ist das nicht; ich arbeite einfach immer weiter, bis irgendwann jemand sagt: »Die anderen sind schon alle im Pub.« Zwölf-bis-fünfzehn-Stunden-Tage sind normal, Schlafen in der Abstellkammer für das Merchandising-Material auch – und dass man sich auf dem Weg zur Arbeit Klamotten kauft, weil man mal wieder die Nacht durchgemacht hat.

Was wir auf der Arbeit tun, ist so *wichtig*! Wir gehen mit dem Dringlichkeitsbewusstsein der Leute vor, die die Welt retten wollen, werfen uns förmlich der Erschöpfung in die Arme. Irgendwann sagt jemand mit gespielter Arroganz: »Es ist doch nur eine *Webseite*«, um die Stimmung ein wenig aufzuhellen. *Ach, verpiss dich doch, Typ!* Als ob wir nicht wüssten, dass eigentlich nur diejenigen so viel arbeiten sollten, die *wirklich* Leben retten.

Und vielleicht nicht einmal die.

Ich sitze in meinem Wohnzimmer und bin ganz zappelig, so hellwach bin ich, umgeben von den Postern der »geheimen Shows« von der Arbeit. Kunstwerke für die Band *The Gossip* hängen an der Wand. Ich habe dieses Poster für den Gig gemacht, darauf ist der Ausschnitt einer Frau zu sehen, und man hat ihr den Brustkorb aufgerissen, sodass ein schwarzes Herz aus ineinander verwachsenen Unkrautranken sichtbar wird. Schwarz und dick sind sie, sie ersticken einander. Jetzt beunruhigt mich mein Kunstwerk, ich greife mir ans Herz, weil ich spüren kann, dass es schmerzhaft schlägt.

Du bist ja gestört, sage ich zu mir selbst.

Mein Bildschirm erwacht zum Leben, der Lichtschein meines Laptops erhellt den Raum. Ich spüre die Versuchung, jetzt mit der Arbeit zu beginnen – dann habe ich morgen früh schon einen »Vorsprung«. Aber ich weiß, dass es so nicht wirklich funktioniert.

Ich öffne einen digitalen Ordner mit dem Namen »Nächtliche Aufzeichnungen« – das ist die neueste Methode, mit der ich mitten in der Nacht die Zeit herumzubringen versuche: Ich schreibe Geschichten aus meiner Kindheit auf. Dunkel, amüsant und abartig sollen sie sein.

»So viel gestörte Scheiße ist passiert, als wir Kinder waren«, sage ich dann mit einem Lachen zu meinen Freunden. »Daraus könnte man eine ganz großartige Comedyserie machen.«

Hin und wieder gebe ich abends im Pub eine kurze Anekdote aus meiner Kindheit zum Besten. Ganz nonchalant, wie hingeworfen, mit vielen LOLs. Nichts, womit man die ganz düsteren Elemente preisgeben würde. Denn wenn man über etwas *hinweg* ist, kann man darüber lachen, das Lustige an der schlimmen Zeit sehen. Oder?

Ehrlich gesagt tun mir die Kinder leid, mit denen ich aufgewachsen bin. Diejenigen, die ständig wegen dem herumblöken, was passiert ist. Über das Traurige, den Schmerz, die ganze Scheiße, die wir durchgemacht haben. Stimmt, wir haben sie durchgemacht, und jetzt ist sie vorbei. Ich bin stolz auf mich, weil sie keinen Einfluss auf mich hat, und ich verachte die Leute, die ich kenne und die es immer noch nicht geschafft haben, sich aus dem Sumpf der Sekte herauszuziehen.

Lass. Es. Hinter. Dir. Du bist da jetzt raus – fang an, richtig zu leben.

Ich schaue mir meine Dateien an. Bisher habe ich keine einzige dieser Geschichten zu Ende geschrieben. Normalerweise bleibe ich irgendwo auf der ersten Seite stecken. Aber so ist das mit dem Schreiben, oder?

Vielleicht ist ja der Computer das Problem. Vielleicht muss man solche Geschichten mit der Hand schreiben.

Ich gehe in die Küche, um mir meinen Notizblock zu holen. Die Spuren unseres Lebensstils sind in dem winzigen Raum verteilt: Der Altglasbehälter ist voller Alkoholflaschen, im Abtropfgitter liegen Aschenbecher und auf der Anrichte Schmerztabletten wie bei anderen Leuten die Kekse. Eine Packung Mentholzigaretten schaut mich provozierend an.

»Mentholzigaretten rauchen doch nur Babys«, meint Roxy.

Ich fühle mich versucht, mir eine anzuzünden. Gibt es einen Teil von mir, dem die Vorstellung gefällt, im Dunkel der Nacht dazusitzen, mit einer Zigarette im Mund und beim Versuch, etwas zu schreiben?

»Ein *solcher* innerer Kampf.« Ich schüttele den Kopf.

Dann öffne ich den Notizblock und schaue mir meine Liste mit Ideen an: »Beverly – lustige Geschichten über Prostitution«, »Joel und Jeremiah – Rotzblasen bei der Anbetung«, »Wie die Spielzeuge der Nachbarn gestohlen wurden, nachdem sie bei einer bewaffneten Razzia umgekommen waren«, darunter die Worte »Mein *Guardian*«.

Mein Guardian. Diese Geschichte habe ich schon ein paarmal erzählt, sie Freunden anvertraut, die ein wenig mehr über meine Vergangenheit wissen – über die *richtige* Vergangenheit, aus der diese Geschichten stammen.

Mein *Guardian* hat den Verlauf meines Lebens entscheidend verändert, als ich ein Kind war. Da ging es um Großes, Wichtiges. Solange ich denken kann, habe ich diesen Mann zu meinem Idol erhoben.

Als ich zehn Jahre alt war, hat er mit einer einzigen Frage meine ganze Welt um hundertachtzig Grad gedreht. Er hat mir gezeigt, dass meine Zukunft vielleicht doch nicht vorherbestimmt war. Er hat mich erleuchtet, mir Hoffnung geschenkt, auf einen Riss in der Wand gedeutet, durch den ich eines Tages vielleicht würde entkommen können.

Ich nehme meinen Stift in die Hand und fange an zu schreiben.

»Der Guardian kommt.«

Alle Kinder sagen es immer wieder. Der Journalist vom Guardian kommt. Wir wissen nicht, wer das sein wird oder wie diese Person aussieht, es könnte irgendjemand sein. Aber eines wissen wir: Das hier ist sehr wichtig.

Die Erwachsenen bereiten sich seit Wochen darauf vor. Wir müssen einen guten Eindruck machen. Wir hatten so viele zusätzliche Arbeiten zu erledigen: Wir mussten die heruntergekommenen Teile des Hauses streichen, den Rasen mähen, alles wegräumen, was nicht gebraucht wird oder in den Augen eines Außenstehenden nicht gut aussehen würde. Wir haben die Grafiken und Zeitpläne abgenommen und tagelang geputzt. Alles muss perfekt sein, denn »der Guardian« *kommt.*

Wir hatten eine Anbetungssitzung, in der man uns erklärt hat, das hier sei eine »wichtige Gelegenheit« und »ein Test, um herauszufinden, ob wir vielleicht nicht länger versteckt leben müssen, sondern unser Licht leuchten lassen können«. Eine »riesengroße Verantwortung«.

Vor allem müssten wir das Ganze »ganz extrem ernst nehmen«.

Zum ersten Mal werden wir jemanden von draußen in unserem Heim haben. Einen Angehörigen des Systems, der hier wohnt und schläft. Das ist aufregend, aber auch gefährlich. Deswegen bestand ein wichtiger Teil der Vorbereitung darin, dass wir lernten, wie wir die Fragen zu beantworten haben, denn einige von uns Kindern werden wirklich mit dem Guardian sprechen. Einige Kinder wurden dafür ausgewählt. Und ich gehöre zu ihnen.

Ich lege die Arme auf ein frisch gestrichenes Fensterbrett, atme die Emulsionsdämpfe ein, sauber und chemisch. Von hier aus habe ich freie Sicht auf die Auffahrt.

Ein Auto bewegt sich langsam durch die Tore, und meine Eltern winken eifrig. Er steigt aus dem Wagen, meine Eltern schütteln ihm die Hand. Obwohl ich sie nur von hinten sehen kann, weiß ich, dass sie jetzt lächeln. Der Guardian lächelt auch. Ich bin überrascht, denn er ist alt. Älter als meine Eltern, vielleicht im Alter von Großeltern. Sein komplett weißes Haar reicht ihm bis kurz hinters Ohr, und sein Gesicht wirkt gütig. Er ist hochgewachsen und dünn, sieht anders aus als die Erwachsenen hier.

»Willkommen!«, kann ich sie gerade so sagen hören.

Ich renne durchs Haus, und zwar so, dass ich durch die Fenster sehen kann, wie sie näher kommen. Mein Vater redet laut, während er den Mann draußen herumführt.

»Wie Sie sehen, gibt es hier keine Wächter, die irgendjemanden am Gehen hindern würden, keine Rottweiler und keinen Stacheldraht«, kommentiert meine Mutter lachend. »Die Leute können kommen und gehen, wie es ihnen gefällt.«

Dieses Haus liegt mitten auf dem Land, in einem Radius von mehreren Meilen um uns herum gibt es gar nichts. Ich frage mich, wohin man denn überhaupt gehen sollte.

Wir setzen uns an den Mittagstisch. Eine besondere Mahlzeit – Würstchen mit Kartoffelbrei, Besteck auf den Tischen, Kannen mit Saft. Heute ist es, als wären wir Könige und Königinnen.

»Nun, das sieht sehr lecker aus«, sagt er. »Man hat mich davor gewarnt, mit Ihnen zu essen, denn Sie könnten mich ja vergiften und dann zum Bleiben überreden.« Das sagt er augenzwinkernd und schmunzelnd. »Aber wie sollte man solchen Kaventsmännern mit Kartoffelbrei widerstehen können?«

»Solche Kaventsmänner ... « Ich spüre, wie ich das Wort vor mich hin flüstere, damit ich es nicht vergesse.

Mein Dad lacht. »Ich bin sicher, Sie haben viele solcher lächerlichen Dinge über uns gehört. Deswegen freuen wir uns ja so sehr, dass Sie hergekommen sind und unser Leben selbst kennenlernen wollen.«

Während des Essens erzählt er uns Geschichten über seine Kinder – sie sind unheimlich gern draußen, schauen aber trotzdem viel zu viel fern. Er erzählt uns, dass er überall auf der Welt herumgereist ist und mit Leuten über ihr Leben gesprochen hat. Meine Eltern erzählen ihm auch von unseren Reisen.

»Wir haben dem Herrn in Indien gedient, in Afrika, in ... « Mein Dad nimmt seine Finger zu Hilfe, um alles aufzuzählen, dann fügt er mit stolzgeschwellter Brust hinzu: »Unsere Kinder haben ein sehr vielfältiges Leben in vielen verschiedenen Kulturen erfahren.«

Damit meint er bestimmt die verschiedenen Klimazonen, in denen wir gelebt haben – da hat er recht, davon kennen wir viele.

Wenn der Guardian spricht, schaut er uns dabei in die Augen. Er schaut wirklich hin, als wäre er davon überzeugt, dass wir etwas

Interessantes sagen werden, fast, als wären wir genauso wichtig wie die Erwachsenen. Er lächelt oft, er lacht, und wenn er einen dabei erwischt, wie man ihn anstarrt, zwinkert er einem zu, damit man sieht, dass es okay ist. Das weiß ich, weil er mich beim Starren erwischt hat.

Der Guardian gibt einem das Gefühl, dass man ausatmen darf, nachdem man lange die Luft angehalten hat. Aber sie, meine Eltern, haben uns gewarnt, das würde er vielleicht machen: Er würde uns vermitteln, dass wir uns entspannen können, aber wir wissen, dass das nicht stimmt. Denn der Guardian könnte versuchen, unserer Gruppe oder unserer Lebensweise zu schaden. Wenn wir einen Fehler machen, etwas Falsches sagen, weil wir uns entspannt fühlen, weil er freundlich lächelt und uns zuzwinkert, könnte er etwas Negatives über uns schreiben, und dann kommen wir vielleicht alle ins Gefängnis.

Meine Mom kommt mich holen. Ich soll jetzt mit ihm sprechen.

In meinem Bauch wird es unruhig. Ich gehe durch die Wohnzimmertür und sehe ihn auf der Couch mit dem Blumenmuster sitzen, die ich erst vor zwei Tagen geschrubbt habe, um die Flecken herauszubekommen. Ich habe die aufgestickten Blüten sauber gemacht, weil er kommen würde. Licht strömt durch das Fenster und fällt auf sein weißes Haar. Es leuchtet, wie bei einer Pusteblume, wenn man sie in die Sonne hält.

»Hallo, Bexy.«

»Hi.«

»Wie geht es dir heute?«

»Sehr gut, vielen Dank.«

Ich lasse mich in einem Sessel nieder.

»Also, Bexy, du weißt jetzt ein paar Dinge über mich, weil ich schon etwa einen Tag hier bin, aber ich weiß nicht viel über dich, oder?«

Ich schüttele den Kopf. »Wäre es also in Ordnung, wenn ich dich ein paar Dinge frage, um ein wenig mehr über dich herauszufinden?«

Ich nicke. »Ja.«

Es ist, als würde ich mich in seinem Blick spiegeln. Um seine Augen herum gibt es Hautfältchen, die tiefer werden, wenn er lächelt.

Als Erstes fragt er mich, wie alt ich bin.

»Fast elf«, antworte ich.

Er fragt mich, wo ich geboren bin. Er fragt mich nach meinen Geschwistern, ich soll ihre Namen und ihr Alter nennen. Er sagt, dass es schön sein muss, so eine große Familie zu haben.

Ich sage: »Ja, das stimmt.«

Er fragt mich nach unseren Lieblingsspielen, und ich erzähle ihm, was wir immer gespielt haben, bevor wir nach England gekommen sind. Dabei wurde eine Kartoffel versteckt – wir nannten das Spiel »Kartoffel! Kartoffel!« Er lacht und meint, das klinge ja lustig, und er würde es gern mal ausprobieren.

»Das Gute daran ist, auch wenn man ansonsten nicht so viel hat, kann man normalerweise irgendwo eine Kartoffel auftreiben«, erkläre ich. Dann fühle ich mich dumm, weil ich das gesagt habe.

Die Fragen, mit denen die Erwachsenen gerechnet haben, stellt er mir nicht: die über das Armageddon, über Moses David, über das »Flirty Fishing«. Er scheint sich vor allem für Dinge zu interessieren, über die ich nie rede, über die niemand etwas von mir wissen will. Dann kommt sie, diese eine Frage, die sich so anfühlt, als klopfe jemand an eine Tür, von der ich nicht gewusst habe, dass ich sie öffnen kann.

»Bexy, was möchtest du einmal werden, wenn du groß bist?«

Als ich das höre, halte ich den Atem an. Ich spüre, wie sich meine Augen weiten, während die Frage in meinem Kopf größer und größer wird. Sie durchdringt meinen ganzen Körper – ich kann fühlen, wie sie in meinen Adern kribbelt, als wäre es elektrischer Strom, ich kann sie in meinem Herzschlag spüren.

Die Zimmerdecke über ihm öffnet sich, sie brennt mit dem Feuer des Armageddon, da sind schwarze Wolken und Schwefel. Ich kann den Heiligen Geist, Jesus, Gott und Moses David in ihren leuchtend weißen Gewändern dastehen sehen, Schwerter in der Hand, und ein Heer aus Engeln, ganze Legionen von ihnen erfüllen den Himmel mit Szenen der Gewalt.

Während die Erde brennt, habe ich blitzartige Visionen von dem, was kommen wird. Ich sehe mich als Jugendliche, wie ich die Soldaten des Antichristen bekämpfe. Ich sehe meinen Tod, den Tod, auf den wir alle uns vorbereitet haben. Ich sehe die verschiedenen möglichen Szenarien meines Todes: durch einen Schuss ins Herz, an einem Baum erhängt, nackt an einem Kreuz verblutend, geköpft mit meinen Geschwistern um mich herum, und immer weigern wir uns, Moses David abzuschwören.

Seine Stimme durchdringt die Vision, die Zimmerdecke schließt sich. Und da gibt es wieder nur uns beide:

mich und den Guardian.

»Na, ist dir was eingefallen? Was möchtest du gerne werden, wenn du groß bist?«

Ich versuche, die Lüge in seinem Gesicht zu lesen; ich suche nach Unehrlichkeit, vielleicht nach einem Witz, aber ich finde nichts dergleichen. Es ist eine aufrichtige, ehrliche und vielleicht auch eine ganz normale Frage. Also gibt es diese Möglichkeit vielleicht. Vielleicht werde ich ja eines Tages groß?

Weil mir nichts anderes einfällt, sage ich zu ihm: »Ich möchte Journalistin werden, ich möchte jemand werden wie Sie.«

Meine Worte laufen wie Blut über die Seite, wie Aquarellfarben, blaue Buchstaben vermischen sich miteinander. Ich wische mir über die Augen, bevor meine Tränen größeren Schaden anrichten oder diesen Moment auslöschen können. Die Blaue Stunde hat gerade begonnen und durchflutet den Raum mit ihrem sanften Licht. Meine Sicht verschwimmt, und ich betrete die Welt meines Schreibens. Das hier ist ein Teil von mir, es ist aus mir herausgeflossen und hat dieses Haus gefüllt, dieses Zimmer, das Zuhause, das ich mit so viel Mühe gefunden habe, das Zeug, mit dem ich es fülle, das Leben, von dem ich nicht zu hoffen gewagt hatte, es wäre möglich. Und während ich in dieser ganzen Bläue dasitze, in diesem Augenblick aus der Vergangenheit, der mich zu einer anderen Person gemacht und mir das Leben ermöglicht hat, das ich jetzt führe, begreife ich, dass ich den *Guardian* finden und ihm danken muss.

***

Seit einer Woche suche ich jetzt nach dem *Guardian*. Meine Freundinnen Jess und Selina kommen zum Abendessen.

»Kleine Kreatur! Du hast gekocht?« Jess ist beim Hereinkommen erstaunt. Die beiden haben mir vor einigen Jahren den Spitznamen »Kleine Kreatur« gegeben (»weil du aussiehst wie so ein kleines wildes *Tier*«), und ich bin entschlossen, das als Kompliment zu nehmen.

»Ich *kann* kochen«, gebe ich zurück. »Als Kind habe ich ständig gekocht.«

»Ja, aber das klang ziemlich eklig, zumindest deinen Erzählungen nach.«

»Ach, schade aber auch! Ich habe nämlich ein *Sekte Spezial* für uns gekocht …«

»Opferlamm Gottes?«, macht Selina mit.

»Echt?«, fragt Jess nach.

»Nein. Scharfe Reisnudeln, du Dummkopf!« Ich lege ein paar Kissen um einen niedrigen Tisch auf den Boden und öffne dann eine Flasche Wein für meine Gäste.

»Sehr elegant«, meint Selina.

»Nur für euch beide. Ihr wisst doch, das Zeug bekommt mir nicht«, sage ich.

»Du hältst drei Nächte hintereinander auf einem Rave durch, aber ein paar Schlucke Wein hauen dich immer noch um?«, entgegnet Selina.

»Schon ein Schluck ist zu viel«, sage ich mit einem Lächeln.

»Du wärst wirklich eine beschissene Katholikin! Weizen verträgst du nicht, und Wein auch nicht«, kommentiert Jess.

»Ich würde sofort in die Hölle kommen!«, stimme ich ihr lachend zu.

Wir schlürfen das scharfe, wohltuende Essen in uns hinein und sprechen direkt über alles Mögliche. Jess ist weggezogen, dafür wird Selina bald in meiner Nähe wohnen, und sie hat jetzt mit dem Dating angefangen. Jess ist meine erwachsenste Freundin – sie hat letztes Jahr geheiratet.

»Woran arbeitest du denn zurzeit? Gibt es irgendwelche Gigs, zu denen wir kommen sollen?«

»Yeah, sicher ... Na ja, irgendwelche Gigs gibt's ja immer.« Dann wechsle ich unauffällig das Thema. »Ich habe euch doch von diesem Journalisten vom *Guardian* erzählt, oder?«

Jess und Selina gehören zu den Menschen, die von meiner Kindheit wissen. Nicht alles, aber doch so viel, dass ihnen klar ist, welche Auswirkungen die Begegnung mit dem Journalisten und »diese eine Frage« auf mich hatten.

»Klar, natürlich«, bestätigt Selina.

»Warum denn? Ist was passiert?«, will Jess wissen.

»Ich habe beschlossen, ihn zu suchen und mich bei ihm zu bedanken«.

»Großartig, einfach großartig!« Selina klatscht in die Hände.

»Wie willst du das denn machen?«, fragt Jess.

»Na ja, ich habe ein bisschen recherchiert und konnte das Ganze schon eingrenzen. Ich habe herausgekriegt, wer damals für den *Guardian* gearbeitet hat, aber ich kann den Artikel nicht finden, den er über uns geschrieben hat ...«

»Bexy, du weißt doch, dass Zachs Eltern beide für den *Guardian* geschrieben haben, oder?«, fragt Jessica.

»Nein, ich hatte keine Ahnung, was Zachs Eltern machen«, gebe ich zurück.

»Wir können sie doch vielleicht fragen, ob sie diesen Mann kennen. Sie sind schon seit Jahren beim *Guardian*, sie können dir sicher helfen.«

Zach ist ein Freund von uns. Ich kenne ihn seit Jahren, wir sind sogar ganz kurz miteinander ausgegangen.

»Ach, das wäre ja großartig«, sage ich, und es fühlt sich so an, als könnte das Ganze real werden.

»Wie heißt denn der Typ, nach dem du da suchst?«, erkundigt sich Jess.

»Walter ... Walter Schwartz«, sage ich.

»Du willst mich wohl verarschen!« Jess springt auf.

»Was denn?«

»WILLST DU MICH VERARSCHEN???«

»Wieso denn?«

»Bexy, Walter Schwartz ist Zachs Dad!«

***

Wir fahren übers Land nach Greenacres. Zach sitzt am Steuer, seine Freundin Laura auf dem Beifahrersitz und Selina mit mir auf dem Rücksitz.

»Ich kann es ganz einfach immer noch nicht glauben«, meint Zach.

Dass ich in einem Nachtclub jemanden kennengelernt habe, der sich als der Sohn des Journalisten entpuppt, der mein Leben verändert hat, ist einfach bizarr. Zach hat mir bei unserem ersten Date gesagt, er würde mich sehr gerne seinem Vater vorstellen. Ich fand das gleichzeitig merkwürdig und direkt – damals wusste ich noch nicht, dass sein Vater merkwürdige Geschichten und Leute sammelte. Jetzt ergibt das Ganze mehr Sinn.

»Walter hat dich also kennengelernt, als du ein Kind warst? In der Sekte? Das ist ja total verrückt!«, meint Laura.

»Wenn man sich vorstellt, dass wir uns schon lange kennen … Ich meine, das ist wirklich völlig verrückt«, fügt Zach hinzu.

»Völlig verrückt!«, stimmt ihm Laura zu.

Das Ganze ist *völlig verrückt*, denke ich.

»Ich kann den Augenblick gar nicht abwarten, wenn ihr euch gleich seht«, meint Laura. »Was willst du denn zu ihm sagen?«

Ich werde langsam nervös. Die Erwartungen sind zu hoch.

»Das hier ist doch keine Comedy oder so was. Ich werde einfach Hallo sagen. Außerdem habe ich ihm neulich eine E-Mail mit allem geschrieben, was ich ihm sagen will, also weiß er, was ich empfinde, und das ist auch gut so! Ich wüsste nicht, wie ich das alles in der Realität sagen sollte.«

Ich hatte mich direkt nach dem Abendessen mit Selina und Jess hingesetzt.

Hi Walter!
Das hier ist wahrscheinlich eine der seltsamsten E-Mails, die ich je in meinem Leben geschrieben habe. Ich wollte eigentlich damit anfangen, dass ich nicht so richtig weiß, was ich schreiben soll, aber ich habe so viel darüber nachgedacht, dass ich tausend Dinge zu sagen habe. Ich weiß bloß nicht so richtig, wie ich anfangen soll.

Zuallererst: Ich erwarte nicht, dass Sie sich an mich erinnern. Ich kann mir vorstellen, dass Sie in Ihrem Leben eine Million Interviews geführt haben, und ich war nur eines davon. Aber vielleicht ist das auch gar nicht wichtig, denn ob Sie sich erinnern oder nicht, die Begegnung mit Ihnen hatte eine gewaltige Wirkung auf mich. Und das wollte ich Ihnen eigentlich nur sagen.

Vielleicht klingt das ja übermäßig dramatisch, aber die meisten meiner Freunde kennen die Geschichte über »meinen Guardian-*Journalisten«, und sie wissen, dass sich für mich an dem Tag, an dem ich mit Ihnen gesprochen habe, alles geändert hat.*

Wahrscheinlich sollte ich Ihnen ein paar Hintergrundinformationen über mich geben. Meine Eltern waren Gideon und Rachel Scott, sie haben mehr oder weniger die ganze PR für die Familie *übernommen. Unter all den Familien wurden wir ausgewählt – wahrscheinlich weil wir diejenige waren, die nach außen hin am normalsten wirkte.*

Nach dem Interview mit Ihnen habe ich viele, viele weitere gegeben, und die meisten davon sind zu einer riesigen Frage-und-Antwort-Sitzung verschmolzen, aber das Interview mit Ihnen war ganz anders.

Ich gehe davon aus, dass Sie ziemlich viel über die Lehren der Sekte wissen, aber als wir aufwuchsen, sagte man uns, wir würden in einer »Endzeit« leben. Im Großen und Ganzen sei ich dazu bestimmt, als Märtyrerin zu sterben, und ich würde nie älter als vierzehn werden.

Deshalb hatte ich damals noch nie über meine Zukunft nachgedacht. Viele Kinder in der Familie lebten in Hoffnungslosigkeit: Wir glaubten, unser Schicksal sei vorherbestimmt. Schule brauchte man nicht, denn was hätten wir mit Bildung anstellen sollen, wenn wir doch umkamen, bevor wir sie hätten gebrauchen können?

Während unseres Interviews haben Sie mich gefragt, was ich einmal werden möchte, wenn ich groß bin. Das hat sich für mich angefühlt, als hätte sich eine Tür in eine andere Welt geöffnet, in der ich die Möglichkeit haben würde, etwas zu sein, wenn ich groß wäre.

Seit meinem zehnten Lebensjahr habe ich Ihnen danken wollen – es tut mir leid, dass ich bis heute gebraucht habe, um Sie zu finden.

Bexy

Innerhalb einer Stunde hatte ich eine Antwort von ihm. »Warum kommen Sie dieses Wochenende nicht nach Greenacres?«

Selina hält meine Hand. *Kann sie spüren, wie aufgeregt ich bin?* Sie lächelt sanft.

»Was auch immer passiert, das wird ein ganz besonderer Moment«, meint sie.

Wir erreichen die Auffahrt, und sofort fühlt es sich an wie eine Comedyszene, obwohl ich das gerade abgestritten habe: Hunde kommen bellend angerannt, um uns zu begrüßen, gefolgt von einer Mutter mit von Grau durchwirktem Haar, die einen bunten, bequemen Overall trägt und uns aufgeregt zuwinkt. Auf ihrer Schulter sitzt ein Weißhaubenkakadu, der sich ebenfalls zu freuen scheint, uns zu sehen.

»Hallo, Mom!«, sagt Zach, als wir halten.

Dann entdecke ich ihn. Er steht mit einer Tasse in der Hand im Türrahmen. Er ist hochgewachsen und dünn, hat ein bisschen weniger Haar, aber ich erkenne ihn sofort.

Meinen *Guardian*.

Die Hunde lecken uns Hände und Gesicht, alle umarmen sich, alle quietschen vor Freude. Plötzlich sitzt der Kakadu auf meiner Schulter, und Dot, Zachs Mutter, wendet sich mir zu.

»So, Bexy«, sagt sie. »Dann gehst du jetzt wohl am besten zu ihm hin und sagst Hallo.«

Ich gehe auf ihn zu, und mit einer Stimme, die ich seit meinem elften Lebensjahr in tausend Träumen gehört habe, sagt er: »Hallo, Bexy. Willkommen in Greenacres.«

Am Küchentisch werden Teetassen gefüllt, viele verschiedene Gespräche laufen durcheinander, und die Hunde sitzen erwartungsvoll unter dem Tisch, weil sie hoffen, dass ein paar Krümel für sie abfallen. Ich weiß, dass ich spreche – ich kann meine Stimme hören –, aber ich weiß nicht genau, welche Worte ich sage. Ich bin voller nervöser Energie, mein ganzer Körper kribbelt nur so vor Energie. Ich fühle mich, als wäre ich in eine andere Welt eingetreten.

In ihre Welt.

Ihre Welt mit den Feldern, den Wildpferden, den Papageien und Boston Terriern aus dem Tierheim, ist wunderschön und chaotisch. Ich fühle mich sofort, als könnte ich die Schuhe ausziehen, mir selbst einen Kaffee kochen und mich dann jedem beliebigen Thema unter der Sonne zuwenden. Hier gibt es keine Tabus.

Ich lerne alle Papageien in Dots Minirettungsstation kennen und erfahre alles über ihr trauriges Leben, bevor sie hierherkamen und sich Dot um sie kümmerte. Ich verliebe mich sofort in einen Papagei namens Baby, der tanzt, wenn man ihm »Happy Birthday« vorsingt. Baby hat keine Flügel, weil irgendwelche Jungen sie abgeschnitten haben, aber sie ist trotzdem ein glücklicher Weißhaubenkakadu. Es scheint, als merke sie gar nicht, dass ihr etwas fehlt, auch wenn sie ein bisschen sehr auf Zuwendung aus ist. Jedenfalls lässt sie sich für das ganze Wochenende häuslich auf meiner Schulter nieder.

Walter und Dot haben ihr Leben in vollen Zügen genossen. Ihre Fotoalben sind voller Bilder von ihnen in Nudistenkolonien, auf französischen Bauernhöfen und bei diversen Abenteuern auf der ganzen Welt. Auf dem Tisch liegt ein Buch, das sie zusammen geschrieben haben: Es handelt von nachhaltigem Leben. Sie sind auf witzige Weise verrückt, merkwürdig, dabei nachdenklich und offen. Wir machen lange Spaziergänge und trinken zu viel Kaffee, wir liegen herum und schauen fern. Ich fühle mich wie zu Hause.

»Was wirst du jetzt also damit anstellen?«, fragt mich Walter beim Abendessen.

»Womit denn?«, frage ich zurück.

»Mit deiner Erfahrung?«, präzisiert er.

»Wie meinst du das?«, will ich wissen.

»Nun, du hast all das durchgemacht und Dinge gesehen, die manche von uns vielleicht nie sehen werden, ein Leben außerhalb der ›Norm‹ geführt. Was willst du jetzt damit anstellen?«

»Sie *braucht* aber noch gar nichts damit anzustellen«, meint Dot.

»Na ja, ich habe ein bisschen was geschrieben ...«, setze ich an.

»Wirklich?«

»Ja ... Hauptsächlich so Dark-Comedy-mäßig, kurze Geschichten, lustiges Zeug.«

»Meine Liebe ...« Walter schaut mich verwirrt an. »Also, was ich darüber weiß ... Nun ja, so richtig lustig war das nicht, ist das nicht.«

Dot schaut zu mir rüber.

»Was ist mit deinen Geschwistern?«, fragt sie – vielleicht, weil sie mir zu Hilfe kommen will. »Sind die alle draußen?«

»Die meisten.«

Als ich diese beiden Worte ausspreche, frage ich mich, ob man meine Traurigkeit heraushört.

»Ach«, sagt Dot.

»Diejenigen, die immer noch drin sind, sind zu jung, um rauszukönnen. Es geht ihnen gut, sie sind nicht in der Gruppe, in der ich war – ich meine, es ist kompliziert –, die Gruppe hat so viele verschiedene Versionen ihrer selbst durchlaufen. Jetzt ist das Ganze wie eine christliche Kommune, nicht mehr wie eine Sekte.«

Während ich das sage, hoffe ich, dass es stimmt.

»Ich meine, wenn sie in derselben Gruppe wären wie ich damals, in einer Gruppe im selben Stil, würde ich sie alle kidnappen.« Ich sage das mit einer Überzeugung und Tapferkeit, die mir nicht so recht gelingen will.

»Du brauchst dich nicht schuldig zu fühlen, weil du draußen bist ...«, sagt Dot. »Du solltest stolz darauf sein und dich tapfer fühlen.«

Ich werde verlegen.

»Gute Nacht«, sagt Walter und legt Dot eine Hand auf die Schulter. Vielleicht schämt er sich auch, oder er schämt sich für mich.

***

Ich gehe ins Bett, aber ich schlafe nicht lange.

Der vertraute elektrische Schlag durchfährt mich.

Ich schaue auf mein Smartphone: 2:56 Uhr.

Ganz großartig, denke ich.

Ich klettere über den warmen Körper der schlafenden Selina neben mir aus dem Bett und gehe ins Wohnzimmer.

Du liebe Zeit, wie verlegen ich gestern Abend war – und wie verlegen ich wahrscheinlich die anderen gemacht habe, weil ich über dieses ganze Zeug gesprochen habe! Wenn man es sich anschaut, darüber diskutiert und es auseinandernimmt, fühlte es sich einfach an wie ganz viel Scheißgejammer am Stück. Widerlich. Gar nicht so sehr wie ich selbst. Eklig, wenn man genau hinschaut. Ich muss wirklich nicht noch mal durch den ganzen Mist durch, oder? Ich bin die, die ich bin, trotz der Gruppe, nicht wegen der Gruppe. Dennoch sitze ich jetzt wieder da, nachts, ohne Schutz und unfähig, mich zu verstecken.

In meinem Hirn rattert es. Ich nehme mir meinen Stift und fange an zu schreiben.

Ich bin jetzt schon eine Weile wach und denke über gestern Abend nach.

Es ist eine ganz komische Mischung an Gefühlen, die da in mir hochkommt. Manche von ihnen sind warm. Wir hatten einen wunderschönen Abend mit zwei unglaublich intelligenten älteren Leuten. Aber ich bin auch ein bisschen frustriert … ich weiß nicht, wie ich es sagen soll … ein bisschen verwirrt deswegen.

Nachdem Walter ins Bett gegangen war, wandte sich das Gespräch etwa zwei Stunden lang mir zu. Ewig lange. Das fühlte sich unangenehm an, seltsam und als würde ich mir selbst zu viel Bedeutung beimessen.

Wir sprachen darüber, wie es war, die Children of God *zu verlassen, darüber, was ich als Nächstes getan habe, und über das Überlebensschuld-Syndrom, das einem zusetzt, wenn man rauskommt. Ich weiß, dass ich darunter leide, denn jetzt, beim Schreiben, unterdrücke ich einen Schmerz, der sich so verzweifelt einen Weg ins Freie suchen will. Ich behalte ihn in mir, weil ich fürchte, wenn ich ihn herauslasse, werde ich nicht in der*

Lage sein, ihn aufzuhalten. Er wird mich überfluten, und ich werde darin ertrinken.

Du bist eine richtige Heulsuse, Scheiße bist du.

Alle haben ganz liebe Dinge zu mir gesagt: »Du musst dich innerlich von der Gruppe abgrenzen, sonst kommst du nie darüber hinweg«, »Du musst erst alle Brücken abbrechen, um dich selbst entdecken zu können«, »Wenn du die ganze Zeit über Kontakt gehabt hättest, hättest du dich damit kaputtgemacht«. Ein Teil von mir weiß, dass das alles stimmt. Doch ein anderer Teil von mir sagt, dass ich ein ganz unstetes, wildes Partyleben geführt habe, während meine Geschwister in einer religiösen Gruppe festsitzen. Ich mindere meine Schuldgefühle, indem ich mir sage, dass sie nur eine milde Version dessen erleben, womit ich aufgewachsen bin. Aber während ich mich hier draußen »selbst entdeckt« habe, waren einige meiner Schwestern noch immer in der Gruppe, wurden immer noch missbraucht, und meine Brüder sind von meinen Eltern in einer Township zurückgelassen worden. Meinen jüngsten Bruder hat man vernachlässigt, weil er nicht sprechen konnte.

Ich habe versucht, mich davon abzugrenzen, doch sie sind immer noch mittendrin. Und mir wird klar, dass das auf eine gewisse Weise auch noch auf mich zutrifft.

Wenn man ein Trauma unterdrückt, *glaubt* man, man könne entscheiden, ob oder wann man sich damit auseinandersetzt, das ist die Sache. Aber manchmal wird es ganz einfach für einen entschieden.

Du musst dich mit deinem Mist auseinandersetzen … Bevor *er* sich mit *dir* auseinandersetzt.

***

Als wir aus Greenacres wegfahren, spüre ich, wie sich in mir etwas regt; ich bin auf eine magische, merkwürdige Weise mit Walter verbunden. Mich überwältigt nicht nur das Übernatürliche daran, sondern auch das Gefühl, das es mir gibt.

In meinem Kopf höre ich seine Stimme, immer und immer wieder:

»Was wirst du damit anstellen?«

»Was wirst du damit anstellen?«

»Was wirst du damit anstellen?«

Mich überkommt ein unmittelbarer, starker Drang, etwas mit meiner Vergangenheit anzufangen, und mein Kopf ist so voller Fragen wie niemals zuvor. Es fühlt sich an, als hätte ich keine Wahl. In gewisser Weise hat mich dieser Besuch wachgerüttelt.

Ich denke darüber nach, was ich zurücklassen werde. Meine Arbeit. Mein Haus: das Haus, das mir die Sicherheit geschenkt hat, nach der ich mich immer so sehr gesehnt habe. Meine Freunde. Meine Familie. Meine ganze Welt: die Welt, die ich mir über so lange Zeit erschaffen habe.

Angst und Aufregung überfallen mich. Ich werde an Orte zurückkehren müssen, von denen ich mir geschworen hatte, sie nie wieder aufzusuchen. Ich muss mich vielleicht auf eine Art und Weise mit mir selbst auseinandersetzen, die mir Angst machen wird. Möglicherweise muss ich Fragen stellen, auf die ich keine Antworten hören will. Vielleicht wird das ganze Unternehmen niederschmetternd, vielleicht bricht es mir das Herz, vielleicht wird es manchmal sogar schlimm. Vielleicht beginnt jetzt aber auch das Furcht einflößendste, großartigste Abenteuer meines Lebens.

Um das hier richtig anzugehen, muss ich ins Mutterland der Sekten zurückkehren, zurück dorthin, wo all das angefangen hat. Zurück zu den Wurzeln unserer Gruppe, an den Ausgangspunkt, den Grund dafür, dass ich in die Welt der Kommunen und der Isolation hineingeboren wurde, in die Welt von Moses David und Armageddon.

Amerika.

3. Kapitel

Ich bekomme keine Luft mehr: Sieben Jahre davor

»In den Van. JETZT!«

Ich spüre eine Hand im Nacken, die mich durch die Seitentür des Wagens schiebt.

»JETZT, HABE ICH GESAGT!« Dads Stimme ist laut und zittert, man hört förmlich das Adrenalin darin. Ich habe etwas über dem Kopf und kann nichts sehen. Als der Motor ganz plötzlich startet, spüre ich den Metallboden des Vans an meinen Knien. Wir rutschen zurück, als mein Dad beschleunigt und hinaus in die Straßen von London fährt.

»Was glaubst du, wie haben sie uns gefunden?«, höre ich meine Mom fragen.

»Sei still, Rachel, ich muss mich aufs Fahren konzentrieren.«

Autohupen ertönen, als die Reifen den Asphalt berühren und dann von der Straße abheben. Der beißende Geruch von verbranntem Gummi erfüllt den Boden des Vans.

Ich schiebe mir das Tuch von den Augen, um etwas sehen zu können, und greife nach der Hand meiner großen Schwester Kate. Sie hat sich neben mich gehockt. Kurz vorher hat sie meinen kleinen Bruder und meine Schwester in den Van gezerrt. Sie schaut geradeaus, mit starrem Blick. Falls sie Angst hat, zeigt sie es nicht. Kate ist dreizehn Jahre alt, und von dem Kind, das sie einmal war, ist nichts mehr übrig.

Ich bin acht, und wir fliehen gerade zum zweiten Mal innerhalb weniger Monate. Zum zweiten Mal ist eine unserer Kommunen enttarnt worden. Das kann kein Zufall sein, es muss eine Verbindung geben. Jemand *muss* ihnen gesagt haben, wo wir wohnen.

Als ich meiner Schwester ins Gesicht schaue, beißt sie sich auf die Unterlippe. Ich denke, sie versucht aber vor allem, das Gleichgewicht zu halten, weil wir so wild fahren, und es liegt weniger daran, dass sie Angst hat.

Seit unserer letzten Flucht sind vier Monate vergangen, und sie hatte mit einem Jungen im »Teen Home« zu tun, den Kate mochte. Er hat uns alle in Gefahr gebracht. Das »Teen Home« war ein großes altes Haus irgendwo weit draußen, voller Teenager, die man »neu trainierte«, weil sie stärkere, gehorsamere Anhänger von Moses David werden sollten, bessere Soldaten für die Endzeit. Sieben Jahre Kampf, sieben Jahre Flucht, Märtyrertum, in denen wir Kinder als Auserwählte kämpfen und sterben sollen, auserwählt von Gott.

Wir waren noch nicht lange in dem Heim, als es passierte. Eines Nachmittags kam ich ins Zimmer und fand Kate weinend auf dem Bett unserer Mutter vor. Sie hatte die Vorhänge zugezogen, um das Tageslicht auszusperren, deswegen hielt ich mitten in der Bewegung inne. Schon sehr lange, seit wir Afrika verlassen hatten, hatte ich sie nicht mehr so gesehen, keine richtigen Gefühle bei Kate wahrgenommen. Ich glaubte nicht, sie fragen zu können, warum sie weinte – es war die Art des tief empfundenen Kummers, dem man einfach Raum lässt.

Später fand ich dann heraus, dass der Junge weggelaufen war, den sie mochte, Solomon. Er hatte versucht, mit einer Kopie seines Passes über die Grenze zu kommen. Ich kann mir gar nicht vorstellen, wie er es überhaupt so weit geschafft hat; er war erst vierzehn Jahre alt. Ich hörte, wie die Erwachsenen leise und in ernstem Ton darüber sprachen. Wenn die Polizei einen Minderjährigen anhielt, der illegal in ein anderes Land zu reisen versuchte, würde es nicht lange dauern, bis sie bei uns vor der Tür ständen.

»Er ist clever genug, es bis an die Grenze zu schaffen, also müssen wir davon ausgehen, dass er unsere Adresse kennt. Wir sollten los und nicht abwarten, bis es passiert.« Mein Vater, entschlussfreudig, entschieden, unser Lehrer. Er scheint immer zu wissen, was zu tun ist, er wirkt immer so selbstbewusst.

Wenn von uns Kindern überhaupt jemand Selbstbewusstsein hat, kommt das, weil wir ihn nachahmen. Vielleicht ist es nachgeahmt, weil es eher wie ein leeres Spiegelbild wirkt als wie etwas Erlerntes.

Und so flüchteten wir mitten in der Nacht. Unsere Besitztümer befanden sich in mehreren Vans mit verschiedenen Zielen, als Sicherheitsmaßnahme. Durch die schnelle Reaktion meines Vaters landeten wir in dem Heim in Hendon, aber irgendwie haben sie uns dort auch gefunden.

Ich schaue durch den Spalt zwischen den Vordersitzen auf den gekrümmten Rücken meines Dads. Die Schultern sind angespannt, und er steuert uns rasend schnell durch die Straßen. Sein mittellanges Haar ist nicht mehr so lockig wie früher. Es wird langsam braun, vielleicht auch grau; früher war es rot. Die Zeichen des Alterns sind an seinen Händen besonders deutlich, weil er gerade das Steuer umklammert; ich habe Angst, dass seine Venen platzen wie Trauben, auf die man getreten ist.

Die durch den Gummigestank hervorgerufene Übelkeit steigt mir in die Kehle. Ich ziehe mir das Tuch vom Kopf, setze mich aufrecht hin, halte mich fest und spanne beim Versuch, das Gleichgewicht zu halten, die Kiefermuskulatur an. Der Gestank des Motors setzt mir zu.

Diesmal haben die Leute, die uns gefunden haben, Fotos von uns zu machen versucht, deswegen hat uns Dad befohlen, unsere Gesichter zu verbergen, als wir zum Van rannten.

»Gehst du anschaffen? Gehst du für Jesus anschaffen?«, hörte ich einen von ihnen durchs Fenster meiner Mutter zurufen.

Doch obwohl mir übel ist und ich ein wenig Angst habe, bin ich froh darüber, das Hendon Home zu verlassen. Das Hendon Home war eine ganz normale, strenge, nach außen abgeschirmte Kommune im Norden Londons: reglementierte Tage, viele Pflichten, Gebete, Anbetungen und Disziplin. Eine Kommune im großen Stil, Welten entfernt von den kleinen Heimen, in denen wir in Afrika und Indien gelebt hatten. Aber der echte, größte Vorteil liegt darin, »Onkel« Jonathan zurückzulassen – die Erleichterung darüber übersteigt jede Angst, die ich gerade empfinde.

»Uncle« und »Auntie«, also »Onkel« und »Tante«, haben wir alle Erwachsenen in unseren Heimen zu nennen. Als wir ins Hendon Home gezogen sind, musste sich unsere ganze Familie in einem Schlafzimmer zusammenquetschen, wir acht Kinder schliefen auf dem Boden, meine Eltern in einem Doppelbett in der Mitte. Mein ältester Bruder Chad (fünfzehn Jahre), dann Kris (vierzehn Jahre), dann Kate (dreizehn Jahre), dann Joel (zwölf Jahre), dann ich und schließlich die jüngeren Kinder: Josh (sechs Jahre), Sam (fünf Jahre) und das Baby (sechs Monate) im Doppelbett. Meine älteste Schwester Ruth (siebzehn Jahre) ist nicht mehr bei uns – mit vierzehn ist sie in ein Trainingslager in Thailand gegangen. Das ist schon Jahre her, und wir haben sie seitdem nicht mehr gesehen.

Chad ist superschlau. Er ist lang, dünn und blond, und er bekommt immer Ärger, weil er irgendein Buch am Wickel hat, obwohl er das nicht soll. Ich weiß gar nicht, wo er die Bücher herbekommt. Neulich wurde er mit einem Wörterbuch erwischt, und man hat vor allen Heimbewohnern ein Exempel an ihm statuiert.

»Welcher Soldat des Herrn versteckt ein Wörterbuch? Wozu brauchst du diese ganzen langen Wörter, wenn du den Antichristen bekämpfst?«

Wegen dieses Wörterbuchs erntete er rücksichtslosen Spott, doch er kannte das Risiko, das er einging, wenn er so etwas bei sich trug.

Von allen Personen, die ich kenne, hat mein Bruder Kris die meiste Energie. Er sei »hyperaktiv«, habe ich Dad einmal sagen hören. Dabei ist er freundlich und kümmert sich um mich, hat rostrotes Haar und ganz viele Sommersprossen.

Kate ist jetzt still. Sie war nicht immer so. Als sie jünger war, brannte ein Feuer in ihr, und sie hatte ganz schön Temperament – mehr als wir alle. Aber das ist vorbei, seit wir ins neue Heim gezogen sind. Man hatte sie gemeinsam mit Kris und Chad zu einem Training nach Indien geschickt. Damals war sie zwölf, und die drei lebten sechs Monate lang dort. Was auch immer dort passiert ist, es hat Kate völlig verändert. Sie spricht nicht darüber, doch jeden Tag verschwindet sie mehr und mehr im Hintergrund.

Das ist eine kluge Strategie. Klug, wenn man überleben will. Ich wünschte mir, ich könnte es manchmal auch, aber mein großes Mundwerk macht es mir schwer, mir Auseinandersetzungen zu ersparen.

Joel ist ganz anders. Er ist spontan, laut und hat es faustdick hinter den Ohren. Mit seinem hellbraunen Haar und seinen Verrücktheiten, die fast schon dumm wirken, ist er eher der Typ Junge, der nie über mögliche Konsequenzen nachdenkt – und derjenige, der von meinem Dad am häufigsten fertiggemacht wird.

Josh ist niedlich, clever und seltsam. In den ersten drei Jahren seines Lebens hat er kein Englisch gesprochen, sondern lieber eine eigene Fantasiesprache benutzt, die eher wie Russisch klang. Vom Alter her ist er mir am nächsten. Wir haben um die Aufmerksamkeit anderer konkurriert, seit er zur Welt kam. Er war schon immer klein für sein Alter – vielleicht, weil ich ihm die Muttermilch weggetrunken habe, vielleicht wurde er aber auch einfach nur so geboren.

Sam ist wie Kris – er sieht genauso aus wie er, aber von der hektischen Energie hat er ein bisschen weniger mitbekommen. Er ist schon überall raufgeklettert, bevor er laufen konnte. Ein gefährliches Hobby für einen winzigen, sanften Abenteurer.

Baby V. ist einfach ein Bündel aus blonden Locken und Gurgelgeräuschen. Zu jung, als dass sie irgendwas von dem hier verstehen könnte oder begreifen würde, dass wir irgendwie anders sind.

Das merkt man erst so langsam, wenn man ein bisschen älter ist.

Weil wir zu acht sind und zwischen uns ein Altersunterschied von bis zu siebzehn Jahren liegt, wird es immer bestimmte Gruppierungen geben. Wer weiß, vielleicht trifft das ja auf alle Geschwister zu? Die Älteren müssen sich um die Jüngeren kümmern, es gibt Unterschiede, was die ganzen Erwartungen betrifft, und es geht darum, dass man möglicherweise unterschiedlich behandelt wird.

Die ersten fünf Kinder in unserer Familie sind superclever und hatten mehr Einflüsse von außen, zum Beispiel haben sie unsere Großeltern kennengelernt. (Meine Eltern hatten Kontakt zu ihnen, bevor sie nach Indien gegangen sind, weil sie Geld für die Reise brauchten.)

Ich bin die Nummer sechs und kurz vor unserem Umzug nach Indien geboren. Ein Teil dessen, was meine Großeltern den älteren Kindern beizubringen versucht haben, kommt immer zu uns jüngeren durch: Mitgefühl, dass man andere beschützt, Geduld. Einerseits kennen die jüngeren Kinder vielleicht nicht alle Arten der Freiheit, die wir hatten, bevor wir den »wahren Heimen« beitraten. Doch andererseits sind sie sich auch nicht völlig der Disziplin, der unterdrückenden Regeln und der Praktiken bewusst, die man befolgen muss, wenn man in die höhere Altersgruppe gehört.

In unserer Familie ist eines ganz klar, auch wenn es bestimmte Unterschiede zwischen den Mitgliedern gibt: Es geht immer um WIR gegen DIE. Wir sind das Rudel, und sie, die Erwachsenen, sind der Feind. Wir beschützen einander, wir bilden eine Verteidigungslinie gegen unsere Eltern, die Uncles und Aunties, die Führer und Hirten. Egal, welche Namen sie sich für sich selbst ausdenken – die Erwachsenen. Bei uns geht es nicht um Lieblinge, es gibt keine Lieblinge. Wir verraten einander nicht. Es ist ein ungeschriebenes Gesetz, und man wird hineingeboren: Wir gegen die.

Auf diese Weise ist man sicher.

Genau genommen kann man *nur so* in Sicherheit bleiben.

Aber jetzt sind wir wieder auf der Flucht. Jetzt gibt es nur unsere Familie in diesem Van, deswegen hoffe ich, dass das auch so bleiben wird, wo immer wir auch hinfahren. Und das wäre das beste Ergebnis einer Razzia aller Zeiten.

Joel sagt immer zu mir, ich sei zu optimistisch, eine naive Träumerin, und dass sich die Dinge nie so entwickeln würden, wie ich mir das vorstelle.

Vielleicht ist das diesmal aber anders.

Eigentlich gab es da niemals nur uns. Wir haben auch in Afrika, in Indien und auf Mauritius immer in Kommunen gelebt. Aber es war nie so wie jetzt. Bevor wir hergekommen sind, waren wir nie so isoliert – wir sind als singende Gruppe losgezogen, um Leprakolonien zu besuchen, Altenheime und Supermärkte. Obwohl wir kein Teil der Welt waren, sahen wir sie hin und wieder. Wir tauchten kurz in sie ein. Wir wussten, dass es sie gab. Und wir hatten Zeit. Freizeit. Schöne, wundervolle, unbegrenzte Zeit ohne jede Einteilung.

Doch es fühlt sich an, als wäre das schon eine Ewigkeit her.

Als ich ungefähr vier war und wir in Afrika lebten, hatten wir einen riesigen Garten mit einem Wald an einem Ende. Manchmal blieben wir stundenlang unbeaufsichtigt und konnten herumstreuen. Im Grün-Braun unseres Waldes bildeten wir Gangs; Bündnisse und Kriege entstanden zwischen den Soldaten des Antichristen und der Armee Jesu – die Eichelkugeln der Lakaien Satans konnten einen so hart treffen, dass man blaue Flecken bekam, manchmal durchdrangen sie sogar meine Haut.

Und irgendwann waren die Kugeln, die durch unseren Garten flogen, keine Eicheln mehr, sondern ganz echte, aus ganz echten Pistolen. Damals wurde die gesamte Familie unserer Nachbarn von einer Gang ermordet. Die Kugeln kamen durch unser Schlafzimmerfenster, und wir versteckten uns unter dem Bett. Ich erinnere mich daran, wie unsere kleinen Körper unter der Matratze zusammengedrängt waren, wie ich meinen Brüdern ins Gesicht schaute und in ihren Augen meine eigene Aufregung widergespiegelt fand. Wir waren erzogen worden, mit solchen Augenblicken zu rechnen: Wir hatten keine Angst, wir glaubten einfach, die Endzeit sei früher als geplant angebrochen.

Und obwohl mein Dad uns das Leben immer schwer gemacht hat, weil er ein aggressiver, wütender, gewaltbereiter und geringschätziger Mann war, der alle drangsalierte, war das nichts im Vergleich zum Leben in einem richtigen Heim. Wie im Hendon Home oder in dem Heim davor … oder in dem davor. Er ist nur ein einzelner Mann, doch in den Heimen gibt es eine ganze Legion von *denen*.

»Was meinst du, wohin jetzt?« Ich höre die dünne Stimme meiner Mutter, die es wagt, eine Frage zu stellen.

Dad mag es nicht, wenn man etwas fragt, vor allem nicht, wenn er gerade fährt. Doch wir sind jetzt seit fast einer Stunde im Van, und er hat inzwischen das Tempo gedrosselt. Ich kann nicht durch die Windschutzscheibe schauen, aber ich habe das Gefühl, dass wir uns inzwischen auf breiteren Straßen befinden; es gibt weniger Kurven, und besonders übel ist mir auch nicht mehr.

»Wir können in kein Heim. Man hat uns verraten, so ein Heim kommt nicht mehr infrage.«

»Aber wir haben gar nichts mitgenommen«, erwidert sie in ergebenem Tonfall.

»Wir müssen einfach irgendwie zurechtkommen. *Scheiße!* Ich habe die KISTE im Haus vergessen.«

In der KISTE befand sich *alles*. Wir haben sie in jedes Land mitgenommen, in dem wir jemals gelebt haben. Die KISTE ist riesig, aus Metall und Leder. Sie enthält unsere Pässe, unsere Geburtsurkunden, Briefe und Bücher von Moses David. Und unsere Fotos, Tausende von ihnen. Wenn man diese KISTE aufmacht, öffnet man die Tür zu einer visuellen Geschichte unserer Familie. Mein Vater war schon immer ein begeisterter Fotograf – in den meisten Heimen baute er sich eine Dunkelkammer in einem Schrank, um seine Bilder selbst entwickeln zu können.

Als ich meinen Dad sagen höre, dass wir die KISTE verloren haben, denke ich sofort an die Porträts von Josh und Sam. Groß sind sie, Schwarz-Weiß-Aufnahmen – und wunderschön. Wie werden sie nie wiedersehen, aber ich werde sie nie vergessen. Ich schließe die Augen und habe sie vor mir: Sam wirft der Kamera einen Kuss zu, er hat lange Locken.

»Du siehst aus wie ein Mädchen!«, hatte Josh kichernd gesagt.

Er sieht schön aus. Obwohl Josh auf seinem Foto albern lächelt, liegt in seinem Blick eine ganz besondere Weisheit. Ich will mich an mehr erinnern, an mehr von unseren Erinnerungsstücken, die wir nie wiedersehen werden, deswegen halte ich die Augen weiterhin geschlossen und folge innerlich dem Umriss eines Fotos von mir als vierjährigem Mädchen, wie ich in Südafrika draußen vor unserem Haus sitze. Ich trage einen Bikini aus hell- und knallrosa Blumen, den meine älteren Schwestern für mich gemacht haben. Ich erinnere mich daran, wie die beiden in der Sonne gesessen und pinkfarbene Blumen zusammengenäht haben, und ich habe schweigend zugeschaut, weil ich die magische Aufmerksamkeit nicht stören wollte, die ich selbst und mein königinnengleiches Outfit erhielten.

Ich kneife die Augen noch fester zu und lächle, weil ich Farben und Umrisse eines Fotos aus der Zeit vor mir sehe, als meine Großeltern uns gefunden hatten. Sie waren um die ganze Welt gereist, um uns auf Mauritius sehen zu können. Alles ist in Gold, Grün und Sepia getaucht. Wir sind vor einem alten Auto versammelt. Ich, etwa zweieinhalb Jahre alt, stehe vor meinem Grandpa, und meine Grandma hat Josh auf dem Arm, noch ein Baby. Damals wurden ich und der arme Josh gleichzeitig gestillt.

Mit der KISTE haben wir jeglichen Beweis dafür verloren, dass wir überhaupt existieren; unsere Identitäten und unsere Vergangenheit, alles ist auf einen Schlag weg.

Ich sollte erst viel später merken, wie viel mir dieser Identitätsverlust bedeuten würde.

»Wir fahren jetzt auf einen Campingplatz und lassen uns da unauffällig nieder«, verkündet Dad.

»Okay, das klingt nach einem guten Plan.« Mom widerspricht ihm nur selten. Dann fragt sie leise: »Wo denn?«

»In Wales«, gibt er zurück.

Wales? Ich kenne den Namen des Landes nicht, nur das englische Wort für diese riesigen Tiere. Ich stelle mir ein großes, wunderschönes blaues Meer voller Wale vor. Sie schwimmen, tauchen, springen majestätisch im Wasser herum. Wales muss ein Ort sein, den Leute von überallher besuchen, um die größten Kreaturen des Ozeans zu sehen: Tiere, die so groß sind, dass Jona drei Tage in ihnen leben konnte! Das wird sicher toll, wie Ferien.

Ich lächle Kate an und hoffe, dass sie meine Gedanken lesen kann. Sie wirft mir einen merkwürdigen Blick zu, während mich die Bilder in meinem Kopf immer mehr begeistern. Sicher weiß sie mehr über Wale als ich, aber wir sind klug genug, hinten im Van nicht miteinander zu reden. Das haben wir uns nicht einmal getraut, als wir noch in Afrika lebten, denn dann schleuderte mein Vater den Arm im Auto herum wie eine Abrissbirne auf der Suche nach etwas, was sie durchschlagen kann. Dabei hoffte er einfach, dass »die Krachmacher« sich irgendwo in der Reichweite seiner Faust befanden. Diese Schläge nannte mein Dad »dicke Ohren« oder »Knöchelsandwich.« Ein »dickes Ohr« ist ein Schlag an die Seite des Kopfes; davon bekommt man keine blauen Flecken, aber man hält sofort in allem inne. Der andere Schlag trifft einen sehr hart oben auf dem Kopf. Auch das gibt keine blauen Flecken, aber eine schlimme Beule, und das Ziel ist erreicht.

Verhalte dich unauffällig, sei still, und sieh zu, dass du dir keine dicken Ohren oder Knöchelsandwiches einfängst.

Joel kriegt davon am meisten ab – er hört einfach nicht zu, es ist ihm egal, oder er hat einfach nur eine höhere Schmerztoleranz. Vielleicht treffen auch alle drei Überlegungen zu. Joel holt sich pro Tag mindestens ein Sandwich.

Wir fahren jetzt schon seit Stunden, die Dämmerung ist vorbei, und es ist dunkel. Ich fahre unheimlich gern im Auto durch die Nacht, ich liebe die Lichter der Tunnel und die Straßenlaternen und die Reflektoren auf dem Asphalt. Wenn man die Augen ein bisschen zusammenkneift, fühlt es sich manchmal an wie eine Zeitreise – man könnte in jedem beliebigen Teil der Geschichte landen. Sogar von hier, vom Boden des Minibusses aus, von wo man tagsüber nicht so viel sehen kann, nur Stücke eines wolkigen Himmels. Nachts kommen die Lichter zu einem: Sie dringen in den Van ein und tanzen an der Decke entlang, verändern die Form, wenn man auf sie zu- und dann von ihnen wegfährt. Sie wachsen, sie werden länger, verschwinden. Freundliches Feuer über das Metalldach.

Endlich wird der Minibus langsamer: Wir haben unser Ziel erreicht. Wo auch immer wir sind, hier ist es kälter. Sogar hier drinnen kann ich meinen eigenen Atem sehen.

Ich kann hören, wie mein Dad vor dem Van mit einem Mann mit einem komischen Singsang-Akzent spricht, den ich noch nie zuvor gehört habe. Es klingt wie eine Art Handel: »Da ist der Anschluss für das Wasser«, »Hier gibt es Strom«. Dad reißt unter lautem Klappern die Tür des Vans auf, und obwohl ich darauf gefasst bin, erschreckt mich der Lärm, während mich zugleich die eiskalte Luft ins Gesicht trifft.

Ich starre aus dem Bus auf einen riesigen Ausschnitt der sternklaren Nacht im offenen Himmel über uns. Der Singsang-Mann ist weg – Dad hat sicher mit Absicht gewartet, weil die Leute immer überrascht sind, wenn sie so viele Kinder gleichzeitig aus einem Fahrzeug steigen sehen. Fremde kichern dann oft und sagen: »Haben eure Eltern keinen Fernseher?« Damit meinen sie, dass meine Eltern zur Unterhaltung nur Sex haben können. Ich habe den »Habt ihr keinen Fernseher?«-Witz schon sehr oft gehört, aber irgendwann merken die Leute, dass er gar nicht so witzig ist, weil wir wirklich keinen Fernseher haben.

Fernseher sind Teufelswerk.

Wir steigen aus, alle nacheinander, klopfen uns die verkrampften Beine, versuchen durch Draufklatschen das Kribbeln loszuwerden.

Und dann entdecken wir unser neues Heim: einen knallgelben Wohnwagen am Rand eines Feldes. Wie ein Leuchtturm ragt er in den dunklen Nachthimmel. Gelb ist vielleicht nicht die beste Farbe für ein Leben im Untergrund, aber ich vermute, es gibt mindestens vier Betten, und das bedeutet Luxus – drei mehr, als wir im Hendon Home hatten.

Yes! Ich werde immer noch auf dem Boden liegen, weil ich erst an fünfter Stelle ein Anrecht auf ein Bett habe, aber wenigstens haben wir ein bisschen Platz. Aufregend!

Alles ist besser als das Hendon Home, Uncle Jonathan und sein Sohn Cainan. Jeder Tag außerhalb der Kommune ist ein guter Tag.

Langsam trotten wir zu unserem neuen gelben Heim. Das Licht brennt, und wir sehen die Holzverkleidung und die braunen Polster mit aufgestickten Blumen an den Rändern. Fast ein 3-D-Effekt. Durch ihre braunen Blätter sehen sie tot aus, als hätte man sie auf einen Scheiterhaufen gelegt und würde jetzt darauf warten, dass alles angezündet wird. Müde alte Blumen. Wir haben den ganzen Tag nichts gegessen, aber da steht eine Schachtel mit Essen in der Küche – vermutlich gehört sie zur Ausstattung.

Wie praktisch! Und ich dachte schon, das Abendessen fällt heute aus.

Alle schauen mit gierigem Blick zu der Schachtel, auf der »SMASH« steht.

»Was ist denn SMASH?«, frage ich.

Kate nimmt die Schachtel in die Hand und liest die Anleitung.

»Kartoffelpulver. Wie Kartoffelbrei, aber in Pulverform«, erklärt sie.

»Hey!«, ruft Joel.

Wir trinken seit Jahren Milchpulver, essen Eipulver, und jetzt auch noch Kartoffeln in Pulverform? Ich frage mich, was man noch so alles in Pulver verwandeln kann.

Nahrung in Pulverform ist perfekt für die Letzten Tage, denn sie wird nie schlecht.

Meine Eltern haben sich in den hinteren Teil des Wohnwagens zurückgezogen, die braunen Blumenvorhänge geschlossen, um einen Platz für sich zu haben, und damit diesen Teil in ein Schlafzimmer verwandelt. Aber weil nur die toten Blättervorhänge sie vor uns schützen, können wir ihre Unterhaltung hören.

»Ich weiß es nicht, Rachel. Ich *weiß* es nicht! Wir müssen einfach abwarten. Irgendjemand sagt ihnen immer, wo wir stecken.« Dad ist aufgewühlt, er steht eindeutig unter Stress.

»Ist ja gut, ist ja gut.« Mit sanfter Stimme versucht ihn Mom zu beruhigen.

Kate setzt Wasser auf, und wir warten auf unser Abendessen in Pulverform. Ich schaue mich unter meinen Geschwistern um. Manche stehen da, manche sitzen auf dem Boden, manche auf den Kissen rund um den Tisch. Wir alle sind dürr, das war schon immer so, aber die letzten paar Monate scheinen zusätzlich ihren Tribut gefordert zu haben. Vielleicht liegt es daran, dass ich uns nur sonnenverbrannt kenne, von Sommersprossen übersät, mit roten Wangen vom afrikanischen Wind, der aus der Halbwüste Karoo kommt. Der Wind, der sich so anfühlt, als bliese Gott mit einem riesigen Föhn über das Land: heiß, wild und knochentrocken.

Wenn ich die Augen zumache, kann ich fast spüren, wie mir der Wind durchs Haar peitscht, doch sobald ich sie wieder öffne, sehe ich den Kontrast: Jetzt sind wir blass, mit teigiger Haut, sehr dünn. Wie zu oft gewaschene alte Socken, grau und geschrumpft, weil man sie zu häufig benutzt hat.

Der SMASH ist verteilt. Wir schlingen den Brei herunter, der ein bisschen wie eine Mischung aus Bleistiftspänen und Kleber schmeckt. Aber das Essen ist warm, und es wird das Magenknurren unterdrücken, das manchmal so laut wird, dass man nicht schlafen kann. Lecker schmeckt das Ganze nicht, und trotzdem sind alle dankbar.

Wir suchen uns ein Plätzchen zum Schlafen im Wohnwagen. Alle kennen ihre Stellung in der Hackordnung, und es gibt keine Kämpfe. Ich lande zwischen zwei Betten im hinteren Teil, und obwohl mir das gefällt, hoffe ich gleichzeitig, dass nachts niemand auf mich tritt, der zur Toilette muss.

Was für ein Tag, denke ich, als ich mich in die Decke kuschle. *Damit habe ich überhaupt nicht gerechnet. Unser Leben hat sich total verändert.*

Und vielleicht sehen wir ja morgen ein paar Wale.

***

Das hier ist der feuchteste Ort, an dem ich jemals gewesen bin. Alles ist tiefgrün und triefnass. Das Gras gleicht einer Matratze oder einem Schwamm, vollgesogen mit Wasser. Es fühlt sich an, als wolle der Boden meine Füße schlucken, so gummiartig und durchgeweicht ist er. Wir sind jetzt seit einer Woche auf dem Campingplatz, und jeden Morgen beim Aufwachen sehen wir den tief hängenden Nebel sowie eine Frostschicht, die normalerweise bis zum Mittag verschwunden ist und auf allem einen glänzenden Schein hinterlässt.

Ich habe mich getäuscht, Wale gibt es hier nicht. Aber es gibt Schafe mit Keuchhusten oder Bronchitis. Sie leben hinter einem Zaun direkt vor unserem Wohnwagen, und sie husten die ganze Nacht. In der ersten Nacht haben wir geglaubt, es wären lauter alte Männer – Kris meinte, es klingt, als hätten sie ihr ganzes Leben lang geraucht. Als wir begriffen, dass es eine Schafherde war, fanden wir das urkomisch. Kris meinte, vielleicht rauchen die Schafe auch gern. Aber inzwischen ist es nicht mehr witzig. Das Husten scheint niemals aufzuhören, und das bedeutet, dass wir nie richtig schlafen können.

Aber in einer Sache hatte ich recht: Das hier ist ein Ferienlager. Das steht auf einem Schild am Eingang des Campingplatzes. Und es ist eigentlich niemand hier außer uns, was bedeutet, dass wir überall herumrennen können und dass wir die riesigen Duschanlagen ganz für uns allein haben.

Ich betrete den eiskalten Duschraum, und mir tun von dem kalten Metall und dem Beton sofort die kleinen Füße weh. Ich betätige den Duschhahn. Das Wasser läuft fünfzehn Sekunden am Stück. Man muss sehr oft drücken, bis das heiße Wasser aus dem Metallduschkopf kommt. Ich versuche dem eiskalten Wasser auszuweichen, das neben mir auf den Boden prasselt, denn meine Zähne klappern so sehr, dass sie mir fast aus dem Kiefer springen.

Es ist mein erster Winter. Ich kannte vorher keine Kälte. Sobald sie einmal in einen reingekrochen ist, kann man sie nicht mehr abschütteln. Kälte ist ganz anders als Hitze. Die Kälte kriecht einem in die Knochen, lässt sich dort häuslich nieder und geht einfach nicht mehr weg. Der Kontrast zu dem, wie wir aufgewachsen sind, in brütend heißen Ländern, bedeutet einen Schock für meinen Körper.

Ich erinnere mich daran, wie schwer man an jedem anderen Ort, an dem wir bisher gelebt haben, Abkühlung finden konnte. Mit zwei Jahren habe ich in Indien immer auf einem Steinboden geschlafen, damit ich ein kaltes Gesicht hatte – ich wollte keine Decke, keine Kissen, nichts. Ich lag mit der Wange auf dem Boden, und wenn sich die Seite erwärmte, drehte ich mein Gesicht um, wie ein Stück Speck in der Pfanne. Das klingt wie ein anderes Leben, als wäre es eine Ewigkeit her. Alles hatte knallbunte Farben, und es war so heiß, dass meine Erinnerungen förmlich brutzeln. Jetzt ist alles nass und neblig und eisig und kalt – und wir sind »auf der Flucht«.

»Waaah, JOEL!«

Der scharfe Schmerz, verursacht von einem nassen Handtuch, peitscht über mein Bein. Das gibt einen blauen Fleck. Joel lässt das Handtuch herumwirbeln, will noch einmal zuschlagen. Schreiend renne ich aus dem Duschraum.

»Aufhören! Hör auf!«, rufe ich lachend.

Joel lässt sich niemals eine Chance zum Ungehorsam entgehen. Und dann zieht er mich immer in irgendwelche Streiche mit rein. Er jagt mich über den Campingplatz, bis ich nicht mehr rennen kann, dann haut er mir noch einmal aufs Bein.

»Jetzt brauchst du noch eine Dusche«, meint er. »Schnell, beeil dich, bevor Dad dich sieht!«

Ich bin über und über mit Schlamm bedeckt, und mir ist schrecklich kalt.

»Findest du es hier besser als im Hendon Home?«, frage ich Joel, als wir zu den Duschräumen zurückgehen.

»Klar, natürlich. Das Hendon Home war der Horror!« Der Satz amüsiert ihn. »Das H-endon H-ome war der H-orror«, wiederholt er.

»Mir gefällt es hier auch. Obwohl Dad hier ist. Trotzdem ist es besser«, sage ich, als wir den Raum betreten, wo sich Kate gerade ein Handtuch um den Kopf wickelt.

»Sicher vermisst du deinen Freund, Cainan«, neckt mich Joel.

»Igitt, nein!«, rufe ich. Ich finde es schlimm, dass er so etwas sagt.

Aber Joel lässt sich nie die Möglichkeit entgehen, mich zu quälen. »Der war auch nicht mein Freund, der war widerlich«, füge ich leise hinzu.

»Uncle Jonathan wollte, dass er dein Freund wird. Er wollte, dass ihr beide Seeeeeeex habt«, macht Joel weiter, weil er weiß, dass ich mich darüber ärgern werde.

»Iiiiih!« Ich weiß aber, dass er nicht falschliegt – Uncle Jonathan hat tatsächlich versucht, mich dazu zu bekommen, *so was* mit Cainan zu tun.

»Ich glaube, mit ihm stimmt etwas nicht«, fügt Kate hinzu.

Kate hat sicher recht, sie weiß über solche Dinge Bescheid.

»Mit Uncle Jonathan stimmt eine ganze Menge nicht«, füge ich leise hinzu.

Ich denke an die vielen Male zurück, bei denen er versucht hat, uns irgendwie zu demütigen: Wir haben Schläge mit einem Holzlöffel bekommen, wurden angeschrien, mussten schweigend in der Ecke stehen. Wer nicht ordentlich abgespült hat, musste das Spülwasser trinken.

Und dann gab es da die schlimmste Bestrafung von allen: Man musste die Hände hinter dem Kopf halten und stundenlang aufrecht knien, bis es sich anfühlte, als stünden die eigenen Gliedmaßen in Flammen. Das Brennen lief durch die Oberschenkel bis in die Oberarme. Wenn man die Arme sinken ließ, ging alles wieder von vorne los.

»Ja, bei Uncle Jonathan ist das ganz klar, aber ich spreche jetzt von Cainan«, erklärt Kate.

Ich muss daran denken, wie mich Uncle Jonathan unter Druck gesetzt hat, mit Cainan Dinge zu tun, die ich nicht tun wollte. Wie er mich und Cainan in dasselbe Bett steckte und mir befahl, mich auszuziehen, während er zusah. Dann war jemand ins Zimmer gekommen, und ich war mit meinem Kleiderbündel in der Hand nach draußen gerannt.

»Er war NICHT mein Freund.« Mir setzen die Erinnerungen und Joels Worte zu.

»Ich habe dir doch gesagt, der ist ein Bleibweg«, meint Kate besänftigend.

»Bleibwegs« nennen wir Kinder heimlich die Erwachsenen, von denen man sich besser fernhält. Die erkennt man normalerweise sofort. Wir hatten schon bald ein Radar für ihre Verhaltensweisen entwickelt. (Als Erwachsene fand ich später heraus, dass die korrekte Bezeichnung für einen Bleibweg »pervers« oder »pädophil« ist und man in solchen Fällen von Kindesmissbrauch spricht.) Am Anfang erklärten einem die älteren Geschwister, wer von den Erwachsenen so ein Bleibweg war, aber bald lernte man, sie selbst zu erkennen. Bleibwegs haben ein paar typische Eigenschaften: Sie schauen einen ein wenig zu lange an oder interessieren sich zu sehr dafür, einen zu bestrafen. Manchmal, und das waren die Bleibwegs, die man am schwersten erkannte, waren sie gerade *freundlicher* zu einem als andere Erwachsene. Aber diese Art Bleibweg gab es wirklich nur selten.

Um das zu tun, was du mit Kindern in unseren Heimen anstellen willst, brauchst du nicht freundlich zu sein. In den meisten Heimen gab es mindestens einen Bleibweg. Wenn man mit einem zusammenlebte, versuchte man, nicht allein mit dieser Person in einem Zimmer zu sein und sie nicht zu reizen.

Bleib bei deinem Rudel, und mach dich möglichst unsichtbar.

Die Kinder, denen die Bleibwegs am gefährlichsten wurden, waren die älteren, die keine Geschwister hatten, die ihnen alles Wichtige hätten beibringen können, oder die Kinder aus kleineren Familien, ohne schützendes Wolfsrudel um sich herum. Am schlimmsten traf es natürlich die Kinder, deren eigene Eltern Bleibwegs waren. Es hatte eine Zeit gegeben, in der die Onkel ihre eigenen Töchter heiraten durften, und das hatten manche auch wirklich getan.

Wir haben Glück, wir sind ein starkes Rudel. Wir haben uns immer umeinander gekümmert und dafür gesorgt, dass alle in Sicherheit waren.

Jedenfalls bis jetzt. Doch hier gibt es keine Bleibwegs. Wir können uns entspannen, denn das hier ist ein Ferienlager.

***

Letzten Endes sind wir fast zwei Monate in unserem knallgelben Wohnwagen geblieben. Der letzte Monat auf dem Campingplatz verging allerdings in einem Nebel aus Kälte und Krankheit.

Jetzt sitzen wir wieder auf dem Boden des Vans und sind unterwegs, um eine neue Kommune namens »Birmingham Home« zu gründen. Unser Aufbruch ist erst wenige Stunden her, aber schon fühlt sich der Campingplatz an wie ein rasch verblassender Traum.

Vielleicht waren wir ja nie dort, vielleicht waren wir die ganze Zeit hier im Van, überlege ich.

Aber tief im Inneren weiß ich, dass das nicht stimmt, weil ich mich so schwach fühle. Meine Glieder haben die Magen-Darm-Grippe noch nicht vergessen, die ich mir auf dem Campingplatz eingefangen habe. Gespielt habe ich schon eine ganze Weile nicht mehr, ich habe einfach nicht die Energie dafür. Und die Kälte setzt mir noch viel mehr zu als vor zwei Monaten. Wegen der Grippe konnte ich lange nichts bei mir behalten.

Ich liege hier auf dem Boden des Vans und winkle die Beine an. Sie sind winzig, wie dürre Stöcke in einer sackartigen Hose – derselben, die ich fast jeden Tag trage, seit wir in den Untergrund gegangen sind.

Birmingham Home, Birmingham Home ... Mit den Lippen forme ich diese Worte ein paar Mal hintereinander. Sie fühlen sich komisch im Mund an.

»Wie das nächste Haus wohl sein wird?«, flüstere ich Kate zu.

»Pssst«, warnt sie mich leise und streichelt mir dabei über das Haar.

Ich habe Mom und Dad über eine »Farm« sprechen hören. Ich stelle mir ein warmes Feuer vor, Wolldecken, Grillhähnchen, Gesänge und große bequeme Sofas, auf die man sich legen kann. Alles glüht wohlig rot und duftet wunderbar.

Ich halte Kates Hand und lächle.

Bald passiert etwas Schönes, das spüre ich.

***

»Vielleicht ist hier ja mal ein UFO gelandet. Es sieht aus, als hätte es einen Unfall mit einem Raumschiff gegeben«, meint Josh, als wir alle am Rand des Trümmerfeldes stehen, das ein Wohnzimmer darstellen soll. Wir können das Stockwerk unter uns sehen.

»Wir kommen in friedlicher Absicht«, sagt Joel lachend.

Kate probiert den Lichtschalter aus.

»Kein Strom«, kommentiert sie, und dabei wirkt sie nicht überrascht.

Wir sind auf der Farm. Wie ein Zuhause fühlt sich das hier nicht an. Es sind einfach ein paar Schuppen, die man wohl angegriffen hat. Es sieht aus, als hätten Bomben das Innerste aller Gebäude zerstört.

Mein Dad kann zwar alles Mögliche reparieren, aber das hier scheint einfach zu kaputt zu sein. Keine Heizung, kein Strom, und überall in den Räumen riesige Löcher.

Meine Mutter trifft auf den geteilten Unglauben ihrer Kinder.

»Wir schlafen einfach alle in einem Zimmer, dann wird es warm. Wir holen uns den Gasherd, stellen den in die Mitte, und ihr könnt euch im Kreis drumherum legen.« Während sie das sagt, ändert der Wind auf unheimliche Weise sein Heulen, und plötzlich peitscht er durch die Löcher im Haus. »Das wird hier ganz schnell warm und gemütlich«, fügt sie mit schwacher Stimme hinzu.

Wir nicken zustimmend. Ich schaue mir an, wie Mom versucht, die Situation für uns akzeptabel zu machen. Sie *versucht* das immer. Sie redet beruhigend auf Dad ein, spricht leise mit ihm, steht zu seinen Entscheidungen. Wenn irgendjemand von uns Kindern zu eifrig darauf bedacht ist, den Leuten alles recht zu machen, ist das ein Echo ihres Verhaltens. Sie stellt den Puffer zwischen uns und ihm dar.

Wenn ich an Mom denke, ist das schwierig, denn ich kann nicht einschätzen, was ich ihr gegenüber denken oder empfinden soll. Das ist verwirrend, aber ich habe sie immer beschützen wollen.

Irgendwie fühlt es sich fast so an, als wäre sie eine von uns, als würde man sie auch durch die Gegend zerren, als hätte sie in dieser Sache nicht besonders viel zu sagen. Sie ist ständig schwanger, stillt immer, bringt immer ein Kind zur Welt. Selbst wenn mal scheint, als gäbe es Pausen zwischen den Kindern – das bedeutet nur, dass sie Fehlgeburten hat.

Und sie ist schon seit Jahren, wirklich seit Jahren, sehr krank. Inzwischen hat sie fast ihr ganzes Haar verloren und ist schrecklich dünn. Ich erinnere mich daran, dass sie im Bett lag und zu schwach zum Aufstehen war, daran, wie ich sie retten wollte, aber nicht wusste, wie.

Ist das unsere Schuld? Haben wir, ihre vielen Kinder, bei unserer Geburt jeweils ein Stück von ihr mitgenommen?, frage ich mich, und vielleicht geht es nicht nur mir so. Vielleicht spüren wir alle, dass wir sie beschützen wollen, und fühlen uns schuldig, was Mom betrifft.

***

Es ist mitten in der Nacht, und die rote Glut des Gasherdes erhellt den Raum. Alle schlafen, und ich höre eine Symphonie der nächtlichen Geräusche: Atemzüge, Geraschel, leise Bewegungen. Ich bewege mich ganz behutsam auf die Glut des Gasherdes zu und stelle meine Füße so dicht daneben, wie es nur geht. Auf diese Weise bekomme ich drei Minuten lang Wärme durch meine Socken, bevor meine Füße anfangen zu brennen. Ich weiß, dass das irgendwann zu viel wird, aber ich brauche Wärme.

Zack! Als es zu schlimm wird, reibe ich mir schnell die Füße und versuche, keinen Laut von mir zu geben, trotz des Brennens. Wenn der Schmerz nachlässt, werde ich ein bisschen länger als fünf Minuten warme Füße haben.

Himmlisch!

Die Welt da draußen scheint sich in Zeitlupe zu bewegen. Der Wind hat sich gelegt, und das Haus selbst ist still geworden. Durch die Scheibe erkenne ich etwas, was zu langsam für Regen und zu groß für Hagelkörner ist –*Schnee!* Josh und Sam haben heute Morgen um Schnee gebetet, weil sie noch nie welchen gesehen haben, und da ist er.

Ich gehe zum Fenster und berühre die Scheibe. Große Teile des Himmels segeln herab und lassen sich auf dem Boden nieder wie Manna. Einfach wunderschön.

»Zurück ins Bett mit dir!«, durchdringt die Stimme meiner Mom das Dunkel.

»Ein Wunder ist geschehen«, flüstere ich. »Wir haben um Schnee gebetet, und jetzt schau mal!«

»Zurück ins Bett mit dir«, wiederholt sie sanft.

Die Jungs werden sich riesig freuen, denke ich, als ich mich zwischen zwei Körper dränge, um etwas Schlaf abzubekommen. Ihre Gebete müssen wirkungsvoll gewesen sein, denn als wir am nächsten Morgen aufwachen, liegt weit mehr als ein Meter Schnee. Mom kommt aus Nordengland, und dort schneit es immer, und sogar sie sagt, das hier ist ganz schön viel.

Josh und Sam sind ganz außer sich, während sie mit bloßen Händen nach dem Schnee greifen, um ihn als Waffe einzusetzen. Doch unsere Freudenschreie verwandeln sich in Schmerzenslaute, als die Kälte unsere Fingerspitzen durchdringt wie winzig kleine, eiskalte Messer unter unserer Haut. Wir halten nicht lange durch. Der Schnee schon – er bleibt wochenlang liegen.

Jeden Tag machen wir Fortschritte mit dem Haus; wir reparieren die Fußböden, streichen Wände. Leider können wir nur eine begrenzte Anzahl von Stunden arbeiten, denn die Wintersonne geht früh unter. Es scheint, als würde sie am Nachmittag früh zu Bett gehen wollen, vielleicht ist ihr ja auch kalt.

»BexyBoots …«

Das ist Kates melodische Stimme. Sie rüttelt mich durch meinen Deckenstapel hindurch.

»Ja?« Aufgeregt setze ich mich hin.

»Alles Gute zum Geburtstag«, sagt sie und legt mir eine Hand auf die Schulter.

Das hätte ich fast vergessen! Unsere Gruppe hat noch nie Geburtstage gefeiert, meine Geschwister tun das aber. Das haben sie gelernt, als sie vor ganz vielen Jahren bei unseren Großeltern gewohnt haben.

Seit Jahren sagen meine Eltern unseren Großeltern nicht, wo wir uns aufhalten. Alles, was sie an Post schicken, wird von den Adressen anderer Leute aus weitergeleitet, zur Sicherheit.

All das ist nur für den Fall geregelt, dass sie einmal Geld schicken. Aber es bedeutet, man bekommt etwa ein halbes Jahr nach dem Geburtstag eine Karte von Grandma und Grandpa. Sie vergessen die Geburtstage nie. Normalerweise ist eine lustige Comiczeichnung vorne auf der Karte.

Manchmal ist im Innenteil eine große Zahl, und dabei stehen in ihrer Handschrift ein paar Zeilen, die einem zeigen sollen, dass man etwas ganz Besonderes ist und dass sie einen lieben und vermissen. Ganz oben steht immer: »Hier hast du fünf Pfund«, und daneben ist ein klebriges Stück Tesafilm, von dem jemand etwas aus der Karte gerissen hat.

Sie vergessen uns nie.

Deswegen kennt Kate jetzt alle Geburtstage und denkt sich immer etwas für jeden von uns aus. Und weil im Moment nur unsere Familie hier wohnt, wird sie das heute zu hundert Prozent umsetzen, das weiß ich.

Ich will schnell meine täglichen Pflichten hinter mich bringen, damit wir feiern können, deswegen stehe ich auf. Die Sonne scheint sich Zeit zu lassen. Sie wandert zum ersten Mal ganz langsam. Endlich setzen wir uns zum Abendessen hin, und dann sehe ich es: Kate bringt einen Kuchen für mich ins Zimmer. Darauf ist ein R für »Rebekah« aus Milchpulver, Wasser und Zucker, und eine unserer Kerzen für Stromausfälle steckt in der Mitte.

Ich schaue meine Geschwister an – ihre Gesichter leuchten, alle lächeln breit, während sie im Chor singen. Als wir den »Kuchen« aufschneiden, beugt sich Kris vor.

»Neun Jahre bist du jetzt!«, sagt er zu mir. »Du wirst richtig erwachsen, BexyBoots.«

Ich spüre es. Ich fühle mich anders – ich fühle mich heute wie eine Erwachsene.

***

Seit meinem Geburtstag sind einige Monate vergangen.

Mein Gesicht wird in den Teppich gepresst, in das raue Material, das nach saurer Milch stinkt. Es bohrt sich mir in die Stirn. Meine Atmung beschleunigt sich, schießt mir durch die Nase, heiß und voll von diesem Gestank.

Ihre Hände sind überall auf meinem Körper. Alle im Haus haben sich zu diesem Ritual hier versammelt. Das Birmingham Home ist inzwischen eine voll funktionsfähige Kommune. Die ganzen Regeln gelten wieder, die Zeitpläne werden befolgt. Das Haus ist voll von neuen Familien und Führern, und zu ihnen gehört Uncle Jude. Er ist unbarmherzig, er ist gewalttätig, er ist ein Bleibweg.

Und er ist unser Anführer.

Jude leitet meinen Exorzismus. Exorzismen gehören normalerweise nicht zu unserem Leben. Sie kommen nur ganz selten vor, wenn jemand etwas wirklich Schlimmes tut.

So wie ich.

»Schadabada, Shi-bad-daba, Dank sei dir, o Herr.«

Das Gemurmel in fremden Zungen erfüllt meine Ohren, und die brennen. Ich kann spüren, wie rot mein Gesicht ist, auch wenn das niemand sehen kann, weil ich vornübergebeugt bin – teils weil ich bete, teils weil es sich sicherer anfühlt, wenn ich den Kopf mit den Armen bedecken kann. Ich schäme mich zu sehr, als dass ich irgendjemanden anschauen könnte.

Durch die Hände überall auf mir fühlt es sich so an, als hätte mich der Ozean verschluckt, aber das Wasser besteht aus Körperteilen. Meine Fußsohlen werden berührt, meine Schultern, alle Teile meines Körpers. Ihre Hände verbrennen mich durch die Kleidungsstücke hindurch, die ich trage, Haut auf Haut. Die Hände der Menschen, die von mir angewidert sind, von mir enttäuscht, die sich für mich schämen.

Uncle Judes Stimme durchdringt den wirbelnden Kreis der Leute.

»Herr, wir beten für dieses Kind, von dem ein Dämon Besitz ergriffen hat, ein doppelzüngiger Dämon. Für dieses Mädchen, das diesen Dämon in sich akzeptiert hat und ihm erlaubt, durch sie zu sprechen, unser Heim mit ihren Lügen anzugreifen.«

»Schadabada, Shi-bad-daba, Dank sei dir, o Herr.«

Das Gemurmel wird lauter. Manche der Hände auf mir fangen an zu zittern. Mir wird immer heißer.

Bedeutet das, dass mich der Dämon gerade verlässt?

Die Lüge, die ich Uncle Jude erzählt habe, war so dumm. Ich hatte meinem Bruder Joel eine Nachricht geschrieben, weil ich ihn beschützen wollte. In einer Kommune gibt es überall Informanten. Manchmal legen einen Leute herein, stellen einem eine Falle und verraten einen. Und wie sich herausstellte, war Judes Sohn Amos, vierzehn Jahre alt, einer von ihnen. Sie nennen diese Leute »Leithammel« – ein Schaf, das beim Führen der anderen Schafe hilft –, wir nennen diese Leute »Spione«. Ich erkannte, wie Amos war, und wollte, dass Joel ihm gegenüber vorsichtig war, deswegen schrieb ich ihm eine Warnung. Er hatte den Zettel gelesen und ihn dann in die Sofaritze geschoben. Tage später ist der Zettel von der Putzkolonne entdeckt worden.

Nach der Entdeckung des Zettels ging es los mit der Inquisition. Sie verhörten uns, einen nach dem anderen. Ich log. Vielleicht würden wir alle noch mal davonkommen, wenn niemand etwas preisgab.

Dann hieß es, kein Kind würde etwas zu essen bekommen, bevor die schuldige Person nicht gestand. Ich wusste, das war keine leere Drohung, denn mit leeren Drohungen hielt sich Jude nicht auf, also meldete ich mich sofort. Als Teil der Bestrafung auf dem Weg zur »Besserung« sollte ein Exorzismus an mir durchgeführt werden.

»Wir werden ihr das Böse austreiben! Wir bitten dich, ihr ihre schreckliche Unaufrichtigkeit zu vergeben.«

Jetzt schreien Leute in fremden Zungen. Mein Gesicht wird noch immer in den Teppich gedrückt, und es fühlt sich an, als wäre ich in einem Tunnel aus Lärm, Händen und Hitze. Alles bebt.

»Schadabada, Shi-bad-daba, Dank sei dir, o Herr.«

»Wir vertreiben diesen bösen Geist!«, schreit Uncle Jude. »Zur Warnung soll sie von nun an ›Rebekah die Täuscherin‹ heißen!«

Ich versuche zu atmen. Meine Augen sind zugeschwollen. Ich kann nichts sehen, ich kann nicht mehr atmen. Der Lärm überwältigt mich. Meine Hände kribbeln. Meine Arme kribbeln. Mein Brustkorb wird eingedrückt, es kommt keine Luft mehr hinein. Ich ersticke. Alles wird eng um mich herum.

Ich bekomme keine Luft mehr!

4. Kapitel

Mother Truckers und Mamacita: Fünfzehn Jahre danach

»Und so beginnt das Abenteuer«, sagt Sofi lachend und zündet sich eine Zigarette an, während sie das Steuer unseres Wagens umklammert.

Ich habe Sofi in Berlin kennengelernt; damals besuchte sie die Filmhochschule. Sie arbeitet als Schriftstellerin, Fotografin und Filmemacherin. Da sie in einer offenen, spirituellen Akademikerfamilie aufgewachsen ist, kann sie sich innerhalb von Sekunden einen Zugang zum Universum erschließen. Weil wir beide Hunde, schwarzen Humor und Underground-Raves lieben, wurden wir schnell Freundinnen.

Ich schaue ihr dabei zu, wie sie unseren riesigen Truck über den Highway lenkt. Ihre großen blauen Augen sind auf die Straße gerichtet, und ihr weißblonder Fransenbob wippt mit, während sie am Steuer raucht (und tanzt).

Vor drei Monaten, als ich über meinen Laptop in ihr Berliner Apartment mit der hohen Decke schaute, in dem ich auch einmal gewohnt hatte, fragte ich Sofi, ob sie mich auf ein Abenteuer begleiten würde.

»Wir werden ein paar Sekten beitreten«, erklärte ich. »Wir machen einen Film, und er wird uns dabei helfen, Leute zu verstehen. Wir treffen Kinder, die aufgewachsen sind *wie ich.*«

Obwohl der Plan damals noch sehr unausgegoren war, zögerte sie keinen Augenblick. Sie hatte gerade ihren Abschluss gemacht, sich kurz zuvor von ihrem langjährigen Freund getrennt, und ihr wundervoller Vater war plötzlich gestorben.

Vielleicht musste sie genauso sehr weg aus ihrem Leben, wie ich jemanden brauchte, der verrückt genug war, um mit mir zu kommen.

Wir durchqueren Kalifornien auf dem Weg zu unserer ersten Gruppe, den Ananda. Wir haben schon ein paar Tage in San Francisco verbracht und den Truck eingerichtet, in dem wir in den nächsten Wochen leben werden. Wie ein frisch liiertes Paar, das zusammenzieht, sind wir zu IKEA gefahren, um Sachen für den Truck zu kaufen und ihn in ein Zuhause zu verwandeln.

Es ist eine Schönheit aus dem Jahr 1989 und sieht aus wie eine Kreuzung aus *Breaking Bad* und dem Wohnzimmer von Blanche aus den *Golden Girls* – gemütlich und beige. Ein bisschen gealtert, aber immer noch irgendwie krass. Ich habe mich auf den ersten Blick in diesen Truck verliebt. Wir haben ihn Mamacita genannt, denn der Truck wird sein wie eine liebevolle Mutter, in der wir leben dürfen und die auf unserer Reise auf uns aufpasst.

Ich gebe Sofi einen Überblick über die Geschichte der Ananda, während wir durch wunderschöne Gebirgslandschaften, vorbei an roten Felswänden, grünen Feldern und offenen Weideflächen fahren. Dieser atemberaubende Ausblick wird von meinem riesigen Truckfenster eingerahmt. Durch diesen Rahmen werde ich von nun an die amerikanische Umgebung in mich aufnehmen, eine Welt, die sich ständig verändert.

Die Ideologie und Inspiration der Ananda stammt von einem Mann, der 1893 in Indien geboren wurde. Dieser Mann war auf verblüffende Weise der spirituellen Welle der Hippierevolution voraus, und seine Ideologie fühlt sich noch heute wunderbar passend an, auch für die jungen Leute unserer Generation mit ihrem Bedürfnis, »woke« zu sein: Paramahansa Yogananda.

»Das spricht man aber nicht aus wie ›Parmesan‹«, kommentiert Sofi mit einem nachsichtigen Lachen. »Er war ein indischer Mönch, ein Yogi und ein Guru, der Millionen von Menschen in der westlichen Welt die Lehren der Meditation und des Kriya-Yoga nahegebracht hat.«

Sie übernimmt die Geschichtsstunde. Als leidenschaftliche, tief erfahrene Yogini weiß sie mehr über diesen Guru, als ich während meiner ganzen Recherche zusammengetragen habe.

Tatsächlich erlangte Paramahansa Yogananda im Westen eine so große Bekanntheit, dass er auf einem Beatles-Albumcover *(Sgt. Pepper's Lonely Hearts Club Band)* landete und zu einer der wichtigsten Inspirationen für den Apple-Pionier Steve Jobs wurde. Jobs las Yoganandas Buch, *Autobiographie eines Yogi*, bis zu seinem Tod jedes Jahr aufs Neue.

Yogananda gründete die *Self-Realization Fellowship* einige Jahre nach seiner Ankunft in Kalifornien im Jahr 1920. Sein Ideal bestand darin, »einfaches Leben und hohes Denken« zu fördern und durch die Gemeinschaft mit Gott einen Geist der Brüderlichkeit zu verbreiten. Er förderte das kulturelle und spirituelle Verständnis zwischen Ost und West und lehrte, man solle der Menschheit als einem größeren Selbst dienen.

»Ich finde, das klingt alles sehr vernünftig und fortschrittlich«, kommentiere ich.

»Und er hat sein Buch in den Vierzigerjahren geschrieben, in den Vierzigern! Es erschien nur ein Jahr nach dem Ende des Zweiten Weltkriegs«, fügt Sofi hinzu.

Yogananda war einer so *rückschrittlichen* Welt so weit voraus! Wir reden hier von demselben Jahr, in dem Frauen in den USA erstmals Land kaufen und ein eigenes Bankkonto eröffnen durften. Und während sich Yogananda in den USA niederließ, wurde 1926 James Donald Walters geboren, in Rumänien, mit amerikanischen Eltern. Er ging in vielen Ländern zur Schule, beherrschte fünf Sprachen und besuchte eine Universität, die zur renommierten Ivy League gehörte. Doch er schloss sein Studium nie ab, denn im September 1948 las er Yoganandas *Autobiographie eines Yogi*, und das veränderte sein Leben von Grund auf. Er fühlte sich so inspiriert, dass er das gesamte Land durchquerte, um in Südkalifornien ein Jünger von Paramahansa Yogananda zu werden – James Donald Walters gab es nicht mehr; er wurde zu Swami Kriyananda.

Yogananda sprach davon, man solle Gemeinschaften gründen, um den jungen Leuten auf ihrer Suche nach Glück, Freiheit und einer Arbeit zu helfen. Autarke Kolonien, die von der Landwirtschaft leben, die niemanden verurteilen und nicht einmal danach fragen, ob jemand Jude, Heide, Muslim oder Katholik ist – stattdessen sollten die entscheidenden Aufnahmekriterien Bereitschaft und eine gute Persönlichkeit sein. Er wünschte sich einen Ort, an dem die Leute lernen können, dass Glück das erste Prinzip des Lebens ist. Und er hielt Amerika für bereit.

Im Jahr 1968 erweckte Paramahansa Yogananda diese Ideen zum Leben: Er gründete die Gemeinschaft der Ananda. Auf einem riesigen Gelände von dreihundertvierzigtausend Hektar lebten mindestens dreitausend Mitglieder. Doch Yogananda sollte die Gemeinschaft nie zu Gesicht bekommen. Er erlebte die Fertigstellung des Ananda-Dorfes nicht mehr, sondern starb während einer Rede bei einem Dinner in Los Angeles, mit Swami Kriyananda an seiner Seite. Es geschah, während er sein Gedicht »Mein Indien« rezitierte, und er schaffte es bis zur letzten Zeile.

Wo der Ganges, die Wälder, die Höhlen im Himalaja und die Menschen von Gott träumen, ward ich geheiligt. Mein Körper hat jenen Boden berührt.

»Und nach diesen Worten brach er tot zusammen«, schließe ich dramatisch meinen Bericht.

Ich greife nach meinem Smartphone, um sicherzugehen, dass wir keine Abzweigung verpasst haben. Doch als ich die Karte aufrufe, sehe ich nur graue Pixel, und das Zeichen rechts oben auf meinem Display zeigt mir, dass ich hier null Empfang habe.

Die Nacht ist ohne Vorwarnung über uns hereingebrochen, unser Scheinwerferlicht zeigt uns nur Reflektoren und weiße Striche auf der Straße. Die Sterne leuchten über uns, doch es gibt weder Straßenbeleuchtung noch GPS.

»Sind wir hier noch richtig?«, will Sofi wissen.

»Alles super«, gebe ich zurück, dabei habe ich keine Ahnung, wo wir sind. »Beim nächsten Anzeichen von Zivilisation müssen wir anhalten – wenn eine Tankstelle oder so was kommt, egal was. Nach dem Weg fragen …«

»Wir haben uns also verfahren?«, hakt sie nach.

»Ich *glaube,* wir sind noch richtig. Ich will nur sichergehen.«

»Wir haben doch noch genug Benzin?«, erkundigt sie sich.

Unsere Anzeige ist kaputt, deswegen muss ich immer die Meilenzahl seit der letzten Tankstelle berechnen. Ich blättere in meinem Notizblock.

»Ich glaube schon ... Nur keine Panik.«

Nur keine Panik – ein Satz, der immer gern den gegenteiligen Effekt auslöst.

Die nächste halbe Stunde fahren wir stumm durch die Dunkelheit.

»Schau ... Da vorne, ein ganz schwacher Lichtschein. Alles in Ordnung.«

Als wir uns der Lichtquelle nähern, verwandelt sich der schwache Schein in die Neonbeleuchtung einer Bar. Wir werden langsamer, unsere Reifen knirschen im Kies vor dem Gebäude, und wir halten an.

Der Motor gibt ein Knacken von sich.

»Kommst du mit rein?«, frage ich und lasse mir damit meine Nervosität anmerken.

Wir betreten einen Raum, in dem es nach klebrigem Bier und Zigarettenrauch riecht. Die Beleuchtung drinnen ist warm und rot, der Fußboden ist aus Holz, und die Wände sind es auch, jedenfalls sieht es so aus. Vielleicht entspricht es der klassischen amerikanischen Einrichtung, aber aus dem Blickwinkel einer Fremden wirkt es aufregend und wie im Kino.

Ich gehe auf die Bar zu und schaue mich dabei unter den Gästen um, dabei hämmert mein Herz wie verrückt. Ein Mann in der Ecke, in der Hand ein halb ausgetrunkenes Bier. Hinter der Bar eine Frau, die gerade ein Bier zapft und dabei in die Ferne starrt, davor ein Typ ganz allein, vor sich eine Sammlung leerer Schnapsgläser. Die Haut hängt an den Leuten herunter, als wären sie völlig blutleer, durch die Auflösung von Fleisch und Muskeln kriechen ihnen die Gesichtszüge nach unten weg. Das ist unheimlich und gruselig. Das hier sind keine Vampire; die Erklärung ist weniger dramatisch und hat einen dunkleren Hintergrund:

Die Menschen hier hat das Meth zerstört.

***

Ein einbeiniger Mann am Tresen mustert mich, als wäre *ich* hier die seltsame Kreatur.

»Hallo«, begrüße ich ihn. »Wir suchen die Ananda.«

»Willkommen! Die haben Sie schon gefunden«, antwortet er, ein Lächeln im Blick.

»Machen Sie sich über mich lustig?«, frage ich.

Wie haben wir uns nur so täuschen können?

»Also, man kann schon sagen, dass Sie hier richtig sind ... Zu den Gurus ist es noch ein kleines Stück den Hügel rauf«, erwidert er lachend.

Hastig bedanke ich mich und gehe zum Wagen zurück.

Ich ziehe die Beifahrertür auf, bin dankbar für die Wärme und Sicherheit des Trucks.

»Ich komme mir vor wie in *Dawn of the Dead*«, meint Sofie, als wir den Hügel hochrumpeln.

Ich kneife die Augen zusammen und schaue ins Dunkel. »Hier abbiegen, gleich hier links, siehst du ...«

Wir rollen auf das Gebiet der Ananda. Hier gibt es keine Tore, um irgendjemanden, ob es ihn nun gibt oder nicht, vom Betreten des heiligen Grund und Bodens abzuhalten. Während sich meine Augen an das Dunkel gewöhnen, erkenne ich langsam die Umrisse von Bäumen und Büschen sowie eine Nebeldecke über dem Boden.

»Was zum Teufel ist *das* denn?«, quietscht Sofi.

»Guter Gott!« Ich springe im Sitz auf, als ich leuchtende Raubtieraugen durch den Nebel spähen sehe. Hellgelb sind sie, manche von ihnen fast grün, und sie scheinen den Truck zu umringen. »Ich glaube, das sind nur Kojoten«, sage ich.

»Ach, glaubst du? Das können genauso gut Werwölfe sein ... Erinnere dich doch mal, wie die Dorfleute aussehen!«, meint sie lachend.

Eine nervöse Energie erfüllt die Fahrerkabine, wir atmen flach und synchron, während wir durch die Finsternis mit ihren leuchtenden Augen und dem niedrigen Nebel fahren.

»Wir brauchen ja auch heute Nacht nicht hierzubleiben, wenn es uns zu viel wird«, durchbricht meine dünne Stimme die Stille.

Sofi starrt angespannt ins Dunkel hinaus; vielleicht denkt sie darüber nach.

»Ich meine, es wäre ziemlich blöd, wenn wir von Guru-Mönchs-

Vampiren totgebissen werden, und das gleich bei unserer ersten Gruppe«, füge ich hinzu, mit einem Lachen, das sehr gekünstelt klingt.

»Dann wird der Film nie fertig«, kommentiert Sofi nüchtern.

»Diese Typen sind doch harmlos«, erkläre ich und erinnere mich so daran, dass wir diese Gruppe als unsere erste gewählt haben, weil es sich um gütige, ungefährliche Gurus handelt. »Das wird sozusagen ein Probelauf«, habe ich zu Sofi gesagt. »Morgen früh, wenn der Nebel weg ist und die Kojoten abgehauen sind, sieht als gleich ganz anders aus.«

»Yep«, stimmt sie mir zu. »Dann sieht alles gleich ganz anders aus.«

Wir halten neben einer Reihe Gebäude und überlegen uns, dass es am sichersten ist, wenn wir gleich ins Bett gehen. Ich lege mich neben Sofi und ziehe mir die Decke bis zum Hals hoch. Ich bin vollständig angezogen. Ob es mir um die Wärme geht oder ob ich die Möglichkeit haben möchte, jederzeit zu flüchten, weiß ich nicht genau. Der Motor knackt seltener, das Metall kühlt ab.

»Bist du okay, Süße?«, frage ich.

»Ja, klar«, gibt sie zurück. (Sie ist auch vollständig angezogen.)

Ich wickle die Decke noch enger um mich, um es warm zu haben und mich sicher zu fühlen.

»Ich muss mal«, sage ich dann.

»Willst du da jetzt raus?«, fragt sie mit einem Lächeln.

»Auf gar keinen Fall!« Ich muss lachen.

»Mach doch einfach ins Bett«, schlägt sie lachend vor. »Ich erzähl's auch keinem.«

Dann holt sie ihr Handy hervor und drückt auf *Aufnahme*.

»Was machst du da?«, erkundige ich mich.

»Willst du dich nicht von deinen Lieben verabschieden?«, fragt sie mit einem Lächeln zurück.

Wir filmen uns mit einem sarkastischen Abschiedsgruß an unsere Familien, *nur für alle Fälle*. Dann schicken wir die Aufnahmen ab.

Nur. Für. Alle. Fälle.

***

Die Morgensonne weckt mich, indem sie unser improvisiertes Schlafzimmer mit einem goldenen Lichtschein erfüllt. Ich stoße Sofi unter der Decke in die Seite.

»Wir haben die Nacht überlebt, Babe«, flüstere ich.

»Wirklich?«, fragt sie und reibt sich die Augen. Ihr blondes Haar leuchtet wie ein Heiligenschein.

»Ja. Und ins Bett habe ich auch nicht gemacht«, verkünde ich stolz.

Als ich den Vorhang ganz zurückziehe, sehe ich, *dass wirklich alles anders aussieht.* Vor uns befindet sich eine harmlos wirkende Gebäudereihe, wir sind umgeben von Bäumen in allen Farben und Formen – orange, braun, grün –, und alles sprüht geradezu vor Leben und Buntheit. Kaffeeduft aus den Küchen der Gruppe weht in Richtung unseres Trucks. Menschen in bunten Gewändern – grün, blau und orange – laufen gemessenen Schrittes herum.

Und keine einzige Kreatur der Nacht in Sicht.

Wir steigen aus, strecken uns und atmen gierig die herrliche frische Luft ein. Mit den Händen in den Hüften drehe ich mich langsam um die eigene Achse, um alles in mich aufzunehmen.

»Wir befinden uns mitten in der wahr gewordenen Version von Yoganandas Traum … Das ist ja verrückt.« Und ziemlich außergewöhnlich, wenn man sich überlegt, dass es sich um einen Traum mit den Anfängen in den 1920er-Jahren handelt. »Sofi, habe ich dir eigentlich erzählt, wer zusammen mit Paramahansa Yogananda dieses Land gekauft hat? Richard Baker, Gary Snyder und Allen Ginsberg … *Der* Allen Ginsberg!« Ich gebe das in ziemlich pompösem Ton von mir und hoffe, man merkt nicht zu deutlich, dass ich erst seit Kurzem weiß, wer diese Leute überhaupt sind. »Also ein Mönch, ein Zen-Meister, ein Pulitzerpreisträger und der Vater der Beat Generation. Sie alle haben zusammen dieses Stück Land in Nevada erworben.«

»Klingt wie der Anfang von einem schlechten Witz, oder?«, meint Sofi.

Aber das hier ist kein Witz: Es ist eine lebendige, funktionierende Kommune, und sie ist riesig!

Wir wandern unbehelligt herum, holen uns Kaffee und stöbern im Secondhandladen herum. Von allen, denen wir begegnen, gibt es ein Lächeln, eine Begrüßung, und man erkundigt sich, wie es uns geht.

»Hey, Mädchen, kann ich euch helfen?«, erkundigt sich ein Mann im Overall.

»Nein danke, alles klar.«

Man hat uns entdeckt.

»Wollt ihr ein Golfmobil?«, bietet er uns an. »Damit kommt ihr besser übers Gelände.«

»Juuuhuuu!«, jauchzt Sofi, als wir in unserem neuen fahrbaren Untersatz den Hügel hochtuckern.

»Wo sind wir hier überhaupt?«, frage ich.

Wir halten auf das Heim von Swami Kriyananda zu. Obwohl er bereits vor einiger Zeit verstorben ist, ist alles unverändert: ruhig, feierlich, einfach.

Kurz darauf laufen wir in seinem Garten herum, in dem es von Statuen nur so wimmelt: Buddhas, Engel, sogar einige Jesusbilder! Das fleckige Sonnenlicht verleiht der Sammlung eine gewisse Lebendigkeit. Vielleicht bedeuten sie einem ja: »Alle sind hier willkommen«.

Ein Gefühl der Ruhe hüllt mich ein, zugleich fühlt sich aber auch alles ein wenig seltsam an. Es ist einfach komisch, dass diese Oase mitten in einer Stadt in Nevada existieren soll.

Während wir in unserem Golfmobil herumtouren und die frische, saubere Luft einatmen, den Geruch der Farne um uns herum, kann ich mir gut vorstellen, mich mitten in einem optimistischen Science-Fiction-Film zu befinden. Mit Swamis, die in bunten Gewändern an uns vorübergleiten, mit *perfekt* geschnittenen Rasenflächen. Das Wetter ist mild, der Himmel blau und hell, ohne dass es zu heiß wäre. Alles passt ganz genau zusammen. Es ist harmonisch und wie aus einer anderen Welt. *Gruselig.* Die Inspiration dahinter lautet: »Einfaches Leben für höheres Denken«, und ich kann mir vorstellen, dass eine Welt in einem solchen Gleichgewicht einem genug Raum für besseres und klareres Denken lässt.

Wir gehen zu einem Treffen mit einem Jungen, den wir heute Morgen im Secondhandladen kennengelernt haben. Er hat uns gefragt, ob wir mit ihm und seinem Hund einen Waldspaziergang machen wollen, und uns angeboten, uns herumzuführen.

Jared ist ein zwölfjähriger Junge mit schmutzig-blondem Haar, das ihm bis kurz unter die Ohren reicht. Er hat glatte, reine Haut und einen durchdringenden Blick aus blauen Augen. Ganz offensichtlich hat er einen scharfen Verstand – sein Blick flitzt hin und her, nimmt alles mit hoher Geschwindigkeit in sich auf.

Wir folgen ihm und seinem schwarzen Hund durch den Wald, über malerische, sich windende Pfade, auf denen schlanke, aber riesige Farnwedel über uns emporragen. Diese neue Welt nimmt mich so rasch in sich auf. Erst vor einer Woche war ich in San Francisco in einem ganz anderen geistigen Zustand – es fühlt sich an, als wäre das schon viel länger her.

Von einer Woche saß ich in einer völlig anderen Welt im wunderschönen Zuhause meines Freundes. Beim Tagebuchschreiben fragte ich mich, wie es hier in der Ananda-Gemeinschaft sein würde. Ich zucke ein bisschen, als die Gefühle aus dieser Nacht zurückkehren.

Es ist neun Uhr abends, am Freitag. Ich bin allein
in einer lebendigen Stadt, in der ich Leute kenne, und trotzdem sehne ich mich ganz unglaublich nach menschlichem Kontakt. Ich sitze in diesem leeren Haus und weiß, ich sollte arbeiten. Der Film geht weit über meine üblichen finanziellen Dimensionen und meine Fähigkeiten hinaus. Ich muss mich konzentrieren und ins richtige Mindset kommen: gesund, ruhig und bereit.

Aber ich kann nur an eines denken: mich hoffnungslos zu betrinken.

Mir ist alles recht, wenn es mich nur von der Angst vor dem ablenkt, was jetzt ansteht. Es ist nicht nur die Angst vor den Gruppen, denen ich bald beitreten werde, sondern auch die Angst vor dem Versagen – tatsächlich vor all den Dingen, vor denen alle anderen Angst zu haben scheinen: dass ich in einer Sekte ende, den Verstand verliere oder gekidnappt werde. Das alles erscheint mir weit hergeholt. Versagen erscheint mir jedoch als sehr realistische Option. Ich habe Angst davor, dass ich kein Recht dazu habe, das zu tun, was ich tun werde – und davor, dass ich mir zu viel vorgenommen habe.

Auf dem Flug nach San Francisco habe ich eine Liste der Dinge erstellt, von denen ich annahm, sie könnten schiefgehen.

- *Wir machen überhaupt keine Filmaufnahmen und kommen mit leeren Händen zurück.*
- *Mir geht das Geld aus.*
- *Sofi und ich zerstreiten uns und reden nie wieder ein Wort miteinander.*
- *Eine von uns hat einen totalen Zusammenbruch.*
- *Sofi will in einer Sekte bleiben oder lässt mich irgendwo allein zurück.*
- *Der ganze Trip ist sinnlos und pure Zeitverschwendung.*
- *Alle halten mich für verrückt oder für eine Idiotin, weil ich das hier tue.*

Kidnapping kommt nicht auf die Liste.

Ich weiß, dass ich mich gerade in einem Zustand der »Bedürftigkeit« befinde, und in einer solchen Phase sollte ich eigentlich gar nicht losziehen. Eigentlich will ich im Moment eher flüchten, als irgendetwas Schönes erleben. Keine gesunden Absichten – in diesem Zustand bin ich wohl am zerstörerischsten drauf. Ich fühle mich wie jemand, der unbedingt etwas braucht, aber abhängig von anderen ist. Und das verursacht mir Übelkeit. Es verursacht mir Übelkeit, weil ich es wiedererkenne und weil ich es hasse. Seine hässliche, erbärmliche Erscheinung starrt mich direkt an.

Ich überprüfe mein Handy auf Nachrichten, schaue in meine Mails, hoffe, dass mich jemand in San Francisco kontaktiert hat. Ich will mich gleichzeitig von der Welt zurückziehen und hinaus in die Welt gehen, will fieberhaft Dinge konsumieren und eine Möglichkeit finden, mich selbst zu heilen, bis die Angst verschwindet.

Das kenne ich schon: Heute Abend werde ich die Gefühle ertränken, und morgen früh werde ich in ihnen ertrinken.

Ob ich einfach eine Schlaftablette nehmen und mich abschießen sollte, damit ich nicht in Schwierigkeiten gerate? Moment, gerade klingelt mein Telefon.

Die Erinnerung an diese Nacht bringt mich zum Würgen. Ich schüttle sie gewaltsam ab, ramme die Stiefelabsätze in den Boden, um mich in die Gegenwart zurückzuholen. Ich schaue hinauf in die Bäume, in den Himmel und lausche auf das Knacken des Holzes unter meinen Füßen, bringe mich dorthin zurück, wo ich genau jetzt stehe, in diesem Augenblick. Und langsam scheint es einen Sinn zu ergeben, dass es einem selbst und dem mentalen Zustand etwas Gutes bringen kann, wenn man an einem Ort wie diesem hier ist. Schon der äußerliche Aufbau einer Gemeinschaft wie dieser hier, wo sich um alles gekümmert wird und alles seinem eigenen Rhythmus folgt, kann die Ängstlichkeit reduzieren, einem das Gefühl vermitteln, dass dieses andere Leben der Angst, des Versagens und der Furcht einflößenden Realität bedeutungslos ist oder keine Folgen haben wird. Die Distanz beruhigt. Dieser Ort ist wie ein erfrischender und zugleich beruhigender Trank – wer würde davon keinen Schluck nehmen wollen?

Wir verlassen den Wald, und Jared beginnt seine Tour durch die Gemeinde.

»Das hier ist ein Tempel zum Meditieren. Die Leute verbringen hier Stunden«, erklärt er und nimmt uns mit in ein Holzgebäude, das bis auf einige gerahmte Fotos von Yogananda an den Wänden und einige Teppiche auf dem Boden leer ist.

Der Tempel hat große Fenster, durch die man auf einen ruhigen, wunderschönen See schaut, der sich in der Mitte des Geländes befindet. Ich berühre die Scheibe, und mein Atem lässt die Aussicht verschwimmen. Stunden könnte ich hier verbringen und einfach nur auf dieses friedliche Wasser schauen.

Jared führt uns herum, erklärt uns, welche Bedeutung die Farben der Gewänder haben.

Es gibt Swamis, die orangefarbene Gewänder tragen, das sieht man eigentlich fast überall bei Yogi-Mönchen. Allerdings fühlte sich Swami Kriyananda inspiriert, einen neuen Swami-Orden zu gründen, die Nayaswamis (also die neuen Swamis). Die kleiden sich in Blau. Blau können Verheiratete und Unverheiratete tragen. Die Farbe steht für Ruhe und den inneren Zustand.«

»Wenn man Orange trägt, bedeutet das also, dass man enthaltsam lebt?«, frage ich.

Ich bereue meine Frage sofort, weil mir bewusst wird, dass ich mich gerade bei einem Zwölfjährigen nach dem Sexleben der Mönche erkundigt habe. Er nickt völlig unbeeindruckt.

Gut, dann hätten wir das ja auch geklärt.

Die Frage scheint Jared nicht in Verlegenheit zu bringen.

»Möchtet ihr zum Abendessen zu meinen Eltern kommen?«, erkundigt er sich.

Zwischen den Bäumen kann man ein atemberaubend schönes Gebäude erkennen, das mitten im Wald steht. Einfach unglaublich, die Art Haus, die man auf Pinterest einstellt und sich dabei ausmalt, dass man irgendwann einmal so wohnt, wenn man all seine Angelegenheiten geregelt hat. Man schaut aus dem Erdgeschoss bis ganz nach oben, es gibt riesige Panoramafenster, die das Gebäude mit den Bäumen verschmelzen zu lassen scheinen, herrliche Holzbalken und hochmoderne Technologie, wie wir sie sonst nirgendwo in der Gemeinschaft gesehen haben. Außerdem steht ein Pizzaofen vor dem Haus.

»Wir machen ein kreatives Pizzaessen, und wir freuen uns sehr, dass ihr gekommen seid!«, begrüßt uns Jareds Mutter.

Wir erleben aus nächster Nähe einen netten Familienabend mit, Pesto inklusive. Alles fühlt sich so normal und natürlich an. Kaum dass wir angekommen sind, tragen Sofi und ich Schürzen und belegen Teig mit Paprika, Zwiebeln und anderen Dingen.

»Wir haben auch glutenfreien und veganen Teig, wenn ihr den braucht, Mädels.«

Völlig verblüfft schaue ich zu Sofi hinüber.

»*What the fuck?*«, formen ihre Lippen.

Ich muss kichern.

»Ein absoluter Traum hier«, kommentiere ich.

Das große, schöne, hoch technisierte Haus fühlt sich an wie ein Schritt in eine andere Welt innerhalb eines eigenen Kosmos. Es ist ein Traumland. Wie die Tür nach Narnia, die in einen Palast innerhalb einer Kommune führt. Die anderen Häuser hier sind eher klein – einfache Holzbungalows mit zwei oder drei Zimmern. Schön, aber einfach.

Die Familie lebt seit drei Jahren hier, seit Jareds Dad mit dem Verkauf eines Spracherkennungssystems genug Geld verdient hat. Das hat er entwickelt, um sich als Yogi mit seiner Familie zur Ruhe setzen zu können. Wir wollen nicht zu neugierig sein, erfahren aber am nächsten Tag, dass es sich bei seiner Erfindung um »Siri« handelt.

Ich frage mich, ob er diesen Ort entdeckt hat, weil Steve Jobs so begeistert von Yoganandas Buch war. Man berichtet uns, er unterstütze die gesamte Gemeinschaft finanziell, deswegen ist sein Haus so etwas Besonderes. Und natürlich hat er es selbst gebaut.

Wir verbringen einen angenehmen, »normalen« Abend mit einer Familie. Manchmal passiert etwas, was uns daran erinnert, dass wir uns tatsächlich in einer spirituellen Gemeinschaft befinden. Dann sagt jemand: »in einer meiner Visionen«, oder: »Wisst ihr noch auch, diese Vorahnung von Jared?« Oder man macht Witze darüber: »Die dritte Pizza wird dir auch keine Erleuchtung bringen, Liebes. Vielleicht hattest du einfach schon genug.« So wird die Selbstfindung für uns Außenstehende zu etwas Normalem gemacht. Ob unsere Gastgeber das um unseretwillen tun oder ob es einfach ein Teil ihres Lebens hier ist, spirituell, sarkastisch, erleuchtet und nüchtern zu sein – es wirkt unglaublich einnehmend.

Während ich zwischen zwei Bissen von der selbst gemachten Pizza über ihre Witze lache, frage ich mich, ob ein Leben in der Kommune und Spiritualität wirklich auch so sein können. Ist es möglich, eine Art Gleichgewicht zu finden? Schöne Dinge wie einen großen Fernseher zu haben und sich über den eigenen Glauben lustig zu machen, zugleich aber tief damit verbunden zu sein? So etwas habe ich noch nie zuvor erlebt – in meiner eigenen Gruppe ging es immer um alles oder nichts.

***

Nach dem Abendessen bieten Sofi und ich an, den Abwasch zu übernehmen. Bald haben wir die Hände in sulfatfreiem, veganem Spülschaum, schauen uns dabei an, teilen den Insiderwitz der Welt, die wir so zufällig entdeckt haben.

»Mädchen, wollt ihr mal die Schule hier sehen?«, unterbricht uns die Stimme von Jareds Mutter. »Sicher habt ihr schon bemerkt, dass Jared einen sehr, sehr hohen IQ hat. Wir haben nach einer Schule gesucht, in der er diese Intelligenz erforschen kann, wo es aber gleichzeitig nicht nur darum geht«, erklärt sie.

»Ja – sehr, sehr gern«, sagen wir fast im Chor.

Am nächsten Tag halten wir mit unserem Golfmobil vor der Living Wisdom School. Natürlich ist sie von Grün umgeben. Gerade läuft die erste Stunde, und wir betreten das große Schulhaus aus Holz, in dem überall der Lärm herumrennender, lachender Kinder widerhallt. Das Gebäude hat riesige Fenster und badet in natürlichem Sonnenlicht.

Ganz habe ich meine Mission noch nicht durchdacht, aber eins weiß ich bestimmt, und zwar seit dem Besuch bei Walter: Ich will verstehen, wie Kinder das Ganze erleben. Meiner Überzeugung nach haben Erwachsene das Recht, jeder Religion ihrer Wahl zu folgen. Mich interessiert der Konflikt zwischen dem, was ein Erwachsener tun will, und den Auswirkungen, die das auf seine Kinder hat. Wie ich haben diese Kinder keine Wahl, sondern müssen die Religion ihrer Eltern und den damit verbundenen Lebensstil annehmen. Deswegen kann ich es kaum erwarten, viele von ihnen kennenzulernen.

Wir folgen Jared in einen Raum mit Kindern vieler verschiedener Altersgruppen. Er sagt, sie würden uns das Konzept von »Education for Life« erklären, von »Bildung fürs Leben«, und ihren Lehrplan. Ich frage mich, ob ich ihnen erzählen sollte, dass ich nie eine Schule besucht habe.

Das gehört zu den Dingen, die ich nicht oft preisgebe. Es hat einen unglaublichen Einfluss auf mich gehabt, nicht nur, was die Bildung angeht. Leute, die etwas nicht haben, können eine Besessenheit entwickeln. Sie können besessen sein von dem, was sie verpasst haben, was sie hätten sein können. Es wäre einfach, das eigene Versagen darauf zurückzuführen.

Viele von den Kindern, mit denen ich aufgewachsen bin, haben erklärt, sie hätten Neurochirurgen werden können, wenn sie nur eine Schule besucht hätten. Vielleicht, wahrscheinlich aber nicht.

Als Erwachsene hat mich die Tatsache, dass ich nie eine Schule besucht habe, extrem unsicher werden lassen: gegenüber meinen Gedanken, meinen Äußerungen und der Wertigkeit dessen, was ich gelernt habe. Die meiste Zeit meines Lebens habe ich am Rand von Unterhaltungen auf Partys, im Büro oder wo auch immer verbracht, habe gelächelt und genickt und GEHOFFT, ich würde nichts komplett Bescheuertes sagen.

Halt dich immer am Rand, da ist es sicher.

Was hatte ich denn in der »Schule« gelernt? Dass der Himmel eine riesige Pyramide im Mond war – buchstäblich im Inneren des Mondes. In klaren Nächten konnte man sie sehen, wenn man die Augen zusammenkniff. Diese Welt war nicht älter als sechstausend Jahre.

Sogar meine Bibelkenntnisse waren verzerrt. Man hatte mir beigebracht, dass Jesus mit Maria Magdalena geschlafen hat (sie hatte ihm ja einmal die Füße gewaschen, und sie war eine bekehrte Prostituierte, also war das gar nicht so weit hergeholt) und dass Noah Ham als »schwarz« verflucht hatte, weil er schwul war. Das sei im Übrigen auch der Grund dafür, dass es die POC in Afrika so schwer hätten.

Ja, am besten gibt man mit dieser Art Bildung nicht zu sehr an …

Im Kontrast zu meiner fehlenden Bildung und der Besessenheit, die ich dafür entwickelt habe, eine zu erlangen, habe ich außerdem viel über das Schulsystem der westlichen Welt gelesen – und über dessen Unzulänglichkeiten. Es ist ein System, in dem die Fächer, die während der Industriellen Revolution am bedeutsamsten waren, immer noch am stärksten vertreten sind: Mathematik, Englisch, Naturwissenschaften. Und im Stil einer industriellen Fabrik gruppiert man Kinder ihrem »Produktionsdatum« gemäß, nicht nach ihren Fertigkeiten, der Begabung für gewisse Dinge oder ihrem Interesse an einem bestimmten Lernstoff.

Ich frage mich, wie ich in einer »richtigen« Schule vorangekommen wäre.

Die Kinder versammeln sich um uns; sie wollen gerne mit den Frauen mit dem komischen Akzent sprechen. Ich frage ein kleines, etwa achtjähriges Mädchen nach ihrem Lieblingsfach.

»Die Erde und das Universum«, antwortet sie und erklärt: »Dazu gehört alles, was man braucht, um die Welt, das Universum und wie alles funktioniert in seiner Gänze zu verstehen. Es ist also ein bisschen Physik, Astronomie, Chemie, Biologie, Allgemeine Naturwissenschaften, Botanik, Geologie und Anatomie.«

Ich bin bisher noch keiner Achtjährigen begegnet, die so redet.

Es geht hier also nicht nur um einzelne voneinander getrennte Fächer, sondern auch um große, bedeutungsvolle Themen und darum, dass man Kindern dabei hilft, sie im Zusammenhang zu verstehen.

Ein anderes Fach heißt »Persönliche Entwicklung«. Schon Sechsjährige erfahren darin etwas über körperliche, geistige und spirituelle Entwicklung. Hier lernt man auch, wie man sein Gedächtnis trainieren kann, wie man es schafft, sich zu konzentrieren, die Freude am Leben behält und Selbstdisziplin übt. Und die Kinder lernen Wege, glücklich zu werden.

»Sind in dieser Klasse vielleicht noch Plätze frei?«, frage ich die Lehrerin.

Das ist nur ein halber Witz – und ich bin absolut neidisch.

Ich möchte wissen, ob und wie die Kinder hier bestraft werden. Ich gehe davon aus, dass man mit »Time-outs« oder »Nachsitzen« arbeitet – weil der Lehrplan so am New Age ausgerichtet ist, denke ich, dass man hier alternative Methoden einsetzt.

»Kennen Sie die Redensart ›Wer sein Kind liebt, der züchtigt es?‹«, fragt die Lehrerin.

»Die kenne ich nur zu gut«, gebe ich zurück, und mein Körper versteift sich, nimmt eine wachsame Spannung an.

»Nun, wir glauben, dass es zum Besten eines Kindes ist, wenn man es nicht in dem Glauben aufwachsen lässt, es könnte immer seinen eigenen

Kopf durchsetzen – durch Trotzanfälle oder dadurch, dass es Erwachsene gegeneinander ausspielt.«

»Aha.« Ich nicke, immer noch angespannt. Innerlich bereite ich mich darauf vor, dass in diesem von Sonne erfüllten Klassenzimmer irgendeine kranke Maßnahme genannt werden wird.

»Gleichzeitig glauben wir aber auch, dass der Gebrauch der Rute das Schönste in der Persönlichkeit eines Kindes zerstören kann, nämlich die Fähigkeit zu vertrauen«, fährt die Lehrerin fort.

Erleichterung durchflutet mich. Wie gut die tiefgehenden Konsequenzen in der körperlichen Bestrafung eines Kindes erfasst worden sind: Man ruiniert das Vertrauen des Kindes.

Ich muss an meine eigenen Probleme mit dem Vertrauen denken, und daran, wie tief sie gehen. Die Lehrerin hat eine empfindliche Stelle in mir mit dem Holzhammer berührt. Ich atme aus, und das bringt mich in die Gegenwart zurück.

Vielleicht nimmt die Lehrerin diese Veränderung wahr, denn sie fragt: »Möchten Sie ein bisschen Musik mit uns machen?«

***

Eine Stunde später klettern wir in unser Golfmobil und lassen die Schule hinter uns.

»Ist das hier alles vielleicht ein bisschen *zu* schön?«, frage ich Sofi. »Ein wenig … ich weiß nicht … wie bei *Die Frauen von Stepford*?«

Sie schaut mich mit hochgezogenen Augenbrauen an.

»Ich meine nur, die scheinen alle sehr nett und ausgeglichen zu sein. Die Schule ist so schön, dass ich sofort dort anfangen will, sie haben uns auch noch dieses Golfmobil gegeben, und … «

»Sie *müssen* einfach etwas zu verbergen haben«, vervollständigt Sofi den Satz.

Ich kann nicht erkennen, ob sie es sarkastisch oder ernst meint.

Sie lacht.

»Ein wahrer Witz«, sage ich.

Während wir über die Hügel rollen und die Wälder in verschwommenem Grün an uns vorbeifliegen, denke ich über das Ethos der Ananda nach und darüber, warum es so sehr den Bedürfnissen unserer Generation entspricht. Ich bin Tausende von Meilen von zu Hause entfernt, doch selbst in der Zeit, die ich auf dieser Reise in San Francisco und New York verbracht habe, habe ich gesehen, dass junge Leute (und wahrscheinlich sogar *alle* Leute) ganz eindeutig nach einem Sinn, nach einer Verbindung und nach Gemeinschaft suchen. Selbst in Städten, in denen die Nächte dem Kokain gewidmet sind, streiten die Leute über Gentrifizierung und darüber, dass wir von der Landwirtschaft leben sollten, wie Yoga das Leben verändern kann; erzählen sich, dass man »einige Zeit in einem Ashram verbracht hat«. Wir sitzen in alten Fabriken, trinken speziell gebrautes Bier, sprechen über die Erderwärmung, ziehen uns dabei Lines aus teuren Chemikalien durch die Nase. Wir werden Flexitarier, essen nur noch Fleisch direkt vom Bauernhof. Wir sind eine Generation voller Widersprüche, auf der Suche nach einem Sinn.

Während wir an den kleinen Holzbungalows der Ananda vorbeifahren, frage ich mich, wie viele Leute sich wohl diese Lebensweise ansehen und sie *vollständig annehmen* würden. Wenn man dreitausend Pfund für eine Woche hier verlangen würde, in der man lernt, wie man ein männlicher oder weiblicher Guru wird, könnten die Ananda allein schon an den Londoner Hipstern ziemlich viel Geld verdienen.

Unsere bisherige Suche, die alles Mögliche einschließt – von den Betten mit weißen Leinendecken auf Ibiza, in denen wir mit »echten« Schamanen Ayahuasca getrunken haben, über Versuche mit dem Rauchen von DMT (einer halluzinogenen Droge) in Problemvierteln und Nahtoderfahrungen bis hin zum Trinken von Froschgift, um unser Immunsystem zu stärken und uns spirituell zu reinigen –, zeigt deutlich, dass wir auf der Suche sind und unseren Horizont erweitern. Vielleicht sind wir aber auch verwundbar auf unserem unsicheren Weg zwischen Scharlatanen und Schamanen, immer auf der Suche nach Selbstverwirklichung und Authentizität.

Wir sind so viel näher dran, reif für diese Lebensweisen zu sein, als wir glauben.

»Wollen wir noch mal zum Secondhandladen in der Stadt fahren und irgendwas kaufen?«, unterbricht Sofi meine Gedanken.

»Klar«, willige ich ein. »Und in der Stadt rumlaufen sollten wir auch. Es wird schön sein, die mal bei Tageslicht zu sehen.«

***

The Ridge ist eine einzigartige Stadt, in der Mikrogemeinschaften, verschiedene Lebensstile und Kulturen ineinanderfließen. Sie ist nicht nur die Heimat der Ananda, sondern es gibt auch »ganz gewöhnliche« Stadtleute, von den Bohemiens (in den 1970er-Jahren »brachten die ihre Drogen und ihre Hunde mit«, so der Gemüsehändler) bis hin zu Meth-Köchen, Marihuana-Bauern und zwei nackten (und laut dem Tankwart »inzestuösen«) Deutschen, die am Strand leben. Manche ziehen Parallelen zum Wilden Westen, die Leute bezeichnen The Ridge als Paradies für Leute jenseits des Gesetzes und für alle, die Hasch anpflanzen wollen. (»Eine Beleidigung«, meinen die gewöhnlichen Bürger.) Der Zahnarzt im Ort spricht von einem »komplizierten, aber schönen Mosaik«.

Es gibt einen Laden namens »Mother Truckers«, einen Secondhandladen und ein vegetarisches Café. Gegenüber befindet sich ein Parkplatz, auf dem sich gerade sehr, sehr viele halb nackte Hippies – Weiße mit Dreadlocks und ungewaschene Europäer – tummeln, die auf ihrem Roadtrip irgendwie Geld machen wollen. Alle sind in die Stadt gekommen, weil es die Jahreszeit ist, um die Cannabispflanzen zu trimmen.

Die Kalifornier müssen ihre Medizin ja irgendwo herbekommen.

Und da gibt es noch eine weitere Kommune in The Ridge, in einem tiefen Wald außerhalb der Stadt. Dort leben dreißig Erwachsene und noch ein paar Kinder. Woran diese Gemeinschaft (»die Freaks da im Wald«) glaubt, ist ein Geheimnis. Aber wir wissen, dass sie »Kleidung aus Tierfellen tragen und überfahrene Tiere essen«; angeführt werden sie von einer Frau namens Star Compost.

Wir brennen darauf, diese Gruppe kennenzulernen, und machen uns mit Taschen voller Mandelmilch und Müsli (der Typ im Mother Truckers hat uns gesagt, das mögen sie am liebsten) auf den Weg dorthin. Durch das Drahtgeflecht des Tores starren wir auf über den Boden verstreutes Kinderspielzeug und auf Tausende zerdrückter Dosen, die vielleicht verkauft werden sollen und das ganze Gelände bedecken. Aber niemand kommt ans Tor. Wir warten lange im Wald, bis uns ganz gruselig zumute ist, lassen dann unsere Gaben zurück und machen uns auf den Weg zurück in die Stadt.

In Secondhandläden herrscht immer ein ganz besonderer Geruch: muffig, staubig, schimmelig, wie ganz hinten in der Schublade einer alten Oma. Und dieser Laden ist nicht anders, was das betrifft. Er ist ein Paradies für alle, die zwanghaft horten und sammeln, voller Kram: alte Kameras, Pelzmäntel, Uhren, gebrauchte Batterien ... Stücke, die möglicherweise aus dem Müll stammen, befinden sich direkt neben anderen, die vielleicht unermesslich viel wert sind – alles unter einer Staubschicht vereint.

»Ich heiße Tiger«, dringt eine melodische Stimme aus dem vorderen Teil des Geschäfts zu uns.

Neugierig schaue ich durch einen Kleiderständer mit Mänteln auf eine junge Frau, die sich auf die Theke gefläzt hat. Sie spricht mit dem Typen, dem der Laden gehört. Ihr Bikinioberteil aus Wolle bedeckt die Tattoos auf ihrem Rücken und den Schultern nicht, und während sie spricht, spielt sie an ihrem Nasenring herum.

»Ein ungewöhnlicher Name«, gibt er zurück.

Ich durchsuche eine Schachtel mit angeschlagenen Kameras direkt neben mir und höre dabei Tigers Bericht zu. Sie schlafe in einem Van, der auf dem Parkplatz auf der anderen Straßenseite stehe, erzählt sie dem Ladenbesitzer. Eigentlich stamme sie aus Ohio, würde aber nicht sagen, dass sie »von dort« komme, weil sie schon *sehr* viel gereist sei und sich gerade auf die Suche nach ein bisschen Trimmarbeit gemacht habe. Ich ertappe mich dabei, wie ich jede neue Information mit Interesse aufnehme.

»Wenn du was hörst, sagst du es mir, oder?« Als sie ihm ihre Nummer gibt, berührt sie mit einer bedeutungsschwangeren Geste sein Handgelenk. Dann geht sie.

»Gut gebrüllt, Tiger – grrr«, flüstert Sofi.

»Ha!«, gebe ich zurück. Ich bin froh, dass ich offensichtlich nicht die Einzige bin, die sich direkt ein eindeutiges Urteil gebildet hat.

Ich gehe zu dem Mann mit der leisen Stimme hinüber. »Wow, hier in der Gegend erleben Sie so einiges, oder?«

»Ja ... Wollt ihr hier auch Haschpflanzen trimmen?«, fragt er.

»Oh Gott, nein – wir beide haben überhaupt keinen grünen Daumen! Wir arbeiten an einem Projekt über neue religiöse Bewegungen, im Moment wohnen wir in der Ananda-Gemeinschaft«, sage ich mit einer Handbewegung in Richtung Hügel.

»Wow!« Er zieht eine Augenbraue hoch und lehnt sich weiter zu mir hinüber. »Also, über *die* weiß ich so einiges.«

Sofi und ich nähern uns ihm ein Stück, langsam und ruhig, um ihn nicht zu verschrecken.

»Tatsächlich? Das ist ja interessant.« Ich klinge fast zu nüchtern, weil ich ihm nicht zu zeigen wage, wie aufregend ich das tatsächlich finde. Aber ich will diese Unterhaltung nicht hier beginnen, wo wir alle paar Minuten von einem trimmgierigen Hippie unterbrochen werden.

»Vielleicht können wir Sie ja später auf einen Drink einladen, und dann erzählen Sie uns alles?«, schlage ich vor.

Er mustert uns beide gründlich.

»Na, wann habt ihr beiden Mädchen denn das letzte Mal was Ordentliches gegessen? Ihr könnt ja heute Abend zu mir kommen, und ich mache mein ganz spezielles Nudelgericht.«

Ich werfe Sofi einen raschen Blick zu, der bedeuten soll: *Was meinst du, ist das gefährlich? Ist der Kerl irgendwie unheimlich? Außerdem hatten wir doch gerade erst einen Pizzaabend!*

Sie schaut mich an, und ihr Blick sagt: *Meinst du das ernst? Der Typ da unheimlich? Und hausgemachtes Essen kriegt man doch sowieso nie genug.*

Also nehmen wir die Einladung zum Abendessen an.

***

Später an diesem Abend schnüffle ich in Joshs Haus herum. Das ist, als würde man auf einem Schiff mit knarrenden Planken herumschleichen. Knoten mit wilden Picasso-Gesichtern ragen aus der Holzverkleidung der Wand. Ein Duft nach Knoblauch, Zwiebeln und Tomaten erfüllt die Luft und verleiht dem ganzen Haus eine ursprüngliche Gemütlichkeit. Josh gehört zu den Leuten, die ihre Arbeit mit nach Hause nehmen – auf sämtlichen Regalbrettern liegt Zeug herum. Ich fahre mit dem Daumen über eine alte Holzfigur und frage mich, was sie wohl seit ihrer Entstehung gesehen hat, bevor sie hierhergekommen ist, um von ihrem Logenplatz aus Joshs Leben zu beobachten.

»Suchst du das Badezimmer?«, ruft mir Josh aus der Küche zu.

»Nee, ich bin einfach nur neugierig«, rufe ich zurück.

»Jedenfalls ist jetzt das Essen fertig«, verkündet er.

Wie hungrige Kinder sitzen Sofi und ich da, und das Wasser läuft uns im Mund zusammen, als uns Josh die Teller mit Spaghetti und Sauce füllt.

»Mmmmmm!«, sagen wir gleichzeitig. Wir beide sind zu einer einzigen Person verschmolzen – abgetragene Flanellhemden, darunter alte T-Shirts, abgewetzte Jeans ... Unsere Truckerkappen haben wir abgenommen, aus Höflichkeit. Ich weiß nicht, woher diese Regel stammt, aber ich weiß, dass es sie gibt.

»Reicht euch das?«, fragt Josh und entblößt dabei ein gutes Gebiss.

Ich habe meinen Teller gerade zur Hälfte leer gegessen, als er einige Fotos einer schönen Frau auf den Esstisch legt.

»Das hier war die Liebe meines Lebens ...«, erklärt er. »Meine Exfrau.«

Ich lege die Gabel weg und beuge mich darüber. Die Atmosphäre im Zimmer verändert sich, als ein Fenster in die Vergangenheit geöffnet wird.

»Wir sind vor zehn Jahren hergezogen, um zusammen in der Ananda-Gemeinschaft zu leben.« Während er uns seine Geschichte erzählt, wie er das vielleicht schon hundertmal zuvor getan hat, senkt er die Stimme um einen Halbton, vielleicht wegen des Verlusts, den er erlitten hat. »Eine Zeit lang lief alles okay – wir fanden es sogar richtig toll –, aber als wir ein paar Monate dort gelebt haben, entstand da eine Distanz zwischen uns, und es fühlte sich so an, als würde sie jeden Tag größer. Und dann ... Vielleicht kennt ihr das: wenn man merkt, dass der andere Mensch sich von einem entfernt, und man klammert sich nur umso verzweifelter an ihn? Und der andere spürt das sofort und findet das dann widerlich? Genau so war es.«

Beide nicken wir. Ich kenne das nur zu gut – diese Verzweiflung, die aus irgendeinem Grund so schrecklich stinkt und genau die Person anwidert, die man so unbedingt zu halten versucht.

»Dann habe ich irgendwann der Gruppe die Schuld gegeben, das war vielleicht falsch, aber ich war wütend. Sie konnte dem Ganzen immer mehr abgewinnen, glaube ich, und das hat einen Keil zwischen uns getrieben. Irgendwann habe ich ihr dann ein Ultimatum gestellt: die oder ich.«

»Autsch! Ein Ultimatum kann ein ganz schönes Risiko bedeuten«, sage ich.

»Yeah. Ich wusste vorher nicht, was für ein Risiko. Natürlich hat sie sich für die Gruppe entschieden. Ich bin weg und habe herausgefunden, dass sie nicht nur mit diesem Typen geschlafen hat, dem »Leiter« unseres Kurses, sondern auch schwanger war.«

»Gütiger Gott!«, ruft Sofi aus.

Josh wusste nicht, ob das Baby seins war oder nicht, weil seine Exfrau mit beiden gleichzeitig geschlafen hatte, und er sagt, er weiß es bis heute nicht. Er hat sich für ein Leben in der Stadt entschieden und dafür, Kontakt zu seinem Sohn zu halten, nur zur Sicherheit. Er kann weder zur Gruppe zurückkehren noch den Ort verlassen.

Ich frage mich, ob er jemals in der Lage sein wird, emotional, geistig oder auch nur physisch Abstand zu gewinnen.

Im Limbo von The Ridge.

Die Schnörkel aus Spaghetti und Tomatensauce auf meinem Teller sind kalt geworden – jetzt schmecke ich nur noch ein gebrochenes Herz. Ich kann Sofi nicht direkt anschauen, denn wir beide wissen nur zu gut, wie es ist, wenn einem das Herz gebrochen wird. Unter dem Tisch fasst sie nach meiner Hand.

»Das tut mir so, so leid, Josh ... Das ist einfach nur ...«

»Nun ja, so wirklich aktuell ist das eigentlich nicht mehr – wollt ihr ein bisschen Wein?«

»Klar«, sagt Sofi.

Ich spüre, dass Josh Abstand von diesem Augenblick, von dieser Verwundbarkeit gewinnen muss – die Geschichte ist vielleicht alt, aber die Verletzung fühlt sich frisch an. Etwas daran, wie er uns davon erzählt hat, mit einer Art tapferen Verwundbarkeit, gibt mir das Gefühl, dass ich ihm im Gegenzug auch etwas schenken sollte.

»Ich habe nicht dasselbe erlebt wie du, aber ich weiß aus eigener Erfahrung, wie das Leben in einer Kommune einem das Herz brechen kann«, sage ich, während er den Wein aufmacht. »Man hat mir zwar nie einen Partner weggenommen, aber eine religiöse Gruppe hat meine Familie auseinandergebracht ...«

Ich erzähle Josh, wie ich aufgewachsen bin und dass ich verstehe, wie religiöse Systeme und Gemeinschaften eine Familie auseinanderbringen können – weil die Gruppe die Familie ist. Es gibt keinen Raum für eine »Blutsverwandtschaft«, die höher stehen würde als die Gruppe und ihre Bedürfnisse. Und wenn die Leute der Gemeinschaft dann *ganz und gar* angehören, werden die kollektive Identität und ihre Überzeugungen manchmal wichtiger als alles andere – als ihre Geliebten, selbst als ihre Kinder. Josh schaut mich an und nickt, stimmt mir zu.

Fühlt er sich durch meine Worte besser? Ich möchte, dass er sich besser fühlt, dass er mit seiner Erfahrung nicht allein ist. Denn das ist er nicht. Ich sage nicht zu ihm, dass seine Frau keine Schuld trägt, so einfach ist das Ganze nämlich nicht, sondern viel komplizierter.

»Yeah, das gehört auch dazu«, unterbricht er mich. »Ich weiß, dass es da um Identität und menschliche Bedürfnisse geht, aber dann gibt es da noch das sexuelle Fehlverhalten, das manchmal mit der Macht einhergeht.«

Ich nicke eifrig, denn über dieses Thema weiß ich mehr, als mir lieb sein kann.

»Habt ihr von den Gerichtsverfahren gegen Swami Kriyananda wegen sexueller Verfehlungen gehört?«, erkundigt er sich.

Ich denke an den Moment zurück, als wir in Kriyanandas Hof waren, an die friedliche Atmosphäre und daran, wie wir durchs Fenster in sein Heim oben auf dem Hügel geschaut haben, in dem eine feierliche Stille herrschte. Was für schreckliche Dinge haben sich an einem so ruhigen Ort wohl zutragen können?

Hätte ich das nicht wissen müssen? Spüren müssen?

»Acht Frauen aus der Ananda haben ihn vor Gericht gebracht. Sie haben ihn beschuldigt, er hätte versucht, mit ihnen Sex zu haben, wenn sie nach ihm geschaut haben, während er meditierte.«

»So ein Dreckskerl!«, ruft Sofi. »Ich wusste es, die verbergen etwas.«

***

Am nächsten Tag sitzen Sofi und ich im veganen Café, umgeben vom Duft nach Chai Latte und gerösteten Auberginen. Wir suchen online nach Informationen über das Gerichtsverfahren. Und tatsächlich, wir finden etwas, und zwar ziemlich genau das, was uns Josh am Abend vorher erzählt hat – inklusive Zeitangaben, Daten und transkribierter Protokolle.

Kriyanandas Verteidigung hatte aus der Behauptung bestanden, die Frauen hätten *mit ihm* schlafen wollen, während er zu meditieren versuchte. Dieselbe Geschichte, nur umgedreht. Die Frauen waren immerhin zu mehreren, als Aussage gegen Aussage stand. Doch wie in so vielen Fällen, sei es in Hollywood oder im Senat: Wenn die Stimmen vieler Frauen gegen die eines einzigen mächtigen Mannes abgewogen werden, kann es bedeutungslos sein, dass man in der Mehrheit ist.

Unser Essen kommt, als wir uns gerade die Verhandlungsprotokolle ansehen.

»Hier ist also eine Expertin, die als Zeugin berufen wurde: Reverend Pamela«, meint Sofi.

»Ich vermute, sie haben sich eine religiöse Frau ausgesucht, damit sie eindeutig demonstrieren konnten, dass keine Vorurteile bestehen«, kommentiere ich.

Im Café wird es jetzt ziemlich voll. Ich schaue mich um, weil ich mir Sorgen mache, dass vielleicht jemand auf unseren Tisch wartet. *Warum messe ich solchen Dingen eine so große Bedeutung bei?* Wir müssen schließlich selbst etwas sehr Wichtiges erledigen.

Ich beiße von meinem Sandwich ab. »Schmeckt eigentlich ziemlich gut«, sage ich und gebe es an Sofi weiter, damit sie es versuchen kann.

Sie ignoriert mich und murmelt vor sich hin.

»Oh, sieht aus, als wäre diese Reverend Pamela ziemlich krass drauf gewesen«, sagt sie dann. »Hör mal zu …

> *Meiner Auffassung nach haben wir es hier mit einem eindeutigen Fall von bewusstem und vorsätzlichem sexuellen Missbrauch durch einen Geistlichen [J. Donald Walters/Swami Kriyananda] zu tun, und zwar an einer ihm schutzbefohlenen Person.*
>
> *Der Missbrauch durch Kriyananda war umso schändlicher, als sich dieser Geistliche fälschlicherweise als enthaltsam, heilig und als jemand darstellte, der nur die Interessen der Frau im Sinn hatte. Damit missbrauchte er ihr Vertrauen als neue Anhängerin in seiner religiösen Organisation.«*

»Dann hätte er keinesfalls orangefarbene Gewänder tragen dürfen. Höchstens blaue oder so was, der alte Dreckskerl!«, kommentiere ich.

> *Wie im Falle einer Vergewaltigung, so geht es bei jeder Art von sexuellem oder romantischem Akt eines Geistlichen mit einem Mitglied seiner/ihrer religiösen Gemeinschaft in erster Linie nicht um den sexuellen Aspekt, sondern um Macht und Kontrolle. In diesem Fall ist wahrscheinlich der wichtigste Faktor, dass es in einer Beziehung zwischen einem Geistlichen und seinen Gemeindemitgliedern/Anhängern kein echtes Einverständnis geben kann, weil in einer solchen Beziehung per definitionem ein enormes Machtgefälle besteht.*

»Genau, Pamela! Das bedeutet, selbst wenn die Frauen angefangen hätten, würde es sich immer noch nicht wirklich um Einverständnis handeln. Außerdem ist es schwierig, bei Fällen, in denen sich Macht und Sex vermischen, von echtem Einverständnis auszugehen«, sage ich.

Pamela ist wirklich knallhart. Wenn es ein Machtgefälle gibt, wird die Sache mit dem Einverständnis komplizierter, vielleicht sogar unmöglich.

»Hier beschreibt sie das Muster«, liest Sofi vor.

> *Er wählte alle Frauen aus, die sexuelle Dienste an ihm verrichten sollten, und folgte dabei einem Muster, das übergriffigem sexuellem Verhalten entsprach. Wenn man ihn damit konfrontierte, drohte er dem Opfer, die Sache innerhalb der Gemeinschaft öffentlich zu machen und das Opfer der Scham preiszugeben. Dann stellte er die Sache so hin, dass die Verantwortung für das sexuelle Verhalten auf die Frau zurückfiel, und verwirrte sie, indem er behauptete, sie habe mindestens ihr Einverständnis gegeben, sich verführerisch verhalten oder sogar selbst die sexuelle Aktivität eingeleitet.*

»Also, ich denke, das ließe sich auf viele Arten von sexuellem Fehlverhalten anwenden. Genau so könnte man auch sexuelle Belästigung am Arbeitsplatz beschreiben«, kommentiere ich. »Und das Ganze hat noch eine dunklere Seite, es ist nämlich ähnlich dem Grooming und dem Missbrauch von Kindern. Wie alt war sie, als das passiert ist?«

»Achtundzwanzig.«

»Und Kriyananda?«

»Achtundsechzig.«

»Das ist ja widerlich!«

»Dieses Muster, dem Opfer die Schuld zuzuschieben, ähnelt der Dynamik bei Überlebenden von Vergewaltigungen, die sich normalerweise fühlen, als stünden sie selbst als Angeklagte vor Gericht«, fährt Sofi fort.

»Das macht mich so scheißwütend«, rufe ich.

»Also«, sagt Sofi, während sie weiterliest, »man erklärt ihn für schuldig, und er wird zu Schadenersatzzahlungen verurteilt.«

»Zu wie viel denn?«

»Zu einer Million Dollar.«

»Das ist nicht genug.«

***

Ich bin enttäuscht über die Neuigkeiten, fühle mich zugleich bestätigt, traurig und in gewisser Hinsicht auch erleichtert. Als wäre eine unsichtbare Spannung rund um diesen Ort aufgelöst. Jetzt, wo Swami Kriyananda tot ist, kann diese Gemeinschaft eher wie eine Kooperation aus glücklichen Achtsamkeits-Anhängern geführt werden, mit einem gutwilligen Management in der Mitte und einer alternativ ausgerichteten Privatschule für Kinder.

Und während unserer Recherchen im Café finden wir heraus, dass Kriyananda aus der »Self-Realization Fellowship« (der von Paramahansa Yogananda ins Leben gerufenen Gruppe) geworfen wurde – und zwar kurz *bevor* er diese Gemeinschaft gründete. Nach Ansicht der »Self-Realization Fellowship« hatte sein Verhalten Züge des »Eigennutzes« angenommen.

Ich setze mich intensiver mit der Einfachheit der Formulierung »sein Verhalten hatte Züge des Eigennutzes angenommen« auseinander. So simple Worte, und trotzdem können sie den Beginn eines Fäulnisprozesses bezeichnen, wenn es um eine Person geht, die Erleuchtung predigt, die vorgibt, der Weg zu einem höheren Ort oder ein Führer zum Göttlichen zu sein. Ob es sich um den Leiter einer Kommune, einer Sekte oder sogar um den eines Schamanenrituals handelt – in der Welt des Spirituellen geht es ums Dienen, nicht um Selbstbedienung. Ich denke an andere Gruppen, meine eigene eingeschlossen, wo der Fäulnisprozess der »Selbstbedienung« sich in Fehlverhalten und Machtmissbrauch verwandelt hat. Genau das ist David Berg passiert, und zwar viel schneller, als die meisten Leute es zugeben möchten.

In den nächsten Tagen entwickle ich ein Interesse an The Ridge selbst, vielleicht lenkt es mich auch ab. Was ist das, diese seltsame Brutstätte von Spiritualität, Drogen und Folklore? Was macht aus dieser winzigen Stadt einen Magneten für alle Arten von Außenseitern, Swamis, Kommunen und Leuten aus dem Tech-Business? Warum hat es Beatniks, Dichter, Mönche und nun auch zwei Mädchen in einem Truck angelockt?

Wir verbringen einige Tage mit Geschichten, Leuten und neuen Freunden. Jemand bietet uns eine Jurte zum Wohnen an, und Sofi und ich denken ernsthaft darüber nach.

»Weißt du noch, wie wir in Nevada in einer Jurte gelebt haben?«, sagen wir mindestens fünfmal am Tag zueinander.

Doch mir wird klar, dass wir zwar ohne Probleme einen ganzen Film über The Ridge drehen könnten, aber eigentlich auf der Suche nach etwas sind, was über die Grenzen dieser Stadt hinausreicht.

Also bereiten wir uns auf den Aufbruch vor.

***

An unserem letzten Abend fahren wir in die Stadt, um auf die Ananda anzustoßen und uns von The Ridge zu verabschieden. Wir bestellen Bier in der Bar, in der wir am ersten Abend nach dem Weg gefragt haben. Der Anblick der Leute mit der vom Meth zerfressenen Jugend ist genauso schockierend wie beim ersten Mal, vielleicht sogar noch mehr, weil wir inzwischen in der harmonischen und reinen Ananda-Gruppe gelebt haben. Wir trinken ein paar Bier und positionieren uns günstig, um Leute beobachten zu können. Heute ist Karaokeabend, und die Haschisch trimmenden Hippies, Meth-Köche und Bohemians der Stadt sind in ihrer Liebe zu Balladen aus den Achtzigern vereint. Sie singen laut und falsch.

Ein Typ in zu weiten Jeans und einem ebensolchen Hemd kommt auf uns zugewankt. Als er uns erreicht, kitzelt mich ein heftiger chemischer Gestank im Hals. Der Kerl lässt sich neben mir nieder, und ich halte den Atem an.

»Dieses Lied bedeutet mir so viel«, verkündet er.

»Tatsächlich?« Ich drehe mich kurz weg und atme ein.

»Ja, der Song lief gerade, als sie mich und meine Mutter wegen Meth-Kochens verhaftet haben.« Er lächelt und zeigt mir dabei ein Gebiss voller kaputter und fehlender Zähne.

»Machst du Witze?!« Meine Stimme klingt unsicher, und ich kann meinen Schock nur schlecht verbergen.

»Sie hat das Ganze auf sich genommen«, erzählt er. »Gott segne sie.«

»Wie alt warst du denn, als das passiert ist?«, erkundige ich mich.

»Sechzehn. Ist es nicht toll, dass sie das für mich getan hat? Ich hätte all das hier verlieren können ...«

Er bewegt die kleinen Hände und deutet auf seine Umgebung, die überfüllte Bar, in der die ganzen Außenseiter gerade »Livin' on a Prayer« von Jon Bon Jovi singen (oder eher brüllen).

»Das ist wahre Mutterliebe«, schreit er.

»So kann man es auch nennen«, schreie ich zurück.

5. Kapitel

Schweigen der Lämmer: Fünf Jahre davor

Draußen ist es noch dunkel. Ich bin hellwach und warte auf das Lied, das am Beginn jedes neuen Tages im Birmingham House erklingt. Das Zimmer ist mit den Geräuschen des Schlafs erfüllt: Menschen bewegen sich und atmen, alte Laken rascheln, wenn sich Kinder unter ihnen herumdrehen.

»*Reveilleeeeee, reveileeeeee!*«

Hier ist er, der erste Teil eines immer gleichen Tagesplans:

Aufwachen zu diesem Lied.
Eine halbe Stunde bis zum Frühstück.
Anderthalb Stunden »Jesus Job Time«.
Anbetung.
Erledigung der zugeteilten Arbeit.
Mittagessen.
Ruhezeit.
Draußen.
Arbeit.
Abendessen.
Gebete.
Licht aus.

Auf der Galerie vor unserem Schlafzimmer singt Uncle Job, ungeschickt zupft er an den Seiten seiner Gitarre. Wie viele auf verrückte Weise eifrige Amateurmusiker dieser Ort doch hervorbringt! Ich denke, weil nur ein oder zwei »Hobbys« erlaubt sind, ist es nicht überraschend, dass jeder irgendwie Musik macht, selbst diejenigen, die überhaupt kein Gefühl dafür haben. Es ist nicht immer dieselbe Person, die diese frühmorgendliche Aufgabe ausführen muss, aber es ist fast immer dieses eine Lied, zu dem wir aufwachen.

Die Tür öffnet sich, und der Hals seiner akustischen Gitarre ragt ins Zimmer hinein, als er sein schiefes Spiel kurz unterbricht, um das Licht einzuschalten. Der überfüllte Schlafraum wird von einem gelben Schein erhellt, während Mädchengesichter unter Laken und Decken hervorkommen. Die Stockbetten und Rollbetten sind in einem ausgefeilten System übereinandergestapelt. So können bis zu fünf Mädchen auf der Fläche schlafen, die sonst ein einzelnes Bett einnimmt. Es ist, als ob man Bohnendosen in einem Regal verstaut. Eine gute Methode, um siebzehn von uns in einem Zimmer von etwa zwanzig Quadratmetern unterzubringen.

Mit vom Schlaf noch schweren Augenlidern bewegen sich meine Zimmergenossinnen wie Roboter aus den Betten. Da gibt es Naomi, die so schlimmes Asthma hat, dass sie nachts Halluzinationen bekommt. Eden, die sich wegen ihrer Hautkrankheit so laut kratzt, dass es sich anhört, als würde jemand eine frische Möhre schaben. Dann ist da Saphira, die im Schlaf ganze Gespräche und manchmal auch Auseinandersetzungen mit sich selbst führt.

Hier kenne ich die Nachtgeräusche von allen.

Kate, die einen genauso leichten Schlaf hat wie ich, macht missmutig ihr Bett. Die braunen Locken hat sie in einem niedrigen Pferdeschwanz zurückgebunden, ihre grünen Augen sind irgendwo zwischen dem Reich der Träume und einer üblen Morgenlaune. Ich fange ihren Blick auf und strecke ihr kurz die Zunge raus. Ihre einzige Reaktion ist, dass sich ihre Lippen verziehen; sie hat resigniert.

Ich muss daran denken, wie wir in Afrika gelebt haben und wie anders es dort morgens im Schlafzimmer zuging. Jeden Abend kletterte ich zu ihr ins Bett und schlang meine dürren Arme und Beine um sie, während ich schlief, auch wenn diese Umklammerung sie so sehr ins Schwitzen brachte, dass ich irgendwann auf den Boden geschubst wurde. Da wachte ich dann auf, überhaupt nicht überrascht und fest entschlossen, es in der kommenden Nacht wieder zu versuchen.

Hier im Birmingham Home laufen die Dinge anders. Wir bereiten das Esszimmer für das Frühstück vor, erledigen die erste Runde unserer Arbeiten und durchlaufen die Kontrolle, genau wie jeden Morgen. Ich kann mich durch die ersten paar Stationen des Tages hindurchmanövrieren, ohne aufzufallen. Bis zur JJT (*Jesus Job Time*) haben wir einen Plan, der festlegt, welche Aufgaben wir während der ersten drei Hauptarbeitsteile eines Tages zu erledigen haben. Der kann sich ändern, oder vielleicht bekommt man auch einen größeren Auftrag, so wie damals, als Kate und ich den Kindergarten der Kommune führen mussten. JJT besteht aus kleineren Putzaufträgen, zum Beispiel die ganzen Badezimmer im Haus sauber machen, das Geschirr von morgens spülen oder die Leinenwindeln aus der Krippe waschen, und dann kommt wieder eine Kontrolle.

Bei den Kontrollen geht es manchmal mehr um die Erniedrigung als um die Sauberkeit. Ich habe das ziemlich schnell begriffen. Wenn ich weiß, wer gerade die Verantwortung hat, dann weiß ich auch, welchen Job ich mir am besten sichere. Manche Leute brauchen einen Anlass zum Schimpfen, bei anderen muss man alles blitzsauber präsentieren. Aber was auch immer passiert, man darf keine Widerworte geben, muss es schnell durch die Kontrolle schaffen.

Wieder erklingt die Gitarre, und diesmal bedeutet es, dass wir zur Anbetung im Wohnzimmer erscheinen sollen.

Meine Hände riechen nach Bleichmittel. Ich halte sie mir an die Nase, um richtig daran schnüffeln zu können, während ich über den Flur gehe und dort sehe, wie Joel hektisch Handtücher in einen Wäschesack stopft. Spät dran, schon wieder. Ich hebe eine Augenbraue, was bedeutet: *Beeil dich*. Er schielt, presst dabei die Zunge auf die Unterlippe. Eine typische Joel-Grimasse, mit der er sich über mich lustig macht.

Ich verdrehe die Augen. Joel, der Mutige oder der Dumme, je nachdem, welche Perspektive man einnimmt. Er tut immer Dinge, die ihn auffallen lassen und Ärger für ihn bedeuten. Während der Anbetung gibt er Kommentare ab, um die Kinder zum Lachen zu bringen, er ist immer hintendran mit seiner Arbeit und sogar einmal beim Kaugummikauen erwischt worden.

»Joel ist einfach alles scheißegal«, habe ich Kris einmal sagen hören.

Schnell gehe ich ins Wohnzimmer und setze mich dort auf den Boden. In das Wohnzimmer, das noch vor wenigen Monaten so aussah, als wären Außerirdische dort notgelandet. Jetzt ist es mit alten Sofas, Teppichboden und noch mehr gelbem Licht gefüllt. Der Teppich ist derselbe, in den ich während des Exorzismus mein Gesicht gedrückt habe.

Am sichersten ist es, wenn man sich ein wenig dem Blickfeld derer entzieht, die heute die Anbetungen durchführen. Also mache ich mich klein, aber nicht *zu* sehr, nicht so, dass es aussehen würde, als würde ich die Anbetung vermeiden wollen.

Es gibt bestimmte Dinge, die ich tun kann, damit es so aussieht, als würde ich freiwillig mitmachen: immer mitsingen, im Takt mitklatschen, in fremden Zungen reden und vielleicht eine Frage stellen. Aber ich muss beim Formulieren der Frage vorsichtig sein. Sie merken es sofort, wenn man versucht, »schlau« zu wirken oder die Zeit zu nutzen, um sich selbst Aufmerksamkeit zu verschaffen. Es ist ein schwieriger Balanceakt, und was die passenden Bewegungen für diesen schwierigen Tanz und die täglich wechselnden Regeln sind, müssen wir immer wieder neu herausfinden.

»*There's a cry of revolution in my country …*«, singen wir, während mehr und mehr Kinder und Teamleiter ihre Plätze einnehmen.

Jetzt stehen wir bis nach dem ersten Gebet.

»*There's a cry of hatred and idolatry*«, geht das Lied weiter.

Das Zimmer ist jetzt fast voll. Ich sehe Joel hereinkommen. Er ist nicht der Letzte.

Gott sei Dank!

Kris spielt eine der Gitarren, deren Klänge den Gesang untermalen. Er spielt eigentlich ziemlich gut, aber genau genommen ist er in allem ziemlich gut. Ich warte darauf, dass er mich bemerkt, klatsche und singe geduldig mit. Schließlich entdeckt er mich und zwinkert mir ganz, ganz kurz so zu, dass es niemand mitbekommt. Für die anderen hätte das ausgesehen wie ein winziges Blinzeln, aber ich weiß, es ist für mich bestimmt. Ich schicke ihm ein ebenso winziges Lächeln aus dem Mundwinkel zurück, und ein warmes Gefühl durchströmt mich.

Dann schaue ich mich im Zimmer nach Kate um. Ich weiß, dass sie sich irgendwo im Hintergrund hält, sich unsichtbar zu machen versucht.

Uncle Jude sitzt vorne, er leitet heute die Anbetung. Ich ziehe die Füße unter den Hintern und lasse mich auf den Boden sinken, mache mich so klein wie möglich.

»Heute schenkt uns der Herr etwas ganz Besonderes«, setzt er an. Sein Blick bewegt sich langsam über die bewegungslosen Kinder, die alle darum beten, dass er nicht an ihnen hängen bleibt. »Aber bevor wir anfangen, muss ich noch etwas ansprechen, was mir zugetragen wurde.«

Uncle Jude steht auf, langsam und bedächtig. Während er sich zur Mitte des Zimmers bewegt, ist es, als würde er vor unseren Augen wachsen, sich aufblasen, mit jedem Schritt größer und breiter werden, bis er weit über uns aufragt.

»Das hier hat jemand in der Besteckschublade gefunden«, knurrt er. Er hält eine Gabel hoch. Die sieht ganz normal aus, aber beim näheren Hinsehen entdecken wir einen Essensrest darauf, so groß wie das Ende einer Stricknadel. »Alle vom Frühstücksspüldienst hierher.«

Automatisch stellen sich vier Jugendliche in einer Reihe vor ihm auf. Kate gehört dazu. Ich beiße mir auf die Lippen, damit sie nicht mehr zittern.

»Diese Gabel hat also die Hände von Naomi beim Vorspülen, Kate beim Spülen, Caleb beim Abspülen und Noah beim Abtrocknen durchlaufen?«

Er macht eine dramatische Pause.

»Wenn vier Leute nicht genug gesegnet sind, um eine Gabel zu säubern, wie sollen wir dann die Endzeit überleben?«, fährt er dann fort. »Wenn ihr vier so von euren fleischlichen Gedanken abgelenkt seid oder von der Welt um euch herum so abgestumpft, was sollen wir dann tun, wenn die Endzeit anbricht?«

Die Gabel wird im Raum herumgereicht, damit alle sich den störenden Essensrest anschauen können.

Mein Blick ruht auf Kate. Ich spüre ihren Schmerz, wie sie da in der Mitte des Zimmers steht und lächerlich gemacht wird. Ihr Blick ist wie versteinert; sie wirkt unerschrocken, aber vielleicht muss sie auch ihre ganze Wut und ihre ganze Willenskraft einsetzen, um wegen dieser ganzen Sache nicht schwach oder verunsichert zu wirken.

Ich schaue zu Kris hinüber, weil ich Trost suche. Das ist nur ein ganz kleiner Blick, eigentlich unsichtbar. Wir dürfen uns nicht dabei erwischen lassen, wie wir miteinander kommunizieren, vor allem nicht, wenn Jude so außer sich ist.

»Ihr werdet alle doppelt heruntergestuft«, erklärt er. Als er an der Reihe der Jugendlichen vorbeigeht, sind seine Finger nur Millimeter von ihren Gesichtern entfernt. »Oder nein, dreifach.«

Drei seiner Finger zischen durch die Luft, während er einen großen und alles verdammenden Haken in die Luft malt. Dieses Abhaken habe ich ihn einmal als sein »Markenzeichen« bezeichnen hören – es scheint ihn mit Stolz zu erfüllen.

»Aber machen wir weiter«, fährt er fort. »Heute beginnt unsere neue Serie, ›Teen Specials‹. Sie wurde extra für euch geschrieben. Ist das nicht schön? Dass euch Dad dieses *wunderschöne* Wissen vermittelt? Ich hoffe nur, einige von euch werden zu Teenagern heranwachsen, die diese Worte auch *verdienen*. Ich hoffe, Dad wirft keine Perlen vor die Säue.«

Die »Teen Specials« sind Geschichten von einigen unserer Führer, Geschichten von »draußen«, als sie noch im »System« waren.

»Ihr seid unglaublich privilegiert, weil ihr hier geboren seid und nie das Leiden, die Traurigkeit und das Böse erfahren musstet, die dort *draußen* herrschen.« Rasch deutet er zum Fenster, vielleicht auch auf die Straße weiter weg, die zu einer Stadt führt, die wir wahrscheinlich niemals zu Gesicht bekommen werden.

Wenn Jude spricht, sammelt sich Spucke zwischen seinen Lippen, dicker Speichel, der an seiner Ober- und Unterlippe klebt und einen Faden zwischen beiden bildet, und je aufgeregter er spricht, desto dicker wird der Faden. Das ist sein *wahres* Markenzeichen. Wenn er brüllt, reißt der Faden – das scheint unmittelbar bevorzustehen.

Dabei ist er erst fünf Minuten dabei.

Er kommt jetzt richtig in Fahrt, doch ich blende ihn aus. Obwohl er voll konzentriert und hoch inspiriert ist und obwohl das angeblich die allerneuesten Worte direkt von Dads Lippen sind, habe ich das alles schon einmal gehört. Wir sind die Auserwählten, dass wir leben, ist eine Ehre, usw. usw. usw.

Ich sitze da, und in mir brennt die Erniedrigung, die meine Schwester erfahren hat. Während Jude weiterredet, malen meine Finger stumme Buchstaben in den Teppichboden neben mir.

I
C
H

Während sich mein Fingernagel in die stinkenden Fasern bohrt, kerbe ich eine Nachricht hinein.

H
A
S
S
E

»Habt ihr überhaupt irgendeine Vorstellung davon, wie unglaublich es ist, dass ihr hier geboren wurdet? Was für ein Wunder dafür nötig war?«, fragt er.

D
I
C
H

Die Buchstaben sind übereinander entstanden, insgesamt brauche ich nur vier mal vier Zentimeter dafür. Niemand wird jemals erraten können, was ich da schreibe, aber mein Finger spricht auf eine Art und Weise mit dem

Fußboden, auf die ich mit niemand anderem reden kann. Ich weiß nicht mehr, wann ich damit angefangen habe, aber indem ich meine Wut in den Teppich schreibe, überstehe ich die Anbetung. Ich schaue Jude ins Gesicht und tue so, als würde mir das Ganze etwas bedeuten, aber währenddessen schreibt mein Finger nieder, was ich *wirklich* denke. Vielleicht ist da jemand in den Bodenbrettern: ein Geist, der es begreift, oder ein verständnisvoller Engel, der diese stummen Nachrichten bewahrt und behütet.

Kurz vor dem Ende meiner Nachricht halte ich inne. Obwohl ich sicher bin, dass niemand meine Buchstaben im Boden finden wird, zögere ich, bevor ich den Namen »Jude« schreibe, nur zur Sicherheit.

»Habt ihr überhaupt *irgendeine* Vorstellung von den Opfern, die wir gebracht haben, damit ihr auch wirklich dieses Privileg genießen könnt?«, spricht er weiter.

Ich denke daran zurück, wie ich mit dem Gesicht in seinen alten Bettlaken liegen musste, erst gestern, und wie sich der Ledergürtel auf meinem Rücken angefühlt hat, und ich schreibe den Buchstaben »J«.

Jetzt ist die Zeit für einen Mo-Brief gekommen. So einen bekommen wir jede Woche von Moses David. Er hat Tausende von ihnen verfasst, und das schon viele Jahre vor meiner Geburt. Wir erhalten sie als zusammengeheftete Seiten, manchmal sind Bilder dabei, manchmal auch nicht. Wenn ein paar Hundert zusammengekommen sind, werden sie in Büchern mit Ledereinband zusammengefasst, und so entsteht eine Bibliothek seiner Worte und Träume, manchmal sogar einfach von Gesprächen mit Mama-Maria.

Die Erwachsenen scheinen jeden Brief voll freudiger Aufregung zu erwarten: Welche Prophezeiungen hat Moses David empfangen? Welche Veränderungen werden eintreten? Welche Nachrichten Gottes werden wir auf diesen getippten Seiten finden?

Jude beginnt mit dem Brief dieser Woche: einer Geschichte über das Leben von Auntie Crystal, bevor sie »gerettet wurde«. Die Geschichte heißt »Alles war leer, leer, leer«. Auntie Crystal wurde als Kind täglich von ihrem Vater geschlagen, er kontrollierte sie, und in der Schule wurde sie das Opfer einer Gruppenvergewaltigung. Diese Geschichte gehört zu den ersten, bei denen ich nicht nur zum Schein zuhöre. Diese Geschichte ist düster und schrecklich, und ein Mädchen kommt darin vor.

Jude hat meine volle Aufmerksamkeit.

Er liest weiter. Crystal hatte als Fünfzehnjährige Geschlechtsverkehr mit einem Mann und weigerte sich, den Behörden seinen Namen zu nennen. Jude liest vor:

»Wenn ein erwachsener Mann im System Sex mit einem minderjährigen Mädchen hat, selbst wenn sie darum bittet, kann dem Mann ein schlimmes ›Verbrechen‹ namens Unzucht mit Minderjährigen zur Last gelegt werden.«

Er hält zwischen den Worten »Unzucht« und »mit Minderjährigen« inne und beschreibt mit den Fingern Anführungszeichen in der Luft, sodass es fast komisch aussieht.

Dann landet Crystal in einer grünen Minna (einem Polizeiauto) mit zwölf Männern. Einer nach dem anderen, auch die Polizisten, vergewaltigen sie.

»Das war schrecklich in der grünen Minna«, beendet er die Geschichte. Mir erscheint das ein wenig wie eine Untertreibung.

Jude schaut sich im Zimmer um, ein Zeichen dafür, dass jetzt die Diskussionspunkte dran sind. Wir bekommen sie ungefähr alle fünfzehn Minuten, damit auch sichergestellt ist, dass wir zuhören und wirklich verstehen, worum es geht.

Er liest vor:

»Punkt 16: Wenn du als fünfzehnjähriges Mädchen in einer solchen Situation in einem Polizeiauto wärst, wenn zwölf Männer mit dir Sex haben wollten, was würdest du tun? Wie würdest du damit umgehen? Du als Christin, was würdest du tun, um die Liebe des Herrn offenbar werden zu lassen? Die erste Reaktion bei einigen von euch Teenager-Mädchen ist vielleicht ›Wie eklig‹ oder ›Wie schrecklich‹. Aber wenn ihr genau darüber nachdenkt, wurde Crystal ja nicht verletzt, oder? Jedenfalls nicht richtig. Und ihr dürft nicht vergessen, dass es sich dabei vielleicht um die letzte Gelegenheit handelt, bei der diese Männer etwas über den Herrn erfahren. Was würdet ihr also zu diesen Männern über den Herrn sagen?«

Ich sehe mich im Zimmer um. Wer von uns wird ihm antworten? Wer von uns wird ihm sagen, was wir in diesem Polizeiwagen tun würden? Was wir sagen *sollen*, ist offensichtlich.

Meine Wirbelsäule krümmt sich zusammen, als wollten meine Knochen mir beim Verschwinden helfen.

Jude versteckt seine Verärgerung über die erbärmlichen stummen Mädchen um sich herum nicht. Er atmet laut ein, und seine Nasenlöcher beben.

»Frauen im System machen immer ein Riesentheater wegen Sex. Lächerlich ist das, so viele von ihnen bezeichnen das als Vergewaltigung. Dabei ist es nur Sex. Schluss. Mit. Dem. Aufstand!«

Oh nein.

Sein Speichelfaden ist gerade gerissen. Er ist jetzt voll in Fahrt und läuft tobend im Zimmer herum.

Er wird immer aufgeregter und seine Stimme immer lauter, er reißt die Augen auf.

Jetzt ist der Augenblick gekommen, in dem ich meine Fähigkeiten verfeinern kann. Jetzt muss ich versuchen, die schlummernden Kräfte in mir zu wecken, von denen ich weiß, dass sie nur darauf warten, explodieren zu können.

Ich konzentriere mich auf seine Hand, die den Mo-Brief festhält.

Jetzt nur nicht zwinkern.

Ich atme langsamer. Bedächtig und tief, ein und aus. Ich wende den Blick nicht von *dieser Hand* ab. Ich kneife die Augen zusammen, sodass alles um die Hand herum verschwindet.

Eine Ecke des Mo-Briefs färbt sich langsam schwarz, dann lodert eine kleine Flamme auf, und der Brief fängt Feuer. Jude wirft den Brief auf den Boden und trampelt wild darauf herum, um das Feuer zu löschen. *Niemand* kommt ihm zu Hilfe. Als er wie verrückt herumhüpft, fängt auch die Hand Feuer, die den Brief gehalten hat. Immer noch bewegt sich niemand. Jetzt rennt er, ganz in Flammen, im Zimmer herum. Er brennt, er schmilzt, er wimmert und schreit dann um Hilfe. Wir alle schauen einfach nur zu. Er fällt zu Boden, kniet elend vor uns, sein Gesicht verliert die Form, und dann ist nur noch ein Häufchen Asche von ihm übrig.

»Und damit komme ich zum nächsten Punkt ...« Seine Stimme holt mich ins Zimmer zurück.

Irgendwann werden meine Kräfte erwachen.

»Dad schickt uns diese Briefe, weil vor kurzer Zeit einige Jugendliche in eurem Alter rebelliert haben.« Er spuckt die Worte förmlich aus. Jetzt hat er die Aufmerksamkeit aller Anwesenden.

Wie weit sind sie in ihrer Rebellion gegangen? Hatten sie einfach nur Zweifel? Oder haben sie die Familie wirklich verlassen? Sind sie weggelaufen?

Man kann die Gedanken, die im Zimmer herumschwirren, geradezu hören.

»Einige Jugendliche wollten sogar nach draußen *ins System,* in das System, vor dem wir euch gerettet haben. Diese faulen Äpfel wollten dem Herrn den Rücken zukehren, um der Großen Hure Babylon willen.«

Ach, dann sind sie vielleicht gar nicht so weit gekommen. Nicht mal so weit wie Solomon, als er es mit seinem kopierten Pass bis zur Grenze geschafft hat.

»Und deswegen gibt es jetzt etwas namens Victor-Programm. Und viele von euch – genau genommen die meisten – werden daran teilnehmen.«

Kälte erfüllt den Raum. Es gibt kein Stöhnen, keinen Protest, keine Fragen, nicht einmal von Joel. Wir sind alle, wie mein Dad das so gern zitiert: »stumm wie Lämmer auf dem Weg zur Schlachtbank«. Weil wir spüren, dass genau das jetzt kommt.

»Im Victor-Programm gibt es verschiedene Stufen«, fährt Jude fort, »aber ich finde es sehr spannend. In den nächsten paar Wochen wird es Veränderungen geben. Viele Jugendliche werden aus anderen Heimen hierhergebracht werden. Einige Familien werden von hier weggehen, und dieses Haus wird sich zu einem Teenager-Lager für faule Äpfel entwickeln.«

Wir ziehen aus.

Wir müssen einfach zu den Familien gehören, die ausziehen. Hier gibt es nur vier Familien. Und ich bin kein Teenager, ich bin erst zehn, also werden sie uns auf keinen Fall hierbehalten. Ich sollte von diesem Plan nicht einmal etwas wissen, denn das hier ist etwas für JETTs (*Junior End Time*

Teens, Jüngere Teenager für die Endzeit) und für Jugendliche. Ich bin ein *Older Child* (Älteres Kind), und wenn sie noch mehr Jugendliche herbringen, muss unsere Familie einfach hier weg. Im Moment sind wir zu neunt – zu elft, wenn man Mom und Dad mitzählt. Wir brauchen also sehr viel Platz, und hier kann es auf keinen Fall genug für uns alle geben.

Kris weiß es bestimmt, ich werde ihn später fragen. *Irgendwie weiß er immer alles.*

Ich setze mich aufrecht hin, und Aufregung erfüllt mich bei dem Gedanken, von Jude wegzukommen. Diese widerlichen Zähne, die eingefallenen Augen, die Speichelfäden ... Wenn ich Glück habe, brauche ich ihn nie wiederzusehen.

»Ihr werdet alle einzeln euren Status erfahren, aber obwohl das hier ein Programm für faule Äpfel ist, wird es zu einem für *Victors* werden, für Sieger für Jesus.«

Später, als die Klingel zum Mittagessen ertönt und ich ungefähr fünf Minuten habe, in denen ich nirgendwo sein muss, riskiere ich alles und suche Kris. Ich schaue nach unten. Alle sind auf dem Weg zum Mittagessen, und ich renne in die Gegenrichtung zum Zimmer der Jungen.

Als ich hineingehe, finde ich Kris auf seinem Bett vor. Sein Gesicht ist verzerrt, er hat den Kopf gesenkt, die Arme hängen schlaff zu beiden Seiten seines Körpers herunter. Mein Bruder, der normalerweise geradezu elektrisiert ist, wirkt wie ausgelöscht. Ich habe fast zu große Angst, um ihn zu fragen, was denn los ist – aber das ist auch gar nicht nötig.

»Bex, ich muss hier weg. Ich werde in ein anderes Victor-Lager verlegt.« Beim Reden bricht ihm die Stimme.

Das kann doch gar nicht sein.

»Aber das hier *ist* das Victor-Lager, das hat Jude doch gerade gesagt.« Ich schiebe meine kleine Hand in seine größere.

»Ich werde in ein anderes Heim verlegt, ich weiß nicht, für wie lange.« Er senkt die Stimme zu einem Flüstern. »Wir sollten also nicht einmal miteinander reden.«

»Was machst du jetzt?«, frage ich ihn.

Ich spüre, wie mein Kinn zu zittern anfängt. Ich habe so viele Fragen, und es fühlt sich dumm an, in unserer begrenzten Zeit gerade diese Frage zu stellen.

»Ich werde mit Mom und Dad sprechen«, antwortet er. Er setzt sich aufrecht hin, holt tief Luft und sagt mit fester Stimme: »Du solltest jetzt zum Mittagessen runtergehen.« Er streichelt mir über das krause Haar, lächelt mich an und zwinkert mir zu. Dann sagt er: »Wenn du mit mir gesehen wirst, gibt es nur Ärger, das weißt du doch?«

Ich renne nach unten in den vollen Essraum und versuche dabei, die Tränen zurückzudrängen, für die ich keine Zeit habe.

Heute fühle ich mich, als wäre ich in einem Labyrinth eingeschlossen. Ich renne herum und suche verzweifelt nach einem Weg hinaus, suche in den Zeitsplittern, die ich in meinem so eng getakteten Tagesplan habe, hektisch nach Antworten. Ich will mit Kate sprechen, will herausfinden, ob sie weiß, was hier vor sich geht, aber sie arbeitet in der Krippe, deswegen gibt es keine Zeit für mich und meine Fragen. Joel weiß nie irgendetwas – *ich* bin diejenige, die *ihm* Sachen erzählt. Ich sehe, wie Mom und Dad in ihrem Zimmer alles zusammensuchen, doch der Ausdruck auf ihren Gesichtern vermittelt mir, dass ich besser keine Fragen stellen sollte.

Aber sie packen, und das bestätigt mich in der Überzeugung, dass wir von hier weggehen.

***

Die Nacht kommt und geht, es wird wieder Tag, schwaches Morgenlicht dringt durch die Vorhänge, und bis zum Erklingen von *Reveille,* das sich seinen Weg durch die Dunkelheit bahnt, werden noch Stunden vergehen. Ich bin hellwach, denke an Kris. Beim Abendessen gestern war er schon weg. Ich frage mich, wo er jetzt wohl ist, in welches Heim man ihn gesteckt hat.

Ich hoffe, er ist okay.

Er fehlt mir jetzt schon; mein Beschützer, der Mensch, auf den ich mich verlassen habe. Kris hat sich immer schützend vor mich gestellt, er hat mir immer alles erklärt, und er hatte immer eine witzige Bemerkung oder eine Umarmung für mich, wenn die Dinge mit Dad oder Jude schwierig wurden. Er hat mir Schimpfwörter beigebracht, die ich heimlich benutzen konnte, zum Beispiel »Arschloch« oder »Hurensohn« – und das blasphemischste von allen, »Himmelarschsakrament«, obwohl ich das zur Sicherheit nie benutze.

Kris ist stark, der schafft alles. Er kommt mit allem klar.

Ich habe dagelegen und mir die nächtlichen Geräusche der Mädchen angehört, das kratzende Karottenschaben, das Asthmadelirium, und ich kann jetzt gerade so die Spuren an der Decke über mir erkennen, vielleicht sind es Wasserflecken, die die von uns angebrachte Farbschicht durchdringen. Ich frage mich, wer in diesem sehr alten Haus schon vor mir an die Decke gestarrt hat. Bevor *wir* hierhergekommen sind. Ein Kind aus dem Viktorianischen Zeitalter, das in diesem Raum eine Weile in Quarantäne verbringen musste? Eine Mutter, die man gegen ihren Willen hier festgehalten hat? Vielleicht noch jemand, den man von seinem Bruder getrennt hat, der sich genauso gefühlt hat wie ich jetzt? Ich öffne gedanklich einen Spalt in der Decke und gelange so zu meinen Tagträumen, entkomme in diesen Zeitsplitter, bevor der nächste Tag beginnt.

Aber vielleicht gibt es ja heute Hoffnung. Denn heute ziehen wir um.

»Du sollst zu Uncle Jude kommen.«

Ich schaue von dem großen Fass mit Weizenflocken auf, in dem ich das Mittagessen rühre. Meine Hoffnung hat nur halb durch den Vormittag gereicht, und als ich diese Worte höre, verschwindet auch der letzte Rest. Ich schaue mich kurz unter den anderen Mädchen in der Küche um.

Das kann nichts Gutes bedeuten.

Meine Mitstreiterinnen in der Küche strahlen ein wortloses Mitgefühl aus.

Als ich die Treppenstufen hinaufgehe, wiegen meine Füße, die in kleinen schwarzen Turnschuhen und nicht zueinanderpassenden Socken stecken, tausend Kilo. So lege ich den Weg zu Judes Zimmer zurück. Das Rosenmuster des Teppichs verbirgt die Schritte von vierzig Kindern, die jeden Tag diese Stufen hinauf- und hinuntergehen. Aber gerade jetzt gibt es auf diesen Stufen nur meine Schuhe. Ich bin allein, das Haus wirkt ruhig und still.

Klopf, klopf! Meine Faust schlägt auf den cremefarbenen Lack an Judes Tür, der mir so vertraut ist. Meine kleine Hand trifft auf Striche und Tropfen eines schlecht durchgeführten Anstrichs.

»Komm herein.«

Jude sitzt an seinem Schreibtisch. Er bedeutet mir, mich auf das Bett zu setzen. Darauf liegt das Bettzeug mit dem Blumenmuster, das ich so gut kenne und so sehr hasse. Licht fällt durch das Fenster in den Raum, die grauen Wolken können die Sonnenstrahlen nicht zurückhalten, die sich den Weg in dieses Loch von einem Zimmer erkämpfen wollen.

Darauf werde ich mich konzentrieren.

»Ich habe Neuigkeiten für dich.« Er sagt es mit einem Lächeln.

Mit einem Lächeln, hinter dem sich schlimme Geheimnisse verbergen.

Ich setze mich auf seinem Bett anders hin. Selbstsicher. Ruhig.

»Ich weiß, dass du ein OC, ein Älteres Kind, und deswegen in den Augen vieler noch zu jung bist, um am Victor-Programm teilzunehmen. Aber wir haben deswegen gebetet, auch deine Eltern, und dann haben wir beschlossen, dass du dich den Jugendlichen im Programm anschließen wirst.«

Ich sage nichts, aber in mir tobt es: Wie kann ich an einem Teenager-Programm teilnehmen? Ich bin zehn Jahre alt. Und Moment mal, Mom und Dad haben doch ihre Sachen gepackt?

»Rebekah, denk an deine Lügen, deine Unnachgiebigkeit, deine Faszination für das Böse, deinen Trotz und deine ständigen Tagträumereien – darum wirst du am Programm teilnehmen.«

In meinen Augen brennt es, und ich frage mich, ob ich vielleicht jetzt meine Kräfte aktivieren kann, wenn ich ihn nur lange genug anstarre. Mein Finger fängt an, Buchstaben in seine Laken zu drücken, versteckt zwischen meinen Beinen und seinem Bett, damit er sie nicht sehen kann.

»Du solltest froh sein, dass wir überhaupt davon überzeugt sind, dass es noch Hoffnung für dich gibt.« Er lächelt wieder, als wären das gute Neuigkeiten. »Deine Eltern sind ausgezogen, sie leben jetzt in einem Wohnwagen hinter dem Haus, um Platz für die Teenager zu machen, die bald bei uns wohnen werden, und für die neuen Leiter, die zu uns stoßen werden, um im Lager zu arbeiten.«

Jetzt ergibt das alles einen Sinn. Ich spüre, wie mir die Tränen auf den Wangen brennen. Ich wünschte, ich könnte aufhören zu weinen. Gerade *er* soll das nicht sehen. Während mir die Tränen übers Gesicht laufen, erkenne ich ein Aufflackern der Freude in seinem Blick. Dann verzieht sich sein Gesicht vor Ekel, als hätte er etwas Widerwärtiges gerochen.

»Für dich wird die größte Veränderung darin bestehen, dass du jetzt mit einem Schweigegebot belegt wirst.«

Ich schaue ihn verwirrt an.

»Das Schweigegebot erlaubt dir nicht, mit irgendjemandem außer mit mir und den dir zugeteilten Anführern zu kommunizieren. Und mit kommunizieren meine ich: nicht sprechen, keine Gesten, kein Augenkontakt. Das wird dir mehr Zeit zur Kommunikation mit dem Herrn verschaffen.«

Mein Gehirn arbeitet wild an einer inneren Verteidigung, doch meine Lippen bleiben stumm. *Habe ich all diese Dinge wirklich getan? Kann ich vielleicht Menschen beeinflussen?* Ich weiß, dass ich mich über bestimmte Erwachsene lustig gemacht habe, und ich hatte *tatsächlich* Fragen wegen einiger Dinge, die man uns vorgelesen hat. Außerdem habe ich früher gelogen, das weiß ich auch.

»Für wie lange?« Die Worte kommen aus meinem Mund, ohne dass ich es überhaupt merke.

»Rebekah!« Die Wut schießt aus ihm heraus wie ein Blitz. »Darum geht es nicht. Das ist UNWICHTIG, oder? Du kannst jetzt gehen.« Als ich das Zimmer verlasse, ruft er mir nach: »Und das alles gilt ab jetzt!«

***

Den Weg nach unten lege ich wie im Nebel zurück. In diesem Haus voller Leute muss es Lärm geben, doch ich höre nur das Geräusch schwerer marschierender Schritte in meinem Kopf. *Bumm, bumm, bumm.* Das Blut pulsiert so heftig in meinen Ohren, dass es sich anhört wie eine Armee, und das macht mich fast taub.

Ich gehe in die Küche, wo die Mädchen immer noch das Mittagessen vorbereiten. Sie haben sich nicht von der Stelle bewegt. Wie kann es sein, dass sie noch in genau derselben Position sind, wo sich doch *alles* geändert hat? Meine Welt steht auf dem Kopf.

Mit gesenktem Blick gehe ich an ihnen vorbei. Meine Füße werden schneller. Ich öffne die Hintertür des Hauses und fülle meine Lungen mit ganz viel kalter Luft, dann renne ich zu dem Wohnwagen, in dem meine Eltern inzwischen leben. Meine Fäuste hämmern an die Plastiktür.

Es kommt mir vor wie ein Wunder, aber sie sind da.

»Mom«, flüstere ich, und die Verzweiflung schnürt mir die Kehle zu. »Mom, sie haben mir ein Schweigegebot auferlegt. Kann das denn sein? Ich bin doch noch nicht einmal ein Teenager.«

Ich schaue zu ihr auf, umklammere ihre Taille und will sie gar nicht mehr loslassen. Sanft schiebt sie mich von sich, und mit einem »Pssst« bewegt sie den Finger an die Lippen.

Ich kann nicht erkennen, was sie gerade denkt. *Ist sie traurig? Hat sie Angst? Hat sie vielleicht genauso große Angst wie ich?*

Mein Dad sitzt am anderen Ende des Wohnwagens und sieht aus, als ginge ihn das Ganze nichts an.

»Du darfst nicht herkommen, Bex«, sagt er.

***

Im Teenagerlager ändert sich alles sehr schnell. Familien reisen ab, und innerhalb einer Woche haben einundzwanzig Jugendliche zwischen zehn und achtzehn Jahren ihren Platz im Victor-Programm eingenommen. Gar nicht so viele – man hat uns von Lagern erzählt, in denen mehrere Hundert Teenager leben.

Unser Tagesablauf besteht nun aus einer strengen Kombination aus militärischem Training und spiritueller Erziehung. Alles hat größere Dimensionen bekommen. Dieses neue System enthält ein starkes Element der Grausamkeit, das noch gefördert wird. Früher hat man zu uns gesagt: »Mir tut das genauso weh wie dir«, wenn wir bestraft wurden. Doch jetzt fühlt es sich so an, als würden die Erwachsenen dazu ermutigt, uns nicht nur körperliche Verletzungen zuzufügen wie bei öffentlichen Züchtigungen, sondern es soll sich auch wie psychologische Folter anfühlen: Schweigegebote, Isolation ... Es heißt, auf den Philippinen gehe es mit solchen Methoden am besten voran, mit Methoden, denen folgende Anweisung hinzugefügt wurde: »Wenn ein Kind ernsthafte Probleme hat und heftige spirituelle Kämpfe ausficht, besteht die entscheidende Frage weniger darin, *welche* Methode man verwendet, sondern eher darin, *wann* man welche Methode anwendet.« Sie wollen den Teufel aus uns herausprügeln, uns isolieren.

Was mich angeht, so werde ich lieber täglich verprügelt, als mit einem Schweigegebot belegt. Das nimmt einem alles weg – Herumalbern, kleine Frechheiten, die eigenen Bedürfnisse, dass man »gesehen« wird.

Das Schweigen macht einen unsichtbar, trennt einen von allem. Wenn man ein Zimmer betritt und alle wegschauen, ist das jedes Mal eine ganz besonderes heimtückische Art, aufgegeben zu werden. Wenn man nie einen Witz, eine Geschichte oder auch nur einen Blick mit anderen teilen kann. Auf diese Weise wird einem Tag für Tag vermittelt, dass man wert- und bedeutungslos ist. So entstehen Wände um einen herum. Die sind durchsichtig, fühlen sich jedoch real an und machen einem das Herz unendlich schwer. Wir alle können nur auf eines hoffen: darauf, dass es sich bloß um eine von Moses Davids Phasen handelt und dass alles bald vorbei sein wird.

***

Ich sitze mit einem Din-A3-Kartonbogen und einem dicken roten Stift vor mir im Essraum. Seit vier Monaten gilt jetzt das Schweigegebot für mich. Das wurde neunzehn von uns auferlegt – wenigstens bin ich nicht allein. Von dem Geruch des Stiftes wird mir schwindlig, aber das fühlt sich gut an. Einmal habe ich richtig intensiv an so einem geschnüffelt, und danach hatte ich für den Rest des Tages Kopfschmerzen. Mit dem Zeug muss man aufpassen.

Ich schreibe gerade das vierte, vielleicht sogar das fünfte Schild seit Programmbeginn. In großen roten Buchstaben halte ich fest: »*Sprecht mich nicht an – Schweigegebot*«. Auf der Rückseite steht: »*Bitte nicht ansprechen*«.

Vier Monate erscheinen mir viel zu kurz. Ich kann nicht erfassen, wie viel Zeit wirklich vergangen ist. Es ist so viel und zugleich so wenig passiert. Alle Tage haben sich gleich angefühlt, denn das sind sie: alle gleich. Ich bohre Löcher in beide Pappstücke, verbinde sie mit einer Schnur – mit zwei Doppelknoten, damit es auch hält. Mir ist nicht klar, warum ich dieses Schild basteln und tragen muss; schließlich wissen *alle*, dass mir ein Schweigegebot auferlegt wurde. Fast alle Teenager müssen einem solchen Schweigegebot folgen. Kate nicht, aber das liegt daran, dass sie sowieso still und unsichtbar ist – so hat sie sich selbst erzogen, um geschützt zu sein.

Schlau von ihr.

Während Tage, Wochen und Monate vergehen, ändert sich nichts, außer wer gerade Probleme hat, weswegen und welche neue Strafe sie sich für uns ausgedacht haben.

Saphira ist in einem Wohnwagen, ganz weit außerhalb auf einem der Felder. Seit beinahe zwei Monaten lebt sie jetzt isoliert. Als besondere Rebellin ist sie vielleicht eine der schlimmsten – sie hat Dinge getan, die absichtlichen Ungehorsam demonstrierten: die Aunties nachgemacht, aufreizend getanzt, jemandem den Stinkefinger gezeigt. Einmal wurde sie zurechtgewiesen und musste in einem Zimmer in der Ecke stehen, aber an ihrem Schatten konnten wir sehen, dass sie wie verrückt herumgetanzt hat, um uns zum Lachen zu bringen.

Als sie einmal das Abendessen zubereiten musste, hat der Herr sie zu brechen versucht: Ein Zehnlitertopf mit kochendem Wasser ist auf sie gefallen und hat ihr den Arm verbrüht – das erste Anzeichen dafür, dass sie sich »auf dem falschen Weg befand« und dass er sie dafür verurteilte.

Shiloh musste einen Monat in einem anderen Wohnwagen leben. Sie hat ihre Lektion sehr schnell gelernt.

Isolation ist *am schlimmsten*, das weiß ich, aber wenigstens brauchen die beiden nicht am Endzeit-Armeetraining teilzunehmen wie wir anderen. Wir robben über Felder, graben Löcher und füllen sie dann wieder.

Wir schleppen Betonblöcke oder Backsteine, werden dabei angeschrien – alles, damit wir fit für das Armageddon werden. Aber ich denke, dieses Armeetraining ist sinnvoll. Wenn wir die nächsten sieben Jahre damit verbringen sollen, die Soldaten des Antichristen zu bekämpfen, müssen wir stark sein und rennen können. Wir müssen uns auf die Zeit vorbereiten, wenn Laser aus unseren Augen kommen und Feuer aus unserem Mund strömen wird, mit dem wir Satans Anhänger verbrennen.

Ich kann es gar nicht erwarten!

Ich schaue auf mein Umhängeschild, es ist fast fertig. Ich nehme es an den Schnüren, ziehe es über den Kopf und streiche es glatt, damit die Nachricht gut erkennbar ist.

Dann gehe ich jetzt lieber nach draußen.

Ich betrete die Küche, um das Abendessen vorzubereiten. Dort ziehe ich die großen weißen Schuber heraus, in denen wir die Getreideflocken aufbewahren. Ich habe alles versucht, was ich konnte, um dieses Grundnahrungsmittel genießbar zu machen. Ich habe es als Granola zubereitet, indem ich es auf Blechen ausgebreitet und im Ofen geröstet habe, und es gab es als Brei. Ich habe sogar versucht, die Flocken zu mahlen und Brot daraus zu machen – es werden immer nur Steine daraus. Aber alle weißen Schuber sind leer.

Uns kann doch nicht der Vorrat ausgegangen sein?

Ich weiß, dass die Getreideflocken draußen im Schuppen aufbewahrt werden, aber ich habe noch nie die Schuber dort nachgefüllt. Das übernimmt normalerweise ein Erwachsener. Der Boden knirscht unter meinen Schuhen, ich trage ganz, ganz alte schwarze Leinenschuhe, die nach Gummi riechen, und ich spüre die Kälte des Bodens unter mir, als wäre ich barfuß. Bevor ich im Victor-Lager war, habe ich mich in diesen Schuhen auf die Zehenspitzen gestellt und so getan, als trüge ich Ballettschuhe.

Das kann ich mir jetzt nicht erlauben.

Als ich die große Holztür der Scheune aufschiebe, öffnet sie sich ohne Probleme vor mir. Schnell schlüpfe ich mit den Schubern, die ich hinter mir herziehe, hinein. Ein Geruch nach Staub und Schimmel fällt mich an, aber er ist nicht widerlich, nur anders, mit etwas Holzartigem darin. Hier gibt es nur ein Fenster, und das ist zugenagelt. Langsam gehe ich in der Dunkelheit auf die Umrisse der Säcke zu.

Während ich Getreideflocken in die Schuber fülle, gewöhnen sich meine Augen an die Dunkelheit, und langsam sehe ich alles ganz deutlich. Meine Hand bewegt sich in den großen Sack und dann wieder heraus. Jetzt erkenne ich auch Umrisse auf den Säcken selbst. Da ist ein großer, fast lebensgroßer Pferdekopf. Darunter steht in großen Buchstaben »GETREIDEFLOCKEN« und dann »Pferdefutter, beste Qualität. 50 kg«.

Kein Wunder!

Natürlich kann man daraus kein gutes Granola machen, wenn es für Pferde ist. Und abgelaufen ist es auch, seit über einem Jahr. Jetzt fühle ich mich so viel besser, weil wir einfach nichts mit diesen blöden Getreideflocken anfangen konnten. Es ist noch nicht mal Weizen! Ich muss daran denken, wie all die Kinder stundenlang darauf herumgekaut und ganz schreckliche Kieferschmerzen davon bekommen haben, und das ergibt jetzt alles einen Sinn.

Kate würde diese Geschichte so sehr gefallen.

Ich frage mich, wann ich sie ihr werde erzählen dürfen. Sie schläft nur wenige Zentimeter von mir entfernt, aber natürlich haben wir seit Monaten nicht mehr miteinander gesprochen.

Ich ziehe die Schuber mit dem Pferdefutter in die Küche. Die anderen Mädchen haben sich an ihren Arbeitsstationen versammelt, und alle schauen zu Boden, als ich den Raum betrete. Aus Gewohnheit tue ich dasselbe – so lässt sich Ärger am einfachsten vermeiden, man schaut einfach auf den Boden mit den roten Fliesen.

Schau immer auf den Boden.

Ich sitze an meinem Platz in der Küche und mache mich an die Vorbereitungen. Dabei bemerke ich, dass ich schon einen Wasserspritzer auf meinem Schweigegebotsschild habe. Angst durchflattert mich.

Dafür bekomme ich bestimmt Ärger.

***

Sie hockt am Fußende meines Bettes. Es ist dunkel, aber ich kann sie deutlich erkennen. Ihr braunes Haar sitzt so ordentlich, als hätte sie es gerade erst gebürstet. Mit einem Seitenscheitel.

Ich würde mein Haar nie so ordentlich hinbekommen.

Sie trägt ein gepunktetes Kleid und eine weiße Schürze mit Schleifen darauf. Die Hände hat sie im Schoß gefaltet.

»Alles wird gut«, flüstert sie ins Dunkel.

Ich möchte ihr glauben.

»Hier passiert ständig so etwas. Ich war krank, und ich habe meinen Bruder auch seit sechs Monaten nicht mehr gesehen. Aber es geht ihm gut, und mir geht es auch gut, es fühlt sich im Moment nur alles schlimm an.«

Sie hat große Augen und schaut mich direkt an. Dann lächelt sie und schaut sich in unserem Schlafraum um.

»Hier habe ich immer gewohnt, das hier ist mein Zimmer«, sagt sie.

Ein Schauder durchläuft mich. Ich möchte ihr sagen, dass es gefährlich ist, mit mir zu sprechen.

»Du kannst immer mit mir reden«, sagt sie und streckt die Hand aus, um meine zu berühren.

Ich öffne die Augen, und sie ist weg.

***

Inzwischen bin ich seit sechs Monaten im Victor-Programm.

Als ich vorsichtig meine Oberschenkel berühre, spüre ich durch meine Trainingshosen die Striemen und die blauen Flecken. Meine Finger fahren über die Hubbel wie über Blindenschrift.

Vor einigen Stunden habe ich Schläge mit einem Paddel bekommen. Das ist nichts Ungewöhnliches, zu einer solchen Strafe kann es leicht kommen: Bei nur zwölf Herabstufungen in einer Woche bekommt man einen Schlag mit dem Paddel – oder bei vier an einem Tag –, und man wird doppelt herabgestuft, wenn man einen Teller fallen lässt. Ebenso wie die Brailleschrift sollen uns auch die Paddelschläge eine Botschaft übermitteln:

»Träumst du, oder was?«

»Du bist ganz offensichtlich mit den Gedanken nicht BEI DER SACHE!«

»Du konzentrierst dich nicht auf deine Arbeit.«

»Du hältst dich nicht an die Gebote des Herrn.«

Die öffentlichen Prügel haben gleichzeitig mit dem Victor-Programm angefangen, und mit jedem neuen Leiter, der ins Lager kam, wurden sie kreativer.

An einem Nachmittag mussten etwa zwanzig von uns dabei zusehen, wie mein Bruder Joel mit einem riesigen Schneidebrett geschlagen wurde, in das jemand Dutzende Löcher gebohrt hatte, damit es leichter »die Luft durchbrach«.

Diese Schläge waren extrem brutal. Joel hatte sich besonders rebellisch aufgeführt. Obwohl solche Szenen sich beinahe täglich ereigneten, gehört diese zu denen, die ich nie vergessen werde ...

Mary Malaysia liest aus Großvaters neuem Brief vor, »Schenke Jesus deine Liebe«. Sie erklärt, wir könnten auf eine neue Art und Weise eins mit Jesus werden, die Erwachsenen in der Gruppe könnten sich beim Sex »auf einen Trip zu ihm« begeben und so tatsächlich Sex mit Jesus haben. Die Zeichnungen zeigen Leute in allen möglichen sexuellen Stellungen mit Jesus selbst. *Beschwöre Seinen Geist herauf, zeige Ihm, wie sehr du Ihn wirklich liebst und wie sehr du dich Ihm geweiht hast.* Das solle im Privaten geschehen, es sei denn, man ist erwachsen.

Hier gibt aber wirklich keine Privatsphäre.

Am Ende der Anbetungen beginnt das Reden in Zungen:

Schabadaba
Schibadaba
Schabadaba
Dank sei dir, Jesus. Gepriesen seist du, Jesus. Dank sei dir, Jesus.

Das gleichzeitige Gemurmel nimmt zu.

Schabadaba
Halleluja.
Gepriesen seist du, Jesus. Dank sei dir, Jesus.

Die Stimmen werden lauter und schneller.

Schabadiba.

Dann hört man plötzlich durch das Sprechen in Zungen hindurch Joels Stimme:

»Ja, Jesus. Genau *da*, Jesus.«

Der sarkastische Ton, den ich so gut kenne.

Schabadaba.

»MACH SCHON, Jesus!«, sagt er, lauter diesmal.

Schabadaba.

»Füll mich mit deinem SAMEN, JESUS«, spottet er.

Schabadaba.
Dank sei dir, Jesus. Gepriesen seist du, Jesus. Dank sei dir, Jesus.

»NIMM MICH VON HINTEN, O HERR, UND FÜLLE MICH MIT DEINEM SAMEN«, ruft er.

Das Reden in Zungen verstummt. Niemand hat mehr die Augen geschlossen.

Ich will lachen, aber alle im Raum sind nach seinem Ausbruch genauso gelähmt wie ich.

***

Einige Stunden später ist es Zeit für die Strafe.

Joel betritt mit gesenktem Kopf den Raum. Titus, der Leiter, der ihn mit dem Paddel schlagen wird, nimmt seine Position ein. Joel hat nicht nur einen Mo-Brief verspottet, er hat auch Homosexualität ins Spiel gebracht – eine Sünde.

Was jetzt kommt, wird schlimm, und niemand von uns kann irgendetwas tun, um ihn zu retten.

Eine Flamme schießt aus meinem Mund, schnell wie ein Laser und heißer als Schwefel. Sie brennt ein riesiges Loch in die Wand, enthüllt einen goldenen Pfad auf der anderen Seite. Ich klettere hindurch.

»Joel, schnell! KOMM schon!« Ich strecke die Hand aus, um ihn durch die brennende Wand zu ziehen. »Lass uns ABHAUEN!«

KLATSCH!

Der erste Schlag holt mich ins Zimmer zurück.

Joel quietscht wie ein Welpe, den man getreten hat.

Man hört ein entsetztes Atemholen. Normalerweise gibt er überhaupt kein Geräusch von sich. Die Löcher im Schneidebrett funktionieren, genau wie von Titus vorgesehen.

Öffentliche Prügel sind heimtückisch und effektiv. Für die meisten Kinder, mich eingeschlossen, ist es schwieriger, eine Züchtigung mitanzusehen, als selbst eine zu bekommen.

Ich sitze neben Saphira, die man aus der Isolation geholt hat, damit sie das hier mitbekommt. Die Verbände an ihrem verbrühten Arm sind widerlich orange und stinken nach altem Fleisch. Vielleicht stinkt sie aber auch, weil sie nur einen Eimer als Toilette hat – wenn ich nicht solche Angst hätte, müsste ich jetzt kotzen.

KLATSCH!

»Nein, nein, *nein*! *Bitte!* NEIN!«, schreit Joel.

Zwei Erwachsene müssen ihn festhalten, weil er immer wieder versucht, sich dem Schlag mit dem Paddel zu entziehen.

Ich kann nicht mehr hinsehen, wünschte, ich könnte die Augen schließen. Aber wir dürfen nicht wegschauen, wir müssen es mitansehen – wir müssen uns daran erinnern.

Man *wird* sich daran erinnern.

Ich werde das hier niemals vergessen.

***

Als ich später an diesem Tag in eines der Badezimmer gehe, finde ich dort Joel mit heruntergelassenen Hosen vor. Er versucht, sich ein bisschen sauber zu machen. Die Toiletten haben keine Schlösser an den Türen, die sind verboten. Ich erhasche einen Blick auf die Haut an seinem Hintern: Sie ist so schwer verletzt, dass sie aufgebrochen ist. Es sieht aus wie Marmor, aber die ganzen Adern im Stein sind die aufgebrochenen Stellen in seiner Haut, und sie bluten. Ich schließe die Tür, damit wir nicht erwischt werden.

Am nächsten Tag konfrontiert man uns mit einer neuen Taktik.

»Wir werden euch jetzt anders zur Rechenschaft ziehen. Uns ist aufgefallen, dass einige von euch Widerwillen gegen die Leiter empfinden, die die Schläge mit dem Paddel durchführen. Das ist nicht richtig, denn die Schläge mit dem Paddel erfolgen aus Liebe, und sie stammen vom Herrn. Um aber diese Situation für die Leiter einfacher zu machen, werden wir die Schläge mit dem Paddel in einem gesonderten Raum durchführen und euch die Augen verbinden.«

Ich finde das gut – ich möchte meinen Bruder nie wieder so sehen.

Sie sind dumm, wenn sie glauben, dass wir nicht wissen, wer uns jeweils geschlagen hat, nur weil man uns die Augen verbindet. Jeder Leiter hier schlägt auf seine ganz eigene Art und Weise. Schläge mit der Gürtelschnalle kommen von Jude. Mary Malaysia benutzt gerne einen Riemen, davon bekommt man blutige Striemen. Titus entscheidet sich immer für ein großes Paddel, sodass sich die blauen Flecken und die Risse in der Haut weiter ausbreiten.

Die Flecken in Blau und Lila und Rot verraten sie.

Deswegen ist heute also keine Gruppe von Kindern anwesend, als ich zu meiner Strafe mit dem Paddel erscheine, keine Saphira mit ihren stinkenden Armen, keine Geschwister, die durch meine Züchtigung verletzt werden können. Nur drei Leiter, ein Paddel und eine Augenbinde.

Zum ersten Mal seit langer Zeit schaut mir jemand in die Augen, als er mit mir spricht – und das ist fast verwirrender als der Anblick der Augenbinde.

»Rebekah, du weißt, warum du hier bist?«

Ich nicke.

»Du weißt, dass uns das mehr wehtut als dir?«

Ich nicke wieder.

»Schau mir in die Augen. Lass mich dein Lächeln sehen. Liebst du mich immer noch?«

Ich lächle, ich nicke.

Und um mich herum wird es dunkel.

***

Seit neun Monaten befinde ich mich im Victor-Programm. Seit neun Monaten habe ich keine Gespräche geführt, meine Zunge nicht mehr aus dem Mund gestreckt, seit neun Monaten habe ich meine eigene Stimme nicht mehr gehört.

Seit neun Monaten bin ich unsichtbar.

Ich hocke auf einer Treppenstufe, halte mich an einer Kehrschaufel und einem Besen fest. Staub kommt mir in die Augen, und Flusen sammeln sich zu kleinen grauen Bällen, während ich alle Ecken ausfege. Der Geruch dieser Stufen ist fast tröstlich. Unter allen Aufgaben, die es gibt, ist das hier nicht die schlechteste – besser, als die Badezimmer zu putzen. Das ist widerlich. Das Fegen geht außerdem schnell und macht Spaß. Manchmal ist es schön, Krach zu machen, selbst wenn es nur mit einer Bürste ist, oder einem Wischmopp oder einem Staubsauger.

Auf der Galerie über mir unterhalten sich leise ein paar Kinder. Natürlich sollte ich nicht »heimlich zuhören«, denn das ist immer noch Kommunikation. Aber ich tue es trotzdem, plane genau, wann ich die Bürste benutze, damit es sich so anhört, als hätte ich sehr, sehr viel Arbeit.

ZACK, ZACK, ZACK.

»Neue Leiter«, »einige neue Jugendliche«, »Kris Scott kommt zurück«.

Ich lasse die Bürste fallen. Das Herz schlägt mir bis zum Hals. *Kris? Er kommt zurück?* Er ist weg, seit verkündet wurde, dass hier ein Lager des Victor-Programms entstehen soll. Meine Augen sind vor Aufregung ganz trocken.

Kris kommt zurück. Mein Beschützer. Mein Bruder. Kris KOMMT ZURÜCK!

Ich nehme die Bürste wieder in die Hand und schlage damit auf die Stufen.

Ich frage mich, was er durchgemacht hat, wie viele Schläge mit dem Paddel er bekommen hat, wie oft er in Schwierigkeiten geraten ist. Ich kann mir vorstellen, dass er den Leitern widersprochen und sie Hurensöhne genannt hat.

Als ich am Fuß der Treppe angekommen bin, bin ich davon überzeugt, dass er zurückkommen wird, um mich zu retten. Ich ignoriere die fehlende Logik des Ganzen – wenn das der Fall wäre, wüssten die Leute nichts davon, vor allem nicht diese Kinder da auf der Treppe. Ich kann an gar nichts anderes mehr denken, stelle mir vor, wie wir weglaufen, die Auffahrt hoch, über die Straße, die zu dieser Stadt führt. Vor meinem geistigen Auge sehe ich, wie Kris sehr, sehr wütend wird, wenn ich ihm erzähle, wie man mich behandelt hat. Natürlich werde ich ihm von Mom und Dad erzählen, und auch davon, dass sie seit dem Tag nach seinem Weggang nicht mehr mit mir gesprochen haben. Davon, wie sehr ich die Leiter hasse, von dem *Pferdefutter* und von allem anderen.

Wer weiß, was er dann machen wird.

Ich beginne mir auszumalen, wie ich das anstellen werde. Dafür muss ich schlau sein, ich kann nicht einfach zu ihm hinrennen. Er war auch im Victor-Programm. Ich muss den richtigen Augenblick abwarten, geschickt vorgehen.

Irgendwie kann ich gar nicht glauben, dass er wirklich zurückkommt.

***

Die halben Sekunden, Sekunden, Minuten und Stunden des Tages vergehen wie in Zeitlupe; die Leute erscheinen in meinem Blickfeld und verschwinden wieder, endlos langsam wie in einer klebrigen, schlammigen Ewigkeit, die dieser Tag darstellt. Es wird dunkel, und Kris ist immer noch nicht da.

Da begreife ich plötzlich, dass es nicht stimmt. Ich spüre, wie mir die Galle des Zorns in der Kehle hochsteigt, ich bin wütend auf die dummen Kinder da auf der Treppe, wütend auf diesen dummen, langsamen Tag – und vor allem unendlich wütend auf mich selbst, weil ich so dumm bin. Warum habe ich mir erlaubt zu glauben, er würde kommen? Das war dumm von mir. Genau das ist der Grund, warum man nicht heimlich lauschen sollte.

Zeit zum Abendessen. Im Gänsemarsch stellen wir uns an und schaufeln uns Leber und Kartoffeln auf die Teller. Ich kann nicht mit Sicherheit sagen, ob es Rost von den Töpfen oder das Fleisch selbst ist, was da so metallisch riecht. Ich setze mich ans Ende des Tisches und konzentriere mich darauf, den Blick auf mein Essen gerichtet zu halten.

»Könnt ihr mir bitte zuhören?« Mary Malaysia steht auf den Stufen zum Essraum und verschafft sich so ein bisschen zusätzliche Größe, die sie so dringend braucht. Sie ist genauso klein wie ich, aber das hindert sie nicht daran, eine der grausamsten Leiterinnen des Landes zu sein, berüchtigt für ihre Brutalität.

»Wir haben zwei neue Hirten, die wir euch vorstellen möchten. Sie werden eure Leiter sein und dafür sorgen, dass dieses Victor-Programm reibungslos funktioniert, damit ihr Teenager weiter für die Sache brennt und damit es auf keinen Fall Leute gibt, die nachlässig werden«, verkündet sie aus ihren schnurrbärtigen Lippen heraus.

Sie wirft sich das dicke schwarze Haar über die Schulter, dann tritt sie auf den Stufen zur Seite, um Platz für die neuen Leiter zu machen.

»Einige von euch kennen die beiden schon: Ezra und Kris Scott!«

Mir fällt die Gabel aus der zitternden Hand. In meinen Ohren hallt ein hoher Piepton.

Haben sie ihn umprogrammiert?

Kris betritt den Raum. Er wirkt größer und sieht anders aus, mehr wie ein Mann. Sein Gesicht ist kantiger, und seine Sommersprossen scheinen verblasst zu sein. Er steht kerzengerade da, und an seinem Gesichtsausdruck ist nichts abzulesen. Falls er mich sieht, schaut er einfach durch mich hindurch.

Ein Stück Leber setzt sich in meiner Kehle fest, bewegt sich nicht, trocken, bleibt stecken. Der Rest des Essens will wieder aus mir heraus. Jedes einzelne Härchen an meinem Körper kribbelt, während mich eine heftige Übelkeit überkommt.

Das muss ein Trick sein. Es muss zu seinem Plan gehören. Das kann nicht echt sein.

Oder er ist wirklich einer von ihnen.

***

Im nächsten Monat mit Kris ist es, als hätte jemand anders seinen Körper übernommen. Er sieht aus wie Kris und klingt auch so, aber alles, was er tut, ist anders als er. Es passt nicht zu ihm. Was auch immer hier vor sich geht – dass dieser Mensch jetzt hier ist und gleichzeitig mein Bruder sein soll, ist wie das Leben mit einem Geist.

Jeden Tag wird mir ganz schwindlig, wenn ich herauszufinden versuche, ob es Schauspielerei ist oder ob man ihn umprogrammiert hat, und nie bin ich mir wirklich sicher. Er schimpft mit mir. Er gibt mir Strafpunkte. Er leitet Anbetungen. Aber er schlägt mich nie, legt nie Hand an jemanden, und ich erlebe ihn nie grausam.

An manchen Tagen bin ich davon überzeugt, dass er einer von *ihnen* ist.

Aber stimmt das wirklich?

Wenn es nicht so ist, lässt er sich nie in die Karten blicken. Nicht einmal, wenn er für sich ist, nicht für eine einzige Sekunde.

***

Ein Schweißfilm überzieht mein Gesicht – heißer, klebriger, hektischer Schweiß. Ich liege seit Stunden wach. Die Geräusche im Zimmer sind in vollem Gange, das Kratzen am Ekzem, das Murmeln im Schlaf, der röchelnde Asthmaatem. Aber die Sinfonie der Nacht hat sich in nichts aufgelöst, als die Stimmen angefangen haben. Erst haben sie geflüstert, dann gemurmelt, dann geschrien.

Meine Arme und Beine kämpfen mit den Laken, die sich anfühlen wie Fesseln, meine Decke ist wie eine Schlinge. Die Stimmen sind mit mir in diesem Stockbett eingesperrt. Ganz klar. Und laut.

»Mit dir muss doch etwas nicht stimmen.«

»Es kann doch nicht sein, dass sich alle hier irren – DU bist diejenige, die sich irrt.«

»Warum glaubst du, es BESSER zu wissen als sie?«

»Mit dir STIMMT doch etwas nicht.«

»Du musst GEBROCHEN werden.«

»Lass es zu, dass man dich bricht.«

Ich weiß nicht, ob die Stimmen Gott, dem Teufel oder mir selbst gehören.

Splitter meiner selbst im Krieg miteinander.

Ich fahre mir mit den Fingern über die klebrig verschwitzte Stirn, hoffe, das manische Feuer zum Schweigen zu bringen. In meinem Kopf fühlt es sich an wie ein Garnknäuel, das einer Katze in die Klauen gefallen ist – einer Katze, die an den Fäden meiner geistigen Gesundheit zerrt, unermüdlich und unbarmherzig.

Das hier, *sie*, habe ich mein ganzes Leben lang bekämpft. Ich habe gekämpft, weil sich das hier – dieses Heim, diese Regeln und dieses Leben – *falsch* angefühlt hat. Es war nicht richtig, die Gewalttaten gegen meine Geschwister mitanzusehen, sich so eingesperrt zu fühlen … Das *kann* doch einfach nicht richtig sein?

Ich hebe den schweren Kopf, um mich im Raum mit den schlafenden Mädchen umzusehen. Gibt es in ihren Köpfen dieselben Stimmen wie in meinem? Befinden auch sie sich in einem ständigen Zustand der Auflösung?

Oder haben sie ihren Frieden gefunden, weil sie aufgegeben haben? Hat man ihnen ein Heilmittel geschenkt? Ist Gott die Medizin, von der sie immer sprechen? Können sie deshalb schlafen?

Ich muss einen Weg heraus aus dieser Situation finden, und wenn es keine richtige Tür gibt, liegt der Schlüssel vielleicht in der Kapitulation. Die Anführer, die Kinder um mich herum – wie können sie sich alle irren? Woher soll ich denn wissen, was richtig ist?

Was maße ich mir da an?

Ich will das Garn zurück, ich will, dass das Kratzen aufhört, ich will Sicherheit. Dieses schlimme Herumgezerre an meinem Verstand muss aufhören. Ich will Frieden, nicht dieses rücksichtslose Zerren.

Ich muss mich ergeben.

Stumm forme ich mit den Lippen Worte und schicke sie in die Nacht hinaus: *Bitte, bitte Gott, zeig mir den Weg. Ich weiß, ich bin ein böses Mädchen, und ich habe gelogen, und ich verdiene es, dort zu sein, wo ich bin.* Ich drehe mich um und drücke das Gesicht in die Kissen, sodass mich niemand hören kann.

Bitte brich mich, und mache mich zu einer guten Dienerin.

Grobe Baumwolle füllt mir Nase und Mund; sie ist alt, abgenutzt und erstickt mich.

Ich bin ein böses Mädchen, und ich habe gelogen, und ich verdiene es, dort zu sein, wo ich bin.

Ich drücke mein Gesicht noch tiefer in den Baumwollstoff.

Bitte brich mich, und mach mich zu einer guten Dienerin.

Ich wiederhole diese Worte immer und immer wieder, bis ich nicht mehr weiß, wie oft ich sie gesagt habe.

Ich hoffe, je öfter ich das tue, desto wahrscheinlicher ist es, dass er mich hört. Wenn er mich hört, wenn er mir glaubt, dass ich es ernst meine, wenn ich mich als würdig erweisen kann, wird er mich von diesem Gefühl befreien.

Er wird mich aus diesem unsichtbaren Gefängnis herausholen.

6. Kapitel

Die Zwölf Stämme – Gestohlene Kinder: Fünfzehn Jahre danach

»Wie denkst du über die Zwölf Stämme?«, fragt Sofi.

Wir fahren von Nordkalifornien aus zu unserer nächsten Gruppe in San Diego. Unser großer beigefarbener Pick-up donnert an Felsen vorbei, durch Schluchten und über wundervolle gebogene Brücken. Mein Gesicht flattert im Fenster geradezu im Wind, wie bei einem verrückten Hund; die Zunge hängt heraus, nimmt Geschmack und Gerüche des Abenteuers auf. Ich will alles spüren. Metallica, deutscher Techno, manchmal klassische Musik – all das dröhnt aus unseren miesen Lautsprechern, unser Soundtrack, während wir so lange auf schnurgeraden Highways fahren, dass ich langsam das Gefühl für Raum und Zeit verliere.

»Na?«, fragt sie noch einmal.

Ich ziehe den Kopf wieder ein, mein Mund ist trocken. »Ich kann es irgendwie noch gar nicht richtig glauben, dass wir jetzt ... etwas machen, was ein bisschen realer ist.«

»Ich bin ein wenig besorgt, glaube ich«, meint sie.

»Ach ja?« Ich drehe das Radio leiser und wende mich Sofi zu, um herauszufinden, wie besorgt sie wirklich ist.

»Also, ich weiß ja, dass du hart im Nehmen bist. Aber du interessierst dich für diese Gruppe, weil dich diese Leute daran erinnern, wie du aufgewachsen bist, stimmt's? Was, wenn du dort in eine Regression verfällst? Was, wenn wir so richtig krasse Scheiße zu sehen bekommen und dich das triggert?«

»Sodass ich wieder zu einem verängstigten Kind werde?«, frage ich lächelnd.

Sofi nickt. Sie hält die Augen weiter auf die Straße gerichtet, aber ich kann förmlich spüren, wie viel Besorgnis sie ausstrahlt.

»Darüber habe ich schon nachgedacht, ja.«

Das habe ich wirklich, aber vielleicht habe ich das Ganze nicht ernst genug genommen.

»Kann es also sein, dass wir einen Plan brauchen?«, will sie wissen.

Wir haben für alles einen Plan entwickelt – wie man ohne warmes Wasser überlebt, wie man vegan lebt und dabei gesund bleibt, indem man Sachen wie »magische Nährhefe« isst. Wir setzen uns mit den Macken und Besonderheiten unseres Trucks auseinander, wechseln zwischen zwei Benzintanks hin und her, weil wir nie wissen, welcher gerade voll ist. Wir finden heraus, dass unsere Dusche sich besser als Laderaum eignet. Diese Tricks helfen uns dabei, nicht auf dem Highway liegen zu bleiben (und sie bewahren uns auch vor größeren Zusammenbrüchen).

Wir singen alberne Lieder, machen Insiderwitze, erfinden unsere eigene Sprache, Akronyme wie WKDSH: Wenn wir irgendwo festsitzen, rufen wir »We-Ka-De-Es-Ha!«, und das bedeutet »Wir kriegen das schon hin«. So wollen wir zeigen, dass wir uns von einer schwierigen Situation nicht beirren lassen. Kameraausrüstung? »We-Ka-De-Es-Ha!« Bewerbungen auf Filmstipendien? »We-Ka-De-Es-Ha!« Benzintanks? »We-Ka-De-Es-Ha!« Abendessen? »We-Ka-De-Es-Ha!« Wie wir in die nächste Kommune kommen? »We-Ka-De-Es-Ha!«

Ungeschickt und erfolglos versuchen wir, durch Flirten Strafen wegen Geschwindigkeitsübertretungen zu vermeiden. Wir schlafen unter freiem Himmel und sehen beim Aufwachen den Sonnenaufgang in den Bergen – oder manchmal auch auf einem Walmart-Parkplatz. Manchmal gönnen wir uns eine Nacht in einem Mörder-Motel, so wie die aus Filmen wie Quentin Tarantinos *True Romance*, in denen es alles andere als romantisch zugeht (und wo man definitiv immer das Licht anlassen möchte). Trotzdem empfinden wir die als Luxus, denn dort gibt es heiße Duschen. Wir trinken verbrannten Kaffee und essen steinhartes Gebäck, das zum »Frühstück inklusive«-Teil des Deals gehört.

»Ja, wir brauchen wahrscheinlich wirklich einen Plan – und wir müssen aufeinander aufpassen.«

Mein Bild im Seitenspiegel fordert mich heraus: *Wirst du bei den Zwölf Stämmen ausrasten?*

Wir schaffen das schon, wir haben das im Griff. Die Zwölf Stämme sind harmlos, wenn man sich überlegt, wo ich herkomme.

***

Ich habe die Zwölf Stämme schon eine ganze Weile auf dem Schirm. Ich hatte Ähnlichkeiten zu den *Children of God* erkannt – die Zwölf Stämme glauben an das Armageddon und an die Wiederkunft Christi. Allerdings nennen ihn die Zwölf Stämme »Yahshua«, weil Christus anscheinend vom Teufel besessen ist – der Teufel ist schon vor einer ganzen Weile in ihn gefahren, *aber die meisten Christen wissen einfach noch nichts davon*. Die Zwölf Stämme glauben, dass nach der Wiederkunft die Gläubigen vor dem Jüngsten Gericht für tausend Jahre mit Yahshua regieren werden. Das Jüngste Gericht ist in vielen christlich orientierten Glaubensrichtungen eine große Sache, so etwas wie ihre Oscarverleihung, ein riesiges Event, bei dem es Gewinner und Verlierer gibt: die *Gerechten* und die *Schmutzigen, Unwürdigen*. Die Unwürdigen werden in den Feuersee geworfen, die Gerechten hingegen leben in alle Ewigkeit. Ich bin mir ziemlich sicher, welchem Lager sie mich zuordnen würden …

Unwürdiger geht es gar nicht.

Da besorge ich mir wohl am besten einen Badeanzug für diesen See.

Andere Ähnlichkeiten mit den *Children of God* bestehen in Spannungen zwischen ihnen und dem Establishment und ihrer Verachtung den Kirchen gegenüber. Eine weitere seltsame Übereinstimmung liegt im Namen des Cafés, in dem die Gruppe gegründet wurde. *The Lighthouse.* So hieß auch das Café, in dem die *Children of God* gegründet wurden. Gene Spriggs, der Gründer der Zwölf Stämme, rief es 1972 als »Amt für Teenager« ins Leben. Ich musste überprüfen, ob es sich um ein und dasselbe handelte, aber nein, das hier befand sich in Tennessee. Vielleicht gibt es ja ein Buch mit dem Titel *Sektengründen für Dummies*. Teil eins: Wie man den perfekten Namen für sein Café findet.

Bei der Gruppe handelt es sich um einen Versuch, die Kirche des ersten Jahrhunderts aus der Apostelgeschichte neu zu erschaffen. »Und alle, die gläubig waren, bildeten eine Gemeinschaft und hatten alles gemeinsam. Sie verkauften Hab und Gut und gaben davon allen, jedem so viel, wie er nötig hatte« (Apostelgeschichte 2, 44-45). Diese Bibelstelle kenne ich auswendig. Meine Eltern haben sie als eine ihrer Lieblingsstellen benutzt, wenn sie beweisen wollten, dass Jesus selbst das Leben in der Kommune vorgesehen hatte. Dass er es gewesen war, keine abgedrehten Sektenleute, die einem Auto, Haus und Bargeld abknöpfen wollten.

Die Zwölf Stämme geben die folgende Erklärung dafür ab, dass sie als eine eigene Heilige Nation leben wollen:

> Wir haben die Geschichte und die Prophezeiungen des Alten Testaments studiert und erkannt, dass es eine Heilige Nation geben muss, die ihre Liebe für den Messias unter Beweis stellt, bevor er auf die Erde zurückkehren kann. Es müsste sich um ein Volk handeln, das nicht zu den Nationen der Erde gehört und das ein Leben nach seinen Geboten führt.

Sie nehmen nur am Leben »in der Welt« teil, indem sie predigen und tanzen (im hebräischen Stil) und indem sie ihre Yellow-Deli-Restaurants organisieren. So finanzieren sie ihre Gemeinden und rekrutieren neue Mitglieder. Manchmal nennt man sie die »Yellow-Deli-Leute«, weil sie ihre beliebten Restaurants führen, in denen es biologisch angebautes (und leckeres) Essen gibt, Matcha Latte, Bohnensalat und hausgemachte Burger.

Einige Zutaten sind geradezu klassisch. Es gibt Helden (nämlich sie), Schurken (das System), die rebellischen Jugendlichen, einen charismatischen Anführer und außerdem eine Struktur und eine Geschichte, mit der man das Ganze ausstattet, um ihm einen »Sinn« geben zu können. Eine Welt *außerhalb* der Gesellschaft zu entwickeln ist so viel einfacher, wenn man sich in einem ruhmreichen Kampf *mit* der Gesellschaft befindet.

Aber die Zwölf Stämme gehen dabei noch einen Schritt weiter. Die Gruppe glaubt daran, dass alle anderen Orientierungspunkte nicht mehr existieren, dass die Welt zur großen Hure Babylon geworden ist. Die Zwölf Stämme sind das neue Israel, sie lassen eine Generation der Gerechten entstehen, um sicherzustellen, dass sich die Wiederkunft Christi ereignen kann.

Unter all diesen mir vertrauten Überzeugungen interessiert mich vor allem eine, nämlich das Ziel, »eine reine Generation großzuziehen«. Wie geht das vor sich? Welchen Einfluss hat es auf die Kinder, die in den Kommunen der Zwölf Stämme heranwachsen? Dürfen sie spielen? Dürfen sie Kinder sein? Dürfen sie ihre Meinung äußern?

»Was ist nur mit Leuten los, die ihre Kinder in ›Bräute Christi‹ oder in Soldaten verwandeln wollen?«, fragt Sofi.

»Ich denke, sie glauben, wenn sie das richtig machen, ohne Einfluss von außen und völlig ohne schmutzige Einflüsse des Systems, dann ist das so … wie soll ich sagen? …, als würden sie irgendein *Heilmittel* für die Welt finden.«

Mir ist bewusst, dass ich jetzt über meine eigene Kindheit spreche.

Vermischt sich ihre Welt schon mit meiner?

Bei den Zwölf Stämmen tragen alle ähnliche Outfits – Brillen mit Goldrand, Maxikleider oder Ballonhosen, Überwürfe und Sandalen im Birkenstock-Stil. Abgesehen von den Überwürfen habe ich diesen Look in San Francisco, London und New York City bei so manchem Hipster mit einer Vorliebe für Bio-Essen gesehen. Aber diese Kleidung ist eher dafür gedacht, Bescheidenheit und Einheit unter den Mitgliedern herzustellen; es geht nicht darum, »woke« rüberzukommen.

***

Wir erreichen die kleine Stadt in der Nähe von San Diego, in der wir unsere Kontaktperson der Zwölf Stämme treffen sollen. Der Treffpunkt ist in das grüne Licht einer Tankstelle getaucht. Es ist dunkel und still dort, nur hin und wieder hört man ein Auto vorbeifahren.

Ich schalte mein Handy ein, und sofort leuchten unsere Gesichter in dem blauen Schein, der sich rot färbt, als ich den Button für eine Sprachaufnahme drücke: »Hier sind wir also, heute Abend ziehen wir bei den Zwölf Stämmen ein.« Ich hole das Handy näher an meinen Mund heran.

»Wir sind müde«, schaltet sich Sofi ein.

»Die Reise hierher hat so viel länger gedauert, als wir dachten«, füge ich hinzu.

»Mamacita fährt auf ihre ganz eigene Weise über die Straßen, Termine gelten für sie nicht.«

Klopf-klopf-klopf!

Das laute Geräusch von Knöcheln an der Fensterscheibe lässt mich hochschrecken. Das Gesicht einer Frau starrt herein, nur wenige Zentimeter von mir entfernt. Sie trägt kein Make-up, und ihr graues Haar ist in der Mitte gescheitelt.

»Jesus!«, rufe ich aus, als mir das Smartphone aus der Hand fällt.

»Seid ihr die Frauen aus Großbritannien?«, fragt sie in einem Tonfall und mit einem Gesichtsausdruck, als hätten wir gerade ihr Auto gerammt.

»Hi, ja, das sind wir«, gebe ich zurück.

»Ich heiße Derusha. Kommt mit«, fordert sie uns auf. »Unsere Ranch ist schwer zu finden, vor allem im Dunkeln.«

Ich sehe, wie sie auf den roten Schein meines Smartphones da im Fußraum herunterschaut. Es ist, als hätte ich sie schon so richtig verärgert.

Soll ich das Smartphone aufheben oder liegen lassen? »Kommt ihr jetzt?« Sie sagt das, als würde sie hier schon den ganzen Tag warten.

Vor einigen Wochen habe ich die Kommune angerufen und erklärt, dass wir Dokumentarfilmerinnen seien und uns für die Zwölf Stämme interessierten. Ich habe ihnen versichert, wir würden nur filmen, wenn sie uns das erlaubten, und wir würden gern ihr Leben kennenlernen. Ich finde das Konzept des Spontanjournalismus faszinierend, und weil ich in einer Gruppe aufgewachsen bin, in der man sich gegenüber Leuten von draußen skeptisch verhielt, hatte ich mir überlegt, dass wir nur Zugang zum inneren Kreis bekommen würden, wenn wir bei ihnen lebten und persönliche Beziehungen zu ihnen aufbauten.

Sie haben uns erlaubt, bei ihnen zu bleiben, und gemeint, das mit dem Filmen werde man dann sehen.

Was ich nicht gesagt habe: Am meisten interessieren mich die Kinder.

***

»Die scheint doch ganz nett zu sein«, kommentiert Sofi mit einem halben Lächeln, als wir die Tankstelle verlassen.

Als wir die Zwölf Stämme erreichen, erleben die gerade eine der ereignisreichsten Wochen in ihrer Geschichte. In ihren Kommunen in Deutschland wurden organisierte Razzien durchgeführt, und man hat den Leuten ihre Kinder weggenommen. Ein Journalist namens Wolfram Kuhnigk war den Zwölf Stämmen beigetreten und hatte dort ein halbes Jahr lang undercover gelebt (das nenne ich mal Einsatz). Er hatte überall in der Kommune versteckte Kameras installiert, weil er den Missbrauch festhalten wollte, der nach seiner Überzeugung dort stattfand. Er hatte vor, das Material den Behörden zu übergeben und das Ganze öffentlich zu machen. Die Polizei stürmte vier Kommunen in Deutschland und nahm vierzig Kinder mit.

Wir hatten unsere Gruppe bereits kontaktiert und mit ihr eine Absprache getroffen, bevor diese Razzien stattfanden. Trotzdem bin ich überrascht, dass man uns zu kommen erlaubt.

Derusha fährt mit ihrem Truck viel schneller, als wir dachten, sie fliegt förmlich über die stockdunkle Straße. Mamacita keucht durch die Nacht, um sie einzuholen; es gibt weder Beleuchtung noch Straßenschilder. Wir wirbeln Staub auf, erschaffen so eine fast filmreife Atmosphäre, von den Scheinwerfern des Trucks beleuchtet. Bäume hängen über die Straße und wirken wie aus einem gruseligen Kinderbuch; wie die Umrisse von unheimlichen, stacheligen, schattendunklen Armen.

»Brrr!«, sage ich schaudernd. »Sieht aus, als würden die Bäume nach uns greifen.«

»Vielleicht wollen sie uns ja auch stoppen?« Sofi hält den Blick auf die Straße gerichtet, als sie mich fragt: »Würdest du hier wieder herausfinden, wenn das nötig wäre?«

»Weiß nicht«, gestehe ich.

Ich muss besser aufpassen, wohin wir fahren.

»Und das Navi?«, will sie wissen.

»Kein Signal.«

Wir haben die Ranch erreicht. Die Berge heben sich schwarz vom Nachthimmel ab, die Sterne sind leuchtend und wunderschön, gleichzeitig jedoch so deutlich zu sehen, dass man erkennen kann, wie weit weg wir uns von irgendeiner Stadt befinden. Weit weg von der Zivilisation.

Wir steigen aus in die frische, kalte Luft. Eine Mischung aus schlammigem Farmland und Tierdung sticht mir in die Nase.

»Kommt mit«, sagt Derusha, dreht sich jedoch nicht um, um zu sehen, ob wir ihr auch folgen.

Während wir uns auf den Lichtschein der Kommune zubewegen, wirkt das Geräusch unserer Füße auf dem Kies in der Stille der Nacht viel lauter. Ich muss an den Kies denken, der mein eigenes Zuhause umgeben hat, als ich ein Teenager war: Der verursachte so viel Lärm, dass man es auch ganz oben im Haus hören konnte, wenn jemand draußen entlangging. Fast wie eine selbst gemachte Alarmanlage.

Wir folgen Derusha auf dem Weg zu einem kleinen schwarzen Gebäude. Dort öffnet sie eine Holztür, die in ein einfaches Zimmer mit zwei Holzstockbetten führt.

»Hier werdet ihr wohnen – bei mir«, sagt sie.

Wir betreten einen Raum, der von gelblichem Licht und staubigem Geruch erfüllt ist. Sie öffnet die Tür zu einem großen Holzschrank und zeigt auf lange Kleider und Überwürfe.

»Wir alle teilen hier unsere Kleidungsstücke. Wir würden es zu schätzen wissen, wenn ihr das hier tragt – und nur das hier, bitte.« Sie mustert uns und erklärt: »Eure Kleidungsstücke können in der Anwesenheit von Männern nicht getragen werden; die würden sie zu sehr in Versuchung führen.«

Ich schiele zu Sofi hinüber: Wir beide tragen übergroße Flanellhemden und weite Jeans. Ich frage mich, ob man mit diesem Look wirklich Leute von Gott weglocken könnte.

Das Lampenlicht fängt Derushas Silhouette ein, während sie sich im Zimmer bewegt, es wirft Schatten auf die zitronengelben Wände. Lange, dünne Schatten, die zur Decke emporsteigen, von der Sorte, bei der ich mir vorstellen kann, dass sie sich vom Menschen lösen und ein Eigenleben entwickeln. Es sind Schatten wie diese, die Kindern Angst machen könnten. (Okay, mir auch.) Ein Schaudern, das in meiner Brust beginnt, durchläuft meinen ganzen Körper.

Mit ihr ist irgendwas nicht in Ordnung.

Verunsicherung liegt plötzlich in der Luft. Ist das meine eigene Angst, die auf diese Wände projiziert wird, oder kommt sie von ihr?

Derusha lächelt, als sie ihr Bettzeug zurückzieht.

Oder bin ich hier diejenige, der man nicht trauen kann, weil ich mir unter einem Vorwand Zutritt verschafft habe?

Ich lege mich hin, nehme das kleine Schlafzimmer in mich auf – die Stockbetten, den offenen Kleiderschrank mit unseren Uniformen für morgen –, und langsam begreife ich, dass wir wirklich hier sind, in einer religiösen Gemeinschaft.

Kein sanfter Einstieg, kein Ausprobieren. Wir sind wirklich hier.

***

Mein müder Körper spürt jeden Knubbel in der Matratze, die Laken kratzen mich, die Nase läuft mir wegen des Staubs, und ein mir sehr vertrautes Gefühl macht sich in mir breit: eines des Ausgeschlossenseins, des Abgeschnittenseins, irgendwo am Ende der Welt, in einer von Gebirgssilhouetten und Tausenden von Sternen umgebenen Kommune. Ein Gefühl, das ich fast als wohltuend empfinde.

Ich träume von Feuer, von tickenden Uhren, von Füßen, die rennen und immer weiterrennen, von der Suche nach jemandem, dessen Gesicht ich nicht erkennen kann. Und dazu höre ich den Klang eines biblischen Horns – einen weichen, runden Klang.

Ich schlage die Augen auf, das Horn erklingt wieder. Jemand bläst in ein Schofarhorn, den Wecker der Zwölf Stämme. Der Klang fließt durch das Licht des frühen Morgens in unseren kleinen Schlafraum. Das ist ihr *Reveille*-Lied.

Derusha führt uns zur ersten Zusammenkunft in ein Feld. Eine Säule aus dichtem Rauch durchschneidet das zartrosa Morgenlicht, vierzig Leute stehen um ein loderndes Feuer. Das Ganze wirkt lebendig und feierlich. Die Gesänge heben an, die Gruppe wiegt sich hin und her, Kinder mit vom Schlaf noch verklebten Augen stehen neben ihren Müttern. Alle sind gleich angezogen, tragen Kopfbedeckungen und haben einen glühenden Blick. Das hier ist ein Ort des Friedens. Wir befinden uns in einer anderen Welt. Das hier ist wirklich und wahrhaftig schön.

Was für eine fantastische Eröffnungsszene hätte das für einen Dokumentarfilm geben können.

Ein Mann mit Goldrandbrille und einem niedrigen Pferdeschwanz tritt vor.

»Die Kinder tragen jetzt ein Lied vor, das sie diese Woche über unsere Brüder und Schwestern in Deutschland geschrieben haben«, verkündet er.

Kleine Kinder von vielleicht drei Jahren bauen sich nebeneinander auf, die Gesichter verschlafen, in langen Kleidern und mit kleinen Überwürfen. Die hohen Stimmen singen ein Protestlied gegen die deutsche Regierung. Sie stolpern über gerade erst gelernte Zeilen, und beim Herausschreien des Refrains ballen sie die Hände zu winzigen Fäusten.

Dann beginnt die Zusammenkunft richtig, und es gibt nur ein einziges Thema: die Razzien. Die Erwachsenen bezeichnen die deutsche Regierung als Nazis. Sie verkünden, sie würden lieber ins Gefängnis gehen, als von Gott dafür verdammt zu werden, dass sie ihre Kinder nicht erziehen. Das Ganze ist voller unmittelbarer Gefühle und Aggressionen.

Und dann zeigt ein Mann auf mich und Sofi.

»Diese Frauen hier kommen aus Deutschland und aus England«, erklärt er. »Sie wollen hierbleiben und etwas über uns und unser Leben lernen. Vielleicht können wir von ihnen erfahren, welche Art der Gesellschaft dazu imstande ist, ein Kind seiner Mutter zu entreißen und Geschwister voneinander zu trennen?«

Das war als Kind meine größte Angst: dass man meine Geschwister wegholen und uns trennen würde. Deswegen hatte ich entsetzliche Angst vor der Polizei und vor Leuten von draußen.

Die Flammen des Feuers berühren fast mein Gesicht. Ich habe zu viel Stoff um den Hals, der Kragen fühlt sich an wie eine Schlinge.

Ich schaue mich unter den Leuten um, versuche, Blickkontakt aufzunehmen, und hoffe, dass sie *mich* sehen können – nicht die Behörden oder jemanden, der ihnen ihre Kinder wegnehmen will. Ich fühle ihre Blicke auf mir, spüre Wut und Angst, ich fühle mich, als würde man mich gleich zum Brennen ins Feuer werfen.

Jetzt tritt ein anderer Mann vor, um zu sprechen. Er räuspert sich.

»Ich lese nun etwas von der Weißen Rose vor …« Er hält inne und schaut zu den Kindern hin. »Zur Erklärung: Die Weiße Rose war eine Widerstandsgruppe in Nazideutschland, aber ihre Schriften waren noch nie so passend wie heute.«

Wieder hält er inne, wieder räuspert er sich, und eine kräftige, unerwartet starke Stimme erklingt.

»›Ist es nicht so, dass sich jeder ehrliche Deutsche heute seiner Regierung schämt, und wer von uns ahnt das Ausmaß der Schmach, die über uns und unsere Kinder kommen wird, wenn einst der Schleier von unseren Augen gefallen ist und die grauenvollsten und jegliches Maß unendlich überschreitenden Verbrechen ans Tageslicht treten?‹«

Diese Worte wurden über den Holocaust geschrieben, über eines der unaussprechlichsten Verbrechen gegen die Menschheit. Jetzt werden sie an diesem Feuer vorgelesen, doch mit einer anderen Bedeutung und einem anderen Zweck.

»Wir sind der Widerstand, und die Deutschen werden uns unsere Kinder zurückgeben. Wir werden dieses böse System und seine Regierung überwinden.« Der Blick des Mannes durchschneidet förmlich den Rauch, als er sagt: »Ich frage mich, ob das Naziregime wirklich jemals zu Ende gegangen ist.«

Sein Blick bleibt an Sofi hängen – es fühlt sich ein wenig so an wie eine Kriegserklärung der Zwölf Stämme.

Ich möchte Sofi anschauen, ihr Sicherheit vermitteln. In meinen Kopf überschlagen sich die Gedanken, weil ich mich frage, was sie wohl denkt, was sie empfindet, aber ich schaue starr geradeaus.

»Zur Erklärung für unsere Besucher: Jetzt erniedrigen wir uns selbst und bekennen unsere Verfehlungen – die Sünden, die wir begangen haben, und die guten Taten, die wir nicht vollbracht haben, die verpassten idealen Gelegenheiten.«

Feuer hat Macht, Rituale haben Macht, Bekenntnisse haben eine reinigende Wirkung. Und es liegt eine besondere Kraft in diesem Augenblick. Kleine Kinder, vielleicht drei oder vier Jahre alt, treten vor und bekennen, warum sie glauben, Yahshua müsse sie »brechen«: für ihren Stolz, weil sie Widerworte gegeben haben, für ihre rebellischen Gedanken. Bei einigen von ihnen wirkt es, als wären sie auf Autopilot, manche werden von ihren Eltern nach vorne geschoben.

Als wir klein waren, hatten wir unsere eigenen handgeschriebenen Versionen. Sie hießen »Offenherzige Berichte«: Jeden Tag mussten wir Geständnisse ablegen und wurden bestraft. Ich weiß noch, dass ich mir Sachen ausgedacht habe, die ich beichten konnte, weil es schlimmer war, mit einem leeren Blatt zu erscheinen.

»Ich bin dankbar dafür, dass man mich korrigiert«, sagt ein kleiner Junge.

»Ich muss der Autorität vertrauen lernen, auch wenn mein Fleisch schwach ist und Kritik üben will«, stimmt ein etwa zehnjähriges Mädchen mit ein.

»Mein Fleisch hasst es, diszipliniert zu werden, und es fällt mir schwer, das zu überwinden. Aber ich bin dankbar dafür, lernen zu können«, sagt ein Junge von etwa acht Jahren.

»Ich muss meinen Stolz überwinden«, sagt ein anderes Kind.

Einige Erwachsene machen mit und bekennen ihre Fehler sowie die Notwendigkeit, »diszipliniert« zu werden. Aber wenn ein Kind vortritt, fühlt es sich für mich nicht an wie eine Reinigung – es fühlt sich an, als würden die Flammen des Feuers von der Erniedrigung dieser Kinder genährt.

Die Zusammenkunft endet, und wir legen den Weg den Hügel hinauf zum Frühstück schweigend zurück. Ein heißes Apfelweingetränk namens »Vinny« wird ausgeteilt; es schmeckt sauer, aber gut.

Eine der Mütter bleibt stehen.

»Glauben Sie, dass Ihre Regierung faschistisch ist?«, fragt sie lächelnd.

Sofi bringt ein schwaches Lächeln zustande. Ich kann nur erahnen, wie schwer es für sie als liberale, alternativ eingestellte und immer ihre Meinung äußernde Frau sein muss, sich zurückzuhalten – all das wirkt so persönlich, als würde es direkt auf sie abzielen.

Wir haben zu Beginn der Reise über unseren »Ehrenkodex« gesprochen: Wenn wir irgendwo Zutritt haben und irgendwann die Erlaubnis bekommen möchten, unsere Ausrüstung auszupacken, spielen unsere eigenen Überzeugungen nicht wirklich eine Rolle, aber unser Ehrenkodex schließt ein, dass wir nicht lügen. Ich bin hin- und hergerissen, weil ich einerseits keine völlige Betrügerin sein möchte, andererseits aber weiß, dass wir, wenn wir jemals dort filmen möchten, so unauffällig und unsichtbar wie möglich sein müssen.

Was wir gerade jetzt denken, spielt nicht wirklich eine Rolle. Es kommt darauf an, Beziehungen zu knüpfen, sodass wir »Zugang« bekommen. Wir sind als Beobachterinnen hier, nicht, weil wir diese Leute von einem anderen Lebensstil überzeugen wollen. Also müssen wir objektiv bleiben.

»Natürlich finden es nicht alle Leute gut, wie wir leben, und wir müssen Opfer bringen«, fährt die Mutter fort. »Ich weiß, dass ich wahrscheinlich erleben werde, wie mein Sohn am Ende aller Zeiten geköpft wird.«

Sie verkündet das mit einem fast ausdruckslosen, unberührten Gesichtsausdruck, während sie ihrem Fünfjährigen durch die Haare wuschelt. Es ist, als hätte sie gerade »Jonny mag auch Süßigkeiten« oder etwas ähnlich Belangloses von sich gegeben.

Ich schaue ihren kleinen Jungen an. Offenbar hat er keine Angst, obwohl er gehört hat, wie seine Mutter gesagt hat, dass sein Leben mit einer Enthauptung enden wird. Es wirkt, als hätte er das alles schon einmal gehört und als würde er sein Ende als das der heiligen Kinder akzeptieren.

Ich kenne dieses Gefühl der Akzeptanz aus meiner eigenen Kindheit nur allzu gut. Natürlich würden wir im Krieg umkommen, natürlich würden wir niemals erwachsen werden: Darin bestanden unser Daseinszweck und unsere Ehre.

Ich habe sehr oft gesehen, wie Kinder Dissoziationstaktiken anwenden, und das nicht nur in Gruppen wie dieser. Kinder, die sich selbst gezielt haben abstumpfen lassen, um überleben zu können, gibt es überall: die Mutter sturzbetrunken, der Vater wütend, Familienstreitigkeiten zu Hause. Kinder sind anpassungs- und widerstandsfähig – bis zu einem gewissen Grad.

In den nächsten Tagen werden Sofi und ich ganz in die Gruppe aufgenommen. Ich möchte ihren Lebensstil teilen, und dazu kommt es auch: Von uns wird erwartet, dass wir an jeder Zusammenkunft teilnehmen. Wir pflücken Kohl auf dem Feld, arbeiten im Schichtdienst in der farmeigenen Fabrik und stellen ihren auf Grünkohl basierenden, sehr beliebten gesunden Smoothie her, den Green Drink.

Aufwachen um 6 Uhr.
Zusammenkunft um 6:15 Uhr.
Frühstück um 7:30 Uhr.
Aufräumen zwischen acht und 8:30 Uhr.
Feldarbeit 8:30 Uhr bis 12 Uhr.
Mittagessen 12 Uhr bis 12:45 Uhr.
Arbeit auf dem Feld 12:45 Uhr bis 15 Uhr.
Vorbereitung Abendessen 15 bis 18 Uhr.
Abendessen 18 bis 19 Uhr.
Zusammenkunft 19 Uhr bis 20:30 Uhr.
Hausarbeit 20:30 Uhr bis 23 Uhr.

Diese unabänderliche, ohne Unterbrechung ablaufende Routine verwandelt die Kommune in eine gut geölte, aber ruhelose Maschine. Es gibt keine Pausen, keine Zeit, um den Tag Revue passieren zu lassen, um über das in den Zusammenkünften Gelehrte nachzudenken. Keine Zeit für Zank, für bösen Klatsch, zum Herumalbern. Über jedes Ticken der Uhr muss Rechenschaft abgelegt werden – nur gibt es hier keine Uhren.

Mein Baumwollkopftuch sammelt die Beweise unseres Tages: Der Geruch des Feuers von der morgendlichen Zusammenkunft begleitet mich zum Frühstück, der Schlamm vom Feld klebt beim Mittagessen daran, manchmal bleibt auch der Schmutz des Kohls daran haften, den wir pflücken, oder der Geruch des Wassers, in dem die Kartoffeln bei der Vorbereitung für das Abendessen kochen.

Das ist eine ziemlich normale Struktur für Kommunen und Gemeinschaften: Es ist leichter, eine große Anzahl Menschen zu kontrollieren, wenn jeder einen festen Zeitplan hat. Man fühlt sich, als erfülle das eigene Tun einen Zweck, wenn man immer eine Aufgabe erledigt. Außerdem wird es schwieriger, nachzudenken und die Autoritäten zu hinterfragen, wenn man immer erschöpft ist. »Viele Hände, rasches Ende«, »Faulheit ist Teufelswerk« ... An diesen Regeln soll man sich orientieren.

Die ganze Zeit über versuchen wir Freundschaften zu schließen, die Menschen als Individuen kennenzulernen, ihr Vertrauen zu gewinnen – sie sollen uns als Mitmenschen und nicht so sehr als Außenseiterinnen wahrnehmen. Doch da gibt es einen Abgrund des Misstrauens zwischen uns, den die Razzien in Deutschland nur tiefer gemacht haben. Immer mehr Details über diese Vorgänge kommen ans Tageslicht. Wir haben keine Zeit, innezuhalten und Nachrichten zu lesen oder uns damit auseinanderzusetzen, und es gibt einen Teil von mir, dem es so vorkommt, als wäre es vielleicht nicht nützlich, noch weitere Details zu erfahren.

Jedenfalls noch nicht.

Wegen der Routine ist es schwerer, mit den Kids in Kontakt zu kommen, als mir das gefällt. Außerdem sind sie so still und verhalten sich so erwachsen. Sie folgen ihrem Tagesplan mit der Verantwortung von Erwachsenen. Afra, die Sechsjährige, die jeden Tag die Ziegen füttert. Calah, die Achtjährige, die so geschickt wie eine Erwachsene in den Gärten Unkraut jätet. Eliab, zehn Jahre alt, der Säge und Hammer mit dem unheimlichen Selbstvertrauen eines geschulten Arbeiters handhabt. Die Kinder, von denen es hier etwa dreißig gibt, sind ein unverzichtbarer Teil der Arbeitskräfte.

Auch gut erzogene und seltsam erwachsene Kinder kenne ich unter denen, die Traumata erlitten haben. Das ist die achtjährige Nichte meines Freundes, die schon viel zu viel Gewalt miterlebt hat und die so viel Verantwortung übernehmen kann wie eine Erwachsene. Meine Freundin, die als junges Mädchen ihre eigene Mutter betreuen musste, weil die Suchtprobleme hatte; die einkaufen, das Haus putzen und ihre Mutter versorgen musste, wenn sie einen Kater hatte, sie ins Bett gebracht hat. Manchmal kann ein Trauma Kinder »gut« erscheinen lassen – sie haben gar nicht die Möglichkeit, sich danebenzubenehmen oder richtige Kinder zu sein. Wenn Leute von draußen uns als Kinder trafen, fragten sie sich wahrscheinlich, warum ihre eigenen Kinder nicht so *nett* und wohlerzogen waren wie wir.

Aber die Kinder, die hier in der Gegenwart ihrer Eltern so schweigsam sind, lassen sich ziemlich schnell zu einem Lächeln oder einem Lied hinreißen, wenn wir sie allein erwischen, während sie gerade die Ziegen füttern oder auf dem Hügel Unkraut jäten. Afra schaut mich forschend und neugierig an. Sie versucht herauszufinden, ob sie mir trauen kann, bevor mit einem Kichern etwas von dem Kind aufblitzt, das unter der Oberfläche zurückgehalten wird.

Kindliche Verspieltheit ist etwas Zauberhaftes. Man findet sie in den Brennpunktvierteln von London, auf riesigen Müllkippen in Ghana und auf dem Farmgelände isolierter religiöser Gemeinschaften. Irgendwie gelingt es Kindern immer, in irgendeiner Form Kind zu sein, auch wenn das nur für eine kurze Zeit der Fall ist. Darin liegt etwas Zauberhaftes, aber es ist auch von einer bitteren Süße, dass die Kraft der kindlichen Freude so standhält, und es ist traurig, dass das überhaupt so sein muss.

***

Bei einer der Zusammenkünfte erfahren wir von »der Rute« – von dem Recht, Kinder zu schlagen. Dass man hier die volle Autorität über die Kinder hat, wird mit einem simplen Argument gerechtfertigt: Gott hat sie den Erwachsenen geschenkt. Und niemand, auch nicht die deutsche Gesetzgebung, hat das Recht, diese Autorität anzuzweifeln. Und sie können »beweisen«, dass man seine Kinder sogar schlagen *muss*. Sie holen gedruckte »Beweise« zum Vorschein, dass Kinder in Schweden, wo körperliche Züchtigungen verboten sind, eine »Generation der Monster« darstellen.

»Kinder wachsen mit beschädigten Seelen auf, mit unerträglichen Belastungen durch Schuld. Wenn man aufhört, sie zu schlagen, bricht die Hölle los«, verkündet der Mann, der die Zusammenkunft leitet, bevor er mit den Worten schließt: »Welche Art der Hölle ist das? Nun, Schweden hat die höchste Vergewaltigungsrate in ganz Europa.«

Die Eltern nicken zustimmend.

Glauben sie wirklich, sie würden durch körperliche Züchtigung Vergewaltigungen stoppen?

Wir suchen hier nach Anzeichen für den Einsatz der »Rute«. Wir haben gesehen, wie Kinder aus dem Zimmer geholt wurden, oft von ernst dreinschauenden Erwachsenen. Man holt sie von Mahlzeiten weg, von der Arbeit auf dem Feld, aus den Zusammenkünften. Eliab muss einer Geste folgen und zur Tür gehen, Calah muss nach draußen, wird an der Hand weggeführt, mit ernster Feierlichkeit. Ich spüre meine eigenen Kinderfüße auf diesem Weg, den festen Griff eines bestimmenden Erwachsenen, kein Um-sich-Treten, kein Schreien, »stumm wie ein Lamm zur Schlachtbank«. Aber wir sehen nie etwas, ich höre nicht einmal den Aufschrei eines Kindes.

Jede Nacht sehne ich mich nach meinem Bett mit der knubbeligen Matratze, die Erschöpfung kriecht mir in die Knochen, während ich am Waschbecken stehe und mir den Schlamm von den Fingernägeln schrubbe. Ich sehe, wie jeden Tag Schnitte auf meinen Händen entstehen, die nicht heilen zu wollen scheinen, und das Wasser, mit dem ich mir das Gesicht wasche, färbt sich grau. Mein Spiegelbild scheint sich rasch zu verändern – geschwollene Augen, müde Haut, meine Gesichtszüge hängen, als hätte man sie ein wenig von meinem Schädel losgezupft.

Jeden Morgen erwache ich mit einer erschöpften Wachsamkeit zum Klang des Schofarhorns. Ein vertrautes Gefühl. Ich schlüpfe in die Routine wie in einen unbequemen, aber vertrauten Stiefel – man weiß, wo es scheuern wird, wo sich Blasen bilden, wo bald die rohe Haut hervorschaut. Man kennt den Schmerz gut, und trotzdem steckt man jeden Tag wieder den geschwollenen Fuß hinein.

Vielleicht liegt es daran, dass wir ein Zimmer teilen oder dass wir auch in den Schichten zusammen sind, aber während der nächsten paar Tage fühlt es sich so an, als würden wir unserer Zimmergenossin Derusha näherkommen.

Es ist Abend, und wir sitzen zusammen in unserem Zimmer auf dem Fußboden. Das schwache Licht zieht an meinen schweren Augenlidern, und jedes Blinzeln dauert länger als das vorige, während wir Laken falten, unsere letzte Aufgabe vor dem Zubettgehen. Eine tröstliche Arbeit, die wortlos verrichtet wird.

»Ich war einmal eine Mutter«, bricht Derusha das Schweigen.

Die Überraschung über das Gesagte weckt mich. Ich fürchte mich vor der Frage, was »war einmal« bedeutet, und lasse sie einfach reden.

»Ich habe auf dieser Farm zwei Jungen großgezogen und war mit einem Mann aus dieser Gemeinschaft verheiratet.« Sie sagt das langsam, monoton, ohne besondere Betonung, ohne Dramatik. »Irgendwann hat er allmählich dem Wort Gottes widersprochen, zum Beispiel, wenn es darum ging, wie wir unsere Kinder erziehen sollten.«

»Was ist dann passiert?«, erkundige ich mich.

»Er hat oft davon gesprochen, von hier wegzugehen. Ich habe zu ihm gesagt, ich würde das niemals tun, und dann bin ich eines Morgens aufgewacht, und sie waren weg.«

Ich registriere kaum eine Emotion in ihrer Stimme. Vielleicht hat sie dieses Gefühl weggeschlossen, vielleicht ist es auch Resignation. Vielleicht kann sie auf diese Weise damit zurechtkommen, ihre Kinder verloren zu haben.

Ihr Blick hält meinen eine Sekunde lang fest, dann senkt sie ihn und macht weiter mit dem Falten der Laken.

»Er hat sich von Gott abgewandt«, erklärt sie und betrachtet dabei die gerade Linie, die sie soeben in den Stoff gefaltet hat.

»Hast du ihn jemals wiedergesehen?«, fragt Sofi.

»Oh ja, einige Wochen später ist er zurückgekommen. Er hat gesagt, dass meine Söhne mich vermissen, und er hat wieder versucht, mich von meinem Glauben abzubringen. Das war eine wahre Prüfung Yahshuas an diesem Tag, aber ich habe nicht nachgegeben.«

Sie lächelt.

Ich möchte Mitgefühl für sie empfinden, möchte auch objektiv sein oder mich solidarisch mit ihr zeigen, aber das fällt mir schwer. Sie hat (in meinen Augen) alles wegen ihres Glaubens verloren – und es kommt mir vor, als trage sie diesen Verlust wie ein Ehrenzeichen.

Was, wenn Yahshua nicht zurückkommt?, möchte ich zu ihr sagen. *Was, wenn alles, was man dir hier einreden will, nur eine Fantasie von jemandem ist? Was, wenn du dir auch nur einen einzigen Augenblick lang den Gedanken gestattest, dass dein Ehemann vielleicht recht hatte?* Stattdessen frage ich: »Kommen deine Söhne manchmal zu Besuch?«

»Sie wurden zu sehr von der Welt vergiftet und haben damit angefangen, die Kinder hier so zu beeinflussen, dass sie sündigten. Deswegen dürfen sie nicht länger kommen.«

»Bestimmt vermisst du sie sehr«, sage ich.

»Sie sind nicht mehr länger die Jungen, die ich großgezogen habe, sie gehören nicht mehr in diese Welt.«

Das schmerzt mich allerdings; ich kann nicht anders, als mich getriggert zu fühlen. Aus Derushas Gesichtszügen blickt mir die Kälte meiner eigenen Eltern entgegen. Der Teil von mir, der als Jugendliche verstoßen wurde, wird berührt, eine glühend heiße Nadel dringt in eine jahrzehntealte Wunde. Außerdem sehnt sich ein Teil von mir nach dem, was Derushas Mann für ihre Kinder getan hat.

In meinen Tagträumen habe ich dieses Szenario in so vielen verschiedenen Versionen erlebt: dass ich mitten in der Nacht von einem Vater wachgerüttelt werde, der mich rausholen will.

Er ist der Held, nach dem ich mich als Kind so verzweifelt gesehnt habe.

***

Unsere Tage verschwimmen ineinander, und die Erschöpfung nimmt überhand. Obwohl es sich so anfühlt, als würden wir Freundschaft mit einigen der Leute hier schließen, werden die Probleme mit dem gegenseitigen Vertrauen zugleich auch größer.

Als kinderlose Frauen leben wir innerhalb der Gruppe auf der niedrigsten Stufe, was das Ansehen betrifft. Und obwohl Derusha nicht meine allerbeste Lieblingsfreundin aller Zeiten ist, tut es mir weh zu sehen, wie sie behandelt wird und wie sich ihr Platz in der Rangordnung verändert haben muss, seit sie »zur Witwe« wurde. Immer wieder rufe ich mir ins Gedächtnis, dass sie eine Wahl hat. Aber wenn einem die Lebenszeit täglich gestohlen wird und man dafür nur Erschöpfung bekommt, wenn einem zweimal täglich erklärt wird, man sei nicht gut genug, wenn man jeden Tag laut die eigene Beschämung verkündet, fühlt es sich an, als würden Wahlmöglichkeiten und Optionen in immer weitere Ferne rücken.

Und je länger wir hier sind, desto stärker wirkt es, als würde Sofi immer wieder kleine rebellische Taten begehen.

Trägt sie den Überwurf enger? Vielleicht sind diese Knöpfe an ihrer Hemdbluse ja versehentlich aufgegangen?

Mein Radar für unangemessenes Benehmen und Ärger wird eingeschaltet wie ein Flutlicht. Vielleicht liegt es ja an mir, vielleicht bin ich übermäßig empfindlich?

Als ich eines Nachmittags einen Eimer Mais über die Wiesen zur Küche trage, bekomme ich mit, wie Derusha Sofi beiseitenimmt. Auf Sofis Gesicht erscheint als Reaktion etwas, was sogar aus dieser Entfernung aussieht wie tausend *Fuck-Yous*. Ich habe ein ungutes Gefühl im Bauch.

»Die hat zu mir gesagt, mein Überwurf ist so eng, dass ich mich zum Sexobjekt mache.« Sie zeigt auf ihren Überwurf: »Das hier??? *Sexy*???«

Während ich mich wieder auf den Weg zur Küche mache, schüttle ich ungläubig den Kopf. Ich mache mir Sorgen darum, dass es so aussehen wird, als hätten wir über das gesprochen, was gerade passiert ist. Ich will nicht als Mitverschwörerin angesehen werden. Verdammt noch mal! Warum sollte ich riskieren, wegen etwas so Dummem erwischt zu werden? Wir sind nicht zum Rebellieren hier, sondern um ein unauffälliger Teil der Gruppe zu werden. Wir sind hier, um Vertrauen aufzubauen. Und der Vorfall von eben, so fürchte ich, könnte unsere Beziehung zu Derusha gefährden, wenn wir überhaupt jemals eine Beziehung zu ihr hatten.

In dieser Nacht liege ich unten im Stockbett, mit schlaffem Körper und schmerzendem Rücken von der Arbeit auf dem Feld, aber mein Gehirn ist hellwach und spielt immer wieder dieselben Gedanken ab. Bin ich dumm, wenn ich denke, dass ihr Misstrauen uns gegenüber weniger werden wird, wenn wir uns immer mehr bei der Feldarbeit beweisen? Dass wir der Filmerlaubnis näher kommen, indem wir immer mehr Kohl pflücken? Dass sich die Zeit, die wir in der Küche verbringen, in Interviewzeit mit den Kindern verwandeln wird? Ich rede mir selbst ein, dass es so sein wird – es *muss* einfach so sein.

Hat langsam eine Form der Unehrlichkeit von mir Besitz ergriffen? Gleite ich in eine Welt ab, in der niemand mehr preisgibt, was er empfindet? Ich kann es nicht sagen. Je länger ich hier wohne und je sicherer ich mir bin, dass das Leben hier den Kindern nicht guttut, desto selbstgerechter fühle ich mich in meiner Täuschung. Wir lächeln, aber was wir sehen, gefällt uns nicht. Wir lächeln, wenn wir wie Dienstboten behandelt werden, wir verhalten uns passiv, obwohl wir die anderen am liebsten anschreien würden. Meine Maske mit den zwei Gesichtern lässt sich problemlos aufsetzen.

Und wenn ich mich unter den Jüngern umschaue, wen sehe ich da? Ihre Masken? Lächelnde Zombies? Ruhige Fassaden, hinter denen sich verbirgt, was sie wirklich denken? Gibt es da überhaupt noch so etwas wie eine »innere Gedankenwelt«, oder ist die kollektive Identität so stark geworden, dass sie jede eigene innere Geschichte ausgelöscht hat?

Manchmal hat es sich so angefühlt, als würden die Fragen, die ich meinen Eltern stellte, vom Kollektiv gehört, als kämen die Antworten aus einem Buch mit Vorschriften; es fühlte sich so an, als liefe alles nach einem Skript ab. Aber vielleicht liegt das in der Indoktrination durch eine Heilige Schrift.

Sind wir ausgerechnet in einer so angespannten Zeit hierhergekommen, dass wir *niemals* das erhalten werden, was wir wollen? Und mir ist bewusst, dass ich mir keine Sorgen wegen der Razzien mache oder darum, wie potenziell explosiv eine solche Situation für uns wäre. Stattdessen finde ich das Ganze irgendwie aufregend. Es hat meinen Appetit gesteigert, Teil des Ganzen zu sein, es aus erster Hand aus der anderen Perspektive heraus mitzuerleben. Die Vorgänge haben mir das Gefühl gegeben, lebendig zu sein.

Ich habe immer noch den Ehrgeiz – vielleicht auch die falsche Hoffnung –, dass sie uns mögen oder zumindest vertrauen sollen, damit wir filmen können. Doch mit jedem Tag, der vergeht, fühle ich mich weniger wie eine Filmemacherin und mehr wie ein Mitglied der Zwölf Stämme.

***

Als ich am nächsten Morgen vom Duschen zurückkomme, finde ich im Zimmer Sofi vor, die ihre Tasche ausräumt. Ein Durcheinander aus Kleidungsstücken, Feuchtigkeitscreme und Socken ist überall auf dem Schlafzimmerboden verstreut.

»Ich glaube, man hat mir … Man hat mir meine Armbanduhr gestohlen«, sagt sie.

»Wahrscheinlich liegt sie im Wagen«, entgegne ich.

Ich denke, es ist relativ unwahrscheinlich, dass die Uhr gestohlen worden ist, schließlich dürfen die Mitglieder doch nicht einmal eine Armbanduhr tragen.

Eine Handbewegung in Richtung Toilette. Ich folge ihr, und Sofi dreht den Wasserhahn auf.

»Ich glaube, man hat meine Sachen durchsucht«, flüstert sie mir zu. »Das ist mir schon öfter aufgefallen, aber heute bin ich mir zum ersten Mal zu *fast hundert Prozent* sicher.«

Ich frage mich, ob das laufende Wasser dafür sorgen soll, dass man sie nicht hört.

Ich verspreche ihr, bei der Suche nach der Armbanduhr zu helfen, und wir gehen zum Truck. Ich möchte, dass sie sich beruhigt, es ist *wichtig* für mich, dass sie sich beruhigt.

»Wir werden hier nie filmen dürfen, weißt du«, sagt sie zu mir. Während sie Schränke und Taschen öffnet, fährt sie fort: »Scheiße noch mal, alles wird jeden Tag immer schlimmer. Und ich bin auch ziemlich sicher, dass sie uns in diesem Zimmer abhören, vielleicht nehmen sie uns sogar auf. Wenn das der Fall ist, sind wir dran, darauf kannst du Gift nehmen.«

Obwohl ich ihr eigentlich sagen will, dass das albern ist, gehe ich in

Gedanken alle Gespräche durch, die wir in diesem Zimmer geführt haben, weil ich wissen will, ob uns irgendetwas davon zum Verhängnis werden könnte. Es ist eine tief verwurzelte Überlebensstrategie, jeden Augenblick durchzugehen, um eine Verteidigung vorzubereiten, mit meinen Gedanken im absoluten Schutzmodus.

»Sieh dir doch an, wie die drauf sind, Sofi«, versuche ich sie zu beruhigen. »Die haben hier doch nicht mal Dosenöffner, vergiss da irgendwelche Aufnahmegeräte.« Ich hoffe, ihr entgeht die Ungeduld in meiner Stimme, und spüre, wie mir die Kontrolle über die Situation zu entgleiten droht. »Und außerdem, schau doch mal, wir kommen gleich zu spät zum Frühstück, und das sieht dann verdächtig aus. Lass uns ruhig bleiben, sonst machen wir es noch schlimmer, okay?«

Im Essraum irrt mein Blick im Zimmer herum, ich folge Sofis Bewegungen. Jemand reicht ihr eine Tasse Vinny.

Hat sie wirklich gerade nur so getan, als würde sie trinken? Scheiße! Ich muss wirklich auf sie aufpassen.

Hat sie gerade den Vinny in eine Topfpflanze gegossen?

Mist!

Langsam gerät das Ganze außer Kontrolle. *Erst machen sie Aufnahmen von uns, und jetzt vergiften sie uns auch noch?*

Gerüchte über neue religiöse Bewegungen gibt es zuhauf – Vergiftungen, Überwachung … Aber solche Dinge passieren nicht wirklich, das ist nur Sensationslüsternheit, oder? Es geschieht nicht im richtigen Leben.

Eine Tasse Vinny ist nicht das Problem; die Kontrollmechanismen sind psychologischer Natur: mentale Erschöpfung, Scham, die ganzen Wiederholungen. Keine Gehirnwäsche, sondern Konditionierung. Diese Waffen sind mächtiger als alles, was man jemandem in die Tasse tun könnte.

Sofi ist in einem Familiensystem aufgewachsen, das am freien Willen des Einzelnen ausgerichtet war. Für sie fühlt sich dieses Regime endlos und verwirrend an; sie muss erschöpft sein. Wir haben es hier mit Farmern zu tun, keine Hightech-Spione mit Equipment für Tonaufnahmen. *Oder*?

Als die Leute langsam einen Kreis für die Zusammenkunft bilden, verliere ich Sofi aus den Augen. Das Singen fängt an, und mir rutscht das Herz in die Hose, als mir klar wird, dass sie ganz eindeutig nicht hier ist. Derusha muss das auch aufgefallen sein, denn sie verlässt stampfenden Schrittes den Raum.

Zehn Minuten später erscheint Sofi, und was man einfach als müdes, erschöpftes Gesicht deuten könnte, ließe sich ebenso gut als wütend und unhöflich interpretieren.

Du liebe Güte, Sofi!

Es ärgert mich, dass es so weit gekommen ist – dass Gruppenmitglieder sie ermahnen, weil sie verschwindet, sich falsch anzieht und für Unruhe sorgt. Ich schüttle den Kopf.

In einer Sache hat sie recht – wir werden hier nie im Leben filmen dürfen.

Und jetzt, in diesem stickigen Raum voll mit Leuten, bei dem Klaustrophobie auslösenden Geruch nach Körpern und Schweiß, wird mir langsam klar, dass die Situation allmählich außer Kontrolle geraten ist. Ich muss etwas tun. *Irgendetwas.* Und zwar jetzt.

Ich warte auf einen geeigneten Augenblick, und als die Versammlung beginnt, nutze ich meine Chance, warte auf eine kurze Unterbrechung, atme ein, stehe auf und trete in die Mitte des Kreises.

»Sofi und ich sind hergekommen, um Dinge über eure Gruppe zu lernen, und uns ist bewusst, dass wir in einer Zeit großer Prüfung hier angekommen sind. Wir haben von dem Schmerz gehört, den ihr empfindet, von einem Schmerz, den man nur verstehen kann, wenn einem selbst ein Kind weggenommen worden ist.«

Ich schaue mich im Zimmer um und hoffe, dass ich irgendeine Verbindung habe herstellen können. Manche Gesichter sind nach unten gerichtet, manche starren durch mich hindurch.

»Wir haben auch erfahren, dass ihr euch missverstanden fühlt und dass die Leute euch verstehen würden, wenn sie euren Lebensstil kennenlernen könnten. Denn das, was man nicht sieht oder erfährt, kann man auch nicht verstehen. Deswegen möchte ich euch folgendes Angebot machen: Wenn ihr wollt, dass die Menschen euch sehen, wie ihr seid, können wir ihnen zeigen, was wir sehen, die wir jetzt bei euch leben. Vielleicht sind wir Filmemacherinnen in dieser Zeit der Prüfung nicht durch irgendeinen großen Zufall hier, sondern aus einem ganz bestimmten Grund.«

Als ich mich wieder hinsetze, drückt mir Sofi die Hand, schenkt mir damit Wärme und Ermutigung, und während sie das tut, strömt die ganze Nervosität, die bisher irgendwie zurückgehalten wurde, auf mich ein.

***

Nach der Versammlung bitte ich um eine Audienz bei Yosef, dem Leiter der Kommune. Das wird abgelehnt, deswegen schreibe ich eine E-Mail an die Gruppenleiter und schlage vor, wir könnten sie filmen und ihnen die Gelegenheit bieten, »gesehen zu werden«. Ich stelle genau dar, worin unsere Absichten liegen, und hoffe, dass auch sie einen höheren Sinn im Timing unseres Besuchs erkennen.

Doch als der Tag langsam vorbeigeht und wir keine Antwort bekommen, wird mir allmählich klar, dass wir zu weit gegangen sind. Ihre Gefühle uns gegenüber sind dadurch intensiviert worden, was sich gerade in der Presse tut, und dadurch, dass die Kinder in Deutschland noch immer nicht zu ihren Eltern haben zurückkehren dürfen. Vielleicht sind wir die Verkörperung ihrer Ängste und ihrer Feinde.

Für unsere letzte Versammlung stehen wir in einer von Kerzen erleuchteten Scheune. Der schwere Holzgeruch hängt über unseren Köpfen, die Dunkelheit hier umgibt die Jünger und wirft Schatten an die Wand, die sich in Zeitlupe zu bewegen scheinen. Und ich spüre alles. Ich bin nicht durch meine Tricks zum Verlassen meines Körpers oder meines Geistes abgeschirmt, ich denke nicht darüber nach, wie das hier als Film aussehen würde – ich bin ganz und gar anwesend, nehme die Worte in mich auf, die Absichten und die emotionalen Frequenzen.

Langsam spüre ich einen schweren Schmerz.

Habe ich mein Mitgefühl für Sofi verloren und für das, was dieser Ort mit ihr anstellen könnte? Bin ich so weit in dieses Wurmloch geraten, dass ich mich selbst vergessen habe?

Wenn ich mich, um zu überleben, dieser Umgebung gegenüber habe abstumpfen lassen, habe ich das dann auch meiner Freundin gegenüber getan? Ich hatte das Gefühl, so viel *mehr* sehen zu können, weil meine Erfahrung mir eine Einsicht erlaubte, doch vielleicht hat sie mich auch in gewisser Weise blind gemacht. Und jetzt müssen wir diesen Ort verlassen.

»Es ist der Schlag ins Gesicht, der den Jünger gehorsam werden lässt«, sagt einer der Männer.

»Das Fleisch steht dem Herrn im Weg«, ergänzt ein anderer.

Eine Mutter erhebt sich.

»Eltern müssen den Instinkt überwinden, das Kind zu schützen«, sagt sie. »Das ist ein selbstsüchtiges Verhalten, das sich Gottes Werk in den Weg stellt.«

Ein kleiner Junge steht auf und bittet darum, »gebrochen« zu werden – dabei hebt er den Blick zu keinem Zeitpunkt vom Boden.

Jetzt wünsche ich mir, meinem Körper entfliehen zu können, aber das kann ich nicht. Heiße Tränen laufen mir übers Gesicht, der Schmerz in meinem Hals ist ein heiserer Schrei, der sich verzweifelt einen Weg nach draußen sucht. Ich kann nicht aufhören. Ich spüre den Schmerz und die Scham jedes einzelnen Kindes, das sich erhebt. Die Luft ist zu dick zum Atmen, mein Brustkorb fühlt sich an wie ein Gefängnis.

Ich stolpere nach draußen an die frische Luft, fülle meine Lungen damit, atme die Schwere der Versammlung aus und wische mir die Tränen ab, die einfach nicht aufhören wollen zu fließen. Dann spüre ich einen Arm, der sich um meine Schultern legt.

»Bereit zum Aufbruch, Engelchen?«, fragt Sofi.

»Ja«, gebe ich zurück, und dabei zittere ich.

Sofi schließt die Tür des Trucks hinter uns, und als sie die Verriegelung zuschnappen lässt, flutet Ruhe in die Fahrerkabine.

»So …« Sie kniet sich hin und wischt mir das Gesicht ab, als wäre ich ein Kind, das gerade im Schlamm ausgerutscht ist. »Sie haben den Film freigegeben, in dem man sieht, was in den deutschen Kommunen passiert ist.«

»Wirklich? Scheiße noch mal! Hast du das Material gesehen?«, will ich wissen.

»Nein, ich war doch hier bei dir, du Dummerchen!«

»Wollen wir uns die Filme mal ansehen?«

»Na ja, wir fahren jetzt erst mal los, oder?«

»Yep.«

Das Internet ist hier oben in den Hügeln sehr langsam, aber irgendwann wird die Verbindung stabil genug, sodass wir uns ein Video anschauen können.

Der kleine blonde Junge ist etwa vier Jahre alt. Er wimmert, als eine Frau mittleren Alters ihn ein paar Stufen hinunter in einen schwach beleuchteten Keller zerrt und ihm befiehlt, sich vorzubeugen und den Steinboden mit den Händen zu berühren. Ein anderer kleiner Junge schaut zu, als die Frau dem ersten Jungen die Hose herunterzieht und dann eine Weidenrute hervorholt.

»Sag, dass du müde bist!«, befiehlt die Frau mit emotionsloser Stimme. Das Zischen der Weidenrute durch die Luft ist hörbar, und sie trifft das schreiende Kind dreimal.

Der kleine Junge weigert sich, zu sagen, dass er müde ist. Deswegen wird er wieder und wieder geschlagen – insgesamt zehnmal –, bis er irgendwann, heftig weinend, sagt: »Ich bin müde.«

Innerhalb einiger Stunden werden sechs Erwachsene dabei gefilmt, wie sie im Keller sechs Kinder schlagen und dabei dreiundachtzigmal die Rute einsetzen.

Das Video endet. Wir sitzen stumm da. Ich habe die Finger so fest in die Handteller gebohrt, dass meine Nägel sie fast blutig kratzen, mein Rücken ist steif, weil mich das Adrenalin durchströmt, mein Kiefer verkrampft.

Ich weine nicht mehr, stattdessen bin ich *unglaublich wütend.*

»Was glaubst du, wie viele dieser Kinder bekommen wir hier in den Truck?«, flüstere ich durch die Zähne.

»Zwei Sachen dazu: Wir sind nicht vom Jugendamt, und die körperliche Züchtigung ist in den Vereinigten Staaten legal. Es ist entsetzlich, aber was hier vor sich geht, verstößt nicht gegen das Gesetz«, sagt Sofi.

»Es fühlt sich einfach so verdammt schrecklich an, das hier gesehen zu haben und dann wegzufahren«, gebe ich zurück.

»Wir haben keine andere Wahl.«

Mir ist bewusst, dass wir jetzt genau das darstellen, was die Gruppe in ihrer Paranoia die ganze Zeit befürchtet hat: zwei Außenseiterinnen, die Pläne schmieden, ihre Kinder zu entführen. Wir müssen hier weg, und zwar sofort. Ich will in diese Scheune stürmen, mir die Kinder unter den Arm klemmen und losrennen. Aber ich bin keine Retterin, ich bin keine Heldin. Ich bin eine Frau, die sich abwendet und davonfährt.

Sofi schaut starr geradeaus, als Mamacita über die dunkle Straße rast, weg von den Zwölf Stämmen. Die ausgestreckten Arme der Bäume, die auf dem Hinweg so ominös wirkten, recken sich noch immer dem Truck entgegen, aber sie können uns nie im Leben festhalten.

»Wir kommen zurück, weißt du das? Das hier ist noch nicht vorbei«, erkläre ich.

Sie nickt im Dunkeln.

»Das hier ist alles andere als vorbei, Scheiße noch mal!«

7. Kapitel

Ein Flüstern im Dunkeln: Fünf Jahre davor

»Ich glaube, ich habe einen Fluchtweg gefunden!« Maria fährt mit den Fingern über die Kante einer großen, geraden Lücke zwischen den Bodendielen. »Vielleicht ist das eine Falltür«, fügt sie hinzu.

»Vielleicht sind so die Ritter und ihre Frauen vor ihren Feinden geflüchtet?«, überlege ich.

Wir haben von meinem Dad von der Geschichte »des Landhauses« erfahren.

»Das Haus ist fünfhundert Jahre alt«, hat er erzählt, »und wahrscheinlich sind durch diese Räume früher Ritter gegangen.«

Ich schaue zu, wie Maria das Holz zu bewegen versucht, wie ihre olivfarbenen Hände nach einem Riegel suchen. Sie ist zwölf Jahre alt und eindeutig die Mutigere von uns beiden. Wir sind ein Team, beste Freundinnen (sie ist die erste richtige Freundin meines Lebens), und ich weiß, wenn das hier der Weg in eine andere Welt wäre, würde ich ihn zusammen mit ihr gehen wollen.

Das Haus ist riesengroß. Nicht nur, weil es hier so viele Schlafzimmer gibt, nämlich sechzehn; es geht einfach um die Dimensionen des Ganzen. Es wirkt, als wäre es von mittelalterlichen Riesen gebaut worden. Die Haustür ist doppelt so groß wie eine normale, und sie hat Metallverzierungen. An den Wänden hängen große dunkle Holztafeln mit Schnitzereien. In den meisten Gemeinschaftsräumen (es sind fünf, und wenn man die Küche mitzählt, sechs) gibt es riesige Kamine. Außerdem sind wir von viel Land umgeben, mit Rasenflächen, Gärten und Wäldern, Hektar um Hektar voller Grün.

Es ist riesig, es ist pompös. Und jetzt gehört es uns. Ich habe schon an einigen ziemlich seltsamen Orten gelebt: in winzigen gelben Wohnwagen, in knallrosa Häusern in Johannesburg, in schrecklichen Wohnblockapartments voller Leute, sogar schon in einer Scheune. Aber das hier ist etwas ganz anderes, sogar gemessen an unseren Standards.

Maria habe ich kennengelernt, als wir aus dem Teenagerlager in das vor diesem hier gezogen sind. Das Heim in Birmingham war aufgelöst worden, das Teenagerlager ebenso, und die Kinder wurden als »erneuerte Endzeitsoldaten« woanders hingeschickt. Seit ich diesen Ort verlassen habe, ist schon fast ein Jahr vergangen, doch ich kann es immer noch in mir spüren. Das Jahr im Victor-Lager war so unglaublich und so kompromisslos, und es ist so langsam vergangen. Ich weiß, dass es in Wirklichkeit nur ein altes Haus mit Tapeten und Teppichen war, aber es fühlte sich an, als wäre es aus Betonplatten. Rundherum waren Felder und Bäume, aber es war, als trüge ich Gewichte an den Beinen und müsste durch Schlamm waten. Das Haus war voll mit Kindern in meinem Alter, und trotzdem habe ich mich ganz und gar allein gefühlt. Das Haus war von meinem Schweigen erfüllt, aber in meinem Kopf entstanden laute Stimmen, die anfingen, meiner geistigen Gesundheit zuzusetzen. Und dann, auf ganz merkwürdige Art und Weise, waren wir plötzlich weg: Am Morgen hieß es, wir würden umziehen, und am Abend hatten wir das Haus schon verlassen.

Damit war es fast, als bedeutete der Umzug in ein neues Haus, dass nichts von dem Vorhergegangenen passiert war. Dieses Jahr wurde uns durch die Veränderung unserer Umgebung geradezu entrissen. Trotzdem war ich auch nach dem Umzug in ein neues Heim theoretisch noch immer mit einem Schweigegebot belegt.

Am ersten Tag in der neuen Kommune sah ich ein Mädchen in meinem Alter mit krausem schwarzem Haar den Boden wischen. Sie beugte sich über einen Eimer und hatte etwas Wildes an sich.

Als ich den Raum betrat, sah sie auf und schaute mir direkt in die Augen. Man darf mit jemandem, der mit einem Schweigegebot belegt ist, keinen Kontakt aufnehmen, deswegen war es schockierend für mich, dass sich ihr Blick so tief in meinen bohrte, aufregend und gefährlich. Das Mädchen war Maria – und auch für sie galt weiterhin ein Schweigegebot.

Am selben Abend erfuhr ich, dass Maria und ich uns ein Bett teilen sollten. Es ist seltsam, das mit jemandem zu tun, den man nicht kennt und mit dem man noch nie gesprochen hat. Einer Person körperlich so nahe zu kommen, nachdem man sich über eine sehr lange Zeit physisch von allen getrennt und allein gefühlt hat – so lange, dass man sich manchmal gefragt hat, ob man vielleicht nur im eigenen Kopf existiert.

Maria lag schon zusammengerollt im oberen Stockbett. Schüchtern kletterte ich zu ihr hoch, zog die Decke nur ein Stückchen weg, sodass sie noch immer zugedeckt war, und schlüpfte darunter. Vielleicht würde ich sie ja nicht wecken.

»Hey!«, flüsterte sie ins Dunkel hinein.

»Hey!«, erwiderte ich.

Hey! Das erste richtige Wort, das ich innerhalb eines Jahres von mir gegeben hatte. So einfach. Eine einzige Silbe, die so wenig aussagt, mir aber mehr bedeutete als alles andere auf der Welt.

Und genau hier war mein Fluchtweg zurück in die Menschlichkeit, zurück in die geistige Gesundheit: ein Flüstern im Dunkeln. Während der ersten paar Wochen sprachen wir heimlich miteinander, nach dem Lichtausmachen. Wir sprachen darüber, was wir für uns hatten behalten müssen, über die Dinge, die wir nie laut auszusprechen wagten; darüber, wen wir fürchteten und wen wir hassten – und, noch schlimmer, darüber, worauf wir nun hofften und wovon wir träumten.

Sie erzählte mir, dass man sie vor beinahe einem Jahr mit einem Schweigegebot belegt hatte – sie war damals die Treppe heruntergefallen und hatte sich das Schlüsselbein gebrochen. Im Heim deutete man das als Zeichen Gottes, sie wäre zu bestrafen, deswegen landete sie im Victor-Programm.

Etwa einen Monat lang wachte ich morgens immer früh auf, weil ich nachschauen musste, ob sie auch immer noch im Bett neben mir lag, ob sie auch wirklich nicht nur in meiner Einbildung existierte. Mit jedem Tag wurden wir mutiger, bis wir beschlossen, auch offen miteinander zu reden, nur ein bisschen, um zu sehen, ob es irgendjemandem auffallen würde.

Und wir hatten recht: In diesem neuen Heim, ohne die ganzen Anführer aus dem anderen Heim um uns herum, fiel es niemandem auf. So wurden wir wieder sichtbar.

***

Ich schaue zur Atriumdecke unseres fünfhundert Jahre alten Heims hoch.

Dieses Haus birgt viele Geheimnisse und wird wahrscheinlich noch viele weitere in sich aufnehmen, sage ich zu mir selbst.

Maria öffnet den Riegel im Boden. Das Knarren der Holzfalltür wird immer lauter, schließlich ist es fast ohrenbetäubend. Als sich die Falltür öffnet, kommt ein Untergeschoss zum Vorschein, so groß wie das Wohnzimmer. Es muss sich unter dem gesamten Gebäudeteil erstrecken.

»Vielleicht ist das ja wirklich ein Fluchtweg«, sage ich, verblüfft, weil Maria richtig geraten hat.

»MÄDCHEN!« Die Stimme meines Vaters schallt durch das alte Haus.

Wir schließen schnell die Falltür, als er ruft: »Habt ihr keine Arbeit zu erledigen?«

»Doch!«, rufen wir im Chor zurück und rennen weg.

Seine Stimme folgt uns die Stufen hoch. »Bringt mich nicht dazu, euch wieder zu trennen!«

Wir sind jetzt seit fast zwei Monaten auf dem Landsitz.

Es ist früher Morgen, dunkel und still. Meine Augen fühlen sich an, als hätte die Nacht sie zugeklebt.

Ich stoße Maria an. »Wir müssen Frühstück machen …«

Ihr Haar sieht aus wie eine Bürste, die gerade einen Kampf hinter sich hat, und ihre Augen sind müde, aus einem von ihnen tropft förmlich der Schlaf. Sie stöhnt. Ich spüre es auch am ganzen Körper, dieses schwere Ziehen, wenn man nie genug Schlaf bekommt. Aber die Zeit läuft uns bereits davon, also springe ich aus dem Bett und ziehe mich rasch an.

Wir teilen uns jetzt schon seit einer ganzen Weile den Küchendienst. Die Arbeit früh am Morgen gefällt mir zwar nicht, und das Bett ist selbst für zwei so dürre Mädchen wie uns sehr schmal, aber ich bin sehr, sehr gern Teil eines Zweierteams. Wir können uns aufeinander verlassen, unterstützen uns gegenseitig, arbeiten hart und lassen uns nur sehr selten hängen, außerdem dürfen wir (zumindest für den Moment) zusammen sein.

Vorher hat man mich und Maria ein paarmal getrennt. Freundschaften sind nicht wirklich erlaubt – wir wissen, dass sie bei der Arbeit für den Herrn ein Hindernis darstellen können, denn sie lenken die Leute möglicherweise ab oder üben einen schlechten Einfluss auf sie aus. Man darf eine Verbindung spüren, aber keine, die stärker ist als die zur Gruppe.

Mit Familien ist es dasselbe. Meine Geschwister sind alle hier (außer den beiden älteren, Chad und Kris), aber wir sind nicht in derselben Familieneinheit, sondern über verschiedene Altersgruppen verteilt. Man kann vertraut miteinander umgehen, aber nicht *zu* vertraut, man darf die Bedürfnisse der Familie nicht über die der Gruppe stellen. Diese Regel kann man relativ leicht beugen: Man braucht nur so zu tun, als gäbe man nicht so viel auf die Familie, wenn andere Leute einen sehen. Man verhält sich ein wenig distanzierter, man spricht nicht so viel miteinander, und man lässt auch nicht den Eindruck entstehen, dass man Amüsantes miteinander teilt. Das ist ziemlich einfach.

»Mach schon«, sage ich und drücke Maria ein Haargummi in die Hand.

Das Haus ist dunkel und von den Geräuschen des Schlafs erfüllt, als wir uns über die knarrenden Dielen auf den Weg zu unserem Arbeitsplatz machen. Der Steinfußboden in der Küche ist kalt, das kann ich durch die Gummisohlen meiner Schuhe spüren, und ich schüttle sie, bis der Schmerz vergeht.

»Eiskalt!«, flüstere ich.

»So, wie viele denn jetzt?«, fragt Maria, während sie ein großes weißes Fass unter einer Theke hervorzieht.

»Du meinst gestern? Dreiundsechzig.«

Sie schaufelt den Hafer aus dem Fass, zählt die Portionen ab, stellt sicher, dass alles stimmt. Während ich zuschaue, wie die kleinen Weizenflocken in einem riesigen Edelstahltopf landen, bin ich unendlich dankbar, dass wir endlich nichts mehr von dem Pferdefutter aus dem Birmingham Heim übrig haben. Wenn ich an diese braunen Flocken denke, muss ich würgen.

»Nächste Woche sind wir, glaube ich, voll belegt. Deswegen müssen wir jetzt schon entsprechend planen, wie wir das Essen so strecken, dass es für fast hundert Leute reicht«, meint sie.

»Strecken« ist der Begriff, den wir in unserer Küche am häufigsten benutzen – »Wie können wir das strecken?«, »Tu Bohnen dazu, um das Ganze zu strecken«, »Wir müssen das mit Wasser verdünnen, um es zu strecken«. Wir versuchen ständig hinzubekommen, was Jesus vorgemacht hat: die Speisung der Fünftausend mit fünf Broten und zwei Fischen. Aber statt ein richtiges Wunder zu erwarten, überlegen wir uns nur Methoden zum »Strecken«.

Eine halbe Stunde später trudeln die Leute langsam zum Frühstück in dem holzgetäfelten Esszimmer ein. Kinder, Teenager, Erwachsene und Babys. Klamme Hände fassen an den verschiedenen Tischen nacheinander, während jemand die Mahlzeit segnet.

Dann beginnt das Wettrennen beim Essen. Nicht nur, weil es so wenig gibt – es ist nie genug, egal, wie sehr wir es strecken. Es geht auch darum, rechtzeitig zur Anbetung zu erscheinen. Wir befinden uns im Wettlauf gegen die Zeit, dabei hat der Tag gerade erst begonnen.

Während die Jugendlichen noch die letzten Löffel wässrigen Haferbrei herunterschlingen, zieht ihnen die Putzkolonne schon die Teller weg, um sie einzuweichen. Das Scharren von Esszimmerstühlen, die ins Wohnzimmer gezerrt werden, durchschneidet die Musik akustischer Gitarren. Wir wissen immer anhand des Klangs, wie spät es ist oder wo wir gerade sein sollten. Gitarren, Gebete, Halleluja-Rufe, die Glocke zum Abendessen: Unser Leben hat einen klangorientierten Rhythmus. Unsere Heime werden fast mechanisch nach der Uhr geleitet. Es gibt keine Reserven für »verlorene Zeit« oder »ein kurzes Nachlassen«.

Maria und ich rennen ins Wohnzimmer und sichern uns Plätze auf dem Boden. Einige Minuten nach dem mageren Frühstück werden die Stühle für die anderen Betenden auch weg sein.

Wie sollen wir hier hundert Leute unterbekommen?

***

Uncle Andrew leitet dieses Heim. Er steht ganz vorne im Raum, eingerahmt vom großen alten Holzkamin, in der Hand eine Bibel und einige Papiere. Ich glaube, er stammt ursprünglich aus England, aber er hat – anders als andere Aunties und Uncles – Distanz zu uns gehalten. Die meisten Aunties und Uncles erfreuen uns mit Geschichten über ihr Leben »vor dem Herrn«, sodass man einige Details über sie herausfindet; manche waren zum Beispiel »der schlauste Junge an ihrer Schule« (mein Dad) oder auch »Ausreißer« (Auntie Phoebe). Auntie Lilly, Marias Mutter, hat sogar als Go-go-Tänzerin in einem Nachtclub gearbeitet!

Zum einen erzählen uns die Erwachsenen diese Geschichten, damit wir begreifen, wie schockierend die Welt da draußen ist und welches Glück wir haben, als Auserwählte in diese Gemeinschaft hineingeboren worden zu sein. Zum anderen berichten sie uns auch davon, um die Schönheit, die Aufregung und die Macht des Tages begreiflich zu machen, an dem sie die Erleuchtung erfahren haben.

Doch ich weiß wirklich nur das über Uncle Andrew, was ich vor mir sehe: Er ist ein hochgewachsener Mann mit einem grau melierten Bart und beginnender Glatze. Vielleicht hält er eine gewisse Distanz zu uns, weil er der Anführer ist. Vielleicht hätten wir nicht so viel Respekt vor ihm, wenn ihn keine Aura des Geheimnisvollen umgeben würde.

Er wartet, bis alles still wird, und beginnt dann sein Gebet: »Herr, danke für dieses Haus. Dafür, dass wir hier sicher sein dürfen in diesen unsicheren Zeiten. Bitte sei jetzt bei Auntie Pearl. Wir bitten dich, dass du ihrer Mutter und ihrem bösen Tun Einhalt gebietest und dass du sie daran hinderst, weiter deine Kinder zu verletzen.«

Auntie Pearl ist seit drei Wochen Teil unserer Gebete. Ich muss an den

Tag zurückdenken, an dem alles begann. Ich war nicht dabei, aber man hat mir die Geschichte mehrfach auf so lebendige Weise erzählt, dass es sich so anfühlt, als hätte ich es doch mit eigenen Augen gesehen.

Die Polizei hat eines unserer Häuser überfallen, weil man nach Auntie Pearls Baby gesucht hat, einem kleinen Jungen. Die Beamten hatten einen Anruf von Auntie Pearls Mutter bekommen, die entsetzliche Angst hatte, ihr kleiner Enkel befände sich in großer Gefahr, wäre vielleicht sogar tot. Sie brachen die Tür auf und durchsuchten jeden Schrank, jeden Koffer und jede Schublade.

»Die Polizei hat sogar unter den Bodendielen gesucht, als hätten wir das Baby in Stücke gehackt und den Kleinen dort versteckt«, meinten die Leute. Niemand wollte glauben, dass das passiert war.

Wir waren seit Jahren auf der Flucht vor den Behörden und der Presse, und jetzt eine richtige Razzia?

Die Polizei fand das Baby, in Sicherheit. Natürlich in Sicherheit – wir hacken keine Babys in Stücke. Aber jetzt hatte Auntie Pearls Mutter einen Sorgerechtsstreit gegen die Kommune begonnen, gegen uns alle.

»Weil das hier viel größer ist als Auntie Pearl, denn wenn der Richter glaubt, dass das Baby hier nicht in Sicherheit ist, ist es für keinen von uns sicher«, habe ich Maria erklärt und damit wiedergegeben, was ich meine Eltern am Vorabend hatte sagen hören.

Deswegen, wegen dieses neuen Gerichtsverfahrens, nach all diesen Jahren, in denen wir unbehelligt waren oder auf der Flucht, leben wir nun wieder in einer Situation, die als »offenes Heim« bezeichnet wird. Und es ergibt alles einen Sinn: darum dieses große Haus, darum ein Leben in so großer Nähe zu den Angehörigen des Systems in diesem winzigen Dorf. Mein Vater hat aus genau diesem Grund nach diesem Heim gesucht, damit wir ein öffentliches Leben führen.

»Wir haben eine neue *Mission*«, fährt Uncle Andrew fort. Ohne zu blinzeln, sieht er sich im Raum um, motiviert uns. »Es wird nicht einfach werden. Wir werden uns daran gewöhnen müssen, im Auge der Öffentlichkeit zu leben.«

Mit einer dramatischen Geste zeigt er auf sein rechtes Auge und hält inne, sodass wir die Wichtigkeit dieses Moments erfassen können, dieses *Augenblicks.*

»Einige von uns werden lernen müssen, wie man mit der Presse umgeht. Der Probelauf, den wir im letzten Heim mit dem Journalisten vom *Guardian* hatten, war erfolgreich.«

Ich denke daran zurück, wie ich vor einigen Monaten den Mann vom *Guardian* getroffen habe. Ich kann mich immer noch an sein Gesicht erinnern, an das weiße Haar, das es umrahmte, an seinen so englischen Akzent. Möglicherweise war das der glücklichste Mensch, den ich je getroffen habe. Ein Erwachsener, der anders mit uns sprach, der uns fragte, was wir uns von unserem Leben wünschten, wovon wir träumten ...

»Ich möchte jetzt erklären, welche Rolle Gideon und Rachel bei alldem spielen.«

Uncle Andrew unterbricht meine Erinnerungen. Er zeigt auf meine Eltern, die Händchen halten, um sich als geschlossene, starke Einheit zu präsentieren. Mein Vater hat seinen Namen noch einmal geändert, von Jacob zu Gideon – ich muss mich immer noch daran gewöhnen.

»Gideon und Rachel sind die neuen öffentlichen Gesichter unserer Gruppe, nicht nur im Vereinigten Königreich, sondern überall in Europa. Eine wichtige Rolle.«

Ich schaue meine Eltern an; ihre Identitäten scheinen sich zu verschieben. Sie haben nicht nur ihre Namen geändert, sondern kleiden sich auch anders. Meine Mutter trägt das Haar nun in einem Bob, mein Vater hat sich einen stacheligen Schnurrbart wachsen lassen, mit dem er wirkungsvoll herumspielt – manchmal beendet er damit seine Sätze oder unterstreicht einen Punkt, als wäre der Schnurrbart eine Requisite in einem Monolog. Ich frage mich, ob diese Veränderungen mit der »wichtigen Rolle« zu tun haben, die beide jetzt spielen.

»Die ganze Familie von Gideon und Rachel wird Teil dieser Aufgabe sein. Und das wird einige Veränderungen mit sich bringen.«

Maria kneift mich in den Arm, und das bedeutet: *Damit bist DU gemeint.*

Uncle Andrew hält inne und bedeutet meinem Vater, dass er jetzt sprechen darf.

Dad räuspert sich und sagt: »Wir beide fühlen uns geehrt und sind aufgeregt wegen dieser neuen, zugleich aber schwierigen Rolle.«

Mom sagt nichts, sie lächelt nur meinen Dad an und schaut sich dann mit ernstem Blick im Raum um.

»Einige hier werden Unterricht darin bekommen, bekommen *müssen,* wie man mit der Presse redet«, fährt Uncle Andrew fort. »Und das Training wird ziemlich bald beginnen, denn während die beiden, Gideon und Rachel, das öffentliche Gesicht sind, ist dieses Haus nun zugleich ein offenes Heim.« Er zeigt mit dem Finger langsam im Raum umher, bevor er hinzufügt: »Wenn Presseleute das Haus betreten, können sie mit jeder beliebigen Person reden.«

Ich kneife Maria zurück.

Siehst du, das betrifft dich auch.

***

Später ruft man mich noch einmal ins Wohnzimmer.

Auntie Phoebe sitzt mitten im Raum. Sie hat langes Haar, selbst verglichen mit anderen Aunties; es fällt ihr bis halb über die Schenkel, ist dick und tiefschwarz. Diese Pracht ist wie eine Medaille, die einen Erfolg krönt: Unser Anführer Moses David liebt lange Haare, sie sind ein deutliches Zeichen der Weiblichkeit. Auntie Phoebe hat uns erzählt, dass sie in Griechenland aufgewachsen ist. Ich stelle mir vor, wie sie den langen schwarzen Zopf durch die Luft zischen lässt wie eine Peitsche, wie sie eine Tunika trägt, wie die Griechen in biblischen Zeiten. Doch heute trägt sie einen langen Rock, Wollstrumpfhosen, eine Strickjacke und darunter einen Rollkragenpullover – sicher friert sie leicht.

Ich bin aus mehreren Gründen für diese Aufgabe ausgesucht worden, glaube ich. Doch der wichtigste ist der, dass sie alle weiblichen Jugendlichen gefragt haben, ob sie irgendwelche »sexuelle Erfahrungen« mit Erwachsenen gemacht haben, und dass diejenigen, die darauf mit Ja geantwortet haben, in ein anderes Heim geschickt wurden. Weg aus dem Blick der Öffentlichkeit.

Neulich gab es ein Quiz als Teil einer Medientrainingssitzung, und eines der Mädchen hat vor allen Leuten gesagt, dass sie Sex mit ihrem Dad hatte. Die Erwachsenen wurden wütend.

Das ist nicht die richtige Antwort.

»Setz dich«, fordert mich Auntie Phoebe auf, ohne von ihren Notizen aufzublicken.

Ich nehme mir einen der Stühle mit hoher Lehne von der Seite des Raumes und ziehe ihn vor sie hin, perfekt so ausgerichtet, dass wir einander in die Augen sehen können. Wie die meisten Frauen im Haus verhält sich Auntie Phoebe unterschiedlich, je nach Situation. Wenn sich ein Uncle im Zimmer befindet, gibt sie sich oft unterwürfig, aber wenn sie allein ist, hat sie die Kontrolle, dann ist sie dominant. Die Frauen sind hier nicht passiv, nicht ganz; es geht darum, sich anpassen zu können, je nachdem, was gerade verlangt wird. Ihre Stimmen verändern sich, ihr Verhalten verändert sich. Und gerade jetzt ist Auntie Phoebe dominant, unnachgiebig und ernst.

Noch immer schaut sie nicht auf.

»Wenn ich mich richtig erinnere, hast du deine Sache letztes Mal gut gemacht. Du hast zu denen gehört, die der Mann vom *Guardian* interviewt hat.«

Dieses Kompliment überrascht mich. Und dass sie sich daran erinnert.

Endlich schaut sie mich an. »Diesmal werde ich dir andere Fragen stellen, für die es keine Antworten gibt. Mal schauen, wie du dich anstellst, in Ordnung?«

Ich nicke.

»Okay. Und versuch, dich ungezwungen zu verhalten, ganz entspannt.«

Ich nicke wieder.

Sie erhebt die Stimme, und ihr Tonfall wird ein bisschen kühler. »Und vergiss nicht, diese Journalisten werden mit einem Lächeln und in freundlichem Ton mit dir sprechen, aber in Wirklichkeit wollen sie dich hereinlegen, und sie werden versuchen, uns zu schaden. Also lass dich nicht von ihnen hinters Licht führen. Sei immer auf der Hut, und tu nur so, als wärst du entspannt.«

Ich nicke wieder. Sie nimmt jetzt die Rolle des Journalisten ein und spricht sehr förmlich mit mir.

»Was glaubst du, warum wollen dich deine Eltern auf diese Weise großziehen?«, fragt sie.

Ich hole Luft, denke daran, langsam, aber ohne zu viele Pausen, zu sprechen.

»Meine Eltern glauben an Religionsfreiheit. An das Recht, Gott auf die Art und Weise zu ehren, wie es uns gefällt. Und es ist nicht ungewöhnlich, dass Christen verfolgt werden, wie uns das jetzt widerfährt. Das ist in allen biblischen Zeiten und eben der ganzen Geschichte geschehen.«

»Gut«, kommentiert Tante Phoebe. »Es wäre besser, wenn du ein Beispiel nennen könntest. Wir können diese Interviews auch nutzen, um Zeugnis für den Herrn abzulegen.«

»Jesus selbst wurde verfolgt«, sage ich. »Man hat ihn an ein Kreuz gebunden und ihn getötet. Und er war der Sohn Gottes.«

Ich mustere ihr Gesicht, hoffe auf Bestätigung, hoffe, dass sie das für ein ausgezeichnetes Beispiel hält. Aber ich kann nicht erkennen, ob ich sie zufriedengestellt habe.

»Was würdest du sagen, wenn sie dich fragen, warum du keine ›normale‹ Schule besuchst?«, will sie dann wissen. Dabei schreibt sie mit den Fingern Anführungszeichen rund um das Wort »normal« in die Luft.

Ich spüre, wie Aufregung mich durchströmt, als ich mich fast wortwörtlich daran erinnere, was mein Dad einmal gesagt hat.

»Wir haben hier ein Ausbildungssystem, das nicht nur die üblichen Schulfächer berücksichtigt, sondern zu dem auch das Studium der Bibel gehört. Und ich habe gehört, dass davon an den Schulen nicht genug vorhanden sind«, gebe ich seine Worte wieder. »Außerdem werden wir von Leuten unterrichtet, die wir lieben und mit denen wir zusammenleben, und unsere Lerngruppen sind klein. Keine Klassen mit Hunderten von Kindern.«

»Sprich lieber von ›überfüllten Klassen‹«, korrigiert mich Auntie Phoebe. »›Hunderte von Kindern‹ klingt vielleicht ein wenig weit hergeholt.«

Ich nicke – die Details sind wichtig, sonst wird dadurch klar, dass man eigentlich überhaupt keine Vorstellung davon hat, wie eine Schule wirklich aussieht.

»Was musst du sagen, wenn sie dich fragen, wie viel Arbeit du im Haus verrichtest?«, will sie wissen.

»Für Kinder ist es gut, wenn sie Verantwortung übernehmen. Es gehört zum Lernprozess dazu, und es hilft uns bei unserer Entwicklung.« Es scheint, als erwarte sie noch mehr, deswegen füge ich hinzu: »Wir helfen sehr gern im Haushalt.«

Ich schiebe den Gedanken an das frühe Aufwecken weg, an den Kontrast zwischen der Kälte der Küche am Morgen und der Hitze, die beim Betreiben eines riesigen Ofens entsteht. Ich schiebe den Gedanken an die Kritik weg, der wir ausgesetzt sind, wenn es uns nicht gelingt, dass das Essen für alle reicht. Ich stelle mir einfach vor, wie es ist, wenn ich meinem kleinen Bruder beim Schlafen zuschaue: schön, friedlich, gemütlich. Deshalb wirkt meine letzte Bemerkung fast verträumt.

»Wir helfen unglaublich gern dabei, auf unsere Geschwister aufzupassen«, sage ich.

»Was musst du sagen, wenn man dich nach Erziehungsmaßnahmen oder sogar Strafen fragt?«

»Unsere Eltern lieben uns, und die anderen Erwachsenen lieben uns, als wären sie unsere Eltern. Wir werden in Liebe großgezogen. Ich würde mir wünschen, dass alle Kinder sich so geliebt und gut betreut fühlen wie wir. Sogar die wenigen unter uns, die vielleicht nur mit einer Mutter aufwachsen, haben einen ganzen Haushalt voller Leute, die sich um sie kümmern.«

Diese Worte purzeln wie von selbst aus mir heraus – auswendig gelernt, oft geprobt.

»Sehr gut.«

Sie rutscht auf ihrem Stuhl herum. Möglicherweise bedeutet das, dass sie das »Interview« jetzt ein paar Gänge höher schalten wird, was den Schwierigkeitsgrad betrifft.

»Was, wenn sie dich zum Flirty Fishing befragen? Was, wenn sie sagen: ›Wir haben gehört, dass die Mütter hier von Männern für Sex bezahlt werden, damit sie Geld für den Haushalt verdienen?‹«, will sie wissen.

»Davon habe ich noch nie etwas gesehen oder gehört. Meine Eltern haben eine auf Liebe basierende Beziehung zueinander, sie sind ein gutes Beispiel für eine wunderbare Ehe«, antworte ich ohne jedes Zögern.

»Hier musst du mehr sagen, das ist ein bisschen schwach«, tadelt sie mich. »Vielleicht etwas darüber, dass du hoffst, so etwas auch einmal zu erleben, wenn du erwachsen bist.«

Ich nicke.

Jetzt macht sie es mir richtig schwer.

»Wie ist das mit dem Davidito-Buch?«, fragt sie. »Hast du es gelesen?«

Ich muss an das Davidito-Buch denken, das es in jedem Haus gab, in dem ich gewohnt habe. In diesem Buch hat Davidito, Moses Davids Sohn, Sex mit einer der Aunties im Haus. Es enthält viele Seiten mit Fotografien. Alle Erwachsenen haben Comicgesichter, und da ist Davidito, nackt in ihrer Mitte. Er wurde gestreichelt und mit sexuellen Liebkosungen verwöhnt, damit er schlafen konnte. Das hieß *Love Up Time*. Und dann erinnere ich mich an den Tag, an dem das Buch verbrannt wurde, weil die Leute draußen »es nicht verstehen würden«.

»Das haben wir schon vor Jahren abgeschafft«, sage ich leise.

»Nein, das ist nicht die richtige Antwort«, weist sie mich zurecht.

Ich bin enttäuscht, und gleichzeitig schäme ich mich. Da habe ich es so weit geschafft, und jetzt habe ich es kaputtgemacht. Ich formuliere innerlich etwas zu meiner eigenen Verteidigung: *Ich glaube nicht, dass mir schon jemand diese Antwort gesagt hat. Ist es nicht in Ordnung, wenn wir das Buch einfach nicht mehr haben?*

In ungeduldigem Tonfall unterbricht Auntie Phoebe meine innere Gegenwehr.

»Sag einfach, dass du nicht weißt, wovon sie da reden«, fordert sie mich auf.

Okay, ich muss mich also dumm stellen und unschuldig geben.

»Soll ich fragen, was das ist?«, erkundige ich mich.

»Nein, damit gibst du ihnen die Gelegenheit, dir davon zu erzählen. Sag, du hast noch nie davon gehört und es noch nie zu Gesicht bekommen«, weist sie mich an.

Wir müssen also lügen. »Täuschen und dabei wahrhaftig sein«, wie es im Mo-Brief steht.

Aber, wie sie gesagt haben, die Lügen werden uns beschützen.

»Das Davidito-Buch existiert gar nicht«, verkündet sie und droht mir mit dem Finger.

8. Kapitel

Tucson und der Kosmos: Fünfzehn Jahre danach

Die Fahrt von Kalifornien nach Arizona ist atemberaubend. Wir wirbeln Staub auf, während wir durch die dürren Marslandschaften rasen. So eine lange Reise kann die Seele reinigen, nicht nur durch den physischen Abstand, die Zeit oder die sich immer verändernde Landschaft, sondern auch einfach durch den Umstand, dass man mit seinen Gedanken herumsitzen muss. Und uns bleibt sehr viel Zeit zum Rumsitzen: Für die eigentlich zwölfstündige Fahrt brauchen wir drei Tage. Doch wir haben es nicht eilig – und Mamacita auch nicht.

Als wir die Zwölf Stämme verlassen hatten, fühlte sich alles funkelnagelneu an. Wir waren wie Babys, fasziniert vom ganz Gewöhnlichen: vom Hallo eines Tankwarts, einem Schluck kaltem Bier, dem Kitzeln einer Zigarette im Hals. Eine ganze Nacht lang sprachen wir darüber, wie viel Glück wir gehabt hatten. Wir hielten einander im Arm, als wir zum Strand gingen, rannten schreiend in den kalten Ozean. Alles kam uns ganz außergewöhnlich vor.

Obwohl unsere Erfahrung nicht das gewesen ist, was wir wollten, und obwohl wir das Erhoffte nicht erreicht haben, hat das Entkommen meine Dankbarkeit dem Leben gegenüber erneuert – und dafür, wie weit ich gekommen bin. Es ist eine Katharsis, eine Reinigung. Ich bin dankbar für die Freiheiten, die mir zustehen und die ich wahrnehmen kann, für das Recht, das zu sagen, was ich will. Dafür, meine abgetragenen Secondhandkleider zu tragen statt einer geteilten Garderobe aus Kopftüchern und Überwürfen.

»Zur Hölle mit diesem Scheißüberwurf!«, rief Sofi, als sie sich ein ausgewaschenes Secondhand-T-Shirt über den Kopf zog.

Jetzt fahren wir durch den Joshua-Tree-Nationalpark, und ich teile mir den Beifahrersitz mit meinem Verlustgefühl aus der Zeit bei den Zwölf Stämmen. Mich begleiten die Erinnerungen daran, *an die Menschen*. Ich vermisse die Kinder, mit denen wir uns angefreundet haben. Der Schmerz aus dieser letzten Nacht ist immer noch intensiv, und damit vermischt sind all die Schuldgefühle, die ich empfinde, weil ich sie zurückgelassen habe. Mir sind die Hände gebunden – ich weiß, ich kann nichts tun –, aber das ändert nichts daran, dass ich mich schuldig fühle.

Ich brauche diese Fahrt, muss so weit in die Ferne schauen können, dass es wehtut. Ich muss begreifen, dass ich ein kleines Wesen auf einem riesigen Planeten bin, der schon lange vor mir und vor dieser Reise existiert hat. Ich brauche die Perspektive.

Hilft es, wenn ich mich klein fühle? Wird dadurch akzeptabel, dass ich nichts unternommen habe? Löscht die Perspektive die Verantwortung und die Schuld aus?

Ich muss weiter »drin« sitzen.

»Wie weit ist es noch bis zum Hotel?«, erkundigt sich Sofi.

»Etwa eine Stunde Fahrt.«

»Erzähl mir von Gabriel«, bittet sie mich.

Wir sind auf dem Weg nach Tuscon, zur *Global Community Communications Alliance*, einer Gruppe, die von einem Mann namens Gabriel von Urantia geleitet wird. Nach den Yogi-Mönchen und den Fundamentalisten, die wir gerade verlassen haben, brauche ich unbedingt ein Kontrastprogramm.

»Lass uns in die Welt der göttlichen Kosmologie eintauchen«, sage ich und ziehe mein Recherchematerial hervor.

»Gabriels Kosmologie basiert auf einer Mischung aus religiösen Lehren; ein bisschen Channeling von Außerirdischen, Mormonentum, Hopi-Tradition und *Das Urantia Buch*.

Von dem Buch hatte ich noch nie zuvor gehört. Anscheinend ist es ziemlich erfolgreich, mit einem ganz eigenen Hintergrund. Es wurde irgendwann zwischen 1924 und 1955 geschrieben, und als Autoren gelten »zahlreiche himmlische Wesen«.

»Es gab also mehr als nur einen Autor?«, fragt Sofi.

»Höhere Gottheiten und unsterbliche Wesen, also nicht von dieser Welt. Vielleicht Aliens, Geister, Engel, wer weiß? Das ist ein ziemlicher Brocken, sogar die Bibel wurde von Menschen verfasst.«

Von fünfunddreißig, um genau zu sein.

Ich stütze einen Fuß auf dem Armaturenbrett ab, stelle die Musik leiser und fange an, Sofi vorzulesen. Das uralte Buch ist ein Rätsel, das versucht, viele verschiedene Themen zu erklären: den Ursprung und die Bedeutung des Lebens, den Platz des Menschen im Universum, die Beziehung zwischen Gott und den Menschen sowie das Leben Jesu.

Also einfache Sachen.

Sofi schaut auf den riesigen Stapel Ausdrucke.

»Ganz schön lang, das Buch«, kommentiert sie.

»Was einen nicht überrascht.«

»Und kompliziert«, fügt sie hinzu.

»Mir gefällt daran, dass versucht wird, Physik, Naturwissenschaften, Kosmologie und Religion zu verbinden«, erkläre ich.

Ich habe nie wirklich verstanden, warum sich Religionen nicht dem wissenschaftlichen Fortschritt anpassen können. Es ist einfach ein bisschen dumm, wenn man sich nicht modernisiert, obwohl man das kann. Ich war unglaublich schockiert, als ich bei einem Quizabend im Pub herausfand, dass die Welt älter war als sechstausend Jahre.

Wir könnten uns in diesem dicken Buch tagelang festlesen. Mir wird klar, dass das so ist, als würde man alle sechsundsechzig Bücher der Bibel lesen, um die *Children of God* verstehen zu können.

Ein fruchtloses, komplexes Unterfangen, das einem die verwirrenden Lehren des Moses David in keiner Weise erschließen würde.

***

Wir erreichen unser Motel. Es ist wunderbar billig, herrlich geschmacklos und liegt mitten in einer prächtigen Wüstengegend. Ich habe es gebucht, weil auf der Website etwas von einem Whirlpool stand.

»Das haben wir uns auf alle Fälle zu hundert Prozent verdient«, meint Sofi.

Die Fenster der in Altrosa gehaltenen Zimmer im Adobe-Stil bieten einen herrlichen Blick auf die Berge, und wir hoffen, dass wir heute Abend viele Sterne am Wüstenhimmel sehen werden. Ich übernehme das Einchecken und besorge in dem winzigen Laden ein Sixpack Bier – die Auseinandersetzung mit diesem kosmischen Kult könnte eine Weile dauern.

»Perfekt ist das hier«, sagt Sofie und holt sich einen Liegestuhl.

Ich öffne mir ein Bier und werfe den Kopf in den Nacken, als die frische Kälte meinen Gaumen berührt. Ich schließe die Augen, und die Sonne streichelt mir das Gesicht. Der Geruch von Chlor und Sonnencreme vermischt sich und lässt mich an viele Urlaube denken.

Als ich mich aufsetze, fällt ein Tropfen Kondenswasser auf meine Papiere, was mich daran erinnert, dass ich weiterarbeiten muss.

»Wenn man einen kosmischen Kult gründen will, ist Sedona der perfekte Ort dafür«, sage ich.

Sedona wird als Kathedrale ohne Wände beschrieben, weil es so herrliche rote Wirbel am Himmel gibt. Manche Leute behaupten, dass die spirituelle Energie in diesen Wirbeln am höchsten ist, und dass man hier Zugang zu den Frequenzen des Universums findet. Hierher kommen jährlich drei Millionen Touristen auf der Suche nach spiritueller Erneuerung.

»Also eine ganze Menge potenzieller Rekruten, wenn man darüber nachdenkt«, kommentiere ich.

Sofi hat die Augen geschlossen. Wie eine texanische Eidechse liegt sie auf dem Rücken in ihrem klapprigen Stuhl und saugt die Wüstensonne in sich auf.

Doch außer den kosmischen Wirbeln gibt es hier in Sedona auch kosmische Magie: Sedona gehört zu Amerikas beliebtesten Orten für UFO-Sichtungen. Jede Nacht machen sich UFO-Jäger mit Nachtsichtgläsern, Fernrohren und Teleskopen bereit. Es gibt eine unglaublich hohe Anzahl Sichtungsberichte von allem, von Himmelskörpern und Portalen bis hin zu Aliens, alle am hohen Wüstenhimmel.

»Die Vorstellung, dass es Aliens und Ufos gibt, fand ich schon immer toll«, erzähle ich.

»Warum auch nicht?«, gibt Sofi zurück.

»Ja, warum sollte man nicht an diese Magie glauben? Es ist ja nicht so, dass man jemals irgendeinen Krieg angefangen hätte, weil Leute an UFOs glauben«, füge ich hinzu.

»Das kommt möglicherweise noch«, meint Sofi lachend.

***

Gabriel ist der Autor von drei Büchern: *The Cosmic Family, Volume 1, The Cosmic Family, Volume 2* und *The Divine New Order: A Cosmic Shift in Consciousness*. Diese Bücher verstehen sich als Fortsetzungen von *Das Urantia Buch* und wollen »wichtige Antworten« auf die Krisen bieten, mit denen sich unsere Welt konfrontiert sieht; sie wollen erklären, wie jede einzelne Seele wahrhaftig zur Heilung ihres eigenen Lebens und unseres Planeten beitragen kann.

Das klingt rational und fortschrittlich.

Ein bisschen abgehobener ist der Glaube an die Wiedergeburt, die von Gabriel als »Repersonalisierung« bezeichnet wird, und an »Seelen, die zuvor als Sternensamen gelebt haben«. Gabriel zufolge hat das allererste Leben des größten Teils der »Sternsamen« auf einem anderen Planeten und in einem anderen Universum stattgefunden. Gabriel hält sich selbst für einen Sternensamen, der bereits mehrere Repersonalisierungen durchlaufen hat: Er war ein Jedi-Ritter, Konfuzius, Lao-Tse, Buddha, Moses, Abraham, Alexander der Große, der Apostel Petrus, König Arthur, Franziskus von Assisi, Mozart, William Wallace (nach dem Erscheinen des *Braveheart*-Films), George Washington, Abraham Lincoln, Joseph Smith Geronimo, Chief Joseph und viele andere.

Ich rufe ein YouTube-Video auf, in dem er erklärt: »Ich bin entweder verrückt oder auf egoistische Weise durchgedreht, oder ich bin derjenige, für den ich mich halte.«

Was für ein brillantes Statement.

»Ganz klassisch«, kommentiert Sofi.

In diesem Video sieht Gabriel aus wie ein typischer alternder »New Age«-Hippie – er hat graues Haar und einen grauen Bart, trägt Batikkleidung, Perlen und Kristalle um den Hals sowie ein altmodisches (klischeehaftes) Stirnband. Manchmal hat er sogar einen Stab in der Hand wie ein Schäfer – in vielen Gruppen, meine eigene eingeschlossen, eine Metapher für einen Anführer.

»Hey, schau dir das mal an!«, ruft Sofi und zeigt nach oben.

Langsam geht die Sonne über unserem Motel unter. Zuerst erscheint eine Explosion aus Rot-, Orange- und Rosatönen, dann folgt das Tiefblau der Nacht. Voller Ehrfurcht sitzen wir da und sehen zu. Jeder Moment, der vergeht, enthüllt weitere leuchtende Stecknadelköpfe im Stoff des Universums, und ich verliere mich in der Milchstraße. Wegen des Biers dreht sich in meinem Kopf alles, auch wegen der Hitze des Tages und des galaktischen Gefühls.

In einem der früheren Leben von Gabriel, unmittelbar bevor er Gabriel von Urantia wurde, hieß er Anthony Delevin aus Pittsburgh. Gabriel hat als katholischer Priester, als protestantischer Pastor und als Musiker gearbeitet. Er sieht sich als den Erfinder des CosmoPop und hat ein Album mit dem Titel *Unicorn Love* aufgenommen.

»Moment mal, gibt es das online?«, unterbricht mich Sofi.

Wir machen uns auf die Suche, und auch wenn das Album mit diesem brillanten Titel nicht online zu finden ist, gibt es Gabriels neuere Musik überall auf YouTube. Wir verlieren uns im Cyber-Kaninchenloch, sind einfach zwei junge Frauen, die in Unterhose und BH in einem Whirlpool auf einem Motelparkplatz sitzen – am Rande der Galaxie –, und dem digitalen Fußabdruck eines Sektenführers folgen.

Um 1989 hat er zusammen mit anderen die *Aquarian Concept Community* gegründet und nannte sich Gabriel von Urantia.

»Erstaunlicherweise hatte ihn bis dahin das Universum selbst mit der Geschichte des Universums beauftragt. Auf brillante Weise praktisch!«

»Vielleicht aber auch auf egoistische Weise verrückt«, erwidert Sofi und ahmt dabei Gabriels Akzent nach.

»Gabriel ist das Sprachrohr himmlischer Wesen und kann die Botschaften von Aliens durchgeben. Folgende hat er von einem Außerirdischen erhalten: ›Ich bin der Kommandant einer Flotte von dreitausend Raumschiffen, die sich an der Evakuierung des Planeten beteiligen wird, wenn der Wendepunkt eintritt.‹ Dann sprach E. T. weiter: ›Du wirst bei der Vorbereitung auf diese Evakuierung gebraucht. Das wird keine einfache Aufgabe. Man wird dir Betrug und Täuschung vorwerfen …‹«

»Unglaublich! Er sichert sich in alle Richtungen ab«, kommentiert Sofi lachend.

»Ha! Meine Eltern haben immer gesagt, wenn einen die Gesellschaft verfolgt, weiß man, dass man das Richtige tut! Wirklich ein guter Trick zur Absicherung …«

»Schlau ist das. Verrückt … Aber schlau.«

»Ich werde dir sagen, was verrückt ist: Gabriel von Urantia … wie auch immer … ist jetzt irgendwo unter demselben herrlichen Himmel wie wir …«, sage ich träumerisch. »Vielleicht nimmt er gerade die Botschaften von einem oder zwei Aliens entgegen.«

***

Die Gruppe rekrutiert mit verschiedenen Methoden neue Anhänger. Einmal durch ihre Tour-Gesellschaft, die einen auf eine spirituelle Reise durch die kosmischen Wirbel mitnimmt, dann durch ihre Teilnahme an WWOOF *(World-Wide Opportunities on Organic Farms)*, ein Trainingsprogramm auf einer Farm, wo man gegen Feldarbeit Unterbringung und Essen bekommen kann, und über ihr Delikatessengeschäft in Tucson.

Yep, noch ein Delikatessengeschäft.

»Wenn man erst einmal rekrutiert wurde, bedeutet eine volle Mitgliedschaft, dass man alles abgibt, was man hat – Landbesitz, Ersparnisse, alles. Die Gruppe bekommt es, und man lebt dann in der Kommune. Wenn einem das zu viel ist, kann man auch bloß für ein Wochenende dort wohnen, das kostet fünfhundert Dollar, oder sich für tausend Dollar eine personalisierte Botschaft der Aliens geben lassen.«

»Tausend Dollar für eine Alien-Botschaft von jemandem, der schon Buddha und Alexander der Große war? Das finde ich ziemlich billig ... Kannst du mir ein Handtuch reichen?«, bittet mich Sofi.

Die Temperatur in der Wüste ist gefallen, ich spüre die Kälte auch.

Sofi trocknet sich ab, atmet abgehackt und schnell, als hätte sie irgendetwas Heißes in die Hand genommen. Ihre nasse Haut ist gebräunt und zart, darauf spiegeln sich die gerade eingeschalteten Neonlichter des Motels. Pink- und Grüntöne lassen eine überirdische Szene auf ihrem Körper entstehen. Ich schaue die Bilder an, die vorbeiflackern: Gabriel, der Kosmos und die Zukunft, die uns erwartet.

Sofi erwischt mich dabei, wie ich sie anstarre.

»Also, wie lautet der Plan?«

»Ich denke, wir rufen einfach da an und fragen, ob wir mitmachen können, so wie vorher auch«, gebe ich zurück und klinge dabei sehr optimistisch, was am Bier und an ein bisschen Angeberei liegt.

»Also alles ganz einfach«, meint sie.

Dann spüre ich ein Ziehen, eine Reaktion meines Bauchgefühls wegen dem, was bei den Zwölf Stämmen geschehen ist.

Ein großer schwarzer Hund kommt angetrottet und legt sich neben uns auf den Asphalt. Er streckt sich aus und rollt sich auf den Rücken, die Beine gespreizt.

»Wie süß!«, ruft Sofi aus.

Vielleicht vermisst sie ihren Hund und auch ihr Leben zu Hause. Der Hund sucht ihren Blick, hält ihn liebevoll eine Sekunde lang fest, spreizt dann ein Bein noch weiter und leckt sich hingebungsvoll die Hoden.

»Hmmm ... Lecker!«, kommentiert Sofi.

»Apropos: Was gibt's denn zum Abendessen?«, erkundige ich mich lachend.

***

Am nächsten Tag kommen wir in Tucson an. Hier ist viel los, es wimmelt nur so von Künstlern und Musikern, Vintage-Läden und Hipstern an jeder Ecke. Alle sind ungezwungen cool angezogen – Stetsons zusammen mit Dr. Martens, frisch gebügelten Hemden und abgetragenen Jeans. Oldschool-Americana gemischt mit Beatnik- und Boho-Details.

Wir geraten in eine Kunstausstellung, angezogen von frischer Kultur, Fashion Kids und Alkohol, den es dort umsonst gibt. Innerhalb von Minuten spricht uns ein Fotograf an, der am nächsten Tag Aufnahmen von uns in der Wüste machen will. Er bemüht sich sehr bei seinem Verkaufsgespräch, bis ihn eine Stimme aus dem Hintergrund unterbricht: »Eric, du Perverser! Willst du schon wieder Touristen für ein Fotoshooting aus der Stadt zerren?«

Die Stimme kommt von einem Typen mit einem Cowboyhut und dem Selbstbewusstsein, das man braucht, um sich von Kopf bis Fuß in Jeans zu kleiden. Er nimmt sich zwei Drinks vom Tablett der nächsten Kellnerin und überreicht sie uns ganz ungezwungen.

»Ich bin Cliff, willkommen in Tucson.«

Cliff wandert durch die Ausstellung, erzählt charmante Geschichten über alle, denen wir begegnen, und wenn er uns vorstellt, tut er das voller Begeisterung: »Diese beiden jungen Damen sind Dokumentarfilmerinnen, ist das nicht großartig?« Er strahlt geradezu vor eleganter Coolness, Wärme und Sarkasmus.

»Wer war überhaupt dieser Kerl?«, fragt Sofi und zeigt auf den Fotografen von vorhin.

»Ach, das ist Eric Kroll«, antwortet Cliff lachend. »Er hat ein paar Prominente fotografiert – Debbie Harry, Madonna, solche Leute.«

»Ha! Zum Glück wusste das Bexy vor ein paar Minuten noch nicht … Sie wäre mit heruntergezogenem Slip in einer Sanddüne gelandet.«

Sie macht Witze. Aber wahrscheinlich hat sie recht.

***

Cliff nimmt uns mit in eine Bar, die aussieht wie das Innere eines alten Zuges. Wir gehen an altmodischen Telefonkabinen, Lederstühlen und dunklem Holz vorbei. Es riecht hier nach Zigarren – nicht nach Zigarrenrauch, sondern nach Zigarren, wenn man sie sich unter die Nase hält. Nicht einzuordnende Blues Songs schweben durch die Luft, während ich Drinks bestelle.

»Seid ihr mit Cliff hier?«, erkundigt sich der Barkeeper. »Dann gehen die Getränke aufs Haus.«

Am Tisch hüllt mich der Glanz von Cliffs Lebensgeschichte ein. Wir hören Dinge über die Musik, die er in den Siebzigerjahren gemacht hat, darüber, wie er als Dragqueen und mit einem Putzeimer zur Bürgermeisterwahl angetreten ist und versprochen hat, »die Stadt zu säubern«. Er hat zu verschiedenen Szenen gehört, für die ich mich obsessiv interessiere (und von deren Existenz ich erst in den letzten paar Jahren erfahren habe), so zum New York Punk in den Siebzigern und zu Andy Warhols The Factory. Er kannte Johnny Thunders, David Bowie, Angie Bowie (die jetzt in Tucson lebt) und er war einmal mit den New York Dolls auf Tour. Sein Leben klingt wie ein Film.

Er bietet uns einen Stellplatz für unseren Truck an, verspricht uns eine Stadtführung und stellt sicher, dass man sich um uns kümmert.

***

Die nächsten paar Tage in Tucson sind bunt und voller Musik, bis zum Rand gefüllt mit Sonnenuntergängen und Straßenkunst. Wir verbringen die Nächte damit, mit Künstlern herumzuhängen, Gigs in Hauseingängen zu besuchen und Cliffs Fotoalben voller Berühmtheiten aus den 1960er-Jahren zu durchforsten. Wir machen lange, philosophische Spaziergänge mit Sadie, seinem wunderschönen Hund. Fast vergessen wir Gabriel.

Aber nur fast.

Wir sind bei Cliff. Gerade haben wir in seinem hinteren Garten (der Wüste) einen kleinen Film gedreht, und jetzt machen wir in seiner Küche Abendessen. Cliff weiß bereits, wie unsere Pläne aussehen, und er hat selbst ein wenig recherchiert, mit Dorfbewohnern gesprochen und mit Leuten, die Leute kennen, die in der Kommune gelebt haben. Allmählich verändert sich unser Bild von der kosmischen Gruppe.

Cliff berichtet, dass man den Familien, die dort leben, die Kinder wegnimmt; sie werden anderen Erwachsenen anvertraut. Außerdem praktiziert Gabriel Polygamie, aber außer ihm darf das niemand. Es gibt Anschuldigungen von früheren Mitgliedern der Gruppe, die Gabriel sexuellen Missbrauch vorwerfen. Er nutzt seine Botschaften von Außerirdischen, um anzuregen, attraktive Frauen sollten für ihn ihre Partner verlassen, weil sie »in einem früheren kosmischen Leben bereits mit Gabriel zusammen gewesen seien«.

»Wie praktisch«, kommentiere ich.

»Außerdem glaubt er ganz offensichtlich, er könne einen mit seinem Penis heilen«, fährt Cliff fort.

»Ach, *der* alte Trick!«, ruft Sofi und spuckt fast einen Schluck Wasser aus.

»Wenn's funktioniert ...«, meine ich lachend, während ich unbeeindruckt Zwiebeln schneide.

»Das *klingt* natürlich lustig, aber wie es scheint, ist er außerdem entsetzlich launisch«, berichtet Cliff weiter. »Ich weiß nicht, ich mache mir einfach Sorgen, wenn ihr beide da reingeht ... Außerdem hat er vor Kurzem Ärger mit ein paar Journalisten gehabt, deswegen gehe ich nicht davon aus, dass ihr dort als ›Dokumentarfilmerinnen‹ Zutritt bekommt.«

In dieser Nacht liege ich im Bett, starre zur beigefarbenen Decke des Trucks hoch und höre dem sanften Rhythmus von Sofis nächtlichen Atemzügen zu, während sie schläft. Ich denke an Cliffs Warnung. Cliff ist ein großartiger Kerl, und mir ist klar, dass er uns helfen will – seine Warnungen sind gut gemeint, kein Sabotageversuch.

Aber obwohl Cliff großartig ist, kennt er mich nicht wirklich; er weiß nicht, wozu ich fähig bin oder womit ich umgehen kann. Mit angsteinflößenden Dingen kann ich umgehen. Ich habe schon Schlimmeres in den Griff bekommen, da bin ich sicher. Ein gescheiterter kosmischer Popstar macht mir keine Angst.

Ich überlege hin und her, aber ich weiß, dass es nur einen Weg gibt, wie ich das Ganze angehen will: Ich werde mich inkognito in die Gruppe einschleusen, ihr WWOOF-Programm durchlaufen und abwarten, was passiert.

Während die Idee in meinem Kopf Gestalt annimmt, spüre ich, wie das Adrenalin durch meine Adern strömt. Ich begebe mich auf Gelände außerhalb der Piste, ich gehe meinen ganz eigenen Weg. Auf keinen Fall kann ich jetzt schlafen. Ich bringe die leise Stimme in mir zum Verstummen, die von Gefahr, Trauma und Risiko spricht. *Schluss damit.*

Diese Stimme weiß doch gar nicht, wovon sie da redet – wenn wir auf sie hören würden, würden wir nie irgendetwas hinbekommen.

***

Am nächsten Morgen kontaktiere ich die Gruppe über ihre Webseite und erkläre, dass Sofi und ich lernen wollen, wie man auf einer Farm arbeitet. Ich bekomme einen Skype-Termin mit Gabriels Tochter, Dharma, die mehr über uns erfahren möchte. Bis dahin sind es noch zwei Stunden. Ich bereite mich vor – probe, warte ab, gehe noch einmal durch, was ich sagen werde, welche Fragen möglicherweise kommen, mit welchen Tricks ich rechnen muss. Wieder und wieder spiele ich die Unterhaltung in meinem Kopf durch.

Der Klang des Skype-Anrufsignals durchbricht meine Gedanken und sorgt dafür, dass ich mich abrupt aufsetze, obwohl ich schon seit zehn Minuten vor dem Bildschirm warte.

Pünktlich auf die Minute.

Völlig verpixelt erscheint Dharmas Gesicht auf dem Bildschirm, dann wird es scharf. Ihr langes dunkles Haar ist in der Mitte gescheitelt und umrahmt ein ungeschminktes Gesicht mit einem breiten Lächeln.

»Hallo«, begrüße ich sie.

Durch das digitale Fenster schaue ich aus meiner Welt in ihre.

Mein Bildschirm ist schmutzig. Schmutz, Dreck. Da ist ein fettiger Fingerabdruck. So verschwimmt das Bild vor mir und verzerrt vielleicht auch das, was sie von mir vor sich sieht. Ihre Fragen stellt sie mit einem dünnen Lächeln:

Wo kommt ihr her?
Warum Tucson?
Warum Urantia?

Ich versinke in der vertraut-klebrigen Unaufrichtigkeit, in der mir vertrauten Welt der erfundenen Identitäten: denen, die mich als Kind gerettet haben, und denen, die mir beim Überleben halfen, als ich die Sekte verließ. Es ist, als ob man eine andere Persönlichkeit atmet. Auf Autopilot – ein anderer Teil von »mir« übernimmt das Gespräch.

Aber ist dieses andere Wesen jetzt hier, um mir zu helfen? Wird es mich vor Schaden bewahren?

Dharma beendet die Unterhaltung, indem sie mir mitteilt, sie werde mich in einigen Tagen über die Entscheidung informieren. Ich spüre allmählich das dicke, warme Gefühl der Wertschätzung. Es schießt mir in den Kopf, lässt das *nutzlose* Gemurmel verschwinden, das mir sagt, das Ganze sei eine schlechte Idee.

Ich habe es geschafft! Und es fühlt sich großartig an. Ich bin schon fast drin.

»Ha!«, rufe ich wild.

***

Während die Sonne über Tucson untergeht, wird die Hitze des Tages wie mit einem abrupten Atemzug aus der Atmosphäre gesogen. Heute Nacht fühlt sich diese Veränderung dramatisch an.

Sofi und ich trinken Bier vor einer Bar. Wir sammeln weitere bernsteinfarbene Gläser, unsere Schlucke werden gieriger, unsere Unterhaltung wird flüssiger, lauter, schneller. Worte quellen hervor, unkontrolliert, klatschen auf die Straße, auf der wir stehen. Ein Wirbel mit so vielen verschiedenen Aspekten: Warum sind wir immer noch hier? Was hat denn *das* zu bedeuten? Warum wollen wir zu Urantia? Das hier sind keine SCHEISSverdammten Ferien!

Der Damm, der Monate der Anspannung und Angst zurückgehalten hat, ist gebrochen.

Ich wische mir über die Augen, bemerke, dass uns Leute beobachten. *Sind sie besorgt? Aufgeregt? Fühlen sie sich unterhalten?*

Ich zwinge mich durch zusammengebissene Zähne zu einem Lachen. *Wir machen nur Spaß*, soll das andeuten.

Und dann sehe ich, wie sich Sofis Schatten die Straße runterbewegt. Ich kneife die Augen im Lichtschein zusammen, und die verschwimmenden goldenen Strahlen verschmelzen ineinander.

Wohin will sie denn?

Ach! Scheißegal!

Der heiße Geruch von Schweiß und Bier trifft mich, als ich allein in die Bar gehe. Hämmernde Geräusche steigen mir direkt in den Kopf. Ich kippe einen Tequila herunter, der in meiner Kehle explodiert und mir fast sofort wieder hochkommt. Jemand zieht an meinem T-Shirt, und als ich mich umdrehe, habe ich das Gesicht einer jungen Frau so dicht vor meinem, dass mich ihr nach verfaulendem Obst riechender Atem voll trifft.

»Weißt du was? Du siehst aus wie dieses britische Mädchen aus *GIRLS*!«, ruft sie.

Verpiss dich!

Ich lächle kurz und schiebe sie dann weg, gehe zu den Toiletten und wische mir den Tequila-Sabber von den Lippen. Der plumpe Vergleich mit einer so künstlichen Fernsehfigur verletzt mich. Obwohl ich ihn nicht zum ersten Mal höre, trifft er mich heute Abend anders als sonst.

Mein Spiegelbild schaut mich an. »*Wie dieses britische Mädchen.*« Ich sehe eine betrunkene junge Frau mit Tattoos, die einen Pilgerhut trägt, allein, voll bis obenhin.

Ein wandelndes Klischee.

Ich binde mir einen Pferdeschwanz und ziehe an der Haut unter meinen Augen.

Was zum Teufel mache ich überhaupt hier?

Als ich zum Truck zurückwanke, richtet sich meine Streitlust gegen Sofi.

Sabotiert sie mich? Wollte sie diesen Film vielleicht gar nicht machen? Vielleicht hält sie das Ganze für Zeitverschwendung.

Vielleicht hat sie ja recht.

***

Im Truck habe ich kaum die Schuhe von den Füßen gestreift, als ich auch schon das Bewusstsein verliere ...

Das Sonnenlicht ist aggressiv, erzwingt sich den Weg in mein Bett. Wo Sofis warmer Körper sein sollte, ist nur Leere. Und als sich mein Kater ganz heftig bemerkbar macht, wird mir gleichzeitig etwas Trauriges bewusst: Heute habe ich Geburtstag.

Natürlich bist du heute allein. Natürlich, an deinem Geburtstag. Einfach nur perfekt.

Ein Gefühl des Verlassenseins breitet sich schmerzhaft in mir aus, frisst sich in meine Eingeweide, ist wie eine tiefe alte Wunde, an der immer wieder herumgefummelt wird. Aber weil der Kater alles schlimmer macht, hat man den Schorf eher von der Wunde gerissen als daran herumgepult.

»Hey, du!«

Als die Stimme meiner Schwester Kate warm durchs Telefon klingt, will ich sofort loslegen und darüber jammern, was alles passiert ist. Bei Kate kann ich mich immer darauf verlassen, dass sie mir ihr Mitgefühl schenkt und sich auf meine Seite stellt.

Kate besteht durch und durch aus dem Bedürfnis, sich um andere zu kümmern. Ich möchte sie gar nicht mit unserer Mutter vergleichen, aber ich kann nicht anders.

Bei Kate habe ich zum ersten Mal gesehen, wie eine Mutter sein sollte oder sein kann, und das hatte eine heftige Wirkung auf mich. Interesse, Mitgefühl, Aufmerksamkeit ... sie war eine Anteil nehmende, mitfühlende, aufmerksame, sorgsame, liebende Löwin.

Ihre Liebe steckte in den kleinen Dingen, die sie für ihre Kinder tat: Als sie noch winzig waren, legte sie morgens ihre Socken auf die Heizung, sodass ihre Füße wunderbar warm sein würden. Sie plante ihre Geburtstage bis ins kleinste Detail und erlaubte ihnen, am Bibelunterricht teilzunehmen, als sie das in einem Sommer unbedingt wollten, obwohl sie der Gedanke mit Angst und Übelkeit erfüllte. Und dann die großen Dinge: Ich habe miterlebt, wie sie ihre eigenen Bedürfnisse völlig hintanstellte, damit die Kinder Taschengeld, Schuhe und Partys bekamen.

Ich fragte mich, wo sie diese Art des Kümmerns gelernt hatte. Hatte sie von meinen Eltern ein so vollkommenes Beispiel dafür bekommen, wie sie selbst ihre eigenen Kinder nicht großziehen wollte, dass sie einfach Mutter sein konnte, indem sie sich genau entgegengesetzt verhielt? Ich werde nicht verhehlen, dass ich eifersüchtig war – das war ich. Wer hätte nicht gerne jemanden, der einem die Socken wärmt?

Verwöhnte kleine Gören!

Kates Stimme fließt mir förmlich ins Ohr, beruhigend, tröstend, *einfach perfekt.* Genau das Bemuttern, nach dem ich mich so gesehnt habe. Ich beschließe, mich darauf zu konzentrieren, dass ich an meinem Geburtstag ganz verlassen bin, und sie tröstet mich. Ich erzähle ihr, dass ich allein in die nächste Gruppe gehen werde, wenn es sein muss – meine Sturheit und meine Tapferkeit erstrahlen –, und dann hat unsere Unterhaltung plötzlich Gabriel zum Thema.

»Warte mal einen Moment«, sagt Kate. »Dieser Kerl hat einen schlechten Ruf, und du willst dich in seine Gruppe einschleichen?«

Ich spüre, wie sich ihr Mitgefühl in Unglauben verwandelt. Kate kann sich in andere hineinversetzen, natürlich, und sie durchschaut meine Vorwände, als wären sie aus Glas. Gleich wird sie mit mir schimpfen.

»Vielleicht ist er ja einfach bloß ein erbärmlicher Kerl in einem lila Gewand, der sich einbildet, er könnte Kontakt zu Außerirdischen aufnehmen«, sage ich.

»Wenn das stimmt, *warum* musst du dann da so unbedingt rein? Warum dieses Risiko, vor allem allein?«, will sie wissen.

»Kate …«, jammere ich.

»Vielleicht hat Sofi ja gar nicht so unrecht, Bex.«

»Ach!«, grunze ich wegwerfend.

Eine Auseinandersetzung zwischen Erwachsenen.

»Das Ganze wirkt ziemlich draufgängerisch«, meint sie.

»Kate ...«, jammere ich wieder.

»Hör zu, ich will nicht, dass du zu diesem Kerl gehst, okay?«

So hatte ich mir das nicht vorgestellt – ich brauche Kate an meiner Seite. Sie muss mir versichern, wie tapfer und großartig ich bin.

Ich fühle mich verletzt, giere nach Anerkennung ... und habe immer noch einen Kater.

***

Ich gehe in die Stadt. *Wie bin ich nur hier gelandet, in Tucson, allein und verlassen an meinem Geburtstag?*

Mein Selbstmitleid nimmt ungeahnte Formen an, und ohne weiter darüber nachzudenken, mache ich mich auf den Weg ins Avalon Café, ins Rekrutierungszentrum der Urantia.

Ich hatte nicht vorgehabt, während unseres Besuchs herzukommen, ich betrete den Laden ganz zufällig. Der Duft nach Kaffee und warmem Brot heißt mich willkommen. Ich orientiere mich und schaue mir die Liste mit den Spezialgerichten an: ansprechend angerichtetes Superfood, Falafel-Wraps, Tofu-Tacos.

Vielleicht sollte ich mir ein Stück Geburtstagskuchen gönnen. Die »Armes Opfer«-Karte kann ich auch ein andermal spielen.

Das Personal ist jung, die Outfits verströmen coole kosmische Vibes – große Ohrringe, weite Tops, filigrane Tattoos am Handgelenk, buddhistische Perlen um den Hals. Ich atmete eine starke Dosis süßer, warmer Luft ein.

Sofi würde es hier super gefallen.

Ich sehe mich nach einem Platz um, und da in der Ecke, zweihundertfünfzig Meilen von Sedona entfernt, wo er sich gerade aufhalten sollte, sitzt Gabriel.

Ein Sonnenstrahl aus dem Fenster über ihm rahmt ihn perfekt ein. Das Ganze wirkt inszeniert. Gabriels lila Oberteil mit psychedelisch angehauchten Mustern, das an jedem anderen Ort »abgespaced« wirken würde, passt genau hierher, Bart und Haar leuchten weiß in der heiligen Nachmittagssonne. Er ist kleiner, als ich erwartet habe.

Meine Chance.

Das ist die Gelegenheit, ihn kennenzulernen.

Ich stelle Augenkontakt zu ihm her und bewege mich wie auf Autopilot durch das Café.

»Hi, Gabriel. Mein Name ist Bexy.«

Er fasst nach meiner Hand. Seine Finger öffnen sich in der Mitte, und er nimmt meine Hand dazwischen. Dicke Finger umfassen mich in einem seltsamen Klammergriff. Es fühlt sich an, als würde ich mit einer alten Wachsfigur Händchen halten – ich habe beim Berühren einer Hand kein solches Gefühl mehr gehabt, seit ich zu Hause im Vereinigten Königreich den Anführer der Scientologen getroffen habe.

»Schön, dich kennenzulernen.«

Mich überrascht das hohe Quietschen aus seinem Mund – auf YouTube hat er nicht so geklungen.

»Ich hatte schon ein Gespräch mit Ihrer Tochter«, erzähle ich.

Er nickt.

»Ich würde gern eine Weile bei Ihnen in Urantia wohnen.«

»Dann sehe ich dich vielleicht dort«, quietscht er.

Ich betrachte das als Einladung und zugleich als Stichwort für meinen Aufbruch.

Die Straßengeräusche stürmen auf mich ein – Autos, Wind, Unterhaltungen – und helfen mir in meinen Körper zurück. Ich schaffe es bis um die Ecke, bevor ich mir den Bauch halte, mich vorbeuge und mich die Hysterie im Hals würgt.

Das ist ein Zeichen.

Ich bin auf der richtigen Spur.

Ich bin AUF DER RICHTIGEN SPUR!

Durchatmen, Cameron, tief durchatmen.

Ich muss mich an jedes einzelne Wort erinnern, das er gesagt hat, an jede Bewegung, damit ich alles richtig nachahmen kann, wenn ich Sofi das Ganze erzähle. Dieses »göttliche«, feierliche Ereignis bricht nur so aus mir heraus, während ich die Straße runterrenne. Ein heißer Wirbel aus Glück, Stolz und Anerkennung wächst und wächst, bis er schließlich meinen ganzen Körper erfüllt. Ich habe ein so starkes Bedürfnis, mich selbst zu beweisen, dass ich ganz high davon werde und nichts anderes mehr wahrnehme.

***

Einige Stunden später gehe ich an mein Handy, bevor überhaupt der erste Klingelton verstummt ist.

Bestimmt ist es Sofi.

»Hey, spreche ich mit Bexy?«

Dharma – noch besser.

»Hi, Bexy, ich habe leider keine guten Neuigkeiten«, setzt sie an.

Das High strömt aus meinem Körper, als hätte jemand ein brennendes Streichholz ausgeblasen.

»Also, Sie können nicht als Gast nach Avalon kommen.«

Die Truckwände scheinen auf mich zu stürzen.

»Jetzt nicht, und später auch nicht.«

Ihr kalter Tonfall und ihre eiskalte Bestimmtheit verwirren mich. Ich erkenne die Frau, mit der ich gestern gesprochen habe, kaum wieder. Die Hand mit dem Telefon beginnt zu zittern.

»Mein Vater hat mir erzählt, dass er Sie getroffen hat. Und er hat dasselbe in Ihnen gesehen, was ich auch in unserem Gespräch wahrgenommen habe.«

Meine Kehle ist viel zu eng, als dass ich etwas sagen könnte. Und ich weiß, dass ich gar nicht zu fragen brauche, was die beiden gesehen haben – sie genießt es, es mir mitzuteilen.

»Sie sind leer, eine leere Hülle. Wir können Sie sehen, Bexy. Ihr Leben ist bedeutungslos.«

Ich spüre, wie sich mein Finger in den Cordbezug des Sitzes bohrt, wie er Buchstaben hineinkratzt. Wie er hineinkratzt, was ich so gerne sagen könnte.

Kratzt, um einen Ausweg zu finden.

»Sie glauben, Sie hätten Freunde, denen etwas an Ihnen liegt, aber die sehen genau das, was wir auch sehen: eine Leere, ein Nichts, keine Persönlichkeit. Glauben Sie wirklich, denen liegt etwas an Ihnen, diesen Leuten da in Ihrem Leben?«

Bilder meiner Freunde erscheinen vor mir, aber sie sind ganz knapp außer Reichweite, und mit jedem Wort von Dharma verlieren sie an Kontur, verschwinden in der Dunkelheit.

Warum sind sie dann in meinem Leben?

»Sie glauben zu leben, aber Sie haben keine Ahnung, was das wirklich bedeutet, und ich glaube auch nicht, dass Sie das jemals herausfinden werden.«

Dharmas Worte winden sich mir um den Hals, ersticken alles, womit ich mich verteidigen könnte. Ich fühle mich so geschwächt wie niemals zuvor, als wäre da eine dicke Trennscheibe zu dem Teil von mir, der jetzt schreien will: »Sie haben doch KEINE Ahnung, wer ich bin!« Ich kann mich fast sehen, den starken Teil von mir, der da hinter der Scheibe schreit, mit den Lippen diese Worte formt und mit den Fäusten auf die Scheibe einhämmert.

»Halten Sie manchmal inne und denken, dass Sie nicht gut genug sind? Das ist dann Ihr Gewissen, das Ihnen etwas mitteilen will, denn Sie sind *nicht* gut genug.«

Der erwachsene Teil von mir weiß, warum sie das hier tut. Sie benutzt die altbewährten Methoden, die ich schon mein ganzes Leben lang kenne. Diese Sätze sind gemacht, um eine Person zu brechen. Sie sollen dafür sorgen, dass man sich bedeutungslos fühlt. Sie sollen an den dunkelsten Teilen unseres Wesens zerren, an denen, die wir für wahr halten, wenn wir uns verloren glauben.

Ich bin wertlos.
Ich bin bedeutungslos.
Ich bin ein Nichts.

Und obwohl ich weiß, was sie da tut, funktioniert es. Mein erwachsenes Ich verschwindet. Ich fühle mich leer, wertlos und hohl – genau so, wie sie das beabsichtigt hat.

Denn vielleicht hat sie ja recht.

Sie endet mit den Worten: »Ich werde für Sie beten.«

Ich lasse mich in den Cordbezug des Autositzes zurücksinken.

***

Eine Straßenlaterne schaltet sich ein, und ihr grellweißes Licht ist sofort von winzigen Fliegen umgeben. Sie summen hektisch, rammen die eigenen Körper ins Licht, stoßen mit den Köpfen ans Glas und gehen zugrunde. Diese Idioten glauben, dass sie zur Sonne fliegen. Stattdessen fügen sie sich selbst Schmerzen zu, kollidieren immer wieder mit dem Glas, bis sie nicht mehr können.

Dumme, würdelose Kreaturen.

Mit trockenen Augen und ganz stumpf nach meiner Niederlage, mit Gasgeruch in der Nase und den schwachen Geräuschen von sich unterhaltenden Menschen in der Ferne sitze ich da und schaue zu, wie die Fliegen verenden, eine nach der anderen.

Die lernen es nie.

Die Tür öffnet sich, und Sofi hievt sich in die Fahrerkabine. Ihr vertrauter Geruch erfüllt den Truck und bricht den dunklen Fluch.

»Hi«, begrüße ich sie leise, kaum hörbar.

»Sag mal, was zum Teufel ist denn hier passiert?«, fragt sie.

Ich spüre: Sie weiß, dass das hier nichts mit dem zu tun hat, was wir gestern Abend von uns gegeben haben.

Ich schaue sie an und spiele den Anruf von meinem Handy ab. Dharmas Stimme erklingt, kalt und klar. Ich krümme mich unter ihren Worten. Wir hören uns alles an, zwei Mal erfüllt ihre Stimme den Raum zwischen uns.

Sofi nimmt meine Hand, und dann ist es vorbei.

»Gemeine Giftkröte!«, flüstert Sofi.

Ich halte mir die Hand vor den Mund, muss ein Lachen zurückhalten. Müdigkeit und Erleichterung überfluten mich – da ist sie, Sofi, meine Rettungsleine zur Realität. Ich erzähle ihr von dem Treffen mit Gabriel im Café, und davon, was dem Telefonanruf vorausgegangen ist.

»Da warst du ja ganz schön aktiv«, kommentiert sie.

Ich strecke meine Hände nach ihren aus, die so herrlich warm sind.

»Vielleicht ist es ja auch Zeit für die Heimkehr«, schlage ich vor.

Wir haben fast kein Geld mehr, das hier war die letzte Station. Sie schaut mich an, nickt. Ich spüre, wie die Vorstellung sie zugleich mit Trost und Traurigkeit erfüllt, genau wie mich auch.

»Schau«, sage ich und ziehe meinen abgegriffenen Notizblock hervor. »Auf dem Flug hierher habe ich diese Liste mit allen Dingen gemacht, die vielleicht schiefgehen werden.«

Ich zeige auf ein Blatt voller Wasserflecke, das übersät ist mit meinem Gekrakel.

Sie liest vor, versucht meine Stimme nachzuahmen, verfällt in eine Art Singsang.

Was kann schiefgehen, wenn man nach Amerika fliegt, um verschiedenen Sekten beizutreten?

- *Wir machen überhaupt keine Filmaufnahmen und kommen mit leeren Händen zurück.*
- *Mir geht das Geld aus.*
- *Sofi und ich zerstreiten uns und reden nie wieder ein Wort miteinander.*
- *Eine von uns hat einen totalen Zusammenbruch.*
- *Sofi will in einer Sekte bleiben oder lässt mich irgendwo allein zurück.*
- *Der ganze Trip ist sinnlos und pure Zeitverschwendung.*
- *Alle halten mich für verrückt oder für eine Idiotin, weil ich das hier tue.*

Wir schweigen beide eine Sekunde lang. Und dann brechen wir ganz plötzlich in ein so unkontrolliertes und heftiges Gelächter aus, dass wir kaum atmen können.

»Jeder einzelne verdammte Punkt auf deiner bescheuerten Liste ist eingetreten«, ruft Sofi, immer noch lachend.

Ich ringe nach Luft, wische mir die Tränen aus dem Gesicht.

»Keine Sorge, ich spreche schon wieder mit dir, wir müssen schließlich diesen Riesentruck sicher nach L.A. zurückbekommen«, fährt sie fort. Dann schaut sie mich mit einer hochgezogenen Augenbraue an, als würde sie gleich einen Witz machen, und sagt: »Hey, du Idiotin! Alles Gute zum Geburtstag.«

9. Kapitel

Was wollen wir? Vier Jahre davor

Heute ist vielleicht der Tag, an dem sich alles ändert. Die Atmosphäre im Haus ist mit einer düsteren Elektrizität aufgeladen, selbst jetzt, so früh am Morgen, wenn wir alle schlafen sollten. Gerüchte verbreiten sich rasend schnell im Heim. Jemand hat behauptet, es wäre in Paris passiert, jemand anders sprach von Argentinien, wieder jemand anders von Spanien. Sicher weiß ich nur, dass es eine riesige Razzia bei unserer Gruppe gegeben hat. Irgendwo auf der Welt.

Meine bloßen Füße tapsen durch das fünfhundert Jahre alte Treppenhaus, während ich den Geräuschen von Leuten, Autos und einer allgemeinen Unruhe bis ins Untergeschoss des Hauses folge. Der knirschende Kies signalisiert mir, dass auf der vorderen Auffahrt etwas vor sich geht. Ich schiebe die Türen zum Esszimmer auf und krieche durch das Dunkel. Der Boden an meinen Zehen fühlt sich kalt an. Ich lasse die Lichter aus, damit niemand weiß, dass ich hier bin. Mit den Fingerspitzen berühre ich das Fensterbrett und hocke mich hin, um unsichtbar zu bleiben.

Ich kann meinen Dad vor der Haustür stehen sehen; seine Silhouette wird von einem Scheinwerfer erleuchtet, der ins Dunkel dieses gefürchteten Morgens hinausstrahlt. Die Leute schieben ihm Mikrofone hin; immer wieder wird er kurz von Kameras erleuchtet, die wie ein Gewitter auf ihn einblitzen. Autos und Vans von Journalisten stehen in der Auffahrt, sie reichen bis auf die Straße ins Dorf. Was er zu ihnen sagt, kann ich nicht verstehen, aber was auch immer heute passiert ist – es ist eine ganz große Sache.

***

»JETZT ist es so weit! Nun werden wir unerbittlich verfolgt«, verkündet Uncle Andrew mit Donnerstimme während der morgendlichen Anbetung.

Alle sitzen ganz aufrecht da, alle hören aufmerksam zu. Sogar mein Bruder Joel.

Aus Uncle Andrews Augen lodert förmlich Feuer, er blinzelt kaum. »Gestern Abend und heute Morgen gab es Razzien. Die Armee des Teufels, die Polizei, hat unsere Heime gestürmt und unsere Kinder geraubt.«

Seine Worte saugen geradezu die Luft aus dem Zimmer.

»Es ist in Frankreich passiert.«

Er hält inne.

»Es ist in Argentinien passiert.«

Im Raum wird es noch stiller.

»Und es ist in Spanien passiert.«

Der dramatische Ton scheint ihm durchaus zu gefallen. Ich wage nicht, mich umzuschauen, aber das ist auch nicht nötig. Ich kann die Verzweiflung schmecken, die Wut und die selbstgerechte Empörung, die in dem überfüllten Wohnzimmer die Wände hochschlagen. Ich kann alles Atemzug für Atemzug in mich aufnehmen; es fühlt sich an wie heißes Metall hinten in meiner Kehle.

Meine Gedanken fahren Karussell: Eine einzige Razzia im Vereinigten Königreich, wegen eines einzigen Babys, eines kleinen Jungen, hat unser Leben über Nacht für immer verändert. Und jetzt gab es in drei Ländern Razzien? Genau geplante Razzien? Alle gleichzeitig? Das ist wirklich der Beginn der Großen Verfolgung, auf die wir gewartet haben, der Beginn der Endzeit. Die Prophezeiungen der Bibel werden sich erfüllen, und nichts wird jemals wieder so sein wie zuvor.

Meine Mom und mein Dad sind nicht hier; jetzt ist ihre Zeit an vorderster Front gekommen. Sie haben gesagt, das sei ihre »Berufung«, ihr Lebenswerk; jetzt werden sie gebraucht wie nie zuvor.

»Die Familie, Großvater und Mama-Maria haben dieses Heim noch nie so dringend gebraucht wie jetzt«, fährt Uncle Andrew fort. »Uns kommt eine unglaublich wichtige Rolle zu. Ist das klar? Kein Herumalbern, kein Widerspruch, haltet euch an eure Tagespläne. Bleibt ›im Geiste des Herrn‹. Verstanden? Wir müssen für unsere Brüder und Schwestern und für die Kinder beten, die man uns genommen hat.«

Sein Gebet wird leiser, als sich mein Verstand durch die Fenster des Wohnzimmers davonstiehlt, um die Orte zu erreichen, an denen die Razzien geschehen sind. Ich sehe alles vor mir, lebendig und ganz, ganz real.

Ich bin in Paris. Das Licht des frühen Morgens liegt über den Straßen, und Soldaten mit runden Helmen in grünen Tarnanzügen erscheinen im tief hängenden Nebel. Die Szenerie sieht aus wie eine Seite in einem von Moses Davids Comics, die zum Leben erwacht ist. Brutale Männer zerren schreiende Kinder an den Haaren aus den Häusern, reißen sie ihren Müttern von der Brust. Die Mütter jammern wie an der Klagemauer von Jerusalem, mit entblößten Brüsten, die Haare klatschnass vor Schweiß, und sie rufen: »NEIN, NEIN, NEIN! Nicht mein Baby!« Die Väter tragen Handschellen, knien auf dem Boden, akzeptieren ernst und feierlich ihr Schicksal.

Es wird Mitternacht in Argentinien, die Eltern singen *Cry of Revolution*, Ruf der Revolution, während man sie im Hof des Heims zusammentreibt. Stoisch und bereit, alles zu ertragen. Man zieht sie nackt aus, wie in unseren Geschichten über die Endzeit, führt sie zu einem eisigen See und will sie zwingen, Moses David abzuschwören.

»Schwört ihm ab, dann lassen wir euch frei!«, brüllt der Soldat und richtet eine Pistole auf ihre Köpfe.

Einer nach dem anderen fallen sie in den See, erstarrt, aber die Köpfe immer noch hocherhoben. Es ist eine tödliche Entscheidung, an ihrem Glauben festzuhalten und so die höchsten Weihen zu erreichen: die des Märtyrertodes.

Da hätte alles Mögliche passieren können. Und vielleicht sind wir als Nächstes dran.

»Halleluja, Dank sei dir, Herr, Halleluja, Dank sei dir Herr«, unterbricht das Gebet in Zungen meinen Tagtraum.

Aufgeregt drücke ich Maria die Hand, mein Blick bohrt sich durch geschlossene Augen, fasziniert von den Bildern der Katastrophe.

***

Uncle Andrew hat nicht gelogen; es war richtig, dass wir vorbereitet und wachsam waren: Dreißig verschiedene Presseteams erreichen in den ersten achtundvierzig Stunden das Haus. Sie sind überall, immer von einem der Erwachsenen begleitet, normalerweise in Teams von drei oder vier Personen. Manche haben Dokumente dabei, manche einen Stock mit einem Mikrofon daran; noch jemand anders hat eine Videokamera, manchmal gibt es auch Beleuchtungsequipment. Aber unter all diesen Menschen mit ihren Teams und ihren technischen Apparaten sind meine Eltern die Stars der Show.

Mom und Dad sehen anders aus als sonst. Ihre Haltung ist anders; man hat ihnen andere Kleidung zum Anziehen gegeben, sie haben sich sogar die Haare kürzer geschnitten, um mehr so auszusehen wie »sie«. Beide wirken beim Sprechen selbstbewusster. Ich höre, dass sie komplexere Begriffe verwenden. Sie lassen alle Worte, Ausdrücke und Abkürzungen weg, die wir benutzen; beide könnten als zwei Leute von »ihnen« durchgehen.

Die Wechsel zwischen den Interviews geschehen mit hoher Geschwindigkeit; Räume mit verschiedenen Kameras, meine Eltern in der Mitte. In diesem Kontext sehen sie immer ein bisschen unnatürlich aus. Die Stühle stehen ein wenig zu dicht zusammen oder ein wenig zu weit in der Mitte des Raumes, nicht dort, wo man normalerweise sitzen würde.

Licht an, alle auf ihre Plätze, jetzt müsst ihr euch »normal« geben.

Ich frage mich, ob ich wohl auch anders aussehe: Ich stehe im Zimmer meiner Eltern vor ihrem großen Spiegel, schaue mir die Kleidung, Hemd und Rock an, die man mir gegeben hat. Über meinen dürren Gliedern sind sie ein bisschen zu weit, fühlen sich aber fast nagelneu an. Ich berühre mein Haar, stecke eine Strähne zurück in den halbhohen Pferdeschwanz, den ich trage. Diese Frisur ist normalerweise nicht erlaubt. Während ich die Hände über die steife Baumwolle meines neuen Hemdes gleiten lasse, frage ich mich, ob ich auch als eine von »ihnen« durchgehen werde wie meine Eltern.

Ich frage mich, ob ich die Kleidungsstücke zurückgeben muss, wenn das hier vorbei ist.

Die Fragen sind die erwarteten. Es fühlt sich so an, als hätte man den

Reportern dieselben gegeben wie uns. Richtige Überraschungen bleiben aus, alles ist so, wie wir es geübt haben.

»Sind die Kinder hier womöglich nicht sicher?«

»Unsere Kinder sind glücklich, gesund und gut erzogen«, höre ich meinen Dad sagen.

»Es gibt Vorwürfe von sexuellem Missbrauch, was sagen Sie dazu?«

»Ich bin jetzt seit zwanzig Jahren bei den *Children of God* und habe noch keinen einzigen Fall von Kindesmissbrauch gesehen.«

»Werden sich die *Children of God* nun, da man ihnen die Kinder weggenommen hat, auflösen?«

»Christen werden heute nicht zum ersten Mal wegen ihres Glaubens verfolgt, und es wird auch nicht zum letzten Mal sein. Wir werden dafür kämpfen, dass unsere Kinder zu ihren sie liebenden Eltern zurückkehren können. Dorthin, wo sie hingehören.«

Meine Eltern wirken so gewandt, ihre Antworten so geistreich. Sogar meine Mom, die ich noch nie im Leben so viel habe sprechen sehen, gibt sich beredt und selbstbewusst. Sie arbeiten als Team zusammen; ganz ohne Zweifel übernimmt Dad die Führung, und sie bestätigt alles, was er sagt, mit einem eifrigen Nicken. Manchmal beantwortet sie auch allein Fragen. Während all dieser extremen Veränderungen sind meine Eltern wirklich perfekt für diese so wichtige Aufgabe.

Der Ansturm der Journalisten hat etwa eine Woche angehalten. Jetzt ist die Presse wieder weg, das Haus beruhigt sich, und wir kehren zu unserer Routine zurück. Auch unsere Kleidungsstücke sind wieder die normalen. Das frisch gebügelte weiße Hemd ist weg, das Haar trage ich wieder in dem üblichen niedrigen Pferdeschwanz im Nacken. Die Tage gehören wieder dem Kochen, Putzen und den Anbetungen.

Maria und ich bereiten das Mittagessen vor. Auf dem Plan stehen Leber und Kartoffeln. Leber gehört zu den Gerichten, die ich am wenigsten gern zubereite und esse, weil ich weiß, wie sie aussieht, wenn wir sie vorbereiten: bedeckt von Rissen und ekligen Beulen.

Wir bekommen unser Fleisch umsonst von Märkten und Schlachthöfen aus Städten in der Nähe. Die Erwachsenen sagen den Metzgern und den Marktleuten, dass wir eine Freiwilligenorganisation sind, und zeigen ihnen einen Ordner voller Fotos von Waisenhäusern oder von Kindern in Afrika oder Asien. So leben wir schon, solange ich denken kann: Hauptsache, man bekommt, was man will, und es steht Essen auf dem Tisch.

Es gibt Leute, die regelmäßig spenden, und die Erwachsenen gehen jede Woche zu ihnen. Das ist praktisch, aber es bedeutet auch, dass das Zeug, das sie bekommen, normalerweise alt ist, manchmal sogar völlig verdorben.

Die Scheune, zu der wir jetzt müssen, ist der Vorratsraum – und dort lagert auch die gefürchtete Leber. Egal, wie lange wir das Zeug kochen lassen, essen will ich es nie.

Wir ziehen unsere Schuhe an und nehmen uns Jacken vom Haken. Die gehören eigentlich niemandem; wir ziehen einfach an, was wir brauchen, wenn es nötig wird. Meine Arme fahren in die Ärmel einer großen Männerjacke, die mir bis unter die Knie reicht.

Unsere Schuhsohlen knirschen auf dem Kies der Auffahrt; und ich spüre beim Einatmen die eiskalte Luft hinten im Hals. Aber draußen wartet nicht nur die Kälte auf uns. Seit ein paar Wochen hängen Banden von Jugendlichen am Haupttor herum – seit in den Nachrichten bekannt geworden ist, dass dieses kleine Dorf mit seinen knapp dreihundert Einwohnern hundert von »uns« beherbergt. Prozentual sind wir also ziemlich viele.

Die Presse ist weg, aber die Teenager sind geblieben. Wie ein Wasserfleck, nachdem man das Glas weggeräumt hat. Eine Erinnerung. Und auf unserem Weg zum Lebervorrat kommen wir an ihnen vorbei.

Ich kneife die Augen im Wind zusammen, ziehe die Jacke enger um mich. Wir sind fast am Scheunentor.

»HEY, IHR SEX CULT GIRLS!«

Ich werfe Maria einen raschen Blick zu, als sie nach meiner Hand greift.

»HEY, IHR SEX CULT GIRLS DA!«

Ein lautes, höhnisches Lachen.

Ich will gerade losrennen, als ich spüre, wie Maria ein bisschen an meiner Hand zieht.

Zeig ihnen nicht, dass du Angst hast, soll mir das sagen.

Ja, sie hat recht.

»HEY, IHR SEX CULT GIRLS, BLAST UNS DOCH MAL EINEN!«

Ich stoße das Scheunentor auf, und wir werfen uns hinein, fangen wild an zu lachen. Leise nur, aber es tut fast weh.

»Hast du sie gesehen?«, frage ich und ringe nach Luft.

»Ja, ganz kurz aus dem Augenwinkel«, erwidert sie.

»Was glaubst du, wie alt die sind?«

»Vielleicht ein paar Jahre älter als wir? Vierzehn oder fünfzehn?«, antwortet sie.

Ihr Lächeln hat etwas Wissendes.

»Meinst du, die sind gefährlich?«, frage ich.

»Ich glaube nicht ... Und du? Aber widerlich sind sie. Denen einen blasen, haha!«

In den Mo-Briefen steht sehr viel über Blowjobs, deswegen wissen wir genau, was diese Jungs von uns wollen.

»Mir haben ihre Jacken gefallen«, sage ich, als ich die Tür des riesigen Tiefkühlschranks öffne.

»Ja ...«

Ich spüre Marias Blick auf mir, beobachte sie dann dabei, wie sie ihre eigenen Kleidungsstücke mustert. Wir beide tragen schwarze Schuhe, aus Gummi, ohne Socken. Lange Wollpullover fallen über weite Baumwollleggings, und zur Krönung tragen wir große Männerjacken. Marias Pullover bedeckt den Busen, den ihr die Pubertät vor Kurzem beschert hat, dann fällt er sackartig an ihr herunter. Ich bin inzwischen zwölf, aber immer noch geradezu lächerlich klein und dürr. Ich glätte den Pullover, der mir über die Knie hängt wie eine übergroße Wollsocke.

»Die haben offensichtlich nichts Besseres zu tun, als bei uns am Tor herumzusitzen«, meint Maria und springt auf eine andere riesige Tiefkühltruhe, um die Tüten mit dem gefrorenen Fleisch herauszuholen. »Vielleicht sind wir ja das Interessanteste hier weit und breit.«

Ich stimme ihr zu.

»Und vielleicht müssen *die* ja keine Beulen von abgelaufener Leber schneiden«, fügt sie hinzu.

»Denen ist bestimmt langweilig«, sage ich.

»Neulich hat mir Ariel erzählt, dass die Kinder im System etwas bekommen, was sich ›Taschengeld‹ nennt«, fährt sie fort.

»Was ist denn das?«, frage ich.

»Das ist Geld, das ihnen ihre Eltern jede Woche geben«, erklärt sie.

»Wow! Wofür denn?«

»Weiß ich nicht.«

»Wow!«, wiederhole ich. Ich weiß nicht genau, was ich von der ganzen Sache halten soll. »Einfach so?«

»Yep.«

»So!«, sage ich und nehme mir die Tüten mit der gefrorenen Leber.

Wir stehen am Scheunentor, machen uns bereit für die Kälte. Ich schaue auf die durchsichtigen Plastikbeutel mit dem blutigen Inhalt hinunter. Das könnte so aussehen, als würden wir abgetrennte Körperteile von der Scheune ins Haus bringen.

Dann wirken wir noch seltsamer.

Maria schaut mich an. »Bereit, *Sex Cult Girl*?«

Ich lache nervös, hole tief Luft.

»Bereit«, gebe ich dann zurück.

***

Die Razzien sind nach der großen Eruption vorbei, aber das Gerichtsverfahren geht weiter. Und es fühlt sich an, als würde es nie aufhören. Wir beten für unsere Anwälte und gegen die Anwälte des Feindes. Wir beten für Pearl. Wir verwünschen ihre Mutter, weil sie versucht hat, ihren Enkel zu rauben. Wir beten, dass der Richter Milde walten lässt. Wir beten und beten und beten.

Es ist der Hauptbestandteil unseres Lebens.

Doch abgesehen von den Änderungen, der Öffnung des Heims und den Gesprächen mit der Presse, fühlt sich das Gerichtsverfahren selbst abstrakt an. Es ist überall, in jeder Unterhaltung, in jeder Anbetung und Gebetsrunde, aber eigentlich nicht Teil unseres Lebens. Die Anwälte bekommen wir nie zu Gesicht, und vor Gericht muss ich auch nicht erscheinen.

»Von allen Kindern, die geprüft wurden, hat keines gesagt, dass es missbraucht worden ist, und keines hatte auch nur einen blauen Fleck«, erzählt uns mein Vater.

Aber wir haben nie irgendeine Prüfung erlebt. Man überprüft nicht, ob ich eine Bildung erhalten habe. Keines der Kinder hier wurde auf sexuellen Missbrauch überprüft, nicht ein Vertreter irgendeiner Behörde kam in unser Heim.

Bisher sind unsere Gebete unbeantwortet geblieben. In keinem der drei Länder, in denen die Behörden Razzien durchgeführt haben, wurde bisher ein Kind zurückgegeben.

Und dann steht eines Tages während der Anbetung Uncle Andrew vor uns und lässt einen Kriegsschrei ertönen.

»Wir werden uns nicht länger im Schatten verstecken.« Seine Stimme wird lauter, seine Brust wölbt sich. »Diese Woche werden wir die Botschaften von Frankreich, Argentinien und Spanien aufsuchen. Dort werden wir demonstrieren. Und wir werden fordern, dass sie unsere Kinder freilassen.«

Oh, wow.

Demonstrationen – unsere Eltern sind so unglaublich stolz auf die Demonstrationen, die sie abgehalten haben, als die *Children of God* ganz neu waren. Damals, als sie Kleidung aus Sackleinen trugen und Asche im Gesicht hatten und auf den Straßen »WEHE« riefen. Damals, als sie wirklich an einer »Revolution für Jesus« teilnahmen.

Und jetzt dürfen wir das tun. Jetzt ist unsere Zeit im Scheinwerferlicht gekommen. Wir werden unsere Bestimmung erfüllen. Ich zittere vor Aufregung.

»Was wir jetzt tun werden, ist sehr gefährlich«, fährt Uncle Andrew fort. »Wir werden alle Heime im Vereinigten Königreich aufrufen, zur argentinischen Botschaft in London zu kommen …«

Ich kann meine Freude kaum verbergen: Wir werden *London* sehen.

»Ich muss euch warnen: Wir haben Zeichen empfangen, dass nun die Zeit für uns gekommen ist, ins Licht zu treten und unsere Stärke sowie unsere Kampfbereitschaft zu zeigen. Gleichzeitig muss uns bewusst sein, dass die Armeen dieses gefährlichen Feindes das als die Gelegenheit missbrauchen könnten, uns alle gefangen zu nehmen. Dann landen wir alle im Gefängnis. In den Heimen werden nur noch ganz wenige Erwachsene mit den Kindern zurückbleiben und Vorsichtsmaßnahmen treffen, falls wir von den Armeen des Feindes gefangen genommen werden.«

Wir haben unser ganzes Leben lang von den Armeen des Feindes gelesen, und bald werden wir ihnen gegenüberstehen.

Ich muss an das Himmlische Mädchen denken, die Gefangene der Endzeitarmee. *Das Himmlische Mädchen* ist eine Comicserie über die Abenteuer eines Teenagers bei den *Children of God* während der Endzeit. Sie hat Ledersandalen an den Füßen und einen taillenlangen Zopf. Sie trägt ein durchsichtiges Minikleid, unter dem sich auf jedem Bild ihre Brustwarzen deutlich abzeichnen. *Das Himmlische Mädchen* ist ein Handbuch: Man lernt daraus, was einem während der Letzten Tage bevorsteht und wie man sich verhalten soll.

Die Serie umfasst über zwanzig Folgen. Ich muss an die denken, in der das Himmlische Mädchen von den Endzeitsoldaten gefangen genommen wird. Kräftige Männer in Tarnanzügen packen sie, legen ihr Handschellen an und schieben sie in einen Wagen.

»Haltet sie fest, jetzt vergewaltigen wir sie«, sagt ein Soldat.

»Ihr braucht mich nicht zu vergewaltigen«, erwidert das Himmlische Mädchen. »Wenn ihr mir die Handschellen abnehmt, kann ich euch leichter meine Liebe schenken.«

Ich weiß noch, dass ich dachte, das wäre eine ganz besonders kluge List. Aber offensichtlich wollte sie gar keinen Fluchtversuch unternehmen, denn als Nächstes stellt der Comic dar, wie sie mit allen zehn Soldaten Sex hat. Die Moral von der Geschichte besteht darin, wie wichtig es ist, den Soldaten »die Liebe Gottes zu zeigen«.

Ich blätterte das Ganze durch, war enttäuscht, dass die Moral der Geschichte *wieder einmal* zwischen den Beinen des Himmlischen Mädchens zu finden war – ich hätte es viel großartiger gefunden, wenn das Himmlische Mädchen den Feind überlistet hätte, nur ein einziges Mal.

***

Am Morgen der Demonstration wachen wir früher auf als sonst. Alle sind hellwach, die Luft vibriert von der Aufregung. Während wir uns anziehen, fühlt sich alles so anders an. Wir spüren, dass wir etwas Wichtiges tun müssen, sind erfüllt von freudiger Aufregung vor unserer so wichtigen und potenziell gefährlichen Mission.

Ich ziehe die Ärmel einer Secondhand-Windjacke hoch, die man mir gegeben hat, und fahre dabei mit einem Finger über den winzigen Schriftzug am Rand der goldenen Knöpfe. Die glänzen, als ich sie durch die umsäumten Knopflöcher ziehe, die man in den blauen Stoff geschnitten hat. Ich hätte nie geglaubt, einmal etwas so »Weltliches« zu besitzen – immer wieder berühre ich den steifen Stoff, reibe ihn zwischen den Fingern, hoffe, dass ich niemals vergessen werde, wie sich das anfühlt.

Wie sich die Dinge verändert haben.

Bis vor sechs Monaten wurden auf Fahrten die Fenster der Vans mit Müllsäcken zugehängt, und manche Kinder erzählten, man habe ihnen Tücher vor die Augen gebunden, wenn sie von einem Ort zum anderen gebracht wurden. Aber heute gibt es für uns richtige Sitze hinten in den Vans – manche haben sogar Gurte.

Wir machen uns auf den Weg nach London. Ich halte Marias Hand und schaue aus dem Fenster, nehme die Grün- und Brauntöne wahr, die Hügel und Bäume unserer Umgebung. Dann kommt die Autobahn, und schließlich geraten wir in den Hauptstadtverkehr. Wir fahren an uralten Gebäuden vorbei, an riesigen Statuen von Löwen und Männern auf Pferden, an Springbrunnen und riesigen Toren zu ebenso riesigen Parks – hier ist die Welt ganz anders als beim Landhaus.

Wir fahren am wahrscheinlich prächtigsten Herrenhaus vorbei, das ich mir jemals hätte vorstellen können. Vielleicht ist es das größte der Welt, mit riesigen Toren.

»An so einem Ort lebt sicher ein König«, flüstere ich Maria zu.

Als wir aus dem Wagen steigen, uns nach Stunden der Fahrt strecken und schütteln, kommt ein Uncle zu mir und erzählt aufgeregt, er kenne meine Eltern von der Uni und auch aus der Fabrik in Bromley.

»Als sie noch im System waren?«, frage ich. Das interessiert mich.

»Ja, ich habe mir den Werkzeugkasten von deinem Dad ausgeliehen, und dann wollte er ihn wiederhaben und ist geblieben. Irgendwann hat deine Mom nach ihm gesucht und ist auch geblieben.«

Ich kann spüren, wie selbstzufrieden er ist.

»Das habt ihr alles mir zu verdanken«, fügt er stolz und mit einem Augenzwinkern hinzu.

Hätte ich ihm jetzt danken sollen?, frage ich mich, als er weggeht.

Wir versammeln uns an den großen weißen Säulen der argentinischen Botschaft. Meine Schwester Kate zieht sich in den Hintergrund zurück. Sie steht mit einem Jugendlichen zusammen, der vor Kurzem in unser Heim gekommen ist, und ich bin mir relativ sicher, dass sie heimlich Händchen halten.

Maria schaut hin und zieht eine Augenbraue hoch. Ich nicke wissend und freue mich, dass wir *beide* gemerkt haben, was da läuft.

»Komm weiter nach vorne«, fordert mich Maria auf.

»Ja, da wird es richtig abgehen«, gebe ich zurück, erfreut darüber, dass meine Stimme so tapfer klingt.

Mein Dad hat ein Megafon, und als wir erst einmal alle da sind – es müssen Hunderte von uns sein –, ruft er: »WAS WOLLEN WIR?«

Wir alle rufen: »Unsere Kinder zurück!«

Dann wieder die Stimme meines Dads: »Wann wollen wir das?«

»JETZT!«, rufen wir alle.

Unsere Stimmen hallen durch diese Straße in London, Touristen bleiben stehen und schauen uns zu, der Verkehr rollt langsamer, alle Augen sind auf unsere Demonstration gerichtet. Wir halten Transparente hoch, die unsere begründeten Forderungen darstellen. Wir haben leere Kinderwagen mitgebracht, die wir vor der Botschaft aufstellen, damit jeder sieht, dass unsere Kinder weg sind. Zwischen den Rufen singen wir revolutionäre Lieder.

Ich schaue Maria an, halte ein Transparent hoch, das wir gemacht haben, »Lasst unser Volk nach Hause«, und es fühlt sich an wie ein Kriegsschrei. Fotografen und Presseleute erscheinen, fotografieren meine Eltern und bahnen sich dann einen Weg an unserer Demonstration entlang. Der Lärm aus Autohupen, Gebrüll und Gesang ist sehr erregend.

Als die Polizei erscheint, greift Maria nach meiner Hand.

»Schau, Römer«, sagt sie.

»Römer« ist unser Codewort für die Polizei, aus der Bibel.

»Oh, echt! Römer«, wiederhole ich.

Und während diese schwarz gekleideten Männer mit Knüppeln sich nähern, rasen die Gedanken durch meinen Kopf: *Werden wir jetzt verhaftet? Werden wir jetzt wie das Himmlische Mädchen in einen Wagen gezerrt?*

Dann beginnen zwei Polizisten um uns herum den Verkehr umzuleiten, und ein anderer sagt zu meinem Dad: »Bitte sorgen Sie dafür, dass die Kinder in den Barrieren bleiben, damit sie in Sicherheit sind.«

Die Demonstration dauert den ganzen Tag. Wir schreien, bis wir heiser werden und unsere Arme schmerzen, weil die Plakate so schwer sind. Wir schreien, bis die Worte, die wir von uns geben, ihre Bedeutung verlieren.

Aber die Armeen des Teufels erscheinen nicht.

***

Die Demonstrationen sind inzwischen Wochen her, aber wir reden immer noch täglich darüber. Zu Hause wurden wir von einer enttäuschenden Normalität empfangen. Damals waren wir der Erfüllung unseres Schicksals am nächsten, deswegen denken wir wochenlang an diesen Tag, ziehen Energie daraus. Wieder und wieder beschreiben wir jedes Gebäude, das wir gesehen haben, die Verkehrsstaus, die Journalisten, die Römer, die gekommen sind, und was die Touristen anhatten. Manchmal bilden wir sogar aus Spaß Sprechchöre mit »Was wollen wir? – Unsere Kinder zurück!«

Maria und ich bereiten das Mittagessen vor, vertieft in eine weitere Unterhaltung über die Demonstrationen. Die ganze Küche ist voll von unserem aufgeregten Schwatzen, und als ich eine braune Papiertüte mit Kartoffeln öffne, schlägt mir der Geruch nach Erde entgegen. Dann unterbricht uns ein komisches Geräusch.

»Giiiiiideoooooon!«, heult da jemand.

Wir beide halten inne: Das ist der Name von meinem Dad.

»Giiiiiideoooooon!«, spottet die Stimme wieder.

Marias Augen weiten sich, und sie zieht die Augenbrauen ganz nach oben. Ich gehe die verschiedenen Möglichkeiten durch. Das ist nicht die Presse, so benehmen sich die Journalisten nicht. Und eine Razzia kann es auch nicht sein, die finden frühmorgens statt, und jetzt gibt es bald Mittagessen.

»Giiiiiideoooooon!« Es klingt wie ein Singsang aus vielen Stimmen.

Das müssen diese Jungs vom Tor sein.

Dann gibt es draußen einen lauten KNALL. Stimmengewirr dringt zu uns durch, dann Geschrei. Die Hintertür wird zugeschlagen. Ein schrecklicher, hoher Schrei gellt durchs Haus. Wir lassen unsere Kartoffeln fallen und rennen zu den Schuppentüren. Gerade erreichen wir die Steinstufen, als wir sehen, wie mein Dad hereintaumelt, blutüberströmt. Auntie Phoebe schreit wieder.

Blut läuft meinem Dad das Gesicht herunter, es bahnt sich einen Weg über seine Wangen, strömt über seine Hände und seine Jacke.

»Mein Gott!«, flüstert Maria.

»Dad, bist du okay?«, frage ich.

»Alles in Ordnung. Alles in *Ordnung*. Hol mir sofort einen nassen Lappen.«

Mit klopfendem Herzen renne ich los. Ich schnappe mir ein Geschirrtuch aus der Küche und halte es unter den Wasserhahn.

Das müssen die Jugendlichen von draußen gewesen sein. Sie müssen ihn zusammengeschlagen haben.

Ich halte kurz inne und denke dann: *Ich frage mich, was er vorher mit ihnen gemacht hat …*

Dad wird schnell sehr wütend, er wird gefährlich, das habe ich schon so oft gesehen.

Vielleicht ist das Blut ja noch nicht mal von meinem Dad.

»Was ist denn passiert?«, frage ich, als ich ihm das Geschirrtuch reiche.

Er schaut mich aus Augen an, deren Lider rasch zuschwellen. Es ist seltsam, ihn verletzlich zu sehen, und ich bin schockiert, weil ich spüre, wie mir eine Träne die Wange herunterläuft.

Er richtet sich auf und beginnt sich das Blut abzutupfen.

»Wir werden jetzt verfolgt. Was wir schon wussten, ist eingetreten. Diese Jugendlichen werden nicht vom Herrn errettet, und deswegen sind das böse Kreaturen. Sie haben mich verspottet, wie die Kinder den Propheten Elischa verspottet haben, und wir alle wissen, was mit ihnen passiert ist, oder?«

Maria und ich wissen sofort, wovon er spricht. Im Buch der Könige hatten einige Kinder den Propheten Elischa verspottet, und er hat sie verflucht: Bären haben sie als Rache Gottes entzweigerissen. Eine grausige, widerliche Geschichte.

Blutige Bilder durchströmen mein Gehirn. Ich sehe die Kinder am vorderen Tor als blutige Masse, und vom Himmel gesandte wütende Bären reißen ihnen die Glieder ab. Ein blutbefleckter Arm wird auf die Auffahrt geschleudert, immer noch im Ärmel der Jacke, die mir so gefallen hat.

Die Sache hier könnte ziemlich widerlich werden.

Während mein Dad seine Wunde versorgt, entdecke ich einen tiefen Schnitt auf seiner Nase. Aber als das Blut weggewischt ist, erkenne ich, dass es nicht so schlimm ist, wie es zunächst aussah. Dafür breitet sich die Schwellung jetzt aus; er wird zwei Veilchen haben.

Armer Dad.

»Gut, ihr habt jetzt genug gesehen. Zurück in die Küche mit euch, Mädchen. *Jetzt!*«, befiehlt er.

Wir gehorchen, und Maria schaut zu mir herüber.

»Wow!«, sagt sie tonlos.

Meine Hand zittert, als ich meinen Schäler nehme und mich bei den schmutzigen Kartoffeln niederlasse.

»Alles in Ordnung?«, erkundigt sich Maria.

»Es ist nur komisch, meinen Dad so zu sehen«, erkläre ich.

»Ja, komisch ist das.«

Gideon ist immer so selbstbewusst, niemals schwach.

»Glaubst du immer noch, dass diese Typen *nicht gefährlich* sind?«

Die Frage hängt in der Luft, während wir die Kartoffelschalen wegwerfen. Mein Dad ist nie verletzlich, er zeigt immer nur seine Autorität, seinen Ärger, seine Intelligenz – und das alles setzt er als Waffe ein.

Während die Kartoffeln ihre Bäuche durch steife schlammige Jacken hindurch entblößen, denke ich an all die Male, die ich mir *gewünscht habe*, mein Dad würde zusammengeschlagen, wäre blutüberströmt, verletzt oder sogar tot. Ich schaue auf meine Fingernägel hinunter, die jetzt von der Arbeit schlammbedeckt sind, schwarz, und fühle mich auf seltsame Weise schuldig.

Es ist anders, als ich mir das erhofft habe. Die vielen Male, die ich gedacht habe, wie viel besser wir dran wären – und vor allem »sie«, meine Mom –, wenn es ihn in unserem Leben nicht gäbe ...

Ich muss an das erste Mal zurückdenken, als ich ihn umbringen wollte – damals war ich etwa fünf Jahre alt. Ich versuchte ihn mit Dingen zu vergiften, die ich in Afrika im Garten gefunden hatte. Damals sahen meine Fingernägel vom Graben genauso aus wie jetzt, ganz schwarz. Ich machte ihm seinen Morgentee und sah zu, wie er ihn trank, stellte mir vor, wie er tot zu meinen Füßen zusammenbrechen würde und ich auf diese Weise sofort zu einer Heldin würde. Stattdessen sagte er: »Wie zum Teufel kommt das Gras in meinen Tee?«

So eine Enttäuschung. Ich hatte gehofft, wenn der Tee schon nicht tödlich wäre, würde er mir zumindest erlauben, in der Zeit zurückzureisen. Oder vor.

Irgendwo anders, nur nicht hier sein, dachte ich, während ich den Kopf zurücklegte und die letzten Tropfen der wässrigen Flüssigkeit schluckte.

Und damals war alles noch gar nicht mal so schlimm.

»Als ich fünf war, wusste ich gar nicht, wie gut es mir ging«, murmele ich.

»Was?«, fragt Maria und holt mich so in die Gegenwart zurück.

»Nichts«, sage ich.

10. Kapitel

Sie haben gewonnen. Sie ist weg: Drei Jahre davor

»Sie wird immer dünner«, kommentiert Maria beim Anblick von Kates winzigem Körper. »Ich weiß, dabei sollte man es jetzt sehen«, erwidere ich.

Wir stehen im Mädchensaal an Kates Bett. Der Raum beherbergt viel zu viele Mädchen. Einige schlafen auf dem Boden, einige schlafen ganz oben in den Stockwerken, einige schlafen in Betten auf Rollen, die man unter die untersten Stockbetten schiebt, und einige teilen sich ein Bett, wie Maria und ich. Dieses Meer von Mädchen bekommt seit Kurzem seine Periode, in Wellen, und die haben sich alle verbunden, synchronisiert, wie sich die Gezeiten am Mond orientieren. Und wenn das passiert, ist das wie ein Tsunami aus Launen, Wut und Schmerzen, der unser Zimmer durchflutet.

So habe ich mir das Erwachsenwerden nicht wirklich vorgestellt.

Doch Kate ist nicht länger Teil dieser synchronisierten Flut. Sie ist schwanger. Mit sechzehn. Sie hat sich in den Jungen verliebt, mit dem wir sie auf der Demonstration gesehen haben. Er ist auch sechzehn. Hier ist das kein ungewöhnliches Alter für eine Heirat oder eine Schwangerschaft, vor allem nicht, weil uns bis zur Endzeit nicht mehr lange bleibt.

Kate liegt in Embryohaltung in einem Einzelbett am Fenster. Das ist das einzige Privileg, das die Mädchen ihr zugestehen können, wobei wir hoffen, dass sie ein wenig Platz für sich hat und das Ganze für sie leichter wird.

Das riesige Fenster an ihrem Bett lässt sie fast wie ein Kind wirken. Ihr Stöhnen ist beinahe unhörbar. Schon seit Monaten fehlt ihr eigentlich die

Kraft, sich auf den Beinen zu halten, doch man zwingt sie trotzdem zur Arbeit, ihr Name erscheint immer wieder auf dem Plan. Sie kann nichts von dem essen, was wir für sie zubereiten. Sogar der Geruch unserer Mahlzeiten lässt sie würgen. Wann immer es geht, kommt sie hierher und rollt sich auf dem Bett zusammen.

»Es gibt wirklich gar nichts, was sie essen kann«, sage ich kopfschüttelnd.

Meine Mutter ist zur selben Zeit schwanger geworden wie Kate, es wird ihr zwölftes Baby. Verhütungsmittel sind streng verboten, sie gelten als Sünde gegen Gott. Deswegen sind Schwangerschaften hier so normal wie die Luft zum Atmen, wir bemerken sie nicht einmal. Frauen sind immer schwanger, stillen oder haben Fehlgeburten.

Komischer Gedanke, dass ihre Babys dann gleich alt sein werden.

»Ich habe noch nie jemanden gesehen, der so lange schwanger und so dünn war. Sie muss doch mindestens schon im fünften oder sechsten Monat sein«, sage ich.

»Kate, möchtest du nicht doch etwas essen? Was meinst du, was kannst du bei dir behalten?«, fragt Maria sie leise.

»Vielleicht etwas Saures. Könnt ihr bitte die Tür schließen, dieser Geruch ist ganz schlimm.« Sie versucht, nicht einzuatmen und sich nicht zu übergeben.

Ich rolle ein Handtuch zusammen und schiebe es gegen den Türspalt. So hoffe ich, die Koch- und Fleischgerüche zu stoppen, die sie umgeben.

***

»Was haben wir denn Saures?«, frage ich Maria.

»Eine Zitrone. Ach ja, und einen Wildapfelbaum, die Früchte sind sauer«, sagt sie mit der ihr eigenen praktischen Art.

Ich greife nach Marias Arm.

»Wir müssen etwas unternehmen, so geht es nicht weiter«, flüstere ich.

»Letztes Mal haben sie gesagt, keine Sonderbehandlung. Dabei werden sie bleiben«, wispert Maria zurück. »Lass uns mal nachdenken.«

Wir haben der Heimleitung vorgetragen, wie es um Kates Gesundheit steht.

Aber ich erinnere mich gut an die Antwort, und ich werde selbst etwas unternehmen. Ich werde etwas tun müssen, was ich nicht mehr gemacht habe, seit ich vier Jahre alt war.

An diesem Abend warte ich, bis die Erwachsenen ihre Zusammenkunft abhalten. Ich schaue durch die Fenster in den Essraum: Meine Eltern sitzen nebeneinander, ihre Gesichter wirken feierlich, vielleicht auch gelangweilt.

Das ist meine Chance.

Meine Füße fliegen die Stufen hoch, ich nehme immer zwei auf einmal. Dann schleiche ich auf Zehenspitzen über den Flur und öffne eine quietschende Tür, stecke den Kopf hindurch: Niemand zu sehen.

Die Luft ist rein … Bis hierhin.

Meine Füße kennen die Dielen, die hier im Flur am lautesten knarren. Ich gleite geräuschlos darüber. Diese ganzen Zimmer sind miteinander verbunden.

Ich schlüpfe durch die nächste Tür: Wieder ein leeres Zimmer. Ich hole zum ersten Mal Luft, seit ich mich auf den Weg gemacht habe.

Jetzt stehe ich mitten im Zimmer meiner Eltern. Ich weiß, dass es hier irgendwo Geld gibt. Schubladen, Nachttische, Tüten ganz unten im Schrank … Es könnte überall sein, aber mein Dad hat immer welches.

Ich durchsuche sorgfältig Schubladen und hebe Papiere hoch. Dabei stelle ich sicher, dass ich alles so lasse, wie es war. Das Blut steigt mir ins Gesicht, als ich daran denke, wann ich das zum letzten Mal gemacht habe: in Johannesburg, als ich das Flirty-Fishing-Geld von Auntie Beverly gestohlen habe.

Damals war ich vier Jahre alt und bin während der Ruhezeit über den Flur geschlichen, zu Auntie Beverlys Tür. Ich war schon sehr oft in ihrem Zimmer gewesen, aber nach den »großen Neuigkeiten« dieses Morgens wollte ich nachschauen, ob sich das Zimmer irgendwie anders anfühlte. Immerhin schlief hier die »beste« Prostituierte für Jesus in Afrika.

Als ich ins Zimmer schlich, hielt ich den Atem an. Ich ließ meine Hand über die Laken gleiten, und mir fiel auf, wie rau die Baumwolle vom vielen Benutzen war.

Hier geschieht also die Arbeit des Herrn.

Auf dem Nachttisch lagen ganze Stapel Geld, alle ordentlich aufgereiht.

Cash für Jesus.

Warum Geld wichtig war, wusste ich nicht genau. Nur, dass es so war. Ich nahm mir mehrere Hände voll von den Banknoten und stopfte sie mir in die Unterhose. Währenddessen spürte ich so viel Adrenalin in meinem Körper, dass ich meinen eigenen Herzschlag in meinem Kopf hören konnte wie tausend aufeinanderschlagende Becken.

Ich schlich in mein eigenes Zimmer zurück, schloss die Tür und tat so, als würde ich ein Nickerchen machen, um nicht aufzufallen. Und dann hörte ich die Worte, auf die ich den ganzen Tag gewartet hatte. Sie lauteten: »Zeit für draußen«.

»Draußen« kam direkt nach »Ruhezeit«. Es war unsere Stunde im Freien, in der wir im Wald unsere Kriege ausfochten, in der wir übten, Soldaten für die Endzeit zu werden.

Aber an diesem Tag waren es fast vierzig Grad, knallheiß. Alle Augen würden auf den Pool gerichtet sein, der zum Haus gehörte, so wie bei vielen anderen Häusern in Südafrika auch.

Der Ruf »Zeit für draußen« wirkte wie der Ruf eines Generals oder wie das Fingerschnipsen eines Hypnotiseurs: Meine ganze Aufmerksamkeit war darauf gerichtet, und nichts anderes war mehr wichtig.

Ich rannte durch das Haus und durch das Wohnzimmer, von wo aus die Glastüren hinaus in die verheißungsvolle kalte, nasse Frische führten. Ich rannte an den Umrissen meiner Mutter und meiner Schwestern vorbei und sprang mit einem gewaltigen Satz in Richtung Pool. Wasser rauschte hinein, überdeckte den Lärm der Kinder, des Gartens und des afrikanischen Tages. Innerhalb eines einzigen Augenblicks erholte sich mein Körper von der klebrigen Hitze.

Als ich aufsah, wurden das Sonnenlicht und der Garten winzige Teile aus verschiedenen Farben über mir, zersplittert, friedlich und wunderschön. Aber da, im Pool zwischen all diesen Formen, schwamm das gestohlene »Cash für Jesus«-Geld. Überall um mich herum, elegant verteilt.

In meinem Gehirn machte sich sofort Angst breit, weil ich wusste, was diese Szene für Folgen für mich haben würde. Ich wollte für immer im Pool bleiben, unter Wasser bleiben, ich wollte nicht, dass mein Körper jemals wieder die Oberfläche erreichte. Doch eine große Hand griff nach mir, die Geräusche des Gartens überfluteten mich zusammen mit der Hitze, und nun lernte ich *so richtig,* wie wichtig Geld meinem Vater ist – das war es immer gewesen.

Dieser Raubzug hatte keine angenehmen Folgen für mich. Und wenn ich jetzt erwischt werden sollte, wäre es sogar noch schlimmer.

Ich brauche nicht lange, um ein Lederportemonnaie mit drei Geldscheinen und einigen Münzen darin zu finden. Ich weiß nicht genau, was am meisten auffallen wird, wenn es fehlt. Dann nehme ich einen der Geldscheine – ich möchte das hier lieber eine ganze Weile lang nicht tun müssen.

Danach lege ich mich schnell ins Bett, um nicht aufzufallen.

Der gestohlene Geldschein hinterlässt einen Abdruck auf meiner zur Faust geballten Hand. Ich frage mich, wie lange diese Sünde mich drücken und zu sehen sein wird.

Sobald das Licht aus ist, stopfe ich den Geldschein zwischen die Matratze und eine Ritze im Holz. Phase eins ist vorbei. Als ich mir die Decke über den Kopf ziehe, klopft mein Herz immer noch wild.

Heute Nacht werde ich nicht schlafen, denn ich habe gesündigt, denke ich.

Aber ich schlafe ein. Und ich schlafe gut.

***

Am nächsten Tag warte ich auf den geeigneten Moment. Und der ist *jetzt* gekommen.

Ich schleiche aus der Hintertür, den Blick auf das untere Ende des Gartens gerichtet. Die Pfade meide ich – darauf liegt Kies. Fußtritte darauf hört man ganz weit, es ist wie eine natürliche Alarmanlage.

Ich nehme den langen Weg über die Felder.

Das nasse Gras quietscht unter meinen Füßen, die kalte Luft trifft mein Gesicht und füllt meine Lungen, während ich renne. Und gleichzeitig mit der Kälte trifft mich auch die Erkenntnis, dass ich gerade zum ersten Mal alleine das Haus verlasse.

Davon habe ich seit meiner Kindheit geträumt! Ich wollte rennen, bis sich mein Inneres mit dem Draußen gefüllt hätte; ich wollte, dass jeder Schritt den Abstand zwischen mir und *ihnen* vergrößert. Als ich klein war, malte ich immer Karten davon, wie ich mir die Außenwelt vorstellte. Dann packte ich meine Sachen zusammen und wartete darauf, dass das Licht ausging. Ich saß auf dem Boden und versuchte verzweifelt, lange genug wach zu bleiben, um fliehen zu können, während die Erwachsenen schliefen. Und dann wachte ich im Morgenlicht wieder auf, in der Hand immer noch eine Plastiktüte mit Socken, einem T-Shirt und einer zerknitterten Zeichnung des »Draußen«.

Dann kam das Erwachen mit der Erkenntnis, dass wieder eine Flucht fehlgeschlagen war.

Auf dieses Rennen habe ich also lange gewartet. Meine Schritte werden durch Angst und das Gefühl von Freiheit angetrieben.

Meine Füße fliegen den Pfad hinunter, der in die Mitte des Dorfes führt.

Jetzt musst du langsamer atmen.

Ich halte meine Beine ruhig, als ich mich dem kleinen Dorfladen nähere, und Funken scheinen durch meine Schenkel zu sprühen. Zwar war ich schon einmal in einem Geschäft, aber noch nie allein. Ich schlüpfe hinein, den zerknitternden Geldschein in der Hand, und dann umgeben mich die Wärme und die leckeren Düfte des Ladens – eine Mischung aus frischem Obst und Süßigkeiten.

»Morgen.« Die Stimme des Verkäufers wirkt direkt auf meine Nerven.

Er lächelt mich aus einem rasierten Gesicht freundlich an. Er sieht sauber aus, vielleicht duscht er jeden Tag. Mir wird sehr deutlich bewusst, wie ich in seinen Augen aussehen muss: ein Kind mit krausem Haar, hechelnd, verschwitzt, in seltsamer Kleidung. Er *muss* einfach wissen, woher ich komme. Jeder im Dorf weiß über die »Sex-Sekte« Bescheid.

Aber sein Gesichtsausdruck verrät nichts. Er wirkt, als wäre das hier das Normalste der Welt.

Du musst jetzt langsamer atmen.

»Morgen«, erwidere ich mit zitternder Stimme, schenke ihm ein verschwitztes Lächeln und hoffe, ebenso ruhig zu wirken wie er.

Tu so, als wäre das für dich auch ganz normal.

»Kann ich dir helfen?«, erkundigt er sich und berührt seine flache Kappe.

»Ich brauche saures Zeug«, sage ich, und mein vom amerikanischen Englisch beeinflusster Akzent fällt in diesem so britischen Laden ganz unglaublich auf.

»Gut«, gibt er mit einem Lächeln zurück. »Dann lass uns mal schauen, nicht wahr?«

Geduldig zeigt er mir alles Saure, was es im Laden gibt.

»Diese Limonade zum Beispiel«, sagt er und hält eine Plastikflasche hoch. »Oder hier, der Zitronenkuchen.«

Dann zeigt er mir ein Glas mit winzigen eingelegten Gurken, ein paar Tüten Chips mit Essiggeschmack, einige saure Süßigkeiten und natürlich Zitronen. Er fragt nicht, warum ich etwas Saures kaufen will, er zeigt mir einfach die Produkte, als wäre ich eine Außerirdische, die zum ersten Mal im Leben britisches Essen sieht – und vielleicht stimmt das ja auch.

Ich nehme mir alles außer den Süßigkeiten, falte den Geldschein auseinander und überreiche ihn dem Mann.

Er schaut mich mit sanftem Blick an und sagt: »Den Rest kannst du bezahlen, wenn du das nächste Mal kommst, mach dir keine Sorgen.«

Jetzt muss ich nur noch den Rückweg schaffen.

***

Am selben Abend im Mädchensaal. Es ist spät. Das Licht ist schon aus, und das Summen des Schlafs macht sich bereits überall breit.

Wütendes Flüstern von Kate und ihrer besten Freundin Ariel durchschneidet das Dunkel. Kate hat das Essen aus dem Laden geradezu verschlungen und es auch bei sich behalten, vielleicht hat sie deswegen jetzt die Kraft zu sprechen. Sogar während ihrer Krankheit habe ich bemerkt, dass sie immer wütender geworden ist: Unter der Oberfläche ihrer müden Schwäche gibt es eine innere Stärke, und es brodelt in ihr.

Ich erinnere mich noch an diese wilde Seite aus der Zeit, als sie noch ganz jung war; danach kamen die Jahre, in denen sie sich einzufügen versuchte. Aber jetzt ist sie sechzehn Jahre alt, schwanger und sieht unser Leben vielleicht aus einer anderen Perspektive – aus der einer Mutter.

»Was haben sie denn gedacht, was passieren würde?«, flüstert sie.

»Ich weiß, ich weiß«, sagt Ariel. (Ariel ist Kates »Maria«, ihre Seelenverwandte.)

»Haben sie nicht darüber nachgedacht, was passieren würde? Haben sie geglaubt, sie würden mit dem, was sie uns angetan haben, davonkommen? Haben sie nicht darüber nachgedacht, was passiert, wenn wir älter werden und dann weggehen?« Kates Stimme durchschneidet die Nacht förmlich.

»Leise, leise«, sagt Ariel sanft.

Meine Fäuste zerknüllen die Laken. Ich habe Angst, dass die anderen Mädchen sie hören könnten. Wenn sie nur still wären und einfach auf Nummer sicher gehen würden! Ich wünschte mir, sie würden einfach nicht über diese Dinge reden. Aber ich weiß auch, dass sie recht haben.

Das Ganze musste einfach Konsequenzen haben.

»Ja, haben sie vielleicht geglaubt, wir alle würden das Ganze einfach vergessen? Dass es reicht, ein ›offenes‹ Heim zu haben? Dass dadurch alles unbedeutend wird, was vorher passiert ist?«, fragt Ariel.

»Vielleicht haben sie geglaubt, niemand würde jemals gehen.« Das ist Kate.

»Also, ich habe gehört, dass *wirklich* Leute gehen. Die Endzeit ist nicht gekommen, und was jetzt?«, macht Ariel weiter.

»Ich weiß, dass Leute weggehen, aber wie? Wohin gehen sie? Wie überleben sie?«, fragt Kate.

Als sie das sagt, höre ich es in ihrer Stimme: das Bedürfnis und den Wunsch, ebenfalls von hier wegzukommen. Plötzlich habe ich Angst, vielleicht bald meine Schwester zu verlieren.

»Ich weiß es nicht. Vielleicht haben sie Angehörige, die sie aufnehmen können«, sagt Ariel. Dann holt sie tief Luft und fügt hinzu: »Aber ich weiß etwas anderes: Manche von ihnen sagen vor Gericht aus.«

»Wer denn?«, erkundigt sich Kate.

»Erinnerst du dich noch an Saphira?«, fragt Ariel zurück.

Ich muss an all das denken, was Saphira zugestoßen ist: daran, dass man sie über Monate in die Isolation gezwungen und geschlagen hat. Daran, wie ihr Arm aussah, der fast abgefallen ist, als sie sich verbrannt hat. Daran, was sie als Kind durchmachen musste, was ihr Stiefvater ihr angetan hat. Daran, wie ich mich beim Zuhören gefühlt habe, als wäre ich mit meiner eigenen leichten Kindheit der größte Glückspilz der Welt.

»Und sie ist nicht die Einzige«, ergänzt Ariel.

Mein Körper versteift sich. Ich habe Angst, dass das Klopfen in meiner Brust laut genug ist, um mich zu verraten. Werden sie bemerken, dass ich wach bin und zuhöre?

Es gibt Jugendliche, die rebellieren und gegen uns aussagen.

Das ist eine riesige Sache. Muss ich Angst davor haben, dass sie unsere Geheimnisse preisgeben und Zeugnis ablegen werden – also genau das tun, wovon man uns beibringt, dass wir dem ein Ende machen müssen? Sollte ich freudig aufgeregt sein, weil bald sehr viel passieren wird? Sollte ich Angst davor haben, dass meine Eltern ins Gefängnis kommen? Sollte ich mich darauf freuen, dass ich, wenn das passiert, vielleicht ein Leben »da draußen« werde führen können?

Es fühlt sich an, als würde sich eine richtige Welle der Veränderungen aufbauen.

Außer diesen großen Neuigkeiten habe ich außerdem von kleinen Aufständen gehört, die in verschiedenen Heimen vor sich gehen. Davon, dass einige Jugendliche langsam zu einem neuen Mut finden. Und das macht mir Angst. Wir sind noch nicht weit genug davon entfernt, »wie die Dinge einmal waren« oder wie wir sie zumindest vorgetäuscht haben.

Gerüchte machen rasch die Runde, Berichte von Alkohol trinkenden Jugendlichen, von Jugendlichen, die sich küssen. Ich habe von einem Mädchen gehört, das Jeans mit Rissen trägt, und manche Jugendliche stylen ihre Haare wie die im System. Das ist mutig. Und es ist dumm. Diese Art Benehmen wäre noch vor einem halben Jahr völlig unmöglich gewesen.

Die Musik ist eine der mächtigen Methoden des Systems, um die Botschaften des Teufels in die Gehirne der Massen zu bringen, deswegen ist sie streng verboten. Wenn man Popsongs rückwärts abspielt, kann man verborgene Botschaften hören, die direkt von Satan stammen. Diese Lieder mögen also wie leichte, fröhliche und amüsante Musik klingen, aber in Wirklichkeit befehlen sie einem vielleicht, Drogen zu nehmen, andere Kinder umzubringen oder Selbstmord zu begehen.

Ich liege im Bett und mache mir Sorgen darüber, dass die Dinge vielleicht wieder so werden, wie sie im Teenager-Heim waren. Wir haben diese zumindest wahrgenommenen Freiheiten erst seit so kurzer Zeit. Wir müssen »so wirken«, als würden wir zu ihrer Welt gehören, aber wir können nicht zu dieser Welt gehören.

Bei allem, was gerade vor sich geht – dem Gerichtsverfahren, dem Leben in einem offenen Heim –, könnte man den Eindruck gewinnen, dass in unserem Haus Freiheit herrscht. Aber eine angelehnte Tür bedeutet nicht immer einen »Ausweg«. Und die »Freiheiten«, die man uns schenkt, werden mit einem Hintergedanken gewährt – es geht darum, vor den Journalisten und den Behörden Freiheit vorzutäuschen. Diese Freiheiten sind nicht für uns bestimmt, sondern für *sie*.

Ich wälze mich im Bett herum und sehe die ganze Nacht gewalttätige Visionen von mir. Ich bin in einer Glaskiste gefangen, und Maria, Kate und Ariel befinden sich mit meinen Geschwistern auf der anderen Seite. Vielleicht können sie mich sehen, doch als ich an das Glas hämmere, dreht sich niemand zu mir um. Ich schreie in meinem durchsichtigen Käfig, aber niemand bemerkt es. Die Luft in dem Glasbehälter wird knapp, doch ich kann ihn nicht zerschlagen.

Ich wache auf, und mein Hals ist ganz rau, weil ich tonlos geschrien habe.

Später an diesem Tag, während der Traum mir immer noch im Kopf herumspukt, bin ich von einer wilden Energie erfüllt, die ich einfach nicht abschütteln kann.

Ich habe ein ganz, ganz schlechtes Gefühl.

Als ich die Tür zur Küche öffne, um mit der Arbeit zu beginnen, bin ich schon spät dran, und ich schrecke hoch, als eine Hand aus der Vorratskammer hervorschießt und mich grob zu sich zieht.

»Psssssst!«

Ich sehe mich Maria gegenüber. Sie hat weit aufgerissene Augen und einen Finger an den Lippen. Ich runzle die Stirn.

Ich habe doch gar nichts gesagt.

»Schau mal.« Sie zieht eine Musikkassette aus der Tasche.

»Steck das weg, Maria!«

Ich brauche sie gar nicht erst zu fragen, was darauf ist – unsere Musik jedenfalls nicht, denn die ist eindeutig gekennzeichnet und mir ganz vertraut. Ich schaue auf die Kassette in ihren Händen und fürchte, sie könnte Maria verletzen, sich in ihre Haut brennen, sie durch die Plastikhülle hindurch vergiften.

»Damit kannst du nicht rumlaufen. Du musst die Kassette irgendwo verstecken«, flüstere ich.

Ich greife rasch nach ihrer Hand, weil ich Angst um sie habe. Ich will sie beschützen, aber ich fühle mich, als kämen die Wände dieses kleinen Raumes immer näher. Und vielleicht gibt es auch nichts, was ich unternehmen kann, um das Unvermeidliche aufzuhalten.

»Ich weiß, ich weiß«, gibt sie zurück und zieht ihre Hand weg. Sie bemüht sich um einen entspannten Tonfall.

»Wo willst du sie denn verstecken?«

Ich möchte, dass sie mich beruhigt.

»Auf dem Dachboden. Ich verspreche es dir. Ich verstecke die Kassette zusammen mit dem Rekorder«, sagt sie.

***

Später an diesem Tag mache ich mich auf den Weg ins Büro. Seit einiger Zeit bekomme ich Unterricht in Büroarbeiten, und langsam werde ich besser darin. Ich fand das Faxgerät immer seltsam, wie eine piepsende

Maschine aus dem All, und jetzt kann ich es schon fast mit geschlossenen Augen bedienen.

Ich muss juristische Dokumente und Pressemitteilungen an die Nummer schicken, die mir mein Vater gibt. Er sagt, die Zeitungen drucken nur etwas, wenn es »sensationsorientiert« ist, aber wir müssen »unsere Rolle spielen«. Damit unsere Botschaft an die Öffentlichkeit kommt.

Ich drücke die Plastikknöpfe mit den Zahlen und freue mich über das Piepsen. Dann warte ich auf das Kratzgeräusch, das bedeutet, dass die Botschaft durch die Kabel in der Wand läuft, schließlich durch Kabel am Himmel und dann irgendwo in einer Zeitungsredaktion landet.

Durch das Quietschen des Faxgeräts höre ich die überdeutlich erkennbare Stimme meines Vaters aus dem Nebenzimmer etwas grummeln. Er ist mit einer anderen Jugendlichen zusammen, und sie bereiten sich auf das Gerichtsverfahren im Vereinigten Königreich vor.

»Hast du alles gelesen?«, will er wissen.

»Ja«, gibt sie zurück.

»Oft genug, um dich an alles zu erinnern?«, bohrt er nach.

Diese Frage fühlt sich an wie eine Drohung.

»Ja«, gibt sie zurück.

»Oft genug, um dich daran zu erinnern, wenn du in einem Gerichtssaal bist, voller Leute aus dem System, voller Feinde des Herrn, und man dich dann *befragt*?«

Seinen Tonfall kenne ich nur zu gut. Er ist kalt und einschüchternd.

»Ja«, antwortet sie ebenso leise wie eben.

»Wärst du dazu in der Lage, diese eidesstattliche Erklärung vor einem Richter wiederzugeben?«, bohrt er noch weiter.

Ich weiß, was so eine eidesstattliche Erklärung ist – das habe ich letzte Woche gelernt: eine Zeugenaussage, beschworen und unterzeichnet, über unser Leben hier. Diese Zeugenaussagen sind »wesentlich«, damit wir vor dem Richter unsere Geschichte richtig erzählen.

»Ja.« Diese Antwort kommt noch leiser.

»Gut, dann unterzeichne hier.«

»Unterzeichnen?« Sie klingt verwirrt.

»Schreib deinen Namen hin, in diese Spalte«, erklärt er.

In der vergangenen Woche haben einige Jugendliche solche Erklärungen unterzeichnen müssen. Kaum jemand von ihnen muss vor Gericht erscheinen, aber ihre Zeugenaussagen werden dort verwendet.

Ich frage mich, wer die Erklärung für sie geschrieben hat, was darin steht und wie schwierig es auswendig zu lernen war. Ich frage mich, ob sie Saphira eine Lügnerin nennen werden. Jemand, vielleicht meine Mutter oder mein Vater, hat sicher diese Geschichte über sie aufgeschrieben, damit sie »genau richtig« für das Gerichtsverfahren klingt, sodass wir unseren Lebensstil schützen können.

***

Sie haben Maria erwischt. Ich wusste, dass es passieren würde; ich wusste, sie würde nicht vorsichtig genug vorgehen. Ich wusste, jemand würde sie sehen, hören oder verraten. Es ist erst einige Tage her, dass sie die Kassette gefunden hat, aber es gibt überall *Leithammel* (Spione), deswegen war es nur eine Frage der Zeit.

Und jetzt haben sie die Kassette, und sie haben Maria.

Ich kann mir ausmalen, was gerade mit ihr passiert. Sie bekommt ihre Strafe oben. Vielleicht wird seit dem Umzug in ein »Offenes Heim« nicht mehr geprügelt, aber eines ist sicher: In Bezug auf Bestrafungen waren die Erwachsenen schon immer sehr erfinderisch.

Sie werden wissen wollen, wo Maria die Kassette herhat, wer noch davon weiß; sie werden eine Liste mit Namen von ihr haben wollen. Aber Maria gibt nie nach, sie würde niemals jemand anderen verraten – sie ist absolut loyal. Knallhart ist sie, und sie würde sich lieber verprügeln lassen, als dass jemand anders verprügelt wird. Sie ist das tapferste Mädchen, das ich kenne.

Ich warte in unserem Zimmer auf sie. Sie kommt herein, rot im Gesicht, mit geschwollenen Augen, aber ich kann immer noch den Stolz spüren, den sie empfindet. Ich will sie unbedingt fragen, was passiert ist und wie es ihr geht, aber ich weiß, dass ich sie erst einmal in Ruhe lassen sollte. Bis es sicher ist. Für uns beide.

Zur Strafe wird sie mit einem vorübergehenden Schweigegebot belegt – sie darf eine Woche lang nicht sprechen. Außerdem bekommt sie zusätzliche Bibelkapitel, die sie auswendig lernen muss und über die sie geprüft wird; man hat ihr zusätzliche Pflichten und ihre erste »offizielle Verwarnung« gegeben. Die anderen Strafen bereiten mir keine Sorgen, aber von einer »offiziellen Verwarnung« habe ich noch nie vorher gehört. Niemand erklärt Maria, was sie bedeutet, und genau das macht mir Angst.

Der Countdown hat begonnen. Der Tag des Jüngsten Gerichts steht unmittelbar bevor.

***

Mit jedem Tag, den das Gerichtsurteil näher rückt, spüren wir, wie die Spannung im Haus steigt. Seit zwei Jahren läuft nun diese Auseinandersetzung vor Gericht. Das ganze Heim, unser ganzes Leben ist seitdem darauf ausgerichtet. Alles dreht sich um diese abstrakte, aber sehr reale Sache.

Wir besitzen jetzt weltliche Kleidung, und es wurden Schulbücher gekauft, also können wir so tun, als würden wir eine Bildung erhalten. Mein Dad hat uns beigebracht, wie wir unseren englischen Akzent perfektionieren, damit wir »normal« klingen können.

Wir sind hier in diesem Zustand, in diesem Haus, alles deswegen. Aber über uns schwebt auch die Möglichkeit, dass wir verlieren.

Die Erwachsenen sagen, dazu wird es nur kommen, wenn der Herr das will. Aber sie sagen auch, wenn wir verlieren, liegt es an diesen heimtückischen, bösen Jugendlichen. Wenn die Erwachsenen über sie sprechen, geschieht das in giftigem Ton: Sie sind von Dämonen besessen, sie gehören zur Armee des Satans. Wegen ihnen wird unsere ganze Lebensweise als Kinder Gottes zusammenbrechen.

Man warnt uns: Wenn wir vom Weg abkommen oder uns gegen die Gruppe wenden, gehen wir das Risiko ein, wie sie zu werden. Wie Vampire werden wir nicht länger wir selbst sein, die Kinder unsere Eltern oder Brüder und Schwestern. Wenn wir vom Weg abkommen, verdienen wir es nicht länger, Teil unserer Familien zu sein.

»Wollt ihr mit lauter Musik gequält werden, tagelang, nächtelang? Das haben sie mit den Leuten in Waco gemacht.«

Waco ist das Horrorszenario, das uns am wahrscheinlichsten erscheint. Damals haben die Erwachsenen von nichts anderem gesprochen: von der religiösen Kommune, die von der amerikanische Regierung niedergebrannt wurde. Man hat uns alles erzählt, bis ins kleinste Detail. Es war die große Geschichte, die alles lebendig werden ließ und bewies, was man uns über den Antichristen erzählt hatte, über die Regierung und ihre Leute. Man hat uns sogar Bildmaterial der Gruppe in Flammen gezeigt.

»Diese Kinder sind in ihren Betten verbrannt, und das könnten euch diese heimtückischen Teenager auch antun«, schreit mein Vater durchs Wohnzimmer.

Das Ende des Gerichtsverfahrens naht – und vielleicht auch Gefahr.

***

Der Tag des Gerichts kommt. Maria und ich sind im Mädchenraum. Wir haben den ganzen Tag damit verbracht, darüber nachzugrübeln, wie das Ergebnis wohl aussehen könnte und was es möglicherweise für uns bedeutet, wenn unser Leben heute Abend auf den Kopf gestellt wird.

»*Halleluja! Preiset den Herrn, Halleluja! Dank sei dir, o Jesus! Dank sei dir, o Herr!*«

Der Jubel steigt die Treppen empor.

»*Halleluja! Dank sei dir, o Jesus! Dank sei dir, o Herr! Gepriesen sei der Herr! Großartige Neuigkeiten! Dank sei dir, o Jesus. Wir lieben dich, Herr. Gepriesen sei der Herr!*«

Das Klatschen scheint sich zu verselbstständigen und rast wie eine ansteckende Krankheit durchs Haus, von Raum zu Raum. Wir können hören, wie Schritte nach unten rennen, auf die Stimmen zu – es müssen einfach gute Neuigkeiten sein.

Maria schaut mich mit grimmigem Gesichtsausdruck an. »Klingt, als hätten sie gewonnen.«

Ich schüttle den Kopf. »Nein, hör zu.« Ich zeige nach unten. »Du meinst, wir haben gewonnen!«

»Nein. Sie haben gewonnen«, flüstert sie mit einer Wahrheit in der Stimme, die mir einen kalten Schauer über den Rücken jagt.

Am nächsten Tag gehen die Feierlichkeiten weiter, die Erwachsenen baden förmlich in der Geschichte unseres Sieges.

Maria und ich steigen in den dunklen, grauen, staubigen Betonkeller hinunter, um Wein für die Feier der Erwachsenen zu holen, die heute Abend stattfinden soll. Das ist der Keller, den wir an unserem ersten Tag hier entdeckt haben. Manchmal nennen wir ihn »unseren Fluchtplan«, weil aus diesem alten Haus von hier aus so viele Tunnel nach draußen führen.

»Wie viel Wein es hier gibt«, stelle ich fest, während ich mich in dem riesigen unterirdischen Raum umschaue.

Warum haben wir so viel Wein, wenn es doch so wenig zu essen gibt?

Während sie ein paar Flaschen für die Erwachsenen hervorzieht, sagt Maria: »Du weißt, dass sich manche von den Jugendlichen den Schlüssel besorgen und Wein stehlen, oder?«

»Ja, schon, klar«, gebe ich zurück. Ich mache mir Sorgen, was sie damit sagen will.

Sie schaut mich an. »Ich denke, wir sollten uns ein Bier nehmen, nur mal zum Ausprobieren.«

»Maria ...«

»Keine Weinflasche«, gibt sie zurück.

Ich hasse es, wenn ich mit Maria uneins bin, das kommt auch selten vor, außerdem hat man sie offiziell verwarnt. Es ist unglaublich wichtig, dass nicht noch mehr Schlimmes passiert, vor allem nicht ihr. Sie wirft mir einen flehentlichen Blick zu.

»Komm schon«, bettelt sie.

»Okay, dann machen wir's«, gebe ich nach.

***

Einige Wochen später finden wir heraus, dass meine jüngeren Brüder ein Geheimnis haben. Josh hat in einem der Nebengebäude ein altes Fernsehgerät gefunden und es meinem Bruder Sam gegeben, damit er es repariert. Sam hat schon als kleiner Junge eine Besessenheit dafür entwickelt, Elektrogeräte auseinanderzunehmen und wieder zusammenzusetzen. Das ist eine Gabe. Er hat mit kleinen Dingen wie Steckern angefangen und sich bis zu komplizierten Sachen wie Haartrocknern gesteigert. Er hat das Gerät wieder in Gang gebracht, und die beiden haben sich heimlich immer wieder weggeschlichen und ferngesehen.

Jetzt befindet sich Maria mitten in den Verhandlungen mit den beiden.

»Komm schon, Josh, nimm uns mit zum Fernsehen«, bittet ihn Maria.

Ich kenne niemanden, der so gut andere überzeugen kann wie sie.

»Wenn wir alle zusammen gehen, ist das zu gefährlich, dann werden wir erwischt«, meint er, ohne hochzuschauen, weil er weiß, dass er nachgeben wird, wenn er das tut.

Theoretisch stimme ich ihm zu, aber gleichzeitig will ich unbedingt den Fernseher zu Gesicht bekommen.

»Und wenn wir einen Handel abschließen?«, versucht es Maria. »Ihr lasst uns fernsehen, und ihr bekommt dafür einen Schluck von unserem Bier.«

»Maria!«, blaffe ich sie an.

Guter Gott, genau bei so was werden wir dann erwischt.

Es dauert nicht lange, bis der Handel abgeschlossen ist. Mich erfüllt eine Mischung aus Angst, Nervosität und Aufregung. Das Ganze ist riskant und dumm, und vielleicht handeln wir uns damit eine Menge Ärger ein, aber ich will nicht außen vor bleiben.

Wir klettern hinter den Jungen die Leiter zum Dachboden hinauf. Josh nimmt meine Hand und zieht mich hoch in den staubigen, nach Holz riechenden Raum. Hier stehen überall alte Kisten, Koffer und anderer unschuldig aussehender Kram herum. Sam zieht eine kleine Decke weg, und da steht er: ein winziger Schwarz-Weiß-Fernseher, beide Seiten mit Staub bedeckt. Aber der Bildschirm ist sauber und startbereit.

»Jetzt mach ihn schon an«, fordert ihn Maria auf.

Sie hockt sich auf ein paar Kisten, ich suche mir einen Platz auf dem Boden. Josh stellt den Fernseher an, während Sam danebensteht. Aus der Rückwand ragt ein Kleiderbügel hervor, den er bewegt, bis eine australische Fernsehsendung sichtbar wird. Im Publikum sitzen lauter Leute in unserem Alter und Teenager in Schuluniformen, sie besuchen ein Café.

Wir lachen über ihren Akzent und darüber, was sie zueinander sagen. Alles klingt seltsam und albern. Die meisten Leute in der Familie haben immer noch einen amerikanisch klingenden Akzent, selbst wenn sie aus Australien kommen, deswegen ist dieser hier für uns ziemlich seltsam.

Josh und Sam sehen diese Sendung nicht zum ersten Mal und werden langsam richtig gut darin, die Leute nachzumachen. Maria holt das Bier hervor und öffnet eine Dose. Ich halte eine in der Hand, fahre mit dem Finger an dem runden Metalldeckel entlang und trinke dann den allerersten Schluck Bier meines Lebens.

»Ich weiß nicht, ob ich das wirklich lecker finde«, sage ich.

Josh rülpst: »ICH WEISS NICHT, OB ICH DAS WIRKLICH LECKER FINDE«, und wir fangen an zu kichern. Wir reichen die Dose herum, und jeder trinkt einen Schluck, als würde die Kommunion ausgeteilt.

Direkt nach der Sendung gibt es eine weitere aus Australien. Langsam wird mir ein bisschen schwindlig, die Dinge werden lustiger, das Gefühl ist schön. Die Themen, über die ich normalerweise nachdenke, fühlen sich an, als wären sie weiter weg, die Gruppe auch, und die Angst, dass wir gefasst werden könnten, ist auch nicht mehr so extrem.

Maria zieht ein weiteres Bier hervor, dann an dem Ring oben auf der Dose, um sie zu öffnen. WUUUUUUUUSCH, die Dose explodiert. Jetzt ist überall Bier.

»NEEEEIIIN!«, schreit Maria, und ich schreie zurück: »PSSSST!«

Die beiden Jungs krümmen sich vor Lachen. Aber dann hören sie plötzlich auf, und Josh wird ganz blass. Als wir uns umdrehen, sehen wir Uncle Juan, Marias Papa, ganz oben auf der Leiter, und er schaut völlig schockiert drein.

Josh und ich werfe die Dosen unter die Plane. Sam stellt den Fernseher ab, und wir beeilen uns, unsere Scham zu verbergen, als würde das etwas helfen, als würde es das Bild der vier Kinder tilgen, die Uncle Juan gerade gesehen hat: Bier trinkend und bei einer verbotenen Fernsehsendung.

Wir schauen aus dem staubigen Speicherfenster zu, wie Maria ihren Dad über den Hof verfolgt und dabei brüllt: »Daddy, Stopp, Stopp, STOPP!«

»Und was machen wir jetzt?«, fragt Josh.

»Wir trennen uns und putzen uns die Zähne. Dann lassen wir uns ganz bewusst irgendwo blicken, lesen im Wohnzimmer oder auf dem Bett einen Mo-Brief«, schlage ich vor.

Josh schaut mich an. »Was soll das denn nutzen?«

»Vielleicht kann Maria Uncle Juan davon überzeugen, dass es nicht so schlimm war«, gebe ich zurück.

***

Uncle Juan ist ohne Zweifel unser liebster, nachgiebigster, liebevollster und zugewandtester Uncle im Haus. Sie braucht ziemliches Glück, aber vielleicht kann Maria ihren Dad davon überzeugen, uns nicht zu verraten. Vielleicht lässt er uns noch mal entwischen, wenn wir versprechen, dass wir so etwas nie wieder tun. Nur dieses eine Mal.

Ich warte oben im Mädchenraum. Ich warte auf meine Bestrafung, meine offizielle Verwarnung für diese Tat. Eine Stunde vergeht, aber Maria ist immer noch nirgends zu sehen. Das Abendessen kommt und geht: Immer noch keine Maria.

Jetzt mache ich mir richtige Sorgen. Vielleicht haben sie ja vergessen, was sie gesagt haben: dass dieses Haus jetzt ein »offenes« Heim ist. Vielleicht ist ihnen ja egal, dass sie allen erzählt haben, die Dinge hätten sich geändert.

Als ich jetzt genau darüber nachdenke, wie neu diese Entwicklung noch ist, fange ich an zu zittern. Nur weil wir die »Mo-Briefe« verbrannt haben, bedeutet das nicht, dass sie nie existiert haben. Und wenn es die Erwachsenen geschafft haben, die Dinge für das Gerichtsverfahren so anders aussehen zu lassen, können sie dann nicht genauso einfach wieder zu dem zurückkehren, wie es vorher war? Jetzt, wo das Gerichtsverfahren vorbei ist?

Alles ist möglich.

Als ich nach oben gerufen werde, ist es bereits dunkel. Ich betrete einen Raum mit einer feierlichen, schweren Atmosphäre. Meine Eltern sitzen mit Auntie Phoebe und Uncle Andrew in ihrem Schlafzimmer.

»Wir haben sehr schlimme Neuigkeiten für dich«, beginnt Uncle Andrew.

Ich schaue mich in dem Zimmer um: Maria ist nicht hier. Was haben sie mit ihr gemacht?

»Maria wird uns verlassen«, verkündet Phoebe.

Was? Wo kommt sie hin? Wohin wird sie geschickt?

All das schießt mir durch den Kopf, doch ich sage nichts – ich weiß, dass ich nicht hier bin, um Fragen zu stellen.

»Sie hat beschlossen, dass sie lieber bei ihrer Tante in Spanien leben möchte, dass ein Leben hier eine zu große Herausforderung für sie ist. Und wir sind ihrer Meinung. Wir lassen sie nur sehr, sehr ungern gehen, aber wir glauben, es ist richtig so. Und ihr Benehmen in letzter Zeit hat uns gezeigt, dass sie zu weltlich geworden ist. Ein fauler Apfel im Korb …« Ich höre nichts mehr von dem, was Uncle Andrew sagt.

Ich kann gar nicht glauben, dass sie hier *rauskommt,* dass das *erlaubt* wird. Ich freue mich für sie – und fühle für mich selbst nur Verzweiflung. Ich kann nicht glauben, dass ich jetzt meine Freundin verliere.

Innerlich versuche ich nachzuvollziehen, wie das Ganze vor sich gegangen ist. Wenn ich nur unten im Keller nicht auf sie gehört hätte, strenger gewesen wäre, stärker. Ich hätte nie erlauben sollen, dass sie sich die Bierdosen nimmt.

Uncle Andrew redet immer noch.

»Diese Maßnahme wird sofort ergriffen«, sagt er. »Uncle Juan wird sie begleiten, damit sie sich eingewöhnen kann. Nach den Regeln der Welt ist sie immer noch ›minderjährig‹, deswegen halten wir das für richtig. Wir wollten es dir persönlich sagen, weil wir möchten, dass du das auch als eine Warnung begreifst: Weltliches Verhalten akzeptieren wir nicht, und wir sind der Überzeugung, dass auch du davon profitieren wirst …«

Wieder verliere ich mich in meinen Gedanken. Wie wird das Leben ohne sie sein? Jeder einzelne Tag ohne sie, jede Mahlzeit ohne sie, *alles* ohne sie?

Aber dann trifft es mich wie ein Schlag: Sie wird *frei* sein! Dann war dieser Moment im Erdgeschoss vielleicht ihr eigener Fluchtplan, ihr seltsamer, dunkler, unerwarteter Fluchtplan von mir weg.

Und dann geht alles ganz schnell.

Sie sitzt im Mädchenraum auf dem Boden, vor sich ein paar Dinge, klein zusammengerollte Kleidungsstücke, daneben eine Plastiktüte.

Sie schaut auf.

»Du weißt, dass ich dich nicht verlassen will, oder?«, fragt sie mich, und bei diesen Worten klappt die stolze, starke Maria zusammen, ihre Stimme bricht.

Ich hocke mich neben sie, lege eine Hand auf ihre.

»Ich weiß, aber ich will auch nicht, dass du hierbleibst.«

»Du bist die Nächste. Ich verspreche dir, das hier ist nicht für immer, und wenn du draußen bist, leben wir zusammen, genau so, wie wir das geplant haben.«

Sie lächelt, während sie das sagt, und ihr Kinn zittert.

»Alles wird gut, mir wird es gut gehen. Ich werde mich besser fühlen, weil ich weiß, dass du da draußen bist«, sage ich.

»Du bist das Einzige, was ich vermissen werde«, sagt sie.

Wir verstauen ihre zusammengerollten Kleidungsstücke in der Plastiktüte. So wenige Habseligkeiten, mit denen sie von hier weggeht, aber sie hätte genauso gut alles hiergelassen, das weiß ich. Und obwohl es so viel gibt, was ich ihr sagen möchte, weiß sie schon alles. Wir haben alles geteilt: ein Bett, unsere Ängste, unsere Träume und unsere Albträume.

Und bevor mir überhaupt richtig klar wird, was hier vor sich geht, ist sie weg.

11. Kapitel

Ein filmreifer Abschied: Fünfzehn Jahre danach

Neonlicht, Palmen und eine warme Brise … Sofi und ich haben es nach Hollywood geschafft.

Im Truck sind wir den ganzen Weg bis zu dieser bizarren, oberflächlichen, magischen Stadt gefahren. Bevor wir nach Hause fliegen, haben wir noch etwas Zeit, in der wir Bekannte besuchen, Mamacita abgeben und dann ein paar Tage im Haus eines Freundes verbringen möchten.

Die Sonne geht unter, und ein Typ aus Sofis Freundeskreis nimmt uns in seinem Cabrio mit. Sie drehen die Lautsprecher auf, laute Musik dröhnt durch die Straße. Ein wilder Einzug.

Wir fahren herum, saugen die elektrische Atmosphäre und die Autoabgase auf, genießen den Anblick der von Palmen umsäumten Straßen. Wenn ich die Augen zumache, erfüllen die Bässe meinen ganzen Körper. Es ist alles so fremd, als wären wir durch ein Portal in ein von Sonnenlicht durchflutetes, perfekt geformtes, rollerskatendes Paralleluniversum gelangt.

Wir sind auf dem Weg zu einer Bar im Osten von Hollywood. Ich erkenne Sofi kaum wieder – sie hat sich aus einer überwurftragenden Landarbeiterin, die im Flanellhemd aussah wie ein Junge, in eine coole Blondine verwandelt. Sie trägt roten Lippenstift, und das blondierte Haar peitscht ihr um das lachende Gesicht. Sie könnte auf dem Weg zu einer Afterparty sein. Als sie mitbekommt, dass ich sie anschaue, zwinkert sie mir zu. Meine Sicht wird von meinem eigenen frisch gewaschenen Haar beschränkt, ich trage meine eigenen Kleidungsstücke, ich rieche sauber, und auf meinen Lippen schmecke ich ungewohntes Gloss.

Ich muss an mein anderes Leben daheim in London denken, an das Leben, in das ich bald zurückkehren werde. An ein Leben, in dem die Vorstellung, Kohl zu pflücken, mich morgens mit anderen zu »versammeln« und kosmische Penisheiler zu jagen, bald nur noch eine verschwommene Erinnerung sein wird.

Wir saugen förmlich die Geschichten auf, die Sofis Freunde uns erzählen. Einer von ihnen kommt aus Berlin, ist Unternehmer und besitzt mehrere Clubs. Der andere ist ein B-Promi in Los Angeles; er hat eine eigene Radioshow. Doch interessanter als das, was er ist oder wen er in der Stadt kennt, ist seine Geschichte, bevor er »es geschafft hat«.

»Ich habe in Stripclubs geputzt«, verkündet er vom Beifahrersitz aus.

»Wow!«, entfährt es mir.

Ein Wort, mit dem ich eine Million Fragen unterdrücke.

Die Vorstellung, dass ein Stripclub geputzt wird, ist seltsam. So eine banale Aufgabe an einem Ort, der einem Fantasien, Sex, Glamour und die Gelegenheit verspricht, vielleicht ein bisschen mit einem Mädchen zu fummeln, das sich auf diese Weise das Geld fürs College verdient. Ich stelle mir vor, wie er – mit Gummihandschuhen bewaffnet – den Schmutz der vorangegangenen Nacht wegsaugt.

Klar, auch Stripclubs müssen geputzt werden.

Ich schüttle den Kopf.

»Da habe ich immer ein ganz, ganz starkes Desinfektionsmittel für die Stangen besorgt«, fügt er stolz hinzu, als würde er uns damit das Geheimnis seines Aufstiegs zum Millionär verraten.

Vom Rücksitz her nicke ich.

»Das muss man machen, oder sie riechen irgendwann wie eingelegte Hotdogs.«

»Kann ich mir gut vorstellen«, kommentiert Sofi trocken.

Ganz eindeutig weiß der Typ, wovon er redet. Der amerikanische Traum – vom Stangenputzer zum Radio-Talkmaster.

Hier ist alles möglich.

Als wir auf dem Parkplatz der Bar halten, bekomme ich eine Nachricht von einem Musiker, den ich kenne.

»Vielleicht bis später. Mal schauen, wie meine Session läuft. Küsschen.«

Seine Nonchalance verletzt mich. Ich spüre, wie die Sehnsucht nach Bestätigung durch menschliche Kontakte in mir aufsteigt wie bittere Galle. Mir ist übel. Dieses Bedürfnis bekämpfe ich täglich. Aber es lässt sich leichter kontrollieren, wenn ich viel zu tun habe oder wenn etwas Gefährliches passiert oder wenn ich einfach gerade harmlos irgendwo Spinat pflücke. Ich habe schon viel zu viel Zeit meines Lebens damit verbracht, dieser bekannten Gleichgültigkeit hinterherzujagen.

»Margaritas?«, frage ich mit einem knappen Lächeln.

Wir betreten die schwach beleuchtete Bar, und ich spiele mit dem Gedanken, eine Runde Shots auszugeben.

Das hilft sicher.

Während wir uns durch die schrecklich coole Menge bewegen, sehe ich im Hintergrund einen Typen ganz allein dastehen, zum Teil wird er von einem Scheinwerfer angeleuchtet, und er hält sich an einem Drink fest. Als hätte jemand »Pause« in der Szene gedrückt, wird es ganz still im Raum. Jetzt höre ich nur noch meinen eigenen Herzschlag.

Er erinnert mich so sehr an jemanden aus meiner Vergangenheit, dass ich mit Macht in eine Wellblechscheune zurückgeworfen werde. Es ist fast fünfundzwanzig Jahre her.

Ich stehe auf einem Reifen, der etwa drei Meter Durchmesser hat. Er muss zu einem Traktor oder einer Erntemaschine gehören. Auf der anderen Seite des Reifens, das Gesicht mir zugewandt, steht Maria.

Ich spüre die Kälte in meinen dünnen Kleidern, aber gleichzeitig brennt mein Gesicht wie Feuer. Eli steht über mir. Mit seinen siebzehn Jahren sieht er *fast* aus wie ein Mann. Jedenfalls ist er so groß wie ein Mann, und er hat die Macht und die Autorität eines »Uncle«. Er bestimmt, was passiert, er entscheidet alles, aber seine Wangen haben immer noch etwas Kindliches.

Wir stehen in diesem Schuppen im hinteren Teil des Kommunengeländes. Der Boden ist aus Beton und die Wände aus Wellblech, in der Luft hängt der Geruch nach Landwirtschaft und Heu. Die acht oder neun Kinder um mich herum rufen laut. Das hat Eli ihnen befohlen. Auf den ersten

Blick wirkt es, als wären sie außer sich, aufgeregt oder würden gerne mitmachen, doch in Wirklichkeit spielt jeder von ihnen eine Rolle.

Niemand will hier sein, in diesem Kreis, niemand außer Eli.

Eli erklärt die »Regeln«: Maria und ich müssen gegeneinander kämpfen. Dieser Reifen ist unser Ring, die Kinder sind die Zuschauer.

Ich fürchte, Eli könnte bemerkt haben, dass zwischen Maria und mir eine Freundschaft entsteht. Ich spüre, dass ihm das nicht gefällt. Aber warum? Als ob es die Gruppe gefährden würde, wenn zwei zehnjährige Mädchen sich anfreunden! Wir haben gehofft, in einer Kommune dieser Größe würde es niemand bemerken, aber *er* hat es bemerkt.

»Und der Kampf ist erst zu Ende, wenn eine von euch nicht mehr aufstehen kann«, dringt Elis Stimme in meine Gedanken.

Es fühlt sich an, als würde mein Blut versuchen, meinem Körper zu entkommen, als würde es sich den Weg durch meine Haut bahnen. Ich schaue Maria an und bin außer mir vor Angst. Sie ist innerhalb so kurzer Zeit zu meiner Welt geworden. Innerhalb weniger Wochen hat sie mich gerettet. Und jetzt muss ich gegen sie kämpfen. *Sie verletzen.*

Eli brüllt, feuert die kleinen Zuschauer an, wie ein verrückter römischer Kaiser, der neben der Arena steht und dabei zuschaut, wie ein Christ den Löwen zum Fraß vorgeworfen wird. Aber *wir* sind die Löwen, *wir* sind die Christen, und wir sind Kinder.

Zehnjährige Kinder.

Und während die Worte aus Elis Mund vor Wut triefen, sind seine Augen ganz feucht. Sein Blick ist von Aufregung erfüllt, elektrisch geladen. Ekelerregende Freude strahlt er aus, während er zuschaut und die Zerstörung einer ganz neuen Freundschaft fordert. Ich kann seinen Durst fast schmecken. Vielleicht ist er aufgeregter wegen der Macht, die er hat, weil er diesen Gewaltakt kontrollieren und dirigieren kann. Vielleicht langweilt es ihn inzwischen, mit den eigenen Händen Gewalt auszuüben.

Er sollte *einer von uns* sein, aber er hat die Seiten gewechselt: Er ist *einer von ihnen.*

Vielleicht hat es das Aufwachsen hier unmöglich für ihn gemacht, nicht so zu werden. Vielleicht bedeutet das, was ihm zugestoßen ist – die

Ängste, die Schläge, der Missbrauch –, dass er sich gar nicht anders hätte entwickeln können. Vielleicht hatte er niemanden auf seiner Seite, der ihm gesagt hätte: »Das ist nicht okay.« Keinen älteren Bruder, der ihm erklärt hätte: »Was die da mit dir machen, ist nicht richtig.«

Die Dinge, die er uns zu tun zwingt, gehören nicht zu Grandpas Lehren, die entstammen seinem eigenen Kopf. Vielleicht sind die Gewalt und das gestörte Verhalten, mit denen er großgezogen wurde, jetzt tief genug in ihm verwurzelt, sind Teil seines Blutes, seines Wesens. Jetzt sprudeln sie nur so aus ihm heraus, brennen durch seine Pupillen, sorgen dafür, dass ihn das hier richtiggehend geil macht.

Ich schaue sie an, direkt. *Meine Freundin.* Und während sich unsere Blicke treffen, schreien alle um uns herum leiser, die Geräusche verstummen, und alles außer ihrem Gesicht verschwimmt.

Ich will das hier nicht, brüllt die Stimme in meinem Kopf.

Wir müssen aber, erwidert ihre. *Das bedeutet nicht, dass wir uns nicht liebhaben. MACH SCHON!*

Eine Weigerung wäre sinnlos, ebenso sinnlos wie der Versuch, das Ganze zu stoppen, oder nur so zu tun, als würde man kämpfen. Das wird das Tier in Eli nicht befriedigen.

Ich schaue sie an. Ich spüre, wie mich Wut durchströmt, und meine innere Stimme sagt ruhig: *Also, dann los.*

Die Geräusche kommen plötzlich wieder zurück, und wir beginnen zu kämpfen. Das Ganze ist surreal, wir bewegen uns wie in Zeitlupe:

Ich falle hin.

Sie fällt hin.

Sie zieht mich hoch, um mich dann wieder zu Boden zu stoßen.

Ich spüre, wie der Betonflur brennend über meine Fingerspitzen peitscht, spüre, wie mein Körper mit ihrem kollidiert.

Meine Haut reißt. Ich gehe zu Boden, und als das passiert, spuckt mir Eli ins Gesicht. Widerliche Spucke, sie brennt und ist zugleich kalt.

Ich schmecke Blut, als mich eine Hand packt, mich festhält und stützt, mich zugleich aber wieder in den Kampf zurückzieht.

Die Geräusche der Bar in L.A. kommen wieder zurück. Habe ich diesen seltsamen Mann dahinten minutenlang angestarrt? Oder nur eine Sekunde? Sein Blick begegnet meinem.

»Bexy, bist du das?«, fragt Eli.

Ich sehe die Gesichter der Rachegötter meiner Kindheit häufig. Ich habe Uncle Jude in einem Café in Stoke Newington sitzen sehen, ich habe in Arizona Uncle Jonathan auf der anderen Straßenseite entdeckt. In diesen Visionen erscheint der Abdruck eines Gesichts auf dem einer harmlosen, unschuldigen Person, und ich werde in einen Augenblick der Vergangenheit zurückgeworfen, der sich realer anfühlt als der Boden, auf dem ich gerade stehe.

Aber so real wie diesmal war es noch nie.

»*Fuck*, ich dachte mir doch, dass du das bist!«, ruft er.

In L. A. gibt es über tausendfünfhundert Bars, und in dieser hier ist er, gerade in dieser.

Meine Haut kribbelt. Ich schaue mir an, wie er jetzt aussieht. Die mollige Jugendlichkeit ist verschwunden, er hat dünnes Haar und ist schlank. Einen solchen Mann würde ich in jedem anderen Zusammenhang nicht zweimal anschauen, aber als Kind hatte ich so riesige Angst vor ihm. Vor dem, was er in *ihrem* Namen tat.

Dann denke ich an die Dinge, von denen ich mir immer vorstellte, dass ich sie zu ihm sagen würde, wenn ich ihn jemals als Erwachsenen, als Gleichgestellten wiedersehen würde. Und hier sind wir. Das Universum und das Schicksal schenken mir diese Gelegenheit. Die Gelegenheit, ihn am Hals zu packen und ihm ins Gesicht zu schreien:

Hast du dich dadurch wie ein Mann gefühlt,
durch den ganzen Scheiß, den du kleinen Mädchen angetan hast?
Fühlst du dich jetzt wie ein Mann, SCHEISSE noch mal?

Doch ich kann die Wut nicht heraufbeschwören, die selbstgerechte Empörung stellt sich nicht ein. Ich sehe die traurige, lasche Hülle eines Mannes vor mir. Er ist weder stark, noch hat er Macht über mich. Ich empfinde nur Mitleid.

»Kann ich dich zu einem Drink einladen?«, fragt er mich.

»Nein, danke, ich will nichts.«

»Es tut mir leid«, fügt er hinzu.

»Ich weiß«, sage ich.

Und das stimmt auch wirklich.

***

Am nächsten Morgen fühle ich mich beim Aufwachen desorientiert, mein Mund ist trocken, die langsame Benommenheit des Alkohols strömt immer noch durch meine Adern. Mein Gesicht ist in einer nach Moschus duftenden Achselhöhle verborgen. Ich strecke eine Hand aus, um die warme Haut zu berühren, die ich überall spüre.

»Guten Morgen, du Idiotin.«

»Guten Morgen«, krächze ich.

Zufrieden, glückselig und mit einem Gefühl der Bestätigung wache ich neben meiner Freundin auf.

»Was für eine Nacht!«, meint Sofi.

»Ich habe den Schock noch nicht überwunden. Was habe ich da bloß? Es schmeckt, als wäre in meinem Mund was gestorben.«

»Nein, nicht in deinem Mund. Für den letzten Atemzug ist es in meinen gekrochen … Da ist es dann gestorben.«

»Das darf man ihm nicht zum Vorwurf machen, wer würde nicht in deinem Mund sterben wollen?«, kommentiere ich nüchtern.

»Das ist das schönste Kompliment, was du mir je gemacht hast«, sagt sie lachend und dreht sich im Bett um. »Wie groß war wohl die Wahrscheinlichkeit, dass wir ihm hier begegnen würden? Diese Arschlöcher haben wirklich einiges auf dem Kerbholz. Wie viele andere Leute laufen wohl hier herum und tun den Leuten alles Mögliche an? Das ist doch der perfekte Nährboden für Psychopathen. Gibst du mir mal das Wasser?«

»Klar.«

Sie setzt sich auf und trinkt einen Schluck. Ich lasse den Kopf auf ihren Schoß sinken, und mein Gehirn fängt an zu hämmern. Ich bin dankbar dafür, immer noch betrunken zu sein.

Später werde ich ganz schön dafür bezahlen.

»Aber auf unserem Trip sind doch schon eine Menge seltsamer Sachen passiert, oder?«, überlegt sie.

Das Morgenlicht dringt durchs Fenster. Wir sitzen still da, atmen gleichzeitig ein und aus, während wir den glitzernden Staubteilchen in der Luft zusehen.

»Das Licht – schön, oder?«, flüstert Sofi.

»Mhmmm«, mache ich bestätigend.

»Ich kann gar nicht glauben, dass du so normal geworden bist«, meint sie und streichelt mir das Haar.

»Bin ich das?«, frage ich.

»Nein, natürlich nicht. Du bist komplett bekloppt …«

Ich muss lachen.

»Geht es allen in deiner Familie gut?«, will sie wissen, und ich spüre durch den Nebel des Suffs eine echte Zärtlichkeit und Fürsorge.

»Größtenteils«, gebe ich zurück.

»Was ist aus Kris geworden?«, fragt sie mich.

***

Die Begegnung mit Eli gestern Abend hat einen intensiven Austausch über die Kinder ausgelöst, die »die Seiten gewechselt haben«. Wir haben Stunden in der Bar verbracht und lange über das Wächtersyndrom gesprochen, über Kinder, die das Verhalten der Erwachsenen imitierten, um zu überleben. Darüber, dass ich nicht sicher bin, ob Kris der Gruppe nachgegeben hat und einer von ihnen geworden ist oder ob er sich ihnen angeschlossen hat, um mich zu beschützen.

Ging da vielleicht mehr vor sich, als ich, eine verwirrte Zehnjährige, mitbekam?

»Ach, Kris geht es ganz großartig«, sage ich.

»Gott sei Dank!«

»Ich war verwirrt, aber inzwischen habe ich nicht den geringsten Zweifel daran, dass er damals so gehandelt hat, um mir zu helfen. Das ist einfach er, so ist er.«

Als Kris gezwungen war, im Victor-Programm ein Leiter auf niedriger Ebene zu werden, hat er versucht, ihr System einzusetzen, um uns zu beschützen. Und bis zu einem gewissen Grad hat das auch funktioniert. Aber er wurde auch auf brutale Weise von der Gruppe ausgenutzt.

Bei der Gerichtsverhandlung nahm man auch das Victor-Programm unter die Lupe. Die Gruppe schaffte die schuldigen Anführer aus dem Land, um sie in Sicherheit zu bringen, und an ihrer Stelle mussten Hirten niedrigeren Ranges wie Kris auf die Anklagebank.

Kris glaubte, man brauche ihn, um das System aus der Perspektive eines Fünfzehnjährigen zu erklären, aber im Kreuzverhör stellte er fest, dass seine Aussage umgeschrieben worden war. Er wurde befragt, als trüge er, inzwischen achtzehn Jahre alt, einen Teil der Verantwortung für das Victor-Programm und für den Missbrauch, der innerhalb des Programms geschehen war, obwohl er in Wirklichkeit zu seinen Opfern gehörte.

»Das ist ja widerlich«, kommentiert Sofi.

»Ich wusste das damals nicht einmal, aber er war ihr ›Sündenbock‹ vor Gericht. Dabei war er erst ein Teenager, als all das geschah!«

»Wussten deine Eltern davon?«, erkundigt sie sich.

»Sie waren essenzieller Bestandteil des Strategieteams für das Gerichtsverfahren, also war es vielleicht sogar ihre Idee.«

Ich erzähle weiter. Jetzt geht es um die vergangenen fünfzehn Jahre, in denen Kris zur Vaterfigur unserer Familie wurde. Zu unserem Beschützer. Er war der ältere Bruder, der sich für uns geopfert hat.

Er hat so viel geopfert, in so vieler Hinsicht.

Er hat sich um Kate gekümmert, während sie schwanger war, er hat ihr dabei geholfen, ihr erstes Haus zu finden. Er war ganz toll zu ihren Kindern. Immer kam er, um Dinge zu reparieren, um sonntags Mittagessen zu kochen, um frühmorgens mit seiner Nichte und seinem Neffen Zeichentrickfilme zu schauen.

Als ich die Sekte verließ, war er meine Leitfigur. Er half mir beim Schreiben meines ersten Lebenslaufs, inspirierte mich, Abendunterricht zu nehmen und mich zur Sekretärin ausbilden zu lassen, schrieb mit mir zusammen Musik, holte mich an den Wochenenden für Trinkgelage zu sich nach London und flippte (in seiner Beschützerfunktion) aus, als ich anfing, zur Entspannung Drogen zu nehmen.

Kris kümmerte sich auch um unsere Brüder. Er holte sie zu sich in sein eigenes Haus, zahlte die Kaution für ihre Wohnungen, gab ihnen Ratschläge, betrank sich mit ihnen, teilte mit ihnen seine merkwürdigen – und oft dunklen – Ansichten über Filme, Drehbücher und Popkultur.

Ich erzähle Sofi, wie Kris und ich nach Afrika gereist sind, um unsere kleinen Geschwister zu besuchen, die immer noch in der Sekte lebten und zu jung waren, um diese zu verlassen. Wir blieben zwei Wochen lang dort und führten heimlich Interviews mit ihnen, die wir als Beweismaterial benutzen wollten, wenn wir sie einmal würden herausholen müssen. Ich war damals einundzwanzig und er fast dreißig. Als wir dorthin zurückkehrten, hatte Kris das Gefühl, er könnte nicht anders, sondern müsste nach Südafrika ziehen, um dort auf seine Geschwister aufzupassen.

Kein einfacher Schritt – das Leben in Südafrika ist kein leichtes.

Er gab sein Leben bei uns auf, sein Zuhause und seine Arbeitsstelle. Ich wusste, dass seine Anwesenheit dort, in der Nähe, nie zu weit weg, meinen Geschwistern ein Gefühl der Sicherheit verlieh, der Normalität. Sie wussten da einen Beschützer an ihrer Seite. Meine Eltern erlaubten ihm nur überwachte Besuche, er war ständig mit ihnen in Kontakt und rang mit ihnen. Ein täglicher, wöchentlicher, alles umfassender Kampf, um sich um seine Geschwister kümmern zu können.

Zehn Jahre blieb er in Südafrika und wartete darauf, dass die Kinder ein Alter erreichten, in dem sie die Sekte verlassen konnten. Dann schickte er sie zu uns nach Hause, wo sie untergebracht wurden, wo wir ihnen durch die Schulzeit halfen, in einem Netzwerk der Unterstützung, das wir nun anbieten können.

»Was für ein Held«, meint Sofi.

»Ich weiß, er ist sicher der Tapfere unter uns.«

»Ich weiß nicht, du kannst doch auch ziemlich tapfer sein.«

Während sie das sagt, fängt sie mit dem Daumen eine Träne auf, die mir die Wange herunterrinnt.

Wieder starren wir ins Licht. Unsere Gedanken vermischen sich und wirbeln in der Luft und über dem Bett herum, in dem wir liegen, unsere geteilten Erfahrungen tanzen im staubigen Licht. Tage auf den Feldern, Jogimönche, der stinkende Meth-Koch, die Kinder der Zwölf Stämme, der außerirdische Himmel von Arizona, wo wir zu einer Einheit geworden sind. Unsere Herzen sind voll mit den Meilen, die wir gefahren sind, mit den Betten, die wir geteilt haben, dem Zuhause, das wir in unserem Truck erschaffen haben.

»Glaubst du, wenn wir älter sind, schauen wir auf diesen Trip zurück und meinen, dass wir völlig bekloppt waren?«

»Nee, dann denken wir, dass wir cool waren.«

12. Kapitel

In Schwarz-Weiß: Drei Jahre davor

Jeder Tag ist eine kranke Überraschung. Monate nach Marias Weggang ist jeder Morgen gleich. In der ersten Sekunde nach dem Aufwachen fühle ich mich okay, aber eben nur in der ersten Sekunde. Irgendwie hat der Schlaf die Erinnerung daran ausgelöscht, dass sie nicht mehr da ist. Dann trifft es mich mit einem Schlag. Es ist, als ob jemand auf meiner Brust säße; mir bleibt völlig die Luft weg. Wie kann es denn so sehr wehtun, jeden einzelnen Tag so sehr wehtun? Und warum schenkt mir der Schlaf diese grausame Sekunde des Friedens, bevor mir das Tageslicht die unbarmherzige Wahrheit vor Augen führt?

Ich wache allein in meinem Bett auf. Ich liege da und schaue an die Decke. Es fühlt sich an, als müsste ich ganz konkret ein Gewicht von mir schieben, um im Dunkeln aufstehen und Frühstück machen zu können, um zum tausendsten Mal die Töpfe mit dem Hafer herumzuzerren und dann für eine weitere Anbetung einen Platz auf dem Wohnzimmerboden zu finden. Alles fühlt sich leer an. Das Loch, das sie hinterlassen hat, übernimmt mein ganzes Sein. Ich bin am selben Ort, in denselben Zimmern, aber alles in meiner Welt hat sich verändert.

Ich kann nicht darüber sprechen, niemandem meinen Schmerz anvertrauen. Es war nie vorgesehen, dass wir so eine Freundschaft hatten – ich würde kein Mitgefühl dafür bekommen, dass ich sie vermisse, man würde mich nur verurteilen. Wenn jemand weg ist, müssen wir so tun, als hätte es diese Person nie gegeben. Mit *Glück* sind die Leute wie ausgelöscht; wenn nicht, spricht man mit Wut und Verachtung über sie. Sie werden wie Aussätzige behandelt, sie sind Verräter, sie gehören nicht länger zu uns.

Die Vorstellung, Maria aufgeben zu müssen, unsere Freundschaft und die Erinnerung daran, wird von einem Gedanken zu Hass und Wut in mir. Daraus entwickelt sich ein Ekel gegenüber meiner Umgebung: den Anbetungen, den Aunties, den Uncles, der Gruppe selbst.

Und aus diesem Grund sind Freundschaften nicht erlaubt. Weil die Saat des Zweifels daraus erblüht, dass man eine bedingungslose Liebe erlebt hat. Diese Saat geht auf, wenn man Fragen besprechen kann, wenn jemand mit einem zusammen Ungerechtigkeit erlebt und erkennt. Sie erwächst aus der Freiheit, dass man Wut, Schmerz und Zorn teilt, auch wenn das im Geheimen geschieht. Ich bin nicht mehr so schwach, wie ich es mit zehn Jahren war, als diese Welt mich von meiner eigenen Verrücktheit überzeugte.

Wenn ich mich nicht mehr an meinen Geschwistern festhalten konnte, um nicht den Verstand zu verlieren, war Maria meine Bezugsperson. Sie war diejenige, die den tiefen Riss in dieser Welt sehen konnte, die sie schufen, diejenige, die den Wahnsinn dahinter erkannte. Es waren Maria und meine Liebe zu ihr, die mich davon überzeugten, dass der Wahnsinn nicht in meinem Kopf war.

Sie waren die Wahnsinnigen.

***

Das Büro ist klein und dunkel, die winzigen Fenster lassen kaum Tageslicht auf die zahlreichen Schreibtische fallen, die man in den engen Raum gestopft hat. Wenn Erwachsene arbeiten, sind die Neonlichter immer eingeschaltet, doch ich lasse sie aus. Hier bin ich am liebsten, aus dem Weg, allein.

Ich sitze auf dem beigen Teppichboden, um mich herum Papiere verteilt, die Aufgaben für heute Nachmittag. Inzwischen habe ich so lange im Büro geholfen, dass meine Eltern darauf vertrauen, dass ich »einfach meine Arbeit mache«. Die Aufgabe ist leicht: zusammenstellen, abheften, einordnen. Jeden Tag dasselbe.

Seit Marias Weggang hat es nur eine einzige Veränderung gegeben: Meine Eltern haben draußen eine neue Freundschaft geschlossen, und zwar mit jemandem, den wir »einen dicken Fisch« oder »einen König«

nennen würden. Er hat versprochen, unserem Heim dabei zu helfen, einen Teil unserer Familienmusik aufzunehmen, mit seinem Equipment. Deswegen gehen ich und zwei andere Mädchen hin und wieder zu ihm, um unsere Lieder aufzunehmen. Das bedeutet kurze Pausen außerhalb des Hauses, kurze Pausen von dem hier.

Die Arbeit im Büro ist uninteressant, und es dauert nicht lange, bis ich mich ablenken lasse. Doch ich weiß, dass ich die Zeit wieder aufholen kann, wenn das nötig sein sollte.

Im Büro gibt es Computer, ein Telefon, das Faxgerät und viele, viele Stapel Papier in Aktenschränken. Ich mache den obersten auf und fahre mit einem Finger über die verschiedenfarbigen Papptrenner. Der Geruch nach Druckertinte und -patronen ist nicht unangenehm. Der zweite Aktenschrank öffnet sich mit einem Scheppern, als ich an dem silberfarbenen Griff ziehe. Darin befinden sich ein paar Ordner in einer Reihe.

Mein Finger hält bei einem dunkelblauen Lederordner inne. Auf dem Etikett steht »Presseausschnitte«. Ganz eindeutig hat jemand Zeit und Sorgfalt auf die Zusammenstellung verwendet.

Ich setze mich hinter einem Schreibtisch so auf den Boden, dass man mich von der Tür aus nicht sehen kann, falls jemand hereinkommt. Dann öffne ich den Ledereinband und blättere die ersten paar Seiten um, ohne innezuhalten; auf jede hat man mehrere Zeitungsausschnitte geklebt. Durchsichtiges Klebeband hält *ihre* Geschichte zusammen.

Beim Blättern wird mir klar, dass es Hunderte Artikel sein müssen. Manchmal sind drei oder vier auf einer einzigen Seite, und manchmal sind sie so lang, dass man sie beschnitten und über ein paar Seiten verteilt hat.

Schlagzeilen in großen schwarzen Lettern schreien mich vor grauem Hintergrund förmlich an:

»Sex-Sekte in winzigem Dorf«

»Irrer Sektenführer missbraucht Kinder«

»Orgien und Prostitution für Christus«

Schwarz-Weiß-Fotos begleiten die Artikel. Auf vielen von ihnen sind meine Eltern zu sehen.

Ich betrachte die Gesichter von meiner Mom und meinem Dad. Lächelnd stehen die an verschiedenen Stellen im Haus, manchmal auch draußen, mit ihren »weltlichen« Frisuren, ihren Jacketts, mein Vater mit seinem Theaterschnurrbart, meine Mutter mit ihrem breiten Lächeln.

Das Gesicht meines Dads sieht man neben einem Text, der so lautet:

> Anführer der Gruppe ist der 41-jährige frühere Feuerwehrmann Gideon Scott, der sich selbst zum »Haushirten« des britischen Zweigs der *Children of God* ernannt hat, die denselben Führer hat, David Berg. Scott, dessen Frau Rachel Psychologin ist, hat elf Kinder. Gestern sagte er: »Wir haben nichts zu verbergen. Wir haben die Türen im Einklang mit den Lehren Jesu weit geöffnet.«

Mom ist doch keine Psychologin, oder?

Ich weiß, dass sie zur Uni gegangen ist, aber ich dachte, sie hätte das Studium abgebrochen. Vielleicht klingt es besser, wenn man sagt, dass sie Psychologin ist.

Im Artikel redet mein Dad weiter:

> »Wir sind eine normale christliche Gruppe, und es gibt Millionen von Christen, deren Glauben genauso real und umfassend ist wie unserer. Wir erlauben die freie Liebe zwischen Erwachsenen in gegenseitigem Einverständnis, und unsere Kinder können Sex haben, wenn sie über sechzehn sind, aber nicht mit Erwachsenen. Ich glaube nicht an Verhütung, ich nehme an, deswegen habe ich auch elf Kinder – und soweit ich weiß, sind sie alle von mir.«

Ich blättere weiter und entdecke einen Artikel mit der Schlagzeile »Prostituierte für Jesus«:

> Nach ihrer Gründung kam die Sekte nach Großbritannien, wo die Praxis, neue Rekruten anzuwerben, indem man sie verführte, den Anhängern den Namen »Prostituierte für Jesus« einbrachte. Der Sekte wurde vorgeworfen, junge Leute zu entführen und einer Gehirnwäsche zu unterziehen, ihnen den Kontakt zu ihren Familien zu untersagen, während sie indoktriniert wurden. In letzter Zeit gab es in Bezug auf die Sekte Vorwürfe des sexuellen Missbrauchs, und mehrere staatliche Behörden in Australien haben mit ihren Ermittlungen begonnen.

»Gehirnwäsche«, sage ich leise vor mich hin. Interessant, darüber sprechen meine Eltern die ganze Zeit.

Wie wäscht man denn ein Gehirn? Meines fühlt sich voll an, zu voll, nicht sauber und gewaschen.

Mein Finger bleibt an einem Artikel hängen, in dem die Kinder während der Razzien beschrieben werden. Diese Szenen habe ich mir schon unzählige Male vorgestellt.

> Der Polizeichef, dem die Leitung der Operation oblag, war erschüttert über den Zustand, in dem sich die Kinder befanden: »Sie wirkten wie Marsmenschen, autistisch«, berichtete er. »Sie lebten in Einzelzellen und beantworteten Fragen wie Automaten. Wann immer eines von ihnen etwas sagen wollte, schaute ein anderes es an, und dann schwieg das Kind, voller Angst.«

Autistische Marsmenschen, ha, das würde Maria sehr gefallen.

Ich versuche mir vorzustellen, wie wir von außen betrachtet wirken. Ich denke darüber nach, wie wir uns selbst und gegenseitig überwachen, sogar die Kinder. So ist es schon immer gewesen. Wirken wir wirklich wie autistische Marsmenschen, wenn man uns mit den Kindern »da draußen« vergleicht, mit den Kindern vor dem Tor zum Beispiel, die eigenes Geld bekommen und ihre Zeit damit verbringen, uns anzuschreien? Sind wir Roboterversionen dieser Kinder?

Die Rollläden sind mit Gewalt hochgehoben worden, und man hat mir erlaubt, durch einen Spalt im Fenster aus ihrer Welt in unsere zu schauen. Dort liegt sie in Schwarz-Weiß vor mir. So sehen *sie* uns.

Mein Finger folgt Zeile für Zeile den auswendig gelernten Antworten, die auf die Seiten gedruckt sind: »kein Missbrauch«, »niemals passiert«, »glückliches Leben«.

Die schwarz-weißen Worte, die meine Eltern von sich gegeben haben, Worte, wegen derer ich so stolz auf sie war, wegen ihrer Geistesgegenwart, ihrer Intelligenz, ihren so klugen Antworten. Ich war so stolz, weil man sie ausgewählt hatte, um unsere Kindergeneration zu beschützen, obwohl ich wusste, dass sie logen – das taten sie schließlich, um uns zu beschützen.

Sie beschützten doch *uns*, oder?

Ich kann den Ordner einfach nicht weglegen, ich kann meinen Finger nicht daran hindern, durch die Artikel zu jagen, und jeder dieser Artikel gibt noch mehr preis. Rasend schnell lese ich den Bericht eines Journalisten über konfiszierte Videos mit sexuellem Inhalt:

> »Es gibt Amateurvideos, von denen es heißt, Mitglieder einer Sekte hätten sie aufgenommen, einer Sekte namens *Family of Love*. Diese Videos, die von Fernsehsendern in Argentinien gezeigt werden, zeigen nackte Mädchen, manche nicht älter als acht Jahre, die in provokanten Posen tanzen. Beamte in Argentinien sagen, bei Razzien in sieben Heimen, die von der Sekte geführt werden, seien pornographische Videos und Schriften konfisziert worden. Aus gerichtlichen Quellen heißt es, dass auf einigen dieser Bänder Sex zwischen Kindern und Erwachsenen zu sehen ist, in einem Fall auch zwischen einem Vater und seiner Tochter.«

Ich habe nicht gewusst, dass während der Razzien Dinge konfisziert wurden. Davon haben meine Eltern uns nichts erzählt.

Doch während ich weiterlese, überfällt mich eine Erinnerung an Südafrika. Ich sehe mich als Fünfjährige, wie ich diese Filme anschaue, die junge Mädchen für Moses David gemacht haben. Uns wurde gesagt, sie wären wunderschön, ein Ausdruck der Liebe.

Nun erinnere ich mich an den Tag, an dem einige der Aunties und junge Mädchen sie in unserem Heim aufnahmen. Wir durften an einem bestimmten Fenster nicht vorbeigehen, damit wir nicht »im Hintergrund« erschienen. Ich konnte hören, wie aus dem Zimmer, in dem man die Kamera aufgebaut hatte, laute Musik erklang. Ich und Joel fanden einen Ort, von dem aus wir zuschauen konnten. Durch den Netzvorhang konnte ich gerade so die Umrisse der Mädchen erkennen. Sie zogen sich mit erotischen Gebärden aus, langsam, bewegten die Hüften zum Klang der Musik. In unserem Versteck machten Joel und ich das nach, rieben uns spöttisch und lachten lautlos.

Die Schlagzeile auf der nächste Seite lautet:

DAVID BERG MISSBRAUCHT EIGENE ENKELIN

»... Seine Enkeltochter hat ihm vorgeworfen, sich ihr sexuell genähert zu haben, als sie fünf Jahre alt war ...«

Ich habe jeden einzelnen Tag meines Lebens in dieser Gruppe verbracht, und sogar für mich, die ich diese Welt von innen heraus kenne, ist es schockierend, das zu lesen. Keine Neuigkeit, aber jetzt lese ich das Ganze *anders*. Es ist, als sähe man das eigene Gesicht, wie es von hinten in einem Spiegel reflektiert wird, die eigenen Gesichtszüge werden umgekehrt. Man hat sein ganzes Leben lang sein Gesicht auf eine bestimmte Weise gesehen, und jetzt schaut man es an und erkennt es nicht wieder, alles scheint seitlich wegzugleiten.

Ich habe Moses Davids Schriften über seine sexuellen Fantasien mit seiner Enkelin Mene gelesen, aber irgendwie ist dieses Wissen einfach in dem untergegangen, was wir erlebten und was man uns beibrachte. Es war nur ein kleiner Teil davon, stach nicht einmal besonders hervor.

Jetzt springen diese Worte mich förmlich von der Zeitungsseite an, und mir ist ein bisschen übel. Mir ist übel, weil ich es erst jetzt als völlig gestört empfinde, wo ich es in diesem dunklen, beigen Büro in einem Ordner mit Zeitungsausschnitten lese.

Wieder blättere ich um. Meine Hand zittert, und ich frage mich, was wohl jetzt kommt. Ich hole scharf Luft, und das Geräusch durchschneidet sehr laut den schwach beleuchteten Raum. Ein Foto schreit mich aus der Mitte förmlich an. Es ist einige Jahre alt, schwarz-weiß und grobkörnig, aber das bin ganz eindeutig ich. Als ich es an der Ecke berühre, erscheint ein grauer Fleck auf meiner Fingerspitze, und dadurch wird mir bewusst, wie real das Ganze ist – so real, dass es sich von der Seite erhebt und einen Fleck hinterlässt. Es wurde an dem Tag aufgenommen, als wir zu den Demonstrationen nach London gefahren sind. Ich stehe vor der argentinischen Botschaft, trage die Jeansjacke, die sie mir gegeben haben und die ich so toll fand. Mein Kindergesicht ist verzerrt, weil ich mit rauer Begeisterung aus Leibeskräften schreie.

Mir war nicht klar, dass ich so aussah. Meine Haare sind dem niedrigen Pferdeschwanz entkommen, sie kräuseln sich um mein Gesicht. Ich sehe so viel kleiner aus als die Leute um mich herum. Kleiner, als ich es mir vorgestellt habe. Ich sehe aus wie ein Kind. Am Tag der Aufnahme habe ich mich nicht so gefühlt – ich habe mich gefühlt wie eine Erwachsene, ich fühle mich schon seit Jahren wie eine Erwachsene.

Ich erkenne mich selbst nicht wieder.

Die Schlagzeile lautet: »CHILDREN OF GOD SCHLAGEN ZURÜCK.«

In meinen winzigen ausgestreckten Armen halte ich, wie einen Hirtenstab, ein Banner. Darauf steht in großen Buchstaben in meiner ungelenken Schrift: »Lasst unsere Kinder nach Hause«.

13. Kapitel

Nichts verzeihen: Sechzehn Jahre danach

Meine Eltern sind weg.

Mein Blick ist auf den Läufer in der Mitte des Fußbodens gerichtet. Pflanzenmuster sind darin eingewoben, ihre Blätter strecken sich nacheinander aus. Ich starre so heftig darauf, dass sie zu blinken beginnen, sich aufeinander zubewegen wie zitternde, bebende Arme, die nach Trost suchen. Aber sie können sich nicht berühren, es fehlt ein ganz kleines Stück.

Ich sitze in meinem Wohnzimmer in London. Seit sechs Monaten bin ich von meiner Reise zurück, habe mich fast wieder an das Leben in London gewöhnt. Aber die letzten vierundzwanzig Stunden haben alles verändert.

Ich habe gerade meine Eltern interviewt.

Ich spüre nichts. Ich bin nicht wütend, ich bin nicht traurig.

Ich fühle mich wie betäubt.

»Bitte schön …« Paz kommt mit einem Glas Wasser herein. Ich kenne ihn seit acht Jahren. Er ist Produzent, er ist mein Resonanzboden, er ist ein guter Freund. Vielleicht hat er gedacht, wir würden jetzt eine Party der Sieger erleben, doch ich sitze hier in fast katatonischem Zustand.

»Danke.« Das Wort trocknet mir den Mund aus, während ich es sage.

Gestern hätte ich zurück in die Staaten fliegen sollen, aber die Gruppe, bei der ich wohnen sollte, hat mir abgesagt. Enttäuscht und verwirrt saß ich in meiner Küche und grübelte darüber nach, was ich als Nächstes tun sollte. Und während ich da so saß, ging ein Anruf von einer unbekannten Nummer ein. Es war mein Dad.

»Wir sind in GB, und wir wollen dich sehen.«

War das ein Zeichen? Sollte darin mein nächster Schritt bestehen? Vielleicht hat es die ganze Zeit so sein sollen.

Zurück an die Quelle.

Jetzt, eine knappe halbe Stunde nach ihrem Aufbruch, mache ich alle Schotten dicht. Alles schrumpft, als wäre das, was in diesem Raum vorgefallen ist, am Ende eines Tunnels geschehen, oder als säße ich vor einem Teleskop, das in die falsche Richtung eingestellt ist. Es ist, als würde ich in ein winziges Guckloch schauen. Mein Gehirn versucht sich selbst zu schützen, die Gefühle der Scham und des Versagens zu minimieren, die sich irgendwo am Rand befinden und deren bösartige Schatten aus den Ecken zu mir hereinkriechen.

Alle haben mir gesagt, es würde schwer werden, meine Eltern zu treffen.

Alle haben mir gesagt, es würde etwas mit mir machen, wenn ich sie nach all den Jahren wiedersehen würde.

Alle haben mir gesagt, es würde mich einen oder zwei Schritte zurückwerfen.

Sei vorsichtig.

Aber die Geschichten, die ich mir selbst erzählt habe, über meine Stärke und über das, was ich aushalten kann, waren lauter als »alle anderen«. Ich würde sie nur filmen müssen. Um alles andere würde ich mich schon kümmern. Ich bin eine erfahrene Interviewerin – heute können sie mir nichts mehr anhaben, nicht wie damals, als ich ein Kind war.

»Also …? Hast du sie so richtig fertiggemacht?«, fragt Paz.

Ich frage mich, ob er scherzt, und trinke einen großen Schluck Wasser.

»Ich glaube nicht«, gebe ich zurück und bin verwirrt. »Ich weiß es nicht.«

»Soll ich mir das Ganze mal ansehen?«, schlägt er vor und geht auf die Kamera zu, die noch immer auf ihrem Stativ steht, eine Zeugin im Raum, immer noch auf die Couch gerichtet, auf der die beiden gesessen haben.

»Nein, nein, nein«, wehre ich ab.

Fuck. So schlimm ist es also.

Ich möchte glauben, dass das, was gerade passiert ist, überhaupt nicht passiert ist. Wenn Paz es sich anschaut, ist das die Bestätigung dafür, dass es wirklich passiert ist.

»Okay, okay ... Dann lasse ich es.« Paz sieht mich besorgt an. »Du musst etwas Stärkeres trinken als das hier. Was hast du denn noch im Haus?«

Als ich jetzt etwas sage, klingt meine Stimme dünn und schwach. »Ich dachte wirklich, ich würde mich inzwischen anders fühlen. Es wäre eine Erleichterung ... Ich fühle mich einfach widerlich.«

Ich kann ihre Anwesenheit immer noch riechen, sogar ihre Kleidung, das Old-Spice-Aftershave, das mein Vater trägt. Und trotzdem, ist das Ganze wirklich passiert?

Und ob.

***

Meine Mom und mein Dad saßen auf meiner Couch, zwei Gestalten, von einer Lichterkette auf dem Boden angeleuchtet. Mom trug einen langen Rock und ein weißes Oberteil, Dad ein Hemd mit vielen Knöpfen und eine Strickjacke. Beide sahen alt aus.

Kunst und Fotografien bedeckten jede freie Fläche. Es gab fast keine freie Stelle an den Wänden und auf dem Fußboden in diesem winzigen Wohnzimmer; überall war der Krimskrams, den ich besaß und der das hier zu »meinem Zuhause« machte.

Es war seltsam, sie hier zwischen meinen Sachen sitzen zu haben.

Ich hatte alles für das Interview aufgebaut, mein Stativ eingestellt, meine Memorycards und die Tonanlage überprüft.

Mein Dad trug immer noch seinen Schnurrbart, aber sein Haar war inzwischen ganz grau. Moms Haar, früher immer schwarz, war jetzt blond. Es war seltsam, sie so zu sehen – es fiel mir schwer, sie mit der Mom in Verbindung zu bringen, die ich als Heranwachsende gehabt hatte.

Wahrscheinlich wollte sie einfach nicht zeigen, dass sie langsam alt wurde.

Sie sprachen von der Diät, die sie gerade machten, »der Hollywood-Diät«. Ich hörte, wie mein Vater den Begriff »Carb Cycling« verwendete.

Wie seltsam, dass zwei Angehörige einer Sekte sich genug Sorgen um ihr Gewicht machten, um eine Modediät zu befolgen, die das Wort »Hollywood« im Namen trug. Das wirkte so körperfixiert und weltlich, nicht besonders göttlich.

Einfach nur total seltsam, dachte ich.

»Dann setze ich mich hierhin, und ihr beiden könnt da drüben Platz nehmen«, sagte ich, während ich nervös an der Technik herumfummelte.

»Wirst du eine Kamera verwenden oder zwei?«, erkundigte sich mein Dad in autoritärem Tonfall.

Ich machte einen Schritt auf die beiden zu, versuchte, ein wenig Raum einzunehmen und in den »Filmemacherinnen«-Modus zu kommen.

»Wir werden in diesem Interview über Dinge reden, die ihr relevant finden werdet, und über andere, die andere Leute relevanter finden werden.«

Ich schaute sie über die Lichterketten hinweg an, zwischen dem Portrait, das ich von meiner Oma gemalt hatte, und den Fotografien aus Lebensjahren, die ich ohne die beiden verbracht hatte. Wie würde ich die Liste der Ungerechtigkeiten aus meiner Kindheit ansprechen, die hier, in diesem Zimmer, ein ganzes Leben weit weg zu sein schienen? Wie sollte ich ein Gleichgewicht zwischen den Bedürfnissen des Kindes von *damals* und denen der Erwachsenen herstellen, die ich heute war?

»Ganz reizend!«, hörte ich mich selbst sagen, als ich mit dem Aufbau fertig war. Ich klang wie eine Hausfrau aus den 1950er-Jahren, die für ihre Gäste eine Pastete frisch aus dem Ofen hereinbrachte – nicht wie eine Frau, die ihre Eltern mit bestimmten Dingen konfrontieren wollte. Ich setzte mich ihnen gegenüber hin und wagte einen langsamen Schritt nach vorne.

»Wahrscheinlich ist es gut, damit anzufangen, wie viel ihr über den Film wisst, den ich gerade mache?«, begann ich.

Meine Mutter zog ihr Oberteil zurecht und lächelte.

»Nun, wir wissen nicht besonders viel darüber«, sagte sie. »Wir wissen, dass du einige religiöse Gemeinschaften besucht hast, aber wir würden uns wirklich sehr für weitere Details interessieren. Bei welchen Gruppen warst du denn genau, und wie war es dort? Welche Erfahrungen hast du gemacht?«

Ich beantwortete ihre Fragen, zählte Gruppen und Daten auf, und dann wurde mir bewusst, dass die Rollen sich umgekehrt hatten. Ich beschrieb die Zwölf Stämme, erzählte meinen Eltern eine kurze Geschichte der Ananda, redete wie auf Autopilot.

»Ich habe mich auf die Kinder konzentriert. Die Fragen, die ich Familien gestellt habe, drehen sich alle darum, wie man Kinder in Gruppen großzieht, wenn man nicht unbedingt weiß, wie das Ergebnis aussehen wird – wenn ihr versteht, was ich meine«, versuchte ich dann, das Gespräch auf uns zu lenken.

Hielt ich mich etwa für raffiniert?

Ein schwacher Beginn!

Meine Mutter lächelte sanft.

»Das klingt logisch, aber wahrscheinlich hast du erkannt, dass die Erwachsenen dort sehr wohl wissen, wo das Ganze hinführt«, kommentierte sie. »Sie glauben, dass die Kinder rein und von der Welt abgeschieden bleiben werden. Darin besteht ihre Hoffnung, das wünschen sie sich, das ist das Endergebnis, auf das sie hinarbeiten. Deswegen sind sie wahrscheinlich auch sehr enttäuscht, wenn ihre Kinder dann die Gemeinschaft verlassen. Es ist wahrscheinlich vielleicht gar nicht das, was sie am Anfang erwartet haben. Ich gehe davon aus, dass sie sich wünschen, dass ihre Familien zusammenbleiben, innerhalb der Gruppe.«

Sie. Die Kinder. Wir. Die Gruppe.

Wir schlichen um unsere eigene Geschichte herum, benutzten Geschichten anderer Leute, um über unsere eigene zu reden, ohne uns »zu outen«, wie eine nur unzureichend verpackte »Ich frage für einen Freund«-Strategie. Ohne Verbindung, ein Bezug ersten oder zweiten Grades.

»Ja«, fuhr ich fort. »Ziemlich kompliziert das Ganze, denn für mich war es ganz offensichtlich … Ich habe … Wisst ihr … Wir haben doch unsere riesengroße Familie und unsere eigene Geschichte, und wir setzen uns jetzt mit den Problemen und Konsequenzen dieser Situation auseinander.«

Worauf wollte ich hinaus? Ich fragte nicht mehr nach ihrer Schuld oder auch nur nach ihrer Verantwortung als die einzigen Menschen in »unserer Familie«, die irgendwelche Macht gehabt hatten.

Dann wieder verwässerte ich das Ganze, indem ich über »andere Leute« sprach – die Zwölf Stämme.

»Ich habe also mit Familien gesprochen, die kleine Kinder haben, und die Eltern sind sich ganz sicher, dass diese Kinder die Sekte nie verlassen werden. Wahrscheinlich liegt das daran, dass die Kinder noch nicht in der Pubertät sind, sie haben ihre rebellische Phase noch nicht erreicht. Und obwohl unsere Geschichte nicht die Geschichte von allen ist, denke ich: *Na ja, vielleicht bleiben sie. Aber man sollte sich auch darauf vorbereiten, dass sie möglicherweise gehen werden.*«

»Ich glaube, da gebe ich dir recht«, meinte meine Mutter.

Tatsächlich?

»Ich vermute, wir hatten unrealistische Erwartungen, und wahrscheinlich ist das bei diesen Leuten auch der Fall. Weil man als Erwachsener denkt, dass man etwas so Wunderschönes gefunden hat, dem man sein ganzes Leben widmen will, möchte man, dass die eigenen Kinder dasselbe tun.«

Wie normal das alles klang – »etwas so Wunderschönes« –, wie eine Berufung. So ähnlich, als würde man sich plötzlich für Jura interessieren oder für einen gesunden Lebensstil, als würde man zum Beispiel darauf bestehen, dass die Kinder als Vegetarier lebten. Ganz einfach.

Während sie das sagte, konnte ich spüren, wie ich in *ihre* Version unserer Geschichte hineingezogen wurde.

»Jeder muss seine eigene Entscheidung treffen«, fuhr sie fort, »und wir haben gehofft, die Kinder würden dieselbe Wahl treffen wie wir. Jeder muss zu seinem eigenen Glauben finden, worin auch immer dieser Glaube besteht. Wir selbst – in der Phase, über die wir gerade sprechen, 1968,1971, als wir der Sekte beigetreten sind – fanden die Vorstellung schrecklich, dass wir in irgendwelche Muster passen sollten. Und trotzdem haben wir dasselbe mit unseren eigenen Kindern versucht. Und warum?«

»Weil wir geglaubt haben, wir hätten ein besseres Rezept«, beantwortete mein Vater ihre Frage.

Dann machte er eine lange Pause, als hätte er eine größere Zuhörerschaft als die Anwesenden in diesem Zimmer. Vielleicht war es das Publikum hinter der Kamera, zu dem er sprach.

»Ich habe mir meine Eltern angeschaut, und ihre Motivation hat darin bestanden, finanzielle Sicherheit zu erlangen, eine gute Ehe zu führen. Ein Haus zu besitzen, ein Auto. Und darin, dass die Kinder das weiterführen würden, damit es ihnen ein bisschen besser geht als einem selbst. Und meine Motivation hat darin bestanden, die Welt zu einem besseren Ort zu machen. Und auf die gleiche Art und Weise wollte ich, dass meine Kinder ein besseres Leben führen würden als ich. Weil sie diese Mission besser würden erfüllen können als ich, die Mission, die Welt zu einem besseren Ort zu machen.«

Schon wieder. Alles erschien so einfach. Wir hatten dieses Leben geführt, um die Welt zu einem besseren Ort zu machen. Alles, was uns Kindern widerfahren war, geschah aus dieser Motivation heraus.

Und jetzt, wo man ihm eine Bühne zur Verfügung gestellt hatte, begann er abzulenken, mit Geschichten von anderen Religionen und mit Geschichten über die Familien anderer Leute. Er redete über Nonnen, die westlich vom Hyde Park gelebt hatten, oder darüber, wie Muslime lebten. Er sprach ganze zwanzig Minuten lang, während ich stumm dasaß.

Was zum Teufel passierte denn hier gerade?

Wir tanzten umeinander herum, in einer nicht realen Welt, in der niemand die Wahrheit sagte, in der alles eine andere Farbe oder eine andere Schattierung hatte, als es eigentlich hätte haben sollen. In einem Bild, das aus so vielen Unwahrheiten bestand, dass eine ganz und gar andere Szene zum Vorschein kam. Aber das geschah Stück für Stück, sodass man es nicht bemerkte, bis man einen Schritt zurücktrat und dachte: *Was zur Hölle ist denn das?*

Ich verhedderte mich in ihrer überarbeiteten Version der Wahrheit – so sehr, dass mir meine eigenen Erinnerungen vorkamen wie Lügen, dass mir meine Vergangenheit nicht mehr real erschien. Wären diese beiden alten Menschen, die hier in meinem Haus in London saßen, überhaupt jemals einer Sekte beigetreten? Hätten sie es zugelassen, dass uns, dass *mir* solche Dinge geschahen?

Meine sehr reale Vergangenheit verschwamm mit jedem Wort mehr. Es war ein dicker, schwerer Nebel, aus dem ich mich wieder herauskämpfen musste.

Ich erstickte fast an dem ganzen Schwachsinn, an ihrem und an meinem eigenen. Ich musste das alles in irgendeine Wahrheit zurückholen.

Also sprach ich über die Kinder, die ich von den Zwölf Stämmen kannte, über die Kinder, deren Dad die Sekte *um ihretwillen* verlassen hatte, und darüber, welches Gefühl das in mir ausgelöst hatte. Ich sagte, dass er der Held war, von dem ich als Kind geträumt hatte, und dass seine Frau, Derusha, nicht mit ihm zusammenlebte.

Ich hatte Derusha, während sie dagesessen hatte, als kinderlose Frau, die Frage gestellt, ob sie das Ganze inzwischen anders machen würde, und sie hatte Nein gesagt.

»Mir fällt es schwer, eine Person zu begreifen, die nichts anders machen würde, wenn ihr versteht, was ich meine«, sagte ich zu meinen Eltern.

War das wirklich meine Art und Weise, sie zu fragen, ob sie irgendetwas bedauerten? Bekam ich das nicht besser hin?

Ich hatte das schon getan, ich wusste, dass ich es konnte – aber nicht bei ihnen, wie es aussah.

»Es gibt Dinge, die wir ganz sicher anders machen würden und die wir wirklich bedauern«, sagte meine Mutter.

»Als ich jünger war, habt ihr da den Entscheidungen zugestimmt, die man damals für uns getroffen hat?«, fragte ich.

Ich wusste, wovon ich sprach, und sie wussten es auch. Dennoch fasste sich niemand ein Herz und sagte es.

»So richtig schlimm war es doch nur ein Jahr lang«, meinte Mom.

Davon hatten sie sich überzeugt, das hatten sie sich selbst eingeredet, und jetzt wollten sie es mir einreden.

»Es gab da einige Entscheidungen, mit denen wir nicht einverstanden waren«, sagte mein Dad. »Aber dann muss man eine Wahl treffen: Bin ich so sehr anderer Meinung, dass ich von hier wegwill? Oder bin ich bereit zu denken: Okay, ich stimme dem hier nicht unbedingt zu, aber vielleicht durchschauen es andere Leute besser als ich?«

Ich wusste, dass er wusste, wovon ich da sprach, denn er sagte: »Sie hatten es auf den Philippinen ausprobiert, und sie hatten uns gesagt, es funktioniert, deswegen haben wir einfach weitergemacht.«

Das, womit sie »einfach weitergemacht« hatten, waren die Victor-Lager.

Mit der Züchtigung ihrer eigenen Kinder. Und mit den Schweigegeboten.

Ich versuchte sie zu pushen. Ich schrie, schrie laut. Irgendwo hatten sie immer noch eine Macht über mich, die mich in ein kleines Mädchen verwandelte.

Und was hatte dieses kleine Mädchen getan, um zu überleben? Den Mund gehalten. Ihnen zu gefallen versucht, in dem Wissen, dass ihre Liebe auf einem Handel beruhte; man musste sich diese Liebe verdienen. Das kleine Mädchen hatte gewusst, dass eine Art der Sicherheit darin lag, lieb und still zu sein, unsichtbar.

Hier war ich, und ich glitt wieder in diese Rolle hinein.

Wir umkreisten diesen Punkt, kamen der Wahrheit näher, blieben aber an ihrem Rand, und meine Mutter fing an zu weinen. Ich beobachtete sie, die Augen voller Tränen, das Kinn zitternd, und ich empfand ihren Tränen gegenüber nur ein hohles Gefühl. Es war, als würde ich jemanden beobachten, der eine Emotion imitiert und vielleicht abzulenken versucht.

»Das ist eine traurige Situation für eine Familie, aber tatsächlich erlebt jede Familie Verletzungen«, unterbrach mein Dad das Ganze. »Jede Familie durchlebt alle möglichen verschiedenen Situationen, Entwicklungen und Veränderungen. Eine Scheidung kann eine Familie zerstören, und es kann lange dauern, bis diese Wunde verheilt. Deswegen ist die religiöse Gemeinschaft ein Beispiel für eine Familie, die unter Spannung stehen kann. Aber auf der ganzen Welt gibt es Familien, die unter Spannung stehen.«

Wieder ein Ablenkungsmanöver. Und wieder unternahm ich *nichts* dagegen.

»Aber was uns am schwersten auf dem Herzen liegt, was uns nachts wachhält und was wir oft besprechen, ist folgende Frage: Wie können wir eine vollständige Familie sein? Das ist uns extrem wichtig, ganz extrem wichtig, und damit, das herauszufinden, wollen wir auch mehr Zeit verbringen«, erklärte meine Mutter.

Ich wusste, dass sie das so empfunden hatte. Vor einigen Monaten hatte sie mir aus heiterem Himmel eine E-Mail mit ein paar wirren Zeilen geschickt. Es ging darum, dass sie geträumt hatte, sie wäre gestorben und niemand wäre zu ihrer Beerdigung gekommen.

Eine E-Mail, auf die ich nicht reagiert hatte.

»Wie würde denn da der erste Schritt aussehen?«, erkundigte ich mich.

»Ich denke, einer unserer Schritte – jedenfalls bin ich der Ansicht, dass wir ihn unternommen haben – besteht darin, dass wir bei jedem von euch akzeptieren, wo ihr gerade seid«, meinte mein Dad.

Erreichten wir hier gerade alle etwas? Ging es hier um ihn oder um uns? Es fühlte sich nicht richtig an.

Ich fragte, warum die beiden die Repräsentanten für die Medien gewesen waren und wie sie sich jetzt deswegen fühlten. Sie erzählten mir, dass es auch in diesem Zusammenhang Dinge gab, die sie bedauerten.

»Wir hätten euch dem nicht aussetzen sollen – und auch nicht zulassen dürfen, dass ihr ein Teil davon werdet«, sagte mein Dad.

»Wie meinst du das?«, fragte ich nach. Sein Schuldeingeständnis brachte mich aus der Fassung.

Er schwieg kurz.

»Wir hätten an die Langzeitfolgen davon denken müssen, dass es Fotografien von euch in den Zeitungen gab«, antwortete er dann.

Das verwirrte mich. Darüber hätte ich wirklich am allerwenigsten nachgedacht. Bei all den Dingen, die wir getan hatten, bei alldem, was für uns schädlich gewesen war, war es *das*, was sie anders gemacht hätten?

Man hatte uns beigebracht, vor der Kamera zu lügen. Wir hatten Medientraining bekommen. Wir hatten ihren Schwachsinn von uns gegeben, bis er sich angefühlt hatte wie unsere Wahrheit.

»Du konntest das wirklich gut«, meinte meine Mutter und unterbrach damit meine Gedanken.

»Was?«, sagte ich, und es erschreckte mich, wie schmutzig sich dieses Lob anfühlte.

Durch ihr Lob wurde ich zur Mitschuldigen in dieser Täuschungskampagne.

»Du warst richtig, richtig gut«, stimmte ihr mein Dad zu.

***

Jetzt sitze ich da, mit einem Whisky in der Hand. Paz ist still. Wir gehen die Dinge durch, die sie gesagt haben, und wie ich an diesen Punkt gekommen bin.

Was habe ich mir denn eingeredet? Dass ich eine tapfere, ach so tapfere Kriegerin wäre? Dass ich mich in einer Prüfung befand, als ich weiteren Gruppen beitrat, dass ich die »Wahrheit ans Licht bringen« und damit Kinder retten könnte? Dass ich machtvoll und stark wäre? Und dass ich mich vielleicht auf diese Weise selbst würde retten können?

Ich bin eine Frau, die sich ihren Ängsten gestellt, eine Sekte verlassen und sich ein neues Leben erschaffen hat. Und trotzdem haben meine Eltern noch immer eine gewisse Macht über mich. Das zuzugeben macht mich krank. Die Trümmer dieses Krieges bedecken mich mit einem klebrigen Gefühl der Verachtung.

Ich betrachtete die beiden Menschen, die mich gemacht hatten. Ich wollte, dass sie wirkten wie doppelzüngige Echsenmenschen aus dem All – oder wenigstens wie die Anführer einer kranken Sekte. Stattdessen sah ich meine Eltern.

Normal. Alt. Harmlos? Warum sahen sie nur so scheißnormal aus?

Der unsichtbare Kampf in diesem Zimmer fand zwischen den Momenten ihres Verrats statt, von denen einer auf den anderen folgte. Aber hatten sie mir nicht auch zu essen gegeben? Und Kleidung? Was war mit all den Malen, die meine Mutter mich in ihren Armen gewiegt hatte? Und vor allem: *Hatten sie mich nicht erschaffen?*

Es ist der Kampf zwischen der Zärtlichkeit, die ich empfangen habe, auch wenn es niemals genug war, und der Grausamkeit, die ich erlitten habe, weil sie mich vernachlässigten oder, schlimmer noch, weil sie mit eigenen Händen Gewalt ausübten. Ich erkenne die Tricks, die sie benutzt haben, und ich habe begriffen, dass ich selbst zur Täuscherin geworden war – »wirklich gut darin«.

Ich habe ihr aufgeblasenes Selbstbewusstsein und ihre falsche Aufrichtigkeit gesehen, und das macht mich krank, weil es so war, wie in einen Spiegel zu schauen und alles zu sehen, was ich an mir selbst hasse, und alles, von dem ich fürchte, dass es mich zu derjenigen macht, die ich wirklich bin. Denn wie man es auch dreht und wendet, ich bin ein Teil von ihnen.

Ihr Ebenbild. Ihr Fleisch und Blut. Ihr Kind.

Ich habe die letzten fünfzehn Jahre damit verbracht, jemand anders zu werden, so weit wie möglich von dem entfernt, was sie geschaffen haben. Ich habe versucht, mich vor dieser Wahrheit zu verstecken: dass ich diesen Leuten näherstehe, als ich mir eingestehen will. Ich habe mir selbst ein Werkzeug nach dem anderen in die Hand gegeben – einen neuen Akzent, eine andere Frisur, einen neuen Namen, eine Identität in Form einer Karriere als Witzemacherin, als fürsorglicher Mensch, als jemand, der den Leuten gefallen will, als ehrgeizige Frau. Aber war ich unter all den Schichten nicht immer noch dieses Kind? Und stehe ich nicht sogar jetzt noch, so viele Jahre später, unter ihrer Kontrolle?

»Hmmmmmmm«, sagt Paz.

Wie lange habe ich jetzt schweigend ins Nichts gestarrt?

Er sieht aus, als würde er sich auf die Zunge beißen.

»Was?«, frage ich in Abwehrhaltung.

»Ach, nichts, lass uns doch ein andermal darüber reden. Ich glaube, du brauchst einfach noch einen Drink und ein paar Stunden ordentlichen Schlaf.«

»Nein, jetzt hast du damit angefangen, also sprich auch weiter«, fordere ich ihn auf.

»Also, ich habe dir nie geglaubt, wenn du gesagt hast, du hättest deinen Eltern verziehen«, sagt er.

»Was?« Ich schreie es fast.

»Tut mir leid, ich weiß, das hast du geglaubt. Ich weiß, du dachtest, alles wäre geklärt und vorbei, und dass du auf diese Reise gehen und objektiv sein könntest, dass du so diesen Showdown mit ihnen durchziehen könntest. Aber abgenommen habe ich dir das nie.«

»Aber ich habe das geglaubt, wirklich. Ich habe das vor Jahren getan, ich habe dir doch erzählt, wie das war. Ich musste das tun, um darüber hinwegkommen zu können.«

»Genau das ist es – du bist nicht darüber hinweg. Schau dich doch an, du bist wütend. Ganz offensichtlich, hat dir das noch nie jemand gesagt? Du hast ihnen kein bisschen vergeben! Wenn du das glaubst, belügst du dich selbst.« Er sagt das mit einer Stimme, aus der nichts außer Sorge um mich spricht. Er will mir nicht wehtun, er hat nichts zu gewinnen.

»Ich *bin* darüber hinweg«, wiederhole ich, und gleichzeitig wird mir klar, wie albern ich klinge.

»Wenn du das glaubst, wirst du dir nicht zugestehen, das zu empfinden, was du empfindest. Wenn du dir nicht zugestehst, das zu empfinden, was heute Abend passiert ist, und dich nicht mit der Scheiße auseinandersetzt, die dadurch in dir hochkommt – dann wird das Ganze vielleicht richtig gefährlich für dich.«

»Falls du hergekommen bist, um mir zu sagen, dass ich erbärmlich, schwach und dumm bin und in der Vergangenheit festhänge, kannst du dich gleich verpissen«, sage ich.

»Ich habe nichts von all diesen Dingen gesagt, Bexy«, gibt er zurück.

»Shit, es tut mir leid. Sorry, ich wollte das Ganze nicht an dir auslassen.«

Es tut mir *wirklich* leid, ich meine es ernst.

»Es ist okay, ich verstehe das schon. Und jetzt trink das.« Er gießt mir einen weiteren Whisky ein.

Ich nehme einen riesigen Schluck, und der Whisky brennt mir in der Kehle, ich ersticke fast daran. Warum brauche ich Alkohol, um meine Nerven zu beruhigen? Warum nicht etwas anderes, warum keine heiße Milch? Ich schaue in die eisig-braune Flüssigkeit, die mit den Halbwahrheiten, meinen Schwächen und meiner Vergangenheit im Glas herumwirbelt.

»Ich bin sehr wütend«, sage ich.

Paz sitzt neben mir und legt seine Hand auf meine. »Wenn man von seinen eigenen Eltern so verraten wird, weiß ich nicht, ob man sich jemals *nicht* wütend fühlen kann. Das Ganze ist einfach nur widerlich.«

Ich nicke und lege meinen Kopf an seine Schulter.

»Wenn ich hier gewesen wäre, hätte ich deinen Dad zusammengeschlagen«, sagt er. »Das weißt du, oder?«

Ich nicke wieder. Seine Güte treibt mir die Tränen in die Augen. Ich trinke noch einen Schluck und presse dann die Handballen tief in meine Augenhöhlen, als könnte ich damit wegschieben, was nun so offensichtlich ist.

»Ehrlich gesagt bin ich wütend auf mich selbst. Allein der Gedanke, dass ich sie reingelassen habe, in mein verdammtes Haus, ekelt mich an, und es bedeutet auch, dass ich mich selbst grausam behandele. Warum habe ich ihnen eine Plattform gegeben? Ich sollte das nicht tun, ich sollte keine Filmemacherin sein, ich sollte das – dieses Projekt – nicht machen, es ist sinnlos. Und mit meinen Eltern zu reden ist auch sinnlos. Was habe ich mir nur davon versprochen?«

Er versucht mich zu beruhigen. »Tritt mal einen Schritt zurück, und schau dir das Ganze aus einiger Entfernung an. In gewisser Weise hilft es dir doch dabei, eine eigene persönliche Reise zu unternehmen, indem du Dinge verstehst und bewältigst, indem du Frieden mit deiner Vergangenheit und deiner Kindheit machen kannst. Selbst wenn dieser Film *niemals* erscheint, ist er doch ein wichtiger Teil deines Lebens.«

Ich weiß, dass seine Worte einen Sinn ergeben, aber ich bin gerade nicht in der Verfassung, mir gute Ratschläge anzuhören.

Nicht jetzt.

»Es gibt … Es gibt quasi keinen einzigen Tag, der vergeht, ohne dass ich zu mir selbst sage: Warum mache ich das hier? *Warum mache ich das hier?* Bin ich verrückt, oder was?«

Ich habe mir eingeredet, ich wäre dem entwachsen, was sie mir angetan haben, und hätte mich in eine starke Kämpferin verwandelt. Trotz allem habe ich mich der Welt entgegengestellt; ich hatte eine Mission und einen Auftrag. Mit jeder Kommune, der ich beigetreten bin, habe ich das Unrecht der Vergangenheit wiedergutgemacht. Ich habe mich selbst davon überzeugt, über meine Kindheit hinweg zu sein, meinen Eltern vergeben zu haben und erleuchtet zu sein.

Scheiße noch mal, was war ich erleuchtet!

Und dann trifft es mich – ich fühle mich von ihnen abgestoßen und werde ihnen einiges, was sie mir angetan haben, nie verzeihen. Ich sehe sie als krankhafte Lügner und als Aufhetzer. Ein Teil von mir, dieses Kind, will immer noch, dass sie mich lieben, fühlt sich immer noch dieser Liebe komplett unwürdig. Ich glaube, ich werde nie gut genug sein, bis ich sie erlangt habe, doch sie ist unerreichbar. Und ein Teil von mir fragt sich immer noch, unter alldem, was ich erschaffen habe: *Hatten sie recht? Bin ich böse?*

Ich frage mich, ob ich seit dem Verlassen der Sekte nichts anderes getan habe, als zu beweisen, dass sie sich irren. Loszuwerden, was mir seit meinem Exorzismus und schon vorher eingeimpft wurde. Bin ich überhaupt ein guter Mensch, oder benehme ich mich nur wie einer, damit die Leute mich lieben? Bin ich wirklich ehrgeizig, oder meine ich bloß auf irgendeiner Ebene, dass auf diese Weise die Welt glauben wird, dass ich etwas wert bin, *überhaupt* etwas wert bin?

Wofür war diese ganze Reise gut? Ist es einfach eine riesige Schwachsinnstour, damit ich mich wohler in meiner eigenen Haut fühle? Hat das Ganze überhaupt nichts mit den Kindern zu tun, denen ich begegnet bin – oder mit der Wahrheit?

Und wenn ich auf dieser einfachen Ebene nicht denen gegenübersitzen kann, von denen ich in der Tiefe meines Herzens und vom Verstand her weiß, dass *sie* die Täter sind, wenn ich nicht tapfer genug sein kann, sie damit zu konfrontieren, was soll das Ganze dann?

Alles ist umsonst gewesen. Ich bin nicht tapfer. Ich bin keine Kriegerin.

Ich fühle mich, als bekäme ich keine Luft mehr. Und ich kann mich nicht dazu bringen, irgendetwas von den Dingen zu sagen, die ich empfinde: dass ich hohl bin, leer, schlimmer als ausgewrungen, dass ich mich noch nie als so abgeschnitten von mir selbst empfunden habe, davon, wie ich zu sein glaube und wie ich sein will.

Und am schlimmsten von allem ist, dass ich mich fühle, als würde ich dem Mädchen, dem kleinen Mädchen, das all das durchlitten hat, etwas Böses antun.

Ich kann *ihnen* gegenüber nicht für mich selbst einstehen.

Nicht einmal für das kleine Mädchen.

14. Kapitel

Wie Martin und Linda verschwanden: 1972

Meine Eltern lernten sich in der Psychiatrie eines Krankenhauses in Leicestershire kennen.

Meine Mom war eines von drei Kindern. Sie kam 1952 zur Welt, und ihre Familie lebte in Derbyshire. Sie war Schulsprecherin, trat auf Landesebene als Athletin an, lebte vegan und ging regelmäßig zur Kirche. Außerdem war sie die erste Frau, die ein bestimmtes Unistipendium bekam. Ihre Brüder berichten, dass ihr alles leichtfiel, sie hatte wunderbare Talente und brauchte sich kaum anzustrengen, um Prüfungen zu bestehen, Stipendien zu bekommen und Ziele wie das Schulsprecherinnenamt zu erreichen.

In der Familie heißt es, Linda habe noch mit sechzehn an den Weihnachtsmann geglaubt, und in gewisser Weise bricht mir das das Herz. Ob das nun die Wahrheit ist, ein Gag oder einfach nur eine Legende, wie sie sich so viele Familien erzählen – es illustriert eine wahre Aussage über sie: Sie war naiv, schwärmerisch und weltfremd, so sehr, dass sie nicht ganz von dieser Welt zu sein schien. Das mittlere Kind, Angehörige der Mittelklasse, die verkörperte Hoffnung und Erwartung für ihre Eltern und für sich selbst.

Bei meinem Dad lag die Sache ganz anders: Er kam aus einer dysfunktionalen Familie in Südengland, aus einer Fischereistadt in Kent. Martins Vater war Alkoholiker und gewaltbereit, doch seine Mutter gehörte der Heilsarmee an und bildete das Herz ihrer kleinen Gemeinschaft. Er galt als schlauster Junge an seiner Schule (auch wenn vor allem *er* das immer betonte). Weil ihm der finanzielle Rückhalt fehlte, besuchte er mit einem Stipendium eine vornehme Schule, und dort eignete er sich auch seinen ebensolchen Akzent an. Soweit ich weiß, wurde mein Vater mit fünfzehn selbst Vater und war zu diesem Zeitpunkt schon drei Jahre lang Alkoholiker. Ich erinnere mich, wie seine Mutter mir als Jugendliche erzählte, wie glücklich sie war, dass mein Vater »zu Gott gefunden hatte«, weil er schon mit zwölf Jahren »ein ganz schlimmer Trinker« gewesen sei.

Die beiden stammten also aus ganz verschiedenen Gesellschaftsschichten und wuchsen in unterschiedlichen Teilen Englands auf, aber irgendwann kreuzten sich ihre Pfade: in der Psychiatrie in Leicestershire.

***

Mit den Jahren habe ich herausgefunden, dass viele Leute ein ganz bestimmtes Bild von Menschen haben, die einer Sekte beitreten. Dass sie aus irgendeiner Anstalt entkommen und psychisch instabil sind, kein Zuhause haben, unter Süchten oder unter Autismus leiden. Vielleicht beruhigt es sie, dass da eine Trennung zwischen »uns« und »ihnen« existiert, dass es etwas gibt, was sie heranziehen können, wenn sie beweisen müssen, dass sie anders sind. Dass »wir« so etwas wie »das« niemals tun können. Vielleicht schenkt einem das Sicherheit. Auf diese Weise entsteht eine Grenze zwischen uns und den Verrückten in den weißen Gewändern, die singen, rhythmisch »WEHE« rufen oder Gebetsgemurmel an unsichtbare Gottheiten richten. Doch diese *Irren* könnten *uns* näher sein, als wir denken.

Um dem Ganzen die Dramatik zu nehmen: Meine Eltern waren nicht als Patienten in der Psychiatrie, sondern weil sie beide an der De Montfort University Medizin studierten. Meine Mutter absolvierte gerade das erste Jahr ihrer Ausbildung zur Psychologin, und mein Vater wollte Krankenpfleger in der Psychiatrie werden. Das ist für viele Leute deutlich verwirrender, als wenn sie sich in Krankenhauskitteln getroffen hätten, mit bloßem Hintern, bei Plastikbechern voll mit Pillen und Tabletten in verschiedenen knallbunten Farben.

Er war über mehrere Stipendien und gute Schulen dorthin gelangt, sie hatte diesen Weg wahrscheinlich schon sehr früh als den für sich vorgezeichneten erkannt. Beide suchten nach einem Sinn, der außerhalb ihrer selbst lag. Er war ein Rebell, sie hingegen tat eifrig das, was von ihr erwartet wurde, um ihre Familie stolz zu machen.

Mein Vater erzählte uns das als Kinder so, dass er quasi magnetisch von ihrer Naivität und davon angezogen wurde, dass sie so ein »braves Mädchen« war. Inzwischen habe ich den Eindruck, dass er sie womöglich als Herausforderung wahrnahm, als jemanden, den er brechen konnte – ich hatte immer das Gefühl, dass der Geschichte eine Art öliger Film der Überlegenheit anhaftete. Vielleicht war er aber auch einfach wirklich stolz, weil er eine Partnerin gefunden hatte, die für ihn so sehr außer Reichweite zu sein schien.

Er war ein langhaariger Aufreißer, der Motorräder liebte. Ich habe Fotos von ihm aus dieser Zeit gesehen – Lederjacke, rote Locken, superdürr, scharf geschnittene Gesichtszüge – und finde es schwer zu glauben, dass Mom, mit ihren grünen Augen und ihrer weiblichen Figur, die Veganerin mit der rabenschwarzen Mähne, irgendetwas mit diesem Badboy mit Hang zur Zerstörung zu tun haben wollte. Aber manchmal will das Herz auch Dinge, die es lieber nicht bekommen sollte.

Er lud sie zu einem Date ein. Ihre WG-Genossinnen warnten sie, weil er so einen schlechten Ruf hatte, was andere Frauen an der Uni betraf, doch das ignorierte sie. Er war charismatisch und geistreich, konnte sehr gut mit Worten umgehen und dadurch jede Situation zu seinen Gunsten manipulieren. Und so kam es zu ihrem ersten Date, in einem italienischen Restaurant. Er erschien betrunken dort, was die Vorstellung, die meine Mutter sich von ihm gemacht hatte, sofort zunichtemachte – und auch ihre Hoffnungen für diesen Abend. Vielleicht war sie aber vor allem von sich selbst enttäuscht.

Während der Mahlzeit stellte sich heraus, dass er sein Portemonnaie »verloren hatte«. (Das stimmte nicht.) Und als sie die Rechnung bezahlte, schwor sie sich selbst, dass zwischen ihnen beiden nichts mehr passieren würde. (Es sollte anders kommen.)

Aber vielleicht gab es da auch immer noch etwas anderes in ihr. Vielleicht versuchte da etwas, sich von den Erwartungen zu befreien, die »alle« an sie hatten. Weg von dieser perfekten, so eindeutig vorgezeichneten Zukunft, weg von der braven jungen Frau mit den guten Noten, die doch alles so *mühelos* hätte schaffen sollen. Deswegen kam es einige Monate nach diesem ersten, deprimierenden Date, als Martin (so hieß mein Dad »vorher«) Linda (so hieß meine Mom »damals«) vorschlug, sie sollten während der Sommerferien mit seinem Motorrad durch Europa fahren, dazu, dass meine Mutter Ja sagte. Als Freunde, so hieß es.

An einem frischen Sommermorgen packten sie alles auf ein altes Motorrad und machten sich auf den Weg nach Calais.

Schon ein oder zwei Stunden nach der Ankunft in Frankreich schlug das Schicksal zu, und das Motorrad hatte eine Panne. Ich stelle mir die beiden am Straßenrand vor, wie sie sich wegen Martins absolut beschissener Fahrzeugwahl und seiner fehlenden Voraussicht stritten – oder wegen der unterschiedlichen politischen Auffassungen – und wie sie gleichzeitig verzweifelt versuchten, irgendwie per Anhalter weiterzukommen.

Und an dieser Stelle nimmt meiner Ansicht nach die Geschichte, die ich von meinen beiden Eltern so oft gehört habe, eine entscheidende Wendung. Dieser Teil wird immer mit einem Touch von Romantik und Humor erzählt, von beiden, weil doch alles irgendwie lustig war. Aber für uns, die wir die Geschichte als Kinder hörten, klang sie *nicht ganz so lustig* – nicht einmal, als wir noch sehr jung waren und nicht alles ganz verstanden. Mein Bauchgefühl sagte mir, dass dieser Teil der Story ziemlich viel darüber aussagte, was meiner Mutter bevorstand. Über den Grad an Respekt, den mein Dad Frauen gegenüber erwies, und über die Lektionen, die er uns dahingehend erteilte, wie man Frauen als Ware benutzen oder verkaufen konnte.

Linda und Martin wurden von einem Ehepaar in einem Sportwagen mitgenommen. Die beiden waren sehr dankbar für diese Rettung, und man fuhr etwa fünfzig Meilen zusammen.

Dann hielt die Gruppe an, um etwas zu essen. Linda sprach nicht besonders gut Französisch. Martin hatte genug drauf, um zurechtzukommen, und die zögerliche Unterhaltung orientierte sich rasch dahingehend, dass der Ehemann versuchte, Martin Linda für die Nacht »abzukaufen«. Der andere sagte, mein Dad werde nach heutigen Maßstäben ungefähr hundert Euro bekommen, außerdem eine Nacht mit der Ehefrau des Franzosen. Im Gegenzug würde dieser x-beliebige Kerl, über dreißig Jahre älter als meine Mutter, mit ihr machen können, was er wollte.

Wenn meine Eltern diese Geschichte erzählen, lachen sie darüber.

Dad war einfach frech. So ein Teufelskerl!

Doch meine Mutter reagierte sehr »prüde« auf den Handel.

Frigide Gans.

Mein Dad schließt dann normalerweise mit den Worten: »Das war damals eine Menge Geld, ich hätte mir so viel kaufen können …«, und meine Mutter kichert pflichtbewusst über diese Pointe, die sie schon mindestens hundert Mal gehört hat. Doch damals entschied meine Mom einmal mehr, dass damit die Beziehung zwischen ihr und diesem grässlichen Typen beendet war: Sie war schließlich kein Besitz, den man verkaufen konnte.

Noch nicht jedenfalls.

Die Geschichte geht ein halbes Jahr später weiter, nachdem sie ihm die Freundschaft gekündigt hatte, nämlich an dem Morgen, als Linda entdeckte, dass Martin aus der Universität verschwunden war. Er war nach London gefahren, um seinen Werkzeugkasten von einem Freund zurückzuholen, der ihn sich ausgeliehen und nie zurückgebracht hatte. (Es war *der* Kerl von der Demonstration.) An der Uni tuschelte man, er sei in irgendeine Gruppe geraten, manche sprachen auch von einer religiösen Sekte, und zwar in Südlondon.

Obwohl Linda nicht gut mit Martin befreundet war, war sie ein liebes Mädchen. Sie hatte von solchen Gruppen gehört, und davon, was sie einem Menschen antun konnten. Davon, wie sie manchmal Gott oder die Bibel falsch darstellten und den Geist naiver Menschen vergifteten. Also fühlte sie sich verpflichtet, nach London zu fahren und diesen Idioten zu retten, der vom Weg abgekommen war. Es war schließlich nicht das erste Mal, dass Martin etwas Dummes tat.

Die nächsten Teile der Geschichte bestehen aus verschwommenen, auseinandergehenden Aussagen – von meinem Dad, meiner Mom, meinen Großeltern. Und wie jede Geschichte, so enthält auch hier jede Version ihre Wahrheit, ihre erfundenen Aspekte und ihre eigene Motivation. Ich habe versucht, sie so wahrheitsgemäß wiederzugeben, wie ich nur kann. Bei manchen Teilen habe ich das Gefühl, sie erzählen zu können, als wäre ich dabei gewesen. Andere sind mühsam zusammengesetzt, aus Details, die mir mein Großvater erzählte, als ich über zwanzig war, während er die Fotos einer Tochter betrachtete, die vielleicht niemals wirklich heimgekehrt war.

Als Linda die Fabrik in Bromley betrat, fand sie dort etwa zweihundert junge Leute vor, die fröhlich in diesem Industriegebäude mit der hohen Decke sangen; verschwitzte Arme wurden in die Luft geworfen, man drückte einander herzlich. Sie erzählte, es sei mehr gewesen als Glück – Begeisterung, Befreiung, Erleuchtung. Sie hatte erwartet, gehirngewaschene, Mantra singende Irre mit stumpfem Blick vorzufinden. Stattdessen sah sie so lebendige Menschen vor sich wie nie in ihrem bisherigen Leben: voller Freude, Leichtigkeit und Wärme. Sie hießen Linda willkommen.

Vielleicht versuchte sie, zwischen den so frohen Hippies, von denen sie umgeben war, cool zu bleiben. Zwischen Hippies, die sie umarmten und ihr sagten, sie sei jetzt *genau am richtigen Ort*. Vielleicht war diese Fabrik voller junger Leute, die gar nicht so sehr darauf aus waren, Jesus nachzufolgen, sondern irgendwo dazuzugehören.

Und nach ihren Berichten fühlte es sich auch genau so an. Die *Children of God* akzeptierten sie ohne Wenn und Aber und boten ihnen etwas, was viele von ihnen nie zuvor gekannt hatten: ein Zuhause, wo man sie liebte und akzeptierte, wo ihr Leben einen Sinn bekam und sie Erleuchtung erfuhren.

Irgendwann entdeckte Linda Martin in der Menge, doch statt des harten, geistreichen, zynischen Mannes, den sie gekannt hatte, begegnete sie einem Mann mit einem weichen Blick und einem warmen Herzen. Sie war völlig verblüfft.

Später saßen sie zusammen, und Linda versuchte Martin zur Rückkehr an die Universität zu überreden. Sie sagte ihm, er gehöre nicht hierher, doch er erwiderte, für ihn habe sich noch nie irgendetwas in seinem

Leben so richtig angefühlt. Das hier sei nicht nur sein Zuhause, es könne auch ihres werden. Er wirkte nicht gehirngewaschen auf sie, ganz im Gegenteil: Er schien sich besser unter Kontrolle zu haben und sich dessen bewusst zu sein, wer er war, was er wollte und tun sollte, als jemals zuvor.

Er hatte alles hinter sich gelassen.

Fünf Stunden später war Linda der Sekte beigetreten. Das mag einem plötzlich vorkommen, aber es konnte durchaus so schnell gehen. Manchmal war nur ein einziges Gespräch nötig, damit jemand diesen Schritt machte. Ein Gebet, das einem ein Gefühl des Friedens schenkte, der Zufriedenheit.

Linda spürte, wie die Wärme Gottes sie durch ein einfaches Gebet erfüllte, bat ihn, in ihr Herz zu kommen, ihr ihre Sünden zu vergeben und ihr ewiges Leben zu schenken. Sie erzählte uns, sie habe das Gebäude betreten, um meinen Dad zu retten, und dann sei sie gerettet worden – bei ihr gab es keine Gehirnwäsche, kein Waterboarding, keine Hypnose, sondern nur das Gefühl, dass Gott sie erfüllte und sie zu einem ganz neuen Menschen machte.

Jetzt, einen Tag später, war sie nicht nur ein »Babe for Christ« (ein neues Mitglied), sondern sie trat auch ihre erste Prüfung an – würde sie sich von den Fesseln ihres vorherigen Lebens befreien können? Der Test bestand darin, dass sie einen Schweinekopf kochen musste. Als Veganerin würde sie damit beweisen, dass sie wirklich zur Gruppe gehörte. Sie, die »niemals auch nur ein Ei gekocht hatte«, widmete sich dem Schweinekopf, um sich ihrer neuen Familie gegenüber zu beweisen. Und mit dieser Wiedergeburt änderte sie ihren Namen in »Rachel«. (Das bedeutet »Schaf«, wie ich erst vor Kurzem herausgefunden habe, aber es scheint mir erwähnenswert zu sein.)

Innerhalb von vierundzwanzig Stunden empfing mein Dad (dessen neuer Name »Jacob« lautete) folgende Prophezeiung: Wenn Lindas Name zu »Rachel« werde, solle er sie heiraten. Er teilte diese Prophezeiung mit niemandem, bis sie zu ihm kam, wiedergeboren, mit neuem Namen. Als neue Persönlichkeit.

Sie war bereits komplett in die Gruppe integriert, und da gab es niemanden, der einer himmlischen Prophezeiung widersprochen hätte. Also glaubte Rachel meinem Vater und dieser Botschaft des Herrn und stimmte zu, in guten und in bizarren Zeiten, einen Ehebund einzugehen, der ihr zwölf Kinder bescheren und der bis zum heutigen Tag halten sollte.

Meine Großeltern in Derbyshire wurden von Angehörigen der Universität auf das Verschwinden meiner Mutter aufmerksam gemacht. Als man die beiden darüber informierte, dass man Linda einige Wochen nicht gesehen habe, fuhren sie zur Universität. Ich kann mir vorstellen, wie sie das Wohnheim besuchten – auf unheimliche Weise war dort alles, wie es sein sollte, nur ihre Tochter fehlte. All ihre Besitztümer befanden sich an ihrem Platz: ihre Fotos lagen auf dem Nachttisch, in ihrer Bürste hingen immer noch Haare von ihr.

Die jungen Frauen, mit denen Linda zusammenlebte, gaben an, sie wüssten nicht genau, wohin sie gewollt habe, meinten jedoch, es könne etwas mit Martin zu tun haben. Damals hörten meine Großeltern wohl zum ersten Mal von ihm – von dem Mann, von dem sie später dachten, er habe ihr Kind geraubt und indoktriniert. Von jenem Martin, der ihnen »Linda« für immer weggenommen hatte.

Die Polizei interessierte sich nicht besonders für eine junge Frau, die seit einigen Tage von der Universität verschwunden war, wahrscheinlich auch noch mit einem Freund. Trotzdem nahm man eine Vermisstenanzeige auf und wartete ab.

Einige Wochen später war Linda immer noch nicht an die Uni zurückgekehrt, und, noch besorgniserregender, niemand aus ihrem Freundeskreis hatte etwas von ihr gehört. Das betraf auch Leute, mit denen sie vor ihrem Verschwinden fast täglich gesprochen hatte, und es war absolut untypisch für sie. Dann fand mein Opa sie irgendwie, vielleicht wegen einiger geflüsterter Gerüchte über eine Fabrik in Bromley, die ihm an Lindas Universität zu Ohren gekommen waren.

Wenn ich mir vorstelle, wie mein Opa in die Fabrik ging, um seine Tochter zu suchen, bricht es mir das Herz. Er war einer der freundlichsten, geduldigsten Menschen, die ich kenne, und ich habe den Schmerz darüber, was geschah, als sie der Sekte beitrat, aus erster Hand mitbekommen. Selbst Jahre später trauerte er noch um die Tochter, die er verloren, die Tochter, zu der er so eine enge Beziehung gehabt hatte.

Er verlangte, sie zu sehen, und verkündete, er werde nicht gehen, bevor man ihn nicht zu ihr gelassen habe. Man sagte ihm, er könne sie unter einer Bedingung sehen: Ein Anführer der Sekte solle mit im Zimmer sitzen, und sie würden »durch ihn« miteinander sprechen müssen.

Ich stelle mir vor, wie mein Opa seine Tochter anfleht, nach Hause zu kommen, und wie dann alles Wort für Wort von dem Sektenvertreter wiedergegeben wird, aber durch den Filter eines Gläubigen, um sie sicherer zu machen (oder ihnen ihre Kraft zu nehmen). Man stelle sich einen Mann vor, der einen Krieg gegen ein totalitäres System führte und mit seiner Tochter über jemanden kommunizieren musste, den er als Kommissar oder Gauleiter betrachtete. Die Sektenführer entsprachen äußerlich vielleicht dem Bild, das man sich von Hippies machte – sie trugen lange Haare und Flower-Power-Attribute –, doch mein Großvater erlebte seine Tochter als völlig von einem Regime kontrolliert und beherrscht.

Er verließ die Fabrik ohne sie.

***

»Rachel« wurde auf eine Mission in die Niederlande geschickt, in einem Doppeldeckerbus mit der Aufschrift »REVOLUTION FOR JESUS«. Die Niederlande stellten eine Hochburg für Gegenkulturen und damit auch für zu rekrutierende Mitglieder dar.

Meine Großeltern schickten Jeremiah, den Bruder meiner Mutter, nach Utrecht, um sie zu finden. Sie sagten zu ihm, was auch immer er erreiche, selbst wenn er sie nicht zurückholen könne, er solle sie fotografieren, damit sie wüssten, dass es ihr gut gehe: Sie brauchten ein verlässliches Lebenszeichen.

Das Foto, das er damals machte, halte ich nun in der Hand. Ihr Haar ist lang und wellig, die lebendige Atmosphäre von Utrecht umgibt sie. Sie trägt ein langes braunes Kleid mit großen orangefarbenen Blumen darauf, und ein strahlendes, wunderschönes Lächeln erhellt ihr Gesicht. Sie ist so unglaublich jung. Sie leuchtet förmlich.

Und sie ist etwa im achten Monat schwanger.

***

Wenn ich mir Fotos aus der Fabrik in Bromley anschaue und diese schönen, jungen Wilden mit den Armen in der Luft sehe, mit Gitarren vor sich, die jubelnd herumspringen, sieht das eigentlich ziemlich geil aus. Es wirkt wie eine Filmszene.

Ich war schon immer besessen von Andy Warhols Factory, dem Nährboden von The Velvet Underground, der Heimat von Candy Darling, einem Ort, an dem Drogen, Poesie und Außenseiter zu einer Einheit verschmolzen. Deswegen kann ich es verstehen, dass sich Leute von der Fabrik in Bromley angezogen fühlten, wo es von Jugendlichen und neuen Ideen nur so wimmelte.

Man muss sich einmal vorstellen, dass innerhalb einer einzigen Nacht oder aufgrund nur einer einzigen Entscheidung alles verschwindet, weswegen man sich sein ganzes Leben lang Sorgen gemacht hat.

Was soll ich machen, wenn ich erwachsen bin? Darüber wird entschieden.

Wird mein Leben eine Bedeutung haben? Schon geregelt, du hast die größte Bedeutung auf dieser Welt.

Werde ich mich um meine Familie kümmern können? Du hast jetzt eine neue Familie, und man kümmert sich um dich.

Und was das Leben betrifft, das du zurücklässt, dafür gibt es jetzt nicht nur keinen Platz, sondern du bist sogar etwas *Besseres* als diese Leute. Man hat dir die Augen geöffnet, du kannst die anderen sogar bedauern! Und du hast eine Gemeinschaft um dich, die dich unterstützt.

Mit dieser einen Entscheidung werden so viele unserer tiefsten menschlichen Bedürfnisse befriedigt: Zugehörigkeit, Gemeinschaft, Sinn und Bedeutung. Und die Dinge, wegen derer so viele von uns sich sorgen oder Angst haben, spielen keine Rolle mehr. Das ist eine ziemlich verlockende Vorstellung.

Was ich damit sagen will: Ich schaffe es kaum, meine Miete zu bezahlen oder meine Steuererklärung zu machen; ich werde ziemlich oft zivilrechtlich belangt, weil ich eine ausstehende Gasrechnung vergessen habe. Und über Sinn und Zweck des Lebens sorge ich mich *ständig*.

Und der Preis für diesen allumfassenden Deal? Man gibt nur seinen freien Willen ab, seine Identität, Zeit und alle Verbindungen mit dem vorherigen Leben.

Meine Eltern waren bereit, diesen Preis zu bezahlen.

15. Kapitel

Technicolor Dreamcoats und *Lord of the Dance*

»Wo seid ihr denn gerade?«

Paz' Stimme dringt laut und deutlich aus dem Handy. Es klingt, als würde er bei uns im Truck sitzen und mit mir zusammen auf den Highway schauen.

»In Indiana, es ist wunderschön«, sage ich.

Ich betrachte mein Bild im Seitenspiegel, fahre mit der Hand über meine Haut, die von einem Monat in der amerikanischen Sonne leicht gebräunt ist. Es fühlt sich unglaublich an, wieder unterwegs zu sein. Raus aus London, weg von meinem »richtigen Job«, weg aus meiner Zweizimmerwohnung. Dieser Highway schenkt mir ein Gefühl der Freiheit.

»Wie kommt ihr denn klar?«

Georgia schläft hinten im Truck, und Seb sitzt am Steuer. Mein neues Team. Georgia ist jung und tough. Sie ist die Produktionsassistentin – sie übernimmt die Recherche und kümmert sich um die ganze Logistik. Gierig saugt sie jede Minute dieses Abenteuers in sich auf. Und Seb ist unser Kameramann. Er hat schon für Amnesty International gearbeitet, in Südamerika Dokumentarfilme begleitet und bereits einige Schießereien erlebt. Beide sind Anfang bis Mitte zwanzig. Sie stecken voller Energie und arbeiten hart.

Sofi wohnt wieder in Berlin; sie hat sich eine neue Herausforderung gesucht, die sie als »Sozialarbeit plus Techno« bezeichnet. Sie will Systemische Therapeutin und zugleich DJane werden, also genau die Art der Kombination, für die ich sie liebe.

»Uns geht's gut, wirklich gut«, antworte ich.

Georgia ist auf einer Farm aufgewachsen. Man beurteilt sie wegen ihres vornehmen Akzents oft zu schnell, aber sie hat sowohl eine dunkle Seite als auch eine Tiefe in ihrer Persönlichkeit. Neben ihrem trockenen Sinn für Humor ist sie unglaublich intelligent und oft auch furchtbar witzig. Sie hat alleine in Kolumbien gelebt, bis sie diesen Job angenommen hat, musste jedoch nach England zurückkehren, weil in ihrer Familie etwas Schlimmes passiert ist. Sie hat Willenskraft und Ehrgeiz, was uns bei einigen Hindernissen auf diesem Trip helfen wird.

Seb ist ein ruhiger Typ, gut aussehend und freundlich. Er hat die Art Gesicht, die Fremde dazu veranlasst, ihn nach dem Weg zu fragen. Er ist Halbfranzose und hat krauses Afrohaar. Er spricht leise, trinkt keinen Alkohol und ist gewissenhaft. Wegen der Arbeit für Amnesty International hat er ein Training für Situationen wie Kidnapping, Folter und Isolationshaft bekommen. Im Vorstellungsgespräch hat er zu mir gesagt, das könne vielleicht nützlich sein. Aber auf dieser Reise bringt er mir bei, wie man abschaltet – bei albernen romantischen Komödien über »erfolgreiche« Karrierefrauen und Sitcoms über Freunde in coolen Loftwohnungen.

»Nichts holt einen so gut von einem beklemmenden Dreh oder einem üblen Tag weg wie eine schlecht gemachte romantische Komödie«, hat er mir erklärt.

Und so wenig mir das auch gefallen mag – er hat recht.

»Paz, du weißt schon, dass wir jetzt drei Tage einfach nur im Truck sitzen, oder? Du brauchst nicht jeden Tag einen Sicherheitsanruf zu machen«, erinnere ich ihn.

»Wir haben vereinbart, jeden Tag, also machen wir das auch jeden Tag«, gibt er entschieden zurück.

Wenn ich ehrlich bin, *möchte* ich sogar jeden Tag mit ihm sprechen. Aber der Teil von mir, der es immer allen recht machen will, macht sich Sorgen, ich könnte zu viel von seiner Zeit in Anspruch nehmen.

»Also gut, viel zu erzählen gibt es aber nicht. Wir sind auf dem Weg nach Kentucky, in ein paar Stunden kommen wir an.«

»Yippie!« Paz' Akzent aus dem Norden Großbritanniens verwandelt sich in einen Südstaatensound. »Du weißt schon, in Kentucky ist es verboten, aus religiösen Gründen Reptilien zu halten!«

Paz verfügt über einen schier unerschöpflichen Schatz an bizarren Informationen.

»Religiöse Reptilien?«, frage ich.

»Seit den Vierzigerjahren ist es dort illegal, aus religiösen Gründen Reptilien zu züchten«, erklärt er.

»Ach, du meinst die Schlangenbeschwörer der Heiligkeitsbewegung«, gebe ich zurück, wobei mir klar wird, dass ich vielleicht einen ebenso bizarren Schatz ansammle, nur auf ein bestimmtes Thema bezogen: exzentrisches religiöses Verhalten.

Hände erscheinen aus den Wolken vor uns. Glatthäutige Schlangen, die von Männern mit geschlossenen Augen gehalten werden, hängen zappelnd am Horizont über der Straße vor uns. In meinem Bauch rührt sich etwas.

Wir sind wieder auf dem Weg *nach drinnen*.

Diese Sache hat sich über längere Zeit angebahnt. Über zwei Jahre, um genau zu sein, seit der letzten Reise. Und obwohl sich das anfühlt wie eine Ewigkeit, hat es sich als die richtige Zeitspanne erwiesen, um mich sortieren zu können. Das Interview mit meinen Eltern hatte einen Effekt auf mich, mit dem ich nicht gerechnet hatte, und obwohl zwei Jahre eine lange Zeit sind, war diese Unterbrechung notwendig.

Als Konsequenz aus der letzten Reise, ihren körperlichen, emotionalen und finanziellen Auswirkungen, hat Paz darauf bestanden, bei der Produktion dieser Aufnahmen mitzuhelfen. Deswegen haben wir jetzt statt der spontanen, unabhängigen Vorgehensweise, die ich mit Sofi umgesetzt habe, einen konkreten Plan und ein Zeitschema. Vor allem aber haben wir ein Jahr damit verbracht, mit den Gruppen, in denen wir bleiben werden, die Erlaubnis zum Filmen auszuhandeln.

Zusammen haben wir Strategien entwickelt, damit wir unterwegs immer sicher sind. Es gibt Codewörter, die wir Paz schicken, wenn etwas schiefgeht, wir haben ein Satellitentelefon, und jeden Tag rufen wir pflichtbewusst für einen Check-up zu Hause an.

Ich habe die letzten beiden Jahre genutzt, um »an mir selbst zu arbeiten«, wie es so schön heißt, zum Teil mit der Holzhammermethode. Dabei wurde alles, was ich geklärt zu haben glaubte, auseinandergenommen und entblößt. Wenn das hier ein Film wäre, würde man eine Montage von mir sehen, wie ich mich wieder in Therapie begebe, wieder an die Filmschule gehe, Werbeaufnahmen mache, Dokumentarfilme, diese Reise recherchiere, in einer Traumatherapie intensiv mit Trauerbewältigung und Verlustängsten arbeite, wie ich meine Fertigkeiten trainiere und schließlich wieder dort lande, wo wir jetzt sind. Wie in einer Szene aus *Rocky* oder aus *Karate Kid*. Diesmal fühle ich mich besser vorbereitet. Stark und so, als würde ich mein Anliegen und den Grund für diese Reise besser verstehen.

Ich fühle mich bereit.

Außerdem haben mir diese beiden Jahre größere Klarheit darüber verschafft, für wen ich das hier mache. Zuerst habe ich diese Reise vielleicht gemacht, weil es da eine Erwachsene gibt, die Bestätigung oder Antworten braucht. Inzwischen weiß ich, dass ich sie *auch* für das Kind mache, das man zum Schweigen gebracht hat.

***

Der letzte Monat unterwegs war harte Arbeit, zugleich aber auch intensiv, produktiv und faszinierend. Wir haben gerade eine Gruppe namens *Rose Creek* verlassen, eine Gemeinschaft in den Wäldern von Tennessee, kurz: fromme Christen, die sich für ein Leben in einer Gemeinschaft in einer Häusergruppe außerhalb der Zivilisation entschieden haben. Ursprünglich hatten sie lose Verbindungen zu den Zwölf Stämmen und haben im Vergleich zu den meisten anderen Gruppen, mit denen ich mich auseinandergesetzt oder die ich besucht habe, ihre Bewegung erst relativ spät gestartet, in den späten 1980er-Jahren, zwei Jahrzehnte nach dem Boom der Neuen Religiösen Bewegungen und Sekten.

Diese Gruppe von ungefähr zweihundert Leuten war früher ziemlich »sichtbar«. In einer bestimmten Phase trugen sie Kimonos in leuchtenden Farben, die sich an Josephs buntem Mantel orientierten. Man sah sie in der Geflügelabteilung bei Walmart in ihren knallbunten Sachen, mit Samuraischwertern dazu. In einer anderen Phase haben sie sogar mittelalterliche Kleidung getragen, Überwürfe und Seidenkleider. Inzwischen sind sie, zumindest äußerlich, normal geworden: Sie tragen gewöhnliche Kleidung, leben auf Farmen, halten Pferde, Kühe und Hühner und haben einen kleinen Fluss, in dem die Kinder schwimmen können.

Sie könnten einfach eine ganz normale Gesinnungsgemeinschaft sein.

Aber als wir ein bisschen intensiver recherchierten und Dinge über diesen Ort herausfanden, stießen wir auf Gerüchte über Gedankenkontrolle, Gehirnwäsche und Kinderarbeit. Ich wollte mehr über eine Gruppe wissen, die einen so abenteuerlichen Weg hinter sich hatte, so viele Identitäten innerhalb so kurzer Zeit. Wie stand es um das so empfindliche Gleichgewicht zwischen dem Bedürfnis der Eltern nach religiöser Freiheit und der Kindererziehung? Was hatte sie dazu getrieben, Rüstungen und bunte Kimonos zu tragen?

Wir fahren über einen bewaldeten Pfad zu einem großen, weißen, einstöckigen Gebäude. Als ich aus dem Truck in die klebrige Hitze von Tennessee steige, empfängt mich das Summen der Moskitos, das Zirpen der Grillen und der Gesang von Leuten. Obwohl kein Kreuz das Gebäude schmückt, ist es ganz eindeutig ihr Gebetsplatz. Wir sind für die »Zusammenkunft« hier.

Nervosität überfällt mich, als wir das Gebäude betreten. Hier ist es heiß und überfüllt, und es fühlt sich sogar noch heißer an, weil sich mindestens fünfzig Augenpaare auf uns richten.

Meine ersten Eindrücke: Diese Hemden sehen aus, als würde man darin ersticken. Das Gebäude ist groß, aber bescheiden. Ich sehe Klappstühle und Plastikbecher, Sonnenlicht und bunte Glühbirnen sind miteinander im Wettstreit.

Der Anführer der Gruppe, Nathaniel, stellt uns vor, und wir werden sofort mit Umarmungen von den Kindern und einem freundlichen Lächeln von den Erwachsenen begrüßt.

Ich schaue mich in der singenden Menge um, und mir fällt auf, wie viele unterschiedliche Typen hier sind. Viele Gruppen basieren auf einer kollektiven Identität – Kleiderordnungen und Homogenisierung. Hier sehen einige Leute aus wie bereit zum Kirchgang, aber es gibt auch eine Rockerfamilie, ein paar alte Leute aus Chicago, die aussehen, als wären sie auf dem Weg zum Ramschladen falsch abgebogen, und viele, viele Kinder. Manche sind frisch und sauber, manche schlammbedeckt, manche tragen Arbeitskleidung, andere wirken wie eine Amish-Gemeinde, die einen Tagesausflug unternimmt.

Die Zusammenkunft dauert fast drei Stunden. Die Leute sprechen über ihre Probleme, und man singt Lieder. Am Ende gibt es plötzlich eine Art hebräischen Volkstanz, der ein bisschen deplatziert wirkt. Manche der Kinder haben die Informationen zur Choreografie nicht mitbekommen und zappeln herum wie Marionetten mit gerissenen Fäden. Als die Zusammenkunft endet und sich die Menge der Erwachsenen um uns herum zerstreut, bleiben ein paar neugierige Kinder bei uns zurück wie Hunde während einer Mahlzeit an einem Tisch.

»Hi«, sage ich.

Das begreift ein Mädchen als Stichwort und drückt mir ein Bild in die Hand, das sie als Geschenk für mich gemalt hat.

»Hat euch die Zusammenkunft heute gefallen?«, fragt sie mich mit lieblicher Stimme. Sie heißt Chaya, ist witzig, kann sich gut ausdrücken und wirkt sehr offen.

»Ja«, erwidere ich höflich. »Tolle Musik habt ihr da.«

»Also, ich fand die Zusammenkunft *langweilig*!«, sagt sie mit einem Lächeln.

Ich muss lachen, weil mich ihre Direktheit überrascht. Georgia und Seb unterdrücken ein Kichern, merke ich.

Vielleicht gefällt Chaya die Zuhörerschaft von draußen, jedenfalls spricht sie weiter.

»Man sollte Snacks mitbringen. Es sollte viel zu tun geben, also mit Malstiften und Papier, weil man dabei zuhören soll, wie Leute reden, und weil man dabei aufpassen muss.« Sie stemmt die Hände in die Hüften, schaut mir direkt in die Augen und sagt: »Das Ganze dauert *Stunden*, weißt du?«

Ich nicke.

Ja, ich weiß. Ich weiß es ganz genau – *schließlich habe ich mir das Ganze gerade angetan, mein liebes Kind.*

Ich liebe sie jetzt schon.

Nach der Zusammenkunft führt uns Nathaniel kurz herum, damit wir uns ein bisschen orientieren können. Dann schickt er uns, getrennt voneinander, in verschiedene Häuser auf dem Gelände. Eigentlich sind es weniger Häuser als fortschrittliche Mobilheime, aber das merkt man drinnen gar nicht: Sie sind geräumig und wunderschön zurechtgemacht, mit allem, was man braucht.

Ich ziehe bei Nathaniel ein. Er ist charismatisch und charmant, hat Kinder, und er ist eines der ersten Mitglieder dieser Gruppe.

Ich kriege ein Einzelbett mit pinkfarbenem Bettzeug. Dieses kleine Zimmer hinter einem Platz für die Wäsche kommt vielleicht einem Kinderzimmer am nächsten von allem, was ich je im Leben gehabt habe. Es ist auf seltsame Weise tröstlich, diesen kleinen, für ein Kind bestimmten Raum für mich zu haben.

Einen Moment lang fühlt es sich nicht so an, als wäre ich mittendrin in einer Gruppe, die manche Leute als gefährliche Sekte bezeichnen und in der Gedanken kontrolliert werden, es wirkt nicht einmal wie ein harmloses Dorf mit Farmern. Eine Minute lang fühlt es sich so an, als hätte ich keine Pflichten auf dieser Welt, trüge keine Verantwortung – als müsste ich kein Team leiten, keinen Film machen, als gäbe es da nichts außer mir und diesem pinkfarbenen Einzelbett.

Dieser Gedanke ist wie die Einnahme einer Xanax-Tablette. Ich lasse mich angezogen aufs Bett fallen und versinke in einen tiefen Schlaf.

***

Am nächsten Tag fährt mich Nathaniel in seinem Golfmobil herum und erklärt mir mit einem tiefen, dunklen und zugleich großartigen Südstaatenakzent die Kommune. Jedes Wort, das er von sich gibt, klingt wie das Voiceover in einem Film.

»Das ganze Land lag brach, als wir gekommen sind.«

Natürlich verwendet Nathaniel ein Wort wie »brachliegen«. Es klingt so wunderbar *dramatisch* und ist genau das, was man in einem Voiceover sagen würde.

Wir stehen um fünf Uhr auf, um die morgendliche Ernte zu filmen, rennen mit den Kindern aufs Feld, um ausgebüxte Schweine einzufangen, füttern Pferde und Hühner. Beim Beerenpflücken hören wir Geschichten darüber, was die Kinder einmal machen wollen, wenn sie groß sind. Einige von ihnen wollen auf dieser Farm bleiben, manche von ihnen träumen von der Universität, und wieder andere wissen es einfach noch gar nicht.

Chaya klebt an mir wie eine Klette. Wir streunen durch den Wald, wir gehen zu einer Zeichenstunde, und ich erfahre von ihr, was es bedeutet, in Rose Creek aufzuwachsen. Ich erfahre, wie sie sich Gott vorstellt – »Er trägt einen Umhang, einen dicken Schnurrbart und einen lila Hirtenstab« –, wie es ist, wenn man seiner Mutter dabei zuschaut, wie sie im Wohnzimmer ein Kind zur Welt bringt – »aufregend, aber ganz klebrig und schleimig« –, und was passiert ist, als die Behörden gekommen sind, um die Kinder mitzunehmen. Sie hat zu allem eine Meinung, ist klug und ehrlich.

Eines Tages erzählt sie mir sogar, warum ihre Eltern überhaupt nach Rose Creek gekommen sind.

»Mom und Dad sind der Gruppe beigetreten, weil sie Probleme mit Drogen und Alkohol hatten.« Das sagt sie ganz sachlich.

Chayas Eltern sind vielleicht hergekommen, um ihre eigene Gemeinschaft zu finden – oder Struktur und Sicherheit: Hier können ihre Kinder tun und lassen, was sie wollen.

Eine andere Familie, mit der wir Zeit verbringen, gehörte früher zu den Mennoniten, bevor sie bei Rose Creek eingetreten sind. Mennoniten sind »Puristen«, sie dürfen nicht singen, Musik machen oder auch nur Blumen im Haus haben. (Blumen gelten als »zu stolz«.) Die Eltern haben elf Kinder und sind nach Rose Creek gekommen, weil sie mehr Freiheit wollten, aber auch ein Glaubenssystem und eine Gemeinschaft. Bei den Mennoniten hatten sie sich »spirituell eingeengt« gefühlt. Ich höre Geschichten darüber, wie die Mutter ihre bunten Steppdecken hatte verbergen müssen, damit sie nicht ausgeschlossen wurde, und mir wird erzählt, dass ihre Kinder nicht wussten, was das war, als sie im Rose Creek zum ersten Mal Musik hörten – sie bedeckten weinend die Ohren mit den Händen.

Ich frage mich, wer an diesem Tag Gitarre gespielt hat.

Ich schaue mir diese beiden Familien an – die alternativen Rocker aus Florida und die ehemaligen Mennoniten – und frage mich, ob sie irgendwo anders auf dieser Welt so dicht beieinanderleben würden. Hätten sich ihre Wege jemals gekreuzt, hätten sie einander überhaupt zugehört? Dennoch sind sie jetzt hier, Teil einer Lebenswelt, und ihre Kinder wachsen gemeinsam auf.

Wenn der amerikanische Psychologe Abraham Maslow recht hatte, was die Hierarchie menschlicher Grundbedürfnisse betrifft, dann kümmert sich dieser Ort um eine Menge davon: Sie schöpfen ihr Potenzial aus, indem sie Gott nachfolgen. Ihrem Bedürfnis nach Zugehörigkeit wird Rechnung getragen, denn es gibt eine einzige große Familie, geliebt im Namen Jesu. Sie sind auf diesem Gelände sicher, und indem sie zusammenarbeiten, werden auch ihre körperlichen Bedürfnisse befriedigt: Diese Farm ist autark. Und wenn einer der Gründe, weshalb wir auf diesem Planeten leben, der ist, dass wir eine Verbindung zu anderen erreichen, dann zeigen uns diese beiden Familien, die sich ein Gelände teilen, obwohl sie eigentlich Welten voneinander entfernt sein sollten, dass hier vielleicht tatsächlich etwas Göttliches vor sich geht.

***

Wir sind jetzt zwei Wochen in Rose Creek und erfahren nun alle Vornamen. Ich habe langsam eine Geschichte der Gruppe zusammengestellt, während der diversen Familienabendessen, zu denen wir eingeladen wurden, auf den Fahrten im Golfmobil mit Nathaniel und in der Zeit mit Chaya. Nun stehen wir vor dem Gemeindehaus, und darin ist eine visuelle Geschichte der Gruppe zu sehen, deswegen ist es der perfekte Ort für mich, um bei Seb und Georgia damit anzugeben, was ich über die Gruppe gelernt habe.

Wir betreten den Raum, der normalerweise brechend voll ist, wenn die ganze Gemeinschaft zusammenkommt. Dazu gehören zum Beispiel das Ehepaar, das aus Chicago hierhergezogen ist, weil Gott durch ihre Toilette mit beiden gesprochen hat, und die Frau, die von fünf verschiedenen Ehemännern misshandelt wurde, bevor sie hierherkam, in Sicherheit. Da sind die jungen Landwirte, die nur Rohkost zu sich nehmen, weil ihre kleine Tochter Krebs hat. Sie alle sind willkommen. Aber jetzt ist das Gemeindehaus leer, abgesehen von uns und den Tausenden von Fotos an der Wand, die die Geschichte von Rose Creek erzählen.

»Fangen wir also hier an«, sage ich und zeige auf das Bild von Ballkönigin und -könig bei einer Abschlussfeier, sonnengebräunt und jung, das klassische amerikanische Paar attraktiver Teenager. Sie könnten direkt aus einer Fernsehsendung stammen, die im Valley spielt, in der alle Menschen Jeeps mit Faltdach fahren und Dinge sagen wie: »Iiih, vergiss es!«

»Könnt ihr raten, wer das ist?«, frage ich.

»Das … Das kann doch gar nicht sein!«, ruft Georgia. »Sind das Rachel und Nathaniel?«

»Yep«, sage ich.

»Was? Die waren ja total attraktiv, so …«, sagt sie und schaut sich das Foto genauer an. »1988, steht hier.«

»Und hier sind sie 1993.« Ich zeige auf ein anderes Bild von einem Mann, der einen langen Mantel und eine Kopfbedeckung trägt, neben ihm steht eine Frau mit Kopftuch und Überwurf.

»Nicht wiederzuerkennen«, kommentiert Seb.

***

Man kann sich nicht viel weiter von *Beverly Hills, 90210* entfernen als mit diesem neuen Israel. Es ist so ein riesiger Sprung aus dem Amerika der 1980er-Jahre – einem Jahrzehnt der Exzesse, des Kokains, der Yuppies und der Telefone in Toastergröße. Es ist ganz anders als in den Siebzigern, als die Gruppen ähnliche Ideen über die Anti-Establishment-Bewegung, die Vietnam-Proteste und den Ruf nach einer Revolution vertraten wie viele Menschen »draußen«.

Die Achtziger waren das Jahrzehnt, in dem Hippies zu »Hippie-Heuchlern« wurden, als sie aufgaben und sich dem Kapitalismus zuwandten. (Das sind Nathaniels Worte, nicht meine.) Und in diesen Achtzigern schlossen sich Teenager-Traumpaare einer reisenden Gruppe von Leuten an, die behaupteten, die New Israelites zu sein? Das ist wirklich ganz schön weit weg, vor allem für *derart* attraktive Leute.

»Und hier sieht man, wo alles angefangen hat, an einem Ort namens Mash'um Inn«, erkläre ich und zeige auf das Foto einer abgelegenen Farm.

Der erste Anführer von Rose Creek hieß Noah Taylor. Er gründete eine unabhängige Gemeinde in Florida, weil er mehr wollte als einen Gottesdienst am Sonntag: Er wollte nach den Geboten des Herrn leben.

»Noah Taylor ging es um die wahre Kirche. Die *wahre* Kirche, von der man in der Apostelgeschichte liest, wo beschrieben wird, wie sich die Menschen umeinander kümmerten und wie sie denen in Not halfen«, erzählte mir Jeremiah, eines der derzeitigen Mitglieder der Gruppe. »Noah wollte das in die Tat umsetzen, und mit unerschöpflichem Eifer machte er sich daran, seine Idee zum Leben zu erwecken. Wir wussten, das wollten wir erreichen, aber wir hatten wirklich überhaupt keine Ahnung, wie wir das anstellen sollten.«

Noah hatte einen besten Freund, der bei den Zwölf Stämmen lebte und den er oft besuchte. Irgendwann wäre er der Sekte auch fast beigetreten, aber dann entschied er sich dafür, stattdessen seine eigene Gruppe zu gründen. Er nahm sich von ihren Überzeugungen, was ihm gefiel, die Outfits eingeschlossen, und rief die Gruppe ins Leben, die sich später Rose Creek nennen sollte.

»Damals wussten wir gar nicht richtig, was wir da machen«, verriet mir Nathaniel über diese Zeit. »Wir wussten nur, dass wir mehr von unserer Beziehung zu Gott wollten, als wir gerade erlebten.« Dann fügte er hinzu: »Also haben wir uns auf den Weg gemacht und angefangen zu lernen – meistens aus Fehlern«, ergänzte er lächelnd.

Die Farm Mash'um Inn hatte ein großzügiger Anhänger und Freund Noah und seinem Gefolge geschenkt, damit sie darin leben konnten. Auf den Fotos wirkt sie heruntergekommen, voll mit Babys, Männern und

Frauen, die das klassische Gewand der Zwölf Stämme tragen – Stirnbänder, lange Kleider –, sogar das Schofarhorn erscheint auf den Bildern. Von den Zwölf Stämmen übernahm man auch die Überzeugung, dass die Frauen sich bedecken sollten, damit die Männer nicht abgelenkt wurden.

Während ich diese Fotos betrachte, finde ich mich sofort bei Sofi wieder. Ich erinnere mich daran, wie wir genau diese Kleidung getragen haben – heißer als die Hölle, kratziger Stoff, Kopfbedeckungen, unter denen man schwitzte –; wie wir in den Feldern Kaliforniens Kohl gepflückt, uns dabei fast das Rückgrat gebrochen und den Verstand verloren haben.

»Wenn man sich auf einen so neuen Weg macht, ist es ein ziemlicher Schock, denn man geht in eine ganz andere Richtung als in den vorherigen fünfundzwanzig oder dreißig Jahren«, erzählte mir Nathaniel. »Freunde und Angehörige hören etwas über Sekten, Waco und so weiter; dann sehen sie, wie wir ähnliche Dinge tun, und machen sich natürlich Sorgen.«

Waco muss den Leuten schwer auf der Seele liegen, wenn es um Gruppen wie diese hier geht, vor allem wenn man in einem Teil der Welt lebt, in dem man so leicht an Handfeuerwaffen kommt.

»Wie haben Sie das diesen Leuten erklärt?«

»Wie hätten wir etwas erklären sollen, was wir nicht einmal selbst begriffen?«, gab er zurück.

Nathaniel verfügt über eine Direktheit, die ich als sehr selten und überaus sympathisch empfinde. Er beschreibt die Gruppe mit einer besonderen Bescheidenheit, es gibt sogar Teile ihrer Geschichte, über die er sich lustig macht.

So viel von meinen Gesprächen mit Leuten in solchen Gruppen wirkt auf mich, als würden sie ihre Antworten ablesen, ganze Unterhaltungen können sich so anfühlen. Ich wuchs mit dem Gefühl auf, bei Leuten zu leben, die man programmiert hatte, wo man nie wirklich einen Blick darauf erhaschte, was sie tatsächlich empfanden, was sie wirklich dachten – man befand sich immer auf der Suche nach diesem Riss in der Fassade, auf der Suche nach Authentizität. Aber hier gibt es eine Art Bescheidenheit, eine

Bereitschaft, es zuzugeben, wenn man der Meinung ist, etwas verbockt zu haben. Ein Bedürfnis, zu lernen und an den eigenen Fehlern zu wachsen. Das ist erfrischend – und selten.

***

»Warum sind sie irgendwann aus Mash'um Inn weg?«, fragt mich Seb im Gemeindehaus.

»Tja, das ist mir auch noch nicht so ganz klar, denn ich habe verschiedene Versionen gehört.« Ich lehne mich für diesen vertraulichen Moment ein bisschen vor. »Die Geschichte, die ich von Nathaniel gehört habe, lautet so: Der Typ, der sie in seinem Haus hat wohnen lassen, hatte größenwahnsinnige Ideen. Er wollte die Gruppe anführen und diese Position von Noah übernehmen.«

Also eine Art Meuterei.

Für mich klingt das völlig logisch: Wenn man jemandem sein Haus zur Verfügung stellt, erhebt man vielleicht irgendwann Besitzansprüche oder es entsteht ein gewisses Machtgerangel. Was ich meine: Wir alle hatten doch schon tyrannische Mitbewohner oder Vermieter, die irgendwo zu weit gegangen sind?

»Und wie lautet die andere Geschichte?«, erkundigt sich Georgia.

»Also, über die weiß ich nicht viel, deswegen kommt es mir nicht ganz richtig vor, überhaupt darüber zu sprechen. Aber eine Jugendliche hat mir erzählt, dass alle wegmussten, weil irgendetwas mit den Töchtern dieses Typen passiert ist – des Typen, der ihnen das Land überlassen hatte, des generösen Gebers. Anscheinend hat er mitten in der Nacht verlangt, dass alle sofort seinen Grund und Boden verlassen, nachdem seine Frau barfuß mit ihren beiden jüngsten Kindern in den Wald gerannt war. Aber ich weiß nicht, ob da irgendetwas dran ist.«

»Du lieber Himmel, das klingt ziemlich dramatisch«, kommentiert Seb.

Ich nicke.

»Und von da aus sind sie nach Hadasha gezogen«, fahre ich dann fort.

In Hadasha sind wir gerade.

»Früher sah hier alles anders aus als jetzt«, hat Nathaniel mir erzählt. »Das hier war eine Kuhweide, dann eine Kürbisfarm. Das Gelände wurde für verschiedene Dinge genutzt, und deswegen gab es hier nicht viel: kein Gras, keine Straßen, alles war ziemlich spartanisch. Wir lebten in Zelten und Bussen und von allem, was wir uns irgendwie zusammenschnorren konnten.«

So ging das etwa drei Jahre, sie nannten es »Camp Benjamin«. Manchmal hausten hier bis zu fünfhundert Menschen.

»Meine Kinder halten das immer noch für die beste Zeit ihres Lebens, sie sprechen bis heute davon«, berichtete Nathaniel. »Ich habe draußen über einem offenen Feuer Essen gekocht, und wir haben den ganzen Abend unter freiem Himmel gesessen. Das war Freiheit.«

Klingt ziemlich idyllisch, aber auch verrückt, wenn man sich vorstellt, dass diese Gruppe, die jetzt in jeder Hinsicht ziemlich »normal« wirkt, in den Neunzigerjahren mit hundert Kindern auf einer alten Kuhweide in einem Feld gelebt hat.

Anscheinend waren die örtlichen Behörden und das Jugendamt nicht besonders begeistert über dieses Arrangement. Jedenfalls wurde Rose Creek von den Behörden unter die Lupe genommen.

»Polizisten kamen in Vans mit vergitterten Fenstern, um die Kinder mitzunehmen«, erzählte mir Chaya nüchtern und komplett von sich aus.

Sie behaupteten, es gebe Probleme mit der Unterbringung der Kinder – es sei inadäquat, es gebe ungesicherte elektrische Leitungen, keine Toiletten, die Küchen seien unhygienisch. Außerdem wollten sie eine Erfassung aller Kinder und deren Impfung. Sie gaben der Gruppe dreißig Tage Zeit, um alles umzusetzen.

Ich zeige auf ein Foto von den Zelten und Bussen. Darunter steht: *»Als wir in Camp Benjamin lebten, warf uns das System ungerechtfertigterweise Kindesmissbrauch vor.«*

Sie tauschten Camp Benjamin gegen die Wohnwagen, in denen sie bis heute leben.

»Ich muss zugeben, eine Weile haben wir uns auf uns selbst konzentriert – und darauf, wie wir in der Gemeinde gesehen wurden«, kommentierte das Nathaniel. »Denn natürlich hielten uns alle für eine Sekte, einige glaubten, wir hätten zwei oder drei Frauen. Es gab alle möglichen wilden Gerüchte über uns.«

Deswegen folgten sie den Anweisungen der Behörden und gaben der Notwendigkeit nach, »normaler« zu werden.

»Man hat mit den Kindern gesprochen, und mit den Polizisten sind wir inzwischen befreundet«, hat Nathaniel diese Phase zusammengefasst.

Georgia zeigt auf ein Bild mit der Unterschrift »*Die Auserwählten*«.

»Was ist denn das da?«

Man sieht eine Gruppe Jugendlicher mit einem bescheidenen Dresscode. Im ersten Jahrzehnt nannte man Kinder, die in die Gruppe hineingeboren wurden, die Auserwählten. Tatsächlich sind sie das immer noch. Wenn Nathaniel über die Kinder spricht, weiß er genau, wen er den Auserwählten und wen dem Rest zuordnet.

Interessanterweise klingt es so, als wären alle Kinder, die zu den Auserwählten gehörten, außer vielleicht zwei oder drei, bis heute ein Teil der Gruppe. Sie erledigen gerade Missionarsarbeit oder leben in einer Splittergruppe der Gemeinschaft in einer anderen Stadt, führen dort die Arbeit »des Herrn« aus. Aber alle Kinder, die direkt nach den Auserwählten zur Welt gekommen sind, haben – bis auf zwei – die Gruppe verlassen.

Ist es bei den älteren Kindern am wahrscheinlichsten, dass sie sich an die Regeln halten?

Viele Menschen glauben, dass die Hierarchie unter Geschwistern einen weitreichenden Einfluss auf unsere Persönlichkeit hat und alles beeinflussen kann, von unserer Berufswahl bis zu den Menschen, in die wir uns verlieben. Ältere Kinder, im Falle von Rose Creek die Auserwählten, sind typischerweise verantwortungsbewusst, selbstsicher und gewissenhaft; sie ahmen mit größerer Wahrscheinlichkeit den Glauben und das Verhalten ihrer Eltern nach. Es sieht so aus, als würden ältere Kinder jede einzelne Erwartung wahrnehmen, die ihre Eltern an sie haben, und sich bemühen, diese auch zu erfüllen.

Ich muss an meine eigene Familie denken. Von zwölf Geschwistern hat nur meine älteste Schwester, Ruth, sich dafür entschieden, ihnen zu folgen. Sie hat sie sogar überholt, was den Rang innerhalb der Gruppe angeht.

Folgen diese Kinder ihren Eltern, weil sich Eltern intensiver mit ihrem ersten Kind auseinandersetzen? Sind die Eltern bei ihrem ersten Kind eher von der Idee besessen, es »richtig zu machen«, voller Kraft und Elan und in dem Bewusstsein, es anders anzugehen, als es ihrer eigenen Erziehung entspricht?

Ich muss an meinen Dad denken. Zu der Zeit, als sein elftes oder zwölftes Kind zur Welt kam, erkannte ich ihn kaum als denselben Vater wieder. Er war wie ein schlaffer Luftballon; es wurde ihm einfach zu viel, Leute zu drangsalieren oder herumzubrüllen. Zu diesem Zeitpunkt war er eine blasse, müde Version seiner selbst.

Eine leere Hülle des harten Mannes, mit dem wir aufgewachsen waren.

Seb, Georgia und ich schauen uns jetzt einige Bilder an, auf denen eine wilde Atmosphäre zum Ausdruck kommt, die vor Farben und Aktivitäten geradezu sprühen. In dieser nächsten Phase fühlen sich die Dinge langsam surreal an. Für mich zumindest sieht es so aus, als hätte sich die Gruppe mit einem übereifrigen Amateurtheater-Produzenten zusammengetan. Aus einer ästhetischen Perspektive wirkt es hyperdramatisch und überzogen. Statt Outfits im Zwölf-Stämme-Stil – langweilig, einfach und bescheiden – sieht man nun Frauen ohne Kopftücher und in bunten Mänteln, die immer extravaganter wurden. Einer der Anführer, Jeremiah, hat mir seinen eigenen Mantel gezeigt, der aus mindestens zwanzig verschiedenen Stoffen bestand, lang und schwer, bunt und voller Verzierungen.

»Ich ging dann immer ins Stofflager und suchte mir etwas aus, was sich anfühlte wie ich«, erzählte er mir, als ich den Mantel anzog. »Ich war damals wohl ein bisschen extravaganter als heute«, fügte er hinzu, als ich mich wild vor seinem großen Spiegel drehte.

Ich betrachtete diesen gedrungenen, so amerikanischen Mann vor mir, der inzwischen ein T-Shirt und Cargohosen trug, und versuchte mir vorzustellen, wie er sich den Stoff für seinen großartigen, außergewöhnlichen Mantel aussuchte. Und warum auch nicht? Es ist ja nicht das erste Mal, dass Leute durch ihre Kleidung zum Ausdruck bringen wollen, dass sie sich in ihrer Kultur und ihren Überzeugungen von anderen unterscheiden. Man denke nur an Buddhisten, Scheichs und die seltsamen Gewänder von katholischen Priestern. Die Oshos tragen Rot, die etwas gemäßigten Mennoniten Blau-, Grau- und Brauntöne. Bei Raël, dem Anführer der Raëlianer, waren es weiße Shirts mit Fledermausflügeln, Medaillons und Faltenhosen. Die Scientologen haben Uniformen wie Kapitäne auf See. Die Source Family beließ es bei einfach und sexy, ganz in Weiß. Und niemand scheint es auf modischem Gebiet weitergetrieben zu haben als Ruth Norman, die Anführerin der kosmologischen Gruppe Unarius. Als Bowie der Sektenwelt trug sie regenbogenfarbene Capes mit eingenähten dreidimensionalen Planeten, goldenen Anteilen und Schuhe mit hohen, breiten Absätzen, dazu Gewänder in allen Grundfarben und eng anliegende Kappen.

Wer eine moderne religiöse Bewegung oder eine Sekte gründete, ließ sich etwas Wesentliches entgehen, wenn er nicht einen Trip in den Secondhandladen machte und mal schaute, »was sich anfühlt, als würde es zu einem passen«.

»Inzwischen können wir ziemlich gut Witze machen und darüber lachen, aber wir betrachten das Ganze nicht als Fehler«, erzählte mir Nathaniel. »Wir sehen es als Station auf dem Weg in den Wandel, als Prozess des Überwindens einer Phase, um etwas anderes sehen zu können. Und das war einfach einer dieser Schritte. Aber Spaß hat es gemacht, wirklich.«

Zu dieser Zeit begannen auch die dramatischen Rituale. Auf Hochzeiten trug man Rüstungen, und die frischgebackene Braut wurde von ihrem Ehemann »gefangen«. Er warf sie auf den Rücken eines Pferdes, um zu symbolisieren, dass er sich seine Frau »nahm«. Dieses Ritual ging »nur« einmal fast schief, als die beiden Frischvermählten beinah vom Pferd abgeworfen worden wären.

Danach taten sie es nie wieder.

Dann gab es da »die Passage«, eine Wanderung von einer Seite des

Geländes auf die andere, zur Markierung der ersten Regelblutung eines Mädchens. Das betreffende Mädchen musste zu dieser Zeit mittelalterliche Kleidung und lange Seidenkleider tragen. Auch das zum Glück nur eine Periode, wenn man so will. Die Fotografien sehen aus wie der Traum jedes Rollenspielfans.

Ich frage mich, welche Auswirkungen es wohl auf ein junges Mädchen hat, dass die ganze Gemeinschaft weiß, sie hat gerade zum ersten Mal ihre Menstruation bekommen. Ein Teil von mir empfindet es so, dass die westliche Welt vielleicht nicht auf die gesündeste Art und Weise damit umgeht – die ganze Heimlichtuerei, die Scham, das Geflüster über »Tampons«. Was wir Frauen in Bezug auf all diese unglaublich magischen und zugleich nervigen Dinge fühlen sollen, die unser Körper durchmacht, ist weiß Gott alles andere als fortschrittlich, bis heute.

Ich frage mich, wie ich mich mit zwölf bei so einer »Periodenparade« gefühlt hätte. Hätte mir das geholfen, das Wunderbare in meinem Körper zu feiern? Hätte es bedeutet, dass meine »Lebensaufgabe«, nämlich Kinder zur Welt zu bringen, jetzt beginnen konnte? Hätte ich mich gefühlt, als wäre ich nun sexuell zu haben, oder wäre ich in diesem Augenblick stolz gewesen, jetzt erwachsen zu werden?

Und dann entwickelte sich zwischen diesem ganzen Theater langsam eine faszinierende Veränderung. Es hört sich vielleicht so an, als wäre die aus fast komischen und vielleicht unauffälligen Anfängen entstanden, doch sie führte zur Rebellion und potenziellen Freiheit für viele Jugendliche, die damals in Rose Creek lebten. Und das Ganze begann mit Michael Flatley. Genau, mit dem *Lord of the Dance*. Ein Mann, von dem ich nie gedacht hätte, dass er irgendwie mit einer religiösen Gruppe in Tennessee in Verbindung stehen könnte.

Zu dieser Zeit lebten die Jugendlichen noch mit relativ strengen Regeln und durften gesellschaftlich nicht wirklich mit Angehörigen des anderen Geschlechts umgehen. Es gab strenge, auf Strafen basierende Vorschriften. Aber aus eigener Erfahrung weiß ich, dass sich die Hoffnung, Strenge könnte Folgsamkeit garantieren und Rebellion verhindern, nicht immer erfüllt.

Ob man jetzt in einer religiösen Gemeinschaft lebt oder nicht, es kann Furcht einflößend sein, wenn Jugendliche beginnen, sich gegen die Autorität der Erwachsenen aufzulehnen. Das geschieht in den meisten Familien. Es gibt Rebellion. Und die Rebellion kam auch nach Rose Creek. Und zwar in Form von *Riverdance*.

Eines Abends nach dem Essen bei Nathaniel zog er eine VHS-Kassette hervor.

»Möchtest du etwas sehr Wichtiges sehen?«, fragte er mich.

Er schaltete den Fernseher ein, und auf dem Bildschirm erkannte man eine schwach beleuchtete Zusammenkunft. Die Kamera stand im hinteren Teil des Raumes und bot uns eine Weitwinkelperspektive auf die Menge, die in einem sehr großen Kreis saß. Die Menschen mussten gewusst haben, dass da etwas vor sich ging, aber ich bezweifelte, dass sie auf *das hier* vorbereitet gewesen waren.

Im Raum wurde es still. Und dann kamen zehn Jungen im Gänsemarsch herein, man erkannte nur ihre Umrisse. Mit gestrafften Schultern und stolz erhobenen Köpfen standen sie da. Dann erfüllte Geigenmusik den Raum. Von den beiden hinteren Rändern kamen stolzen Schrittes zehn Mädchen herein und nahmen ihre Plätze zwischen den Jungen ein, in einer perfekten geraden Linie. Der erste Beat setzte ein. Eine Reihe stampfte, die nächste Reihe stampfte. Ein lauter, trotziger Kriegsschrei ertönte. Dann wurde die Musik richtig laut, und alle zwanzig Jugendlichen bewegten sich perfekt – und damit meine ich wirklich *perfekt*! – synchron. Absolut fehlerfrei.

Das Ganze hatte eine gewisse Härte, und es lag so viel Stolz in ihren Bewegungen. Egal, was man von *Riverdance* hält oder ob es einem einleuchtet, wie es dieses Musical in eine geschlossene religiöse Kommune geschafft hat, die damals noch nicht einmal Fernseher haben durfte – in diesem Augenblick ging es nicht um den Tanz, es ging um die Rebellion. Um den Moment, in dem jedes dieser Kinder aufstand und verkündete: »Das hier bin ich.«

In der Videoaufnahme trugen sie immer noch ihre bescheidene Kleidung. Obwohl es nicht zu dem traditionell irischen Tanz passte, sprach es für mich Bände. Es verriet, wie viele Stunden sie heimlich mit Üben für diesen Tagen verbracht haben mussten; es zeigte mir, wie viel Tapferkeit nötig gewesen war, um das hier zum ersten Mal öffentlich vorzuführen, in dem Wissen, dass das Ganze schlimme Konsequenzen haben könnte.

Während ich mir anschaute, wie sie ihren Eltern vorführten, wer sie waren, wer sie sein wollten, berührte mich das. Und das Schöne daran war: Ihre Eltern waren davon ebenfalls berührt. Sie waren so überwältigt von ihren Kindern, dass Nathaniel meinte, an diesem Tag hätten sich Veränderungen für die Jugendlichen der Gruppe ergeben. Seitdem ging man anders mit ihnen um, man disziplinierte sie anders. Außerdem konnten sie andere Kleidung tragen, und die Trennung zwischen den Geschlechtern war nicht mehr so strikt.

Als wir im Jahr 2007 ankommen, zeigen die Fotografien im Gemeindehaus eine Version dessen, was wir heute sehen: Die Kinder tragen Turnschuhe und T-Shirts, arbeiten auf dem Feld und werden zu Hause unterrichtet. Die Gruppe hat ihre Regeln gelockert. Die Auserwählten sind in ihre eigene Mission gezogen, und die nächste Garde junger Erwachsener hat die Gruppe verlassen, um in der säkularen Gesellschaft zu leben.

Ich kann mir vorstellen, dass sich bei vielen Eltern, die ihre Kinder in einer isolierten Umgebung großziehen, das Gefühl einstellt, versagt zu haben, wenn ihre Kinder die Gruppe verlassen. Und vielleicht stimmt das auch, wenn man Gottes harte Maßstäbe anlegt, wenn man eine gerechte neue Braut für ihn großziehen wollte oder eine unverdorbene Generation mit einem einzigen Ziel. Aber ich sehe das so: Wenn die Kinder genug freien Willen haben, um die Gruppe zu verlassen, lassen sie vielleicht Gott im Stich, aber nicht sich selbst – nicht den freien Willen.

Und hier stellt sich die Frage: Kommt für die Eltern die Loyalität gegenüber Gott zuerst und dann die gegenüber ihren Kindern?

Bei meinen Eltern sah die Hierarchie folgendermaßen aus: Zuerst kann die Gruppe, dann Gott, und dann kamen wir. Die absolute Wahrheit ist die, dass dieses Problem nicht nur innerhalb der begrenzten Welt von Sekten oder Religionen besteht, sondern es existiert überall. Zu einem gewissen Grad ist das ein Problem für jeden Elternteil, der seine Kinder zu etwas anderem erziehen will als einfach nur zum Leben. Ein Problem für jedes Kind, das sich an Erwartungen halten muss, anstatt nur geführt zu werden, für jedes vorbestimmte Schicksal. Für jedes Kind, das mit einem Etikett versehen oder in eine Schublade gesteckt wird.

Doch der große Test ist die zweite Chance, die Eltern bekommen, wenn sie *entscheiden,* wie sie reagieren, wenn ein Kind seinen eigenen Weg findet. Wenn ihr zwölfjähriges Kind offen schwul oder lesbisch ist, wenn ihr Sechzehnjähriger beschließt, nicht an die Universität zu gehen, sondern einer Band beizutreten, wenn er keine Moschee besucht. Wenn sich ihr Kind gegen eine arrangierte Ehe entscheidet oder weniger Erfolg hat, als sie erwartet haben. Hält man ihm die Treue, oder verstößt man es? Lässt man die Liebe entscheiden und gelangt zu der Überzeugung, dass einem Gott vielleicht dieses Kind geschenkt hat, damit man es bedingungslos liebt?

Meine Schwester Kate *wusste,* dass sie die Gruppe verlassen würde, als sie schwor, sie würde in dieser Umgebung kein Kind großziehen. Wie furchteinflößend und unglaublich tapfer für eine Sechzehnjährige, ihre eigene Flucht zu planen, und damit ein neues Leben für ihr ungeborenes Baby. Sie wurde verstoßen, nicht nur von ihren eigenen Eltern, sondern von der ganzen Gemeinschaft.

Aber ihre Rolle als Mutter ging noch weiter: Sie wurde zur Mama für unsere ganze Familie. Jedes Mal, wenn eines meiner Geschwister von unseren Eltern verstoßen wurde, nahm Kate ihn oder sie auf. Sie kümmerte sich um ihre Geschwister, als wären sie ihre eigenen Kinder, zusammen mit ihren inzwischen zu Teenagern herangewachsenen Kindern. Die Opfer, die sie gebracht hat, werden mich immer erstaunen und beschämen.

Es ist nicht leicht, Kinder aus einer Sekte aufzunehmen. Man glaubt, sie würden sich dankbar und wohlerzogen verhalten, aber sie sind geschädigt, schwierig und rebellisch. Und *wütend*. Ich habe gehört, dass dasselbe mit Kindern aus Heimen und aus ähnlichen Situationen passieren kann, wo man ebenfalls erwartet, dass Kinder voller Dankbarkeit sind. Was man erwarten sollte, ist aber das, was man dann auch bekommt: geschädigte Kinder, denen es schwerfällt, einem zu vertrauen, die von Wut und rebellischen Gefühlen erfüllt sind.

Es war nicht einfach. Manches war sogar *richtig* beschissen. Aber mit Kate als Orientierung haben wir es geschafft. Und sie hat bei der Erziehung einiger der großartigsten Menschen geholfen, die ich kenne. Sie unter ihre Fittiche genommen, als es meinen Eltern nicht gelang, ihnen bedingungslose Liebe zu schenken.

In Rose Creek kannte man beides. Dort gab es Kinder, die sie verlassen hatten und die verstoßen worden waren; später wurde ihnen jedoch bewusst, dass Jesus nicht so gehandelt hätte. Jetzt, so erzählt man mir, sind alle Kinder willkommen, die die Gruppe verlassen haben. Das bedeutet nicht, dass sie alle zurückkehren, aber sie wissen, dass sie willkommen sind – und das hat eine Bedeutung.

Ich wage die Frage, was Nathaniel zu jemandem sagen würde, der selbst eine Kommune gründen will. Was ist das Wichtigste von allem, was er gelernt hat?

»Zuallererst muss man verstehen, dass man gar nicht richtig weiß, was man tut, und dass man sich wahrscheinlich die meiste Zeit so fühlen wird. Aber wenn Gott einen begleitet, wird sich alles finden.«

Eine ziemlich entspannte und bescheidene Reaktion, wenn es darum geht, eine Kommune aufzubauen.

Wir beenden unsere Geschichtsstunde genau zeitgleich mit dem beginnenden Sonnenuntergang über Rose Creek, baden in Gold- und Rosatönen. Wir laufen über ein Farmgelände, das so wunderschön beleuchtet wird, dass es einer anderen Welt anzugehören scheint. Der Ort wimmelt nur so von Kindern und wird dadurch lebendig. Kinder schaukeln fröhlich quietschend, Schildkröten kriechen über die Straße, Jugendliche sammeln in den Hühnerhäusern Eier ein. Die ehemaligen Mennoniten treiben unten am Fuße des Hügels die Pferde zusammen.

Ich fühle mich, als würde ich ein Filmset durchqueren.

Jetzt die Schildkröten, jetzt die Pferde, jetzt bitte eine Gruppe lachender Kinder, die vorbeirennt.

Es ist friedvoll, wunderschön und lebendig.

***

An meinem letzten Tag verbringe ich Zeit mit Chaya. Sie zeigt mir die Hurrikan-Schutzräume.

»Da gehen wir rein, wenn es heftige Stürme gibt«, erklärt sie.

Wir klettern in die großen Metallwürfel, und unsere Stimmen hallen von den Wellblechwänden wider. Sie hockt sich auf eine umgekehrte Kiste.

»Was möchtest du mal werden, wenn du groß bist?«, frage ich, weil ich plötzlich merke, dass wir darüber noch nicht gesprochen haben.

Während ich diesem neugierigen Mädchen gegenübersitze, begreife ich, dass mir genau diese Frage gestellt wurde, als ich etwa im selben Alter war, und dass diese Frage in einem einzigen Augenblick alles völlig verändert hat.

»Na ja, eine ganze Menge Dinge«, antwortet sie. »Ich möchte Fotografin werden … oder Künstlerin, vielleicht auch Tanzlehrerin, aber ich weiß es noch nicht.«

Ich muss lächeln, weil ich an meine eigene Antwort denke, als mir Walter dieselbe Frage stellte. Damals, als ich so wenig von der Welt und von dem wusste, was mir an Möglichkeiten zur Verfügung stand.

»Ich möchte Journalistin werden, ich möchte jemand werden wie Sie.«

Ich empfinde sofort eine heftige Liebe für Chaya, zugleich aber auch eine große Nervosität. In mir regt sich das Bedürfnis, sicherzustellen, dass es ihr gut geht. Doch empfinde ich dieses Bedürfnis gegenüber Chaya oder gegenüber mir selbst in diesem Alter? Gibt es irgendetwas an diesem Ort, was ich verpasst habe? Habe ich mich blenden und von der Liebe überwältigen lassen, von diesen Leuten, wie es vielen anderen bei den *Children of God* und allen möglichen Sekten passiert ist?

Ich hole tief Luft.

»Gibt es irgendetwas, was du an dem Leben hier wirklich überhaupt nicht magst?«, frage ich. »Irgendetwas, was dir Sorgen macht? Oder vielleicht irgendetwas, vor dem du Angst hast?«

Sie schaut mich mit ihren großen grünen Augen an, und etwas Ernsthaftes ist in ihren Blick getreten.

»Ja«, antwortet sie. »Da gibt es ein paar Dinge, die ich hier wirklich *überhaupt nicht* mag …«

»Erzähl«, sage ich und nehme ihre Hand.

»Na ja, hier gibt's Schlangen und Kojoten und Spinnen. Und was am schlimmsten ist: Wir leben so weit draußen, dass wir nicht einmal Kabelfernsehen haben.«

16. Kapitel

Sex Cult Girl: Zwei Jahre davor

Die Sonne knallt mir ins Gesicht, als ich eine Wäscheladung in den Garten hinaustrage. Der Tag ist frisch, keine Wolke am Himmel. Hunderte von Socken wirbeln durch die Gegend, vom Wind ungeschickt an der Wäscheleine herumgeblasen.

Der Garten ist riesig groß. Er besteht aus sorgfältig gepflegten Rasenflächen, Kieswegen, Büschen und Hecken, die ständig gestutzt werden müssen. Hinten befinden sich die Gemüsebeete – die benutzen wir nicht, aber Stachelbeeren wachsen dort, ohne dass man extra etwas dafür tun müsste. Und ganz hinten, wirklich ganz am Ende, ist der Wald.

Ich kneife die Augen zusammen, während ich in die Sonne schaue, und kann sie sehen, ihre Silhouette zwischen den Stachelbeersträuchern von hinten beleuchtet. Sie geht gebückt, mit traurig wirkenden Schritten, sucht ständig nach ihrem Kind. Eine gebrochene Mutter, gefangen zwischen den Welten. Dazu bestimmt, für immer hierzubleiben.

Die Herrin des Landhauses.

Warum sie lieber zwischen den Stachelbeersträuchern umherirrt als in den Wäldern, werde ich nie erfahren. Es ist besser, paranormale Welten direkt unter der Oberfläche der Welt, in der wir leben, nicht zu hinterfragen. Wie Klarsichtfolie, durchsichtig und nahe genug, dass man sie berühren könnte. Unsichtbar und auch um alles gewickelt. Für mich fühlt es sich so an, als könnte ich einen Finger auf die Folie legen und sie ohne Weiteres kaputt machen. Dieses alte Haus hat so viele Leben gesehen, so viel Traurigkeit.

Wird sie jemals frei sein?

»Hey!«

Das Wort reißt mich gewaltsam aus meinem Tagtraum.

»Hey!«

Ein englischer Akzent. Wer ruft da?

»Hier, Sex Cult Girl!«

Wieder die Jungs aus dem Ort. Es ist eine ganze Weile her, dass ich ihre Hänseleien gehört habe. Doch jetzt, wo ich schwarz auf weiß gesehen habe, was über uns in der Zeitung stand, bin ich nicht mehr von dem überrascht, was sie über das Tor zu uns hineinrufen.

»Ich frage mich, ob ich überhaupt ein Sex Cult Girl bin«, sage ich leise zu mir selbst, während ich das letzte Sweatshirt aufhänge.

»Hey, Sex Cult Girl, hier drüben!«

Als würde ich schlafwandeln oder an einem unsichtbaren Faden gezogen, bewege ich mich plötzlich in Richtung der Stimme statt von ihr weg. An die Konsequenzen denke ich nicht. Ich schiebe mich durch die Bäume, und auf einer kleinen Lichtung fangen vier Jugendliche an, immer wieder »Sex Cult Girl« zu rufen.

»Was denn?«, frage ich.

»*Fuck!*« Sie springen aus ihrem tranceartigen Mantra auf, eindeutig schockiert, weil jetzt eine von »uns« vor ihnen steht. »Wow, du bist gekommen!«

Ich glaube, sie wären weniger schockiert, wenn ich der Geist der Herrin des Landhauses wäre. Sie sehen fast gleich aus, tragen weite Jeans und weite Hemden in verschiedenen Farben, Topfhaarschnitte, gebleichtes Haar. Einem von ihnen hängt sogar eine Zigarette aus dem Mundwinkel.

Sehr weltlich.

»Na ja, ich dachte, ich könnte euch ja mal Hallo sagen«, sage ich, und meine Stimme klingt ruhiger, als ich es erwartet hätte.

Nach zwei Jahren des ständigen Rufens hat endlich jemand reagiert.

»Aha, cool«, antwortet einer von ihnen und steht auf, ein Lächeln im Blick.

»Ich heiße Bexy«, stelle ich mich vor.

Der Typ mit der Zigarette drückt mir fest die Hand und murmelt aus dem Mundwinkel heraus: »Ich bin Raffa!«

***

Inzwischen sind einige Wochen vergangen, und ich treffe mich heute zum dritten Mal mit Raffa. Es ist Nachmittag, und ich habe mich wieder nach draußen geschlichen. Wir sitzen vorne in einem Auto, umgeben vom Geruch nach Benzin und losem Tabak. Das Ganze fühlt sich gleichzeitig gefährlich und erwachsen an.

»Also, warum sprecht ihr alle mit amerikanischem Akzent?« Raffa schaut mir direkt in die Augen.

Ich halte inne, und als ich gerade eine auswendig gelernte Antwort von mir geben will, denke ich stattdessen nach.

Was ist die echte Antwort auf diese Frage?

Es dauert länger, als ich das will, die Antworten durchzugehen, die meinen Kopf durchlaufen. Dann finde ich die Wahrheit.

Ich hoffe, ich wirke jetzt nicht dumm.

»Ich weiß es nicht«, antworte ich. »Ich denke, weil die Gruppe in Amerika gegründet wurde und mehr oder weniger alle Erwachsenen Amerikaner sind.« Ich habe das Gefühl, das gerade genauso zu erfahren wie er.

Er geht auf wirklich jede Kleinigkeit ein, auf alles, was mir normal erscheint. Doch wenn Raffa es sich genau anschaut, ist es nicht länger normal.

»Aber bist du denn da aufgewachsen?«, bohrt er nach.

»Ich bin in Indien aufgewachsen, auf Mauritius, in Afrika ...« Als ich das sage, fühlt es sich so an, als wäre jedes Wort aus meinem Mund eine fremde Sprache, eine, die er noch nie zuvor gehört hat. Als würde jede Silbe eine Erklärung benötigen, als würde ich in Zungen reden. »Das klingt kompliziert, was?«

»Interessant!«, gibt er begeistert zurück.

»Findest du es seltsam?«, will ich wissen.

»Ja, seltsam ist es.« In seinem Blick liegt eine gewisse Güte, als er lacht. »Aber du bist nicht … Okay, vielleicht ein bisschen.«

Ich stimme in sein Gelächter ein, aber ein Kribbeln der Scham durchläuft mich.

***

Raffa ist achtzehn und macht eine Lehre als Automechaniker. Das Auto, in dem wir sitzen, ist »ein Ford Escort«, hat er mir gesagt. An den Seiten ist sein Schädel rasiert, und auf dem Kopf hat er ein Büschel langer Haare. Beim Sprechen fummelt er an dem Ohrring in seinem linken Ohr herum. Raffa hat alle typischen Merkmale eines Systemangehörigen. Aber er wirkt freundlich, spricht mit leiser Stimme. Und er macht oft Witze – Witze, die in vielen Fällen gegen sich selbst gerichtet sind.

Doch der Grund, warum ich dreimal hergekommen bin, obwohl ich weiß, dass es riskant und sehr gefährlich ist, ist der: Wenn ich bei ihm bin, werden alle scharfen Kanten zu Hause glatter. Wenn ich jetzt spreche, fühlt es sich an, als wäre ich die Einzige, der er zuhören will. Ich lasse mich in seinen Beifahrersitz sinken, und jede Minute ist ein Entkommen von ihnen. Obwohl es nie lange dauert, fühle ich mich in seinem Auto, als wäre ich vielleicht doch etwas wert.

»Hör zu, ich gehe jetzt besser«, sage ich.

»Du bist doch gerade erst gekommen«, meint er.

»Nein, ich bin schon fünfunddreißig Minuten hier. Das ist in etwa das Längste, was ich mir erlauben kann, bevor es jemandem auffällt«, erkläre ich.

»Gibt es irgendeine Möglichkeit für dich, länger rauszukommen … oder mal nachts?«, erkundigt er sich.

»Ich werde darüber nachdenken, ich darf mich nur nicht erwischen lassen. Dann bin ich wirklich in einer beschissenen Situation.«

Als ich das Wort ausspreche, fühlt es sich auf meinen Lippen unnatürlich an. Raffa lacht – vielleicht hat es sich genauso komisch angehört, wie sich das Aussprechen angefühlt hat.

»Bis dann«, sage ich, als ich aus dem Auto steige.

***

Einmal in der Woche halten die Erwachsenen eine Zusammenkunft ab, die dauert normalerweise zwei Stunden. In dieser Zeit beten alle über achtzehn wegen anstehender Entscheidungen, die Mo-Briefe »nur für Erwachsene« werden verlesen, und sie stimmen über die Angelegenheiten der Woche ab. »Sollen wir ein neues Auto kaufen?«, »Wann soll Auntie Lilly ihre Mutter um Geld bitten?« ... Jede Entscheidung muss im Kollektiv getroffen werden.

Diese Zusammenkünfte gibt es seit Jahren. Weil dort Anwesenheitspflicht herrscht, stellt das die perfekte Gelegenheit für mich dar, zum ersten Mal bei Nacht den Versuch zu unternehmen, mich rauszuschleichen. Da es nachts ist, setze ich natürlich mehr aufs Spiel, falls ich erwischt werde. Wenn man nachts plötzlich weg ist, kann es dafür keine logische Erklärung geben, kein »nur mal eben die Wäsche rausbringen«, kein »nur mal eben Kassetten mit Familienmusik aufnehmen«, kein »kurz Essen in die Tiefkühltruhe draußen bringen«.

Während dieser Zusammenkünfte habe ich die Aufgabe, auf die schlafenden Kinder aufzupassen. Man geht davon aus, dass ich die ganze Zeit dortbleibe. Ich schaue regelmäßig nach den Kindern – kleine Hügel in ihren Betten, schnaufend unter ihren Decken. Manchmal nimmt die Atmung einen gewissen Rhythmus an, wenn sie schlafen.

Ich mache meine Runden: ein Zimmer, dann das nächste. Alle schlafen tief und fest. Ich ziehe meine Schuhe an und gehe im Kopf zum siebten Mal die Routen durch. Die Zusammenkunft findet im vorderen Wohnzimmer des Hauses statt, und die Straße nach draußen führt genau an diesem Raum vorbei. Zu dieser Zeit ist es draußen stockdunkel; doch zum Glück kenne ich die Strecke gut genug, ich kann auf keinen Fall eine Taschenlampe mitnehmen.

Viel zu gefährlich.

Also los ...

Zehn Minuten später öffne ich die Beifahrertür und bin in Sicherheit.

»Du hast es geschafft!« Als Raffa das sagt, lächelt er mich mit strahlend weißen Zähnen breit an, im Schein des Autotürlichts.

Schon damit ist es für mich die ganze Sache wert. Ich kann nichts sagen, ich muss erst wieder zu Atem kommen, deswegen lächle ich nur.

»Ich hatte die Sache schon fast aufgegeben«, fügt er hinzu und legt mir eine Hand aufs Knie.

»Weißt du, das ist eine ... Eine ganz schöne Strecke, ehrlich gesagt«, erkläre ich und atme schwer.

»Das sehe ich! Wie lange hast du denn, glaubst du?«

»Ungefähr eine Dreiviertelstunde.«

Die Zeit mit Raffa wird blitzschnell vorbei sein, und bald werde ich im Dunkeln zurückrennen und so tun müssen, als hätte der einzige Teil des Tages, der mir wirklich wichtig ist, nie stattgefunden.

»Was machen die denn jetzt gerade da drinnen?«, will er wissen.

»Ach, ich wünschte, ich könnte dir was Interessantes erzählen, aber sie treffen nur ein paar Entscheidungen.«

»Also keinen Exorzismus oder so was?«, murmelt er sarkastisch.

Ich muss lachen, aber nur kurz, weil mich Erinnerungen an Hände überall an meinem Körper überfallen, an den Geruch dieses Teppichbodens, an das alles erdrückende Gefühl in meinem Brustkorb.

»Willst du was davon?«, fragt er und hält mir eine Zigarette hin. Damit holt er mich zurück auf den Vorsitz seines Autos, zurück in sein Lächeln.

»Klar«, sage ich.

Als er mir die Zigarette reicht, berührt er meine Hand; seine Fingerspitzen fühlen sich auf meiner Haut heiß an. Dann greift er auch nach meiner anderen Hand.

»Bist du da drinnen denn sicher?«, erkundigt er sich.

Nicht das kleinste Lächeln zeigt sich auf seinem Gesicht.

»Sicherer als eine lange Zeit vorher«, beruhige ich ihn.

»Was meinst du damit?«

Ich kann spüren, dass ihm meine Antwort nicht ausreicht.

»Ich will damit sagen, dass es viel einfacher ist als früher, auch vergleichsweise sicher. Wie auch immer, wir haben nicht viel Zeit, und ich will nicht darüber reden, was da drinnen vor sich geht … Es ist langweilig«, sage ich.

»Haha! Bex, du lebst in einer Sekte, wie kann das langweilig sein?«, meint er lachend.

»Für mich *ist* es langweilig!«, gebe ich zurück und spiele an der Ecke des Autositzes herum. »Also, was für Musik hast du da?«, frage ich und versuche damit ungeschickt einen Themenwechsel.

Raffa hat mich in bestimmte Musikarten eingeführt. Ich frage mich, ob er es spannender findet, mir die Musik zu präsentieren, als ich es finde, sie mir anzuhören. Wenn er mir etwas vorspielt, beobachtet er mein Gesicht, während ich einen Titel zum ersten Mal höre. Es ist, als würde er einem Baby dabei zusehen, wie es feste Nahrung ausprobiert – verwirrt, erfreut und vielleicht auch ein bisschen hungrig nach mehr.

Er beugt sich zum Handschuhfach vor, um Musik rauszuholen, und als er das tut, berührt sein Haar mein Gesicht. Er wendet sich um, schaut mir in die Augen und küsst mich dann.

Er schmeckt nach Zigaretten und Kaugummi.

***

Ich lebe ein Doppelleben.

Schleiche mich weg. Täusche alle. Stehe ständig unter Strom.

Ich sehne mich schmerzhaft nach den wenigen Minuten, die ich aus dem Haus komme. Nach der Freiheit, die ich in den knappen fünfundvierzig Minuten mit Raffa erlebe. Es ist, als würde nichts geschehen oder auch nur existieren, bis ich ihm davon erzählt habe. Ich hebe jeden Gedanken, jede Idee und jedes Gefühl für den Augenblick auf, in dem ich durch die Autotür auf den Beifahrersitz klettere.

Und heute habe ich etwas ganz Unglaubliches zu erzählen …

Mein ganzes Leben lang hat unser Anführer, »Father David« – Grandpa – Dad – Moses David –, in einem Versteck gelebt. Er, seine Frau Mama-Maria und sein innerer Kreis haben unser ganzes Leben lang im Untergrund zugebracht. Er ist ein Mysterium. Ich habe nie gewusst, wo er lebt oder wie er aussieht. Wir haben Bücher, in denen von ihm die Rede ist, wir haben Kindergeschichten, in denen er vorkommt, wir haben die Mo-Briefe für Erwachsene mit ihm auf dem Einband. Aber obwohl er der Star jeder einzelnen Show ist, erscheint er immer als Bild, als Comiczeichnung. Sogar die Fotografien von ihm haben eingezeichnete Bilder, als hätte man einen Aufkleber über sein Gesicht geklebt, während der Rest ein normales Foto ist. Echte Hände, echte Kleidung, echte Schuhe, aber immer ein Comicgesicht.

Er wird als Mann mit einem langen weißen Bart und weißem Haar dargestellt, sein Blick ist gütig. Normalerweise trägt er so etwas wie einen Bademantel, manchmal ist der transparent. Wenn er mit bloßem Oberkörper gezeichnet wird, hat er relativ viele Muskeln. Manchmal ist er ganz und gar eine Comiczeichnung, manchmal wird er als Löwe abgebildet.

Aber ich habe nie, nie in meinem Leben ein echtes Foto von ihm gesehen. Ich habe nie wirklich den Mann gesehen, dessen Worte wir lesen, verehren und jeden Tag befolgen.

Er hat Hunderte von Büchern geschrieben, Tausende von »Mo-Briefen«. Er hat über jede einzelne Sekunde unseres Lebens bestimmt: wie wir heiraten, wie wir Sex haben sollten – mit Jesus, außerhalb der Ehe, mit Kindern. Seine Worte sind es, die festlegen, wie wir die Kinder bestrafen, wie wir essen sollen, nach welchem Zeitplan wir leben, welche Bildung wir erhalten dürfen, welche Bücher für uns verboten sind, welche Musik wir hören dürfen.

Er hat uns die Geschichte der Welt neu erzählt: wofür die bösen Juden verantwortlich sind und dass Farbige verflucht sind, aber auch, wie wir uns selbst durch unsere Mütter ernähren, indem ihre Körper gegen Geld eingetauscht werden. Er hat uns gesagt, wie man mit rebellischen Jugendlichen zu verfahren hat, und täglich erfahren wir etwas über seine Träume. Wir wissen von seinem Stuhlgang, wann wir vor den Behörden fliehen müssen und wann es sich zu wehren gilt. Er hat uns die Codes gegeben, die uns vor »ihnen« beschützen, er hat neue Sprachen für uns erfunden, er hat unsere Zukunft vorhergesagt – dass wir als Teenager sterben würden, dass wir Superkräfte bekämen, dass wir die Auserwählten seien.

Kein einziger Tag meines Lebens ist vergangen, ohne dass ich etwas darüber gehört habe, was dieser weißhaarige Comicmann will, verlangt oder als Gebot verhängt. Und jeden Tag verändern seine Worte in irgendeiner Weise unser Leben. Manchmal dramatisch, manchmal unauffälliger, aber immer sind wir von seinen Launen abhängig.

Heute allerdings habe ich zum ersten Mal im Leben ein Foto von ihm gesehen.

Denn heute ist Moses David gestorben.

Meine Mutter ist es, die uns die Nachricht überbringt: »Gestern Abend habe ich ein Anruf von Mama-Maria bekommen …« Ihr bricht die Stimme. »Und sie hat mir gesagt, dass Großvater verschieden ist.«

Im ganzen Raum halten Leute den Atem an, und eine der Aunties fängt an, laut zu jammern.

Sichtlich gerührt räuspert sich meine Mutter.

»Wir gehören zu den ersten Heimen, die davon erfahren«, fährt sie fort. »Die anderen erhalten diese Information in den folgenden Tagen. Unsere Aufgabe besteht darin, uns auf die Presse vorzubereiten.«

Während alle im Zimmer beten und Gott für das Leben unseres Anführers sowie für seine Arbeit danken, muss ich daran denken, wie Großvater einmal schrieb: »Ich würde mich nicht wundern, wenn ihr Selbstmord begehen wolltet, wenn ich sterbe. Der Herr würde euch tatsächlich dafür vergeben, wenn ihr gerne oben im Himmel bei eurem Papa sein wolltet.«

Er war der Ansicht, dieser Tag würde uns in solche *Verzweiflung* stürzen, dass wir uns alle würden umbringen wollen.

Aber der heutige Tag fühlt sich nicht an, als wäre er für einen Massenselbstmord geeignet: keine Feuerwaffen, keine Plastiktüten über den Köpfen, um bei Papa zu sein. Nicht wie die andere Gruppe, von der man uns erzählt hat, die tatsächlich Selbstmord beging. Stattdessen fühlt es sich einfach an, als befände sich das ganze Heim in einem Zustand der stillen Trauer.

Meine Mutter schließt ihre Ansprache mit den Worten: »Wir müssen uns jetzt auf unser Statement vorbereiten und uns für einen Ansturm der Presse wappnen.«

Damit steht mein Tagesplan fest: Ich muss das Statement zu David Bergs Tod als Fax verschicken.

Moms Stimme erteilt Befehle, wird dabei aber immer leiser. Und dann sehe ich es: auf dem Tisch, neben der Pressemitteilung.

»Mom, ist er das?«

»Ja, das ist unser Father David«, gibt sie zurück und wischt sich das Gesicht ab, als ihre nimmermüden Drüsen eine weitere Träne produzieren.

Unter dem Foto steht »*David Berg*«.

»Ist das sein richtiger Name?«, will ich wissen.

»Nicht sein *richtiger,* sein gesetzlicher Name.« Sie sagt es mit einem Lächeln.

Ich halte das Foto in der Hand. Kein Löwe, kein muskulöser Mann mit einem buschigen Bart und gütigem Blick – er hat nicht einmal viele Haare auf dem Kopf. Seine Augen liegen tief in den Höhlen. Richtig tief, meine ich, als würden sie bald im Inneren seines Schädels verschwinden. Er hat keine Augenbrauen, er ist bald kahl – tatsächlich kann man nur hinter seinen Ohren ein paar Haare erkennen. Er hat Leberflecken im ganzen Gesicht, ihm fehlt ein Zahn – und er lächelt. Aber irgendetwas ist seltsam an seinem Lächeln. Und als ich an all das denke, was wir in seinem Namen getan und ertragen haben, wird mir bei dem Anblick übel.

***

»Raffa!«

Ich bin außer Atem, wie immer.

»Was?«, fragt er, und dabei sieht er besorgt aus.

»Du wirst es nicht glauben: Moses David ist tot!« Ich schreie fast.

»Was?«, wiederholt er.

»Du weißt schon, Moses David.«

»Ja, ich weiß verdammt noch mal, wie er heißt, Bexy! Was bedeutet das? Bist du jetzt frei, kannst du aus der Sekte raus?«

Als er das fragt, wird mir bewusst, dass er mich vielleicht genauso gern draußen haben will, wie ich rausmöchte.

»Ich habe heute ein Foto von ihm gesehen«, erzähle ich.

»Du hast ihn noch nie vorher gesehen?« Ich nehme Unglauben in seinem Blick wahr.

»Noch nie«, bestätige ich und schüttle den Kopf.

»Wie sieht er denn aus? Ich wette, ich kann mir das vorstellen«, sagt Raffa.

»Ehrlich gesagt hatte ich mein ganzes Leben lang eine Vorstellung davon, wie er aussieht«, berichte ich. »Aber als ich ihn heute gesehen habe, sah er einfach falsch aus, weißt du?«

»Ich will keinen Quatsch erzählen, Bexy, aber wenn auch nur die Hälfte von dem stimmt, was ich über ihn gelesen habe, war er ein gestörter Scheißkerl! Mehr als das, er war ein kranker, perverser Pädophiler, dem man schon vor Jahren die Eier hätte abschneiden sollen.«

Ich schaue nicht mehr in meinen Schoß, sondern in Raffas Gesicht – er sagt das nicht, weil er einen Witz machen will, er meint es wirklich. Dann fühle ich mich von Scham durchströmt, weil ich an die Zeitungsausschnitte denken muss.

»Wie viel hast du denn über ihn gelesen?«, will ich wissen und schaue wieder in meinen Schoß.

»Genug. Meine Eltern haben jeden einzelnen Artikel aufgehoben«, erwidert er.

»Oh.« Ich denke an all die Energie, die ich aufgewendet habe, um ihm gegenüber alles weniger schlimm darzustellen und vor ihm normal auszusehen.

»Schau, hier ist vorher *noch nie* irgendwas passiert. Da kannst du ihnen das doch nicht zum Vorwurf machen?«, meint er.

Ich frage mich, ob er spüren kann, wie sehr ich mich schäme. Als ich mich daran erinnere, welche Wirkung die Artikel auf mich hatten, brennen mir die Wangen bei der Vorstellung, wie Raffas Eltern sie gelesen haben.

»Weißt du, einiges davon ist doch übertrieben«, sage ich und versuche der Verlegenheit zu entkommen, die ich empfinde.

»Mussten die Mütter als Prostituierte arbeiten?«, erkundigt er sich in mildem Tonfall.

»Na ja, wenn man es so ausdrücken will, schon«, bestätige ich.

»War er der Überzeugung, dass es in Ordnung ist, kleine Kinder zu missbrauchen?«

Wieder ist seine Frage ganz neutral gestellt, und trotzdem fühle ich mich, als würde ich verhört. Als stünde ich vor einem Gericht, das in einem geparkten Auto stattfindet, hundert Meter vom Tatort entfernt, *von meinem Zuhause.*

»Bexy, du weißt, du bist in diesem Fall ein Opfer«, sagt er.

»Es ist kompliziert«, antworte ich – denn das stimmt.

»Für mich sieht das Ganze ziemlich eindeutig aus. Ich bin *froh*, dass dieses Stück Scheiße tot ist, Bexy. Ich bin sehr froh, verdammt!«

Er greift nach mir und zieht mich in seine Arme. Ich fühle mich seltsam steif.

»Ich brauch einen Plan«, sage ich, und meine Stimme klingt fast mechanisch.

»Wofür, Babe?«, fragt er.

»Ich will weg von da. Aber ich will es nicht dumm anstellen. Ich kann nicht einfach weglaufen, ohne Geld und ohne Plan. Ich muss da raus, aber ich will es schlau anfangen.«

Er schaut mich an und lächelt, als er sagt: »Jetzt kommen wir endlich zum Kern der Sache! Wie kann ich dir dabei helfen?«

***

Einige Wochen später sagt Raffa, dass er eine Überraschung für mich hat.

Es ist ein Samstagmorgen, ein wunderschöner, warmer Maitag. Es riecht langsam nach Sommer, und eine warme, kribblige Brise weht, die einem in die Nase steigt, sodass es kitzelt.

Ich sitze auf dem Beifahrersitz von Raffas Auto, atme den vertrauten

Geruch nach Benzin und Zigaretten ein. Einen Geruch, den ich inzwischen liebe.

Noch Jahre später werde ich ihn lieben.

»Nimm den«, fordert er mich auf, als er mir einen Motorradhelm überreicht.

»Was?«, sage ich.

»Entweder den Helm, oder du kannst dich in den Fußraum legen – oder auf den Rücksitz. Ich will nicht, dass dich in der Stadt irgendwelche ›Sektenjäger‹ entdecken.«

Bei diesen Worten lacht er, aber ich weiß, dass er es ernst meint.

Ich ziehe den Helm auf, entledige mich dann umständlich der weiten Hose und trage nur noch die Shorts, die ich darunter versteckt habe. Mit dem Helm sehe ich aus wie ein Lutscher mit zu schwerem Kopf, und ich stoße ihn mir am Armaturenbrett.

»Nur die Ruhe«, sagt Raffa lachend.

Meine Unruhe weicht unter seinem Gelächter.

»Wo fahren wir denn hin?«, frage ich, doch durch den Helm ist meine Stimme kaum zu hören.

»Lass dich überraschen.«

Er lächelt wieder.

Wir fahren über sich windende Landstraßen, an knallgelben Feldern vorbei, und halten dann vor einem Tor, auf dem in großen roten Buchstaben »KEIN ZUTRITT« steht. Er zieht mir den Helm vom Kopf und gibt mir einen raschen Kuss.

»Bist du aufgeregt?«, will er wissen und glättet mein Haar für mich.

»Hmmm«, sage ich.

Er zieht beide Augenbrauen hoch, während er lächelt – *er* ist ganz eindeutig aufgeregt.

Wir fahren einen alten Trampelpfad hinunter, über den von rechts und links Sträucher und Bäume wachsen. Die grüne Decke ist so dick, dass ich nur einzelne Stücke vom Himmel sehen kann. Es ist, als würde ich durch einen Tunnel durch die Zeit fahren – oder vielleicht hinein in eine andere Welt.

Dann sehe ich auf: Ich entdecke einen riesigen Steinbruch, der von grauen Felsen umgeben ist, dunkel wie Granit. Der Himmel reflektiert im klaren Wasser, und Stücke von Wolken spiegeln sich auf magische Weise in seiner Oberfläche. Es sieht aus, als würde der Himmel durch ein Loch im Boden brechen.

»Wollen wir?«, fragt Raffa. Er wirkt erfreut, seine Hand schließt mir den vor Erstaunen offenen Mund.

Wir ziehen die Schuhe aus und gehen über einen schmalen Pfad zu einem Stück Felsen, das bis in die Sonne reicht. Er zieht eine Decke hervor, ein paar Sandwiches und zwei Bier. Es fühlt sich an wie ein Festmahl.

»Lass uns ins Wasser gehen«, fordert er mich auf.

»Ich habe keinen Badeanzug dabei«, gebe ich zurück. (Ich besitze nicht mal einen.)

»Na und? Schwimm einfach in der Unterhose«, sagt er zu mir.

»Und wie kommen wir rein?«, will ich wissen.

»Wir springen«, gibt er zurück.

»Von hier aus?«

»Klar, so hoch ist das gar nicht«, meint er.

Sicher spürt er meine Angst. Ich schaue über den Felsenrand – etwa zehn Meter nach unten. Ich sehe einen Pfad, der zum Wasser führt.

Er folgt meinem Blick.

»Jetzt komm schon«, fordert er mich auf. »So macht es mehr Spaß.«

»Okay«, stimme ich zu.

Ich ziehe mich aus. Dabei weiß ich sehr gut, wie blass ich im Sonnenlicht bin, fast durchscheinend, und wie dünn ich ihm vorkommen muss.

Er steht in Boxershorts mit Hotdogs-Aufdruck vor mir. Es sieht albern aus, aber das ist ihm egal – er scheint sich in seiner braunen Haut absolut wohlzufühlen.

»Hab keine Angst«, sagt er und nimmt meine Hand.

»Habe ich nicht.«

(Okay, habe ich doch.)

»Bereit? Eins, zwei, drei …«, ruft er, und wir springen vom Klippenrand.

Wir heben ab.

Wir befinden uns zwischen zwei Welten, nur für ein paar Sekunden. Doch in diesem Augenblick, in dieser Zeit dazwischen, ist es, als gäbe es nur uns beide; nichts anderes: keine Gruppe, zu der ich zurück, keine Fluchtpläne, wegen denen man Angst haben muss. Meine Vergangenheit, meine Eltern und meine Zukunft verschwinden in diesem Sprung, in diesen wenigen Sekunden, in denen es nichts und alles gibt. Mein Körper, mein Gehirn und meine Seele werden lebendig, nicht gefangen oder zum Schweigen gebracht.

Ich bin frei.

Wir schlagen auf dem Wasser auf, und mein Körper taucht ein Stück in das eisige Wasser des Steinbruchs hinab. Ich fühle mich durch die heilende Taufe des Sees befreit. Durch die Luftblasen sehe ich Raffas Gesicht unter Wasser. Er lächelt, zieht dann an mir und bringt mich an die Oberfläche zurück.

»Bist du in Ordnung?«, erkundigt er sich.

»*Fuck*! Ja!«, schreie ich.

Wir liegen in der Sonne, und ich habe meinen Kopf auf seinem Schoß. Er erzählt mir, wie er als Kind hergekommen ist und wie das damals war, dass es jetzt sein Geheimnis ist, dass wir den ganzen Tag bleiben können. Ich schaue in die Wolken – ich fühle mich sicher, ich fühle mich geliebt. Mit den Lippen forme ich die Worte: *Ich fühle mich frei.*

Raffa wischt mir mit dem Daumen eine Träne vom Gesicht und fragt: »Alles in Ordnung mit dir?«

»Ja.« Das Wort kommt als Flüstern aus meinem Mund. »Ich glaube, das hier ist der schönste Tag meines Lebens.«

Und das meine ich auch so.

17. Kapitel

Die Türme: Achtzehn Jahre danach

Manchmal sehne ich mich heftig nach der Stadt.

Diese Reise hat mich an der Ost- und der Westküste Amerikas entlanggeführt. Ich bin von der Wüste Arizonas bis in die Wälder von Alabama gereist, von den Roten Felsen von Kalifornien zu den Flüssen des Mississippi. Und obwohl das Fenster meines Trucks die Landschaften von mehr als zehn Bundesstaaten eingerahmt hat, bekommt es nur selten die Lichter der Stadt zu Gesicht: religiöse Kommunen entscheiden sich fast nie für eine urbane Umgebung.

Fast nie.

Georgia, Seb und ich sind unterwegs zu den *Jesus People USA,* die mitten in Uptown Chicago leben. Nach Meilen von Bäumen umgeben uns gigantische Wolkenkratzer. Diese ungewohnte Umgebung erfüllt mich mit einem aufgeregten Kribbeln. Die Dämmerung setzt ein, als wir durch Uptown fahren, goldenes Licht lässt filmreife Silhouetten in den Bars entstehen, die Straßen sind nicht mehr voller Pendler, sondern für Leute da, die zum Vergnügen hier sind, und die warme Abendluft lädt die Leute dazu ein, auf dem Bürgersteig zu sitzen und zu trinken.

»Jetzt ein Bier!«, rufe ich voller Sehnsucht.

Aber das ist nur ein vorübergehender Gedanke; ich will unbedingt gleich zu den JPUSA. Ihre Kommune ist in einem Art-déco-Hotel mit fünfhundert Zimmern namens The Friendly Towers untergebracht, die von anderen als »die Tore der Hölle« bezeichnet werden.

Ich schaue auf meine Armbanduhr: fast sechs Uhr.

»Ist es in Ordnung, wenn wir heute Abend noch da aufkreuzen?«

Georgia, die von den Straßenszenen genauso fasziniert zu sein scheint wie ich, schaut nicht zu mir, als sie antwortet: »Ja, sie haben uns zum Abendessen eingeladen – zum Grillen.«

Die JPUSA haben konkrete und historische Verbindungen zu den *Children of God*. Beide Gruppen sind aus dem *Jesus Movement* heraus entstanden, einem amerikanischen Phänomen mit seinen Anfängen in den späten Sechzigerjahren, das bis in die Mitte der Siebziger reichte. In dieser Zeit glaubten wohl eine ganze Menge junger Leute ernsthaft, sie wären die letzte Generation auf dem Planeten. Viele von ihnen hatten das Gefühl, dass Drogen, Sex und alternative Ideologien nicht funktionierten, deswegen kehrten sie zu Christus zurück.

Die »Jesus People«-Szene ließ sich in Südkalifornien nieder, mit über hundert Kirchen, Cafés und Gemeinschaftsräumen, die Teil der Bewegung waren. Die Kinder des Establishment, zumeist weiß und aus wohlhabenden Familien, lehnten alles ab, wofür ihre Eltern gearbeitet hatten, von den Gehaltsschecks bis zur persönlichen Hygiene, und sie erfanden Jesus neu, als Hippie.

Für die Presse war das natürlich ein gefundenes Fressen.

Im Juni 1971 schaffte es das *Jesus Movement* auf die Titelseite des *Time*-Magazins. Ein ganz fantastisches Bild – es hängt sogar eingerahmt bei mir an der Wand. Das Ganze könnte ein psychedelisches Bandposter sein. Jesus wird im Pop-Art-Stil repräsentiert: in Lilatönen vor einem roten Hintergrund, und den Heiligenschein bilden die Worte »Jesus Revolution«.

Im Inneren des Magazins wird es sogar noch besser.

»Frisch aussehende junge Mädchen mit weit aufgerissenen Augen und ernsthafte junge Männer«, schrieben die *Time*-Reporter, »clevere Geschäftsleute und Shoppende auf dem Hollywood Boulevard, in der Nähe des Lincoln-Denkmals, in Dallas, in Detroit und in Wichita, sie alle legen »Zeugnis« für Christus ab, in atemlosen Bekundungen. Christlich orientierte Cafés sind in vielen Städten eröffnet worden ... Ein Einkaufszentrum in San Antonio hat man zu einem »christlichen Nachtclub« umfunktioniert. Christliche Gemeinschaftshäuser schießen wie Pilze aus dem Boden und vermehren sich wie Fisch und Brot ... Überall gibt es jede Menge Bibeln.«

Dieses neu erwachte Interesse der Presse half der Szene, die in den Vereinigten Staaten geradezu explodierte. Sogar Popstars ließen sich bekehren, von Johnny Cash, Jeremy Spencer und Eric Clapton bis hin zu Paul Stookey. Aber einer der interessantesten Aspekte der Geschichte der JPUSA ist für mich, *wer* die Gruppe gegründet hat. Unter den neuen religiösen Bewegungen ist es ungewöhnlich, dass eine Frau die Führerrolle innehat. Nicht nur ungewöhnlich, es ist fast unerhört.

»Unter den Tausenden verschiedenen Gruppen ist Ma Anand Sheela die berühmteste Frau im Zentrum einer Neuen Religiösen Bewegung: berühmt für The Oshos, für »Wild, Wild Country«. Berühmt dafür, Rot zu tragen, und kathartisch in Ekstase zu geraten bei Tanz und Meditation. Rajneesh mag ohne Zweifel der messianische Führer der Gruppe gewesen sein, doch Sheela leitete die Gruppe mit mächtiger Hand. Sie war die Maggie Thatcher unter den Sektenführern, eine starke, mächtige Matriarchin.«

Meinem Gefühl nach überschneidet sich unser Verständnis von Sektenführern in hohem Maße mit toxischer Männlichkeit: Frauen werden zu Objekten und zu Konsumgütern gemacht, man kontrolliert die Freiheit der Fortpflanzung, Frauen gelten als Bürger »zweiter Klasse«, werden zu Arbeitskräften degradiert. Trotzdem steht hinter männlichen Sektenführern oft eine starke Frau. Diese Frauen sind die Matriarchinnen, die Sympathieträgerinnen, die Geliebten und die stille rechte Hand.

Doch wer sind sie? Moses David hatte Mama-Maria (Karen Zerby), die die Leitung der Sekte übernahm, als er 1994 starb. Bonnie Nettles war die Mitbegründerin von *Heaven's Gate*. Jim Jones hatte Carolyn Layton, die jahrzehntelang seine Geliebte war und bei dem Massaker in Jonestown entscheidend mitwirkte. Hak Ja Han heiratete Sun Myung Moon, den Gründer der Moon-Sekte, und führt sie immer noch. Warren Jeffs hatte Naomi Jessop, seine »Lieblingsfrau«, die zu ihm stand, während er Angeklagter in einem Prozess wegen Kindesmissbrauch war.

Dennoch werden die Geschichten von Frauen in religiösen Führungspositionen oft heruntergespielt, außer Acht gelassen oder so neu erzählt, dass ihre Macht nicht einmal als solche wahrgenommen wird.

Wenn ich an meine eigene Kindheit zurückdenke, erkenne ich, dass ich meine Mutter als passives Wesen sah. Ich hatte ständig das Bedürfnis, sie zu beschützen, und ich empfand es so, als wäre sie vielleicht eher »eine von uns« als »eine von ihnen«.

Bestreite ich damit ihre eigene Macht, oder war sie genauso aktiv involviert wie mein Dad? War sie sein Mädchen für alles?

Deswegen sind wir jetzt, allen Widrigkeiten zum Trotz, auf dem Weg zu den JPUSA, die ihren Beginn als *Jesus People Army* erlebten und von Linda Meissner angeführt wurden, einer Predigerin und spirituellen Führerin.

Lindas Geschichte ist ziemlich interessant. Sie wurde auf einer kleinen Farm in Iowa geboren und begann ihre Mission für Jesus in New York City, wo sie idyllische weite Felder gegen mit Müll überstreute Straßen und heruntergekommene besetzte Häuser eintauschte. Brooklyn war gefährlich, überall gab es Morde, und Linda wandte sich mit ihrer Botschaft an junge Leute in Gangs. Eine radikale und mutige Mission für eine Neunzehnjährige!

Immer wieder geriet Linda in Gefahr, man attackierte sie sehr häufig und bedrohte sie mit dem Messer. Eines Tages wollte eine Gang sie sogar in die Luft sprengen, indem sie dort Bomben platzierte, wo Linda immer predigte.

Dann wurde sie von der Predigerin zur Geistlichen.

Linda hatte eine Vision, die ihren Lebensweg entscheidend verändern sollte: Jesus stand über dem Himmel von Seattle, und sie hörte die Worte »Dort steht er mit Heilkräften in seinen Flügeln«. Sie hatte eine neue Mission, und die Anfänge einer neuen Bewegung begannen lebendig zu werden.

Sofort machte sie sich auf die Suche nach einem Hauptquartier in Seattle und fand eine Stelle auf der North 45th Street, die sie *The Ark*, »Die Arche«, nannte. Innerhalb kurzer Zeit hatte sie ein sechzig Personen starkes Team von »Zeugen«, die eifrig Parks, Strände, Projekte und Universitätsviertel aufsuchten, um vor den Jugendlichen zu predigen.

Sie nannte die Gruppe die Jesus People Army.

Ihre Anhänger waren mobil und nimmermüde. Die *Jesus People Army* predigte auf Musikfestivals und trug dabei T-Shirts mit Jesus-Slogans darauf. Sie hatte eine eigene Radiosendung und ein Magazin namens *Agape*, ihre Gefolgschaft wuchs ebenso ständig wie ihre Stärke und ihr Einfallsreichtum. Sie verwendeten dieselben Taktiken, die Revolutionäre überall im Land verwendeten, um die Ideologien von Radikalen wie Karl Marx zu verbreiten. Sie zogen aus *The Ark* in ein leeres Fabrikgebäude namens *The Catacombs Coffehouse*. Nach ihren Anfängen mit sechzig Anhängern predigten sie bald zu mehreren Tausend Menschen pro Abend. Statt nur das *Agape*-Magazin an Fußgänger zu verteilen, flogen sie nun Flugzeuge über Musikfestivals und ließen das Magazin von oben auf die Menschen herabregnen.

Ein Jesusbombardement.

Wenn Linda predigte, verlangte sie dramatisch, dass man ein Fass auf die Bühne brachte. Sie forderte ihre Zuhörerschaft auf, ihre Sünden in das Fass zu werfen, damit sie verbrannt würden – und das taten die Leute auch. Sie warfen ihre Drogen, okkulte Magazine, Nacktfotos, ihren Alkohol und ihre Zigaretten ins Feuer. An einem Abend verbrannten Drogen im Wert von zwölftausend Dollar in diesem Fass – eine Geschichte, die das Interesse der lokalen und der nationalen Presse erregte. Der Sender CBS Television kam, das T*ime*-Magazin veröffentlichte einen Artikel.

Linda Meissner wollte Jünger, nicht nur Bekehrte, eine Armee der Letzten Tage, um das Wort des Herrn auf der ganzen Welt zu verbreiten. Ihre Intensität zog Leute an, die sich heftig danach sehnten, sich einem realen Projekt zu verschreiben, das absolute Hingabe erforderte und langlebig wäre. Auf ihrem Höhepunkt zählte die JPA fünftausend Mitglieder, was sehr beeindruckend ist.

Ich habe mir an den Abenden vor unserem Besuch das Material der JPUSA angeschaut und damit eine Zeitreise unternommen, zurück in die frühen Achtziger und Neunziger. Damals war Upton Chicago eine ziemlich üble Gegend was Kriminalität und Drogen angeht; Tausende und Abertausende Menschen brauchten Hilfe. Die Stadt befand sich mitten in einer schweren Wohnraumkrise, und als Reaktion darauf entwickelte die JPUSA eine Mission, um den Obdachlosen zu helfen. Sie wollten das tun, wovon sie glaubten, Jesus würde es tun, wenn er in Chicago lebte – nicht vor Dunkelheit und Bedürftigkeit zurückschrecken, sondern sich in die Tiefen hinabwerfen, um Licht dorthin zu bringen.

Bis zum Jahr 1989 war die Mission der JPUSA vollständig umgesetzt. Die Gruppe kaufte die Friendly Towers, das Art-déco-Hotel mit den fünfhundert Zimmern, und darin wurden Männer und Frauen ohne Partner sowie Mütter und ihre Kinder untergebracht. Aber weder die Einführung über die JPUSA und ihre Mission noch das alte Hotel, das sie in Upton Chicago gekauft haben, vermitteln einem eine umfassende Idee von dem Lebendigen, das diese Gruppe ausmacht.

Die JPUSA, die man auf dem Filmmaterial sieht, besteht aus heruntergekommenen, chaotischen Außenseitern, eine Art Kind der Liebe von Janis Joplin und Iggy Pop. »Am Puls der Zeit«, aber mit Dreadlocks, blauem Haar, Piercings und einer ganzen Menge Arroganz.

Eine junge Frau mit braunem Haar berichtet, dass sie seit dem zwölften Lebensjahr Selbstmordgedanken hatte, bevor sie hier ihre Bestimmung fand. Ein gedrungener Mann mit einem Pferdeschwanz erzählt, dass er »wegen Einbruchs, Erstechens einer Person und Drogenkriminalität im Gefängnis gesessen hat«, bevor er der Gruppe beitrat. Und eine frisch aussehende junge Frau spricht darüber, dass sie schon als Kind harte Drogen genommen habe, doch inzwischen clean sei und Jesus diene.

In den Achtzigerjahren gab es vor den Friendly Towers lange Schlangen von Obdachlosen und Abhängigen, Schlangen bis weit um den Block, und alle, die dort warteten, hofften auf Essen. Betrunkene schliefen im Vorgarten des Hotels, und es gab Leute, die Hunderte von Meilen gefahren waren; sie übernachteten in ihren Autos, überall am Straßenrand. Die *Jesus People* machten sich die Hände schmutzig, und sie sahen auch wirklich schmutzig aus – mit fettigen Haaren, ungewaschen, mit einer Haltung, die förmlich ausstrahlte: »Scheißegal, wir verrichten hier die Arbeit des Herrn!«

Ein Teil von mir hat Respekt dafür. Für die Tatsache, dass sie sich selbst an einer radikalisierten Version von Jesus orientierten, frei von Angst, in einer Gegend, wo sich im wahrsten Sinne des Wortes vor ihrer Tür Schießereien ereigneten. Sie versteckten sich nicht auf dem Land und predigten dort: »Wir müssen rein sein, unverdorbene Kinder großziehen und uns auf die Wiederkunft Jesu vorbereiten«; sie versteckten sich auch nicht im Wald und riefen: »Wir werden uns abgrenzen und nicht von der Welt beeinflussen lassen.« Sie verkündeten: »Jesus hatte Prostituierte, Sünder und – am schlimmsten von allem – auch einen reformierten Steuereintreiber bei sich«, und sie wollten dasselbe tun.

Für eine Kommune ist das ziemlich radikal.

Und während die Schlangen vor dem Hotel immer länger wurden, waren auf der Rückseite die Kinder der JPUSA: Sie spielten Basketball, Teenager kümmerten sich um ihre Babys, und Kinder sausten auf Rollschuhen durch die Gegend. Diese beiden Szenen werden von dem Hotel getrennt und zugleich zusammengebracht: Dort wohnen die Missionare, die Obdachlosen *und* diese Kinder.

Und heute Abend halten wir vor den Friendly Towers, mit ihrer ganzen Geschichte, um bei den JPUSA im Hotel zu wohnen.

***

Als ich den Empfangsbereich betrete, hallen dort die Worte verschiedener Unterhaltungen wider – hier ist es hell, angenehm, und das Ganze hat eine altmodische Grandezza. Es heißt, Al Capone habe hier gewohnt und dass es geheime Tunnel gab, durch die er heimlich Marilyn Monroe ins Gebäude und wieder nach draußen brachte. Ich stelle mir das Aroma seiner Zigarren vor, das Klicken der Absätze, während sie in diesem Art-déco-Gebäude herumrauschte. Heute jedoch laufen ältere Bürger unter einem schönen Dachfenster herum, Kinder auf Fahrrädern fahren hindurch, und

Jugendliche nehmen in großen Gruppen die uralten Aufzüge, um die oberen Stockwerke der Türme zu erreichen.

»Hallo, wie geht es euch?«, erkundigt sich eine ganz in Schwarz gekleidete Frau hinter dem Empfangstresen.

»Gut, vielen Dank. Wir sind die Filmcrew, und wir werden hier ...«

»Ja, das habe ich mir schon gedacht.« Sie lacht heiser, deutet auf unsere Ausrüstung und mustert uns dann gründlich. Die ganze Zeit über spielt sie mit ihrem Nasenring. »Wir sind alle im Hinterhof. Kommt doch mit, hoffentlich habt ihr Hunger.«

Als wir ihr in den Hinterhof folgen, ist das, als beträten wir das Filmmaterial der JPUSA: ein Paralleluniversum. Ich rieche sofort Burger, Senf und Qualm, Gelächter und Unterhaltungen überlagern einander. Kinder sausen auf Rollschuhen herum, Basketbälle schlagen dumpf auf Beton auf.

Wir sind wirklich hier.

Wir gehen an gepiercten Hipstern im Rockerstil vorbei. Sie tragen breitkrempige Hüte und sind alle ganz in Schwarz gekleidet. Ich könnte mir vorstellen, diese Typen auf einem Festival im Backstagebereich zu interviewen. Wir stehen in der Schlange für das Essen, um uns herum blaue und pinkfarbene Haare, Dreadlocks, Tattoos und dicke Ketten. Als ich Brot und Krautsalat auf einen Partyteller schaufle, bemerke ich zwei Mädchen, etwa vierzehn Jahre alt. Sie sitzen ein bisschen abseits und malen ganz ruhig.

Ein seltsamer, ruhiger Augenblick, der nicht so recht hierherpassen will.

»Siehst du die beiden da drüben?« Ich stoße Georgia an.

»Ja«, gibt sie zurück und schaut nicht einmal auf.

Eine von beiden trägt eine Zahnspange und hat langes, dickes schwarzes Haar. Sie strahlt eine gewisse feierliche Ruhe aus.

»Ich möchte sie kennenlernen«, sage ich.

Neil Taylor, einer der Anführer der JPUSA und der Chef der Presseabteilung, kommt auf uns zu. Er hat graue Haare, ist sehr redegewandt und aalglatt. Seine Worte scheinen förmlich aus einem halben Lächeln zu tropfen. Er hat das Talent zum Fernsehmoderator und sicher ein gutes Medientraining erhalten.

Wie *gerne* würde ich so durch ein halbes Lächeln sprechen können, doch mein Gesicht verrät jede einzelne Emotion, die ich empfinde, und auch einige, die ich nicht empfinde. In diesem Augenblick muss ich nur sicherstellen, dass es kein absolutes Desinteresse signalisiert, während ich vom Leiter der PR-Abteilung »herumgeführt« werde – weil ich das schon einmal selbst erlebt habe, kann ich mich der Sache kaum widmen. Während er mir die »offizielle« Tour zukommen lässt, verliere ich mich in den Stationen der Realität, die wir durchlaufen: Ganze Gruppen von Leuten bewegen sich durch die Flure, Mädchen spielen im Foyer Gitarre, Leute kommen ihrem Putzdienst nach, bearbeiten in der Küche laut Töpfe und Pfannen, Mütter zerren Wäsche runter ins Erdgeschoss. Im größten Essraum hängen Tausende und Abertausende Fotografien an den Wänden: von Kindern, Bands, Festivals, Eltern, Reisen ... sogar Zeugnisse aus der Zeit, als alles begann, mit Linda Meissner, damals, als sie noch den JP-Bus hatten. Der Bus sieht genauso aus wie der, in dem meine Eltern in die Niederlande gefahren sind.

Als wir die Tour geschafft haben, öffnet Neil die Tür zu einem nach Holz duftenden Schlafsaal mit sehr vielen Stockbetten.

»Es macht euch doch nichts aus, alle zusammenzubleiben, oder?«, erkundigt er sich.

Inzwischen haben wir alles von der Zahnbürste bis zur Unterhose geteilt, deswegen ist dieser Schlafsaal überhaupt kein Problem für uns. Wir vereinbaren, uns ganz früh am nächsten Morgen für den Rest der Tour zu treffen.

Die nahen Schlafgeräusche vermischen sich mit dem Lärm der Stadt: Hupen in der Ferne, Stimmen auf der Straße. Ich liege im Bett und verliere mich im Anblick der Kiefernholzbretter da über mir, die mich von Georgia trennen. Stücke Holz, die meine Erinnerungen an eine Kindheit in unzähligen Schlafsälen wecken, an mein unteres Bett bei den Zwölf Stämmen und nun hier.

***

Den nächsten Tag beginnen wir im Café der JPUSA. Frisch und munter erzählt uns Neil von den verschiedenen Bohnen und Kaffeesorten. Es fühlt sich an wie eine Barista-Tour, nicht wie eine religiöse Kommune. Neil zeigt uns auch die Büros und den Kopierladen, wo das *Cornerstone*-Magazin hergestellt wird. Er führt uns ins Klassenzimmer der Kinder. Das Licht strömt in einen Studierbereich mit Stühlen in verschiedenen Größen, und an den Wänden hängen Bilder, die von Kindern aller Altersstufen zu stammen scheinen.

Neil möchte, dass wir Jon kennenlernen, den er als Archivar und Historiker beschreibt; er meint, wir würden dann eine »ausgezeichnete Geschichte der JPUSA von ihm bekommen«. Ich bereite mich innerlich auf schöngefärbte PR vor, lasse das ansteckende halbe Lächeln auf meinem Gesicht erscheinen.

»Die Bewegung ist größer, als sie das normalerweise in der Werbung sagen. Größer als die Grenzen, die ihr eine Menge Wissenschaftler zuschreiben. Es war ein kulturübergreifendes spirituelles Erwachen.« Jon wirkt ziemlich aufgeregt, weil er jetzt eine Zuhörerschaft hat, und aus seinen Worten spricht eine echte Leidenschaft. »Und dann hat sie sich in verschiedene Richtungen entwickelt. Das ist ziemlich kompliziert. Es gab Überschneidungen mit anderen Bewegungen, charismatischen Bewegungen, denen sozialer Aktivisten.«

»Ja, ich weiß«, sage ich und nicke.

»Man hat mir gesagt, du bist auch in einer Gruppe aufgewachsen, welche war das denn?«, erkundigt sich Jon.

Obwohl ich den JPUSA meine Geschichte erzählt habe, bevor wir ankamen, überrascht mich diese Frage.

»Bei den *Children of God*«, antworte ich.

Er holt tief Luft. »Machst du Scherze?«

Diese Reaktion überrascht mich noch mehr.

»Nein, ich meine das todernst.«

»Weißt du über unsere *Geschichte* mit den *Children of God* Bescheid?«, fragt er.

Ich schüttle den Kopf.

»Nun, ehrlich gesagt halten wir die hier für eine Art Heuschrecken- oder Termitenplage, für eine der schlimmsten Gruppen, die es jemals gegeben hat.«

Er senkt die Stimme fast zu einem Flüstern, als er uns erzählt, dass die Dinge ganz am Anfang für Linda Meissner und die JPA am besten liefen. Damals, als sie das Fass benutzten, um Drogen zu verbrennen, als es Artikel über sie im *Time*-Magazin gab und Beiträge auf CBS. Doch dann haben sich die Dinge plötzlich dramatisch geändert.

Linda selbst sagte dazu: »Es war ein echtes Revival, und ich wünschte, ich könnte sagen, dass meine Rolle darin bis heute fortbesteht, von einem Triumph zum nächsten. Leider erreichen wir nun eine traurige, aber ebenso wichtige Phase meiner Geschichte. Ich teile das mit euch, damit ihr, die nächste Generation, die Fehler vermeiden könnt, die ich gemacht habe.«

Jon schaut mich mit nüchternem Blick an. »Im Zentrum dieses Konflikts standen die *Children of God*.«

Damals drehte der Sender CBS einen Dokumentarfilm, der im Rahmen einer bekannten Sendung gezeigt wurde. Dort präsentierte man ein positives Bild der Gruppe auf ihrer Ranch in Texas. Das Ganze war ein so großer Erfolg, dass CBS den Beitrag sogar noch einmal zeigte.

Linda sah ihn und hatte das Gefühl, dort gebe es ganz außergewöhnliche Musik, das Ganze sei gut organisiert und einfach eine andere Gruppe junger Leute für Jesus, in denen »das Feuer der Mission brannte«. Sie lud sie ein, im *Catacombs* zu spielen. Das war nichts Ungewöhnliches, dort trat jeden Abend eine andere Musikgruppe auf.

»Als die *Children of God* hier ankamen, dachten wir, sie wollten auf der Bühne stehen«, erzählt uns Jon. »Doch in Wirklichkeit hatten sie etwas ganz anderes vor: die feindliche Übernahme der JPA.«

Angeblich hatte Moses David seine Tochter, Deborah, angewiesen, sie solle sich selbst Linda gegenüber als Leiterin der *Children of God* vorstellen. Deborah war eine junge, charismatische und scheinbar ganz großartige Frau. Linda freute sich sehr, mit ihr sprechen zu können, und war überhaupt nicht auf das gefasst, was dann passierte.

Das Team der *Children of God* trennte die Leiter der JPA voneinander und verbrachte die ganze Nacht damit, sie davon überzeugen, die einzige Gruppe, die *wirklich* eine Veränderung erreichen und eine Revolution beginnen könne, sei ihre. Sie sagten den Anführern der JPA, sie sollten sofort der anderen Gruppe beitreten – und das funktionierte. Nach einem zwölfstündigen Meeting verließen fast alle Gruppenleiter aus Seattle und Tacoma die JPA und traten den *Children of God* bei. Als wären die eine Venusfliegenfalle, die die ganze JPUSA mit einem Happs schluckte. Die *Children of God* wollten nicht nur die Führungspersonen, sie wollten die gesamte Gruppe in ihre eigene aufnehmen.

Im Nachhinein fühlte sich Linda, als habe Deborah, die ihr gegenüber als ein Engel des Lichts auftrat, sie in Wirklichkeit einer Gehirnwäsche unterzogen.

Das Drama rund um die Spaltung der JPA weckte die Aufmerksamkeit der Massenmedien, und man berichtete von Lindas Beitritt bei den *Children of God*. Die Geschichte schaffte es landesweit bis in die Hauptnachrichten. Anscheinend gab es sogar Kämpfe auf den Stufen des *Caatacombs*, als die *Children of God* einigen JPA-Leuten den Zutritt verboten und das Hotel zu ihrem Grund und Boden erklärten.

Klingt eher nach einer Mafia-Übernahme als nach einer religiösen Erfahrung.

Für mich fühlt es sich an, als würde sich Jon beim Erzählen der Geschichte fast entschuldigen, als würde es ihm leidtun, dass er der Überbringer schlechter Nachrichten ist. Möglicherweise glaubt er, das hier könne das erste Mal sein, dass ich etwas über den Schaden erfahre, den meine Gruppe anderen zugefügt hat.

Linda schickte man nach Europa, und dort predigte sie im Namen der *Children of God*, bis in David Bergs Mo-Briefen Geschichten über »freie Liebe« erschienen. Das war für sie ein Weckruf, und sie verließ die Gruppe noch in derselben Woche. Aber sie hatte ihre Anhänger in der JPA zurückgelassen, und jetzt blieb ihr nichts mehr.

»Ist Linda wieder der JPA beigetreten, nachdem sie die *Children of God* verlassen hatte?«, erkundige ich mich.

Jon schüttelt den Kopf. »Sie hat in Dänemark ihre eigene Mission gegründet.«

Vielleicht hat sie sich ja zu sehr geschämt, als dass sie hätte zurückkommen können.

In diesem Augenblick tut mir Linda leid. Sie hat so großartig angefangen, und mit so guten Absichten, mit großem Eifer und mit einer Mission. Und sie wurde von den *Children of God* völlig vernichtet, von Wölfen im Schafspelz.

Außerdem wurde sie von einer Frau – Deborah – verraten, die sich fälschlich als Anführerin ausgab. Also von jemandem, zu dem sie möglicherweise eine Verwandtschaft fühlte, vielleicht sogar eine starke Verbindung, weil sie beide Anführerinnen von religiösen Gruppen waren, in denen »das Feuer der Mission brannte«.

»Hat Linda jemals wieder mit irgendeinem Repräsentanten der *Children of God* gesprochen?«, will ich wissen.

»Es heißt, sie habe 1988 einen Anruf von Deborah bekommen. Die habe geweint und gesagt, sie habe gelogen, und wenn sie ihr, Linda, die Wahrheit über ihren Vater, Moses David, erzählt hätte, wäre Linda nie den *Children of God* beigetreten«, erzählt Jon.

Ich weiß, dass sich Deborah zu diesem Zeitpunkt von den *Children of God* abgewandt und sogar einen enthüllenden Text über ihren Vater geschrieben hatte. Ich habe das Buch gelesen, deswegen weiß ich, dass Deborah damals auch vor der Welt verbarg, dass ihr Vater bereits mit den neuen sexuellen Praktiken für die Führung an die Öffentlichkeit gegangen war, und auch, dass er aktiv versuchte, seine eigene Tochter zur Frau zu nehmen. Er habe sie jahrelang sexuell missbraucht, schreibt sie. Das war in der Zeit, als meine Eltern der Gruppe beitraten, als Moses David in dieser Sackgasse lebte, schon in einem Versteck. Die brutale Grausamkeit der Familiendynamik, Macht und Missbrauch spielten hier eine Rolle.

Moses David gelang es sehr lange, seine Tochter zu kontrollieren. Sie predigte in seinem Namen und überredete sogar andere junge Menschen dazu, ihm nachzufolgen – und die ganze Zeit über vergewaltigte er sie heimlich.

Ich spüre Sympathie für Linda, und auch Deborah tut mir unendlich leid.

Niemand hat diese Sache unbeschadet überstanden.

»Und dann flehte Deborah Linda am Telefon um Vergebung an«, fährt Jon fort.

Ich hoffe, das hat sich gut für Linda angefühlt, zumindest diese gerechte Einschätzung ihrer Erfahrung zu bekommen, auch wenn das nichts daran änderte, was geschehen war.

»Und hat sie ihr vergeben?«, erkundige ich mich.

»Natürlich«, erwidert er.

***

Bis uns Neil wieder mit ins Hotel nimmt, ist es später Nachmittag. Wir gehen in den Empfangsbereich, wo gelbliche Töne vorherrschen; es riecht nach altem Hotelteppich. Die langen Flure scheinen auf beiden Seiten Hunderte von Türen zu haben, deren Rahmen von den Eltern oder Kindern dekoriert wurden, die in den Zimmern wohnen. Da sind Schilder mit ihren Namen darauf, überall Aufkleber, und Bibelzitate verleihen jeder einzelnen Tür einen persönlichen Touch.

Neils Stimme wirkt ein bisschen wie angenehmes weißes Rauschen auf mich, während ich über das Hotel und die Welten fantasiere, die hinter diesen Türen liegen.

»Wisst ihr, die Vorstellung, in einer Gemeinschaft zu leben, ist wirklich eine unangenehme.« Neils Stimme holt mich mit einem Ruck in die Wirklichkeit zurück.

Hä?

»Ich wohne hier, weil ich die Leute so sehr liebe, mit denen ich zusammenlebe, obwohl sie mir alle furchtbar auf die Nerven gehen, und das betrifft mich umgekehrt genauso. Aber es gibt auch ganz wunderbare Momente der Verbindung und der Transparenz, und man bekommt immer Hilfe, wenn man eine schwere Zeit durchmacht.«

Ich weiß: Was er da sagt, stimmt, auch wenn ich erkenne, dass er das

Ganze PR-wirksam darstellt. Die Vorstellung, dass Leute zusammenleben und einander unterstützen, hat etwas überraschend Schönes.

»Wir hatten eine Etage für Bedürftige, aber jetzt gibt es nur noch uns sowie ein Heim für ältere Bürger im obersten Stockwerk«, sagt er, während er weitergeht.

»Warum habt ihr aufgehört, Obdachlose aufzunehmen?«, erkundige ich mich.

»Wenn du versuchst, mich zu einem Thema zu befragen, das wir nach Absprache auslassen wollten, möchte ich dich direkt bitten, damit aufzuhören.«

Ich schaudere, weil Neils Stimme plötzlich um einige Grad kälter wird.

Das »Thema«, das er meint, ist ein Gerichtsverfahren, das die JPUSA mit einigen ihrer ehemaligen Mitglieder ausficht. Vor unserer Ankunft wurde vereinbart, dass wir nichts zu diesem Gerichtsverfahren oder irgendeinem der Faktoren fragen dürfen, die möglicherweise dazu geführt haben. Das »Thema« ist absolut tabu.

»Entschuldigung. Ich habe wirklich nicht versucht, das Ganze in diese Richtung zu lenken«, gebe ich zurück.

Habe ich aus Versehen den Grund für das Gerichtsverfahren angesprochen? Vielleicht bestand das Problem darin, dass Drogenabhängige, Obdachlose und der Rest der Kommune zusammenkamen? Hat er mich darum zum Schweigen gebracht?

Liegt es daran, dass manche Leute diesen Ort als »die Tore der Hölle« bezeichnen?

Dann sehe ich sie, die Jugendliche mit dem schwarzen Haar und der Zahnspange, direkt vor uns. Sie schaut über die Schulter, lächelt und verschwindet dann hinter einer Tür.

Später, als Neils Tour zu Ende ist, nehme ich den Aufzug zurück in die dritte Etage. Ich gehe durch den Flur mit den Schildern, den Kindernamen und den Aufklebern und klopfe vorsichtig an ihre Holztür.

»Hey!« Mit einem Lächeln öffnet sie. »Du gehörst doch zur Filmcrew?«

»Ja«, bestätige ich ihr. »Tut mir leid, dass ich einfach so bei dir klopfe. Ich habe mich gefragt, ob ich vielleicht mal ein typisches Mädchenzimmer sehen darf?«

Als ich die Worte ausspreche, hoffe ich, dass sie nicht so unheimlich klingen, wie sie sich anfühlen.

»Na ja, ich weiß nicht, ob ich mein Zimmer als typisch bezeichnen würde«, gibt sie mit einem Schmunzeln zurück. »Nicht jeder hat eine Reptilienfarm neben dem Bett.«

***

Sie heißt Savannah, ist fünfzehn Jahre alt und hier geboren. Sie hat Eidechsen und Kaulquappen, außerdem züchtet sie zwei verschiedene Sorten Grillen. Alle leben in diesem kleinen Zimmer hier im Hotel.

Neben ihrem Bett hat Savannah Gläser mit Spinnen, und sie erzählt mir, dass sie Wissenschaftlerin oder Biologin werden möchte, wenn sie erwachsen ist. Sie öffnet eines der Gläser und erlaubt der Spinne, sich beim Spaziergang ihren Arm hoch die Beine zu vertreten. Währenddessen erfahre ich, dass sie nicht hier zur Schule geht, sondern eine säkulare Schule ein paar Straßen weiter besucht.

»Was erzählst du dort über diesen Ort hier?«, frage ich, während ich ihr beim Sortieren von Fressen (toten Käfern) für die Grillen helfe.

»Na ja, ich muss aufpassen, wie ich es beschreibe, denn wenn ich das falsch mache, halten die Leute uns für eine Sekte, und wir sind keine«, erwidert sie lachend. »Ich sage, dass wir in einem Hotel leben, dass wir uns um Obdachlose kümmern und dass fünfhundert von uns hier leben. Wir sind eine Kirche, wir teilen das Geld mit der Gruppe, und die Gruppe kümmert sich um uns.«

»Ich kann schon verstehen, dass das ein bisschen kompliziert klingt. Nicht nach Kirche, wenn ihr alle vom selben Geld und unter einem Dach lebt«, sage ich und denke darüber nach, wie kompliziert es für mich war, wenn ich mein Leben erklären musste, nachdem ich die Sekte verlassen hatte. Deswegen habe ich das auch jahrelang nicht getan.

»Stimmt. Aber inzwischen bin ich besser darin«, meint Savannah.

Sie erzählt mir die vertrauten Geschichten darüber, wie ihre Eltern in den späten Siebzigerjahren der Gruppe beitraten, wie sie den Ruf Gottes hörten und »errettet wurden« – dieselbe Geschichte über Erleuchtung, die ich von den meisten Erwachsenen höre, die einer Gruppe beitreten. Deshalb frage ich Savannah, was für die Teenager hier anders ist.

»Zum einen sind wir die Einzigen, die auch aufs Dach gehen.«

Ich folge ihr hinauf auf das Dach des Gebäudes, wo es die unglaubliche Skyline Chicagos berührt, wo die Sterne die Wolkenkratzer treffen und sich die Luft leichter anfühlt, obwohl wir uns mitten in der Stadt befinden.

Es ist magisch – und es gehört ihnen ganz allein.

Savannah erzählt mir davon, wie es für sie als Schulkind war und wie schwer ihr »diese Art des Lernens« gefallen ist. Sie war die Schlechteste in der Klasse. Dann tat sie etwas, was sie noch nie zuvor getan hatte – sie verließ die Kommune ganz allein und irrte durch die Gegend, wie auf Autopilot.

Plötzlich fand sie sich vor den Toren einer örtlichen Schule wieder und starrte einfach auf den Schulhof. Ein Wachmann bemerkte sie und nahm sie mit ins Büro der Direktorin. Savannah erzählte ihr, sie wolle hier zur Schule gehen.

»Das habe ich einfach gesagt, ohne nachzudenken. Ich wusste nicht, warum ich mich vorher so deprimiert gefühlt hatte, aber dann schien wirklich alles einen Sinn zu ergeben.«

Bei Sonnenuntergang fahren wir mit Savannah zum Lake Michigan. Wir treffen uns dort mit Kindern aus den Türmen, während sich der Sand hellblau färbt. Lachen hallt aus jeder Richtung wider, während Kinder einander im weißen Sand des Strandes vergraben und Witze darüber machen, dass sie sich in ihren jeweiligen »Häusern« besuchen (also über den Flur).

Das Ganze ist vertraut und kommt mir nicht unbekannt vor: in einer Kommune aufzuwachsen, sich Räumlichkeiten zu teilen, Hormone, Essen, alles. Und es wirkt normal, auch heute Nacht. Aber vielleicht ist ja auch einfach das normal, *was man kennt.*

Das Wasser schimmert und spiegelt Savannah wider, wie sie Volleyball spielt, lacht, fast in der Luft zu schweben scheint. Sie wirkt, als sei sie hier glücklich.

***

Als ich später die Decke von meinem Stockbettplatz ziehe, bin ich müde und froh, dass es Zeit für die Nacht ist.

»Ich habe eine Nachricht von einem der Typen bekommen, die die JPUSA verklagen«, verkündet Georgia.

»Tatsächlich?« Ich ziehe die Decke hoch. »Wird er mit uns reden?«

Wieder liege ich da und schaue auf die Holzbretter über mir, stelle mir vor, wie das Leben eines Kindes gewesen sein könnte, das einmal hier aufgewachsen ist. Savannah wirkt so ausgeglichen. Es erfüllt mich mit Hoffnung, dass sie zur Schule geht, dass die Gruppe bereit ist, die Einflüsse zu riskieren, die sich daraus ergeben.

Aber irgendetwas stimmt doch hier nicht, oder? Bin ich auch nur ein kleines bisschen objektiv?

Ich weiß nicht, ob ich bestimmte Verbindungen herstelle, weil es sie wirklich gibt oder weil mein Gehirn sie sehen *will*. Bin ich vielleicht besonders empfindlich? Suche ich nach Mustern, oder schaffe ich sie vielleicht erst?

Mein Unterbewusstsein will erreichen, dass alles einen Sinn ergibt. Ich entdecke Verbindungen emotionaler Art, die mich in Augenblicke aus meiner eigenen Vergangenheit zurückkatapultieren. Ich erkenne Gemeinsamkeiten in Überzeugungen, Ideologien und manchmal sogar in Gesichtern. Wie eine müde Fernsehdetektivin versuche ich bunte Fäden zwischen Ereignissen zu weben, zu Leuten, Bildern, Glaubensfragen, versuche die Verbindungen zum Leben zu erwecken.

Die bunten Fäden verwickeln sich ineinander, während ich langsam einschlafe.

Roter Faden, blauer Faden, grüner Faden.

Ich falle durch den Liftschacht in den Türmen nach oben, mein Schatten stellt die gelösten Fäden dar. Ich renne durch die Korridore, und meine Beine schmerzen, als wäre die Luft aus dickem Wackelpudding. Ich greife nach den Ecken der Wände, um mich durch den Flur ziehen zu können. Ein Faden erstreckt sich über den klebrigen Hotelteppich. Während ich ihn jage, geht mir die Luft aus. Winzige Luftblasen steigen aus meinem Mund, und meine Faust schiebt die Holztür des Schlafzimmers auf.

Als ich aufwache, bekomme ich keine Luft mehr.

***

Am nächsten Morgen sitze ich vor einer Tasse Kaffee, die Zeigefinger in den Augen, versuche ungeschickt, die Müdigkeit wegzureiben. Ich warte auf einen Skype-Anruf von Jaimie, der hier gelebt hat, bis er zwanzig wurde. Meine Hände zittern ein wenig, vom Schlafmangel und vom Koffein, vielleicht bin ich auch nervös.

Das Skype-Signal holt mich ins Zimmer zurück, und Jaimies Gesicht erscheint. In diesem Augenblick vergeht meine Nervosität.

»Ich bin den *Jesus People* mit meinem Vater und meiner Mutter beigetreten, als ich zwei Jahre alt war. Dort bin ich geboren und aufgewachsen. Davon abgesehen habe ich keine Erinnerungen an meine Kindheit.« Diese Worte sagt jemand mit einem attraktiven, offenen Gesicht.

Er hält inne, und für mich fühlt es sich so an, als müsste das Nächste, was er jetzt sagt, ernst genommen werden, als hätte er zuvor seine Ansichten verteidigen müssen.

»Die *Jesus People* werden immer mein Zuhause sein, egal, was sie von mir halten oder was ich von ihnen halte. Aber wie jede Familie, wie jede kleine Stadt sind die *Jesus People* voller dunkler und heller Seiten, voller Prüfungen und Triumphe.«

Ich nicke, weil ich nur zu gut weiß, wie kompliziert es ist, irgendwo aufzuwachsen und die Leute zu lieben, bei denen man ist. Ich weiß von den kleinen Freuden, die man sich jeden Tag sichert, die aber gleichzeitig etwas Dunkles in sich haben. Aber vielleicht heißt das ja auch nur Erwachsenwerden? Vielleicht geht es jedem Kind so.

»Ich verstehe, warum Sie die Gruppe schützen wollen«, sage ich.

»Ich habe ein ganz automatisches, instinktives Bedürfnis, die Gruppe zu beschützen, sie ist immer noch ein Teil von mir«, sagt er, und in seinem Blick erkenne ich nichts als Aufrichtigkeit. »Es ist, als würde ich sagen: Okay, ich werde jetzt über etwas sprechen, was nicht so gut ist, aber ich liebe sie wirklich.«

In seinen Worten klingt Schmerz mit, das Ganze scheint ihm zuzusetzen.

»Im Jahr 2007, als ich laut aussprach, dass ich gehen wollte, und herausfand, was ich mit meinem Leben vorhatte, lebte ich in einer Kleinstadt in Indiana. Für mich fühlte es sich so an, als würde ich mich nicht weiterentwickeln, und ich beschloss, nach Chicago zu gehen und einen Dokumentarfilm zu machen.«

Seine Geschichte ist mir jetzt schon so vertraut, dass ich mich mit ihm verbunden fühle – und mit der Story.

»Ich wollte einfach mit so vielen Leuten wie möglich sprechen«, fährt er fort. »Darüber, wie es war, bei den *Jesus People* aufzuwachsen, und wie es sich angefühlt hat. Darüber, wie wir jetzt als Erwachsene damit umgehen, wo wir nicht mehr dort leben, was das emotional und psychologisch für uns bedeutet. Das entstammte einem tiefen Gefühl der Liebe für meine Erfahrungen mit den *Jesus People*. So wie: Ich kann jetzt einen Film machen, der vielleicht Versöhnung und Heilung fördert. Ich wollte so gern die Kommune wiederfinden, die ich kannte, denn mein Herz war immer noch dort.«

Ich glaube ihm jedes einzelne Wort. Ich fühle es in meinem Innersten. Und ich spüre auch, dass es nicht einfach für ihn ist, mir das zu gestehen.

»Das war der Film, den ich machen *wollte* …«

»Ich nehme an, so hat es sich dann nicht entwickelt«, sage ich behutsam.

Er holt tief Luft.

»Der Film, den ich letzten Endes gemacht habe, war sehr schwer für mich, traumatisch«, erwidert er dann. »Es war ein Film, der einige schreckliche, dunkle Dinge ans Licht brachte: wie Kinder angegriffen und missbraucht wurden.«

Wenn das hier ein Film wäre, würde ein scharfes Geräusch den Raum erfüllen. Die Luft würde förmlich herausgesaugt werden, und man würde sehen, wie sich meine Fingernägel in meine eigene Haut graben. Man würde meinen Herzschlag lauter als seine Worte hören, als Echo. Stattdessen verändert sich nichts im Raum, nur ein Gefühl von Leid breitet sich aus.

Nur er und ich und so wenig Drama, dass man es kaum glauben kann.

Mit leiser Stimme erzählt er mir von Kindern im Hotel, die sexuell missbraucht wurden – er war eines von ihnen.

»Von den einhundertzwanzig Kindern, die ich interviewt habe, waren sechsundsiebzig sexuell missbraucht worden.«

Er hatte geglaubt, seine Erfahrung sei eine Ausnahme gewesen, es sei nur ihm passiert. Doch wie sich herausstellte, wurde diese Geschichte in seinen Gesprächen wieder und wieder zum Thema.

»Fuck! Das sind wirklich viele.« Während ich das sage, denke ich gleichzeitig, es wäre auch bei einem einzigen Kind zu viel gewesen.

Die Geschichte, die er mir erzählt, gehört zu denen, die man nicht abschütteln kann; man kann nie wieder vergessen, was man gehört hat. Kinder, Kleinkinder, Jugendliche: Wie es aussieht, war niemand sicher.

Ich frage ihn, durch wen der Missbrauch geschah. Durch die Außenseiter, die sie aufnahmen, oder durch Gruppenmitglieder?

»Einer der Anführer aus dieser Zeit wurde in meinem Dokumentarfilm von drei Leuten beschuldigt. Er und seine Frau waren die ersten, die gingen. Die meisten ihrer Anführer wurden als Komplizen dargestellt, oder es hieß, sie hätten am sexuellen Missbrauch teilgenommen. Und niemand hat jemals irgendetwas darüber geschrieben. Also herrscht überall Schweigen, das Ganze wird verschwiegen, also … Ich schwor mir, das würden sie bei mir nicht schaffen.«

Jaimie war nicht bereit zu schweigen. Ich erkenne bei ihm beides: sowohl den Drang, endlich darüber zu sprechen, als auch die Belastung, die damit einhergeht. Er berichtet weiter und erzählt mir von einem Verschleierungsversuch.

»Damals machten sie die Kinder mundtot, schickten sie weg, um sie zu isolieren, versteckten sie und redeten ihnen ein, es sei ihre Schuld, hinterfragten ihre Motive. ›Was hast du denn da gemacht? Warum hast du dir die Hosen runtergezogen? Warum warst du mit dieser Person einem Zimmer?‹«

Diese Seite des Missbrauchs kann so schädigend sein, manchmal sogar genauso schlimm wie der körperliche Missbrauch: dass man den Kindern einredet, vielleicht sei ja alles ihre Schuld gewesen. Ich denke darüber nach, dass dieses Phänomen nicht nur auf Missbrauch in Kommunen oder in Kirchen beschränkt ist, sondern überall auftreten kann. Dabei ist es unglaublich grausam, die Schamgefühle dem Opfer aufzuladen.

Dieses Verschleierungsmanöver war so erfolgreich, dass Jaimie erst von den anderen Kindern erfuhr, als er seinen Film machte.

Am Ende dieser Interviews entschied er, dass er rechtliche Schritte würde unternehmen müssen, wenn er das Ganze öffentlich machte.

»Manche meiner Freunde, die in die Arbeit am Film involviert waren, suchten sich rechtlichen Beistand, und ich wurde ein Teil dieses Gerichtsverfahrens«, berichtet er.

Also brachten Jaimie und einige der anderen Kinder, die in der Kommune aufgewachsen sind, die Gruppe vor Gericht. (Letztlich wurde nichts daraus, da es ein Problem mit einer Nachrichtensperre gab.) Das war also das »Thema«.

Nach dem Skype-Anruf bin ich fassungslos. Ich habe mir gesagt, ich wolle wissen, was in diesen Türmen vor sich gegangen ist. Jetzt weiß ich es – und es ist einfach nur entsetzlich.

***

Den ganzen Tag tue ich, was ich kann, damit ich nicht wieder hoch in die Türme muss. Ich sitze in unserem Schlafraum, ich schaue mir Material von der Reise an, ich reinige unsere Ausrüstung, ich laufe im Zimmer herum.

An diesem Abend gehe ich durch die Flure des Hotels. Ich *dachte*, ich wäre hier, um nach Savannah zu schauen, aber jetzt, merke ich, weiß ich nicht genau, was ich hier tue. Meine Stiefel laufen über den klebrigen Teppich, es fühlt sich an, als würden die Wände des Korridors immer enger um mich herum; ich spüre einen zunehmenden Schmerz in der Brust. Ich gehe an Türen vorbei, an denen die Namen von Kindern stehen, an Zeichnungen, Karten und Aufklebern, vorbei an einer Tür, auf der steht: »Savannah wird die Welt verändern«.

Eine große Angst überfällt mich, das Kribbeln in meinen Händen wandert die Arme hoch, bis in meine Brust. Ich greife nach meinem Hals. Es fühlt sich an, als hätte mir jemand eine Plastiktüte über den Kopf gezogen und mir würde alle Luft geraubt.

Ich nehme zwei Stufen auf einmal, als ich die Feuertreppe hochrenne. Auf Händen und Knien stütze ich mich auf die Schwärze des Daches, gerade als mich die Panik völlig übermannt.

Als ich wieder zu mir komme, zittere ich, mein Blick ist verschwommen, meine Lungen sind erschöpft. Heftig atmend inhaliere ich die Nachtluft, meine Arme kribbeln immer noch wie wild.

Fuck! Ich muss mich zusammenreißen.

Wir können über nichts von dem hier sprechen. Und selbst wenn es möglich wäre, was soll das jetzt? Der Schaden ist schon angerichtet. Der Schaden in diesem Gebäude, auf diesen Fluren, an den Kindern, die hier aufgewachsen sind und jetzt das Trauma dieser Korridore in sich tragen.

Wenn wir fragen könnten, würde Neil Taylor zugeben, dass die Anführer schuldig sind? Wie unglaublich frustrierend, enttäuschend und schmerzlich, herauszufinden, dass selbst eine Gruppe, von der ich sehen kann, dass sie wirklich gute Taten verrichtet, mit diesem Makel behaftet ist.

Ich frage mich, wie dieses Gerichtsverfahren für Jaimie ausgehen kann – für ihn und für die anderen, die hier aufgewachsen sind. Ob es ihnen so viele Jahre später Heilung verschaffen kann. Ich denke über das Gerichtsverfahren im Vereinigten Königreich nach, über den Tag, an dem man uns sagte: »Wir haben gewonnen!«

Erst Jahre später fand ich heraus, was das bedeutet hatte. Der Richter hatte die Familie gezwungen, alle Lehren David Bergs zu verwerfen, die mit sexuellem Missbrauch, Flirty Fishing und dem Gesetz der Liebe zu tun hatten; in gewissem Sinne mussten sie ihm abschwören. Die Mitglieder waren bereit, das zu tun, da man ihnen sonst die Kinder weggenommen hätte. Und es ging nur, weil David Berg verstorben war.

Ich habe dieses Urteil erst Jahre später gelesen.

> Ich stimme uneingeschränkt der Aussage zu, dass David Berg sexbesessen war, ein Perverser, der auf rücksichtslose Weise seine Herde korrumpierte und vielen der Angehörigen ernsthaften Schaden zugefügt hat. Gleichzeitig hat er nicht das Geringste unternommen, um diesen Schaden wiedergutzumachen, und er hat auch niemals in irgendeiner Form die persönliche Verantwortung dafür übernommen. Auf heuchlerische Weise setzte er nicht in Taten um, was er predigte, nämlich dass Beichte und Reue der Seele guttun.
>
> Nun ist er tot. Möge der Herr seiner Seele gnädig sein. Es wird viele geben, die sein Dahinscheiden nicht beklagen.

Ich konnte gar nicht fassen, dass das uns gegenüber als »Sieg« verkauft worden war – uns hatte man beigebracht, es wäre besser zu sterben, als David Bergs Lehren zu widersagen.

Als ich mein Zuhause verließ, glaubte – oder vielmehr hoffte – ich, die Gruppe, in der ich aufgewachsen war, sei eine dunkle Anomalie gewesen, eine schreckliche Entartung. Dass es »uns« gegeben habe und dann die ganzen anderen Menschen auf dem Planeten. Doch irgendwann begriff ich langsam, dass wir nicht einzigartig waren, dass es mehr von uns gab, als ich mir hätte vorstellen können. Denn Gruppen wie unsere werden aus menschlichen Bedürfnissen heraus geboren.

Ich wollte die dunkle Anomalie dessen, was sie *uns angetan hatten,* unter dem breiten Begriff der »Verrücktheit« zusammenfassen, es als etwas Unerklärliches ansehen. So, wie man sich Serienkiller anschaut und sie einfach als »böse« bezeichnet.

Anders. Einfach anders.

Darin liegt ein gewisser Trost – anders, als wenn man erkennt, dass psychologische und soziale Umgebungen, die das »Böse« entstehen lassen können, oft banal sind, einfach und leicht zu reproduzieren. Wie ist es möglich, dass wir imstande sind, den Schmerz und dasselbe Böse wieder und wieder zu erschaffen, selbst wenn die ursprünglichen Absichten reine und gute sind?

***

Beim Frühstück am nächsten Tag erklärt uns Savannahs Mom den Bewerbungsprozess für neue Rekruten, wie sie ausgewählt werden und was sie als Beweis für sich vorlegen. Ich frage nach den Vorwürfen wegen Kindesmissbrauchs und werde wieder davor gewarnt, das »Thema« anzusprechen. Aber sie macht uns unmissverständlich klar, dass Menschen mit einer Geschichte sexuellen Missbrauchs hier nicht willkommen sind.

Ich sitze draußen auf der Feuerleiter, schaue zusammen mit Savannah hinaus auf die Straßen von Uptown Chicago. Sie erzählt mir, dass sie davon träumt, Bernie Sanders könnte Präsident werden, von dem Stipendium für eine der besten Schulen im Land, das sie bekommen hat, davon, wie sie eines Tages ihre eigene Familie gründen will. Sie gibt mir das Gefühl, dass an diesem Ort etwas Gutes entstehen kann.

Ich frage sie, ob die Kinder hier sicher sind.

»Sie wissen, dass die Dinge hier nicht immer richtig gelaufen sind«, antwortet sie. »Aber die Leute haben sich geändert, und jetzt stimmt alles.«

Mir wird klar, dass ich damit so nah an der Sache dran bin, wie es möglich ist. Unbefriedigend, ohne Abschluss, aber ich fühle eine egoistische Erleichterung darüber, dass ich mir selbst gestatten kann zu gehen.

***

Als wir die JPUSA und Chicago verlassen, rufe ich Jaimie wieder an. Ich möchte wissen, was er als gutes Resultat empfinden würde.

»Die absolute Wahrheit ist, für eine Weile habe ich mir gewünscht, ich hätte den Film nicht gemacht«, antwortet er. »Ich habe mir gewünscht, kein Teil davon gewesen zu sein, so sehr fühlte ich mich dadurch beraubt. Ich fühlte mich durch die ganze Erfahrung beraubt. Ich war verbittert, konnte nur noch denken: *Warum habe ich das getan?*«

Seine Worte treffen mich wie eine Faust in den Magen. *Steht mir das auch bevor?* Ich denke über meine eigene Reise nach – das Abenteuer, das gebrochene Herz, den Prozess – und stelle ihm eine Frage, von der ich nicht weiß, ob ich eine Antwort darauf hören möchte.

»Du glaubst also nicht, dass es die Sache wert war?«, will ich wissen.

»Doch, inzwischen glaube ich das. Inzwischen sind sie ganz anders als früher, ganz anders als noch vor fünf Jahren, ganz anders als vor zehn Jahren. Die öffentlichen Diskussionen, die wir über den sexuellen Missbrauch von Kindern geführt haben, haben ihren Weg zum Guten verändert.«

Ich nicke, bete innerlich, dass er *wirklich* so empfindet, dass er etwas von dem so steinigen Weg mitnehmen kann, auf den man ihn im Leben gezwungen hat.

»Deswegen fühle ich mich wirklich gut, was das betrifft, und ich bin auch wirklich stolz auf das, was ich erreicht habe«, versichert er mir.

Ich sage zu ihm, dass ich auch stolz auf ihn bin. Sieben Jahre harte Arbeit hatte es ihn gekostet. Er musste sein Leben so betrachten, wie er es wahrscheinlich nie wollte, musste sich Geschichten über den Missbrauch anderer anhören. Das allein ist äußerst dramatisch, man braucht Mut dafür, und man zahlt einen Preis. Wie kann man eine solche Erfahrung machen, ohne Schaden zu nehmen?

Gleichzeitig liegt darin eine Stärke: Sich damit auseinanderzusetzen, bedeutet, dass die JPUSA Änderungen vornehmen mussten, weil Jaimie sich geweigert hat zu schweigen.

Ich frage ihn, was er jetzt von den JPUSA verlangt.

»Ich will, dass sie sagen: ›Wir hören dir zu, wir sind da, wir erkennen an, was du durchgemacht hast. Wir erkennen an, dass einige Teile deiner Kindheit auf schreckliche Weise zerstörerisch waren, was deine Identität betrifft. Es tut uns im Namen aller, die hier leben, unglaublich leid. Die meisten der Anführer, die daran beteiligt waren, sind weg. Wir wünschen dir alles Gute. Das hier ist noch immer dein Zuhause, und wir lieben dich noch immer.‹«

Unter Tränen beende ich das Gespräch. Es ist so einfach: Man will und braucht eine Anerkennung dessen, was einem widerfahren ist, eine Anerkennung des Schmerzes, damit der Schmerz aufhört. Viele Kinder müssen erfahren, dass sie sich das Ganze nicht nur ausgedacht haben, dass es nicht ihr Fehler war, dass sie geliebt werden – und dass man ihnen zuhören *wird*.

18. Kapitel

Der Exodus: Das Jahr null

Der Plan fühlt sich gefährlich an. Ich fühle mich ausgeliefert, aber es ist besser, als gar keinen Plan zu haben.

Raffa ist im Fluchtstrategiemodus.

»Zu welcher Tageszeit wirst du nicht erwischt? Du brauchst mehr als fünfunddreißig Minuten, um ein bisschen Geld zu verdienen, sogar kurze Schichten dauern mindestens vier Stunden.«

»Schichten?«, frage ich.

»Ja, die Zeitspanne, die man arbeitet, nennt man Schicht«, erklärt er.

Ich nicke. »Nun, ich denke, wenn ich so darüber nachdenke, ist die Zeit, in der es niemand merken würde, die nach dem Lichtausmachen.«

Der Plan dreht sich ums Geld. Wir müssen sechshundert Pfund zusammenbekommen.

Das klingt wie ein unmöglich hoher Betrag. Sechshundert Pfund für ein neues Leben!

Sechshundert Pfund sind der Preis für meine Freiheit.

Ich habe etwa neun Monate Zeit, um das Geld zu verdienen. Noch neun Monate, dann werde ich sechzehn.

Inzwischen sind genug Leute gegangen, sodass ich sehen kann, dass Dinge richtig schlimm schiefgehen können, wenn man sich nicht vorbereitet. Ich habe sehr reale Geschichten von Mädchen gehört, die ich kenne. Sie sind gegangen und mussten dann als Prostituierte oder Tänzerinnen in Nachtclubs arbeiten. Selbst ohne Bildung oder Geld scheint es immer *eine* Sache zu geben, die man verkaufen kann, und das ist genau die, von der man uns unser ganzes Leben lang erklärt hat, dass sich damit handeln lässt.

»Also nach einundzwanzig Uhr«, fährt er fort – er kennt meinen Tagesplan.

Wir sehen eine Zeitung durch, und er zeigt mir den Teil mit den ganzen Stellenanzeigen.

»Schau mal! Da ist ein Job in einem Nachtclub in der Stadt, die Schicht geht von zweiundzwanzig Uhr bis zwei Uhr morgens, und man braucht keine Erfahrung. Jetzt machen wir ein Vorstellungsgespräch für dich aus«, sagt er.

»Wie alt muss man denn dafür sein?«, frage ich.

»Achtzehn«, sagt er.

»Das kriege ich hin«, sage ich und versuche dabei zuversichtlich zu klingen.

»Du solltest Make-up tragen und dich ein bisschen zurechtmachen, damit man dich für achtzehn hält.« Er schaut mich an und fügt dann hinzu: »Und du wirst lügen müssen.«

Das dürfte keine allzu große Schwierigkeit darstellen.

***

Zwei Wochen später fahren wir im Licht der Straßenlaternen durch das Stadtzentrum zu meiner ersten Schicht. In mir kribbelt alles: Nervosität, Aufregung und die Angst vor dem Erwischtwerden.

Jetzt kann ich nicht mehr zurück.

»Ich bin dann direkt da, wenn du fertig bist, okay?«, sagt Raffa ermutigend. »Fühlst du dich bereit? Viel Glück.«

Ich gehe zum Nachtclub *Mosquito Coast,* hinein in den Geruch nach saurem Bier, Zigaretten und Tischen, die mit schmutzigen Putzlumpen abgewischt wurden. Der Klub ist leer, dunkel, mit winzigen Minischeinwerfern in verschiedenen Farben, die sich drehen. Wie sie zittern und sich im Kreis bewegen, erinnern sie mich an meine Nerven, die ich in meinem Bauch und in meinem Herzen vibrieren fühle.

Eine junge Frau mit grünen Strähnen im Haar zeigt mir die Kasse und wie man Bier zapft, dann erklärt sie mir die Drinks. Am schwierigsten ist es, mir die Namen von alkoholischen Getränken zu merken, von denen ich noch nie gehört habe, vor allem weil es da Codes gibt, zum Beispiel *Slippery Nipple, B52* oder *Sex on the Beach.*

»Woher kommst du denn?«, will sie wissen.

»Aus Amerika«, antworte ich.

»Schon klar, aber aus welchem Staat?«

Ich will schnell auf alles reagieren, doch ich bin langsam. Als sich der Club allmählich füllt, spüre ich einen Adrenalinstoß in mir. Ich bin völlig verunsichert. Es hilft, wenn ich sage, dass ich Amerikanerin bin, weil ich dann immer behaupten kann, dass ich nicht weiß, wie »die Briten« irgendetwas nennen. Die Ausrede hilft auch, wenn ich den Preis nicht beim ersten oder zweiten Mal richtig berechne.

Die Schicht ist ereignisreich, schweißtreibend, und sie geht schnell vorbei.

***

»Wie war's?«, will Raffa wissen, als ich ins Auto steige.

»Super. Ich meine, ich denke, ich hab's ganz gut gemacht.«

Ich kann das Bier und den Zigarettenrauch an mir selbst riechen.

»Natürlich hast du's gut gemacht«, meint er stolz.

Ich ziehe mir das T-Shirt über den Kopf und nehme mir die Ersatzkleidung, die ich mir zum Umziehen in seinem Auto bereitgelegt habe – ich kann nicht in Kleidungsstücken nach Hause gehen, die nach Rauch stinken.

»Ich habe ihnen erzählt, ich wäre Amerikanerin«, sage ich, während ich mir ein sauberes Top anziehe.

»Haha«, ruft er. »Das ist total perfekt.«

***

Im Heim klingelt das Telefon.

Zwei Monate später, acht Schichten habe ich schon absolviert.

Wir haben oben und unten jeweils ein Telefon. Wenn man gerade in der Mitte des Hauses ist, kollidiert das eine Klingeln quasi mit dem anderen.

Es ist nur ein Telefonklingeln, aber heute fühlt es sich anders an, irgendwie geladen. Der Ton klingt ganz verzerrt, als würde man an einem Krankenwagen vorbeifahren. Es fühlt sich an, als würde es langsamer klingeln als sonst.

Die Härchen an meinem Körper stellen sich auf. Ich habe das ungute Gefühl, dass es sich dabei um eine Warnung handelt, eine Glocke, die meinen Untergang ankündigt. Dieses Gefühl ist so intensiv, und ich bin so sicher, dass etwas nicht in Ordnung ist, dass ich im Wohnzimmer sitzen bleibe und auf die Katastrophe warte.

Und da kommt sie.

Meine Mutter stürmt ins Zimmer, Hysterie im Gesicht. Wütend. Und verletzt.

»Du gehst jetzt nach oben und bleibst in deinem Zimmer, bis wir dich rufen!«, befiehlt sie in schrillem Ton.

Mir sackt das Herz in die Hose.

Das war's dann.

Jetzt ist der Augenblick gekommen, in dem alles zusammenbricht.

Sie haben es herausgefunden.

Jetzt ist es vorbei, man wird mich für immer einsperren.

Vergiss Raffa. Vergiss den Plan. Vergiss alles.

Es ist vorbei.

Ich habe sie so lange angelogen, aber ich hatte es geschafft, mich selbst davon zu überzeugen, dass man mich nie erwischen würde. Neun Monate, nur die musste ich schaffen. *Neun Monate.*

In meinem Gehirn arbeitet es wie verrückt. Ich überlege, wie sie es wohl herausgefunden haben, und denke mir Ausreden aus. Weil ich verzweifelt eine Verteidigungsstrategie zu entwickeln versuche, denke ich alles immer wieder bis ins Detail durch, suche jeden noch so kleinen Fehler, den ich vielleicht gemacht habe. Hat mich eines der Kinder nachts kommen sehen und etwas verraten? Ist mir einer der Erwachsenen gefolgt? Und wenn ja, wie lange?

Wissen sie von Raffa?

Ich spüre seinen Zorn, bevor ich ihn höre, und ich höre ihn, bevor ich ihn sehe. Wie ein Unwetter nähert er sich der Tür, das Holz kracht, während er sich fast gewaltsam Zutritt verschafft. Es passiert beinahe in Zeitlupe, die Geräusche sind verzerrt.

Ich fühle seine Finger an meinem Arm; er zerrt mich nach draußen, der Griff tut mir weh. Ich kenne meinen Dad gut – ich weiß, jetzt ist es am besten, kein Wort zu sagen, nicht vor Schmerz aufzuschreien. Ich muss still sein. Während er mich eine Etage höherzerrt, tun mir die Augen weh. Sie brennen, als hätte ich Säure darin.

Aber in diesem Augenblick habe ich keine Angst, ich bin entsetzlich wütend.

Mein Dad – der gut erzogene, redegewandte Mann, der vor der Kamera mit ruhiger, gefasster Stimme Schriften verliest, hat ganze Büschel von meinem Haar in einer Hand und umklammert meinen Arm mit so viel Kraft, dass er mich daran hindern könnte, vom Gebäude zu fallen. Er tobt, ist wütend, beschämt. Ich kann es in jeder Wurzel meines Haares spüren, das er mir vom Schädel reißt, in jeder Ader meines Körpers.

Mir ist kalt. Eiskalt.

Er zerrt mich durch das Büro, in sein Zimmer und wirft mich auf das Bett. Er drückt mir die Arme zu beiden Seiten herunter und sitzt plötzlich auf mir. Ich kann sein ganzes Gewicht spüren, als er mir ins Gesicht schreit: »Wie zur Hölle kannst du uns das *antun*? Wie *konntest* du mich und deine Mutter so lächerlich machen? Wie zur Hölle konntest du nur glauben, du würdest damit durchkommen? Du bist eine Idiotin, eine dumme IDIOTIN! Hast du dich vielleicht für schlau gehalten, du IDIOTIN? So sehr habe ich mich in meinem ganzen Leben noch nicht geschämt.«

Aber seine Worte treffen mich nicht, sie durchdringen nicht einmal meine Haut. In diesem Augenblick spüre ich nur reinen, puren, kalten Hass, so kalt, dass ich ganz betäubt davon bin. Er will eine Erklärung. Ich dachte, ich würde mich in Verteidigungshaltung begeben oder mich entschuldigen, aber ich habe keine Angst mehr vor ihm – das Ganze ist zu weit gegangen.

»Dad«, erwidere ich. »Du spuckst mir ins Gesicht.«

Ich sage das mit der Ruhe, von der ich weiß, sie wird ihn noch wütender machen. Er will meine Angst sehen, aber die wird er nicht bekommen.

Nicht heute.

Dann nichts. Eine Sekunde lang ist da gar nichts.

Ich komme auf dem Boden wieder zu mir. Mein Gesicht pulsiert. Ich spüre das, aber keinen Schmerz.

Meine Mutter kommt herein, außer sich, weinend. Sie sieht mich auf dem Boden liegen und ruft durch ihre Tränen hindurch: »Hast du überhaupt irgendeine Vorstellung davon, was du uns angetan hast?« Sie zittert. »Du hast uns emotional erpresst, weil du deine Freiheiten wolltest, und jetzt hast du so was getan!«

Ich schaue vom Boden auf.

»Wenn das, was ich getan habe, emotionale Erpressung ist, dann ist das, was ihr macht, emotionale *Vergewaltigung*«, sage ich zu ihr, immer noch so seltsam ruhig, als würde ich mit einem Kind sprechen.

Sie haben hinter die Fassade geschaut, die sie mich zu errichten gelehrt haben. Sie haben nie die Wahrheit gehört, die ich in mir trage, während ich ihnen geboten habe, was sie hören wollten.

Jetzt ist es, als würden sie mich zum ersten Mal im Leben wirklich sehen. Und sie sind angewidert: Sie sehen eine schmutzige Kreatur, die nicht ihre Tochter ist. Für sie ist es, als hätte ein Dämon die Kontrolle über mich übernommen, als wäre ich besessen. Oder schlimmer, vielleicht bin ich das nicht, und der Dämon war schon immer in mir.

»Genug! Ich will kein einziges Wort mehr von dir hören. Ich werde weder mich noch deine Mutter dem aussetzen, was aus dir geworden ist«, sagt mein Dad außer Atem. »Du wirst in diesem Zimmer bleiben, bis wir entschieden haben, was mit dir geschehen soll.«

Die Tür wird zugeschlagen, und erst jetzt breche ich in heiße, wütende Tränen aus.

Warum weine ich, wenn ich wütend bin?

Im Aufstehen zittere ich. Ich halte das Gesicht unter den Wasserhahn in ihrem Badezimmer und schaue zu, wie sich Blut, Rotz und Tränen mit dem Wasser vermischen, um den Abfluss wirbeln und dann verschwinden. Ich ziehe mich hoch, schau mich selbst im Spiegel an, wische mir die Nase mit dem Handrücken ab und atme rasch ein.

»Scheiß auf die!«

***

Dieser Bahnhof hat sehr hohe Decken. In dem riesigen Gebäude fühle ich mich wie ein Zwerg. Große schwarze Stahlteile halten das gebogene Dach aufrecht, die Sonne fällt durch die Glasscheiben, lässt Lichtflecke auf dem Asphalt entstehen.

Ich ziehe den Saum meines Kleides herunter, der mir immer wieder das Bein hochkriecht, und hoffe, dass der Blazer, den ich trage, mich älter erscheinen lässt als meine fünfzehn Jahre. Als ich auf den Ausgang zugehe, umklammere ich den Griff der Tasche, die alles enthält, was ich auf dieser Welt besitze.

Alles ist sehr schnell gegangen. Die Erwachsenen sind in diesem großen Raum zusammengekommen. In dem Raum, in dem wir so viele Interviews gegeben und in dem wir uns alle versammelt haben, als man uns Moses Davids Tod mitteilte. In dem Raum, in dem so viele Entscheidungen getroffen wurden. Und sie erfuhren, was ich getan hatte.

Als das Telefon an diesem Tag geklingelt hatte, war mein Chef dran gewesen: Er hatte wissen wollen, wann ich kommen würde, um meine Ohrringe abzuholen.

Ich hatte einen Fehler gemacht, einen so dummen Fehler. Etwas wirklich unglaublich Dummes. Ich hatte in das Formular meine eigene Telefonnummer eingetragen, nicht Raffas, wie geplant. Eine einzige ganz dumme Sache, und hier war ich jetzt.

Ich hatte die Gruppe verlassen wollen, aber nicht so.

Die Gruppe wurde zusammengerufen und gefragt: »Behalten wir sie? Kann sie errettet werden, oder ist sie zu weit gegangen? Wie werden die anderen Jugendlichen davon beeinflusst werden, wenn sie noch hier ist?«

Die Entscheidung war einhellig. Ich bin nicht überrascht, dass meine

Eltern gegen mich gestimmt haben. Sie haben mich angeschaut, als gehörte ich nicht mehr zu ihnen. Und das stimmte auch.

Vielleicht habe ich nie wirklich zu ihnen gehört.

Sie haben einmal mehr anderen Leuten die Entscheidung über mein Schicksal überlassen.

Ich rief Raffa an und sagte ihm, dass man mich in ein anderes Land schicken würde. Das erzählte ich ihm, damit er nicht zu mir kommen und mit mir streiten würde. Es war eine Lüge, aber ich fühlte mich so schrecklich und schmutzig und beschämt, so unglaublich dumm, und ich wollte nicht, dass er wieder damit zu tun bekam. Ich konnte ihm nicht ins Gesicht schauen, wollte nicht, dass er meinte, sich um mich kümmern zu müssen. Es war an der Zeit für mich, mich um mich selbst zu kümmern.

Und da gab es einen Teil von mir, der die Schotten dicht gemacht hatte. Ich fühlte mich härter, in einem geradezu katatonischen Zustand; ich empfand fast nichts, als ich hörte, wie ihm das Herz brach.

Hier bin ich jetzt also, in diesem Bahnhof, in einem Stadtzentrum, in der Hand einen Scheck über insgesamt dreihundertfünfzig Pfund.

Der Hälfte von dem, was ich geglaubt habe, zum Überleben zu brauchen.

»Hast du dich verlaufen?« Die Stimme kommt von einem Typen, der sich aus dem Fenster seines Wagens lehnt, während er auf das Bahnhofsgelände fährt.

»Alles okay«, antworte ich, doch er gibt nicht auf.

»Du siehst aus, als hättest du dich verlaufen«, beharrt er.

Ich schaue starr auf meine Füße und gehe weiter. Er hält vor mir, versperrt mir den Weg.

»Schau mal, das ist meine Telefonnummer. Ruf mich an, wenn du irgendwas brauchst, okay?«

Der Ausdruck in seinen Augen wirkt so vertraut.

»Du siehst aus, als könntest du einen Freund gebrauchen«, sagt er und drückt mir einen Zettel in die Hand.

19. Kapitel

Da ist keine Ranch: Achtzehn Jahre danach

Ich spüre die Worte immer noch auf den Lippen: »Das hier ist alles andere als vorbei«. Und so habe ich das auch gemeint.

Jetzt ist es an der Zeit.

Wir sind durch das Seengebiet von Indiana gefahren, wir haben die Berge und Wälder von Kentucky durchquert. Und jetzt sind wir auf unserem Weg zu den Zwölf Stämmen in Tennessee angekommen.

Diese Seite des Bundesstaates habe ich noch nicht gesehen: sich weit erstreckende Felder mit Mais und Tabak, Männer mit Heckenschützengewehren in voller Tarnmontur, die über Farmgelände schleichen, ominöse Scheiterhaufen, nackte Industriegebiete ohne Lebenszeichen. Während wir fahren, schweifen meine Gedanken immer wieder ab. Diese Highways lassen mich an Krimiprogramme denken – Farbpaletten mit verwässertem Grün, schwitzende Männer bei Tabernakel-Revivals, Sümpfe, Serienmörder, nackte Frauen, die man an uralte Bäume gebunden hat, und endlos weite Felder, die Tausende von Geheimnissen verbergen.

Die Zwölf Stämme haben mich in den letzten paar Jahren fest im Griff gehabt – seit Sofi und ich von dort weggegangen sind. Manchmal wache ich nachts auf und spüre es. Sie sind mir unter die Haut gekrochen; sie kribbelt, wenn ich mich dabei erwische, wie ich an sie denke.

Liegt es daran, dass wir dort waren, als die Razzien durchgeführt wurden? Hätten wir mehr tun sollen oder können? Wäre es unsere Pflicht gewesen, diese Kinder zu »retten«? Haben wir uns selbst da drinnen verloren und das Wichtigste nicht mehr im Blick gehabt? Oder liegt es daran, dass ich der letzten Reise einen Sinn geben muss – einer Reise, die, von außen betrachtet, völlig ergebnislos zu sein scheint?

Ich schmecke immer noch das Versagen. Und die Schuld.

Oder gibt es da etwas Tiefergehendes, etwas Dunkleres, einer anderen Welt Zugewandtes, das mich wieder zu ihnen hinzieht? Wie ein schwarzes Loch, das meinen Geist verschlingt, in dem Teile von mir zerstört werden, zersplittert auf der anderen Seite landen?

Der Grund ist, dass es zwischen uns noch Dinge zu klären gibt.

Wenn ich das Ganze möglichst sachlich betrachte, spüre ich, dass die Wahrheit über die Zwölf Stämme irgendwo dazwischenliegt – zwischen der »Dunkelheit«, die Sofi erfahren hat, und dem »Licht«, das sie uns gezeigt haben.

Ich habe erlebt, wie sich die emotionale Belastung und die Ängste entwickelten. Hatten sie zugehört? Hatten sie unsere Sachen durchsucht? Hatten sie uns aufgezeichnet?

Vielleicht war der Kern der Dunkelheit, die wir erfuhren, ein Echo dessen, wie ihre Kinder behandelt wurden. Es erinnerte mich an die psychologischen Taktiken, die man in meiner Kindheit eingesetzt hatte. Das Echo war da, nicht nur im Verhalten der Erwachsenen, sondern auch im Benehmen der Kinder – sie waren so still, so gehorsam, so Gott zugewandt und so unterdrückt.

Aber jetzt ist ein neuer Tag, und diese Erfahrung bei den Zwölf Stämmen wird anders sein: Diesmal sind wir als Filmcrew zugelassen. Das ist Paz gelungen. Georgia hat zuerst die Erlaubnis zum Filmen erhalten, und ich bin sehr aufgeregt bei dem Gedanken, die Zwölf Stämme endlich auf Zelluloid zu bekommen. Diesmal wird es keine Überraschungen geben. Keine Notwendigkeit für Kopftücher, keine langen Tage auf den Feldern, kein Aufstehen für die Zusammenkünfte im Morgengrauen.

Wir sind sicher.

Ich muss an die Nacht denken, in der Sofi und ich die Gruppe erreicht haben, an den Staub und die Bäume. Es war dunkel, ich hatte Angst, und …

Du liebe Zeit, ich vermisse Sofi! Unser Auftreten als Paar, die verrückte

Art und Weise, mit der wir die Dinge angegangen sind. Unsere Freundschaft/Liebesaffäre mit ihren Höhen und Tiefen. Alles war wild, unbeständig und großartig.

»Ich kann gar nicht glauben, wie einfach es war, diese Erlaubnis zu bekommen«, unterbricht Georgia meine Gedanken. »Wenn man sich überlegt …«

»Vielleicht geben sie uns ja gerade aus diesem Grund die Erlaubnis. Sogar meine Gruppe *musste* irgendwann die Presse reinlassen.«

Meine Gedanken wandern zurück zu diesen Nächten meiner Kindheit. Ich denke daran, wie wir in einen Van geschoben wurden, wie wir unsere »Fluchttaschen« griffen und aufbrachen.

»Wir konnten einfach nicht länger flüchten«, sage ich.

»Glaubst du, dass sie gefährlich sind?«, fragt Seb.

»Gefährlich für wen? Für uns? Nein. Für die Kinder? Ich glaube schon«, gebe ich zurück.

***

Wir erreichen die Stadt Pulaski. Ich dachte, The Ridge sei eine Brutstätte der kulturellen Merkwürdigkeiten, aber diese Stadt spielt in einer ganz eigenen Liga. Obwohl hier nur siebentausend Menschen wohnen, ist die Geschichte des Ortes unglaublich und voller dunkler Elemente. Pulaski ist nicht nur die Heimat der Zwölf Stämme, es gibt außerdem eine riesige Amish-Gruppe und eine kosmische Kommune namens *The Farm* – die älteste überlebende Gemeinschaft in den USA. Außerdem verlaufen hier zwei Strecken des *Trail of Tears,* des Pfades der Tränen, und bei Pulaski handelt es sich um den Geburtsort des Ku-Klux-Klan.

Wenn man durch diese Stadt fährt, ist das wie eine Reise in einer Zeitmaschine. Wir kommen an einem Gebäude vorbei, in dem an Heiligabend 1865 sechs Veteranen aus Tennessee die Regeln für eine neue Gesellschaft der Weißen Vorherrschaft festlegten, für den Ku-Klux-Klan. Damals war es eine Anwaltskanzlei, und das ist es immer noch.

Wir steigen aus dem Truck, um eine Gedenktafel an der äußeren

Wand zu lesen. Man hat die Tafel herumgedreht, sodass die Aufschrift nicht mehr zu lesen ist, und jetzt ist es nur ein schwarzes Stück Metall.

Es wirkt ominös. Und leer.

»Ach, ich habe ein ganz ungutes Gefühl!«, meint Georgia.

Sie hat nicht unrecht. Wie konnten in einem so unauffälligen Bürogebäude so viel Hass und Unmenschlichkeit ihren Anfang nehmen?

Als wir den Parkplatz verlassen, fährt ein Pferdewagen, den Abraham Lincoln lenkt, vor uns her.

»Oh, wow, Amish!«, ruft Georgia. »Das ist ja wie an einem Filmset …«

»Albern ist das«, kommentiere ich.

Mit ihren Strohhüten, den dunklen Hemden, den Hosenträgern und Hauben, der bescheidenen Kleidung und den Pferdewagen sind die Amish so leicht zu erkennen.

Die Stadt wirkt auf seltsame Weise gewöhnlich. Ich ertappe mich immer wieder bei der Erwartung, da müsse doch *mehr* sein, etwas, was die schiere Anzahl der Vorfälle, Gemeinheiten und Verbrechen gegen die Menschlichkeit erklärt, die mit diesem Ort der Welt verbunden sind.

Doch die Stadt ist einfach, langweilig, von Fußgängern geprägt, beige. Einige Gebäude auf dem Marktplatz wirken wie in 2-D – wie ein Filmset mit Pappkulissen statt richtigen Gebäuden. Alles, was man hier sieht, sagt einem, dass die Dinge, die man gehört hat, an einem so unspektakulären und harmlosen Ort wie diesem hier einfach nicht passiert sein *können.*

Wie könnte eine so nichtssagende Stadt zwei Routen des Pfades der Tränen enthalten? Ich stelle mir vor, wie die amerikanischen Ureinwohner vor gerade mal hundert Jahren hier hindurchgeführt wurden, in Ketten, als sie über fünftausend Meilen und den Weg durch neun Bundesstaaten zu Fuß zurücklegen mussten.

Zu Fuß, Scheiße noch mal.

Natürlich habe ich schon vorher vom Pfad der Tränen gehört, doch sich auf dieser Route zu befinden, ist noch mal etwas anderes. Dieser Weg hat viertausend Menschen das Leben gekostet. Ihre unmarkierten Gräber müssen sich überall hier in der Gegend befinden. Ich erwarte Anzeichen dafür, welchen Schaden dieser Weg dem Land zugefügt hat – ich will Gräben sehen, verbrannte Erde, ich will den Schmerz in den Bäumen erkennen können. Aber wieder leistet diese Stadt ganze Arbeit beim Vertuschen.

Wir halten vor dem *Yellow Deli*, dem von den Zwölf Stämmen geführten Café.

Ich schaue mich im Truck um.

»Okay, alle bereit?«, frage ich.

Das sollte jetzt eigentlich einfach werden, immerhin erwarten sie uns.

»Sie werden uns etwas zum Mittagessen anbieten, also seid einfach höflich und greift zu. Das Essen ist nämlich ziemlich gut, und niemand wird versuchen, euch zu vergiften«, versuche ich einen schwachen Witz.

***

Eine Frau in einem langen Kleid und einem Überwurf sitzt am Eingang, ihr Gesichtsausdruck wirkt freundlich. Ich lächle zurück.

»Hi, wir suchen Maliki«, spreche ich sie an.

Bevor sie antworten kann, ertönt hinter ihr eine Stimme.

»Seid gegrüßt!« Ein Mann mit weißem Haar, das zu einem Pferdeschwanz zusammengebunden ist, weißem Bart und einer Brille mit Goldrand kommt um die Ecke. »Ihr müsst die Filmcrew sein, kommt herein.«

Lächelnd führt er uns zu einem Tisch.

»Ich hoffe, ihr habt Hunger, Leute«, sagt er und überreicht uns auf halb freundliche, halb professionelle Art einige Speisekarten. Er schaut Seb in die Augen und verkündet: »Ich bin sofort wieder da.«

Ich spüre, wie mein Gesicht zuckt, als ich so daran erinnert werde, dass die Frauen hier ganz unten in der Hierarchie stehen.

»Ach, vegetarische Burger … Matcha Latte … Veganes Chili«, fange ich mit vorgetäuschter Begeisterung an, die Karte vorzulesen, und hoffe, damit die Stimmen in meinem Kopf zu übertönen, die mich warnen: »*Das ist zu einfach*«, und: »*Hier stimmt etwas nicht*«.

Halt dein Gesicht still, atme langsamer.

Maliki wird vom Gastgeber zum Kellner und umgekehrt. Er nimmt unsere Bestellung entgegen, setzt sich dann zu uns. Vor ihm steht ein brutal heißer Kräutertee in einem großen Glas. Der Dampf steigt empor, während er uns mustert, schweigend und auf eine Art und Weise, die einen nervös macht. Er hat es nicht eilig. Er lächelt. Und dann spricht er wieder Seb an.

»Hattet ihr eine weite Anfahrt?«, erkundigt er sich.

Jetzt bin ich verwirrt. Maliki weiß, dass das zutrifft – wir haben während der letzten zwei Wochen regelmäßig miteinander gesprochen.

»Ja, wir waren drei Tage unterwegs«, sage ich und versuche mit allen Mitteln, seinen Blick einzufangen. »Aber wir waren so aufgeregt, als ihr gesagt habt, wir dürfen zum Grillen auf die Ranch kommen, dass ... Na ja ... Wir waren der Ansicht, das ist die lange Reise wirklich wert.«

Er lächelt, und das sieht fast feierlich aus. Für mich wirkt es so, als spielte sich hier gerade ein Witz ab, von dem ich nichts weiß.

Das Mittagessen kommt, und zugleich mit dem Essen schaufeln wir eine hohle und zugleich aufgeladene Unterhaltung in uns hinein. Hin und her, leere Worte und bedeutungsloses Geschwätz, während das wahre Thema über uns hängt wie eine Gewitterwolke, die darauf wartet, aufzubrechen.

Unsere Matcha Lattes werden gebracht. Und dann setzt der Regen ein. Maliki schaut Georgia zum ersten Mal an, seit wir uns hingesetzt haben.

»Also, Georgia, du kommst aus Swindon, nicht wahr?«, erkundigt er sich.

Ich gehe in Gedanken unsere Unterhaltungen durch – das haben wir ihm doch nicht erzählt?

»Ja«, bestätigt sie und nimmt dabei einen Schluck von ihrem Getränk.

Ich kann die Überraschung in ihrer Stimme hören.

»Und du, Seb, kommst ursprünglich aus Frankreich, stimmt's?« Als Seb nickt, fügt Maliki hinzu: »Wie lange arbeitest du jetzt schon beim *Guardian*?«

Jetzt hat er unsere volle Aufmerksamkeit. Er sollte eigentlich gar nichts über Seb wissen, das ist sicher. Ich werfe Georgia einen Blick zu, der sagt: *Hier stimmt etwas nicht, wir müssen das wieder unter Kontrolle bekommen.*

»Wann dürfen wir also auf die Ranch und anfangen?«, frage ich ohne weitere Umschweife. »Wir haben alles dabei, wir könnten also gleich hin, wenn dir das recht ist?«

Er schaut mich mit merkwürdigem Blick an.

»Was denn für eine Ranch?«, fragt er.

Zucken seine Mundwinkel?

»Die Ranch«, sage ich nachdrücklich.

Mit einem Lächeln schüttelt er den Kopf.

Ich fühle mich albern, weil ich es überhaupt sagen muss. »Die Ranch der Zwölf Stämme am Rand von Pulaski. Die Ranch, auf der wir filmen wollen.«

»Da ist keine Ranch«, erwidert er, als würde er einen mentalen Trick der Jedi-Ritter anwenden.

Das könnte sogar lustig sein, wenn es keine Übelkeit in mir auslösen würde.

»Entschuldigung, aber wir haben jetzt eine ganze Weile darüber verhandelt, dass wir auf der Ranch filmen dürfen. Ihr habt gesagt, wir können kommen.« Weil ich spüre, dass Forderungen uns nicht zum Ziel führen werden, rede ich in freundlichem Ton weiter: »Darum sind wir hier: um die Kinder zu treffen und Aufnahmen von eurer Lebensweise zu machen.«

»Ach, filmen dürft ihr natürlich, aber nur hier im Café. Wir haben keine Kinder hier, und eine Ranch gibt es auch nicht.« Er lächelt wieder. »Das ist es dann«, wiederholt er und lässt den Finger durch das Café wandern, als wäre damit alles bewiesen.

»Moment mal …«, setzt Georgia an.

»Unser Fehler.« Ich unterbreche sie. »Wir müssen darüber nachdenken, wie wir am besten filmen, weil wir von anderen Voraussetzungen ausgegangen sind.«

Ich will das Ganze unbedingt absichern, bevor das nicht mehr geht. Und meinen Mund halten, bis wir wieder im Truck sind.

Wir fahren um den Block, die Stille wird nur vom nervösen Getrommel meiner Fingerspitzen auf dem Armaturenbrett unterbrochen. Warum wollten sie, dass wir herkommen? Warum sollten sie Ja sagen und uns diese ganze Reise machen lassen? Nur, um mit uns zu spielen? Was haben sie vor?

Lässt sich das hier regeln? Lösen? Hilft uns Charme weiter? Und gleite ich wieder in ein blindes Bedürfnis nach Erfolg, obwohl wir in Wirklichkeit gar nicht erst hätten herkommen sollen? Vielleicht hätten wir nicht zurückkehren sollen? Das Ganze wirkte zu einfach.

Viel zu einfach.

»Scheiße noch mal, was geht hier vor?«, fragt Georgia.

»Vielleicht gibt es ja einen Ausweg. Vielleicht versuchen sie uns nur ihre Autorität zu beweisen, uns zu zeigen, wer hier das Sagen hat«, schlägt Seb vor.

»Oder vielleicht spielen sie auch einfach mit uns«, meine ich. »Sie wollen uns zeigen, dass sie über ›uns‹ Bescheid wissen, dass sie auch recherchiert und Nachforschungen über euch angestellt haben …«

»Wie haben sie wohl diese ganzen Dinge herausgefunden?«, fragt Georgia.

»Ziemlich gewieft für eine religiöse Gruppe, die nicht wirklich an Technologie glaubt«, fügt Seb hinzu.

In meinem Gehirn summt es laut, und ich versuche zu begreifen, was da vor sich geht, während mir eine andere Stimme in meinem Kopf sagt, ich solle unnachgiebig sein, die Führung übernehmen. Dass es einen Ausweg gibt.

»So wie ich das sehe, haben wir zwei Möglichkeiten …« Die Worte kommen aus meinem Mund, ohne dass ich viel über sie nachgedacht hätte, aber ich hoffe, ich klinge ein bisschen überzeugt. »Möglichkeit eins: Charmeoffensive. Wir machen, was sie sagen, filmen die Erwachsenen im Café, machen Interviews mit ihnen und hoffen, dass sie uns in ein paar Tagen genug vertrauen, um uns auf die Ranch zu lassen. Oder Möglichkeit zwei: Wir vergessen den ganzen Café-Blödsinn, fahren trotzdem zur Ranch und schauen, wie weit wir kommen.«

»Wir wissen also sicher, dass es eine Ranch gibt?«, fragt Seb.

Wie schnell eine Täuschung funktionieren kann: Innerhalb von Minuten hat Maliki es geschafft, dass sich Selbstzweifel in uns ausbreiten.

»Ja«, bestätigt Georgia mit Nachdruck.

»Haben wir jemals irgendeine Adresse bekommen?«, erkundige ich mich.

»Nein. Sie haben gesagt, sie bringen uns vom Café aus hin«, antwortet sie.

Uns durchströmt eine hektische, wilde Energie. Das passiert leicht, wenn man auf einer längeren Reise erschöpft ist, wenn man eine Mission hat, die einen von null auf hundert bringt.

Ich lege mir die Hände über die Augen, bohre mir die Finger in die Stirn, versuche durch Reiben der Situation einen Sinn zu entlocken, und Sofis Gesicht erscheint vor meinem inneren Auge. Ich muss daran denken, wie wir uns bei den Zwölf Stämmen gefühlt, wie sie unsere Gefühle *manipuliert* haben.

Und genau das passiert gerade wieder.

»Wie wär's, wenn wir ihnen heute Abend auflauern und dann nach Hause folgen?«, schlägt Seb vor.

Ich hatte mir selbst und ihnen versprochen, dass unser Trip ungefährlich würde, ohne Risiken und bestimmt besser organisiert als der letzte, aber ein Teil von mir findet den Gedanken an eine solche Aktion äußerst verlockend.

»Erst mal wird es sowieso Zeit für unseren Anruf bei Paz. Lasst uns mal hören, was er meint«, sage ich.

***

Paz hat als Dokumentarfilmer schon einige ziemlich krasse Situationen erlebt, von Erdbeben in Japan bis Reisen zum Polarkreis, von Choleraausbrüchen bis zu Terroranschlägen. Im Vergleich dazu ist das hier ein Spaziergang. Ich bin sicher, er wird diese Idee mit dem Nachschleichen genauso gut finden wie wir.

»Kommt ÜBERHAUPT nicht infrage!« Seine Stimme klingt sehr bestimmt. »Hört ihr mir auch genau zu?«

Uff! Ich hasse es, wenn man so mit mir schimpft, selbst wenn es ein Freund ist, dem etwas an mir liegt.

»Ich dachte, du bist bestimmt dafür«, jammere ich.

»Erstens seid ihr in einem Bundesstaat, in dem vierzig Prozent der Einwohner eine Feuerwaffe besitzen«, sagt er, und sein Tonfall wird noch ernster. »Zweitens habt ihr mir gerade erzählt, dass sie überraschend viel über euch wissen, ihr seid also auf ganz unsicherem Terrain. Drittens haben sie euch überlistet und so weit gekriegt, dass ihr eine Reise von drei Tagen auf euch genommen habt, um dort hinzukommen. Und ihr wisst nicht, warum. Gebt diese Idee sofort auf, das meine ich absolut ernst!«

»Das war's dann wohl«, sage ich, als ich das Gespräch beendet habe – mit einem halben Lächeln, aber seine Worte bringen mich auf. »Er hat natürlich recht, verdammt noch mal!« Ich verdrehe die Augen.

Wir lachen. Paz hat uns den Wind aus den Segeln genommen. Wir sind erledigt. Die Spannung hat sich gelöst, oder Paz hat sie uns zumindest durch sein Schimpfen ausgetrieben.

Jetzt, wo das Adrenalin nicht mehr so heftig strömt, wird mir bewusst, dass die Idee, uns als Amish zu verkleiden (eine unserer Ideen zur Tarnung) und so in eine religiöse Kommune einzudringen, der Denkweise meines »alten Ichs« entspricht, nicht der meines neuen. Es gibt einen schlaueren Weg, das Ganze anzugehen, es muss ihn einfach geben.

Wir fahren ohne konkretes Ziel durch die Stadt, an den Pappkulissen vorbei, am *Yellow Deli* und am Gerichtsgebäude.

»Moment, ist das da eine Bücherei? Halt mal!«

Ich springe aus der Kabine, streiche mein Hemd glatt und gehe hinein.

***

Die große, offene und hell erleuchtete Bibliothek ist der erste Ort in dieser Stadt, an dem ich mich wenigstens ein bisschen entspannt fühle. Die alte Dame hinter dem Ausleihtresen rückt ihre Brille zurecht und sagt: »Guten Morgen!« Ich spreche jetzt mit dem amerikanischen Akzent, mit dem ich aufgewachsen bin, passe mich an – das tue ich, ohne nachzudenken.

»Hallo, wie geht's? Ich bin für einige Tage in der Stadt – ich kann gar nicht glauben, wie geschichtsträchtig dieser Ort ist«, sage ich und bereue bereits die Entscheidung mit dem amerikanischen Akzent.

»Ich weiß, wirklich interessant«, gibt sie mit einem Lächeln zurück, und dabei entstehen um ihre Augen ein paar gütige Fältchen.

»Am liebsten würde ich mir einiges davon selbst ansehen.«

Sie nickt, eifrig darauf bedacht, mir zu helfen. Mich beschleicht das Gefühl, dass hier vielleicht nie irgendjemand reinkommt – wirklich nie –, also lege ich gleich richtig los.

»Wissen Sie, wo hier in der Stadt der Ku-Klux-Klan entstanden ist?«, frage ich.

»Nun ja, das ist genau genommen ein Mythos«, sagt sie, während sie eine Karte hervorholt. »Aber man sagt, es wäre genau *hier* passiert.« Sie zeigt auf die Straße mit der Anwaltskanzlei und der ominösen Gedenktafel.

»Vielen Dank. Und wie ist das mit dem Pfad der Tränen?«, frage ich weiter.

»Ja, natürlich, den wollen alle sehen, da gibt es zwei Punkte, *hier* und *hier*.« Ihre dicken Finger mit lauter Leberflecken zeigen auf die Stellen auf der Karte.

»Danke schön, das ist sehr, sehr hilfreich«, sage ich. Dann zögere ich eine Sekunde. »Und ich habe auch gehört, dass es hier eine Ranch der Zwölf Stämme gibt?«

»Sicher meinen Sie das Café, Liebes?«, fragt sie, und dabei weiten sich ihre Augen.

»Nein, ich meine diese große Ranch, die es hier gibt, mit etwa hundertfünfzig Leuten – ein Freund von mir hat die einmal besucht«, erkläre ich, und dabei frage ich mich, ob ich vielleicht zu weit gegangen bin.

»Ach so! Dann meinen Sie die *Abraham's Ranch* am Stadtrand?«

Mein Herzschlag beschleunigt sich, während ich versuche, mich unschuldig zu geben, und nur ein bestätigendes Geräusch mache.

»Die ist genau *hier*.« Sie holt einen Stift hervor und markiert eine Stelle auf der Karte.

Bingo! Sie schreibt mir die Adresse auf.

***

»Ich hab die Adresse«, sage ich, als ich zurück in die Fahrerkabine klettere.

»Wirklich? Einfach so?«, fragt Georgia.

»Yep, das Orakel hat gesprochen. Eine hundertjährige Oma hat mehr drauf als Google.«

»Sollen wir jetzt hinfahren?«, meint Seb.

»Nein, ich wollte die Adresse nur haben, um sicher zu sein, dass wir nicht verrückt geworden sind. Jetzt werden wir erst mal das tun, was die Zwölf Stämme wollen, und Maliki und die Leute im Café filmen«, sage ich.

»Ist das nicht reine Zeitverschwendung …«, wendet Georgia ein.

»Vielleicht, aber wir haben nur diese Option. Wo wir schon mal hier sind, können wir auch im Café filmen. Wir spielen einfach mit, das kann nicht schaden.«

Aber während ich das sage, frage ich mich, wie viel Zeit Sofi und ich wohl mit dieser Art Hoffnung verschwendet haben.

***

Im Café fühlt sich alles an wie auf einer Zeitreise – der Duft des Essens, die Instrumente, die gespielt werden. Irgendwann überrasche ich mich selbst, weil ich mit der Band mitsinge, die Liedzeilen kenne. Die Melodien dieser Lieder über Babylon, die Letzten Tage und Yahshua haben sich für immer in mein Bewusstsein eingebrannt.

Es wirkt so unheimlich, als die Interviews, die wir machen, sich anfühlen wie abgelesen. Als hätten gerade alle ein Briefing mit dem Titel »Es gibt keine Ranch« hinter sich. Während sie mir erzählen, die Ranch sei ein Hirngespinst, fummle ich an dem zusammengefalteten Zettel in meiner Gesäßtasche herum, auf dem die Adresse steht. Ich muss das Papier spüren können, um nicht den Zugang zur Realität zu verlieren.

Ein Typ verpatzt die Sache und erwähnt die Kinder auf der Farm – er wird sofort weggeschickt. Ich stelle mir vor, dass er jetzt getötet wird, aber wahrscheinlich muss er einfach nur in der Küche arbeiten.

Dann wird deutlich, warum man uns durch das ganze Land hat herkommen lassen.

»Hey, Leute, wartet doch mal!« Wir sind schon fast zur Tür raus, als Malikis Stimme ertönt. »Ich will noch ein Foto von euch.«

Ein ganz harmloses Anliegen, aber bei diesen Technikfeinden, mit denen wir uns nicht so gut verstehen, als dass man um so etwas bitten könnte, fühlt es sich sehr seltsam an. Wie eine Forderung. Mich beschleicht das Gefühl, jetzt wäre es an der Zeit, die eigenen guten Manieren zu vergessen, sich anders zu verhalten, den Leuten zu sagen, sie sollen sich einfach verpissen. Schluss mit der Art Höflichkeit, die es einem ermöglicht, einem Serienkiller in einen dunklen Keller zu folgen, weil er zu einem gesagt hat, er wolle einem dort »etwas zeigen«.

Scheiß auf die Höflichkeit. Du gehst nicht mit ihm in den Keller!

»Danke, lieber nicht, wir stehen nicht so auf Fotos«, sage ich.

»Ach, jetzt kommt schon«, jammert er, während er eine supermoderne DSLR-Kamera hervorzieht, die hier völlig deplatziert wirkt. In seinen Händen sieht sie für mich verkehrt aus. Wie eine Oma, die eine Kettensäge schwingt.

Maliki fängt an Fotos zu machen. Instinktiv reiße ich mir meine Kameraausrüstung vors Gesicht.

»Hört auf, euch vor mir zu verstecken«, ruft er mit einem Lächeln im Gesicht, aber ich erkenne in seinen gefletschten Zähnen eine Drohgebärde.

»Wir sind hier fertig«, verkünde ich mit fester Stimme, während ich Georgia und Seb am Arm fasse und zum Truck führe.

***

»Fuuuuuuck!«, ruft Georgia. »Was zur Hölle war denn das?«

»*Das* war wahrscheinlich der Grund, aus dem sie uns hierhergeholt haben«, meine ich.

Plötzlich ergibt alles einen Sinn. Ihr Ansatz ist jetzt offensichtlich, und er ist ganz schön krank.

»Das war gar nicht gut«, meint Seb.

»Nein, überhaupt nicht. Total merkwürdig war das«, stimmt ihm Georgia zu. »Und eklig – ich fühle mich ganz eklig.«

Etwas an der Absicht hinter den Fotos hat sich angefühlt wie ein Übergriff. Die Sache an sich war so einfach, so »normal«, aber die Motivation dahinter wirkte aufgeladen.

Ich sage nichts mehr, ich will die Situation nicht noch dramatischer machen. Aber ich will dahinterkommen, was hier vor sich geht und warum die Zwölf Stämme mit uns zu spielen scheinen.

Ich schaue aus dem Truckfenster hinaus in den Sternenhimmel von Pulaski, erhoffe mir Klarheit von der Nacht.

»Seb, hast du die Nummern der ehemaligen Mitglieder noch, von denen du gesprochen hast? Ich glaube, jetzt ist die Zeit gekommen, mit ihnen zu reden.«

Wir brauchen nicht mehr in Pulaski zu bleiben, wo so viel Merkwürdiges vor sich geht.

»Wir können auch schon zur nächsten Station weiter«, verkünde ich, packe meine Kameraausrüstung zusammen und bereite alles für eine Abfahrt früh am nächsten Morgen vor.

***

Ich kann nicht schlafen. Frustriert wälze ich mich herum, weil ich wieder in eine Sache mit den Zwölf Stämmen geraten bin. *Was tue ich überhaupt hier?*

Es ist so, als würde man mit einem bösen Ex ins Bett gehen und naiv glauben, danach wäre alles ganz anders. Doch am nächsten Morgen wacht man neben demselben Arschloch auf, an das man sich vom letzten Mal erinnert.

Sobald die Sonne aufgeht, gehe ich in die Küche, um uns Kaffee zu machen. Ich will ganze Kannen davon, obwohl ich keinen Kaffee brauche – mein Adrenalinlevel ist in den letzten vierundzwanzig Stunden nicht runtergegangen. Das Gefühl pulsiert in meinen Adern wie ein Narkosemittel, das einem zu Kopf steigt.

»Sie sind so, weil Sie Ihre ganze Kindheit in Alarmbereitschaft verbracht haben«, hat mir mein Psychiater im Jahr zuvor erklärt. »Ein hoher Adrenalinspiegel ist für Sie normal, andere erleben ihn als stressig. Sie, Bexy, sehnen sich fast danach. Viele Kinder, die in solchen gefährlichen Situationen aufgewachsen sind, haben das, und viele führen als Erwachsene Situationen für sich herbei, um dieses Gefühl neu zu stimulieren.«

»Ach? Das kann ich überhaupt nicht nachvollziehen«, erwiderte ich damals sarkastisch und dachte an meine letzte Reise mit Sofi.

Mein Psychiater schaute mich mit einem »Ich bin streng, aber nur zu Ihrem Besten«-Gesichtsausdruck an. »Damit meine ich nicht nur, dass Sie verschiedenen Sekten beigetreten sind, auch wenn es da ganz eindeutig ist«, sagte er. »Da gibt es noch andere Dinge: ein Workaholic zu sein, Drogen zu nehmen, Extremsportarten ... Alles, was Cortisol produziert, Dopamin und Adrenalin – sogar gefährliche Beziehungen.«

Dass meine Sucht nach diesem Gefühl so stark war, dass ich all diese Dinge versucht hatte, traf mich wie ein Schlag in den Magen. Vielleicht war das die gefährlichste Droge, der ich jemals nachgejagt war.

Ich musste an mich als Fünfzehnjährige denken. Daran, wie ich eine Sekte verlassen hatte und direkt in den Armen eines zweiunddreißigjährigen Mannes gelandet war, der andere missbrauchte und gewaltbereit war, der mir psychologischen Schaden zufügte. Wie ich da an diesem Bahnhof stand, die Tasche neben mir, mit dem Gefühl, zum ersten Mal in meinem Leben frei zu sein – und wie die erste Person, die mir »Hilfe« anbot, zu meinem Folterer wurde. Ein Mann, der meine Verletzlichkeit geradezu riechen konnte, vielleicht genauso stark, wie ich magnetisch von der ihn umgebenden Dunkelheit angezogen wurde.

***

Seb kommt in die Küche, und diese Erinnerung löst sich in nichts auf. Er hat sein Handy in der Hand.

»Ich habe eine Nachricht von einem ehemaligen Mitglied bekommen«, verkündet er. »Er will mit uns reden.«

»Wunderbar«, gebe ich zurück. »Wir rufen ihn unterwegs an.«

Wie steigen in die Fahrerkabine, und Seb stellt seinen Sitz ein.

»Chicago?«, fragt er.

»Erst müssen wir unterwegs noch anhalten«, sage ich, als ich den gefalteten Zettel aus der Gesäßtasche ziehe und die Adresse der Ranch in mein Handy eingebe. Ich spüre, wie ein Zögern die Fahrerkabine erfüllt.

»Wirklich?«, fragt Georgia.

»Ich will einfach *sichergehen,* dass sie mit uns spielen, ich will die Ranch sehen. Ich werde nichts tun, von dem ich weiß, dass Paz dagegen wäre. Versprochen.«

Die Reifen knirschen und krachen über den Kies, als wir uns der Ranch nähern. Die Bäume auf beiden Seiten werfen kaum Schatten in diesem frühen Morgenlicht. Wir fahren an einem einsamen Esel und einer Mähmaschine vorbei, die vor der Kameraaktion von gestern Abend richtiggehend »hightech« für diese Leute gewirkt hätte. Wir fahren dicht genug heran, aber nicht zu nahe, und dann schauen wir das Gebäude vor uns an, das »nicht existiert«.

Warum habt ihr uns herkommen lassen?

Beim Anblick der Ranch fühle ich mich in die Nacht zurückversetzt, als ich vor zwei Jahren meine Eltern interviewte, in die Nacht, die mich in eine Krise gestürzt, mich in Depression und Dunkelheit hat versinken lassen. Warum hatte das eine solche Auswirkung auf mich? Warum hatten sie eine solche Macht über mich? Weil sie mich, ebenso wie Maliki, zu manipulieren versuchten, die Vergangenheit neu schrieben. Wie ein bedrohliches Knurren im Ohr, eine kurzer Griff an den Arm, stumme Drohungen, Äußerungen, die Dinge wären nicht so, wie ich sie sah. Verkleidet als Normalität. Wie diese Stadt. Die redegewandten Eltern, die da vor mir saßen, mir sagten, dass Dinge, die so waren, eben *nicht* so gewesen waren. Dass Dinge, die geschehen waren, *nicht* geschehen waren. Dass es nicht so gewesen sein konnte, wie ich mich erinnerte. Dass die schweren Jahre »nicht wirklich Jahre« gewesen waren. Sogar wie sie aussahen, sprachen, sich verhielten, die Geschichten, die sie erzählten – das alles verleugnete meine Realität. Sie manipulierten meine Geschichte, säten Zweifel in meinen Gedanken.

Als ich ein Kind war, sorgte diese Art, die Dinge anders aussehen zu lassen, dafür, dass ich außerstande war, mir selbst zu vertrauen. Wie konnte ich mir selbst vertrauen, wenn die zwei Menschen, die mich durchs Leben führen sollten, mich davon zu überzeugen versuchten, dass das, was ich sah und empfand, nicht real war? Wie konnte ich meinem eigenen Urteilsvermögen trauen?

Manchmal frage ich mich, ob das schlimmer war als die körperliche Misshandlung. Dass mir als Kind die eigene Realität genommen wurde, hat größere Narben bei mir hinterlassen, als jede Tracht Prügel das jemals vermocht hat.

Ich hole meine Kamera hervor.

»Was machst du da?«, fragt Georgia.

»Beweise sichern.« Ich bin es leid, manipuliert zu werden, belogen. So leid, dass man mir Dinge sagt, die nicht real sind. Ich brauche das hier, damit die Löschfunktion, die die Zeit in meinem Gedächtnis einsetzt, nicht dazu führt, dass ich *ihnen* glaube.

»So!«, rufe ich. Und dann wende ich mich wieder dem Truck zu – dieses Gebäude wird uns keine Antworten geben. »Fahren wir.«

***

Während wir den Dunstkreis von Pulaski verlassen, hören wir Billys Südstaatenakzent über das Handy. Er hat den Zwölf Stämmen vor fünf Jahren den Rücken gekehrt. Er wirkt offen, aber ich spüre auch eine heftige, schwere Wut, die über die Gruppe hinausgeht – es ist auch eine Wut gegen sich selbst, weil er ihr jemals beigetreten ist. Fünfzehn Jahre lang war er ein Mitglied der Zwölf Stämme, bevor er sich von der Gruppe lösen konnte, und während dieser Zeit hat er genug von den Vorgängen hinter den Kulissen gesehen, um uns ein Bild zu entwerfen, das wir von den jetzigen Mitgliedern niemals erhalten hätten.

Als wir fertig sind, kann ich nur noch denken: *Ich will mit Sofi sprechen, ich muss mit ihr sprechen.*

Ich kann mich kaum zurückhalten, als ihr Gesicht beim Skypen auf meinem Bildschirm erscheint.

»Sofi, du hattest recht«, platze ich heraus.

»Womit denn?«, fragt sie.

»Mit dem, was du über die Zwölf Stämme gesagt hast. Du hattest recht, verdammt noch mal«, sage ich.

Ich spüre, dass sie das hören muss. Ich hoffe, dass sie die Wahrheit auch braucht.

Sie lehnt sich zum Bildschirm, ihre Augen weiten sich. »Die haben uns aufgenommen?«, fragt sie.

»Du hattest recht mit dem, wozu sie fähig sind. Es tut mir leid, dass ich das damals nicht geglaubt habe, es erschien mir zu weit hergeholt«, entschuldige ich mich und rede dabei immer hektischer.

»Okay, ich höre dir zu.« Ihr deutscher Akzent verrät sie nicht – vielleicht fühlt sie sich bestätigt, vielleicht ist sie besorgt, vielleicht denkt sie auch: *Hab ich dir doch gleich gesagt,* aber ich höre nur die ruhige, coole Sofi.

Du lieber Gott, wie ich sie vermisse.

»Wir haben heute alles gehört, alles ... Ich weiß, was ich jetzt sagen werde, klingt völlig verrückt. Aber ich habe heute mit acht verschiedenen Leuten gesprochen, von Psychologen, die sich um frühere Mitglieder kümmern, über Kinder, die dort aufgewachsen sind, bis hin zu ehemaligen Anführern.«

Ich brauchte Bestätigung durch mehr als eine Quelle.

Wir haben von Billy gehört, dass sie Pädophile und Verbrecher versteckt hielten und ihnen innerhalb der Gruppe neue Identitäten verschafften, ohne Fragen zu stellen. Wir haben Teenager gehört, die uns erzählten, dass man sie als Kinder hungern ließ, sie in Schränke sperrte, sie täglich schlug und unterdrückte. Wir hörten Geschichten von Kidnappings, bei denen die Gruppe Kinder in verschiedenen Bundesstaaten und Ländern vor ihren Eltern versteckte. Und am schlimmsten: Wir sprachen mit Müttern, die uns erzählten, dass sie ihre eigenen Kinder im Wald begraben haben, weil sie sie nicht ins Krankenhaus bringen durften. Man sagte ihnen, Gott werde die Kinder heilen, und dass sie gestorben seien, weil ihre Eltern nicht fest genug glaubten.

Ich musste Sofi begreiflich machen, dass sie ein emotionales Trauma erlitten hatte, dass man ihr das Gefühl vermittelt hatte, den Verstand zu verlieren, obwohl sie vielleicht die geistig Gesündeste dort gewesen war.

Die Menge der schmerzlichen Geschichten, die wir heute gehört haben, setzt mir zu. Natürlich gibt es da einen Teil von mir, der weiß, dass die Exfrau nicht die beste Informationsquelle ist, wenn man die Wahrheit über einen Mann erfahren will. Vielleicht gibt es einige Dinge, die wir weniger extrem sehen müssten.

Dennoch: Es gibt so viele Übereinstimmungen und so viele Muster in ihren Geschichten. Die Bestrafung der Kinder und die Isolation wurden jedes Mal genannt, und wir fanden in der Zeitung zumindest eine Geschichte über ein Kidnapping, bei dem das FBI hinzugezogen wurde. Wir wussten schon von den körperlichen Züchtigungen, und das Verstecken von Verbrechern und Pädophilen könnte man wahrscheinlich beweisen. Die Wahrheit ist, viele Gruppen, in denen man seine Vergangenheit und seine Identität ablegt, missbrauchen diesen Umstand, entweder naiverweise oder vorsätzlich.

Wir erzählten Billy, was am Abend zuvor im Café passiert war.

»Ach ja, das überrascht mich gar nicht. Sie haben eine Kamera genommen und euch fotografiert? Ich kann euch jedenfalls sagen, dass dieses Foto an ihre Gruppe für interne Angelegenheiten geschickt wurde und nun jeder Kommune vorliegt, die sie irgendwo auf der Welt haben. Sie haben euch jetzt auf dem Radar.«

»Interne Angelegenheiten?« Ich finde es schwierig, das mit den Farmern in Einklang zu bringen, denen wir bei den Zwölf Stämmen begegnet sind.

»Ja, sie haben eine Gruppe namens ›Die Wächter‹. Die haben sicher recherchiert und alles über euch herausgefunden. Über jeden von euch gibt es jetzt eine Akte.«

Ich schaue Seb und Georgia an, und plötzlich ergibt alles einen Sinn.

Billy endet mit dem ruhigen, aber unheimlichen Satz: »Die Wächter überwachen euch jetzt.«

In der Fahrerkabine breitet sich ein drückendes Schweigen aus, die Art, an der man ersticken kann. Dann bricht es Seb mit der Frage: »Was bedeutet das jetzt für uns?«

Wir wissen, dass verschiedene Gruppen Leute terrorisieren: Die Scientologen haben eine Praxis namens »Fair Game«, bei der Leute, die als Bedrohung für die Kirche eingestuft werden, mit allen zur Verfügung stehenden Mitteln bestraft und belästigt werden können. Ich habe Gerüchte darüber gehört, dass man den Müll von Leuten durchsucht, dass man überall verleumderische Poster aufhängt, die Leute über Jahre verfolgt.

Das kann einfach nicht möglich sein, oder? Was habe ich uns da nur eingebrockt?

***

Wir übernachten in einer Kleinstadt.

Im Airbnb umhüllen mich frische Laken mit Lavendelduft, und mein müder Körper sinkt in den frischen Baumwollstoff. Ich habe heute Nacht ein eigenes Zimmer, und dafür bin ich dankbar, weil mein Körper und mein Gehirn summen wie Strommasten im Sturm – das leiseste Geräusch der Nacht wird sich anhören wie Donner. Aber dann schlafe ich fast sofort ein, falle rückwärts ins Dunkel.

Um Viertel vor drei höre ich ein Geräusch an meiner Schlafzimmertür. Sofort reiße ich die Augen auf. Aus dem Augenwinkel sehe ich einen Schatten im Türrahmen stehen. Ich kann mich nicht aufsetzen, mein ganzer Körper ist gelähmt. Ich kann nicht erkennen, wer es ist. Ich versuche zu rufen, aber meine Kiefer klemmen förmlich.

Der Schatten kommt auf mich zu. Ich kann mich immer noch nicht bewegen, mein Kopf ist wie aus Blei. Es fühlt sich an, als hätte ich eine starke Narkose bekommen und hätte keine Kontrolle über meinen Körper, während mein Geist hellwach ist. Ich versuche nach Seb und Georgia zu rufen, aber ihre Namen bleiben mir im Hals stecken.

Der Schatten geht durch den Mondschein, und ich erkenne graues Haar, einen Pferdeschwanz, eine Brille mit Goldrand. Ich sehe ihn: Maliki. Sein Gesicht ist jetzt über mir, er legt die Hände um meinen Hals ...

Ich sitze aufrecht im Bett und ringe nach Luft, als hätte ich den Kopf unter Wasser gehabt. Dann springe ich zur Tür, schaue in alle Zimmerecken, aber nirgendwo ist jemand. Also nehme ich meine Bettdecke und verbringe den Rest der Nacht im Wohnzimmer.

Die Sonne geht über der Vorstadt auf, aus der Küche weht der Duft von Kaffee und Toast herein. Mein Bauch grummelt.

Ich weiß gar nicht mehr, wann ich zuletzt etwas gegessen habe.

Ich gehe in den Vorgarten, halte eine Tasse Kaffee in der einen Hand, während ich mit der anderen Paz' Nummer wähle. Jedes einzelne Auto sieht frisch gewaschen aus, der Rasen frisch gemäht in diesem vorstädtischen Sicherheitsnetz.

Paz' Gesicht erscheint auf meinem Display.

»Erzähl schon«, fordert er mich auf.

Ich spreche über die vergangenen vierundzwanzig Stunden, über das Foto, die Fahrt zur Ranch, die Telefonate mit den ehemaligen Mitgliedern, und dann erwähne ich die Wächter.

»Ich bin jedenfalls verdammt froh, dass du dir keine Haube aufgesetzt und dich ihnen angeschlossen hast.« Als er das sagt, spüre ich plötzlich, wie sehr ich ihn vermisse.

»Also, wie gefährlich sind diese Leute wohl? Sollte ich mir große Sorgen machen? Bis zu eurem Rückflug sind es nur noch wenige Tage, oder?«, will er wissen.

»Genau. Wir haben die Flüge umgebucht, es gibt keinen Grund, nicht nach Hause zu kommen.«

Ich bin nicht ganz sicher, ob ich das wirklich selbst glaube.

»Tu mir einen Gefallen«, unterbricht er meine Gedanken. »Kannst du mir zeigen, wo ihr gerade seid?«

»Was meinst du damit?«, frage ich zurück.

»Lauf einfach mit einem Handy rum, und gib mir eine Rundumsicht der Straße.«

Kann Paz etwas Unheimliches erkennen, obwohl er Tausende von Meilen entfernt ist?

»Klar.«

Ich zeige ihm die ruhige, einfache Sackgasse voll mit typischen amerikanischen Häusern, die harmlose Vorstadt, den amerikanischen Traum.

»Halt, warte mal«, sagt Paz. »Was ist das für ein Maler-Van da drüben? Der mit der riesigen Antenne auf dem Dach?«

Ich sehe den Wagen auch, an der Straßenecke. »Wahrscheinlich einfach Leute von hier, die arbeiten«, meine ich. Aber ich bin verunsichert.

»Tu mir einen Gefallen, Bexy. Klopf an die Fensterscheibe, und schau nach, wer drin ist. Ich will dich nicht erschrecken, aber das ist ein Wagen für Observationen.«

Nein, das kann nicht sein.

»Paz, wenn das ein Überwachungswagen ist, ist das Letzte auf der Welt, was ich will, ans Fenster zu klopfen und sie merken zu lassen, dass wir Bescheid wissen. Ich will keine Konfrontation, ich denke, wir sollten einfach machen, dass wir wegkommen.«

Ich renne in die Küche und rufe: »Leute, wir machen uns auf!«

Doch bevor ich überhaupt die Gelegenheit habe, ihnen vor dem Wagen zu erzählen, sagt Georgia: »Bexy, guck mal hier auf dem WiFi.« Ich schaue auf die Namen, die ihr Computer auflistet. Darunter ist »12S Überwachungswagen«.

Was soll die Scheiße? Warum sollten sie uns *wissen lassen*, dass sie hier sind? Wie können sie so *geschickt* und gleichzeitig so dumm sein?

Dann begreife ich es: Sie *wollen* gesehen werden. Hier geht es nicht darum, dass sie uns nachspionieren. Hier geht es darum, dass wir wissen, dass sie da sind, dass wir ihre Gegenwart spüren.

Sie wollen, dass wir es wissen.

»Packt eure Sachen zusammen. Machen wir, dass wir hier rauskommen!«

***

Wir fahren durch fünf Bundesstaaten und haben die ganze Zeit das Gefühl, die Zwölf Stämme auf den Fersen zu haben, wie eine ominöse Drohne, die man spüren, aber nicht sehen kann. Wie einen Schatten, der einen verfolgt, genau am Rand der Wahrnehmung, immer in unserem Rücken. Der Effekt, den sie auf uns ausüben wollten, ist stark.

Wir rufen Billy wieder an. Ich will wissen, wie groß die Gefahr, in der wir uns befinden, tatsächlich ist. Nehmen sie uns auf?

»Wisst ihr, ich würde mir wegen der letzten fünf Jahre mehr Sorgen machen: In den vergangenen paar Jahren gab es einige Leute, die öffentlich negative Dinge über die Zwölf Stämme gesagt haben, und die sind dann eines mysteriösen Unfalltodes gestorben.«

»Was? Das kannst du doch nicht ernst meinen?«, fragt Seb, der am Steuer sitzt.

»Recherchiert es doch – Autounfälle, alles Mögliche.«

Wir fahren über endlose Highways, durch Wälder, die verschwommen wirken, in Sonnenuntergänge hinein, die sich mit dem Licht der Straßenlaternen vermischen. Und nach jeder Ecke gibt es eine neue Frage: *Warum sind wir hier? War die Sache das Ganze wert?*

Wir fahren über Felder, während ich daran zurückdenke, wie ich glaubte, ich hätte es geschafft, meinen Eltern zu vergeben, könnte objektiv sein. Und wie ich dann begriff, dass ich nicht objektiv war, es gar nicht sein konnte, dass meine Linse durch meine Erfahrungen gefärbt war, im Guten wie im Bösen. Dann das Interview mit meinen Eltern und wie mir bewusst wurde, dass ich ihnen nicht vergeben hatte – und ihnen vielleicht auch niemals vergeben würde.

Die Straßen scheinen sich extrem zu krümmen – sie werden scharf und wieder unscharf, Lichtstreifen fliegen vorbei, werfen Neonspuren auf die Straße, und meine Gedanken kehren immer wieder zu einer ganz bestimmten Nacht im letzten Jahr zurück. Zu einer Nacht, in der ich Antworten auf dieselben Fragen suchte wie jetzt – bei einer Ayahuasca-Zeremonie in einem verfallenen Haus auf dem Land.

Die Straße vor mir wird schwarz, die Lichter erlöschen langsam, während ich zu dieser Nacht zurückgetragen werde ...

Ich bin in einen Schlafsack eingehüllt und trage weiße Kleidung. Ich spüre, wie sich die Atmosphäre im Raum verändert. Die Klänge der Zeremonie verändern sich, als würde man mit der Atmosphäre spielen wie auf einem Instrument, mit der Möglichkeit, jederzeit die Tonart zu wechseln.

Ich habe sechs Monate in Therapie verbracht, auch an einem Ort für Trauerbewältigung; tage-, wochen- und monatelang versucht, den Weg durch meine Scheiße zu finden, durch meine Verteidigungsmechanismen und die ganze Armee an falschen Identitäten, die ich erschaffen habe. Jetzt bin ich auf einer etwas extremer ausgerichteten Ayahuasca-Zeremonie.

Verdammt noch mal, warum auch nicht.

Die Therapie hat mir unendlich viel gebracht. Sie vermittelte mir Strategien und tägliche Übungen, von denen ich nicht gewusst hatte, dass ich sie brauchte, wenn ich den Verstand nicht verlieren wollte. Die Trauerarbeit hat mir die Gelegenheit gegeben, Dinge zu empfinden, von denen ich mir eingeredet hatte, dass ich sie nicht fühlen musste oder wollte.

Und Ayahuasca, was konnte da schon passieren? Ein verändertes Bewusstsein kann nützlich sein, wenn es darum geht, unsere Geschichte als Menschen zu verstehen. Manchmal ignorieren wir psychedelische Mittel, manchmal werden sie missbraucht, aber sie können nützlich sein, wenn man eine neue Perspektive erlangen will. In der Tiefe der menschlichen Erfahrung ist das Intellektuelle, Körperliche, Emotionale manchmal außerhalb der Dinge, die wir fühlen und sehen; ich konnte mich also auch in alle Bereiche vertiefen.

Ich nehme an einer Zeremonie von Schamaninnen teil – einer kraftvollen, winzigen Frau aus Sierra Leone und einer freundlichen Riesin aus Nigeria –, bei der nur Frauen zugelassen sind. Ich habe das Gefühl, mich in guten Händen zu befinden, einige meiner stärksten Freundinnen sind bei mir. Meinen Zynismus habe ich an der Tür abgegeben und mich in diesen vom Kerzenschein erleuchteten Raum geworfen, der von dem starken Duft nach verbranntem Holz erfüllt ist, mit der Absicht, eine Reise ins eigene Innere anzutreten.

Ich spüre, wie meine Augen zucken und mein Kiefer zittert. Die pflanzliche Medizin wirkt, als hätte ich ein Betäubungsmittel bekommen: Sie strömt von allen Seiten auf mich ein, ist in mir, aber sie ist auch ich selbst: mein Blut, meine Knochen, mein Wesen.

Sie übernimmt die Kontrolle.

Mein Kopf fühlt sich an, als würde er zwei Meter durch den Boden fallen, aber er landet in einer sehr angenehmen Position. Tatsächlich ist sie so angenehm, dass ich mir sage, ich muss mir merken, wie ich gelandet bin, damit ich diese Position später wiederfinde. Einen Moment lang mache ich mir Sorgen: *Werde ich mich jemals wieder so wohlfühlen?*

Vor mir ist ein Riegel. Ich löse ihn und betrete eine Welt, die aus leuchtender Schlangenhaut besteht. Sie bebt und glänzt, wunderschön. Es ist, als wäre mein Atem die Luft, die diese Bewegung auslöst. Ich atme laut aus und schaue der zitternden Haut zu.

Warum bin ich hier?, frage ich und denke dabei, man sollte mir die dunklen Teile meiner Seele zeigen, damit ich mir einen Weg durch sie hindurchbahnen kann.

Das Ganze sollte doch ein Kampf sein, oder?

»Ich dachte, du solltest vielleicht sehen, wo dein ›spirituelles Selbst‹ lebt«, sagte eine Stimme. »Hier.«

Nun, dann hat es einen guten Geschmack! Kluges Mädchen, schmunzle ich, während ich mich in der Disco des Lebens umschaue.

Weinblätter sprießen aus den Ecken des sich bewegenden Lichts. Sie wachsen immer schneller, bis alles grün und schwarz ist. Ich werde tief in einen Wald geschoben, reise hindurch, während er immer weiterwächst, dichter und tiefer wird. Alles ist gleichzeitig in Bewegung, immer schneller, doch ganz plötzlich stoppt es. Die Blätter rascheln. Dann, als wären sie Teil eines Theaterstücks mit zwei Kulissen, werden sie auseinandergezogen. Hinter mir steht eine eulenartige Waldkreatur: mit großen Augen, von Blättern umgeben.

»Möchtest du, dass ich dir dabei helfe, deinen Film zu machen?«, erkundigt sie sich.

Diese Frage überrascht mich. *Dafür bin ich nicht hergekommen.*

»Ja«, sage ich, ohne darüber nachzudenken.

»Dann musst du zuerst etwas tun«, sagt sie.

Und mit einem Schlag sind diese Welt, der Wald, die Kreatur, verschwunden. Alles wird schwarz. Ich werde durch ein Gefühl ersetzt – nein, durch eine Realität –, die mir atemberaubend vertraut erscheint. Ich bin jetzt mein zehn Jahre altes Gehirn. Mein erwachsenes Ich ist weg. All meine Ambitionen, meine Bedürfnisse, meine Wünsche, meine Ängste, sie verschwinden. *Und ich bin wieder sie.*

Ich erkenne die Angst wieder, den Widerstand, die Ungewissheit darüber, was Gott für mich bereithält, das Unsichtbarsein, die Einsamkeit, das Gefühl, verrückt zu werden. Die winzige Saat der Hoffnung, dass ich – wenn es einen Weg, wenn es ein Leben für mich nach diesem gäbe – den Leuten davon erzählen würde, was hier vor sich geht.

Ich will den Leuten erzählen, was hier abläuft.

Denn es ist nicht in Ordnung.

Es ist, als wäre ich nie jemand anders gewesen als *sie* in diesem Augenblick. Als hätte es die vergangenen zwanzig Jahre nie gegeben. Es ist kalt, ich habe Angst. Es ist mir zu vertraut: *Sie* ist ich.

Ich höre ein Tropfen; ich öffne die Augen, während das Wasser in der Zelle aus Beton widerhallt. Ich beuge mich vor, schlinge die Arme um die Beine, die ich bis an die Brust hochgezogen habe, die winzigen Beine einer Zehnjährigen. Grüner Schimmel kriecht über die Wände, auf dem Boden sind Wasserpfützen. Ein Strahl grauen Lichts fällt durch ein Fenster, aber es ist zu weit oben, als dass ich nach draußen schauen könnte. Der Raum ist feucht, und jetzt verwandelt er sich in den Schlafsaal, in dem ich in diesem Alter geschlafen habe; der Raum bewegt sich wieder und ist eine Betonzelle.

Ich fühle ein Brüllen in mir, ein tiefes, tierisches, schmerzhaftes Dröhnen, aber auch das ist gefangen. Es hämmert und pulsiert und schmerzt.

Dann bricht es hervor und überflutet alles, alles bricht aus mir heraus, Verrat und Einsamkeit.

Gerade als es sich so anfühlt, als könnte ich es nicht mehr ertragen und als wäre das von jetzt an meine Realität, bin ich wieder da. Ich bin in meinem eigenen Inneren, meiner Identität, meinen Erfahrungen, und zwanzig Jahre der Heilung überschwemmen mich.

Und ich bin so dankbar. So dankbar dafür, dort zu sein, wo ich jetzt bin, zu wissen, was ich jetzt weiß, und mich so zu fühlen, wie ich mich fühle.

Es ist ein Geschenk an mich; ich atme es ein.

Doch meine Erleichterung währt nur kurz, denn ich begreife, dass ich sie dort zurückgelassen habe. Ich bin jetzt in Sicherheit, bin eine Erwachsene in diesem Raum voller Frauen, die alle auf ihrem eigenen Weg sind, aber ich habe sie zurückgelassen, in ihrer dunkelsten Stunde, in dieser Zelle.

Ich kann sie nicht dort lassen.

Ich muss zurück, um sie zu retten.

Und als diese Worte aus mir herauskommen, entsteht ein Loch in dem Raum. Ganz klein, wie die Glut einer Zigarette, die man auf dem Teppichboden dieser Realität ausgedrückt hat. Dann wird es immer größer, die Ränder leuchten, und ein brennender Riss zieht sich durch den Schlafsaal, in dem ich als Zehnjährige lag, wo ich in meinem Stockbett weinte und Gott darum bat, mich zu brechen und freizulassen. Ich schaue zu, wie die Zehnjährige das durchlebt, was, wie ich jetzt – mit größerer Klarheit als jemals zuvor – fühle, die schlimmste Nacht meines Lebens war.

Ich stecke die Hand durch das Brandloch und streichle ihr das Gesicht, während sie weint. Ich tröste sie und sage ihr, dass alles in Ordnung kommt. Dass sie erwachsen werden und sicher sein wird, dass sie irgendwann wieder wird sprechen können. Sie wird nicht unsichtbar sein. Sie wird lieben und geliebt werden. Und dass es ein Leben außerhalb dieser Wände gibt.

Der Raum beginnt mit einer goldenen Wärme zu leuchten. Ich will sie nicht zurücklassen, doch das Portal zwischen unseren Welten schließt sich wieder.

***

Ich höre die Worte: »Du tust das für sie, vergiss das nie.« Ich nickte. Ich weine, weil ich mehr als jemals zuvor weiß, dass »das« nicht vorbei ist, alles andere als vorbei.

»Schenke du ihr die Stimme, die sie nicht haben durfte.«

Ich verspreche es.

Und als der Highway vor mir wieder an Schärfe gewinnt, weiß ich, dass *alles*, was ich getan habe – all die Gruppen, in denen ich gelebt habe, ebenso wie die Momente der Verrücktheit und der Gefahr –, mich hierher zurückgeführt haben.

Zurück zu ihr.

Ich habe nach Antworten gesucht, und jeder Ort, den ich besucht habe, hat mir etwas gegeben, mir etwas über mich selbst beigebracht – darüber, warum meine Eltern das getan haben, was sie taten. Jede einzelne Erfahrung hat zu meinem Verständnis beigetragen.

Dennoch frage ich mich: Habe ich diesem kleinen Mädchen die Stimme gegeben, die es brauchte? Diesem Mädchen, das so viel durchgemacht hat?

Ich weiß, ein Teil meines Versprechens bestand darin, der Welt von dem Mädchen zu erzählen. Darum befinde ich mich auf dieser Reise. Aber ein größerer Teil – und ein Furcht einflößenderer – besteht in der Konfrontation mit meinen Eltern. Nicht, um ihnen wieder die Gelegenheit zu geben, mit psychologischen Tricks meine Sichtweise auf das Geschehene zu unterminieren. Ich will um des Mädchens willen mit ihnen sprechen, meine Wahrheit mit ihnen teilen.

Zehn Gruppen bin ich beigetreten, Tausende von Meilen über amerikanische Straßen gefahren, habe mich selbst und Sektenführer herausgefordert. Jetzt ist mir klar, dass ich mich wieder denen zuwenden muss, vor denen ich vielleicht am meisten Angst habe.

Meinen Eltern.

20. Kapitel

Alles: Neunzehn Jahre danach

Und plötzlich tauchen sie auf. Mit der Macht einer magnetischen Anziehungskraft kommen meine Eltern zu mir: »*Ich bin es, Dad, wir sind in GB.*« Meine Welt außerhalb der SMS verschwimmt.

Wir haben fast drei Jahre nicht miteinander gesprochen – seit der Nacht des »Interviews«.

Ist das das Gesetz der Anziehung? Irgendeine kosmische Kraft? Dass man »etwas denkt«, und dann passiert es?

Ich bin erst seit einigen Wochen wieder zu Hause. Ich dachte, ich hätte mehr Zeit, mich wieder an das »normale Leben« zu gewöhnen, bevor ich mit ihnen konfrontiert werde.

Ich bin noch nicht bereit, nicht so bald.

Ich bin wieder in meiner Wohnung in London. Während der ersten Woche zu Hause wache ich verwirrt auf, Bettlaken und Zimmer erscheinen mir nicht vertraut, und insgeheim verwirrt es mich, dass ich mich nicht mitten in einer religiösen Kommune befinde, in einem Farmhaus oder in den Türmen in Chicago. Ich unternehme lange Spaziergänge in einem nahe gelegenen Park, denke an die Freunde, die ich gewonnen, an die Dinge, die ich gelernt, und an die Kinder, die ich zurückgelassen habe.

Seit meiner Rückkehr habe ich wunderbare alltägliche Dinge getan: Es gab gekochte Eier und Toast mit Butter zum Frühstück, ich habe bezahlte Jobs angenommen, endlos viele Tassen Tee getrunken, bis in die frühen Morgenstunden mit meiner Katze Grayson im Bett auf meinem Laptop Filme geschaut. Ich habe Leute besucht, die ich liebe und vermisst habe: Kate, meine Brüder Josh und Sam.

Ich verbringe meine Sonntage im Pub, erzähle Geschichten von meiner Reise – und scheitere daran, weil ich dem Ganzen nicht gerecht werden kann. Ich schaue in den Spiegel: Kann ich die Meilen, die ich zurückgelegt habe, auf meiner Haut erkennen? Die vertrauten Umrisse formen meine Silhouette, aber es hat sich so viel verändert.

Ich klopfe mir auf den Bauch und frage mich dabei, ob ich überhaupt Lust habe, die Pfunde wieder loszuwerden, die ich mysteriöserweise während der Reise zugelegt habe. Mein Blick fällt auf die schlechten Fingertattoos, die ich mir habe stechen lassen, bevor wir ins Flugzeug nach Hause gestiegen sind. Erinnerungen aus Tinte an die Reise, als könnte ich sie jemals vergessen. Diese verschwommenen Formen sind so dauerhaft, wie es die Erinnerungen sein werden.

Und jetzt rüttelt diese SMS von meinen Eltern alles auf: alle Dinge, alle Augenblicke, die mich hierhergeführt haben. Die Nachricht bohrt sich ihren Weg bis tief in meinen Bauch.

Manchmal vergeht ein ganzer Monat, ohne dass ich mich mit dem Blut, den Eingeweiden und dem Fleisch verbunden fühle, die mich durch die Welt tragen. Und dann passiert etwas, was den Finger erhebt, um mich daran zu erinnern, dass wir eins sind: dass meine Seele mit meinem Bauch verbunden ist, dass die Empfindungen mit dem Zittern in meinen Fingern verbunden sind, meine Gedanken mit dem Engegefühl in meinem Hals.

Mein Handy gibt erneut ein Geräusch von sich.

Hilfe! Die beiden schon wieder?

Aber es ist Paz.

»*Bist du heute Abend zu Hause? Ich habe da was für dich*«, schreibt er.

Paz war zu Dreharbeiten in Afrika, und ich habe ihn seit meiner Rückkehr noch nicht gesehen. Wieder spüre ich ein Flattern im Bauch, diesmal jedoch aus anderen Gründen.

»*Ich bin da … Komm einfach irgendwann rüber.*«

***

Ich stelle mein Telefon auf lautlos und werfe es quer durchs Zimmer.

Ich muss wieder alles scharf sehen.

Ich weiß, dass ich meine Eltern treffen muss. Ich weiß, dass es der logische, vielleicht sogar der spirituelle nächste Schritt ist. Aber da gibt es auch einen Teil von mir, der das gerade nicht will, der am liebsten die Nachricht löschen und den Gedanken mit einer Flasche Hochprozentigem ertränken würde.

Und dann ist da das kleine Mädchen in mir, das sich immer noch schrecklich vor seinem Dad fürchtet.

Ich will vorbereitet sein, das Ganze planen, mir aufschreiben, was ich sagen will. Doch das, was ich sage, muss aus meinem Herzen kommen.

Im Kopf spiele ich verschiedene Szenarien durch: die verschiedenen Möglichkeiten, wie das Ganze schiefgehen könnte. Es ist schwierig für mich, bei der Realität zu bleiben, wenn es darum geht, die Wahrheit zu sagen. Wenn es in einem Gespräch um viel geht, bin ich oft wie gelähmt, flüchte mich in eine »Geschichte« oder werde jemand anders.

Wenn viel auf dem Spiel steht, kann es passieren, dass ich mich selbst verliere.

Ich tigere in meiner Küche herum, reibe mir die Arme, um warm zu werden, aber das Kälteschaudern kommt von innen. Was will ich sagen? Was will ich *wirklich* zu ihnen sagen?

Ich nehme meinen Stift und schreibe:

Bei dieser Reise ging es um die Suche nach Wahrheit und Freiheit.

Sie hat mich meiner selbst entrissen, mich aus den Ecken gezerrt, in denen ich mich versteckt hatte, mich von meinem ganzen Schwachsinn weggeholt. Sie hat die falschen Identitäten heruntergerissen, die ich erschaffen hatte … und das, obwohl ich sie mit aller Macht zurückholen möchte, damit ich es wieder bequem und warm habe.

Ich muss es schaffen, die Wahrheit zu sagen – vor den beiden Leuten, die mich mehr als alle anderen auf dieser Welt verletzt haben.

Ich schreibe meine Gedanken mit der Hand auf, bin aber so aufgewühlt, dass ich jetzt schon weiß, das wird unleserlich.

Ich erwarte nicht, das Ganze abschließen zu können – ich weiß nicht einmal, wie so ein »Abschluss« aussieht –, aber ich muss das Versprechen mir selbst gegenüber halten. Wenn ich mich von ihnen abwenden kann und dabei weiß, dass ich getan habe, was ich für mich selbst tun musste, dann wird das vielleicht reichen.

Ich schreibe, bis sich meine Finger wie Klauen anfühlen, losgelöst von meinem Körper; ich schreibe, bis sich die aus meinem Stift fließende Tinte anfühlt wie die Galle in meiner Kehle. Und während ich schreibe, wird mir bewusst, dass ich vielleicht bald zum letzten Mal mit meinen Eltern sprechen werde.

Eine unerwartete Traurigkeit überkommt mich. Vielleicht klammert sich das kleine Mädchen in mir noch immer an die Vorstellung elterlicher Liebe. Vielleicht gibt es da einen Teil von mir, der sich noch immer wünscht, selbst jetzt noch, dass sie stolz auf mich sind. Aber wenn ich meinen Eltern sage, was ich empfinde, und das zur Folge hat, dass wir einander zum letzten Mal sehen, dann muss das in Ordnung sein, wird mir bewusst.

Und als ich das erkenne, spüre ich Ruhe und Frieden in mir.

***

Um elf Uhr abends klingelt es an der Tür. Paz' vertraute Silhouette wird von dem Licht nachgezeichnet, das durch die Scheibe meiner Haustür auf die Straße fällt. Eine fast peinliche Begeisterung holt mich vom Sofa, als ich zur Tür renne, um ihn hereinzulassen.

Wenn Paz einen Raum betritt, verändert sich immer die ganze Atmosphäre. Er füllt alles mit einer hohen Frequenz, mit Freude, positiver Energie und manchmal auch mit lauten Geräuschen.

Heute Abend kommt er herein, und das ganze Haus scheint zu leuchten, vielleicht sogar zu pulsieren. Er zieht mich in eine Umarmung, eine lange, innige Umarmung. Ich wehre mich eine Sekunde lang und lasse mich dann hineinsinken, verliere mich in dem sauberen, frischen Duft, den er am Hals trägt.

»Bier?« Ich mache mich los.

»Klar«, gibt er zurück.

Wir setzen uns auf die Bank in der Küche. Meine Katze Grayson springt auf Paz' Schoß und reibt sich schamlos und heftig an ihm.

»Cool«, sagt er mit einem Augenzwinkern, halb zu Grayson, die wie ein Grillhähnchen auf seinen Knien liegt.

»Erzähl, wie war's in Afrika?«, erkundige ich mich.

»Feucht«, antwortet er.

Ich lache.

»Es ging jeden Tag ganz schön rund«, meint er.

Er erzählt von seinen Abenteuern in Kenia, Kamerun, Nigeria und Ghana. Von blinden Fußballspielern, entsetzlicher Armut und heißen, feuchten Nächten. Von den Verhandlungen, den Bestechungen, von der Leibwächterin, die ihn überallhin begleitet hat, von einem uralten Revolver in ihrer Handtasche, von dem Essen, von dem er so starken Durchfall bekommen hat …

»Na, was es auch war, du siehst einfach großartig aus!«, sage ich und muss lachen.

Er sieht aber auch wirklich großartig aus.

Dann sprechen wir über die Reise quer durch Amerika. Es ist tröstlich, dass ich nichts zu erklären brauche. Er mag ja nicht körperlich dabei gewesen sein, aber er war bei mir, als ich nach Tennessee gefahren bin und als ich in Alabama war. Er hat mich auf der Reise über den Atlantik beschützt, hat den Überwachungswagen aus Tausenden Meilen Entfernung gesehen und mich während der Reise gehalten.

»Am Ende gab es einen Punkt, an dem ich mir ein wenig Sorgen um dich gemacht habe«, sagt er. Seine Stimme wird ein bisschen leiser, und ich spüre seine warme Hand auf meiner.

»Und …« Ich ziehe meine Hand weg, um einen Schluck Bier trinken zu können. »Die Sache ist noch nicht vorbei.«

»Sag schon«, fordert er mich auf.

»Meine Eltern sind in der Stadt.«

Er schaut mich besorgt an.

»Ich weiß, ich weiß, aber diesmal wird alles anders … Die Dinge liegen anders«, sage ich.

Es schaudert mich, als ich an die Nacht denken muss, in der er mir Whisky eingeflößt hat, als ich in katatonischem Zustand dagesessen habe und nach dem Wiedersehen mit meinen Eltern völlig am Boden war. An die Nacht, in der er mir gesagt hat, dass ich den beiden ganz offensichtlich nicht vergeben habe.

Dann setzt er sich gerade hin.

»Wann ist der Showdown?«, fragt er in fast geschäftsmäßigem Tonfall.

Sein Gesichtsausdruck hat sich verändert. Vielleicht ist es der eines Menschen, der es müde geworden ist, jemanden zu beschützen, der ihm am Herzen liegt.

»Morgen, in Margate«, antworte ich.

Er holt scharf Luft. Ich versuche seinen Gesichtsausdruck zu deuten. Will er mich begleiten? Hat er das Gefühl, mir das anbieten zu müssen?

Ich habe das Bedürfnis, ihn bei mir zu haben, spüre jedoch gleichzeitig, dass er mich in der nächsten Phase nicht wird festhalten können.

Er zieht eine Tasche hervor.

»Tja, dann wirst du das hier jedenfalls brauchen«, verkündet er, als er mir eine rot karierte Decke auf den Schoß legt.

»Das ist die Kriegsdecke einer Massai-Kriegerin.«

Die Decke ist schwerer, als sie aussieht, ihre grobe Textur ist von Blau durchwirkt. Mit dem Finger folge ich den Vierecken, während ich die Decke halte.

»Die habe ich dir mitgebracht, weil … na ja, weil ich dachte, sie würde dir gefallen. Aber jetzt denke ich, vielleicht soll sie deinem Schutz dienen … Vielleicht bekommst du sie aber auch, weil du eine Kriegerin bist.«

Er lächelt, doch sein Blick ist ernst.

Mir treten Tränen in die Augen.

Sag jetzt nichts.

Ich möchte nicht zeigen, dass mir die Kehle eng wird, weil das Geschenk so liebevoll ist und weil ich an den Kampf denken muss, der vor mir liegt.

»Es wird langsam spät, ich mache mich jetzt auf«, kündigt er an.

Als er zum Gehen aufsteht, dreht sich Paz um und umarmt mich.

»Du schaffst das schon«, sagt er. »Das weißt du, oder?«

Ich nicke.

»Du hast das im Griff«, flüstert er in mein Haar.

Ich schaue ihn an, weil ich Bestätigung suche. Und dann küsst er mich.

***

Der Weg nach Margate schlängelt sich über Land. Es ist früher Morgen, grau und nass. In der Luft hängt ein leichter Schauer, auf den Straßen Amerikas gab es das nur selten. Im Schoß habe ich die Decke, die mir Paz geschenkt hat, und ich berühre ihre raue Kante. Während ich nachgebe, beschlägt durch meinen Atem die Fensterscheibe. Ich lege mir die Decke zum Schutz gegen die kalte Luft um die Schultern. Obwohl die Aussicht eine ganz andere ist, fühlt es sich jetzt, wo ich wieder auf der Straße bin, so an, als hätte ich den Highway nie verlassen.

Vielleicht ist das hier ja einfach eine weitere Meile desselben Weges.

Vielleicht war ich ja immer hierher unterwegs. Ich fühle mich nicht mehr nervös, es fühlt sich richtig an.

Ich liebe diesen Augenblick auf einer Fahrt, wenn plötzlich in der Ferne das Meer erscheint, über dem Land dahinfließt, am Himmel leckt. Ich öffne das Fenster einen Spalt, schmecke das Salz in der Luft – es weckt mich, als es zu mir ins Wageninnere peitscht.

Dann fahre ich an der Stelle vorbei, an der die Wikingerinvasion stattfand; der Strand ist ganz in der Nähe vom Geburtsort meines Vaters. Ich erinnere mich daran, wie er uns Kindern erzählt hat, dass wir von den nordischen Kriegern abstammten. Ob das wirklich stimmt, weiß ich nicht, jedenfalls haben wir danach ein ganzes Jahr lang heimlich Wikinger gespielt, uns gegenseitig halb kaputtgeprügelt und mit seltsamem Akzent gesprochen. Ich versuche mir vorzustellen, dass er an diesen Ufern aufgewachsen ist, in dieser klaren, salzigen Luft.

Hat er als Kind am Strand gespielt und so getan, als wäre er ein Wikinger? Hat er sich hierher geflüchtet, wenn das Leben mit seinem eigenen gewalttätigen Vater zu schwierig wurde?

Dann erreiche ich die Stelle, an der wir verabredet sind, direkt am Meer. Dort warte ich und beobachte dabei den Himmel. Ein Blitzschlag fegt übers Meer, Donner grollt. Die Wolken haben sich rasch aufs Land zubewegt, sind geradezu schwanger vom Regen und bereit, aufzubrechen. Der Sturm ist schnell, es gibt Explosionen am Himmel. Riesige Regentropfen schlagen wie wütende Boxhiebe an die Scheibe, versuchen das Glas zu zerbrechen, ins Wageninnere zu gelangen. Doch dann, ganz plötzlich, hört das Unwetter auf.

Ich steige aus dem Auto, fühle mich stark und bereit.

Ich suche mit dem Blick die Straße ab, warte auf *sie.*

Jetzt, jetzt ist die Zeit gekommen.

Jetzt eiern wir nicht mehr herum.

Als Erstes sehe ich meine Mom, und bei ihrem Anblick schrecke ich hoch. Ihr Haar ist nass vom Regen, der Pony klebt ihr an der Stirn. Sie sieht gelb aus, ihre Augen sind feucht – als hätte sie geweint –, aber dann begreife ich, dass sie hervorquellen, dass sie vor Krankheit trübe sind.

Sie kommt auf mich zu.

»Hallo, Bexy«, begrüßt sie mich.

Ich erkenne ihre Stimme nicht wieder. Es ist ein heiseres, rohes, mühsames Flüstern. Mich erfüllt eine plötzliche Emotion. Auf einmal ist da dieser alte, tiefe Wunsch, das Bedürfnis, sie zu beschützen und mich um sie zu kümmern.

Ich bin überhaupt nicht auf das vorbereitet, was jetzt kommt.

Als ich ihn sehe, erwache ich aus meinem Nebel des Mitgefühls. Beide sind für diese Temperaturen in zu viele Kleidungsstücke gewickelt: Tücher, Pullover, Mäntel. Ihre braun gebrannten Gesichter machen sie als Außenseiter erkennbar – auf ihrer ledernen Haut sind Leberflecke, wo die Sonne Afrikas ihren Aufenthalt in ihrer Haut festgeschrieben hat.

»Wie geht es dir?«, frage ich, als ich die dehydrierte Hand meiner Mutter berühre. Die Frage ist an sie gerichtet.

»Ich weiß es nicht … Wir kommen einfach nicht dahinter, was mit mir los ist«, flüstert sie. »Das ist einer der Gründe, warum wir hier sind – hier kann ich mich testen lassen.«

Sie wirkt niedergeschlagen, als würde sie ihre Krankheit resigniert annehmen. Als wäre sie nun vielleicht einfach ein Teil von ihr. Die Erinnerung an die Träume, von denen sie mir vor wenigen Monaten erzählt hat, erscheinen deutlich vor mir: *Sie starb, und keines ihrer Kinder kam zu ihrer Beerdigung.*

Mein Dad spricht einfach, während sie noch redet.

»Es gibt einiges, womit das zu tun haben könnte«, dröhnt seine laute Stimme. »Vielleicht ihre Leber, eine Infektion …«

Er verschwindet im Hintergrund meiner Gedanken.

Gemeinsam gehen wir am Strand entlang. Ich will nah am Meer sein – ich brauche seine Kraft, der magnetische Sog der Gezeiten verleiht mir Stärke.

Los jetzt, Cameron, du kannst das. Jetzt oder nie.

Wir sitzen am Wasser, mit dem Gesicht zu den Wolken, die nun auseinandergetrieben werden. Ich warte einen Augenblick.

»Also, als wir uns letztes Mal getroffen haben, wollte ich über unsere Gruppe reden – und darüber, wie ich aufgewachsen bin …«, sage ich dann.

»Ich weiß, dass du einen Dokumentarfilm gedreht hast«, sagt mein Dad, und das bringt mich kurz aus dem Konzept.

»Also, ich wollte wieder mit euch sprechen«, fahre ich fort.

»Nun, wie du ja weißt, sind wir schon von der BBC und von Hunderten von Zeitungen und Sendern interviewt worden, das ist also kein Problem …«

Mein Dad scheint wieder eine Rolle zu spielen. Das Ganze fühlt sich an wie eine Falle, in die zu geraten ich mir jetzt nicht leisten kann.

Nicht dieses Mal.

»Ehrlich gesagt hat mich unsere letzte Begegnung eine Zeit lang ziemlich fertiggemacht«, unterbreche ich ihn. »Mir ist klar geworden, dass das daran liegt, dass ich euch niemals wirklich gesagt habe, wie ich mich fühle. Ich habe begriffen, wenn ich euch beiden nicht gegenübertreten und ehrlich sein kann, kann ich vielleicht nie frei von dem ganzen ... Zeug ... sein, mit dem mich das Aufwachsen in der Gruppe belastet hat. Wenn ich es euch nicht sagen kann, kann ich euch vielleicht niemals *wirklich* vergeben.«

Mein Dad schaut mich an, vielleicht liegt Abwehr in seinem Blick, vielleicht Zynismus. Meine Mutter beugt sich näher zu mir, als hätte sie mich nicht richtig gehört. Oder will sie mir vielleicht zeigen, dass ich ihre Aufmerksamkeit habe?

Dad holt Luft, will etwas sagen. »Ich würde gern ... «

Doch ich unterbreche ihn. »Ich wäre dir dankbar, wenn du mich einfach reden lassen könntest und ihr mir beide einfach zuhört ... Ist das okay?«

Mein Dad weicht endlich zurück.

Ist das eine Verteidigungsbewegung, oder macht er sich bereit für den Angriff?

Ich spreche weiter. »Ich will keinen Streit darüber, was passiert ist oder auch nicht. Und ich will auch nicht, dass ihr beide euch fühlt, als müsstet ihr euch verteidigen – oder *sie*.«

Die beiden sitzen zusammen da. Da ist kaum ein Abstand zwischen uns. Wenn ich wollte, könnte ich die Hand ausstrecken und beide berühren.

»Denn meine Erfahrung ist genau das: meine. Und da gibt es kein Argumentieren.«

Sie nicken gehorsam.

Ich schaue ganz kurz aufs Meer hinaus und hole tief Luft.

»Als ich aufgewachsen bin, hat es sich für mich angefühlt, als wäre ich in zwei kleine Mädchen aufgespalten«, beginne ich dann. »Eines der beiden hat sich so verhalten, wie ich das tun musste, um zu überleben. Das andere Mädchen war diejenige, die ich wirklich in meinem Inneren war, und die musste darum kämpfen, geistig gesund und sicher zu bleiben. Ich habe mich komplett kontrolliert gefühlt, unfähig, ich selbst zu sein. Ich war nicht in der Lage zu sagen, was ich dachte und was ich brauchte.«

Ich sehe dieses Mädchen jetzt vor mir – die tapferen Versuche, Sicherheit für sich selbst zu schaffen, die Taktiken, die sie eingesetzt hat, um nicht verrückt zu werden. Klein, widerstandsfähig, ohne Stimme.

Jetzt ist die Chance gekommen, sie dem Mädchen zu geben.

»Die Gruppe hat mich dazu gezwungen, die anderen Kinder zu verraten, meine Freunde zu verraten, jeden Tag. Ich hatte das Gefühl, dass ihr *ihnen* manchmal erlaubt habt, das zu zerstören, was für mich am wertvollsten war und was ich so unglaublich dringend gebraucht habe: meine Familie. Ihr habt es zugelassen, dass sie mich von meinen Geschwistern isoliert haben, von meinem Leben.«

Mein Dad sitzt völlig regungslos da, wie versteinert. Mom hält seine Hand.

Ich sehe das kleine Mädchen, das ich war, ganz deutlich vor mir, in leuchtenden Farben. Ihr krauses Haar weht im Wind. Sie will, dass ich weiterspreche, sie verleiht mir einen Teil der Kraft, die sie als Zehnjährige brauchte, um dieses gewisse Jahr überstehen zu können.

»Und das schlimmste Jahr meines Lebens war das unter dem Schweigegebot. Ich habe mich ganz und gar unsichtbar gefühlt. Es war, als würde ich den Verstand verlieren, mich auflösen und verrückt werden. Dann habe ich im Bett gelegen und mich verzweifelt an meine geistige Gesundheit zu klammern versucht, dabei war ich doch nur ein Kind. Und die Tatsache, dass ihr mir nicht zu glauben scheint, dass das elf Monate lang gedauert hat, gibt mir einfach das Gefühl, dass ihr nur sehr wenig darüber wisst, was genau eurer Tochter passiert ist, mir. Aber ich habe jeden einzelnen Tag durchlebt.«

Die Strandpromenade ist immer noch verlassen, der Sturm hat sie leer gefegt, aber aus dem Augenwinkel kann ich mich selbst als Teenager sehen. Das Mädchen, das an einem Bahnhof gelandet ist, allein mit einem Koffer, das so verzweifelt eine Erwachsene sein wollte, doch ganz offensichtlich noch ein Kind war.

»Ich will, dass ihr wisst, wie unendlich verstörend und beängstigend es für mich als Kind war, zu glauben, ich würde niemals erwachsen werden, weil ich immer an den Tod im Armageddon dachte und glaubte, dass ich keine Zukunft haben würde. Dass ich niemals die Erwachsene werden würde, die ihr jetzt vor euch seht.«

Ich habe die Vision meiner selbst als Teenager oft gefürchtet. Dieses junge Mädchen war wütend, und es gab Zeiten, in den ich nicht das Gefühl hatte, sie hätte genauso viel Liebe verdient wie ich als Kind. Ich habe nicht immer dasselbe Mitgefühl für sie gehabt wie für die Zehnjährige, die ich zu lieben gelernt habe. Aber diese Jugendliche, ihr trotziger Widerstand und ihre tiefe Unsicherheit, ist nun ebenfalls hier, und sie will gehört werden.

»Es war so schrecklich beängstigend und verwirrend, dann wirklich zu einem Teenager heranzuwachsen und mich mit einer Welt auseinanderzusetzen, auf die ich in gar keiner Weise vorbereitet war, in ihr überleben zu müssen.«

Da steht es, das Mädchen, das ums Überleben gekämpft hat, das sich nach Liebe sehnte und nach Verbundenheit. Das Mädchen, das gelogen und gestohlen hat, das sich den Weg in eine neue Existenz mühsam erkämpft hat.

»Ich wusste nicht, wie ich damit umgehen sollte, und deswegen sind einige sehr schlimme Dinge passiert, nachdem ich weggegangen bin.«

Wir sind jetzt alle hier, zusammen. All die Versionen von mir, die angehört werden müssen, stehen gemeinsam vor meinen Eltern.

»Und jetzt, als Erwachsene, macht mir am meisten zu schaffen, dass ihr eine Gruppe verteidigt habt, von der wir wussten, dass dort Kinder missbraucht werden.«

Ich spüre jetzt die Macht von uns allen, von mir selbst in jedem Alter, jedes bisschen Stärke, das ich jemals besessen habe. Ich bin diesem Kind, das es durch diese Zeit geschafft hat, so dankbar; bin dankbar für das, womit sich dieser Teenager auseinandersetzen musste, dankbar für die Widerstandsfähigkeit, mit der es diese Jugendliche durch diese Zustände geschafft hat.

»Was ich von euch gebraucht hätte, aber niemals bekommen habe, war die Freiheit, ich selbst zu sein. Ich hätte spüren müssen, dass ihr auf meiner Seite wart; ich hätte spüren müssen, dass ihr mich vor der Gruppe und vor den anderen Erwachsenen beschützt, die mich missbraucht haben. Ich hätte spüren müssen, dass ich bei euch an erster Stelle stehe – und wenn es nur ein einziges Mal gewesen wäre. Ich hätte es gebraucht, dass ihr zugebt, was die Wahrheit über unsere Gruppe ist, statt sie zu beschützen. Das hier ist so viel größer, es betrifft nicht nur mich und meine Geschwister. Ihr schuldet es einer Generation von Kindern aus der Sekte, die niemals jemand angehört hat.«

Die Atmosphäre ist gereinigt; der Sturm hat das erledigt. Ich schaue meiner Mutter direkt in die Augen, und mein Blick bleibt stet.

»Eines Tages *möchte* ich euch die Lügen vergeben, den Verrat, den nicht gewährten Schutz«, sage ich. »Dass ihr die Gruppe nicht verlassen habt, als ihr Führer unberechenbar und gefährlich wurde. Dass ihr die Gruppe gegenüber der Öffentlichkeit vertreten und sie beschützt habt. Dass ihr meine Geschwister in einer vergifteten, gefährlichen Umgebung großgezogen habt.«

Ich schaue meinen Dad an, der sich noch immer nicht bewegt hat.

»Ich möchte, dass ihr wisst, dass ich jetzt ein Leben führe, von dem ich mir als Kind nie, niemals erträumt hätte, dass es überhaupt möglich ist«, sage ich. »In meinem Leben gibt es Glück und Freude, die über meine wildesten Träume hinausgehen. Und das alles habe ich in dieser Welt, die ihr mich auszuschließen und zu fürchten gelehrt habt. Nun habe ich die echten Verbindungen, nach denen ich mich als Kind so heftig gesehnt habe. Ich habe die Geschwister, die ihr mir geschenkt habt, und sie bedeuten mir alles.«

Die anderen Versionen meiner selbst verblassen. Jetzt gibt es da nur noch uns drei: mich, meine Mom und meinen Dad.

Meine Mom hat geweint. Mein Dad hat sich noch immer nicht bewegt, kaum auch nur geblinzelt. Das Schweigen zwischen uns wird nur vom Lärm des Ozeans erfüllt.

»Was können wir tun?«, flüstert meine Mom. »Wie können wir unsere Familie heilen? Wir wollen wieder eine Familie sein.«

»Das Traurige an der Sache ist, dass euer Anblick uns an alles erinnert, was wir vergessen wollen.«

»Es tut uns leid«, sagt sie.

***

Als ich mich entferne, ist die Luft unbeschwert, nicht von ihnen erfüllt. Ein Gefühl der Euphorie macht sich in mir breit, sie durchflutet mich geradezu. Es ein ganz echtes, reines High – das Gefühl, das ich mir erhofft hatte, als ich ihnen vor Jahren zum ersten Mal zu vergeben versucht habe.

Mir wurde von Religionen, in Therapien, von der Gesellschaft, in Filmen und von Gott selbst gesagt, Vergebung sei der einzige Weg, um Frieden zu finden, und das sei ein Geschenk. Aber eigentlich war das Geschenk, das ich brauchte, eines, das ich mir selbst machen musste: heute hier zu stehen und der Wahrheit die Ehre zu erweisen.

Meine Reise zum Frieden mit meiner Vergangenheit hatte weniger mit Vergebung zu tun, sondern es ging mehr darum, nicht mehr das Opfer meiner Kindheit zu sein. Stattdessen habe ich mir selbst gegenüber die Aufgaben eines Elternteils wahrgenommen, mir selbst die Hand gehalten und gelernt, mein Leben mit Menschen zu verbringen, die mich wirklich lieben. Die Reise bestand darin, die Wut in mir mit der Wildheit einer Löwin zum Ausdruck zu bringen, sie zu verarbeiten und aus der Kindheit, die man mir gegeben hat, etwas Bedeutungsvolles zu erschaffen.

Und jetzt konnte ich sie loslassen.

Inzwischen bin ich dankbar für meine Kindheit, weil ich mich von ihr befreit habe – ich kann sie lieben, ich kann darüber lachen, ich kann sie teilen, ich kann aus ihr lernen. Meine Identität wird nicht dadurch bestimmt, was man mir »angetan hat«. Wer ich bin, hat seinen Anfang nicht darin, dass ich in eine Sekte hineingeboren wurde, und es hört auch nicht damit auf. Ich respektiere, was ich an Widerstand geleistet habe, in jeder Altersstufe, während ich mich in dieser Welt befand. Aber der Teufel soll mich holen, wenn ich zulasse, dass irgendein anderes Kind das durchleben muss, was ich durchlebt habe!

Während ich es inzwischen für mich selbst loslassen kann, weiß ich, dass es mir nicht zusteht, es loszulassen, wenn es anderen Kindern angetan wird. Ich kann es auch nicht vergeben oder vergessen. Vielleicht ist es meine Aufgabe, meine Verantwortung, ein Licht erstrahlen zu lassen, zu fordern, dass es nicht wieder passiert – dass die Verletzung der Menschenrechte von Kindern kein Teil des Rechts auf Freiheit oder *Religion* irgendeines Erwachsenen ist.

Denn wir, die Kinder von gestern, sind die Hüter der Kinder von heute.

***

Ich entferne mich so weit von der Stelle, an der meine Eltern sitzen, dass sie nur noch Punkte in der Ferne sind – und dann verschwinden sie ganz. Meine Eltern, die jeden Tag für die Entscheidungen bezahlen, die sie getroffen haben, ob ihnen das bewusst ist oder nicht. Die bezahlen, indem man ihnen keinen Zugang zu den Kindern gewährt, die sie zur Welt gebracht haben.

In ihrer Sehnsucht nach einer Verbindung mit einer religiösen Gruppe werden sie niemals die Verbindung erfahren, die zwischen uns Kindern besteht. Ihr Bedürfnis nach einer Bestimmung hat dazu geführt, dass sie ihre Bestimmung verloren haben, Eltern zu sein. Während ihrer spirituellen Prüfungen haben sie die Liebe der Familie verloren.

Ich laufe weiter und denke dabei an meine Familie, an mein Rudel: an diejenigen, die sie mir gegeben haben, und an diejenigen, die ich ausgewählt habe. An meinen Bruder Josh, der zu den lustigsten, liebevollsten Männern gehört, die ich kenne. An meinen Bruder Sam, der großzügig und freundlich ist, der voller Späße steckt. An die Kraft meiner kleinen Schwestern. An die Älteren, die selbst Eltern sind, an diejenigen, die es schwer hatten (das trifft auf uns alle zu), und an diejenigen, die aufgeblüht sind. An die Familie, die ich selbst gewählt habe: meine Freundinnen Sofi und Maria sowie all die anderen unglaublichen, starken Frauen, die mich jetzt umgeben.

Ich gehe an der Stelle hier an der Küste von Margate vorbei, wo Maria in einigen Jahren ein Zuhause aufbauen wird, wo Pax und ich unsere Verlobung feiern werden, wo dieses Buch geschrieben werden wird und wo Maria und ich das Versprechen einlösen werden, das wir uns an dem Tag gegeben haben, an dem Maria weggeschickt wurde.

Dass wir »eines Tages beieinanderleben werden«.

Ich stehe da und schaue auf das schöne, unberechenbare Meer hinaus. Dabei weiß ich, dass die Gründe hinter dieser Reise so veränderlich gewesen sind wie die Wellen vor mir: manchmal ruhig und kontrolliert wie bei einem wissenschaftlichen Experiment, manchmal wild und gefährlich, als wäre ich gezielt auf der Suche nach traumatischen Erfahrungen. Manchmal war die Kraft, die mich vorantrieb, tief und dunkel und voller Wut, mit tückischen verborgenen Strömungen, die ich nicht kontrollieren konnte. Manchmal hat sie nur beleuchtet, was vor mir lag, weil ich mich auf dem Weg hin zum Verstehen befand. Manchmal hat mich diese Strömung nach unten gezogen, und ich bin beinahe ertrunken.

Heute sind die Wellen grau und glänzen.

Heute sind die Wellen ruhig und friedlich.

Und heute kann ich mich ausruhen, denn ich habe Ihnen gerade so ziemlich alles erzählt.

Sie nannten mich »Projekt«

Katy Morgan-Davies
WIE EIN GEFANGENER VOGEL
Meine Kindheit und Jugend in der Psychosekte meines Vaters
Aus dem Englischen von Simone Schroth
496 Seiten
ISBN 978-3-404-61049-5

Ein liebes Wort, eine Umarmung, Menschen, denen man vertrauen kann – all das hat Katy nie erlebt. Abgeschottet von der Außenwelt wuchs sie als einziges Kind in einer Sekte auf, in der Misstrauen, Verrat und Gewalt Normalität waren. Nur ganz selten durfte sie das Haus verlassen, geschweige denn, eine Schule besuchen. Ihr Vater herrschte wie ein Despot über die Sektenmitglieder. Die besonders bösartige Genossin Sian war ihre Mutter. Erst als Katy Gefahr lief, ernsthaft zu erkranken, gelang ihr die Flucht in ein Leben in Freiheit …

Bastei Lübbe